Y Porthwll

Y Porthwll

Elidir Jones

DALEN NEWYDD
2015

Argraffiad cyntaf – 2015

Rhif llyfr cydwladol (ISBN) 978-0-9575609-9-4

Cydnabyddir yn ddiolchgar gymorth Cyngor Llyfrau Cymru
tuag at gyhoeddi'r gyfrol hon

Darlun y clawr gan Louise Martin
e-bost: louisemartin31@outlook.com

Cynllunio gan Nereus, Tanyfron, 105 Stryd Fawr,
Y Bala, Gwynedd, LL23 7AE
e-bost: dylannereus@btinternet.com

Cyhoeddwyd gan Dalen Newydd Cyf.,
3 Trem y Fenai, Bangor, Gwynedd, LL57 2HF
e-bost: dalennewydd@yahoo.com

Argraffwyd a rhwymwyd gan Argraffwyr Cambrian,
Ffordd Llanbadarn, Aberystwyth, Ceredigion, SY23 3TN

DIOLCHIADAU

Dymuna'r awdur ddiolch i Lenyddiaeth Cymru am ddyfarnu Ysgoloriaeth i Awduron er mwyn dechrau'r nofel hon.

Diolch i Louise am y gwaith celf.

Diolch yn arbennig i fy nhad am ei holl waith golygu, ac i'm holl deulu a ffrindiau am eu cefnogaeth a'u cyfeillgarwch.

DYDD IAU: DYDD 1

Erbyn cyrraedd Gorsaf Hebron, roedd y teithwyr wedi diflasu ar y siwrne. Yr un daith bob bore; yr un awr undonog ar y trên wrth iddo grafangu ei ffordd i fyny llethrau'r Wyddfa tuag at y ganolfan ar y copa. Pan wenai'r haul, byddai'r golygfeydd yn ysblennydd, gyda Chwm Brwynog, Llanberis, y Fenai ac Ynys Môn yn edrych yn arallfydol brydferth. Heddiw, ar ddechrau Mawrth, a'r haid o ymwelwyr yn cychwyn i fyny'r mynydd, eu mapiau a'u cotiau glaw newydd yn drwm dan leithder, doedd dim i'w weld ond wal o gymylau llwyd.

Ac felly edrychai'r teithwyr ar eu Kindles a'u papurau newydd. Trodd Wendell, rheolwr y ganolfan, ei beiriant Nintendo ymlaen, a glafoerio dros y syniad o awr arall ym myd lliwgar Super Mario. Prin roedd Llinos Eleri yn mynd ag unrhyw ddeunydd darllen efo hi. Gwell ganddi hi edrych ar ei hewinedd, a chywiro gwaith paentio brysiog y bore hwnnw.

Yng nghefn y trên, ar ei ben ei hun, ei lygaid ynghau, roedd Cai yn eistedd. Ar ddiwrnod braf, doedd dim gwell ganddo nag edrych allan ar y wlad yn ymestyn o'i flaen. Iddo fo, roedd y mynyddoedd a'r bryniau yn estyniad o'r byd ffantasi yn ei ben. Wrth edrych drostyn nhw, bron na allai *weld* y byddinoedd a'r arwyr yn martsio, i ladd draig, neu i rwystro lluoedd dieflig rhag dinistrio'r byd.

Ond heddiw, doedd dim i'w weld. Felly caeodd Cai ei lygaid a breuddwydio. Gafaelodd yn ei gleddyf o ddur hud, ac edrych yn ddwfn i mewn i lygaid tywyll yr Orc o'i flaen. Wrth i'r trên barhau ar ei siwrne, lledodd gwên ar draws ei wyneb. Dyma ei hoff ran o'r bore. Rywsut, doedd treulio i fyny at saith awr yn gwerthu cyri, cawl a brechdanau i gerddwyr piwis ddim yn cymharu. Erbyn i'r ganolfan ymddangos drwy'r cymylau, roedd Cai'n cysgu'n drwm, ac yn ei freuddwydion yn saethu rhew a thân o'i fysedd at y rhengoedd barbaraidd oedd yn rhuthro tuag ato. Ac wrth i'r trên ddod i stop, digwyddodd rhywbeth yr un mor wyrthiol ar lethrau'r Wyddfa: fe gliriodd y cymylau.

Gorffennodd Wendell ei gêm yn frysiog, a phwyntio'i ffôn tua'r gorwel er mwyn tynnu llun o'r olygfa. Cododd Llinos ei golwg oddi ar

1

ei hewinedd. Fesul un, syllodd pawb allan drwy'r ffenestri i weld Eryri'n disgleirio o'u blaenau, yr haul yn tywynnu ar bob cae, coedlan a ffermdy. Er eu bod yn cymryd y siwrne yma bron bob dydd yn ystod misoedd y Gwanwyn a'r Haf, ac er eu bod wedi gweld yr un olygfa ddwsinau – cannoedd – o weithiau o'r blaen, fel un, rhoddodd gweithwyr y ganolfan ebychiad o syndod a diolchgarwch wrth drio amgyffred y gogoniant o'u blaenau.

Edrychodd Colin, y prif gogydd, ar Llinos, ac ysgwyd ei ben mewn anghrediniaeth. Erbyn iddo droi ei olwg yn ôl at y ffenestri, roedd y cymylau wedi dychwelyd, a dim i'w weld unwaith eto. Tuchanodd Colin yn flin, cododd ei iPad oddi ar y sedd, a chychwyn at y drws. Cyn gadael, trodd Wendell yn ôl i weld Cai yn dal i gysgu.

"Mr Owen!" gwaeddodd y rheolwr, a phwnio'r bachgen yn ysgafn yn ei ysgwydd. "Wneith y chicken balti ddim syrfo'i hun. C'mon, 'de!"

Agorodd Cai ei lygaid.

"Hynny yw, os wyt ti *ar* curry duty heddi. Smo hynny wedi ei setlo 'to. I ti … i ti gael deall."

Am eiliad, roedd gan Cai un droed ym myd ei freuddwydion ac un yn y byd go-iawn. Ond yn fuan daeth realiti fel ton oer drosto, gan chwalu ei holl ffantasïau fel cestyll tywod. Nodiodd at Wendell, cyn codi oddi ar ei sedd a chychwyn tuag at y drws.

"Iawn, Mr Hughes. Sori."

"Paid ymddiheuro," meddai Wendell, wrth fwrw un olwg olaf ar y trên. "Mas yn yfed bar y Prince of Wales yn sych neithiwr, gwlei?"

"Mm," atebodd Cai'n ansicr, gan gofio'n iawn ei fod wedi treulio'r noson gynt yn ei stafell yn gwylio pennod ar ôl pennod o *Batman: The Animated Series*.

"Manteisia ar dy ieuenctid, da ti. Buan iawn daw'r hangofyrs sy'n para'r holl benwythnos. Ie, wir. Eto … gysgest ti drwy yffach o olygfa jest nawr. Drycha."

Dangosodd Wendell y llun ar ei ffôn yn falch. Er bod y llun yn dangos mwy o do'r trên nag o'r mynyddoedd, teimlodd Cai saeth o genfigen drwy ei galon.

"Oedd hwnna … rŵan?"

"O'dd. Eryri ar ei gore. Brysia nawr. Tra bod Colin yn paratoi'r bwyd, gei di a Llinos wneud yn siŵr bod digon o tat 'da ni i werthu."

* * * * * * * *

O'r tu ôl i'r cownter bwyd, edrychodd Cai drosodd at ffrwyth gwaith y bore gyda chymysgedd ryfedd o falchder ac anobaith. Oedd, roedd y raciau o ddreigiau meddal, cylchoedd allweddi a llyfrau tenau'n llawn jôcs Cymreig yn edrych yn ddigon teidi, wedi i Llinos ac yntau wneud yn siŵr bod popeth yn ei le. Ond pwy oedd yn prynu'r fath bethau?

"Pwy ar wyneb y ddaear," meddai wrth Llinos, gan wyro'i ben i gyfeiriad bwrdd yn gwegian dan ddanteithion yng nghanol yr ystafell, "fysa'n cymryd tair awr i gerdded yr holl ffordd fyny fa'ma, wedyn penderfynu bod nhw angan tun mawr o fudge?"

Ddaeth dim ateb gan Llinos. Diflannodd y wên oddi ar wyneb Cai. Trodd ei ben, yn barod i weld wyneb beirniadol ei gydweithwraig, ond doedd Llinos ddim yn sefyll wrth ei ymyl wedi'r cwbwl. Roedd hi'n camu trwy ddrws y gegin, yn cario tun pobi mawr yn llawn *lasagne* llysieuol. Rhoddodd y tun yn ei le penodedig wrth y cownter, cyn troi ei golwg tuag at yr eirth gyda baneri Cymru ar eu boliau.

"Pan ti'n meddwl amdano fo," meddai hithau, "rhaid i chdi gyfadda bod ni'n gwerthu llwyth o gachu, dydan?"

"Ydan," meddai Cai, dan chwerthin yn isel, a throi'r tatws stwnsh yn ddifeddwl. Doedd ei sylw hi ddim mor farddonol â'i un o, efallai, ond roedd yr ystyr yno.

Daeth cwsmer cynta'r dydd at y cownter. Dynes ganol oed, ei hwyneb yn goch, hanner paced o Kendal Mint Cake yn sticio allan o boced ei chôt.

"I'll have the curry," meddai hi wrth Llinos. "Is it dreadfully hot?"

Anwybyddodd Llinos y ddynes, a thaflu mynydd o gyri a reis ar ei phlât efo un llaw, wrth fodio ei ffôn yn lletchwith gyda'r llaw arall.

"Typical Welsh charm," meddai'r ddynes yn haerllug, cyn shyfflo tuag at Cai ac edrych yn ddisgwylgar arno.

"Any mash with that?" meddai Cai, gan drio ei orau bod yn gyfeillgar.

3

Daliodd hithau ei phlât i fyny, a'i chwifio o dan ei drwyn.

"You don't serve mash with a curry, darling. I'll just have a cupcake and a coffee, please."

Symudodd Cai draw at y peiriant coffi a reslo efo'r botymau. Er bod y ganolfan yn gymharol newydd, roedd y peiriant coffi'n edrych ac yn ymddwyn fel petai'n bymtheg oed, o leia. Sut roedd hynny'n bosib?

"Blydi peth," meddai Cai dan ei wynt. Edrychodd y ddynes arno, a gwên yn bygwth ymddangos yng nghorneli ei gwefusau.

"Oh! You speak Welsh! Well, that *is* authentic. Tell me, what's the Welsh for curry?"

"Cyri."

"Oh. You know, you really *must* get some words of your own."

Ataliodd Cai ei hun rhag mynegi'r amlwg, a chymryd ei harian yn dawel.

* * * * * * * *

Erbyn tua hanner dydd, dechreuodd y glaw bistyllu i lawr, ac arafodd y llif o gerddwyr. Rhwng delio efo'r cwsmeriaid prin, treuliodd Cai'r rhan fwyaf o'r amser yn trio meddwl sut i gychwyn sgwrs efo Llinos. Er eu bod wedi gweithio gyda'i gilydd am rai wythnosau, ac wedi taro yn erbyn ei gilydd yn nhafarndai Llanberis ambell waith, doedd o'n gwybod y nesa peth i ddim amdani. Yn draddodiadol, doedd personoliaeth ddim wedi bod yn bwysig iawn iddo fo, a'r llond llaw o ferched ddaeth adre gyda fo yn ystod ei ddyddiau ym Mhrifysgol Wolverhampton ddim yn debyg o gystadlu ar *University Challenge* unrhyw bryd yn fuan. Y merched rhyfedda roedd o'n eu denu, yn ddi-ffael.

Eto, roedd rhaid dechrau yn rhywle. Ar ôl iddi roi'r darn ola o *lasagne* i un cerddwr cwbwl ddigalon yr olwg, canodd ffôn Llinos, gan lenwi'r ganolfan â sŵn aflafar.

Wake up in the morning feeling like P Diddy (Hey, what's up girl?)
Grab my glasses, I'm out the door, I'm gonna hit this city (Let's go!)

Atebodd Llinos, gan wenu wrth weld pwy oedd yn galw.

"Ceri! T'iawn? Be … ? Na, jyst yn gwaith …"

Aeth y sgwrs ymlaen am bum munud ar hugain, a Cai yn y cyfamser yn cadw'r llong uwchlaw'r dŵr, wrth weini'r holl fwyd oedd ar ôl i'r cerddwyr anffodus, gwlyb, oedd yn amlwg ddim yn gwybod pryd i roi'r gorau iddi. O sgwrs Llinos, fe gasglodd Cai ei bod hithau a "Ceri" yn bwriadu mynd allan i "Dre" nos Sadwrn, ac – "O mai God" – roedd un o hoff fandiau *indie* Radio Cymru yn chwarae yn yr Anglesey, ac – "O mai God" – roedden nhw "mor ffit", ac roedd y ddwy am fynd "moooooor drync, 'de".

"Swnio fatha hwyl," meddai Cai dan ei wynt, wrth weld Wendell yn brasgamu allan o'i swyddfa tuag atyn nhw. Pwniodd Llinos, a rhoddodd hithau'r ffôn i lawr yn frysiog.

"Alla' i glywed chi'ch dau'n clebran o'r swyddfa," meddai Wendell. Edrychodd Cai ar Llinos, oedd yn syllu at y llawr yn euog. Am funud, ystyriodd ddweud wrth y rheolwr mai dim ond un ohonyn nhw oedd yn "clebran" – ond penderfynodd gadw'n dawel. "Does dim cwsmeriaid i'w syrfo?"

"Nag oes, Mr Hughes," meddai Llinos, gan wneud ystum at y ganolfan hanner-gwag.

"Wel, gwnewch *rywbeth*. Llinos, dos dithe â'r llestri at Colin."

"Iawn, Mr Hughes."

"Cai, fi'n credu bod un neu ddou o bobol wedi prynu dreigie heddi. Gwna'n siŵr bod digon ar gyfer fory."

Suddodd calon Cai.

"Iawn, Mr Hughes."

Wrth symud at yr adran swfenîrs unwaith eto, taflodd Cai olwg yn ôl at Llinos. Edrychodd hithau arno gydag edrychiad o … gyfeillgarwch? Oedd hi'n dangos ei diolchgarwch oherwydd bod Cai wedi rhannu'r bai? 'Ta oedd hi, yn hytrach, yn syllu allan o'r ffenestri mawr, at y cymylau, oedd yn dechrau gwahanu unwaith eto?

Gwenodd Cai wrth wneud ei benderfyniad, a dechrau cyfri'r dreigiau meddal.

* * * * * * *

Er bod yr haul, am unwaith, yn sbecian yn swil rhwng y cymylau, ni fentrodd Cai i'w fyd ffantasi ar y siwrne i lawr yr Wyddfa. Yn hytrach, edrychai ar Llinos, ac astudio pob un manylyn ohoni: ei gwallt euraidd, ei chlustdlysau anarferol o fawr, ei hewinedd porffor, ei chanol main, ei bronnau swmpus. O gefn y trên, edrychodd arni drwy gydol y daith, a hithau'n canolbwyntio gymaint ar ei ffôn fel na sylwodd hi.

Wedi i'r ddau gamu oddi ar y trên, cerddodd Llinos o flaen Cai, gan gyflymu er mwyn dianc rhag y glaw oedd wedi dechrau disgyn dros Lanberis unwaith eto. Roedd rhaid i Cai ruthro er mwyn dal i fyny, ei feddwl yn rasio'n gyflymach fyth. Be oedd rhywun i fod i'w ddweud yn y fath sefyllfa? Roedd hi wedi bod yn rhy hir. Pwy oedd y ddiwetha? Jodie, y ferch oedd wedi gwisgo fel Arwen o *Lord of the Rings* ar noson Calan Gaeaf, a Cai, yn lwcus iawn, wedi ei wisgo fel Aragorn? Ia, mae'n debyg. A faint yn ôl oedd hynny? Blwyddyn a hanner, bron.

Digon oedd digon.

"Felly ti allan nos Sadwrn?" gofynnodd Cai yn dawel, gan faglu dros sodlau Llinos wrth wneud. Trodd hithau ac edrych arno'n flin.

Wake up in the morning feeling like P Diddy (Hey, what's up girl?)
Grab my glasses, I'm out the door, I'm gonna hit this city (Let's go!)

"Iawn, Cez?" meddai Llinos i mewn i'r ffôn, gan ysgwyd ei phen a diflannu rownd y gornel. "*Wrth gwrs* dwi isio dod draw i watshiad *Geordie Shore* heno. Be arall dwi am neud?"

* * * * * * * *

Wrth ddychwelyd o'r gwaith, clywodd Cai ei dad cyn ei weld, fel arfer. Safodd wrth y drws, y goriad yn y twll clo, wrth wrando arno fo'n bytheirio.

"Rhed, y diawl bach! Gen i ten cwid arna chdi! O, *dos*! Y *twat*!"

"Gareth! *Iaith*! Dwi'n trio *gweu*!"

Agorodd Cai'r drws, ei galon yn suddo. Roedd ei fam wrth fwrdd y gegin, yn brysur yn gweu un o'i "theuluoedd bach". Dyma hobi doedd

Cai erioed wedi dod ar ei thraws yn unman arall. Roedd ystafell ei rieni yn llawn dwsinau a dwsinau o deuluoedd gweu (tad, mam, mab, merch), wedi eu pentyrru ar ddreserau, mewn cypyrddau, yn casglu llwch yn y corneli. Yn ôl Tom, un o ffrindiau Cai, roedd y peth yn "creepy, yn bordro ar yr insane" – ond doedd Tom erioed wedi cyfarfod â Danielle Owen (oedd ddim yn gyfarwydd â Daniel Owen, ac yn drysu pan oedd Cymry dosbarth canol yn gweld ei henw'n ddigri). Drwy ei natur hoffus, gallai Danielle wneud i'r gweu edrych yn gyfangwbl normal. Roedd hi'n medru cael pobol o'i phlaid yn rhwydd iawn – ac eithrio ei gŵr, oedd yn trigo'n barhaol yn ei fyd bach ei hun.

Yn yr ystafell fyw, taflodd Gareth Owen ei gopi o'r *Racing Post* ar draws yr ystafell yn flin. Rhoddodd sigarét yn ei geg wrth bwyso'n ôl yn ei gadair esmwyth, a diawlio'r ceffyl gollodd y ras. Wedi i Cai gau'r drws cefn, edrychodd Gareth draw at ei fab, a nodio ei ben ato, ei feddwl ymhell. Chwifiodd Danielle hogyn bach gwlanog o flaen ei hwyneb, a symud ei ben yn ôl ac ymlaen fel petai'n siarad.

"Helo, Cai! Neis cwarfod chdi!" meddai, mewn llais anarferol o wichiog.

"Iawn, mam?" gofynnodd Cai yn ôl, gan anwybyddu'r ddol, a thaflu ei fag i gornel y gegin. Gwenodd Danielle, a rhoi ei chreadigaeth lawr ar y bwrdd.

"Be ti isio i swpar?" gofynnodd hithau. "O'n i 'di meddwl gneud lasagne, ond ma' dy dad ffansi cyri, medda fo."

"Os dwi ffansi cyri, Danielle, ga' i gyri," meddai Gareth, heb droi ei olwg oddi ar sgrîn y cyfrifiadur. "Dwi'm yn blentyn, nadw?"

Am eiliad – eiliad yn unig – diflannodd yr olwg oddefol, braidd yn naïf oddi ar wyneb ei fam, a golwg lem, haearnaidd yn cymryd ei lle. Trodd yn ôl at ei mab, a thoddodd y llinellau garw oddi ar ei hwyneb unwaith eto. Doedd Gareth ddim wedi gweld y newid. Edrychodd Cai rhwng ei fam a'i dad, yn amharod i ddewis ochr.

"O'n i'n meddwl fysa bagiad o jips reit neis," meddai'n euog.

Aeth ei fam ymlaen i weu, gan nodio'n drist. Heb air, diflannodd Cai allan drwy ddrws y gegin unwaith eto.

* * * * * * * *

Ugain munud yn ddiweddarach, roedd Cai'n eistedd wrth fwrdd y gegin gyda phlatiad o jips o'i flaen. Syllodd yn haerllug at ei dad, oedd yn dal wrthi'n betio – ar bêl-droed, erbyn hyn. Dair blynedd yn ôl, yn fuan ar ôl i Cai ddechrau yn y coleg, fe ddisgynnodd Gareth oddi ar ysgol wrth wneud ei waith fel adeiladwr. Wedi hynny, bu'n byw ar fudd-daliadau, gyda Danielle yn ennill ychydig geiniogau ychwanegol wrth drwsio ambell ddilledyn o amgylch Llanberis. Er nad oedd Cai'n cofio amser pan nad oedd ei dad yn ddistaw ac yn swrth, roedd o'n waeth ers y ddamwain. Gwell ganddo gadw cwmni pobol ar y we, yn y stafelloedd sgwrsio a'r fforymau, a'r casinos ar-lein.

Allan o'r tŷ, roedd o'n anghofio am ei dad. Ei flocio allan, debyg. Gwell ganddo gerdded y mynyddoedd, neu feddwl am Llinos, neu ei fyd ffantasi. A phob tro y dôi'n ôl, a'i dad yn cychwyn ar ei regi a'i fytheirio, âi ias o ddigalondid drwyddo. Brysio i'w ystafell fel arfer, a threulio gweddill y noson yn bwhwman o gwmpas ar YouTube neu Twitter.

Yr un oedd ei hanes ar y diwrnod yma o Fawrth. Wedi iddo orffen y tships, rhoddodd y plât a'r fforc dan y tap, a'u gadael i sychu ar y rac. Cododd ei fam er mwyn gwneud brechdan iddi eu hun. Rhoddodd ei law ar ysgwydd ei mab yn gefnogol, a rhoddodd yntau gofleidiad llawer rhy gyflym iddi'n ôl, cyn codi ei fag a cherdded i mewn i'r ystafell fyw. Yno, roedd ei dad yn ymbalfalu am fwydlen y bwyty Indiaidd lleol, wrth ddal i gadw un llygad ar gêm bêl-droed ar y cyfrifiadur, oedd – o'r ansawdd ychydig llai na pherffaith – yn amlwg yn cael ei gwylio ar wefan anghyfreithlon.

"Pwy sy'n chwara?" gofynnodd Cai, mewn ymgais bathetig i fod yn gyfeillgar. Rhoddodd Gareth frêc ar chwilio am y fwydlen, ac edrych i fyw llygaid ei fab.

"Tyswn i'n deud 'Borussia Mönchengladbach', fysa hwnna'n meddwl *rwbath* i chdi?"

Trodd Cai ar ei sawdl a chychwyn am ei ystafell, gan ddiawlio'i dad o dan ei wynt. Roedd ei ymddygiad diweddar yn gwneud byw gartre'n hunllefus. Petasai ganddo fo'r arian i gael ei le'i hun …

Ac wrth gwrs, dyna lle'r oedd Y Syniad yn dod i mewn. Doedd neb ond Cai yn gwybod am Y Syniad. Roedd o'n ofni y byddai pawb – hyd yn oed ei ffrindiau cwbwl sgwâr – yn meddwl bod Y Syniad yn drist. Ond roedd Cai yn gweld potensial yn Y Syniad, ac yn bwysicach fyth, efallai, cyfle i ddianc.

Agorodd ddrws ei ystafell, a dechrau tyrchu mewn drôr. Gyda gwên, tynnodd y ffolder pinc cyfarwydd allan; y ffolder pinc gydag un gair wedi ei sgriblo ar y blaen: "ERYRIN".

Y Syniad: gêm ffantasi â rheolau cymhleth, dan ddylanwad y clasur *Dungeons & Dragons*, ond yn hytrach na'i chwarae dros fwrdd, gyda ffrindiau yn y byd go-iawn, byddai'n rhedeg dros y we, a phobol o bob cwr o'r byd yn cael ymuno. Ychydig fel *World of Warcraft*, ond â dychymyg y chwaraewyr yn gosod y ffiniau yn hytrach na rhaglen gyfrifiadur.

Doedd Y Syniad ddim yn mynd i weddnewid yr holl fyd, wrth gwrs. Tybiodd Cai nad oedd y rhan fwyaf o bobol (druan ohonyn nhw) wedi *chwarae* rownd o *Dungeons & Dragons*, nac yn gallu dweud y gwahaniaeth rhwng *goblin* a *kobold*, hyd yn oed. Ond doedd Eryrin ddim wedi ei anelu at y bobol yna. Roedd o wedi ei anelu at bobol fel Cai, yn byw yn eu bydoedd bach eu hunain.

Eisteddodd i lawr wrth ei ddesg, troi ei gyfrifiadur ymlaen, rhoi'r gerddoriaeth yn ei gasgliad iTunes ar shyffl, a chychwyn gweithio. Dyluniodd gymeriadau, gwnaeth fapiau o bentrefi dychmygol, lluniau o fwystfilod rheibus, a phendronodd am oriau dros reolau cymhleth.

Yn y man, syrthiodd Cai i gysgu uwch ei siartiau a'i dablau a'i ddarluniau. Cafodd ei ddeffro am un o'r gloch y bore gan sŵn ei dad yn slamio sedd y lle chwech i lawr yn feddw, cyn chwibanu'n gytûn wrth wneud ei fusnes. Penderfynodd Cai, wrth dynnu darn o bapur oedd wedi sticio yn ei dalcen, ei bod yn hen bryd mynd i'r gwely.

Roedd Cai wedi anghofio cau'r llenni eto, ac yn ystwyrian ymhell cyn i Shaun Keaveny ar 6Music ei ddeffro am wyth. Trodd y radio i ffwrdd heb edrych, ac a'i feddwl yn ceisio gwahanu'r byd go-iawn oddi wrth fyd swrreal ei freuddwydion, paratôdd am ddiwrnod arall o waith. Yr un daith i fyny'r mynydd. Yr un tywydd, yr un diflastod. Yr un pwniad gan Wendell i'w ddeffro ar ddiwedd y siwrne.

"Cai! Wneith y chicken chow mein ddim syrfo'i hun!"

Agorodd Cai ei lygaid, a thynnu ei gôt law yn dynnach amdano wrth weld diferion glaw yn taro'n ddidrugaredd yn erbyn ffenestri'r trên. Dilynodd y rheolwr wrth i Wendell reslo gydag ymbarél.

"Os oes un broblem 'da ti, Cai Owen," dechreuodd Wendell wrth gamu i mewn i'r glaw. Collodd Cai y geiriau nesaf yn nhwrw'r storm. Cuddiodd o dan hanner ymbarél Wendell mewn pryd i glywed diwedd ei lith. "... y diogi 'ma! Sut lwyddest ti i weitho'n ddigon caled i gael gradd, sai'n gwbod. Beth wnest ti yn y coleg eto, gwêd?"

Erbyn hyn roedd y ddau wedi cyrraedd y ganolfan, a Cai, wrth ysgwyd ei gôt oddi ar ei ysgwyddau, yn medru rhoi ei holl sylw i'r sgwrs.

"Astudiaethau Diwylliannol, syr."

"Hm?"

"Cultural Studies."

"O. Gwranda, fachgen," sibrydodd Wendell, cyn tynnu Cai'n gyfrinachgar y tu ôl i'r arddangosfa o lwyau cariad. "Smo llawer o bobol rownd ffordd hyn yn berchen ar radd posh fel'ny. Ond os ti'n tynnu dy fys mas, pwy a ŵyr? Falle un dydd, fyddi di ddim yn syrfo chicken chow mein. Falle fyddet ti'n syrfo ..."

Aeth Wendell yn dawel wrth geisio meddwl am ffordd o orffen ei frawddeg, cyn edrych yn ddryslyd at y to ac ysgwyd ei ben, y syniad o fetaffor wedi ei drechu unwaith eto.

"Falle fydde di'n rhedeg y lle 'ma ... ym – yw beth fi'n trial gweud."

Nodiodd Cai, gan wneud ei orau i edrych fel petai Wendell wedi dweud rhywbeth call a deallusol, yn hytrach na gwneud iddo'i hun edrych hyd yn oed yn fwy simpil.

"Ond am y tro, fachgen ..."

Pwyntiodd Wendell at y llwyau cariad a wincio. Nodiodd Cai ei ben, a'i wylio yn diflannu i mewn i'w swyddfa. Wedi iddo fo fynd, rhoddodd Cai ochenaid fawr, a dechrau rhoi trefn ar y llwyau. Ai dyma be oedd gan weddill ei oes i'w gynnig iddo? Oni bai am y cyflog gwell, a'r swyddfa breifat, oedd swydd fel un Wendell wir yn rhywbeth i anelu ato?

Daeth Llinos i helpu. Am bum munud, phasiodd yr un gair rhyngddynt. Yn y man, a'r tensiwn mor gryf fel y gallech chi ei dorri â llwy gariad, penderfynodd Cai roi cynnig unwaith eto ar y sgwrs ddechreuodd o ddoe.

"Felly, yr Anglesey nos fory, 'lly?"

Goleuodd wyneb Llinos.

"O, ia," meddai hi'n llon, gan anghofio'n llwyr am yr olwg oeraidd a saethodd hi at Cai am ofyn yn union yr un cwestiwn y diwrnod cynt. "Ti'n mynd?"

"O, ti'n gwbod, os dwi ddim rhy brysur," meddai Cai, gan wrido.

"Ffan o Pazuzu, wyt?"

"Y? Y diafol 'na o'r *Exorcist*? Do'n i'm yn gwbod bod chdi'n licio ffilmia arswyd, Llinos."

"Be ti'n fwydro? Pazuzu 'di'r band sy'n chwara'n yr Anglesey. Ma' nhw dros C2 fatha rash."

"O. Ia. Pazuzu. Y band. Ydw siŵr. Pwy sy ddim?"

Doedd Cai erioed wedi clywed yr un o'u caneuon. Llawer gwell ganddo wrando ar 6Music, neu Radio 4 pan oedd o'n teimlo'n soffistigedig, neu sticio at ei gasgliad cerddoriaeth ei hun.

"Sgen ti'r albym?"

Roedd Llinos yn gofyn hyn er mwyn creu sgwrs, yn fwy na dim, gan ddal i roi trefn ar y llwyau'n ddifeddwl. Ond gwnaeth Cai'r camgymeriad o gymryd ei chwestiwn fel arwydd o ddiddordeb gwirioneddol yn ei fywyd.

"O, wrth gwrs. Yr albym. Oes siŵr."

"Be 'di dy hoff gân di, 'ta?"

Trodd wyneb Cai yn biws mewn embaras. Be oedd rhywun i fod i'w wneud yn y fath sefyllfa? Dyfeisio teitl cân? Na, fe fyddai hynny'n wallgo. Ei hanwybyddu? Na. Fe fyddai'r un cwestiwn yn dod eto, a mwy o bwysau arno fo i roi ateb dilys yr eildro. Yn sydyn, o nunlle, daeth syniad. Edrychodd Cai at ddrws Wendell, a gweiddi'n frysiog.

"Be, Mr Hughes? O, ocê. Dod rŵan."

Cerddodd at y swyddfa, gan edrych yn ymddiheurol dros ei ysgwydd at Llinos.

"Y bos isio fi, yli."

"Glywes i'm byd," meddai hithau.

Cyrhaeddodd Cai'r drws. Be rŵan? Sefyll yno fel lob? 'Ta camu i mewn, a dyfeisio rhyw fath o esgus am fod yno? Ia siŵr. Agorodd y drws, a dechrau siarad …

"Mr Hughes? Oeddech chi isio fi, syr?"

… cyn sylweddoli nad oedd o yno. Roedd drôr gwaelod desg y rheolwr ar agor, ac ynddi … ai copi o *Mario Kart DS* oedd hwnna? Cyn i Cai allu cael golwg agosach, clywodd sŵn lle chwech yn gwagio yn y pellter. Trodd o gwmpas mewn pryd i weld Wendell yn cerdded yn hamddenol tuag ato.

"Problem, Cai?" gofynnodd Wendell, cyn patio Cai'n gefnogol ar ei ysgwydd a mynd i eistedd y tu ôl i'w ddesg. Edrychodd Cai draw at Llinos, oedd yn giglo tra'n tecstio rhywun – yn dweud wrthyn nhw am yr embaras diweddaraf yma, debyg.

"Na. Na, 'm byd."

Caeodd Cai'r drws, a mynd i sefyll yn daeogaidd wrth y cownter bwyd. Roedd Colin yn dechrau dod â'r cawl allan.

* * * * * * * *

Aeth y diwrnod gwaith heibio'n arteithiol o araf. Doedd gan Cai ddim hyder i ddweud mwy nag ambell air o smaldod wrth Llinos, gymaint oedd ei embaras a'i hunan-gasineb. Ar y trên i lawr yr Wyddfa, aeth Llinos i eistedd yn y cefn, ac yn hytrach na mynd yno i'w sedd arferol, eisteddodd Cai yn y blaen, gan geisio anghofio am ddigwyddiadau'r dydd wrth syllu allan ar yr olygfa lwyd, wleb, a dychmygu ei fyd ffantasi unwaith eto. Wedi i'r trên gyrraedd yr orsaf, Cai oedd y cyntaf i gamu oddi arno, a rhuthrodd am adre rhag ofn i embaras arall ymddangos allan o nunlle.

Cerddodd i mewn i'r gegin. Roedd ei dad yn grwgnach uwch y cyfrifiadur unwaith eto, ond ddim yn bytheirio fel ddoe.

"Enillodd o heddiw," meddai ei fam, wrth bacio pwrs a ffôn i mewn i'w bag, gwaith gwnïo'r dydd yn gorchuddio'r bwrdd.

"A wedyn 'i golli o eto," meddai ei dad. "Iesu Grist, Danielle. Pam oes rhaid i chdi weld yr ochor *ora* i bopeth o hyd?"

Rowliodd Danielle ei llygaid, cau ei bag, a gwneud ei ffordd at y drws.

"Iona 'di trefnu noson bingo," esboniodd hi. "Fyddi di'n iawn i nôl swpar dy hun eto?"

"Byddaf siŵr," atebodd Cai. Diflannodd ei fam. Aeth â'i fag i fyny'r grisiau. Wedi iddo basio drwy'r stafell fyw, gwelodd bod ei dad yn ymbalfalu am fwydlen y bwyty Indiaidd yn barod. Dau ddiwrnod yn olynol.

Ar ôl cyrraedd ei ystafell, agorodd Cai un o'i ddrôrs eto. Ond nid ffolder Eryrin oedd ei darged y tro hwn. O dan ffigwr Captain Panaka (dal yn y bocs gwreiddiol) o'r ffilm *Star Wars: Episode I*, daeth o hyd i ffolder arall, â "*D & D*" wedi ei sgwennu ar y blaen. Gwenodd Cai. Roedd o'n mwynhau nos Wener. Prysurodd ei hun am ychydig drwy ymolchi a newid ei ddillad, cyn cychwyn allan unwaith eto.

"Ti'n mynd i'r gegin?" gofynnodd ei dad, wrth glywed Cai'n cerdded lawr y grisiau. "Ateba'r drws i'r boi Indian os ydi o'n dŵad."

"Mynd allan, sori. Ma'n nos Wener, yndi?"

Gwnaeth Gareth Owen sŵn yng ngwaelod ei wddw: sŵn o siom, a dicter, ac anobaith.

"Dwi dal ddim yn gwbod be uffar ti'n neud efo'r criw 'na yn lle mynd allan i yfad ar nos Wenar fatha rywun normal."

"*Dungeons & Dragons*, dad," meddai Cai'n bwyllog. "Ma' gan bawb gymeriad, ac wedyn ma' Tom yn chwarae rhan y DM – neu 'Dungeon Master' – sy'n dylunio'r holl anturiaethau 'dan ni'n mynd arnyn nhw, gwneud yn siŵr bod popeth yn mynd yn llyfn, rheoli'r bobol ddrwg ..."

Rhoddodd ei dad law i fyny.

"Ddudis i 'mod i'm yn gwbod," meddai fo. "Ddudis i ddim 'mod i *isio* gwbod."

Aeth Gareth ymlaen i astudio sgrîn ei gyfrifiadur. Tu ôl i'w gefn, cododd Cai ddau fys arno, a gadael y tŷ.

* * * * * * * *

A dweud y gwir, doedd y sesiwn *Dungeons & Dragons* ddim yn dechrau am ychydig oriau eto, ond doedd gan Cai ddim llawer o awydd aros yn y tŷ gyda dim ond ei dad yn gwmni. Crwydrodd y strydoedd am sbel cyn mentro ychydig gamau i fyny llethrau'r Wyddfa. Er ei fod yn gweithio yno, roedd yn dal dan hud y lle. Doedd yr un ddarlith gan Wendell, na'r un embaras o flaen Llinos, yn medru amharu ar y wefr o basio Pen y Ceunant Isaf, nac ar yr olygfa dros Elidir Fawr, na'r teimlad oedd yn dod o goncro'r mynydd, hyd yn oed am y degfed neu'r ugeinfed tro.

Ond doedd dim llawer o amser ganddo fo. Felly ar ôl troedio'r is-lethrau am ychydig, cychwynnodd yn ôl at y pentre gan alw heibio'r *takeaway* ar y ffordd.

Pan gerddodd i mewn i ystafell fyw ei ffrind Tom, daeth ag arogl tships i mewn gydag o. Edrychodd Tom i fyny o'r pentwr papurau ar y bwrdd, a chrychu ei drwyn yn chwilfrydig.

"Be ti'n gwneud, Cai? Ti'n gwybod bod ni'n usually ordro pizza."

"Methu disgwl, nag o'n? Ges i jips ddoe 'fyd. Dwi'n teimlo'n fudr. Ond dwi dal ddim mor ddrwg â Dad. Cyri i swpar. Heddiw *a* ddoe."

"Scum. Y dau o chi."

"Ond ga i bizza hefyd. 'Da phoeni."

"There we go, then. Popeth yn iawn."

Y tu ôl i Cai roedd Taliesin, brawd bach Tom, yn trefnu popeth ar gyfer y gêm oedd i ddilyn, yn cario cadeiriau, yn gwneud yn siŵr bod gan bawb ddigon o siocled a Coca-Cola i bara'r noson, yn dwyn tships oddi ar Cai. Doedd y ddau frawd ddim yn byw gyda'i gilydd; ychydig fisoedd yn ôl, bu Tom yn ddigon ffodus i landio swydd yn Costcutter, a rhentu fflat ar gyrion y pentre. Roedd ei frawd yn dod i mewn bob hyn a hyn i chwarae *Dungeons & Dragons*, i ddwyn bwyd, ac i fod yn boen beunyddiol iddo fo.

Wrth i Cai frysio i eistedd mewn cadair cyn i Taliesin ei chymryd er mwyn aildrefnu'r ystafell unwaith eto, daeth Andreas i mewn o'r ystafell ymolchi. Roedd yn ddyn gwirion o fawr, ei grysau-T eironig byth cweit yn cuddio'i fol anferth. Cerddodd drwy'r drws ag un llaw yn gafael mewn iPhone, y llall wedi ei lapio'n amddiffynnol o gwmpas bagiaid o greision. Gweithiai Andreas ym myd technoleg, yn dylunio gwahanol *apps* a gwefannau ar gyfer amryw o gwmnïau. Er ei hoffter o ddisgrifio'i waith mewn manylder cwbwl ddiangen, doedd gan Cai ddim syniad be oedd ei swydd wir yn ei olygu. Eisteddodd heb gyfarch neb, a pharhau i chwarae gyda'i ffôn.

Roedd nos Wener yng nghartre Tom yn dipyn o destun balchder i'r bechgyn, er mor dueddol oedd y cyhoedd o edrych i lawr ar eu hobi. Iddyn nhw wybod, er bod *Dungeons & Dragons* wedi bod o gwmpas ers y saith degau, dyma'r gêm estynedig (yr "ymgyrch") gynta drwy'r iaith Gymraeg. Am fisoedd, ers i Cai ddychwelyd i Lanberis o'r coleg, roeddent wedi bod yn ymgynnull bron bob nos Wener, eu cymeriadau yn gwneud eu gorau i wrthsefyll ymdrechion Tom i'w difa. Roedd rhai ohonynt yn fwy llwyddiannus na'i gilydd, gyda chymeriadau Taliesin yn ddi-ffael yn syrthio i mewn i bydew o dân, neu'n cael eu llyncu gan ddraig, neu'n camddefnyddio eu pwerau hud ac yn cael eu troi'n llyffaint.

Edrychodd Taliesin o'i gwmpas, ddim yn siŵr iawn be i'w wneud, cyn rhuthro i mewn i'r gegin er mwyn nôl mwy o greision.

"Christ," meddai Tom o dan ei wynt. "Byswn i'n hoffi tysa fo'n aros yn still am unwaith."

Roedd rhieni Tom a Taliesin wedi symud i'r ardal ychydig flynyddoedd yn ôl, wedi eu hudo gan Ogledd Cymru, ac wedi sicrhau bod eu meibion yn trochi eu hunain yn y diwylliant a'r iaith. Oherwydd y gwahaniaeth oed rhyngddyn nhw, roedd Taliesin wedi bod ychydig yn fwy llwyddiannus yn hyn o beth na'i frawd mawr.

"Gad lonydd," meddai Cai. "Dim ond trio helpu mae o."

"Geith o helpu trwy chwarae'r gêm yn iawn," atebodd Tom yn bigog. "Dydw i ddim eisiau fo'n sboilio session fi eto efo'i bloomin' lol."

"Welsoch chi'r trelyr i'r gyfres newydd o *Game of Thrones*?" gofynnodd Andreas, heb godi ei lygaid o'r iPhone.

"Naddo," meddai Tom, wrth roi un sgŵd olaf i'r pentwr papurau o'i flaen.

"Paid â boddran," atebodd Andreas. "Gad i fi restru popeth gawson nhw'n rong."

Ysgydwodd Cai ei ben wrth i Andreas ddechrau ar lith roedd o'n amlwg wedi ei baratoi o flaen llaw. Wedi i Taliesin ailymddangos gyda'r creision, daeth cnoc ar y drws. Gan ollwng popeth yn frysiog, a thywallt mynydd o greision dros y llawr yn y broses, sgrialodd Taliesin i gyfarch y newydd-ddyfodiad. Edrychodd Cai draw at ei ffrindiau, i weld a oedd un ohonynt am drafferthu codi'r creision. Na. Aeth ar ei gwrcwd, a chychwyn ar y gwaith ei hun.

Cyn pen dim, synhwyrodd bresenoldeb yn sefyll uwch ei ben. Edrychodd i fyny i weld Mabli'n syllu'n syn i lawr.

Mabli Lewis oedd yr ychwanegiad newydd i'r grŵp, ac wedi ei chyflwyno i'r gweddill gan Cai ei hun. Doedd o erioed wedi meddwl y byddai gan ferch unrhyw ddiddordeb mewn smalio lladd bwystfilod na hela am drysor mewn byd o hud a lledrith. Ond roedd y byd yn newid. Bu iddi ddechrau sgwrs efo fo tra oedd y ddau yn pori drwy'r llyfrau ffantasi yn WH Smith's Bangor tua deufis yn ôl. Ac o hynny, yn ara bach, cafodd ei chroesawu i'r ymgyrch, a'i chymeriad, Elessen Bengoch, yr asasin ddeniadol, yn tyfu'n rhan annatod o'r gêm bob nos Wener.

"Iawn, Mabli?" gofynnodd Cai gan godi, a gadael i Taliesin glirio ei lanast ei hun. Aeth Cai i eistedd, a gwnaeth Mabli'r un peth, gan ddiosg ei siaced. Roedd hi'n gwisgo crys-T *Game of Thrones*. Am y tro cynta, edrychodd Andreas i fyny o'i ffôn, a phwyntio'n ddigon mochynnaidd at y logo ar ei bronnau.

"Welist ti'r trelyr?"

Nodiodd Mabli gan wenu.

"Rybish, doedd?"

"E? Be ti'n feddwl?"

"Wel, doedd o ddim *byd* fel y llyfra ..."

"Ia, ond dydi hwnna ddim yn meddwl bod o'n rybish, nag'di? A pryd o'dd y tro dwytha i chdi ddarllan y llyfra?"

Wrth i Andreas agor ei geg i ateb, tynnodd Mabli gopi o *A Dance With Dragons* allan o'i bag. Hi oedd wedi ennill y rownd yma. Brathodd Andreas ei dafod am y tro.

Darllen oedd bywyd Mabli. Roedd hi'n dal i fyw gartre, ac yn meithrin breuddwydion am lwyddiant fel awdures. Weithiau, roedd Cai'n dychmygu y byddai hi, un dydd, yn ysgrifennu epig fawr wedi ei lleoli ym myd Eryrin … ond doedd o erioed wedi sôn am y peth wrthi.

Cododd Taliesin, rhoddodd y creision a'r briwsion mewn bin sbwriel cyfagos, ac eistedd wrth ymyl Mabli. Gwenodd hithau arno.

"Reit, gawn ni dechrau o'r diwedd," meddai Tom, gan daflu golwg annifyr ar ei frawd. "Fel ydach chi'n cofio, tro diwetha, roedd pawb wedi eu … ym … imprisonio … yn y carchar dan dinas yr Orcs. Be ydach chi'n penderfynu gwneud?"

Neidiodd Taliesin yn hapus yn ei sedd.

"Dwi am bigo'r clo!"

"OK," meddai Tom. "Roll the dice." Doedd Tom erioed wedi arfer siarad Cymraeg â'i frawd.

Gafaelodd Taliesin mewn dis 20-ochr, a'i rowlio. Diflannodd y wên oddi ar ei wyneb wrth weld ei fod wedi rowlio'r rhif 1. Ochneidiodd Tom.

"Critical miss. An Orc prison guard hears you, and catches you red-handed. He clubs you in the face. You are dead. Again."

"Damia," meddai Taliesin. Eisteddodd â'i freichiau ynghroes am ychydig, yn pwdu wrth i'r gweddill fynd ymlaen â'r antur. Ond buan y sionciodd, ac estyn papur a phensel er mwyn dylunio cymeriad newydd.

* * * * * * * *

Aeth y sesiwn ymlaen am oriau. Yn y man, roedd y tri chymeriad gwreiddiol (a chymeriad newydd Taliesin – Alfnord, y corrach cwerylgar) wedi dianc o'r carchar, a gwneud eu ffordd i balas yr Orc maleisus oedd yn rheoli'r ddinas. Penderfynodd pawb mai dyna'r lle naturiol i orffen y noson.

Roedd Mabli'n byw ychydig yn bellach na'r gweddill, yng Nghwm y Glo. Byddai'n gyrru i'r sesiwn bob tro, ac fel arfer yn rhoi lifft adre i Cai ac Andreas, er bod y ddau'n byw yn ddigon agos. Pan ddaeth y car i stop y tu allan i'w dŷ, neidiodd Andreas allan o'r car heb air, yn dal i edrych ar ei ffôn, a chau'r drws yn glep y tu ôl iddo. Gwenodd Mabli ar Cai, a chychwyn gyrru'r munud neu ddau ychwanegol i'w gartref.

"Sesiwn dda heno, doedd?" gofynnodd hi.

"Mm-hm," meddai Cai'n flinedig. Roedd o wedi bwyta gormod, ac yn eistedd yn ôl yn y sedd flaen, gan afael yn ei fol yn boenus.

"Faint o fet fydd Alfnord ddim yn byw heibio'r sesiwn nesa?"

Chwarddodd Cai'n isel, cyn teimlo'n sâl, agor y ffenest er mwyn cael ychydig o awyr iach, a sticio'i ben allan fel ci. Synhwyrodd Mabli nad oedd gan Cai lawer o awydd sgwrsio.

Ymhen dim, roedd y ddau wedi cyrraedd stryd Cai. Diolchodd yntau i Mabli, a neidio allan o'r car.

"Hei!" gwaeddodd Mabli, gan beri i Cai droi ar ei sawdl a phlygu er mwyn edrych i mewn i'r car drwy'r ffenestr agored. "O'n i … o'n i'n meddwl mynd i'r sinema yn Llandudno nos fory. Dwi'm yn gwbod. Ella. Dim syniad be sy 'mlaen, chwaith, ond … jest ddim 'di bod ers tro, dyna i gyd. Ffansi?"

Meddyliodd Cai am ychydig eiliadau, cyn cofio bod ganddo gynlluniau.

"Sori," meddai'n swrth. "Dwi'n mynd i'r Anglesey."

* * * * * * * *

Cerddodd i mewn drwy ddrws y gegin. Roedd ei dad yn cysgu yn yr ystafell fyw, diolch byth, a'i fam yn nyrsio gwydraid o fodca.

"S'mai?" gofynnodd Cai'n betrusgar. Doedd dim modd dweud pa fath o dymer fyddai'n cydio yn ei fam ar ôl iddi gael glasied neu ddau.

"Sut oedd y bingo?"

"Wedi canslo," atebodd Danielle. "Elen yn sâl. 'Sa fi a Iona ddim yn gallu cael llawer o gêm rhwng dwy, na fysan?"

Nodiodd Cai.

"Dwi 'di bod yn …"

"Dy beth dreigia a ballu," meddai ei fam, gan dorri ar draws. "O'n i'n casglu." Edrychodd ar ei gwydr yn drist.

"Wel," meddai Cai, gan symud tuag at y stafell fyw, "nos da, mam."

"Nos da, bach."

Cerddodd Cai i'w ystafell, gan ofalu peidio deffro ei dad. Rhoddodd ei ŵn nos amdano, ac aeth i gysgu.

DYDD SADWRN: DYDD 3

Roedd yn hen arfer gan Cai aros yn ei wely yn hwyr ar fore Sadwrn. Hyd yn oed yn ystod ei ddyddiau yn y coleg, pan nad oedd yn debyg o weithio mwy na chwech neu saith awr yn ystod yr holl wythnos, bore Sadwrn oedd ei gyfle i ymlacio.

Er hynny, doedd o byth yn cofio troi ei larwm i ffwrdd. Deffrodd yn flin yn wirion o gynnar a throi'r larwm i ffwrdd cyn cysgu'n anesmwyth tan hanner dydd. Yn y man, llusgodd ei hun allan o'r gwely ac agor y llenni. Glaw.

Aeth Cai i'r ystafell fyw. Am unwaith, roedd ei fam yno yn hytrach nag yn y gegin, yn gwylio *Saturday Kitchen* yn hapus braf. Trodd rownd yn ei sedd pan glywodd hi sŵn traed ei mab yn dod i lawr y grisiau. Cododd Cai ei aeliau mewn cyfarchiad.

"Dy dad allan," meddai Danielle. "Ryw gêm ffwtbol. Rwbath i wneud efo ham?"

"West Ham?"

"Ia, debyg."

"Reit. Wel, dwi'n mynd allan 'fyd. Felly ..."

Trodd ei fam yn ôl i sbïo ar y sgrîn.

"O, reit," meddai hi'n dawel.

* * * * * * * *

Roedd defod arall gan Cai ar ddydd Sadwrn. Hoffai fynd i gaffi Pete's Eats er mwyn bwyta brecwast seimllyd ac edrych ar yr holl gerddwyr yn paratoi am ddiwrnod o drempian dros fynyddoedd Eryri. Diwrnodau gwlyb oedd y rhai gorau. Er bod Cai'n teimlo pang o euogrwydd am y peth o bryd i'w gilydd, roedd o'n cymryd pleser rhyfedd yn eu hofn a'u hanniddigrwydd wrth iddyn nhw edrych ar y glaw yn taro'r ffenestri'n ddi-baid.

Roedd y dydd Sadwrn penodol yma'n glasur. Wrth orchuddio'i gig moch â ffa pôb (system syml ac effeithiol o gadw'r cig moch yn gynnes), clustfeiniodd Cai ar gwpwl ifanc oedd, yn amlwg, wedi edrych ymlaen at rai dyddiau pleserus yn troedio mynyddoedd y gogledd-orllewin.

"Do you think it'll stop, Debbie?"

"I don't know. I really don't know."

Ochenaid gan y dyn. Stwffiodd y ferch, Debbie, ddarn soeglyd o dost i'w cheg, cyn dweud y llinell roedd Cai yn ei chlywed bron bob dydd Sadwrn …

"Typical bloody Welsh weather."

Ochenaid gan Debbie. Ac ymlaen ac ymlaen. Allai Cai mo'i rwystro'i hun rhag gwenu, wrth i drafodaeth y ddau droi yn ddadl. Gorffennodd ei gig moch (dal yn gynnes, diolch i'w system), a gadael y caffi.

Treuliodd brynhawn dedwydd iawn yn hepian o flaen *Bargain Hunt* ac *Escape to the Country*, ei fam yn gweu yn y gadair freichiau wrth ei ymyl. Yn llawer rhy fuan, byrstiodd ei dad drwy'r drws cefn, a chreu stŵr anferth wrth nôl poteli cwrw o'r ffrij. Heb air, cododd Danielle, casglodd ei ffigyrau gwlân yn ei breichiau, a chymryd ei sedd arferol yn y gegin. Daeth Gareth i mewn i'r ystafell fyw, eistedd, a chymryd swig o'i gwrw.

"Colli," meddai fo. "Llwgu fyddwn ni ar y rât yma."

Gwnaeth Cai ei ffordd i'w ystafell. Gorweddodd ar y gwely, a syrthio i gysgu.

* * * * * * * *

Cafodd ei ddeffro gan ei dad yn bloeddio chwerthin. Eisteddodd Cai i fyny a chlustfeinio wrth y drws. Clywodd lais Richard Hammond yn gwneud hwyl am ben rhyw ffŵl oedd wedi lawnsio ei hun i mewn i bwll o ddŵr am ddim rheswm. *Total Wipeout*. Hoff beth ei dad, ac eithrio chwaraeon. A chwrw. A chwyno. Roedd o angen dianc. Ei lais yn bradychu ei flinder, archebodd dacsi i'r Anglesey.

Rhwbiodd Cai'r cwsg allan o'i lygaid, a dewis pa jîns a chrys-T roedd o am wisgo i'r gig. Ar ôl hanner munud soled o bendroni, penderfynodd wisgo'r cyfuniad oedd yn digwydd bod ym mlaen y cwpwrdd. Tynnodd y jîns roedd o'n eu gwisgo, gyda'r gwaelodion yn dal yn wlyb ar ôl y drochfa yn gynharach yn y diwrnod. Tynnodd ei grys a'i siaced, ac astudiodd ei hun yn ofalus yn y drych, yn gwisgo dim byd ond trôns gwyn a hosanau llwyd. Oedd o'n ddeniadol i ferched bellach? Rhoddodd ei fawd rhwng ei fol a'i ddillad isaf, a'u tynnu ymlaen er mwyn gwneud yn siŵr bod popeth yn dal yn ei le.

Cnoc ar y drws.

Daeth ei fam i mewn, powliaid o gawl tomato yn ei dwylo.

"O'n i'n meddwl fysa chdi'n licio ... o diar."

Rhuthrodd allan eto. Rhedodd Cai ar ei hôl, a sefyll bron yn borcyn yng nghanol y coridor.

"Mam! Cnocia!"

"Mi *wnes* i gnocio," daeth ei llais o'r ystafell fyw.

"Iesu, Danielle, be ti 'di neud rŵan?" gofynnodd Gareth.

"Wel," meddai Cai, gan ddechrau pitïo dros ei fam, "cnocia'n galetach tro nesa."

"Siŵr o wneud. Fydd o yn y gegin pan ti'n barod."

Camodd Cai yn ôl i'w ystafell, a chau'r drws gyda chlep. Fe gymerodd ychydig eiliadau iddo ddechrau deall be oedd o'i flaen.

Yng nghanol yr ystafell, yn hongian uwch y llawr, roedd disg o egni pur yn chwyrlïo. Roedd y tu mewn yn edrych fel sgrîn deledu analog heb signal, ac o bryd i'w gilydd dôi globylau o drydan glas golau allan, a thoddi'n ddisymwth yn erbyn y llawr. O'i chwmpas, roedd cylch o fellt mân yn troi, a changhennau'r cylch yn ymestyn allan ac yn sbarcio yn erbyn dodrefn yr ystafell.

Neidiodd Cai ar ei wely mewn braw. Trodd y ddisg i'w wynebu. Doedd Cai ddim wedi ei *gweld* yn troi ... ond roedd y peth wastad o'i flaen, yn mynnu ei holl sylw. Rhuthrodd i wthio ei gyfrifiadur i gefn y ddesg i'w amddiffyn rhag y trydan. Er ei bod bellach ar ochr arall yr ystafell, roedd y ddisg yn edrych yn union yr un peth, fel gwrthrych dau-ddimensiynol o hen gêm gyfrifiadur oedd rywsut wedi ffeindio ei ffordd i'n byd ni.

A doedd dim sŵn yn dod o'r peth. Dyna, o bosib, y peth mwya brawychus. Weithiau, pan drawai'r pelenni o drydan yn erbyn y llawr, roedd sŵn hisian meddal i'w glywed, fel alka seltzer yn cael ei ollwng mewn dŵr. Ond y ddisg ei hun? Er ei bod yn troi ar gyflymder eithriadol o gyflym, a'r patrwm y tu mewn yn chwyrlïo, a'r mellt yn saethu i bob cyfeiriad ... dim.

Rhuthrodd pob math o esboniadau posib i feddwl Cai. Edrychodd allan drwy'r ffenest, rhag ofn bod yr awyr yn llawn llongau gofod o blaned arall. Ai dyma ddechrau'r ymosodiad? Ond roedd yr awyr yn wag, a goleuadau stryd Llanberis yn gwneud eu gorau i foddi golau'r sêr. Trodd yn ôl at y ddisg. Dal yno. Oedd o'n dychmygu'r holl beth?

Heb feddwl yn iawn, gafaelodd mewn esgid oedd yn gorwedd o dan ddesg ei gyfrifiadur, a'i thaflu tuag at y ddisg. Heb sŵn, diflannodd honno drwy'r canol. Llamodd Cai at y drws, i weld a oedd yr esgid wedi pasio drwy'r ddisg, a glanio ar yr ochr arall. Nag oedd. Roedd hi wedi glanio ... rywle arall.

Ddim yn dychmygu'r peth, felly.

Ac yn bwysicach fyth, roedd y ddisg yn *arwain i rywle*. Oedd gan Cai unrhyw ddewis *ond* camu i mewn? Fyddai unrhyw ffan o ffantasi neu ffuglen wyddonol wedi gwneud yn wahanol? Pwy a ŵyr – falle nad drws yng nghefn cwpwrdd oedd y ffordd i deyrnas Narnia wedi'r cwbwl. Roedd rhaid iddo fo wneud. Fel arall, fe fyddai un esgid yn brin ar ei noson fawr yn yr Anglesey.

Ei galon yn pwmpio fel nad oedd erioed wedi pwmpio o'r blaen, neidiodd Cai i mewn ...

* * * * * * * *

... a glanio yn ei ystafell. Baglodd dros ei esgid a tharo'i ben yn erbyn y drws. Cododd ac edrych o'i gwmpas. Roedd popeth yn union fel yr oedd cyn iddo neidio drwy'r ddisg. Doedd Narnia ddim yn bodoli wedi'r cwbwl. Suddodd ei galon. Edrychodd ar yr esgid ar y llawr, a'i chodi o flaen ei wyneb. Sut nad oedd o wedi ei gweld? Rhoddodd yr esgid o dan ei gesail, a cheisio penderfynu be i wneud nesa. Roedd rhaid i bobol eraill wybod am hyn. Gwir, falle nad oedd y ddisg yn gwneud unrhyw beth o werth, ond roedd yn edrych yn cŵl, o leia. Falle y byddai'n medru ei gwerthu i rywun, a chodi ei deulu o'u bywydau diflas, dibwys ...

Agorodd y drws.

"Mam … ?"

Daeth llais Danielle o'r gegin.

"Be sy, cariad?"

Roedd hi'n swnio fel petai'n synnu clywed ganddo o gwbl. Ddim yn disgwyl iddo siarad â hi ers yr embaras yn yr ystafell wely, siŵr o fod. Brysiodd Cai i wisgo gŵn nos, rhag ofn iddi ei weld yn hanner noeth unwaith eto. Wrth wneud, syllodd ar y ddisg yn troi'n ddistaw. Roedd rhaid bod pwrpas i'r peth. Doedd rhywbeth fel'na ddim yn ymddangos ac yn chwarae castiau ag esgidiau rhywun am ddim rheswm. Ac roedd Cai'n fachgen clyfar. Doedd bosib na allai ddarganfod gwir bwrpas y peth ar ei liwt ei hun. Tynnodd y gŵn yn dynnach amdano, ac ymestyn ei ben i'r coridor unwaith eto.

"Dim otsh, mam."

Caeodd y drws yn dawel. Yr esgid yn un llaw, ei chwilfrydedd yn tyfu, neidiodd i mewn i'r ddisg yr eildro.

* * * * * * * *

Glaniodd yn lwmp wrth erchwyn y gwely. Rhoddodd ochenaid o rwystredigaeth wrth godi ei hun oddi ar y llawr. Cododd, a throdd o gwmpas.

Roedd y ddisg wedi diflannu. Rhuthrodd ymlaen at y ffenest, rhag ofn ei bod yn nofio i ffwrdd drwy'r awyr i'r blaned Klang, neu o ble bynnag y daeth. Dim byd. Dim ond goleuadau Llanberis.

Eisteddodd i lawr wrth ei ddesg, a rhoi ei ben yn ei ddwylo. Unwaith eto, daeth y syniad i'w feddwl ei fod wedi dychmygu'r holl beth. *Roedd* ganddo ddychymyg hynod o fywiog. Dyna pam roedd o'n medru chwarae *Dungeons & Dragons* mor dda, wedi'r cwbwl. Ond … roedd popeth wedi ymddangos mor *real*.

Edrychodd ar ei oriawr, oedd yn dal i dician. Dyna ergyd arall i'r theori bod y ddisg wedi bodoli, felly – fyddai rhywbeth mor drydanol nerthol ddim wedi amharu ar yr oriawr rywsut? Dychymyg oedd o, siŵr iawn. Breuddwyd. Ia, dyna ni. Roedd o wedi bod yn cysgu ychydig funudau'n ôl, wedi'r cwbwl. Ella ei fod o wedi dychmygu holl fusnes ei fam a'r cawl hefyd.

Ychydig cyn saith. Amser mynd. Taflodd ei ŵn nos ar y gwely'n frysiog a neidio i mewn i'r dillad roedd o wedi eu paratoi'n ofalus yn gynharach. Wrth adael ei ystafell, sbeciodd yn ôl drwy'r drws yn hanner-disgwyl – neu'n hanner-gobeithio? – gweld y ddisg yn nofio uwch y llawr unwaith eto. Doedd dim byd yno. Ysgydwodd ei ben a chwerthin yn ysgafn wrtho'i hun.

Clywodd gorn y tacsi y tu allan. Rhedodd drwy'r tŷ heb drafferthu cydnabod ei dad.

"Hwyl, Mam," meddai, wrth agor drws y gegin, "dwi'n mynd allan. Paid ag aros fyny. Ga' i rwbath i fyta'n G'narfon."

Caeodd y drws.

"Ond wnes i gawl i chdi," meddai Danielle wrthi ei hun yn drist.

* * * * * * * *

Doedd dim llawer o sgwrs gall i'w gael gan y gyrrwr tacsi. Dim bod llawer o awydd siarad ar Cai. Doedd o ddim wedi meistroli sgwrsio gyda'i ffrindiau a'i gydweithwyr, heb sôn am ddieithriaid – yn enwedig pan oedd y drafodaeth yn troi o gwmpas Moslemiaid (ar y daith o Lanberis i Bontrug) a sut roedd cynhesu byd-eang yn amlwg yn dwyll (Pontrug i Gaernarfon). Doedd o ddim yn gallu canolbwyntio ar yr holl nonsens, beth bynnag. Er ei holl ymdrechion i anghofio'r ddisg yn ei ystafell, dyna'r unig beth oedd yn llenwi ei feddwl ar y siwrne. Gallai bron ei gweld yn chwyrlïo o'i flaen unwaith eto.

Gan glywed cerddoriaeth swnllyd yn dod o gyfeiriad yr Anglesey, neidiodd Cai allan o'r tacsi'n frysiog y tu allan i'r dafarn, heb adael tip. Roedd yn hoff ganddo fynd i weld bandiau'n chwarae o bryd i'w gilydd, ond doedd y twrw yn nofio tuag ato ddim yn swnio'n arbennig o ddymunol. Serch hynny, roedd o wedi gaddo i …

Llinos. Gwthiodd y ddisg allan o'i feddwl a cheisio canolbwyntio ar Llinos wrth wthio'i ffordd drwy'r plant ysgol a'r cyfryngis oedd yn yfed y tu allan i'r dafarn. Talodd wrth y drws ac aeth i nôl diod wrth y bar gan fwrw golwg ar y dorf o'i flaen. Ym mhen draw'r dafarn roedd pedwar o fechgyn ifainc, oll mewn cardigans Nadoligaidd a jîns amhosib o dynn, yn strymio gitârs gan edrych fel petaent wedi diflasu â'r holl sefyllfa. Ai dyma oedd Pazuzu? Ac ai Llinos oedd y ferch benfelen yn dawnsio wrth y llwyfan? Cymerodd sip o'i gwrw a chraffu er mwyn gwneud yn siŵr. Doedd o ddim am fynd ati a dawnsio ei hun, wrth gwrs. Dim tan iddo gael ychydig o beintiau eto, o leia.

Bu bron iddo ollwng ei ddiod mewn braw pan ddaeth Llinos i fyny ato o'r tu ôl a'i bwnio yn ei ysgwydd.

"Iawn, Cai?" gofynnodd hithau, a gwên nawddogol yn chwarae ar ei gwefusau. "Do'n i'm yn meddwl fysa chdi'n troi fyny. O'n i'n meddwl bod Mr Hughes isio dy weld di."

Fforsiodd Cai wên wrth gofio am ei embaras y diwrnod cynt.

"Wel, ti'n gwbod gymaint o ffan ydw i o Pazuzu …"

Chwarddodd Llinos. Bingo. Dyna'r tensiwn wedi ei ddiffiwsio. Doedd dim byd yn fwy deniadol i ferched na dyn oedd yn medru chwerthin am ei ben ei hun. Neu dyna be oedd Cai wedi ei ddarllen, beth bynnag.

"Rhein 'dyn nhw?" gofynnodd, gan yfed ei gwrw mewn ffordd roedd o'n gobeithio oedd yn *macho*.

"Hmm? Na, dim syniad pwy 'di rhein. Ddim 'di clŵad nhw ar Radio Cymru, so …"

Nodiodd Cai mewn ffug-ddealltwriaeth.

"C'mon! Ty'd i gwarfod â'r gens!"

Cerddodd Llinos yn hamddenol tua chefn y dafarn, wrth i Cai ei dilyn yn daeogaidd. Cyn mynd, sylwodd ar y ferch benfelen yn gadael yr haid o bobol yn gwylio'r band, ac yn symud at y bar. Roedd ganddi wyneb clên, yn troi'n gyfeillgar at un o'i ffrindiau a'u cofleidio gyda gwên lydan. Edrychodd yn sydyn at Cai, a chilwenu ato'n ffeind.

Na. Doedd hi ddim byd tebyg i Llinos. Trodd Cai i fynd i "gwarfod â'r gens".

* * * * * * * *

Aeth gweddill y noson heibio mewn niwl o alcohol a cherddoriaeth uchel, gyda Cai a Llinos, yn ara bach, yn tynnu'n nes wrth i'r oriau dician heibio. Pan ddaeth yr amser i Pazuzu chwarae, synnodd Cai weld nad oedd gan Llinos a'i ffrindiau lawer o awydd mynd i ddawnsio.

"Dim ond plant a hipis sy'n dawnsio," meddai hi. "Deud gwir, gyd ydi gig 'di esgus am sesh, 'de?"

Nodiodd Cai yn erbyn ei ewyllys wrth weld pump o fechgyn, mewn cardigans Nadoligaidd a jîns amhosib o dynn, yn dechrau strymio gitârs gan edrych fel petaen nhw wedi diflasu â'r holl sefyllfa.

"Ŵ!" gwaeddodd Llinos a'i ffrindiau, wrth glywed dechrau cân oedd yn cael ei chwarae'n aml ar Radio Cymru. Wedi'r difyrrwch byr yna, aethant ymlaen i sgwrsio.

"Ti isio mynd allan er mwyn câl sgwrs iawn?" gofynnodd Cai, gan godi ei lais uwchben y twrw.

"Pam lai, ia," meddai Llinos. Wedi camu allan o'r drws a chael stamp ar gefn ei law er mwyn mynd yn ôl i mewn heb dalu, daeth yr awel oer dros y Fenai yn newid braf i Cai. Cymerodd lond ei ysgyfaint o awyr iach, a pharatoi i fynd â'i berthynas gyda Llinos i'r lefel nesa. Eisteddodd y ddau ar y wal ger y dŵr ac yfed eu diodydd yn hamddenol. Roedd Cai'n ddistaw, a dau beth yn ei boeni. Yn gynta, be oedd rhywun i fod i'w ddweud wrth rywun fel Llinos? Yn ail, be ar wyneb y ddaear *oedd* wedi digwydd yn ei ystafell cyn iddo adael?

Torrodd Llinos y distawrwydd.

"Ti'n gwbod be? Gymaint 'dan ni 'di bod yn gweithio efo'n gilydd, rhaid i fi ddeud, dwi'm yn gwbod uffar o'm byd amdana chdi, Cai Daniel."

"Owen."

"Owen. 'Na ni, yli. Achos ... ti'n foi reit iawn, 'sti?"

Closiodd Cai ati.

"Ti'n meddwl? Go iawn?"

"Wel. Ti ddim yn *hollol* weird, 'de."

Cymerodd Cai hynny fel compliment. Yfodd ei gwrw dan wrido.

"C'mon," meddai Llinos, gan edrych ym myw ei lygaid. "Likes and dislikes. Iawn? A' i gynta. Dwi'n licio ... *Hollyoaks* ... ym ... siopio ...

'nenwedig yn Cheshire Oaks. Ti 'di bod?"

Nodiodd Cai. Celwydd. Yfodd fwy o'i gwrw er mwyn cuddio'i embaras.

"A … Chris Moyles. Reit. 'Na ni. Tri pheth. Chdi ŵan."

Doedd Cai ddim wedi arfer bod yn agored wrth ferched. Teimlodd mai'r peth gorau i'w wneud, fel arfer, oedd cuddio pob arlliw o'i wir bersonoliaeth dan haen ffug o destosteron. Yn gyffredinol, doedd merched ddim yn dueddol o hoffi bechgyn oedd ag obsesiwn â ffantasi ac yn dal i fyw gyda'u rhieni. Ond oedd Llinos yn wahanol?

"Dwi'n … ia, dwi'n licio'r petha yna i gyd …" meddai Cai, gan gachgïo unwaith eto. Sipiodd ei gwrw.

"C'mon ŵan. Paid â jibio."

"Na, dwi'n deud y gwir. Dwi wrth 'y modd 'fo Chris Moyles. Ma'r boi yn …"

Gwnaeth Cai ei orau i ddweud bod Chris Moyles yn ddigri. Ond roedd rhai celwyddau'n waeth nag eraill, ac aeth ei geg yn sych. Dim byd na allai cwrw ei wella. Ar ganol sip arall, torrodd Llinos ar ei draws.

"Gawn ni drio rwbath arall, 'ta?"

Nodiodd Cai, ei geg yn llawn cwrw.

"Sgen ti freuddwyd, Cai? Rwbath ti isio gneud cyn chdi farw? Fi, 'de, dwi isio symud o 'ma. I rwla. Ti'n gwbod … Manchester, neu Birmingham neu rwla. Neu Leeds. Dwi jyst isio ehangu 'ngorwelion i, ti'n gwbod?"

Trodd Cai ei wydr peint â'i ben i waered er mwyn cael y diferion olaf allan.

"A chditha?"

Rhoddodd Llinos y gwydr i lawr yn ansicr. Syrthiodd y gwydr yn syth, a malu'n deilchion ar y llawr. Prin y sylwodd y ddau.

"Wel …" oedodd Cai cyn mynd ymlaen. Oedd rhywun yn y byd – heb sôn am rywun fel Llinos – yn barod i glywed hyn? Oedd hi'n hen bryd i oleuni gael ei daflu ar fyd Eryrin, unwaith ac am byth? Edrychodd arni'n ofalus. Cliriodd ei wddw. Gwnaeth ei orau i ddod o hyd i'r geiriau iawn drwy'r meddwdod. "Ti 'di clywad am *Dungeons & Dragons*?"

Edrychodd hithau'n blanc yn ôl.

"Wel, ma' gen i syniad … mae o fel hwnna, ond yn lle gwneud o efo dy ffrindia, yn y byd go-iawn, ti'n gwneud o dros y *we*, ti'n gweld …"

"Be, gwisgo fyny 'tha *Lord of the Rings* a rhedag drw goedwig a ballu?"

Ysgydwodd Cai ei ben yn ffyrnig, heb sylwi ar Ceri, ffrind Llinos, yn baglu tuag atyn nhw drwy'r gwyll.

"Na, na, na. Ti'n meddwl am LARPio. Live-action role-playing. Ti'm yn gwisgo fyny efo *Dungeons & Dragons*. Mae o'n beth hollol wahanol."

Trodd gwefusau Llinos at i lawr, fel petai newydd yfed llefrith sur. Neidiodd oddi ar y wal a chlosio at Ceri, oedd wedi llwyddo i chwydu dros ffrynt ei blows. Edrychodd Llinos fel petai wedi ei sarhau i'r byw gan eiriau Cai.

"C'mon, Ceri. Awn ni 'nôl mewn," meddai Llinos, cyn troi tuag at yr Anglesey. Baglodd Ceri tuag at y wal a chwydu unwaith eto, i mewn i'r Fenai.

"Ond dwi ddim isio," meddai hi, gan sychu hylif melyn, tew, oddi ar ei hwyneb. Pum eiliad yn ddiweddarach, aeth i ddilyn ei ffrind.

Eisteddodd Cai ar y wal mewn distawrwydd am ychydig, cyn rhoi ei ben yn ei ddwylo. Dyna gyfle arall wedi ei wastio. Fyddai dydd Llun yn hwyl.

Yn feddw, aeth i chwilio am doner kebab, cyn gollwng ei hanner ar y Bont Bridd. Neidiodd i mewn i dacsi, a chyfarth y gair "Llanberis" ar y gyrrwr. Daeth llais cyfarwydd o'r sedd flaen.

"Iawn, mêt? Chdi eto? Deutha chdi be, mai'n ddiawledig o oer, yndi? Global warming, my arse. Dwi'n iawn, dydw?"

Cerddodd Cai drwy ddrws y gegin. Roedd ei dad yn cysgu yn yr ystafell fyw, diolch byth, a'i fam yn nyrsio gwydraid o fodca yn y gegin.

"S'mai?" gofynnodd Cai'n betrusgar. Doedd dim modd dweud pa fath o dymer fyddai'n cydio yn ei fam ar ôl iddi gael glasied neu ddau. "Sut oedd y bingo?"

"Wedi canslo," atebodd Danielle. "Elen yn sâl. 'Sa fi a Iona ddim yn gallu cael llawer o gêm rhwng dwy, na fysan?"

Nodiodd Cai.

"Do'n i'm yn dallt bod chdi allan, sdi," meddai Danielle. "Dwi'n siŵr 'mod i 'di clywad dy lais di gynna."

"Na, mi o'n i'n …"

"Dy beth dreigia a ballu," meddai ei fam, gan dorri ar draws. "Ia, dwi'n cofio rŵan." Edrychodd ar ei gwydr yn drist.

"Wel," meddai Cai, gan symud tuag at y stafell fyw, "nos da, mam."

"Nos da, bach."

Cerddodd Cai i'w ystafell gan ofalu peidio deffro ei dad. Rhoddodd ei law yn erbyn cefn y drws, yn disgwyl teimlo ei ŵn nos. Doedd o ddim yna. Rhyfedd. Gan anghofio ei hun, camodd i'r coridor eto, a gweiddi lawr y grisiau.

"Mam, ti 'di gweld 'y nresing gown i?"

"Uffar!" gwaeddodd ei dad, gan ddeffro. "Cau dy geg, wnei di? Ti'm yn dallt bod rhai pobol isio cysgu rownd lle 'ma?"

Aeth Cai, yn dawedog, i'r gwely.

DYDD SUL: DYDD 4 (*UN*)

Drwm y noson gynt yn curo'n ddidrugaredd yn ei ben, trodd Cai drosodd yn y gwely er mwyn troi'r radio i ffwrdd. Gwnaeth ei orau i gofio'r noson yn yr Anglesey, ond yr oll a ddaeth i'w feddwl oedd y ddisg, y trydan yn poeri allan ohoni, yn troi'n ddistaw, wastad yn ei wynebu, bron fel petai'r peth yn fyw ...

Ac yna cofiodd am Llinos, a rhoddodd ei ben o dan y gobennydd mewn embaras. Gorweddodd yno am sbel, digwyddiadau nos Sadwrn yn ailchwarae drwy ei ben fel record yn sgipio. Edrychodd ar ei ffôn. Bron yn hanner dydd. Mewn tuag ugain awr, fe fyddai'n ôl yn y gwaith. Fe fyddai *hi* yno hefyd. Doedd dim llawer o Gymraeg rhynddyn nhw ar y gorau, ond rŵan ...

Roedd neges yn disgwyl ar y ffôn.

"Sut ath hi neithiwr? x"

Gan Mabli. Atebodd, ei fodiau'n symud yn gysglyd dros y llythrennau ar y ffôn, atgofion o'r noson yn llifo'n ôl yn ddidrugaredd erbyn hyn.

"Ddim yn dda. Ges i ngwrthod gan ryw ferch. Ti'n gwbod sut ma' hi."

Wedi iddo yrru'r neges, sylweddolodd Cai yn rhy hwyr nad oedd Mabli, mae'n debyg, yn gwybod am y teimlad o gael ei gwrthod yn ddiseremoni gan ferch. Thrafferthodd o ddim gyrru neges arall i esbonio'r sylw.

Taflodd orchudd y gwely oddi arno er mwyn wynebu'r dydd. Trodd ei gyfrifiadur ymlaen yn gysglyd cyn estyn am ei ŵn nos, oedd yn dal i orwedd ar y gwely ar ôl y noson gynt. Wrth adael ei ystafell, sylwodd o ddim bod gŵn rhyfeddol o debyg yn hongian ar beg y drws. Ei lygaid bron ynghau, camodd yn betrusgar i mewn i'r ystafell fyw. Dim golwg o'i dad, diolch byth. Debyg bod un o gemau'r uwch-gynghrair yn dechrau'n gynnar heddiw. Ar gownter y gegin, roedd nodyn brysiog wedi ei adael gan ei fam:

Cai! Dad yn y pub. Dwi di mynd i gael supplies. Isio rwbath? Textia fi. Sud oedd neithiwr? – Danielle (MAM) xx

Aeth Cai i chwilota drwy'r cypyrddau. Dychwelodd i'w ystafell rai munudau wedyn, ei freichiau'n gwegian dan bwysau pob math o greision a theisennau a danteithion. Gyda digon o fwyd i bara am weddill y dydd, rhoddodd Cai glo ar ddrws ei ystafell, taflodd ei ŵn nos, heb edrych, dros y llall ar y drws, eisteddodd i lawr wrth y cyfrifiadur, ac estynnodd am y ffolder pinc. Edrychodd arno'n falch. Ryw ddiwrnod fe fyddai'r ffolder yma'n dod yn hollbwysig yn y diwydiant ffantasi. Ryw ddiwrnod fe fyddai ffigyrau mawr y *genre* yn ymladd i gael cyfrannu at fyd Eryrin, a loris sbwriel llawn arian yn rowlio'n ara deg tuag at ei ddrws ffrynt, fesul un. Ryw ddiwrnod ...

Ond nid heddiw. Roedd cymaint i'w wneud eto. A beth bynnag, newydd ddeffro roedd o. Doedd Cai ddim yn un am neidio allan o'r gwely a dechrau gweithio'n syth. Rhoddodd y ffolder ar un ochr, ac agorodd YouTube ag un llaw tra'n agor bag mawr o greision â'r llaw arall. Ar un wedd, roedd bwyta creision i frecwast yn beth rhyfedd ar y naw. Ond roedd hi wedi hanner dydd bellach. Popeth yn iawn, felly.

Treuliodd awr hapus iawn yn gwylio fideos am y gêm ryfel ffantasi *Warhammer*. Roedd Cai wastad wedi bwriadu dysgu sut i'w chwarae. Petasai ganddo ond yr amser i wneud.

Wedi gorffen, edrychodd drosodd at y ffolder, cyn troi ei olwg yn frysiog yn ôl at y cyfrifiadur. Gwelodd bod rhywun wedi postio detholiad o'r caneuon gorau o'r ffilmiau *Lord of the Rings* ar YouTube. Gwenodd, plygiodd ei glustffonau i mewn i'r cyfrifiadur, ac eisteddodd yn ôl.

Rai munudau'n ddiweddarach, daeth Danielle i mewn drwy ddrws y gegin, a hithau wedi talu 25c am y fraint o gael pump o fagiau siopa plastig yn brathu'n boenus i mewn i'w dwylo. Taflodd y bagiau ar y llawr ac edrychodd yn nerfus i mewn i'r ystafell fyw. Doedd Gareth ddim yn ôl eto. Gyda gwên, sgipiodd yn ôl at y bagiau ac estyn DVD allan, cyn ei daro i mewn i'r chwaraewr o dan y teledu, wedi ei chyffroi drwyddi. Safodd uwch y soffa am eiliad, yn trio penderfynu be i'w wneud.

Aeth yn ôl i'r gegin ac edrych ar ei nodyn i Cai. Oedd o'n dal allan, ella? Dal yn hela fodins, neu be bynnag wnaeth o neithiwr? Gafaelodd Danielle mewn pecyn o Maltesers, a gwneud ei ffordd at droed y grisiau.

"Cai?" gwaeddodd. "Ti mewn? Dwi 'di câl DVD allan. *What To Expect When You're Expecting.* Ma' Jennifer Lopez ynddo fo, ac ar gefn y bocs, 'de, mae o'n deud bod o'n 'uplifting romantic comedy'. Ydi hwnna'n swnio fatha rwbath fysa chdi'n licio … ?"

Stopiodd yng nghanol ei brawddeg. Na. Wrth gwrs ddim. Aeth i orwedd ar y soffa.

Chlywodd Cai ddim o hyn. Roedd ei feddwl ymhell i ffwrdd. Roedd o'n mwynhau cetyn o flaen drws ffrynt Bag End, yn gwibio dros borfeydd Rohan ar gefn ceffyl, yn cuddio rhag llygad Sauron yn nyfnderoedd Mordor. Aeth unrhyw fwriad o weithio – ac unrhyw syniad o'r byd go-iawn – allan o'i feddwl. Anghofiodd am Llinos, ac am y ddisg, ac am ei swydd, ac am ffaeleddau ei rieni, ac am y Pepperami hanner-agored oedd yn gorwedd ar ei ddesg. Anghofiodd am bopeth, a dechreuodd ei lygaid gau …

* * * * * * * *

"Typical! Blydi typical! Yr un wythnos – yr *un* blydi wythnos – dwi isho i Van Persie neud rwbath, mae o'n sefyll fanna fatha boi ar goll. Ffeifar arall lawr y draen. Be 'di hwnna sgen ti ar teli? Switshia fo drosodd. Ma' 'na darts mlaen ar ITV4. A repeat o *Total Wipeout* ar BBC3. Dwi isio rhoi hwnna i recordio, 'fyd."

Edrychodd Cai'n ddryslyd o'i gwmpas. Roedd y cyfrifiadur wedi mynd i gysgu erbyn hyn, a'r gerddoriaeth wedi dod i ben ers meitin, yn amlwg. Tynnodd ei glustffonau a gwgu i fras-gyfeiriad yr ystafell fyw. Gwyddai'n iawn bod ei dad yn plannu ei hun ar y soffa erbyn hyn, ei fam yn shyfflo draw i'r gegin er mwyn mynd yn ôl at ei theuluoedd gwlân, a distawrwydd anesmwyth yn disgyn dros y tŷ. Gallai glywed y sylwebyddion darts yn mwydro mewn lleisiau cynhyrfus, ac roedd yn siŵr bod ei dad yn hongian ar bob un gair. Yr un peth bob dydd, gydag un neu ddau o newidiadau bach. Ochneidiodd. Roedd rhaid i rywbeth newid.

Edrychodd draw ar y ffolder …

Ac yna ar ei gloc larwm. Ychydig wedi chwech. Rhy hwyr i ddechrau gweithio. Symudodd ei lygoden er mwyn deffro'r cyfrifiadur, a llowciodd weddill y Pepperami, yn edrych ymlaen at noson o ddiogi ... a thrio anghofio am orfod dod wyneb-yn-wyneb â Llinos y bore wedyn.

Wrth i'r cyfrifiadur ddod ato'i hun, daeth Cai o hyd i ddarn arall o gerddoriaeth – o'r gemau *The Legend of Zelda*, tro 'ma – ac estynnodd am ei glustffonau unwaith eto er mwyn blocio sŵn y darts allan, cyn sylweddoli nad oedd dim sŵn i'w glywed. Dim sŵn o gwbwl.

Ei galon yn ei wddw, trodd Cai ei ben gan wybod yn iawn be fyddai'n ei ddisgwyl. Dyna hi eto. Y ddisg, yn edrych yn union yr un fath, yn troelli yn ei hunfan, yn poeri peli o fellt allan yn ddistaw, bron yn herio Cai i neidio i mewn unwaith eto, i ddod at wraidd y dirgelwch yma, unwaith ac am byth. Am ychydig o eiliadau gwallgo, trodd Cai i ffwrdd a thrio canolbwyntio ar y we, gan wneud ei orau i'w argyhoeddi ei hun nad oedd y ddisg yn bodoli. Ond na. Er ei holl ymdrechion, cafodd ei swyno gan y rhyfeddod o'i flaen. Cododd oddi ar ei gadair, a chamodd i mewn.

DYDD SADWRN: DYDD 3 (DAU)

Rhwbiodd Cai'r cwsg o'i lygaid, a dewis pa jîns a chrys-T roedd o am wisgo i'r gig. Ar ôl hanner munud soled o bendroni, penderfynodd wisgo'r cyfuniad oedd yn digwydd bod ym mlaen y cwpwrdd. Tynnodd y jîns roedd o'n eu gwisgo, gyda'r gwaelodion yn dal yn wlyb ar ôl y drochfa yn gynharach yn y diwrnod. Tynnodd ei grys a'i siaced, ac astudiodd ei hun yn ofalus yn y drych, yn gwisgo dim byd ond trôns gwyn a hosanau llwyd. Oedd o'n ddeniadol i ferched bellach? Rhoddodd ei fawd rhwng ei fol a'i ddillad isaf, a'u tynnu ymlaen er mwyn gwneud yn siŵr bod popeth yn dal yn ei le.

Cnoc ar y drws.

Daeth ei fam i mewn, powliaid o gawl tomato yn ei dwylo.

"O'n i'n meddwl fysa chdi'n licio ... o diar."

Rhuthrodd allan eto. Rhedodd Cai ar ei hôl, a sefyll bron yn borcyn yng nghanol y coridor.

"Mam! Cnocia!"

"Mi *wnes* i gnocio," daeth ei llais o'r ystafell fyw.

"Iesu, Danielle, be ti 'di neud rŵan?" gofynnodd Gareth.

"Wel," meddai Cai, gan ddechrau pitïo dros ei fam, "cnocia'n galetach tro nesa."

"Siŵr o wneud. Fydd o yn y gegin pan ti'n barod."

Camodd Cai yn ôl i'w ystafell, a chau'r drws gyda chlep. Fe gymerodd ychydig eiliadau iddo ddechrau deall be oedd o'i flaen.

Yng nghanol yr ystafell, yn hongian uwch y llawr, roedd disg o egni pur yn chwyrlïo. Roedd y tu mewn yn edrych fel sgrîn deledu analog heb signal, ac o bryd i'w gilydd dôi globylau o drydan glas golau allan, a thoddi'n ddisymwth yn erbyn y llawr. O'i chwmpas, roedd cylch o fellt mân yn troi, a changhennau'r cylch yn ymestyn allan ac yn sbarcio yn erbyn dodrefn yr ystafell.

Ac o flaen y ddisg ...

Safodd Cai yno, yn edrych yn ddryslyd arno fo ei hun. Gwyliodd ei hun yn disgyn yn ôl yn erbyn y drws mewn braw, gan daro'i ben ar y bachyn lle roedd y gŵn nos unwaith wedi hongian.

"Iesu Grist," meddai Cai.

"Aw," meddai'r Cai arall.

Gan grynu, pwysodd Cai ymlaen ac edrych i fyny at y bachyn gwag ar y drws, syniad gwallgo yn dechrau crisialu yn ei feddwl.

"Chdi ... chdi nath ddwyn 'y nresing gown i?"

"Be?" atebodd Cai. "Dresing gown? Dwi'n meddwl bod gynnon ni betha pwysicach i boeni amdanyn nhw na ..."

Rhoddodd ei law am ddwrn y drws er mwyn sadio'i hun.

"O ... o, ia. Dwi'n ... dwi'n dallt. Ym ... ia. Fi nath. Dwi'n meddwl."

"Wel, lle ma' hi?"

"Ma' hi ..." pwyntiodd Cai tuag at y ddisg. "Mewn yn fanna."

"A ... be arall sy drw' fanna?"

Eisteddodd y Cai newydd i lawr yn erbyn y drws. Edrychai'r ddisg i lawr ato fo, bron fel petai yn ei herio i feddwl am ateb. Meddyliodd am eiliad, cyn sylwi am y tro cynta bod y fersiwn arall ohono yn syllu arno'n wyllt, yn gwisgo dim byd ond ei drôns a phâr o sanau.

"Ti'n ... paratoi i fynd allan, wyt ti?"

"Ydw ..."

"I'r Anglesey, ia? I weld Pazuzu."

"Ia ..."

"Ond ... os ti'n hollol onest, 'de ... ti'm yn ffan mawr ohonyn nhw, nag wyt?"

"Os dwi'n gwbwl onest ... na. Na. Ddim yn malio tatan amdanyn nhw."

"A ti 'mond yn mynd heno achos ..."

"Llinos," meddai'r ddau gyda'i gilydd. Nodiodd y Cai wrth y drws yn fodlon, a dechreuodd wenu. Roedd y Cai arall yn dal i edrych yn hollol betrusgar.

Pwyntiodd y Cai newydd at y ddisg.

"Be sy drw' fanna, Cai Richard Owen," meddai fo, "ydi fory."

"Fory ... ? Be? Be ti'n ... ? Elli di jyst deutha fi lle ma' 'y nressing gown i?"

"Dim *lle*, Cai. *Pryd*. Ma' hi gen i. Fory."

"Ia. Ti'n gwbod bod chdi'n gneud llai a llai o sens?"

"Fi 'di chdi," meddai Cai yn ddiamynedd. "Ond dwi 'di byw drw' hyn yn barod. Wel ... ddim *hyn*, yn union. Ond ddoe, wnaeth *hwn*" – pwyntiodd at y ddisg – "ymddangos yn fy stafall i am y tro cynta. Wnes i gamu drwyddo fo, ac ailymddangos fa'ma. A chymryd dy ddresing gown di – sori am hwnna, ond fedri di ddallt o'n i 'di drysu dipyn bach – a siarad efo mam ..."

"Mam?" gofynnodd Cai, gan ddechrau deall. "Ddudodd hi bod hi 'di clywed fy llais i pan o'n i fod allan ..."

"Dyna ni! Do'n i'm yn dallt mai ddoe oedd hi, ti'n gweld. Do'n i'm yn dallt dim byd. Ond *rŵan* ... Iesu Grist, Cai, be ma' hwn yn feddwl?"

"Sbia!" ebychodd Cai, gan bwyntio at y ddisg mewn braw. Trodd Cai ar ei sawdl, i weld ... dim. Roedd un sbarc o drydan yn toddi'n dawel ar y carped ar ben pella'r ystafell, ond oni bai am hynny ...

"Mae o 'di mynd," meddai'r Cai newydd, dychryn yn gafael yn ei galon, ei figyrnau'n troi'n wyn wrth iddo wasgu ar ddwrn y drws. "Ydw i ... ydw i'n styc yma? Be dwi i fod i neud rŵan?"

Am y tro cynta ers i'r ddisg ymddangos, gan ddod â'r gwestai rhyfeddol yma gyda hi, gwthiodd Cai ei hun i fyny o'r gadair a sefyll ar ei draed ei hun. Symudodd draw at y gwely, lle roedd ei ddillad wedi plygu'n daclus, a dechreuodd wisgo'i grys smart ar gyfer y noson o'i flaen, heb dynnu ei lygaid oddi ar ei gyfatebydd.

"Fydd o 'nôl nos fory, siŵr o fod?" cynigiodd. "Yr un amsar. Nath o ymddangos i chdi neithiwr, do? A fysa fo'n nyts i chdi fynd 'nôl *rŵan*, bysa? 'Dan ni angan trafod hwn."

Edrychodd Cai'n ansicr, a chodi oddi ar y llawr. Glaniodd yn y gadair lle roedd y Cai arall wedi bod yn eistedd rai eiliadau ynghynt.

"Ia ... ia, ella bod chdi'n iawn. Debyg fydd o'n ôl fory, bydd? Ma' ... ma' rheswm yn deud, dydi?"

"Dwi'm yn meddwl bod gan reswm lot i neud efo hwn, mêt."

"Pam ti'n meddwl bod hyn yn digwydd 'ta? Jyst rhyw ffliwc o beth? Rhyw gamgymeriad cosmic neu rwbath? 'Ta nath y peth 'na ymddangos am reswm?"

"Sgen i'm amsar i sôn am hyn i gyd," meddai Cai, wrth ddechrau gwisgo trowsus. "Dim heno. Dwi ar fy ffordd allan, dydw? I'r Anglesey.

Dwi 'di bod yn edrach mlaen at hwn."

Yn y gadair, rhwbiodd Cai ei ên yn feddylgar.

"Waeth i chdi aros yma. Eith petha ddim yn dda, 'sti."

"Be ti'n feddwl?"

"Cai?"

Llais Danielle.

"Mam?" gofynnodd y ddau, fel un. Edrychodd y ddau ar ei gilydd mewn ofn. Rhuthrodd Cai at y drws er mwyn ei gloi, ei drowsus yn dal o gwmpas ei bengliniau.

"Efo pwy ti'n siarad?"

"Efo neb, mam. Jyst efo …"

Edrychodd Cai'n ddryslyd at y ffigwr ar y gadair.

"Jyst efo fy hun."

Gwenodd y ddau ar ei gilydd.

"Digon teg."

"Danielle?" Daeth llais Gareth o'r ystafell fyw. "Deuda wrtha fo geith o'm dod â fodins mewn i'r tŷ 'ma heb ofyn i fi gynta. Oes … oes gynno fo fodan efo fo, Danielle?"

"Na, Gareth. Jyst siarad efo fo ei hun mae o."

"Wel, blydi hel," meddai Gareth, wedi ei siomi.

Arhosodd Cai a Cai mewn distawrwydd am hanner munud, yn gwrando ar Danielle yn diflannu i lawr y grisiau. Aeth Cai ymlaen i roi ei ddillad amdano.

"Agos," meddai'r Cai ar y gadair. "Sori, Cai, ddylswn i ddim atab hi."

"Mae o'n iawn, Cai," meddai Cai. Edrychodd y llall arno, a meddwl yn galed.

"Er ein lles ni, ella ddylsan ni stopio galw'n gilydd yn 'Cai' o hyd. Mae o'n fy nrysu *i*, heb sôn am Mam druan. Be am i chdi alw fi'n 'Un', a wna' i dy alw di'n 'Dau'?"

"Ia, be bynnag," meddai Cai – *Dau* – yn ddiamynedd, gan dacluso'i hun yn y drych. "Yn ôl at y pwynt, ŵan. Be ti'n feddwl, eith heno ddim yn dda?"

Y tu allan, canodd y gyrrwr tacsi ei gorn.

"Brysia!"

"O, chdi nath ddechra mwydro am Eryrin. Idiot. Dydi merch fel'na ddim isio clywad am ffantasi, siŵr iawn. Ma' hi isio clywad am … dwi'm yn gwbod. *The Only Way Is Essex*. Neu handbags. Neu rwbath. Be ddoth dros dy ben di?"

"Dim fi. Chdi."

"Be?"

"Rhaid i fi fynd. Gwranda: arhosa fa'ma, arhosa'n dawel. Os ti'n iawn, debyg fydda i 'nôl heno."

"Ddoe."

"Paid â nrysu i. Wela i di. Iawn?"

Datglôdd Dau'r drws a diflannu i mewn i'r coridor. Rhedodd Un i gloi'r drws ar ei ôl, cyn trotian yn ôl at y ffenest ac edrych ar Dau yn camu i mewn i'r tacsi. Gyda chymorth goleuadau llachar y cerbyd, gallai weld y gyrrwr yn dechrau cega am y Moslemiaid yn barod, cyn dechrau gyrru'n gyflym tuag at Gaernarfon.

"Bob lwc, mêt," meddai Cai'n synfyfyriol.

* * * * * * * *

Aeth y noson heibio mewn niwl o alcohol a cherddoriaeth uchel, gyda Cai a Llinos, yn ara bach, yn tynnu'n nes wrth i'r oriau dician heibio. Pan ddaeth yr amser i Pazuzu chwarae, synnodd Cai weld nad oedd gan Llinos a'i ffrindiau lawer o awydd mynd i ddawnsio.

"Dim ond plant a hipis sy'n dawnsio," meddai hi. "Deud gwir, gyd ydi gig 'di esgus am sesh, 'de?"

Nodiodd Cai yn erbyn ei ewyllys wrth weld pump o fechgyn, mewn cardigans Nadoligaidd a jîns amhosib o dynn, yn dechrau strymio gitârs gan edrych fel petaen nhw wedi diflasu â'r holl sefyllfa.

"Ŵ!" gwaeddodd Llinos a'i ffrindiau, wrth glywed dechrau cân oedd yn cael ei chwarae'n aml ar Radio Cymru. Wedi'r difyrrwch byr yna, aethant ymlaen i sgwrsio.

"Ti isio mynd allan er mwyn câl sgwrs iawn?" gofynnodd Cai, gan godi ei lais uwchben y twrw.

"Pam lai, ia," meddai Llinos. Wedi camu allan o'r drws a chael stamp ar gefn ei law er mwyn mynd yn ôl i mewn heb dalu, daeth yr awel oer dros y Fenai yn newid braf i Cai. Erbyn hyn, wedi ei drochi mewn cwrw a sŵn gitârs, roedd wedi gwthio'r digwyddiadau rhyfedd yn ei ystafell wely allan o'i feddwl. Cymerodd lond ei ysgyfaint o awyr iach, a pharatoi i fynd â'i berthynas gyda Llinos i'r lefel nesa. Eisteddodd y ddau ar y wal ger y dŵr ac yfed eu diodydd yn hamddenol.

Torrodd Llinos y distawrwydd.

"Ti'n gwbod be? Gymaint 'dan ni 'di bod yn gweithio efo'n gilydd, rhaid i fi ddeud, dwi'm yn gwbod uffar o'm byd amdana chdi, Cai Daniel."

"Owen."

"Owen. 'Na ni, yli. Achos … ti'n foi reit iawn, 'sti?"

Closiodd Cai ati.

"Ti'n meddwl? Go iawn?"

"Wel. Ti ddim yn *hollol* weird, 'de."

Cymerodd Cai hynny fel compliment. Yfodd ei gwrw dan wrido.

"C'mon," meddai Llinos, gan edrych ym myw ei lygaid. "Likes and dislikes. Iawn? A' i gynta. Dwi'n licio … *Hollyoaks* … ym … siopio … 'nenwedig yn Cheshire Oaks. Ti 'di bod?"

Nodiodd Cai. Celwydd. Yfodd fwy o'i gwrw er mwyn cuddio'i embaras.

"A … Chris Moyles. Reit. 'Na ni. Tri pheth. Chdi ŵan."

Cofiodd Cai yn ôl at ei eiriau fo ei hun. Gwthiodd ei holl niwrosis i lawr i waelod ei enaid …

"Dwi'n … ia, dwi'n licio'r petha yna i gyd …" meddai o'r diwedd, gan gachgïo unwaith eto. Sipiodd ei gwrw.

"C'mon ŵan. Paid â jibio."

"Na, dwi'n deud y gwir. Dwi wrth 'y modd 'fo Chris Moyles. Ma'r boi yn …"

Rhewodd, gan ddal y peint wrth ei geg. Doedd o ddim isio ei ddweud o. Doedd o *wir* ddim isio ei ddweud o. Ond roedd rhaid aberthu weithia. Fyddai Cai Un ddim yn hapus petase fo ddim yn rhoi cynnig arni …

"Ma'r boi yn ddigri," meddai Cai o'r diwedd, gan gymryd llwnc mawr o'i gwrw.

"Dwi'n *gwbod!*" atebodd Llinos yn frwdfrydig. "Tysa fo 'mond yn dal i fod ar y radio, 'de! Bechod. Dwi'n colli BB Aled."

Nodiodd Cai, er nad oedd ganddo'r un syniad am be roedd Llinos yn sôn. Daliodd i yfed wrth iddi barhau i baldaruo.

"Sgen ti freuddwyd, Cai? Rwbath ti isio gneud cyn chdi farw? Fi, 'de, dwi isio symud o 'ma. I rwla. Ti'n gwbod … Manchester, neu Birmingham neu rwla. Neu Leeds. Dwi jyst isio ehangu 'ngorwelion i, ti'n gwbod?"

Trodd Cai ei wydr peint â'i ben i waered er mwyn cael y diferion olaf allan.

"A chditha?"

Rhoddodd y gwydr i lawr yn ofalus ar y wal, gan wneud ei orau, yn ei feddwdod, i gofio geiriau Cai Un unwaith eto. Be ddywedodd o? Rywbeth am handbags? Pa fath o gyngor oedd hwnna? Penderfynodd anwybyddu'r cwestiwn yn llwyr, gan roi cyfle euraidd i Llinos siarad amdani hi ei hun unwaith eto.

"O, dwn'im. 'Run peth, debyg. Pam ti isio mynd i Leeds, 'lly?"

Edrychodd hithau'n ansicr, cyn mwmian rhywbeth aneglur am 'ehangu gorwelion' unwaith eto, a sipian ei diod yn lled-euog.

"Isio mynd 'nôl mewn?" gofynnodd Cai, fel esgus i gael peint arall. Atebodd Llinos drwy wenu'n feddw, gwthio'i hun oddi ar y wal, dod yn agos iawn at syrthio i mewn i'r Fenai yn y broses, a gafael yn benderfynol yn llaw Cai cyn ei lusgo i gyfeiriad y dafarn. Teimlodd Cai fel petai'n byw breuddwyd od. Sylwodd o ddim ar Ceri, ffrind Llinos, yn baglu heibio iddyn nhw drwy'r gwyll, na'i chlywed yn chwydu i mewn i'r Fenai. Bron na theimlodd o'r chwa o wres chwyslyd wrth gerdded i mewn i'r Anglesey. Thalodd o ddim llawer o sylw i'r gerddoriaeth. Treuliodd ei amser yn yfed y bar yn sych tra'n gwrando ar Llinos yn mwydro am bob math o destunau di-bwynt. Erbyn iddi bwyso yn ei erbyn a gwthio ei gwefusau yn erbyn ei rai o, roedd Cai mor feddw fel y gallodd anghofio'i holl bryderon. Cymerodd Llinos yn ei freichiau tenau a'i gwthio'n drwstan i gornel dywyll o'r dafarn. Sylwodd y ddau ddim ar Pazuzu yn gorffen chwarae, ar yr Anglesey yn gwagio, nac ar nos Sadwrn yn troi'n fore Sul. Baglodd Cai a Llinos allan, a syrthio i mewn i'r tacsi cyntaf welson nhw.

"Iawn, mêt? Blydi hel, ti'n cadw fi mewn busnas heno. Gweld bo' chdi di câl fodan. Well bo' hi'n mynd adra 'fo chdi na ryw immigrant. Reit. Llanberis, 'ta?"

* * * * * * * *

Yn y cyfamser, roedd Cai Un wedi bod yn cadw'n brysur yn ystafell Dau yn pori dros benawdau newyddion y diwrnod cynt ar y we: roedd 'na wleidydd Ceidwadol oedd yn gwadu ei ran mewn sgandal a fyddai, mewn rhyw dair awr ar ddeg, wedi chwalu ei yrfa'n deilchion. Logiodd Cai ar wefan y *Daily Mail* a phroffwydo, mewn cryn fanylder, yn union be fyddai'n digwydd y diwrnod wedyn, a chael ei alw'n 'barking mad lefty' am wneud. Roedd o ar fin clicio drosodd at yr adran Chwaraeon er mwyn ei gwneud yn berffaith glir i bawb na fyddai Van Persie yn sgorio yfory, pan glywodd o'r tacsi'n nesáu at y tŷ. Sbeciodd yn llechwraidd allan o'r ffenest. Ar un ochr i'r car, roedd Dau'n taflu papur ugain punt yn feddw i fras-gyfeiriad y gyrrwr tacsi. Ac ar yr ochr arall …

Aeth ei galon i'w wddw wrth weld Llinos yn sboncio allan. Roedd o wedi llwyddo. Yn groes i'w holl ddisgwyliadau, roedd y ffŵl wedi llwyddo. Rhewodd yn ei unfan, a gwylio Dau, Llinos ar ei fraich, yn ymbalfalu gyda chlo'r drws ffrynt.

Wedi iddo ddod yn gwbwl amlwg eu bod yn bwriadu gwneud eu ffordd i'r ystafell wely, trodd Cai ar ei sawdl mewn ymgais wyllt i ddarganfod rhywle i guddio. Roedd gadael yr ystafell allan o'r cwestiwn, a chofio bod ei dad yn tueddu i godi sawl gwaith yn ystod y nos er mwyn mynd i'r lle chwech. Mewn ffit o wallgofrwydd, agorodd ddrws y cwpwrdd, neidiodd ar y pentwr o fagiau a bocsys gwag oedd yn gorchuddio'r gwaelod, gwthiodd y dillad o'i wyneb, a chaeodd y drws ar ei ôl yn union cyn i Dau a Llinos fyrstio i mewn i'r ystafell, hithau'n giglo'n feddw.

"Ssshhh," meddai Dau, gan gau drws yr ystafell. "Nei di ddeffro Dad."

"Dad! Dad!" gwaeddodd Llinos yn chwareus.

"Sshhh!"

"Rhaid i chdi neud yn well na hynna, Cai! Da-aaaaad!"

Er mwyn ei distewi, penderfynodd gusanu Llinos yn angerddol, a'i thaflu ar y gwely. Ddywedodd hi ddim llawer am sbel wedi hynny. Ond yn nes ymlaen, a'r ddau wedi symud ymlaen at wneud pethau tipyn cryfach na chusanu, fe benderfynodd Llinos agor ei cheg unwaith eto. Erbyn hynny, doedd Dau ddim mewn unrhyw frys i'w rhwystro.

I lawr y coridor, roedd rhieni Cai yn cysgu'n sownd, a Gareth wedi ei gnocio allan gan wyth can o Kronenbourg. Doedd Un, yn llechu'n anghyfforddus yn y cwpwrdd, ddim mor lwcus. Aeth y noson heibio'n boenus o araf. Hyd yn oed ar ôl i'r weithred ddod i ben, a'r ddau ar y gwely wedi syrthio i gysgu, roedd o'n dal i glywed y rhochian a'r gwichian ecstatig yn atseinio yn ei ben.

Drwm y noson gynt yn curo'n ddidrugaredd yn ei ben, trodd Cai drosodd yn y gwely er mwyn troi'r radio i ffwrdd, a rhewodd wrth glywed Llinos, wrth ei ochr, yn ochneidio'n hapus-gysglyd. Gwnaeth ei orau i gofio'r noson yn yr Anglesey, ond yr oll a ddaeth i'w feddwl oedd cybolfa o alcohol a cherddoriaeth uchel. Doedd o ddim yn cofio unrhyw beth chwaith o'r daith adre … a be ddigwyddodd wedyn?

Trodd at Llinos.

"Wnaethon ni … ?"

Agorodd hithau ei llygaid ac edrych arno fo'n ddideimlad cyn nodio ei phen yn boenus. Claddodd Cai ei ben yn y gobennydd mewn ymdrech i gael gwared o'i gur pen yntau. Roedd hi wedi bod yn sbel ers iddo ddeffro drws nesa i ferch. Be oedd rhywun i fod i'w wneud rŵan?

"Dos i neud panad i fi, nei di?" gofynnodd Llinos. "A sgen ti gig moch yn rwla?"

"Well i fi beidio," atebodd Cai'n ansicr. "Fydd Mam ar 'i thraed … ond awn ni i Pete's Eats os ti isio."

"Be, sgen ti gywilydd ohona i, Cai?"

"Nag oes … ond mae o'n embaras, dydi? Dwi'n siŵr ti'm isio dod wyneb-yn-wyneb efo Mam heb gawod, heb dy fêc-yp …"

"Oi! Cheeky! Ma' hi 'di gweld gwaeth, dwi'n siŵr. Ac os ti isio cystadleuaeth Mama embarasing, dwi'n meddwl mai fi fysa'n ennill hwnna."

"Wel, ti'n *sicr* ddim isio gweld Dad."

"So be? Ti'm yn disgwl i fi adal drŵ ffenast?"

Cododd Cai ei aeliau'n ymddiheurol.

"O, God," meddai Llinos wrth redeg ei dwylo dros ei hwyneb. "Ella bod hwn 'di bod yn fistêc."

"Ti'n siŵr?" gofynnodd Cai'n awgrymog wrth fyseddu gwallt Llinos yn addfwyn. Edrychodd hithau arno unwaith eto, ei gusanu'n sydyn ar ei wefusau, cyn codi a thyrchu o gwmpas yn ei handbag.

"Sori," meddai. "Gen i fint yn fa'ma rwla. Ma' 'ngheg i'n blasu 'tha ashtre, ma'n siŵr."

Dechreuodd daflu cynnwys ei bag dros y llawr yn swnllyd.

"Ia," sibrydodd Cai'n daer, "ond os gallwn ni gadw petha'n weddol dawal, rhag ofn i Mam a Dad …"

"Ia, *iawn*," atebodd Llinos yn biwis wrth eistedd ar y gwely, ei chefn at Cai, yn pigo drwy waelodion ei bag. "Iesu Grist. Babi clwt."

Ar hynny, daeth sŵn clirio gwddw uchel o gyfeiriad y cwpwrdd dillad.

"A *ti'n* gwneud digon o stŵr dy hun, mêt."

"Ond wnes i ddim …"

Daeth y sŵn o'r cwpwrdd eto. A chofiodd Cai, am y tro cynta'r bore hwnnw, am *holl* ddigwyddiadau'r noson cynt. Rhedodd yr holl waed allan o'i wyneb wrth roi dau a dau at ei gilydd, a sylweddoli bod Un yn y cwpwrdd – wedi bod yn y cwpwrdd drwy'r nos, mae'n debyg – ac wedi clywed …

Neidiodd Dau ar ei draed, a daeth llif o eiriau allan o'i geg fel bwledi o wn peiriant.

"Llinos mae'n rhaid i chdi fynd wnes i anghofio gen i betha i'w gwneud felly coda dy ddillad o'r llawr ocê a wna' i agor y ffenast i chdi."

Trodd Llinos i edrych arno'n syn, yn cnoi gwm yn farwaidd.

"Gen *ti* rwbath i neud? Ar ddydd Sul? Ti'n mynd i capal 'ta be?"

"Dyna chdi. Ia. Capal. Neu rwbath. Y … haleliwia. Felly … hop it."

"Do'n i'm yn meddwl bod chdi'n gapelwr, Cai, ar ôl be wnest ti neithiwr," meddai Llinos yn ansicr, unrhyw hoffter newydd o Cai yn cael ei foddi gan ddryswch.

"Jyst gwisga dy deits, nei di? Ac allan o'r ffenast 'na."

Daeth cnoc ar y drws.

"Cai? Ti isio coffi?"

"Nagoes, Mam!"

"Ocê."

Rhoddodd Cai ei ben yn ei ddwylo wrth wrando ar ei fam yn gwneud ei ffordd i lawr y grisiau. Safodd Llinos yn ei hunfan am eiliad cyn gwisgo a chodi ei phethau o'r llawr mewn distawrwydd. Wedi iddi orffen, agorodd Cai'r ffenest iddi, cyn sibrwd yn ymddiheurol.

"Sori. Wna' i … wna' i esbonio fory. Iawn?"

Cadwodd Llinos yn dawel.

"Ym … os ti'n gafael yn sownd yn y beipan, mae 'na ddigon o lefydd i chdi gael rhoi dy draed ar y ffordd i lawr. Ond, y … ella fydd hi ddim yn hawdd iawn efo high heels, chwaith."

Er yr holl rybuddion, dringodd Llinos i lawr y wal heb lawer o broblem. Edrychodd i fyny at y bachgen truenus yr olwg yn syllu'n bathetig i lawr ati cyn ysgwyd ei phen yn ddirmygus a diflannu'n flinedig i lawr y dreif. Caeodd Cai y ffenest, a disgynnodd ei gyfatebydd allan o'r cwpwrdd.

Rhoddodd Un ei gefn yn fflat yn erbyn y llawr er mwyn ei sythu, gan daro'i ddwrn yn erbyn y wal mewn poen.

"Chwe awr!" meddai'n flin, gan geisio cadw'i lais mor dawel â phosib. "Chwe blydi awr! Diolch *byth* 'mod i 'di cael y watsh glow-in-the-dark 'na gan Anti Mel Dolig, dyna dduda i, neu fyswn i byth 'di gwbod am faint o'n i yna!"

"Sori, sori, sori … jyst … plîs bydd ddistaw. Ma' gen i gur pen."

"Be ddigwyddodd?"

"Wnes i anghofio."

"Wnest ti anghofio. Ma'r holl fyd yn cael ei droi ar ben i lawr, a ti'n *anghofio*."

"O'n i'n feddw! A beth bynnag, *chdi* ddudodd wrtha i sut i gael gafael ar Llinos …"

"Ia, wel," meddai Un wrth drio sefyll i fyny, "pan ddudis i hynny, wnes i'm meddwl fyswn i'n styc mewn cwpwrdd, yn gorfod gwrando arnoch chi'ch dau'n mynd ati drwy'r nos. Di-*awl*, ma' 'nghefn i'n brifo. Gad i fi orwadd lawr am dipyn."

"Iawn … ond fedrwn ni ddim aros fa'ma drwy'r dydd, cofia."

"Dyna i gyd ti'n 'i neud beth bynnag", meddai Un yn flin, cyn disgyn ar y gwely, ei draed yn hongian dros yr erchwyn. "Dyna wnes *i* ddoe."

"Heddiw."

"Cau hi!"

"Gwranda. Allwn ni ddim aros, na fedran? Os ydi Mam neu Dad yn ffeindio allan am hyn, gynnon ni lot i'w esbonio, does? Gwna le i fi ar y gwely, nei di? Os ti'n deud bod dy gefn di'n brifo, dwi'n deud bod 'y mhen i'n brifo mwy."

"Isio bet?"

Gorweddodd y ddau yn llonydd am sbel. Wrth i Un stiwio mewn dicter, rhoddodd Dau ei holl egni – rhwng pyliau o regi oherwydd ei gur pen – ar drio penderfynu sut i guddio bodolaeth Un rhag gweddill y byd. Cododd ei ffôn i weld neges yn disgwyl amdano.

"Sut ath hi neithiwr? x"

Gan Mabli. Doedd dim amser i roi hanes y noson yn llawn iddi. Penderfynodd yrru neges syml iawn yn ôl: "Paid â gofyn."

"Fysa ni'n gallu mynd am goffi," meddai o'r diwedd. "Trafod petha." Gwnaeth Un ymdrech fawr, er gwaethaf ei gefn, i wynebu ei gyfatebydd er mwyn ei hoelio gyda'i holl goegni.

"Dydi Llanberis ddim yn lle mawr iawn," meddai. "Ma' rywun yn siŵr o'n gweld ni. Sut ti'n bwriadu esbonio'r ffaith bod chdi 'di bod yn cuddio efaill yr holl flynyddoedd 'ma?"

"Do'n i'm 'di gorffan," meddai Dau. "Yn amlwg, fysa rhaid cuddio dy wynab rywsut …"

"Sut ti'n bwriadu gwneud hynna, 'ta?"

Rowliodd Dau oddi ar y gwely cyn estyn am focs mawr oedd yn llechu oddi tano, tynnu siwt fawr frown ohono fo, a'i ddal i fyny'n falch.

"O, na," meddai Un yn flin. "Na, na, na. Ma'n *rhaid* bod chdi'n jocian."

✳ ✳ ✳ ✳ ✳ ✳ ✳ ✳

Ac felly y bu i Un, ychydig yn ddiweddarach, ddianc allan o'r ffenest wedi ei wisgo fel Chewbacca.

Roedd Cai (y ddau ohonyn nhw) wedi mynychu confensiwn *sci-fi* rai misoedd ynghynt, ac wedi penderfynu gwisgo fel y Wookiee hoffus o'r ffilmiau *Star Wars*. Roedden nhw o dan yr argraff y byddai'r merched yno, oll wedi eu gwisgo fel cymeriadau bronnog o gemau cyfrifiadur neu ffilmiau *anime*, yn gweld rhywbeth cyffrous yn y ffaith ei fod wedi cuddio ei wyneb. Ond buan yr aeth y merched adref gyda'r llu o fechgyn wedi eu gwisgo fel Judge Dredd, Master Chief a Spider-Man, gan adael

Cai i wneud ei ffordd adref yn drist ac yn unig, dim ond llun wedi ei arwyddo gan yr actores Marina Sirtis (*Star Trek: The Next Generation*) yn gwmni. Ers hynny, roedd y wisg (a phob math o drugareddau eraill) wedi bod yn casglu llwch o dan y gwely, rhag ofn i sefyllfa annisgwyl godi pan fyddai Cai angen ei defnyddio eto. Fydda fo erioed wedi gallu dychmygu yn union *pa* mor annisgwyl fyddai'r sefyllfa honno.

Gan regi'n dawel wrtho fo ei hun, dringodd Un i lawr y beipen, glanio'n galed ar y cerrig mân yn y dreif, rhedeg at y stryd a chuddio'r tu ôl i'r wal, rhag ofn i'w rieni (neu, yn hytrach, rhieni Dau) ei weld. Wrth iddo lechu yno, aeth mam ifanc heibio gyda'i choetsh, a syllu arno'n syn.

"Problem?" gofynnodd Cai tu ôl i'w fasg, a phrysurodd hithau i lawr y lôn.

Rai munudau'n ddiweddarach, wedi i hen ddynes oedd am basio'r tŷ benderfynu troi yn ei hunfan ar ôl gweld Wookiee yn llechu y tu ôl i'r wal, daeth Dau, o'r diwedd, allan o'r drws ffrynt gan chwibanu'n hamddenol. Camodd Un o'i guddfan yn wyliadwrus.

"Hwn ydi'r syniad gwaetha erioed," meddai, ei lais yn aneglur o dan y masg.

"Dy syniad di oedd o," atebodd Dau, gan ddechrau chwerthin.

"Ddim yn ddigri. A gymrist *ti* dy amsar."

"Meddylia: sut ti'n arfer treulio'r boreua ar ôl bod yn yfad?"

Meddyliodd Un yn galed, cyn hoelio'r ateb mewn un.

"O. Toilet."

"Bingo. Paid â phoeni gymaint. Dwi ar dy ochr di. Sut alla' i beidio bod?"

Pasiodd y ddau griw o fechgyn yn eu harddegau cynnar oedd yn cicio pêl yn ddiamcan yn erbyn y wal. Pan welson nhw Un yn ei siwt, daeth y gêm i ben mewn ffrwydriad o chwerthin, galw enwau, a dynwarediadau o Chewbacca. Rhuthrodd y ddau ymlaen, Dau yn chwerthin, ac Un unwaith eto'n diawlio'r sefyllfa o dan ei wynt.

"Fyddwn ni allan o'r pentre'n fuan," meddai Dau. "Pan fyddwn ni ar lethra'r Wyddfa, fydd pawb yn meddwl bod chdi'n dringo 'di gwisgo fel'na er mwyn elusen neu rwbath."

"Dwi dal ddim yn credu mai *dyna* ydi'r syniad gora gest ti."

"Y syniad gora gawson *ni*. Hei, dwi angan sosej rôl. Ti isio rwbath?"

Edrychodd Un ar Ddau'n ddirmygus o dan ei fasg.

"Nadw," meddai, ei lais yn diferu â chasineb.

Wedi cyrraedd y becws agosaf, aeth Dau i mewn gan adael Un y tu allan i ddelio â chi bach oedd yn cyfarth yn wyllt ato. Yn y man, daeth perchennog y ci i'w frwsio allan o'r ffordd, a thaflu golwg gas iawn at Un wrth wneud.

Cerddodd Dau allan o'r becws gan afael mewn bag plastig yn llawn danteithion, a gwthio pastai i wyneb ei gyfatebydd yn ddiseremoni. Edrychodd Un ar y bastai'n swta, cyn ei chymryd yn anniddig, codi gwaelod ei fasg, a'i chnoi'n araf ac yn ddistaw.

"Ydw i'n nabod chdi 'ta ydw i'n nabod chdi?" gofynnodd Dau.

Ymlwybrodd y ddau tuag at orsaf y trên bach, yn gwneud eu gorau i ddianc rhag rhythu dryslyd y pentrefwyr o'u cwmpas ar yr un pryd. Ond wrth nesáu at y llethrau, daeth mwy a mwy o bobol allan o'u ceir, yn heidio tuag at gopa'r Wyddfa fel petai holl gyfrinachau'r bydysawd wedi eu lleoli yno: yn deuluoedd, yn griwiau o fyfyrwyr, yn gyplau canol oed, oll mewn cotiau newydd, yn gafael yn dynn mewn ffyn cerdded drud yr olwg, bagiau'n llawn brechdanau ar eu cefnau. Dechreuodd Dau bitïo dros y criw druan ar shifft yn y caffi, oedd â diwrnod hir iawn o'u blaenau. Yr unig beth oedd yn pasio drwy feddwl Un bellach oedd embaras. Doedd y syniad o ddianc rhag y torfeydd ddim wedi gweithio'n dda iawn.

"Oh look, it's Bungle off *Rainbow*," meddai dynes o Lerpwl wrth basio. Rhygnodd Un ei ddannedd mewn dicter y tu ôl i'w fasg.

"Eto," meddai, "*dyma* oedd y plan? Fysa cerdded lawr Queen Street, Caerdydd 'di bod yn llai o embaras. Pam 'sa ni 'di dewis rwla tawelach, fatha …"

"Llyn Cowlyd," meddai Dau, yn gorffen brawddeg Un ar ei ran.

"Ia," atebodd yntau'n feddylgar. "Llyn Cowlyd."

Daeth distawrwydd trwm rhyngddyn nhw, y ddau'n cofio am ddiwrnod cofiadwy ar lannau Llyn Cowlyd sbel yn ôl …

"Awn ni oddi ar y llwybr mewn dipyn bach," meddai Dau o'r diwedd, gan dorri'r swyn, "i ffwrdd oddi wrth bawb. O bell, fydd o jyst yn edrych fel boi yn mynd â'i gi am dro."

"Wel, os wyt ti'n disgwl i fi gadw'r masg 'ma am 'y mhen, gei di anghofio fo. Yr un diwrnod dwi'n penderfynu dringo'r Wyddfa 'di gwisgo fatha Chewbacca, a mae hi'n boiling. Pwy 'sa'n meddwl?"

Dringodd y ddau ymhellach i fyny, gan beidio gwneud gormod o fân siarad er mwyn arbed eu hegni ar gyfer y daith. Ar ôl pasio Gorsaf Hebron, gydag Un yn chwysu ac yn diawlio'n wyllt, fe adawon nhw'r llwybr ac eistedd yn wynebu gogoniant Cwm Brwynog. Tynnodd Un ei fasg a chipiodd y bag plastig o law Dau cyn agor potelaid o ddŵr a'i dywallt i lawr ei wddw, gan golli lot ohono fo dros ei wyneb a'i wisg yn y broses.

"Does 'na ddim byd gwaeth na Wookiee gwlyb," meddai Dau gan chwerthin, cyn cymryd y botel.

"Ti'n meddwl bod hyn yn ddigri?" gofynnodd Un. "Ma' hyn yn sefyllfa gwbwl, gwbwl nyts. Dwi'm yn gwbod eto fedra'i fynd adra heno. Ac o'n i'n meddwl bod gen ti hangofyr. Stopia fod mor hwyliog."

"Awyr iach yn help, yndi?"

"Fyswn i'm yn gwbod," meddai Un, gan ddal ei fasg i fyny. Ysgydwodd Dau ei ben gan wenu, a chymryd dracht helaeth o'r dŵr. Edrychodd y ddau ar yr olygfa. Er y sefyllfa wallgo, dechreuodd meddyliau'r ddau grwydro o'r byd o'u cwmpas a thuag at fyd Eryrin. Un oedd y cynta i'w lusgo'i hun oddi wrth ei ddychymyg a cheisio canolbwyntio ar broblemau'r dydd.

"Gawn ni daclo'r eliffant yn y stafell, 'ta? Be 'dan ni am neud?"

"Ym ... ia. Iawn. Ocê. Wel ... 'dan ni'n gwynebu dau ddewis, deud y gwir, dydan? Un ai deud wrth y byd am hyn, ac ella trio 'i werthu o i rywun, neu ei gadw o rhyngddon ni, a thrio gwella'n bywydau ar 'yn liwt ein hunain."

Meddyliodd Un yn galed.

"Fy argraff gynta i," meddai, "ydi bod ni angen 'i gadw fo'n gyfrinach. Jyst am y tro. Meddylia: *E.T.*, *Thor*, *Flight Of The Navigator* ... unrhyw bryd ma'r llywodraeth yn cael gafael ar dechnoleg fel'na, mae nhw wastad yn cymryd mantais o'r peth."

"Pwynt da," meddai Dau, gan nodio'i ben yn ddwys, ac anghofio'r ffaith bod y ffilmiau yna oll heb yr un sail yn y byd go-iawn. "Felly be? Ti am ddod rownd bob dydd fel wnest ti ddoe?"

"Iyp. Os fedra' i gyrraedd adra'n y lle cynta."

"Ti'n siŵr bod chdi isio gwneud hyn? Paid â chamddeall – fydda' i'n ddiolchgar os ti'n 'i neud o a phob dim, ond lle mae'r fantais i chdi?"

"Be ti'n feddwl?"

"Wel, duda bod chdi'n dod drwadd bob diwrnod er mwyn 'y nghynghori i. Fydd dy fywyd *di* ddim yn gwella, na fydd?"

"Na fydd?"

"Wel," meddai Dau, gan grafu ei ben, "dwi'm yn gwbod ..."

"Gwneith siŵr. Ti yn fy ngorffennol i, dwyt? Cofia am *Back To The Future.*"

"Ocê ..."

"Pan aeth Marty 'nôl i 1955," esboniodd Un yn amyneddgar, "a stopio'r berthynas rhwng ei rieni, wnaeth y llun ohono fo a'i frawd a'i chwaer ddechra diflannu, do?"

"Do, siŵr."

"Hynny ydi, wnaeth be nath o'n 1955 effeithio ar be ddigwyddodd yn 1985. Yr un peth efo ni: mae be ti'n ei wneud yn effeithio ar fy mywyd i, dydi? Mae'n rhaid iddo fo wneud. Felly *chdi* sy'n cael y fargen waetha fan hyn, deud gwir. Chdi fydd yn gorfod gwneud y gwaith calad i gyd er mwyn newid petha ..."

"Ia, ond chdi fydd yn gorfod byw drwy'r profiadau uffernol 'ma yn y lle cynta, 'de?"

Edrychodd Un ar ei gyfatebydd, cyn rhoi ei ben yn ei ddwylo.

"Ma' 'mhen i'n brifo," meddai.

"Ma' fy un i'n iawn erbyn hyn," atebodd Dau. Edrychodd Un i fyny'n sydyn.

"Ella ddylien ni gymryd ciw o'r olygfa 'na yn *Looper*," meddai, "a jyst peidio trafod hyn o gwbwl. Ti'n cofio? Y darn 'na efo Bruce Willis a ..."

"Joseph Gordon-Levitt," atebodd Dau. "Dwi'n gwbod. Wrth gwrs fy mod i. Ella ddylien ni stopio cael ein dylanwadu gymaint gan ffilmia, deud y gwir. Ond ia, gweld be ddigwyddith ydi'r plan gora, dwi'n meddwl. Cytuno?"

Estynnodd Dau ei law, a gafaelodd Un ynddi'n frwdfrydig.

"Cytuno," meddai. Estynnodd Dau sosej rôls o'r bag, a rhoi un i'w gyfatebydd, cyn i'r ddau gnoi yn dawel am gyfnod. Yn y man, rhoddodd Un ei ben i lawr eto, a griddfan. "Ond *pam* bod hyn yn digwydd? Ti'n meddwl bod o fatha *Groundhog Day*, lle does 'na ddim ..."

"Dim mwy o ffilmia," meddai Dau. "Ffwl stop. C'mon. Jyst dychmyga'r posibiliada. Fedrwn ni *ddyblu* ein gweithgarwch ar Eryrin, os 'dan ni'n rhannu nodiada, rhannu syniada ... fyddwn ni allan o'r caffi 'na erbyn yr haf!"

Edrychodd Un ar Dau'n synfyfyriol.

"Ti'n sylweddoli mai dyna'r tro cynta i ti sôn am Eryrin wrth unrhywun arall?" gofynnodd. "Fedra' i ddim deud yr un peth, achos wnes i agor 'y ngheg fawr o flaen Llinos, do?"

"Ti'n iawn," atebodd Dau'n freuddwydiol, "a dwi'm yn gwbod pam, chwaith. Achos mae o'n ddeinameit o syniad."

Rhoddodd y ddau *high five* i'w gilydd yn ddirybudd, cyn gwenu'n gynllwyngar. Aeth yr haul y tu ôl i gwmwl.

"Os fedrwn ni gael y dechnoleg yn iawn," meddai Un, "a'r holl gefndir a'r rheolau wedi eu sortio, 'dan ni'n chwerthin, mêt."

"Ddylsa ni gael y criw *D & D* i helpu?" gofynnodd Dau.

"Dwi 'di bod yn meddwl am hwnna fy hun."

"Ti'm yn deud?"

"Ond fedrwn ni eu trystio nhw? Mae Tom yn ddigon trefnus, ond fyswn i ddim yn bancio ar allu dibynnu ar Andreas a Taliesin i wneud unrhyw waith. A wedyn dyna chdi Mabli ... wel, ma' hi'n iawn, debyg."

Sbonciodd calon Dau yn ei frest. Oedd, roedd Mabli'n "iawn" ... doedd dim byd yn bod ar Mabli o gwbwl, a dweud y gwir. Torrodd Un ar draws ei feddyliau.

"Beth bynnag, does dim rhaid i ni boeni am hynny eto, nag oes? Dim efo ni'n dau'n gweithio ar y peth. Hei, be am drio sortio chydig o'r manylion allan, 'ta? Be ti'n feddwl o system newydd o reola ar gyfer brwydra mawr? 'Dan ni angan un 'ta be?"

* * * * * * * *

Aeth oriau heibio mewn niwl o ddreigiau, cleddyfau hud, arwyr dewr a dewiniaid Machiavelaidd, gyda sgwrs y ddau'n weddol ddi-dor, dim ond ci busneslyd neu ddau yn torri ar eu traws. Gyda'r haul wedi hen ddechrau ar ei daith tua'r gorwel, fe gododd y ddau a chychwyn i lawr y mynydd. Gymaint oedd cynnwrf y ddau am eu rhestr hir o syniadau newydd fel y bu i Un anghofio gwisgo'i fasg, cyn ei wisgo ar ôl hanner awr o gerdded dan rwgnach yn sur. Dechreuodd y chwerthin, y sylwadau a'r pwyntio bysedd unwaith eto, ac erbyn cyrraedd yr orsaf drenau, roedd Un wedi hen ddychwelyd at ei stad gynharach o flinder a chasineb.

Bu bron iddyn nhw basio Mabli heb ei chydnabod wrth frysio adre. Roedd hi'n sefyll y tu allan i siop y gornel yn prysur lwytho'i char â photeli o win a phitsas wedi eu rhewi pan welodd hi'r ddau yn taranu drwy'r dre. Rhedodd ar eu holau a thapio Dau ar ei ysgwydd.

"Iawn, Cai?" gofynnodd, gan lygadu Un yn amheus. "Meddwl 'swn i'n dod fa'ma i neud fy siopa. Gynnyn nhw lot mwy o ddewis o fwydydd crap na sy 'na yng Nghwm y Glo. 'Dach chi 'di bod mewn confensiwn neu rwbath?"

"Ym ... do, do," atebodd Dau, gan feddwl yn wyllt am be i'w ddweud.

"Pa un, 'ta? Do'n i'm yn gwbod bod 'na un 'mlaen heddiw."

"Y ... sori?"

Ysgydwodd Mabli ei phen, a phenderfynu newid y pwnc.

"Pwy 'di hwn? Neu ddylswn i jyst ei alw fo'n Chewie?"

"Na," meddai Dau, gan chwerthin yn ffals ac yn llawn panig, "ei enw fo ydi Un ... Una. Ei henw *hi* ydi ... ym ... ia, Una."

"O," atebodd Mabli, y gwynt wedi ei dynnu o'i hwyliau, "*hi*. Sori. Jyst bod y rhan fwya o ferched sy'n mynd i gonfensiwn yn gwisgo fatha Lara Croft neu rwbath. Pam Chewbacca 'lly, Una?"

Safai Un yn ddistaw, yn gyndyn i siarad. Fe gymerodd Dau sbel i sylweddoli pam nad oedd o'n ateb Mabli.

"O ... dydi Una ddim yn dod o rownd ffordd hyn," meddai o'r diwedd.

"Sori," meddai Mabli. "Why Chewbacca, Una?"

"Pellach na hwnna."

"Do'n i'm yn gwbod bod chdi'n gallu siarad iaith dramor, Cai."

"Mae 'na lot o betha ti'm yn gwbod amdana i, Mabli," meddai Dau, ychydig yn fwy fflyrti nag oedd o'n ei fwriadu.

"Fyswn i'm yn meindio dod i wbod mwy, chwaith," meddai Mabli yn lletchwith. "A wneith pitsas 'di rhewi gadw, sbo. Be ti'n neud heno?"

Shyfflodd Dau ei draed, gydag Un yn syllu arno'n syn. Nid dyma sut yr aeth ei ddydd Sul o. Dechreuodd bendroni sut y byddai'r cyfarfyddiad annisgwyl yma'n effeithio ar ei ddyfodol.

"Ma' ... ma' U – Una efo fi," meddai Dau o'r diwedd, gan bwyntio at Un yn chwithig.

"Be, ma' hi'n ... ? O. Dwi'n gweld. Ma' hi acw'n aros." Nodiodd Mabli ei phen yn drist. "Wrth gwrs. Wel, well i fi fynd, 'ta. Dwi'n gweithio fy ffordd drwy *Battlestar Galactica*. Eto. Hwyl, Cai."

"Hwyl, Mabli."

Shyfflodd Mabli at ei char, taflu'r olaf o'i neges i mewn, a gyrru i ffwrdd gan chwifio ei llaw ar Dau heb edrych arno. Safodd Un a Dau yn gymysglyd am eiliad cyn ailgychwyn ar eu taith.

"Wel, oedd hwnna'n brofiad newydd," meddai Un yn dawel.

"Mm," atebodd Dau, ei feddwl yn chwyrlïo. Oedd Mabli newydd ofyn iddo fo fynd allan efo hi?

"Da chditha am ei gwrthod hi," meddai Un. "Debyg bod gen ti Llinos yn disgwl amdanat ti. Paid â chamddallt – ma'n neis cael dewis. Ond pam mynd am y pizza 'di rhewi pan ma' gen ti sirloin steak, 'de?"

Cerddodd y ddau ymlaen mewn distawrwydd.

"Mm," meddai Dau, o'r diwedd.

* * * * * * * *

Wrth i Un ddringo i fyny'r beipen a thrwy'r ffenest, yn grwgnach o dan ei fasg, aeth Dau i mewn i'r tŷ drwy ddrws y gegin. Daeth o hyd i'w rieni yn eu llefydd arferol: ei fam wrth fwrdd y gegin, copi o gylchgrawn *Heat* a phentwr o ddafedd o'i blaen, ei dad wedi ei sodro o flaen hen bennod o *Dad's Army*, yn gafael yn dynn mewn tun o Tennent's ac yn giglo'n dawel wrtho fo ei hun.

"Helo, Cai," meddai Danielle yn gyfeillgar. "Lle ti 'di bod?"

"Jyst am dro."

"Welist ti rwbath … *rhyfadd* ar dy daith?"

"Be ti'n feddwl?"

"Wel, Mrs Gittins lawr lôn 'di cnocio ar y drws yn hwyr bore 'ma. Deud bod hi 'di gweld rhywun 'di wisgo fel ci mawr yn torri mewn i'r tŷ. Ond does 'na ddim byd 'di ddwyn, i fi allu gweld. Aethon ni ddim i dy stafall di, chwaith. Dwi ddim isio distyrbio."

"Os ti'n gofyn i fi," bytheiriodd Gareth o'r stafell fyw, "ma' hi 'di colli'r plot o'r diwadd. Cofio pan welodd hi fonstyr yn Llyn Llydaw? Pam ti'n gwrando arna hi, Danielle?"

Daeth distawrwydd dros y tŷ. Rhythodd Gareth ar ei wraig, ac aeth hi'n ôl i weu'n dawel.

"Dydi hi ddim yn bryd i chdi ddechra meddwl am de, ddynas?" gofynnodd Gareth. Edrychodd Danielle i fyny ar ei mab.

"Be fysa chdi'n ffansïo i de, Cai?" meddai hithau'n dawel. Cododd Dau ei ysgwyddau.

"Neith shepherd's pie," meddai Gareth.

"Ia, fydd shepherd's pie yn iawn," atebodd Cai o'r diwedd, gan wneud ei ffordd drwy'r ystafell fyw ac i fyny'r grisiau. Agorodd ddrws ei ystafell i weld Un yn crafangu ei ffordd i mewn drwy'r ffenest, yn anadlu'n drwm, cyn disgyn i'r llawr a thaflu'r masg Chewbacca oddi am ei ben yn flinedig.

"Byth eto," meddai, rhwng cegeidiau mawr o wynt. "Byth eto. Faint o'r gloch 'di? Dydi hi'm yn amser i'r blydi peth 'ma ymddangos?"

Edrychodd Dau ar ei gloc larwm.

"Chydig wedi chwech ddaeth o ddoe, ia? 'Ta jyst cyn saith, dŵad? Gynnon ni o leia awr a hannar, beth bynnag. Ti isio rhoi'r stwff Eryrin wnaethon ni sôn amdano fo heddiw ar bapur, tra bod gynnon ni gyfla?"

Caeodd Un ei lygaid, rhedodd ei law dros ei wyneb er mwyn cael gwared o'r chwys, a chododd ar ei bengliniau er mwyn dechrau stryffaglu i dynnu'r wisg.

"Ella," meddai fo, gan wingo a thuchan. Aeth Dau draw i helpu. "Neu fysa ni'n gallu gwatshiad y bennod ddiwetha o *Agents of S.H.I.E.L.D.*?

Dwi'm 'di câl cyfla eto."

Llwyddodd Dau i ddatod y zip, a neidiodd Un allan o'r siwt mewn llawenydd cyn troi'r cyfrifiadur ymlaen er mwyn syrffio draw at ei hoff wefan amheus er mwyn gwylio rhaglenni teledu.

"Ocê," meddai Dau, heb lawer o frwdfrydedd. Roedd o'n gwybod yn iawn bod Un wedi cael digon o gyfle i wylio'r sioe, ond penderfynodd beidio dadlau. Neidiodd ar y gwely ac eistedd yn ôl.

* * * * * * * *

Bron i awr a hanner yn ddiweddarach, gyda'r bennod drosodd, ac Un wedi llwyddo i wastio mwy o amser wrth bori drwy YouTube yn ddiamcan, fe deimlodd y ddau ias gyfarwydd wrth i sain y cyfrifiadur dawelu am eiliad. Trodd y ddau ei pennau i weld y ddisg yn ei lle unwaith eto. Llamodd calon Un mewn llawenydd. Yn reddfol, ciliodd Dau i ben arall y gwely er mwyn dianc rhag y trydan distaw oedd yn tasgu dros yr ystafell.

"Wel," meddai Un gan sefyll ar ei draed, "dyma fy stop." Estynnodd ei law. Sylwodd Dau ddim i ddechrau, ei holl sylw wedi ei hoelio ar y ddisg o'i flaen. Trodd y peth drosodd yn ei ben. Giât i fyd arall. Porthwll.

Sylwodd Dau ar Un yn syllu arno, ac ysgydwodd ei law'n betrusgar.

"Fory?" gofynnodd.

"Fory", atebodd Un, a neidio i mewn. Diflannodd y ddisg yn syth, gan grebachu'n herciog ac annaturiol a gadael pyllau o drydan ar y carped ar ei hôl.

Penliniodd Cai ar ei wely mewn distawrwydd am sbel, yn falch o gael cyfle i gysidro popeth oedd wedi digwydd dros y 24 awr diwetha. Yn y man, datglôdd ddrws ei ystafell a gwnaeth ei ffordd yn hamddenol i'r gegin er mwyn cynnig helpu ei fam gyda'r swper. Wrth blicio'r nionod, dagrau yn dechrau cronni yng nghorneli ei lygaid, fe ddihangodd ambell chwerthiniad tawel o'i wefusau. Roedd pethau am fod yn llawer gwell o hyn ymlaen.

Wedi swper digon annifyr, Gareth yn mynd â'i blât i'r ystafell fyw, fel arfer, a'r ddau arall yn bwyta mewn distawrwydd wrth fwrdd y gegin, diflannodd Cai i'w ystafell unwaith eto. Roedd fideo o sesiwn Dau ar YouTube yn dal ar ei hanner. Ystyriodd Cai wylio diwedd y fideo, a llithro i mewn i noson o ddiogi, cyn gwneud penderfyniad mawr. Trodd y teledu i ffwrdd, agorodd ffolder Eryrin, a dechreuodd weithio.

Glaniodd Cai yn swp ar lawr ei ystafell, a llusgo'i hun ar ei draed. Byddai'n rhaid iddo fo ddysgu sut i ddod drwy'r porthwll yn fwy gosgeiddig.

Rhuthrodd tuag at y bwrdd ger y gwely, ac at ei ffôn symudol. Roedd y dyddiad yn iawn. Roedd o adre o'r diwedd.

Gan wenu, edrychodd ar ei e-byst a'i negeseuon testun. Fe ddenodd un ei sylw yn syth. Neges gan Llinos: "Lle w t?". Felly roedd hi'n awchus i'w weld o eto ar ôl llwyddiant Dau yn yr Anglesey, yn amlwg. Llyfodd Cai ei wefusau wrth ragweld y berthynas o'u blaenau, cyn sgipio i lawr i'r gegin er mwyn nôl rywbeth i'w fwyta a meddwl am yr ateb perffaith i'r neges. Ddyla fo ei gwâdd ar ddêt ar ôl y gwaith fory? 'Ta oedd hynny'n rhy gynnar?

"Lle *ti* 'di bod?" gofynnodd Gareth, wrth droi yn ei gadair freichiau. Edrychodd Danielle i fyny o'i gweu yn syn.

"Jyst am dro," meddai Cai, heb wybod yn iawn pam y daeth y geiriau penodol yna allan o'i geg.

"Chlywson ni ddim chdi'n dod i mewn," meddai Danielle, a sylweddolodd Cai ei gamgymeriad.

"Na dy weld di," ychwanegodd Gareth.

"Sâl," meddai fo. "Sâl o'n i. Ddim yn y gwaith. Heddiw. Dyna be ddigwyddodd. Ddim am dro. Sori."

"Wel, ti'n teimlo'n well?" gofynnodd Danielle.

"Ydw. Ond. Ella bod o'n syniad i fi jyst … nôl chydig o fwyd a mynd 'nôl i'r gwely," meddai Cai gan ddylyfu gên.

"Isio cawl?" gofynnodd Danielle.

"Na. Neith Doritos yn iawn."

Tyrchodd Cai drwy gypyrddau'r gegin.

"Ti'n ddiawl bach od, ti'n gwbod hynna?" gofynnodd Gareth. Penderfynodd Cai beidio ateb ei dad. Unwaith roedd o allan o'i olwg, cododd un bys i'w gyfeiriad, a chilio i ddiogelwch ei ystafell unwaith eto.

Taflodd y bag o greision ar ddesg ei gyfrifiadur, ac edrychodd ar ei ffôn gan feddwl eto am ateb addas i gwestiwn Llinos. Yn sydyn, teimlodd yn llethol o flinedig. Cofiodd, am y tro cynta mewn oriau, nad oedd o wedi cysgu ers Nos Sadwrn, a'i fod wedi treulio rhan helaeth o'r diwrnod yn rhodio'r Wyddfa. Bron heb feddwl, disgynnodd ar y gwely, ac aeth yn syth i gysgu.

DYDD MAWRTH: DYDD 6 *(UN)*

Diffoddodd Cai ei gloc larwm, cododd ei ffôn, a'i astudio â llygaid cysglyd. Roedd neges Llinos yn dal yno. Rhoddodd y ffôn i lawr gan resymu y byddai'n cael digon o gyfle i siarad â hi'n ddigon buan. Gyda darn o dôst yn ei law, gwnaeth ei ffordd tuag at y trên gan hymio wrtho'i hun yn dawel. Eisteddodd yng nghefn y cerbyd a thaflu ei olwg i fyny at lethrau'r mynyddoedd o'i amgylch. Am unwaith, feddyliodd o ddim am Eryrin. Yn hytrach, edrychodd i fras gyfeiriad copa'r Wyddfa, ac edrych ymlaen at y dydd o'i flaen yng nghwmni Llinos.

O fewn rhai munudau, cerddodd Wendell yn araf ar y trên. Cododd ei aeliau wrth weld Cai, ac eisteddodd ychydig o seddi o'i flaen. Daeth Llinos i mewn i'r cerbyd yn fuan wedyn, yn mwmian smaldodau efo Colin. Edrychodd hi ddim ar Cai. Yn hytrach, eisteddodd yn y rhes flaen, rhoddodd glustffonau ei iPod i mewn, a chaeodd ei llygaid. Rhesymodd Cai nad oedd hi isio darlledu'r ffaith bod y ddau yn eitem bellach, a bwriadodd gael sgwrs iawn gyda hi yng nghegin y caffi. Sgwrs … ac ella ychydig bach mwy.

Gyda chyfres o grynfeydd yn ei ysgwyd o ochr i ochr, cychwynnodd y trên ar ei daith arferol i fyny'r llethrau. Yn ddigon buan, trodd Wendell rownd yn ei sedd, a hoeliodd Cai'n flin â'i lygaid.

"Ble oeddech chi ddoe, Mr Owen?"

Gwelwodd Cai. Doedd o ddim wedi rhagweld y byddai hyn yn broblem. Diawliodd ei hun o dan ei anadl. Wrth gwrs. Roedd hi mor amlwg.

"Sori, Mr Hughes. O'n i'n teimlo'n … rhyfadd. Trystiwch fi. Dwi ddim yn un i aros adra heb reswm. Ond fysa'i 'di bod yn amhosib i fi ddod mewn."

"Wedi bod ar yr Hooch ar Nos Sul, fi'n cymryd, Mr Owen."

"Do'n i ddim yn hyngofyr, Mr Hughes. Problem … *bersonol* oedd gen i. Gobeithio bod chi'm yn meindio os na 'dw i'n manylu ar y peth."

Ei feddwl ymhell, syllodd Cai i gyfeiriad Llinos. Cododd Wendell ei aeliau unwaith eto, cyn tuchan yn chwithig ac edrych ar y llawr.

"Fi'n gweld," meddai. "Byddwch yn fwy gofalus y tro nesa, da chithe."

Fi'n eich hoffi chi, Cai. Ond wneith y chicken balti ..."

"... ddim syrfo'i hun. Dwi'n gwbod, syr. Sori. Neith o'm digwydd eto."

Gan ddal i edrych yn ansicr, trodd Wendell i wynebu blaen y cerbyd, a gadael Cai mewn distawrwydd. Fel Llinos, rhoddodd glustffonau i mewn, a chadwodd lygad barcud arni i weld a fyddai hi'n gwneud ymdrech i ddal ei lygad. Ddaeth dim arwydd o'r fath ganddi ar hyd y daith gyfan. Chwarae dal-di-fi, siŵr o fod. Roedd y bêl yn ei gwrt o.

Gyda'r niwl arferol yn gorchuddio'r copa, daeth y trên i stop. Fesul un, dechreuodd y teithwyr ymlwybro tuag at y caffi. Brysiodd Cai allan er mwyn cael cyfle i siarad â Llinos. Gwelodd Colin yn diflannu i mewn i'r gegin, ei freichiau'n llawn llestri, Megan y lanhawraig yn edrych yn ddiog allan o'r ffenest ... dyna hi! Roedd hi ar ei ffordd i mewn i le chwech y merched tra'n chwarae â'i ffôn.

Prysurodd Cai ei hun drwy gynorthwyo Colin, er mwyn aros mor bell i ffwrdd oddi wrth Wendell â phosib. Daeth Llinos heibio i'r cownter o fewn ychydig funudau, yn dal i fodio ei ffôn yn wyllt. Dympiodd Cai bentwr o hambyrddau haearn ar y stôf, gan anghofio am ei ddyletswyddau'n llwyr, a brasgamodd tuag ati.

"Wnest ti'm atab 'y nhecst i," meddai Llinos, heb edrych i fyny.

"Sori. O'n i'n ... sâl," atebodd Cai, gan benderfynu peidio manylu ar bethau'n fwy na hynny rhag ofn i gamddealltwriaeth arall ddatblygu.

"'Motsh gen i," meddai Llinos yn biwis. "Wendell ofynnodd i fi decstio chdi. Gei di neud be bynnag ti isio efo dy amsar."

Rhoddodd Cai dinc o edifeirwch yn ei lais.

"Tro nesa, wna' i ddim gneud i chdi ddenig allan trw ffenast. Gaddo. Sôn am y tro nesa ... ti'n rhydd heno?"

Edrychodd Llinos dros ei hysgwydd, rhag ofn bod Cai yn siarad gyda rhywun arall. Yr oll welodd hi oedd Wendell yn edrych yn ôl at y ddau'n amheus.

"Ym," meddai Llinos yn betrusgar, gan droi'n ôl i wynebu Cai, "dwi'n meddwl bod chdi 'di conffiwsio fi efo rhywun arall. Ti'n siŵr ti'm yn drysu rhwng y byd yma a dy fyd *Lord of the Rings* di, neu be bynnag oeddach chdi'n fwydro amdano fo yn yr Anglesey?"

Rhewodd Cai. Doedd bosib … ?

"Ti'n … ti'n cofio hynna?"

"O'n i'n drync, ond dwi'm yn debyg o anghofio chdi'n dod allan o'r closet a chyfadda bod chdi'n nyrd masif. O, bechod."

Gan giglo, aeth Llinos i mewn i'r gegin at Colin. Pwysodd Cai yn erbyn y cownter ac anadlu'n ddwfn. Roedd o wedi camddeall y sefyllfa'n gyfangwbl. Doedd gan benderfyniadau Dau ddim dylanwad ar ei fywyd o. Trodd ei fyd ben i lawr. Gallai deimlo'r holl hyder oedd wedi tyfu yn ei feddwl dros y diwrnod diwethaf yn llifo allan, a'i hen ffrind – anobaith llesteiriol, ysol – yn cymryd ei le. Welodd o mo Wendell yn agosáu at y cownter ac edrych yn dosturiol ac yn chwilfrydig tuag ato.

"Hei?" gofynnodd Wendell. "Chi'ch dau'n … ?"

Edrychodd Cai i fyny arno, ysgwyd ei ben, a wynebu'r llawr unwaith eto.

"Na," meddai'n ôl.

* * * * * * * *

Aeth gweddill y bore heibio'n boenus o araf. Wrth i'r cerddwyr ddechrau ymddangos, cymerodd Cai ei le arferol y tu ôl i'r cownter, drws nesa i Llinos. Teimlodd fel petai wedi ei garcharu; fel petai cadwyni yn ei glymu wrth y ferch yn ei ymyl. Roedd o angen dianc o'r gegin. O'r ganolfan. O'r byd. Byddai rhaid iddo fo gael sgwrs hir iawn gyda Dau heno.

I wneud pethau'n waeth, erbyn un o'r gloch, roedd y niwl wedi clirio bron yn llwyr, a haul Eryri yn llenwi'r ganolfan. Heidiodd y cerddwyr i mewn, ac aeth ciw'r cownter bwyd yn hirach ac yn hirach. Taflodd Cai olwg sur i lawr y ciw, a chymryd yn erbyn y cerddwyr yn syth am ddim rheswm. Roedd un criw o fyfyrwyr tal, golygus yr olwg ar ben y ciw yn arbennig o annifyr. Gwyliodd eu cegau'n symud yn fud, gan gasáu pob symudiad o'u genau. Wrth iddyn nhw agosáu, gallai glywed mwy a mwy o'u sgwrs. Roeddent yn clochdar oherwydd eu medr yn concro'r mynydd, gan bwnio a gwthio'i gilydd yn ymosodol-chwareus, ac aflonyddu ar y bobol eraill yn y ciw wrth wneud. Sgyrnygodd Cai ei ddannedd wrth weini ar y cerddwyr o'u blaenau, gan daflu'r bwyd ar eu platiau gyda mwy a mwy o ddicter wrth i'r myfyrwyr agosáu. Roedd y cwsmer yn union o'u blaenau yn hen ddynes eiddil iawn yr olwg, oedd yn amlwg wedi dod i fyny ar y trên. Archebodd hi goffi, ac aeth Cai ati'n ddiwyd i'w baratoi. Wrth wasgu'r caead plastig ar y gwpan, tasgodd ychydig o'r coffi allan a llosgi cefn ei law. Ciciodd y wal yn flin ac ysgwyd ei law mewn ymgais aflwyddiannus i gael gwared o'r boen, cyn gwthio'r coffi i ddwylo'r hen ddynes yn ddiseremoni a'i phasio drosodd i Llinos, oedd yn edrych arno gyda dryswch cynyddol.

Daeth y myfyrwyr at y cownter gan chwerthin yn llawer rhy swnllyd. Doedd yr un ohonyn nhw wedi trafferthu i edrych ar y fwydlen eto.

"I am Hank Marvin, Ollie," meddai un, gan daflu golwg dros y bwydydd cynnes o'i flaen.

"Let's see if the food in Wales is any better than the weather," meddai un arall, gan ddewis anghofio'r haul y tu allan yn llwyr.

"Look! Will! Look! Look! Lookatthat!" meddai un arall. "The menu's bilingual. That. Is. Amaze. Balls."

"Can I help you?" gofynnodd Cai, gan drio torri ar eu traws.

Will oedd yr un i gymryd yr abwyd. Dechreuodd chwerthin, y fwydlen yn ei ddwylo.

"OhmyGod. 'Mazin. There isn't a Welsh word for pasta. That is so lame."

Snapiodd rhywbeth ym mhen Cai. Taflodd ei letwad i mewn i'r twb o'i flaen gan daflu pasta dros y lle. Edrychodd y myfyrwyr i fyny'n syn, ac aeth gweddill y ciw yn dawel.

"What's the English for pasta?" gofynnodd Cai, yn rhyfeddol o hunanfeddiannol. Giglodd Will, cyn edrych o'i gwmpas i wneud yn siŵr bod ei gyfeillion yn talu sylw.

"Pasta," meddai Will dan wenu.

"You really think that's an English word, do you?"

"Yah."

"You're an idiot."

Diflannodd y wên oddi ar wyneb Will. Dechreuodd ei ffrindiau chwerthin am ei ben, gan gymryd pleser yn ei anffawd.

"You're an idiot," meddai Cai eto. "And I don't even know you. I don't know anything about you. But I can say this with absolute, 100% certainty: you will *always* be an idiot."

Roedd gwyneb Will bellach yn biws, a chyrff ei ffrindiau'n ysgwyd oherwydd yr holl firi. Teimlodd Cai law ar ei ysgwydd, a gweld Colin yn edrych ato'n syn.

"Take over, Colin," meddai Cai, gan wthio drwy'r ciw er mwyn gadael yr ardal fwyd. "I'm taking a break."

Anelodd Cai yn syth am y copa, ac eistedd yno mewn tawelwch am chwarter awr, ei freichiau wedi eu lapio o amgylch ei bengliniau. Am y tro cynta, roedd digon o lonyddwch i gysidro'r holl ddigwyddiadau ers Nos Sul yn weddol eglur. Doedd dim pwynt mynd ymlaen â'r cynllun. Byddai Dau'n siomedig, yn siŵr o fod, ond roedd angen i'r ddau ohonyn nhw arfer â'r syniad o fynd yn ôl at eu hen fywydau – neu werthu allan, anwybyddu gwersi ffilmiau fel *E.T.*, a gadael i'r awdurdodau dalu am y fraint o astudio'r porthwll.

Iselder wedi gafael yn gadarn yn ei feddwl, rhwbiodd Cai ei freichiau ac edrych i fyny i weld cymylau llwydion yn cronni uwch ei ben. Gan rynnu, dringodd i lawr at fynedfa'r ganolfan. Bu bron iddo fo basio Wendell wrth y drws heb sylwi arno, ond rhoddodd y rheolwr law gadarn yn erbyn ei frest, a'i wthio'n ôl allan.

"Clywed eich bod chi wedi cael … *incident* bach amser cinio, Mr Owen," meddai Wendell, yn trio bod yn llym. "Nawr 'te. Beth sy'n digwydd?"

"'Mbyd," atebodd Cai'n dawel, ac ochneidiodd yn ddwfn. "Dim rhaid i chi boeni, Mr Hughes. Fydda' i … fydda' i'n ôl i'r arfar yn fuan."

"Pa mor fuan?"

"Dwn i'm. Fory, ella?"

Meddyliodd Wendell yn ddwys, cyn mynd i boced ei gôt, tynnu bwndel mawr o bamffledi allan, a'u gwthio'n ddiseremoni i ddwylo Cai.

"Chi mewn lwc. Roeddwn i angen rhywun i basio'r pamffledi 'ma mas. Falle fydd bod fan hyn, yn yr awyr agored, yn help i chi."

Edrychodd Cai ar y papurau yn ei ddwylo. Roedden nhw'n brolio pryd o fwyd am ddim o'r caffi os oeddech chi wedi prynu pum pryd yn y gorffennol. Allai Cai ddim meddwl pwy fyddai'n dringo'r Wyddfa chwech o weithiau ar gyfer y fraint o dderbyn un pryd o fwyd am ddim, ond penderfynodd beidio dweud unrhyw beth am y tro.

"Iawn, Mr Hughes."

Diflannodd Wendell i mewn i'r ganolfan gan grychu corneli ei geg yn ansicr. Ysgydwodd Cai ei ben, a dechreuodd dafnau o law chwipio ar draws ei foch dde. Cyn hir, roedd o yng nghanol storm, y cymylau o'i amgylch yn poeri glaw i bob cyfeiriad, yn sbeitio'r haul oedd wedi bod mor amlwg ychydig ynghynt.

Daeth y myfyrwyr allan o'r ganolfan, yn codi eu huganau er mwyn amddiffyn eu hunain rhag y storm. Welson nhw ddim o'r ffigwr truenus yr olwg wrth eu hymyl, ac ni wnaeth Cai drafferthu cynnig pamffled iddyn nhw. Doedd dim llawer o awydd ganddo i ddelio gyda nhw eto.

"Bugger it. Shall we just take the train?" gofynnodd un, wrth iddyn nhw gamu'n hunangyfiawn i lawr y mynydd.

"Don't be such a twat, Tim," meddai Ollie. "It's not a trip to Wales unless we end up completely miserable, is it?"

Chwarddodd Will, cyn byseddu côt law Ollie.

"This is a nice coat. Where d'you get it?"

"Dad got it for me from Canada. Nice, innit?"

"Yah. Nice colour."

"Yah. Hey, d'you know there's no Welsh word for blue?"

"No? Really?"

"Yah. It must be true. They said so on *QI*."

"Thou shalt not question Stephen Fry," meddai Tim, a dechreuodd y tri chwerthin. Ymhell ar ôl iddyn nhw ddiflannu i mewn i'r niwl, clywodd Cai eu clegar yn atseinio i fyny'r mynydd. Crychodd y pamffledi'n flin, cyn treulio'r oriau'r nesa'n gwneud ei orau i gynnig darnau soeglyd o bapur crychlyd, di-bwynt, i deithwyr gwlyb. Yn rhyfeddol, doedd o ddim yn llwyddiannus iawn.

* * * * * * * *

Am weddill y prynhawn, yr unig bwnc siarad ymysg staff y ganolfan (mewn sibrydion, y tu ôl i'w gefn) oedd ymddygiad rhyfedd Cai. Wedi iddo orffen ei waith, wnaeth yntau ddim ymdrech i ymddiheuro na'i esbonio ei hun; yn hytrach, casglodd ei bethau'n ddiamynedd cyn mynd i eistedd ar ei ben ei hun yn yr orsaf ar y copa.

Ar y trên, nofiodd ei feddyliau ymhell i ffwrdd, i fyd Eryrin. Yn hytrach na chael ei ysbrydoli gan y tirwedd o'i amgylch, gadawodd i'w dymer gymryd drosodd. Dychmygodd ei fod yn arwr mawr, cyhyrog, yn hollti byddinoedd o elynion â chleddyf amhosib o fawr, eu gwaed yn tasgu mewn galwyni o'i amgylch. Wedi cyrraedd yr orsaf, bron nad oedd Cai wedi blino'n gorfforol oherwydd y gorchwyl mawr yn ei ddychymyg. Llamodd oddi ar y trên, gan wthio Colin allan o'r ffordd.

"Welwn ni chi fory, Mr Owen," meddai Wendell yn goeglyd.

"Dos i grafu," atebodd Cai o dan ei anadl – ond eto'n ddigon uchel i bawb ar y trên allu ei glywed. Gwnaeth Wendell ddwrn, a gaddo iddo'i hun y byddai'n cael sgwrs arall â Cai yfory. Edrychodd Llinos i'w gyfeiriad wrth iddo fo wneud ei ffordd i lawr y stryd, teimladau rhyfedd o edmygedd yn cronni yn ei brest. Doedd hi erioed wedi dychmygu bod ganddo'r fath hyder.

Gwelodd hi Cai'n cicio at dun diod ar y lôn yn y pellter, a methu. Aeth yn ôl i feddwl ei fod yn ffŵl.

Prin y gwnaeth Cai gydnabod ei rieni wedi cyrraedd adre. Aeth drwy'r tŷ fel corwynt, a glaniodd ar ei wely yn y man, yn disgwyl yn ddiamynedd am y ddisg. Dechreuodd ymarfer yr araith yr oedd o wedi ei pharatoi, yn darbwyllo Dau nad oedd defnyddio'r porthwll yn syniad mor dda â hynny wedi'r cwbwl. Erbyn i'r porthwll ymddangos, yn sugno'r holl sŵn o'r ystafell fel arfer, roedd pob gair yn ei le. Ar ôl nôl gŵn nos Dau oddi ar y bachyn ar y drws, neidiodd i mewn yn benderfynol.

DYDD LLUN: DYDD 5 *(DAU)*

O'i sedd ar flaen y trên, edrychodd Cai yn nerfus trwy'r ffenest. Yn y pellter, gwelodd Llinos yn agosáu, ei llygaid wedi eu hoelio ar ei ffôn, fel arfer. Roedd cymysgedd o ofn a chyffro yn cronni yn ei galon. Gwir, aeth pethau i lawr yr allt ychydig bach ar fore Sul, ond roedd y ddau wedi rhannu rhywbeth arbennig ar nos Sadwrn … doedden nhw?

Doedd Cai ddim yn cofio. Ond dim ots. Gyda chymorth Un, fe fyddai popeth yn iawn. Am y tro cynta mewn amser maith, roedd ganddo fo obaith.

Camodd Llinos ar y trên ac eistedd dros y ffordd i Cai. Llygadodd o'n ansicr, yn cadw un llygad ar ei ffôn. Mewn cwmwl o letchwithdod, diflannodd gobaith Cai.

"Ddim yn mynd i'r capal heddiw?" gofynnodd Llinos, wrth i Wendell wneud ei ffordd ar y cerbyd. Cychwynnodd y trên ar ei daith ddyddiol gan duchan a chwibanu.

"Sori," meddai Cai. "Ddylswn i ddim deud celwydd. Do'n i ddim yn mynd i'r capal o gwbwl."

"Diolch byth am hynny," atebodd Llinos. "Nath Mam fforsio fi i fynd i'r Ysgol Sul tan o'n i'n chwech. Blynyddoedd gwaetha 'mywyd i. Felly be oedd yn bwysicach na threulio'r bora'n cydlo 'fo fi? Sgen ti rywun arall ar y go, Cai?"

Nodiodd Llinos i gyfeiriad Megan y lanhawraig, oedd yn byseddu copi o'r cylchgrawn *Cat World* ag un llaw tra'n turio o gwmpas mewn paced o Fisherman's Friend â'r llaw arall. Ysgydwodd Cai ei ben tra'n gwneud ei orau i feddwl am gelwydd derbyniol. Does bosib y byddai Llinos yn derbyn ei fod o wedi gorfod treulio'r dydd gyda'i gyfatebydd o'r dyfodol. Fe fyddai hynny'n ormod i hyd yn oed y ferch fwyaf meddwl-agored allu ei dderbyn. Brathodd Cai ei wefus, yn gwbwl ymwybodol bod yr eiliadau'n tician heibio'n llawer rhy sydyn, heb iddo allu dod o hyd i esgus.

Ac allan o nunlle, sylweddolodd nad oedd angen esgus arno.

"O'n i jyst yn nerfus. Mae o 'di bod yn flwyddyn a hanner ers i fi … ti'n gwbod …"

"Iesu Grist, Cai. Ti angan bywyd."

"Dwi'n byw yn Llanberis, dydw? Dim Efrog Newydd 'di hwn, a dydi bywyd ddim fatha *Friends*, na'di? A hyd yn oed tysa fo, Chandler fyswn i. Dim Joey."

"Dwi'm yn gwbod," meddai Llinos gan grechwenu, "ella bod chdi dipyn mwy fatha Gunther, sti. Y boi weird o'r siop goffi."

Am y tro cynta'r diwrnod hwnnw, edrychodd Llinos i fyw llygaid Cai, gan anghofio ei ffôn am y tro. Teimlodd Cai wefr yn mynd drwyddo. Roedd syrthio i mewn i'r gwely gyda merch ddeniadol tra'n feddw yn un peth; roedd cael yr un ferch yn talu sylw iddo fo tra'n sobor yn beth cwbwl wahanol. Cochodd, a throdd i syllu allan drwy'r ffenest.

"Diolch, Rachel," mwmiodd o dan ei anadl, gan gymryd na fyddai Llinos yn clywed. Ond doedd Cai ddim yn un da iawn am sibrwd yn isel. Gwenodd Llinos, gwefr ddigon rhyfedd yn mynd drwy ei chorff hithau, a throi yn ôl at y ffôn. Gyda Wendell yn gwneud ei orau i oruchwylio ei staff rhwng pyliau ar y Nintendo, bodlonodd Cai a Llinos ar fân siarad yn ystod gweddill y daith, cyn gwneud eu ffordd tuag at y ganolfan – ychydig yn nes at ei gilydd na'r arfer.

* * * * * * * *

Dro ar ôl tro y bore hwnnw, rhwng y raciau o deganau meddal, yn y gegin, tu ôl i'r cownter bwyd, daeth Cai a Llinos yn agos at ailadrodd digwyddiadau Nos Sadwrn. Gyda phob jôc gas rhyngddyn nhw am y cerddwyr, gyda phob cyffyrddiad damweiniol, roedd fel petai ffawd yn eu llusgo'n nes at ei gilydd. Ond roedd pwerau ar waith yn eu cadw ar wahân hefyd. Am ryw reswm, roedd Wendell yn fwy aflonydd nag arfer, yn camu o'i swyddfa bob chwarter awr er mwyn cadw llygad barcud ar ei deyrnas. Roedd Colin, hefyd, i'w weld wedi sylweddoli bod rhywbeth yn wahanol rhyngddyn nhw, wastad yn barod i godi ael awgrymog neu anelu ambell sylw miniog i'w cyfeiriad.

Y rhwystr mwyaf, serch hynny, oedd eu teimladau eu hunain. Er bod Nos Sadwrn wedi bod yn hwyl (neu, yn hytrach, y rhannau hynny o'r noson yr oedd hi'n eu cofio), doedd Llinos ddim yn hollol gyfforddus gyda'r syniad o fod mewn perthynas â Cai. Roedd ganddi ddelwedd i'w chynnal, wedi'r cwbwl. Doedd ganddi ddim syniad am ei bersonoliaeth chwaith, a hynny ddim ond yn rhannol oherwydd nad oedd hi wedi trafferthu gofyn. Y tu allan i'r Anglesey, hyd yn oed yn ei meddwdod, doedd hi ddim wedi ei llawn argyhoeddi bod Cai yn ffan o Chris Moyles. Er nad oedd hi'n deall sut y gallai neb *beidio* bod yn ffan o Chris Moyles.

Ond roedd geiriau Cai ar y trên wedi effeithio arni. Roedd ganddo fo bwynt: nid Efrog Newydd oedd Llanberis, ac er ei bod hi'n trio ei gorau i'w hefelychu, nid Jennifer Aniston mohoni hithau.

O ran Cai, ar ôl yr holl fisoedd o ffantaseiddio dros Llinos, roedd rhywbeth anfoddhaol ynghylch dod mor agos ati. Roedd o'n ifanc, yn wir, ac ella nad oedd dim o'i le ar chwarae o gwmpas yn ddibwrpas gyda chydweithiwr … ond eto ac eto, aeth ei feddwl yn ôl at y cyfarfyddiad â Mabli ddoe. Prin bod y ddau wedi siarad am funud gyfa, a Cai yn gorfod rhaffu celwyddau, dyn wedi ei wisgo fel Chewbacca yn edrych dros ei ysgwydd yr holl amser. Ond er hynny i gyd, roedd hi'n dechrau dod yn glir bod rhywbeth *mwy* i'w phersonoliaeth hi. Rhyw sbarc prin y tu ôl i'r llygaid.

Tra'n delio â chwsmer, edrychodd ar Llinos dros y powlenni o chilli, a sylweddolodd unwaith eto pa mor brydferth oedd hi. Gan ddwrdio ei hun am fod mor niwrotig, gwthiodd yr amheuon allan o'i feddwl. Taflodd fynydd o reis ar blât, cyn mynd ati i fflyrtio'n anfedrus unwaith eto.

"Sgen ti unrhyw blania heno, Llinos?"

"Pam ti'n malio'n sydyn am be dwi'n neud, Cai?"

Edrychodd Llinos yn chwareus dros y chilli.

"Just a tuna baguette, please."

Trodd Cai ar ei sawdl er mwyn paratoi'r frechdan, gan siarad dros ei ysgwydd wrth lenwi torth o fara Ffrengig â thiwna rhad.

"Chdi ddudodd mod i angan bywyd. Isio gwbod ydw i sut ma' bywyd ac enaid y parti fel titha'n treulio dy amser."

"No mayonnaise. Thank you."

"Wel, rhaid i fi ddal fyny efo *Celebrity Big Brother* …"

"Dyna ni, 'lly. Ffansi peint yn y Prince of Wales?"

"Prince of Wales? What? Is he coming here?"

"No, ma'am. Just ignore us. Here's your baguette. You can pay Llinos over here."

"OK. Oh, and I don't mean to be picky, but you might want to stick to English when customers are about. It's a bit rude not to, don't you think?"

Edrychodd Cai yn syn ar y ddynes fer, ganol oed o'i flaen, a gwasgu gwên ffals, fud allan. Aeth Llinos ati i'w gwasanaethu ar y til yn serchus, cyn ei gwylio'n cilio i fwrdd mewn cornel dawel o'r ganolfan.

"Ryw ddiwrnod," meddai Cai, "wna' i snapio. Lle uffar ma' nhw'n feddwl ma' nhw?"

"Chill, Cai. Dydi colli dy cŵl dros y petha 'ma ddim yn secsi, sdi."

"Ond mae o'n digwydd *bob dydd*. Fwy nag unwaith."

"Dyna pam ma' nhw'n talu ni gymaint, 'de?"

"Ti'n cael dy *dalu*, wyt ti?"

Gwenodd Llinos, a throi'r cawl yn bryfoclyd.

"Felly," aeth Cai ymlaen, "drinc heno, 'lly?"

"Y? Na, fedra' i ddim. Glywist di fi'n deud bod *Big Brother* 'mlaen 'ta be?"

"O. Wel. Nos fory?"

Rhodd Llinos y gorau i droi'r cawl, a brathu ei gwefus. Edrychodd i fyny ar ddau ddyn oedd yn astudio'r dewis o fwyd o'u blaenau.

"Nos fory. Wyth o'r gloch? Ond mae'n well gen i'r Padarn Lake na'r Prince of Wales ..."

Nodiodd Cai.

"Gen ti ddêt, Cai Owen."

"Chilli, plis," meddai un o'r dynion o flaen y cownter. "A fedrwch chi stopio fflyrtio mor amlwg? Mae o'n rhoi pobol off eu bwyd."

Gan beidio trafferthu cuddio ei edrychiad sur y tro hwn, dechreuodd Cai bentyrru bwyd ar blatiau'r cwsmeriaid cyn eu pasio ymlaen i Llinos. Trodd Cai at Llinos unwaith eto wedi iddyn nhw fynd.

"Anhygoel. Yr *un* tro 'dan ni'n cael Cymry yma ..."

Rowliodd Llinos ei llygaid. Gwenodd yn dosturiol ar Cai cyn codi cadach a dechrau glanhau'r cownteri.

* * * * * * * **

Ar y ffordd i lawr yr Wyddfa, eisteddodd Llinos wrth ymyl Cai bron heb feddwl. Rhag ofn iddyn nhw ennyn chwilfrydedd eu cydweithwyr, fe benderfynodd y ddau aros yn weddol dawel. Yn hytrach na rhannu smaldodau (yn achos Llinos), neu gwyno am gwsmeriaid y diwrnod (yn achos Cai), edrychodd y ddau ar y wlad o'u cwmpas, y gwanwyn yn dechrau ei bywiogi o'r diwedd. Petasen nhw wedi gallu dewis diwrnod i ddechrau'n bendant ar eu carwriaeth, go brin y bydden nhw wedi medru dod o hyd i un gwell. Rowliai'r cymylau yn hamddenol ar hyd y ffurfafen, gwthiai'r blodau'n nerthol drwy'r tir caled, ac roedd caneuon yr adar, hyd yn oed, yn swnio'n gliriach ac yn hapusach drwy ffenestri hanner-agored y trên. Erbyn diwedd y siwrne, roedd natur wedi gwneud ei gwaith. Yn gwbwl anymwybodol, llithrodd Llinos ei llaw dros un Cai, cyn i fysedd y ddau gydblethu.

Daeth y trên bach i orffwys yn yr orsaf gyda'r gwichian arferol, a dechreuodd staff yr orsaf gasglu eu pethau a pharatoi i ymlwybro adref. Cai a Llinos oedd yr olaf i adael. Edrychodd y rheolwr arnynt yn rhyfedd wrth iddyn nhw wasgu heibio. Gan fflachio dwy wên nerfus tuag ato, rhuthrodd y cariadon newydd i lawr y lôn lle roedd car Llinos wedi ei barcio.

"Fyswn i'n cynnig lifft i chdi," meddai hi, "ond dwi'm isio i neb 'yn gweld ni. Dim eto. 'M isio pobol yn gofyn cwestiyna ac yn chwerthin tu ôl i'n cefna ni, nag oes?"

"Dim probs. Dwi jyst yn byw lawr y lôn, beth bynnag."

"O, a fi. Ond pwy sy'n boddran cerdded i nunlla'r dyddia yma, 'de?"

"Hmm. Atgoffa fi lle ti'n gweithio eto?"

"Caffi'r Wyddfa. Pam?"

Gwyrdrôdd Cai ei ben, yn ceisio darganfod a oedd Llinos o ddifri ai peidio. Edrychodd hithau'n syn yn ôl arno, gan beidio dangos unrhyw arwydd ei bod yn jocian.

"'Motsh," meddai Cai. "Gweld chdi fory, ia?"

Yn rhyfeddol o sydyn, plygodd Llinos ymlaen a chusanu Cai ar ei wefusau, cyn agor drws ei char …

"Gweld chdi fory."

… a neidio i mewn. Safodd Cai yn syn wrth wylio'r car yn diflannu i lawr y lôn, cyn cychwyn ar ei daith adref, ei ddwylo yn ei bocedi, yn rhedeg drwy holl ddigwyddiadau'r diwrnod yn ei ben. Yn ei fyd bach ei hun, sylwodd o ddim ar Wendell ar ochr draw'r maes parcio yn ei wylio â llygad barcud.

Ar y daith adre, llanwai Llinos ei feddwl. Er ei holl bryderon yn gynharach, roedd atgof ei chusan yn prysur wneud iddo anghofio am Mabli. Ond wrth gyrraedd ei stryd, daeth atgof arall i reoli ei feddyliau. Cofiodd am y ddisg, a sylweddolodd mai i Un yr oedd y diolch am lwyddiannau'r diwrnod. Am y tro cynta mewn amser hir iawn, wrth gamu i mewn i'w gartref, teimlodd o mo'r annifyrrwch arferol. Edrychodd ymlaen at ymddangosiad diweddaraf y ddisg, ac at y cyfle o gael diolch i'w gyfatebydd am roi'r cyfle newydd yma iddo.

Troediodd Cai yn ysgafn heibio ei dad, oedd yn cysgu'n drwm yn ei gadair arferol. I fyny'r grisiau, gallai glywed ei fam yn agor a chau droriau yn ystafell ei rieni – yn sortio ac yn trefnu ei chasgliad o ddafedd, mae'n debyg. Caeodd Cai ddrws ei ystafell yn dawel, a'i gloi. Doedd o ddim am i neb dorri ar ei draws.

Sticiodd glustffonau ei iPod i mewn ac eistedd yn erbyn pen ei wely'n fflicio drwy'r cylchgronau o straeon byr ffantasi a sci-fi oedd wedi pentyrru ar ei ddesg. Llithrodd drwy un byd rhyfeddol ar ôl y llall am ddwy awr, cyn i sŵn ei iPod ddechrau codi a gostwng am ddim rheswm. Edrychodd ar sgrîn y ddyfais yn syn, cyn clywed yr holl sain yn cael ei sugno i rywle arall am eiliad, ac yna'n dychwelyd. Cododd ei ben i weld Un yn glanio'n ansicr ar ei draed, y ddisg gyfarwydd y tu ôl iddo fo, gŵn nos cyfarwydd yn ei law. Tynnodd Dau y clustffonau allan, rhoddodd y cylchgrawn i lawr, a chyfarchodd Un gyda gwên.

Doedd yr wyneb oedd yn syllu'n ôl ato ddim mor gyfeillgar.

"Reit," meddai Un yn nerfus, "well i fi frysio efo hwn, achos dwi ddim isio bod yn styc yma am ddiwrnod arall. Rhaid i ni ddod â hyn i ben. Ocê? Rhaid iddo fo ddod i ben. O. Dyma dy ddresing gown di'n ôl."

Cododd Dau oddi ar y gwely a chymryd y dilledyn yn betrus.

"Be ti'n feddwl? Ma' petha'n mynd yn grêt. Dwi a Llinos 'di sortio petha allan, 'dan ni'n cyfarfod am ddiod nos fory ... Iesu, roddodd hi *sws* i fi. Ar 'y *ngwefusa* a bob dim."

"Ia, wel, dyna'r pwynt. Achos ddigwyddodd dim byd fel'na i *fi*."

"Be ti'n feddwl?"

"Chysgais *i* ddim efo Llinos," meddai Un yn biwis. "Pan wnes i drio closio ati hi bore 'ma, oedd o fel tasa dy nos Sul di erioed 'di digwydd. Achos dydi hi ddim. Dim i fi."

"Ond ... be?"

"Sbia. 'Di'r un ohonon ni'n dallt yn iawn sut ma' hwn yn gweithio. Ella dydi'r peth 'ma ddim yn ffordd o deithio drwy amser. Ella bod chdi a fi'n ... dwi'm yn gwbod, yn byw mewn dimensiynau gwahanol neu rwbath. Dau fyd sy ddim yn câl unrhyw effaith ar 'i gilydd. O, dwn i'm. Sgen i'm amsar rŵan i weithio'r peth allan. Jyst ... dwi owt. Iawn?"

Edrychodd Un yn ymbilgar ar Dau, fel petai'n disgwyl am ei ganiatâd i ddychwelyd i'w fyd ei hun. Rhoddodd Dau law ar ei ysgwydd.

"Witshia funud," meddai. "Ma'n ddrwg gen i a phopeth, ond ... ella dim dyna bwynt yr holl beth 'ma."

"Pwynt? Ti'n meddwl bod 'na bwynt i hyn i gyd yn sydyn reit?"

"Ella 'mod i'n cael ochr ora'r fargen," meddai Dau, gan benderfynu peidio cael ei lusgo i mewn i'r drafodaeth yna unwaith eto. "Ond ti'm yn gorfod colli allan. Meddylia am y peth. Os ti'n dal i ddod drŵadd bob dydd, yn cyfadda dy holl gamgymeriada i fi ... ti'm yn meddwl fyddi di'n dechra sylweddoli be ti'n neud yn rong efo dy fywyd wrth i amser fynd ymlaen? Yn enwedig efo fi'n dy helpu di."

"Be, ti'n mynd i actio fatha seiciatrydd i fi?"

"Na, ti'n mynd i helpu *dy hun*. A beth bynnag, pwy sy'n deud 'mod i'n mynd i wneud popeth yn berffaith? Ella fedri di ddysgu o 'nghamgymeriada i 'fyd."

Am y tro cynta yn y sgwrs, edrychodd Un yn ansicr.

"Ella ..."

"C'mon. Rho gyfle arall i'r peth 'ma. Be 'nest ti heddiw? Fory. Be bynnag."

Llusgodd Un ei draed ar hyd y llawr.

"Wel … ges i row gan Wendell am golli diwrnod o waith. Ond neith hwnna ddim digwydd i chdi, sbo."

Meddyliodd Dau yn galed er mwyn gwneud synnwyr o hyn. Sylweddolodd am y tro cynta bod Un wedi colli'r rhan fwyaf o ddydd Llun yn ei fyd ei hun. Teimlodd yn euog am wneud i'w gyfatebydd wisgo fel Chewbacca pan oedd o i fod yn byw ei fywyd.

"A wnes i ffŵl o fy hun o flaen Llinos. Ond eto, go brin nei di'r un peth. O. Ma' hi'n bwrw yn pnawn. Dos ag ymbarél. A roedd 'na griw o gwsmeriaid annifyr …"

"Fyswn i 'di gallu dyfalu hwnna fy hun …"

"Wnes i'm ymateb yn dda iddyn nhw. Nei di nabod nhw pan ma' nhw'n cyrradd. Criw o stiwdants, debyg, o Dde Lloegr yn rwla. Golwg arnyn nhw fel bod hanner eu coeden deulu nhw'n geffyla. Ti'n gwbod y teip. Ges i row arall gan Wendell am eu hateb nhw'n ôl. A wnes i losgi fy hun wrth wneud coffi jyst cyn syrfio nhw 'fyd."

"Iawn. Gofia i hynna …"

"A wedyn," aeth Un ymlaen, yn cael peth blas ar ddweud ei gŵyn, er ei brotestiadau cynharach, "nath Wendell fforsio fi handio pamffledi allan yn y glaw drwy'r pnawn. A jyst cyn dod adra …"

Disgynnodd wyneb Un wrth gofio diwedd y dydd.

"… o, crap. Dwi'n meddwl 'mod i 'di deud wrth Wendell am fynd i grafu. Dwi mewn trwbwl fory os clywodd o."

Edrychodd Dau yn dosturiol.

"Wel," meddai, "gawn ni'n dau ddysgu peidio gwneud hynna, ia? A trio bod yn neisiach wrth y cwsmeriaid?"

Nodiodd Un yn dawel.

"Wela' i di fory?" gofynnodd Dau.

Nod arall. Rhoddodd Un goes drwy'r porthwll. Roedd y ddisg yn chwyddo ac yn crebachu, fel petai ar fin diflannu.

"Witshia!" gwaeddodd Dau, a trodd Un i edrych arno. "Llinos … ella fedra' i helpu chdi dipyn bach. Ma' hi'n licio *Big Brother*. Ella fedri di iwsio hwnna?"

"Wrth gwrs 'i bod hi," meddai Un, cyn i'w lygaid ledu. Syrthiodd yn ôl i mewn i'r porthwll, fel petai grym anweledig yn ei dynnu i mewn. Gyda'r distawrwydd arferol, diflannodd y ddisg, ac roedd Cai ar ei ben ei hun unwaith eto.

Taclusodd ei wely yn araf cyn datgloi'r drws a chychwyn i lawr y grisiau.

"Lle *ti* 'di bod?" gofynnodd Gareth, wrth droi rownd yn ei gadair freichiau. Edrychodd Danielle i fyny o'i gweu yn syn.

"Ges i gyntun bach ar ôl gwaith," meddai Cai.

"Chlywson ni ddim chdi'n dod i mewn," atebodd Danielle. "Isio swp?"

"Ia ... ia, iawn."

Tyrchodd Danielle drwy gypyrddau'r gegin, cyn estun tun o gawl tomato a'i dywallt yn hapus i mewn i sosban. Eisteddodd Cai wrth fwrdd y gegin yn fflicio'n ddifeddwl drwy gopi o *Closer*. Roedd yn llawer gwell ganddo ei gylchgronau ffantasi.

Yn y man, rhoddodd ei fam bowlaid o gawl o'i flaen. Disgynnodd Cai arno'n awchus, a chymerodd Danielle bleser mawr wrth weld ei mab yn mwynhau ei bwyd hi am unwaith yn hytrach na byw ar greision a sglodion. Gorffennodd y cawl, a rhoddodd Cai ddŵr dros y bowlen cyn ei tharo yn y peiriant golchi llestri.

"Sgen ti unrhyw drefniada heno?" gofynnodd Danielle, gan rwystro Cai rhag dianc i'w ystafell eto, os am rai eiliadau'n unig.

"Dwn'im, Mam. Gen i bentwr o straeon i'w darllan. Ella wna' i jyst ymlacio efo rheini."

"Straeon be?" gofynnodd Gareth, heb edrych i fyny o'r *Racing Post*.

"Dreigia a ballu," atebodd Cai, wrth lygadu ei dad yn ddrwgdybus. Edrychodd Gareth i fyny.

"Ti'n ddiawl bach od, ti'n gwbod hynna?"

Safodd Cai'n syn, gan ddal edrychiad ei dad. Y tu ôl iddo, er mwyn osgoi'r tensiwn, dechreuodd Danielle durio drwy'r cypyrddau unwaith eto.

"Piss off, Dad," meddai Cai.

Gollyngodd Gareth y *Racing Post* mewn sioc, a syllu'n ddideimlad ar ei fab. Daeth turio Danielle yn fwy swnllyd er mwyn cuddio'r tensiwn cynyddol. Ddisgwyliodd Cai ddim am ateb. Brasgamodd i fyny'r grisiau ac i'w ystafell.

Yn y gegin, tynnodd Danielle ei phen allan o'r cwpwrdd er mwyn edrych yn syn ar ei gŵr. Roedd gwefusau Gareth yn symud i fyny ac i lawr yn araf fel ceg pysgodyn wrth iddo drio prosesu ymddygiad ei fab. Am foment fer, bron nad oedd Danielle yn tosturio wrtho. Yna, caeodd Gareth ei geg a throdd ei ben tuag ati.

"Ar be ti'n sbio? Gwna frechdan sosej i fi, wir Dduw."

Mor gyflym ag y daeth, diflannodd y tosturi o'i meddwl.

Yn y cyfamser, roedd Cai'n camu'n aflonydd o amgylch ei ystafell. Doedd dim modd iddo fo wybod be fyddai'n digwydd rŵan. Iddo allu cofio, doedd o ddim wedi dweud unrhyw beth tebyg wrth ei dad ers ei arddegau cynnar. Symudodd i gloi'r drws, cyn penderfynu peidio. Roedd o'n hogyn mawr, wedi'r cwbwl, ac yn medru delio ag unrhyw beth y gallai ei dad ei daflu tuag ato. Er mwyn ei sbeitio, estynnodd ffolder Eryrin o'r drôr.

DYDD MAWRTH: DYDD 6 *(UN)*

Disgynnodd Cai ar ei ben-ôl a gwylio'r porthwll yn diflannu i mewn iddo'i hun. Arhosodd ar y llawr, yn troi ei gyfarfod diweddaraf gyda Dau drosodd yn ei feddwl. Ella bod ganddo fo bwynt. Ella, gydag ychydig o waith caled, y byddai'r ddau ohonyn nhw ar eu hennill o hyn i gyd. Cododd ar ei draed ac agor y drôr lle roedd ffolder Eryrin yn disgwyl amdano, a chofio am eiriau Dau ar lethrau'r Wyddfa. Roedd o'n iawn. Gyda'i gilydd, fe allai'r ddau gyflawni mwy na'r un ohonyn nhw ar ei ben ei hunan. Estynnodd law i afael yn y ffolder ...

Yna daeth chwa sydyn o flinder. Roedd y diwrnod wedi bod yn un hir, a doedd yfory ddim yn gaddo bod yn haws. Caeodd y drôr, taflodd gôt drosto a brasgamu allan o'r tŷ.

"Mynd i nôl byrgyr, Mam," meddai dros ei ysgwydd wrth gau drws y gegin. Ugain munud yn ddiweddarach, dychwelodd gyda byrgyr o'r siop kebab leol, paced mawr o *tortilla chips*, a chwe chan o gwrw. Rhoddodd hen DVD *Star Trek* yn ei gyfrifiadur, a llithrodd y noson heibio.

DYDD MERCHER: DYDD 7 *(UN)*

Deffrodd Cai'r bore wedyn, yn gwisgo'i jîns o hyd, y dillad gwely yn fryniau anghyfforddus o'i gwmpas. Trodd y radio i ffwrdd, yn diawlio pwy bynnag ar 6Music benderfynodd ei ddeffro â Kings of Leon. Cododd gan dagu ar y sychder yn ei geg, a thaflu golwg edifar at y caniau cwrw gwag ar ei ddesg. Gan ei felltithio'i hun am benderfynu yfed ar nos Fawrth, paratôdd ei hun am ddiwrnod o waith. Wedi ymolchi, gwisgo, a chnoi ei frecwast (Pop Tarts) yn farwaidd, cododd ei fag ar ei ysgwyddau. Camodd ei fam ar y landing, yn dal i wisgo'i choban.

"Bore da, Cai," meddai. "Gobeithio gei di ddiwrnod da."

"By dy," atebodd Cai. "Diych."

Rhwbiodd ei dafod o gwmpas ei geg er mwyn magu lleithder, ac ystyriodd roi ateb mwy dealladwy i'w fam, cyn penderfynu ei bod hi wedi deall bras ystyr ei eiriau, a chychwyn i'r gwaith.

Eisteddodd yn ei hoff sedd yng nghefn y trên, caeodd ei lygaid, a gorffwysodd ei ben yn erbyn y ffenest. Gwrandawodd ar y staff yn camu ar y cerbyd, ac ar synau arferol y trên yn cychwyn. Erbyn hyn, gallai ragweld pob un wich, chwiban a sgrech cyn iddyn nhw ddigwydd, a'i galon yn suddo gyda phob un. Hanner-agorodd un llygad i weld Wendell, ar flaen y trên, yn syllu arno ac yn mudlosgi gyda dicter, cyn troi'n ôl i edrych drwy ffenestr y cerbyd ar y diwrnod clir yn gwawrio dros Eryri.

Roedd o wedi clywed, felly.

Damia.

Cymerodd Cai arno ei fod yn cysgu am rai munudau, cyn diflasu ar y gêm a thaflu llygad dros ei gyd-deithwyr yn ddideimlad. Yn sydyn, sylwodd ar Llinos yn darllen copi o gylchgrawn *Take a Break*. Roedd y clawr yn datgan yn falch: *"Big Brother's* Brian Dowling Haunted By Ghost Of Jade Goody". Doedd Dau ddim wedi sôn rhywbeth am *Big Brother* neithiwr? Nesaodd at Llinos, rhedodd ei dafod o gwmpas ei geg unwaith eto, a dechreuodd siarad.

"Hei, Llinos. Welist ti *Big Brother* neithiwr?"

Edrychodd hithau arno dros y cylchgrawn, gwên yn chwarae yng nghorneli ei cheg.

"Wrth gwrs."

"Grêt, doedd?"

"Iawn, oedd? Pwy ti'n meddwl enillith?"

Edrychodd Cai yn ansicr cyn cilio yn ôl i gornel gefn y trên unwaith eto gan fwmian rhywbeth am fod angen "amser i feddwl". Tynnodd ei ffôn allan a brwydrodd yn erbyn y signal gwael er mwyn dod o hyd i restr o'r cystadleuwyr ar y gyfres ddiweddaraf o *Celebrity Big Brother*. Wedi bron i chwarter awr o stryffaglu, dysgodd bod y digrifwr a'r rapiwr Richard Blackwood yn gystadleuwr. Pwysodd ymlaen, a thorrodd ar draws sesiwn ddarllen Llinos unwaith eto.

"Richard Blackwood," meddai.

"Sori?"

"Richard Blackwood. Fo enillith, yn siŵr i chdi. Ti'm yn meddwl? Werth bet, eniwe."

"Y … Cai? Adawodd o'r tŷ neithiwr. Wnest ti watshiad y peth 'ta be?"

Cochodd Cai, a melltithio pwy bynnag oedd yn gyfrifol am beidio diweddaru tudalen Wikipedia *Celebrity Big Brother* mewn pryd.

"Ym. Na. Dim fo o'n i'n feddwl." Gwnaeth ei orau i gofio pwy arall oedd ar y rhaglen, gan obeithio nad oedd Wikipedia yn dweud celwydd am hynny hefyd. "Y boi o'r rhaglen ddawnsio 'na. Louis Walsh?"

"Spence."

"Louis Spence. Fo enillith. Yn … yn siŵr i chdi."

Rhoddodd Llinos ei chylchgrawn i lawr yn ddiamynedd.

"Felly wnest ti ddrysu rhwng un rapiwr du, ac un boi gwyn, camp? Wnes di'm gwatshiad o, naddo?"

"Naddo," meddai Cai, a diflannodd i'w gornel eto. Ysgydwodd Llinos ei phen yn ddiobaith, a dechreuodd decstio rhywun – ei ffrind, Ceri, mae'n debyg, a fyddai'n awchu i wybod faint o ffŵl roedd Cai wedi wneud ohono'i hun y tro 'ma. Penderfynodd nad oedd smalio cysgu ar hyd gweddill y daith yn syniad mor ddrwg wedi'r cwbwl.

* * * * * * * *

Wedi cyrraedd yr orsaf, dechreuodd Cai agor ei lygaid yn betrus i weld Wendell yn codi a gadael y trên. Arhosodd nes bod pawb wedi gadael cyn dilyn y dorf, ei ddwylo yn ei bocedi. Aeth yn syth i edrych dros y raciau o deganau meddal. Rai munudau'n ddiweddarach, sticiodd ei ben allan am eiliad i weld Wendell yn diflannu i'w swyddfa. Gyda'r ffordd yn glir, llithrodd Cai drosodd i'r cownter bwyd er mwyn paratoi cinio.

Roedd Llinos yn cario platiau a hambyrddau draw at y cownter â gwên barhaol ar ei hwyneb. Penderfynodd Cai gau ei geg am y tro a mynd ati i weithio'n dawel. Dôi Wendell allan o'i swyddfa bob hyn a hyn er mwyn cael cegaid o awyr iach. Bryd hynny, diflannai Cai o olwg y rheolwr gan gymryd arno bod rhywbeth pwysig iawn i'w wneud yn y gegin. Taflodd Llinos olwg amheus ato wedi i hyn ddigwydd fwy nag unwaith, hyd yn oed hithau'n sylweddoli bod y berthynas rhwng Cai a Wendell o dan straen.

Erbyn i'r llif o gerddwyr ddechrau ymddangos, doedd dim posib cuddio bellach. Camodd Cai allan o'r gegin ac edrych yn ddiobaith tuag at y rhes arferol o dwristiaid, cwmwl du uwch ei ben.

"Ti'n iawn?" gofynnodd Llinos wrth dorri sleisen o darten geirios a'i rhoi ar blât. Daeth Cai allan o'i fyd bach ei hun a sylweddoli nad oedd unrhyw Gymraeg wedi pasio rhwng y ddau am sbel. "Ti'n licio'r gegin bora 'ma, dwyt? 'Di bod yn mwydro Colin am *Big Brother*, debyg?"

Chwarddodd Llinos yn groch cyn rhoi'r darten ar hambwrdd un o'r cwsmeriaid.

"Sori. Lot ar fy mhlât i ar y funud."

"Dwi'm yn synnu. Ti'n treulio hanner dy amsar di mewn rhyw fyd ffantasi, mêt. Ti angen talu llai o sylw i ryw ddreigia a ballu ..."

Gwingodd Cai wrth glywed yr ymadrodd cyfarwydd.

"... a mwy i chdi dy hun."

"Dwi *yn* talu sylw i fi fy hun, coelia neu beidio. Dyna 'di'r broblam." Roedd Llinos yn edrych arno'n od. "Paid â phoeni am y peth. Os ydi heddiw'n pasio'n weddol ddidraffarth, fydda' i'n hapus."

Fel petai ffawd ei hun wedi clywed ei eiriau, daeth trafferth i chwilio am Cai y foment honno. Camodd dyn canol-oed i fyny at y cownter, gwallt brith a chyrliog yn cosi ei gorun a chefn ei ben. Roedd ei arogl yn taro rhywun yn syth, ei *aftershave* cryf yn cymysgu â sawr ei chwys, a'i drwyn yn gwingo'n barhaol mewn protest.

"Now," meddai, mewn acen Sir Efrog gref, "I've been walking for three hours, right? I need something proper in me belly. Not a bit of cheese on toast, or whatever you call cuisine 'ere."

Trodd y dyn i wynebu Llinos, a diolchodd Cai am yr arbediad. Dechreuodd dywallt cawl i bowlen ar gyfer cwsmer arall, yn clywed darnau bach o sgwrs unochrog y dyn a Llinos wrth wneud.

"No, I don't want a chuffing sandwich … aren't you listening to me? I didn't walk all the chuffing way up here to be chuffing offered a chuffing sandwich. This *is* Wales, isn't it? Don't you have a lamb shank or something?"

"There's some lamb in our stew, sir …"

"*Stew?*"

"Or we have a … um … what do you call it? Brithyll."

"What?"

"A … um," edrychodd Llinos ar y fwydlen er mwyn dod o hyd i'r gair coll, "trout."

"Trout. No garnish or anything?"

"Um …"

"Just 'trout'. You make it sound so appealing, love. You know, you should really work at the Ivy. Alright. I suppose I'll have the chuffing tr …"

"Excuse me," meddai Cai, gan anwybyddu'r cwsmer o'i flaen yn llwyr a thaflu lletwad i mewn i grochenaid o gawl, "but if you're not happy, why don't you – and anyone else who doesn't like it around here – why don't you bugger off to any one of the other mountains in Snowdonia with fully-functioning bloody restaurants on top of them?"

Edrychodd y dyn ar Cai, ei lygaid yn wyllt.

"Do you have *any idea* how much effort it takes to set all this up every day? And not just logistically. I have to drag myself out of bed and *endure* the same train ride. Twice. And I get rewarded with the same parade of blinkered *morons* lining up to get their fill, as if it's their bloody *right* to be fed, three thousand bloody feet up. I really do hope it's the altitude turning you into such a complete tool, because if not, I feel sorry for you."

Roedd wyneb y dyn yn biws. Ar y llaw arall, roedd Cai yn bictiwr o *zen*, holl bwysau a phoenau'r dyddiau diwethaf yn cael eu bwrw allan o'i gorff fel ysbryd drwg.

"And here's the thing. I can tell from your face that you think you're unique. Special. You think that by recycling Jeremy Clarkson's rubbish you're somehow being witty, or funny, or clever. You're not. There are literally *millions* of you. I know, because I meet most of them coming up this bloody mountain." Camodd draw at Llinos, cyn chwipio'r plât o'i dwylo a'i wthio tuag at frest y dyn o'i flaen. "So before you open your mouth next time, actually *think* about what you're going to say and how it might affect the people around you. And, if you can fit it in, in between your amazing *bon mots*, try – *really do try* – to rethink your life. And ... uh ... enjoy your trout."

Roedd y ganolfan wedi mynd yn gwbwl ddistaw. Roedd pawb – yn gydweithwyr ac yn gwsmeriaid – un ai'n rhythu'n gegrwth ar Cai neu'n lletchwith ar eu traed. Y dyn canol-oed druan oedd y cynta i dorri'r distawrwydd, ei lais mor grynedig â'i ddwylo.

"I need to speak to the manager, please."

"I'm here, sir," meddai Wendell, oedd wedi ymddangos o nunlle y tu ôl i'r cwsmer anniddig. Lledodd lygaid Cai wrth sylweddoli bod y rheolwr wedi bod yn gwrando ar yr holl sgwrs. "If you'll come into my office, I'm sure we can get this sorted quickly ..."

Rhoddodd Wendell ei fraich o amgylch y cwsmer a'i dywys i gornel y ganolfan. Trodd Cai at Llinos ac ystumio tuag at y cownter.

"Nei di ... ?"

Nodiodd hithau, ac agorodd Cai ddrws y gegin yn wyneb Colin, oedd wedi pwyso yn erbyn y gwydr er mwyn gweld be oedd yn digwydd. Ciliodd Cai i gornel yr ystafell a helpu ei hun i hen fisgedi.

Agorodd Wendell y drws o fewn chwarter awr, a dihangodd Colin er mwyn rhoi ychydig o gymorth i Llinos wrth y cownter. Stopiodd Cai gnoi'r bisgedi caled mewn mesur pitw o barch at ei reolwr.

"Ni'n rhoi pryd o fwyd am ddim iddo fe," meddai Wendell, "ac ma' fe'n bygwth gyrru llythyr cas amdanon ni at y *Whitby Gazette*. Ond fel arall, fi'n meddwl ein bod ni wedi dianc yn weddol ddianaf."

Eisteddodd Wendell ar y llawr, ei gefn yn erbyn y drws.

"Beth *ddigwyddodd* i chi, Cai? Ddyle rhywun â gradd posh fel eich un chi fod yn gweithio tuag at bethe gwell. Fi wedi gweud hyn o'r blaen, fi'n gwybod, ond fe allech chi fod yn *rhedeg* y lle 'ma ryw ddydd ..."

"A wedyn be, Mr Hughes?"

Cododd Cai ei olwg o'r llawr ac edrych i lygaid Wendell am y tro cynta'r diwrnod hwnnw.

"Lle fedra' i fynd o fanna? Alla i'm dringo'n uwch na hynny, na fedraf? Yn *llythrennol* – 'dan ni ar ben yr Wyddfa."

"*Fi'n* ddigon hapus yma, Cai ..."

"Dwi'n *well* na hyn," meddai Cai, heb glywed geiriau'r rheolwr. Aeth y gegin yn ddistaw, a chaledodd wyneb Wendell.

"Wnaethoch chi hynny'n ddigon clir ddoe, do fe, cyn i chi fynd gartre?"

Gwelwodd Cai. Cododd Wendell ac edrych i lawr arno fo, yn eistedd mewn pentwr o friwsion ar deils y gegin, yn ffigwr pathetig iawn yr olwg.

"Mae 'da chi botensial, Cai. Fi'n dal i weud hynny. Felly, yn erbyn bob un rheol yn y llyfr, fi'n mynd i roi cyfle arall i chi. Arhoswch yn dawel pnawn hyn. Gewch chi weithio yma'n y gegin, neu mas fan 'na. Does dim ots gen i. Jest eich bod chi ddim yn tynnu mwy o drwbwl ar eich pen. Ond yfory, fi moyn gweld newid. Reit? Chi'n fachgen clyfar. Ond mae lot o fechgyn clyfar yn Llanberis fydde'n hapus iawn i weithio 'ma. Cofiwch hynny."

Yn fwy trist na blin, gadawodd Wendell y gegin gan adael y drws yn siglo yn ôl ac ymlaen. Eisteddodd Cai mewn tawelwch am sbel, yn gwrando ar hymian cyson y golau stribed uwch ei ben, cyn codi a chamu at y cownter bwyd. Aeth Colin yn ôl at ei ddyletswyddau yn y gegin. Yn unol â dymuniadau ei reolwr, treuliodd y rhan fwyaf o weddill y prynhawn mewn distawrwydd, yn ceisio gwneud synnwyr o gwrs rhyfedd diweddar ei fywyd.

A thrwy'r prynhawn, wrth ei ymyl, roedd Llinos yn edrych ato gyda llygaid newydd.

* * * * * * * *

Ar y ffordd i lawr yr Wyddfa, bwrodd Cai olwg ar y tirwedd o'i gwmpas fel arfer, ond doedd ei gymeriadau ffantasi ddim yn ymddangos yn fyw heddiw, rywsut. Am y tro cynta mewn amser hir iawn, roedd y byd go-iawn yn bygwth cymryd drosodd.

Yr un peth oedd yn mynd drwy feddwl Llinos wrth iddi eistedd yng nghefn y trên, yn nes at Cai na'r arfer, oedd ei ymddygiad o y diwrnod hwnnw. Er ei holl broblemau – y ffordd yr aeth o ymlaen am ffantasi y tu allan i'r Anglesey, ei anwybodaeth lwyr o *Big Brother*; ei ymddygiad rhyfedd ar fore dydd Mawrth – roedd hi'n gweld ei hun yn magu teimladau tuag ato. Gwir, nid Cai oedd y rebel mwya yr oedd hi'n debyg o'i gyfarfod, ond iddi hi, doedd dim angen gwneud llawer mwy nag ateb Wendell yn ôl er mwyn profi eich cymwysterau yn hynny o beth.

Rhuthrodd Cai oddi ar y trên wedi iddo gyrraedd yr orsaf. Roedd Llinos yn union y tu ôl iddo.

"Welwn ni chi fory, ie, Cai?" gofynnodd Wendell yn bwrpasol. Stopiodd Cai wrth ddrws y trên, a bwriodd Llinos yn erbyn ei gefn. Nodiodd ar y rheolwr yn dawedog cyn camu allan. Oedodd Llinos cyn troi am y maes parcio.

"Wela' i di, Cai," meddai hi. Cododd Cai law heb droi rownd, ei feddwl ymhell. Chwaraeodd Llinos â'r goriadau car yn ei llaw, cyn rhuthro at ei char, taflu'r drws ar agor, a gwibio tuag at Cai, oedd yn cerdded adre yn ei fyd bach ei hun.

"Neidia mewn," gwaeddodd Llinos gan rowlio'r ffenestr ar agor.

"Dwi jyst yn byw lawr y lôn …"

"O, taw. Pwy sy'n boddran cerdded i nunlla'r dyddia yma, 'de?"

Safodd Cai yn ei le am eiliad cyn agor drws y car a'i strapio'i hun i mewn. Y byd yn dal i bwyso ar ei feddwl, arhosodd yn dawel yn ystod y daith yn syllu drwy'r ffenest. Ar un pwynt, cafodd ei sylw ei dynnu gan griw o lanciau'n gwibio heibio mewn Vauxhall Corsa gwyn, yn pwyso allan o'i ffenestri gyda chaniau o Strongbow yn eu dwylo ac yn gweiddi'n annealladwy at bawb oedd yn pasio. Roedd o hefyd yn meddwl ei fod wedi gweld Mabli'n eu dilyn yn ei Citroen llwyd. Ond doedd o ddim yn siŵr. Roedd y byd wedi mynd yn ormod iddo.

Parciodd Llinos y tu allan i gartref Cai, a chan ddiolch iddi'n swrth am y lifft, ymlwybrodd Cai tuag at ddrws y gegin. Edrychodd Llinos arno'n diflannu i mewn i'r tŷ, dwsinau o gwestiynau newydd amdano'n brwydro am sylw yn ei meddwl.

Fory. Fe fyddai hi'n gwneud ei gorau i'w hateb nhw yfory.

Wrth i gar Llinos wibio i ffwrdd, synnodd Cai weld ei fam yn yr ystafell fyw yn hytrach na'r gegin. Roedd hi'n edrych drwy focs plastig yn llawn 'dafedd gyda'r rhaglen *Pointless* yn murmur yn dawel yn y cefndir. Edrychodd hithau dros ei hysgwydd a gwenu'n flinedig ar ei mab.

"Dy dad 'di mynd i ryw dwrnament snwcer ym Mangor," meddai hi'n drist. "A dwi 'di bod wrthi'n gwneud gwaith trwsio dillad i Mrs Gittins lawr lôn. Felly ma' hi'n ôl-go yma. Gest ti ddiwrnod iawn?"

"Do ..."

Crychodd Danielle ei haeliau, yn gwybod yn reddfol bod ei mab yn dweud celwydd. Disgynnodd wyneb Cai, ac eisteddodd ar fraich y soffa.

"Na. Naddo, ches i ddim. Dwi jyst ... dwi'm yn gwbod ydw i yn y job iawn, Mam."

Syllodd Danielle i lawr at ei 'dafedd.

"Dwi'm yn gwbod lle i fynd efo fy mywyd," aeth Cai ymlaen. "Ma' pobol jyst yn fy ngwneud i'n flin. Ma' petha'r un peth, ddydd ar ôl dydd, ac unrhyw bryd dwi'n dechra gobeithio bod petha'n mynd i newid, ma' rhywun neu rwbath yn ymddangos i fynd â'r gobaith yna i ffwrdd. Dwi jyst ..."

Tawodd Cai heb orffen ei frawddeg, a chodi ei ysgwyddau mewn rhwystredigaeth. Ffidlodd Danielle yn wylaidd â'r edafedd. Doedd hi ddim wedi disgwyl ateb o fwy nag un sill gan ei mab.

"Ma' bywyd yn anodd," meddai hi o'r diwedd, yn dal i osgoi edrych i'w lygaid. "Ond elli di neud i betha weithio, Cai. Dwi'n credu yndda chdi."

Tro Cai oedd hi i weld drwy eiriau ei fam. Roedd y cryndod yn ei llais yn bradychu'r ffaith nad oedd hi'n dweud y gwir – ei bod hi wedi setlo ar fywyd di-ddim, nid yn unig iddi hi ei hun, ond hefyd i'w theulu. Ond er ei fod yn gwybod hyn i gyd, doedd gan Cai mo'r nerth i herio'i fam.

"Diolch," meddai, a throi am y grisiau.

"Gen i ddigonedd o pork chops, yn ffres o'r bwtshiar," meddai Danielle ar ôl ei mab. "Fydd hi'n wledd, deud gwir, heb dy dad yma. Fedra' i ffrio chydig o datws … ?"

"Ia, iawn. Rho ryw awr a hannar i fi."

Wedi cyrraedd ei ystafell, caeodd Cai'r drws a chloi'r byd allan. Wrth weld ei holl gylchgronau a ffigyrau ffantasi, ei gomics, ei gasgliad o hen gemau cyfrifiadur, teimlodd ryw chwa fach o gysur. Gwnaeth ymdrech nerthol i anghofio am broblemau'r diwrnod, a thyrchu drwy'r ffolder pinc cyfarwydd, yn bwriadu magu syniadau newydd er mwyn eu rhannu â Dau. Ond daeth ei holl drafferthion yn ôl i bwyso arno, a dechreuodd flino ar ei sgribls.

Ar ôl mwy nag awr o wneud dim, edrychodd draw at y drws i weld y ddisg yn troelli'n ddistaw o'i flaen fel arfer. Rhoddodd ei bensel i lawr, a chamodd drwodd i'r ochr draw, y porthwll yn amsugno sain ei ochenaid ddofn.

DYDD MAWRTH: DYDD 6 *(DAU)*

Diffoddodd Cai ei gloc larwm, cododd ei ffôn, ac edrychodd arno â llygaid cysglyd. Roedd neges iddo gan Llinos: "Be ddiawl ma'r ferch o Steps yn neud r BB?? da ni ddim isio gweld pen-ol ti, love! Son am 'Tragedy'! lol wtf gweld t fory x". Rhoddodd Cai y ffôn i lawr, gan resymu y byddai'n cael digon o gyfle i siarad â hi'n ddigon buan – a llywio'r sgwrs oddi wrth *Big Brother*, gobeithio. Aeth i ymolchi a gwisgo, gan wneud ei orau i gadw mor dawel â phosib rhag ofn deffro'i dad. Roedd o wedi teimlo'n ddigon powld i'w herio neithiwr, ar ôl holl lwyddiannau'r diwrnod, ond roedd gwneud yr un peth yr adeg yma o'r bore yn hollol wahanol. Gan drio anghofio am orfod delio â'i dad wedi'r gwaith, a chyda darn o dôst yn un llaw ac ymbarél yn y llall, gwnaeth ei ffordd tuag at y trên gan hymian wrtho'i hun yn dawel. Eisteddodd yng nghefn y cerbyd a thaflu ei lygaid i fyny at lethrau'r mynyddoedd o'i amgylch. Llifodd yr holl syniadau am Eryrin gafodd eu meithrin y noson gynt yn ôl i'w feddwl. Sylwodd o ddim ar Wendell yn cerdded yn araf ar hyd y trên. Yn fuan wedyn, yn mwmian smaldodau efo Colin, daeth Llinos i mewn i'r cerbyd.

Gan ffarwelio â Colin am y tro, eisteddodd Llinos wrth ymyl Cai, gan dynnu ei sylw yn llwyr oddi ar fyd Eryrin.

"Iawn, Llinos?"

"Wnest ti'm gwatshiad *Big Brother*, 'ta? Wnest ti'm atab fy nhecst i, eniwe. Well bod gen ti esgus da, mêt."

Rhedodd yr holl esgusion posib drwy feddwl Cai, yr un yn gwneud y tric. Heb wybod be arall i'w wneud, cyffyrddodd yn ei boch a'i chusanu'n gyflym ond yn dyner ar ei gwefusau. Yn cochi, edrychodd Llinos o amgylch y trên i wneud yn siŵr bod neb wedi eu gweld. Wedi sicrhau bod y gusan yn gwbwl gyfrinachol, gadawodd i wên ledu ar draws ei hwyneb.

"Esgus da," meddai hi.

Gyda chyfres o grynfeydd yn ei ysgwyd o ochr i ochr, cychwynnodd y trên ar ei daith arferol i fyny'r llethrau, a llithrodd Llinos yn nes at Cai ar y sedd gefn. Wrth iddynt deithio ymhellach ac yn ddyfnach i mewn i'r niwl tew oedd yn gorchuddio'r mynydd, cychwynnodd y ddau ar sgwrs hollol arwynebol. Ar un pwynt, daeth bysedd eu dwylo ynghlwm am hanner munud cyfan cyn i'r un ohonyn nhw sylwi. Gydag amseru perffaith, dewisodd Wendell y foment yna i droi ac edrych arnyn nhw. Cofiodd yn ôl at y gusan yn y maes parcio y diwrnod cynt, a gyda rhesymeg a fyddai'n gwneud Sherlock Holmes yn genfigennus, penderfynodd bod y ddau bellach yn eitem. Tuchanodd yn chwithig cyn troi ac edrych ar y llawr.

Gyda'r niwl arferol yn gorchuddio'r copa, daeth y trên i stop. Fesul un, dechreuodd y teithwyr ymlwybro tuag at y caffi. Brysiodd Cai a Llinos allan er mwyn cael moment breifat yn y ganolfan cyn i bawb arall ddod i mewn, ond daliodd Wendell law allan er mwyn eu rhwystro rhag gadael y trên, gan adael i bawb arall fynd.

"Nawr 'te," meddai, gan drio gwneud i'w lais swnio'n awdurdodol. "Ma' fe wedi dod i fy sylw i bod chi'ch dau wedi dod yn ... ahem – 'agosach' yn ddiweddar?"

Cochodd Llinos.

"Dwi'm yn gwbod lle 'dach chi'n cāl y syniad yna, Mr Hughes ..."

"Dewch mlaen nawr, Miss Eleri. Dal dwylo ar y trên? *Cusanu* yn y maes parcio ddoe? Dim dyna beth mae cydweithwyr yn gwneud, fel rheol. Chi ddim yn gweld Colin a fi'n gwneud hynny, nag ŷch chi?"

Shyfflodd Llinos a Cai eu traed fel plant ifanc yn cael eu dwrdio gan athro.

"Peidiwch â theimlo'n euog am y peth, da chi. Chi'n ifanc ... eich cyrff yn ... ahem ... datblygu."

"O, Duw," mwmiodd Cai'n dawel.

"Dyw e ddim yn drosedd. Ond fi'n gorfod llenwi darn o waith papur os yw aelode o'r staff yn penderfynu ... ym – cymryd eu perthynas i'r lefel nesa, fel petâi. Health and safety, chi'n deall. Neu rywbeth. Felly. Fi angen gwybod. Yn swyddogol. Ŷch chi'ch dou yn ... ahem ... wel ..."

"Ydan," meddai Cai, gan gymryd rheolaeth o'r sgwrs er mwyn dod â'r embaras i ben. Edrychodd Llinos arno'n syn, cyn ymlacio, gollwng ei hysgwyddau, a chosi cledr ei law chwith yn gariadus.

"Gwd. Reit. 'Na hynny wedi setlo. Nawr. Wneith y chicken balti ddim syrfo'i hun."

Er y gorchymyn yma, shyfflodd Wendell tuag at y ganolfan o flaen y ddau arall. Plannodd Llinos ei hwyneb yn ysgwydd Cai er mwyn cuddio ei chwerthin.

"Shwsh. Fydd pawb yn gweld."

"Ni'n dou yn," meddai Llinos mewn acen ddeheuol wael, "ahem ... wel ..."

"Callia," meddai Cai, cyn chwerthin ei hun a rhoi ei fraich am Llinos yn gyflym. "Ond ti'n iawn. Mi rydan ni."

* * * * * * * *

Aeth gweddill y bore heibio'n rhyfeddol o gyflym. Fel rhywun oedd wedi hen arfer â syllu'n wag dros y cownter yn dyheu am gael mynd adre, roedd cael rhywun wrth ei ymyl oedd yn fflyrtio'n ddi-baid ac yn chwerthin am ben ei jôcs gwael yn newid braf i Cai. Dechreuodd weini ar y cwsmeriaid gyda gwên a sylwadau cynnes yn hytrach na gwgu a'u pledu â sarhad ysgafn.

Erbyn un o'r gloch, roedd y niwl wedi clirio bron yn llwyr, a haul Eryri yn llenwi'r ganolfan. Heidiodd y cerddwyr i mewn, ac aeth ciw'r cownter bwyd yn hirach ac yn hirach. Taflodd Cai olwg i lawr y ciw. Wrth wneud, sylwodd ar un criw o fyfyrwyr tal, golygus yr olwg ar y pen. Rhwng delio â'r cwsmeriaid o'u blaenau, gallai glywed mwy a mwy o'u sgwrs wrth iddyn nhw agosáu. Roeddent yn clochdar oherwydd eu medr yn concro'r mynydd, gan bwnio a gwthio'i gilydd yn ymosodol-chwareus, ac aflonyddu ar y bobol eraill yn y ciw wrth wneud. Teimlodd yn sicr mai'r rhain oedd y myfyrwyr y rhybuddiodd Un amdanyn nhw, a pharatôdd ei hun am lond trol o ragfarnau di-sail wrth wneud coffi i hen ddynes eiddil iawn yr olwg. Wrth wasgu'r caead plastig ar y gwpan, fflachiodd meddwl Cai yn ôl eto at y cyngor a dderbyniodd y diwrnod cynt. Doedd Un ddim wedi dweud rhywbeth am goffi? Wrth i'r hylif poeth dasgu allan, gollyngodd y gwpan mewn braw, a thasgodd y coffi ar hyd y llawr.

Cysidrodd Llinos y llanast yn ddryslyd cyn rhuthro i'w lanhau, yn ddiolchgar am y cyfle i ddianc rhag y rownd nesaf o gwsmeriaid swnllyd.

"Gad o i fi," meddai hi. "Delia di efo rhein."

Fel fflach, tywalltodd Cai baned newydd o goffi i'r hen ddynes, a'i chyflwyno iddi gan ymddiheuro'n daer. Wedi iddi dalu mewn darnau mân o arian, gwnaeth le i'r myfyrwyr wrth y cownter. Doedd yr un ohonyn nhw wedi trafferthu i edrych ar y fwydlen eto.

"I am Hank Marvin, Ollie," meddai un, gan daflu golwg dros y bwydydd cynnes o'i flaen.

"Let's see if the food in Wales is any better than the weather," meddai un arall, gan ddewis anghofio'r haul y tu allan yn llwyr. "And let's hope they don't spill it over the floor, eh, mate?"

Rhoddodd winc goeglyd i gyfeiriad Cai, a benderfynodd ei anwybyddu.

"Look! Will! Look! Look! Lookatthat!" meddai un arall. "The menu's bilingual. That. Is. Amaze. Balls."

"Can I help you?" gofynnodd Cai, gan drio torri ar eu traws.

Will oedd yr un i gymryd yr abwyd. Dechreuodd chwerthin, y fwydlen yn ei ddwylo.

"OhmyGod. 'Mazin. There isn't a Welsh word for pasta. That is so lame."

Yn erbyn ei holl reddfau, caeodd Cai ei geg, er bod nifer o sylwadau cas yn brwydro am sylw yn ei ben. Wrth i Will edrych i fyny o'r fwydlen, i mewn i'w lygaid, daeth y pwysau'n annioddefol.

"I'll have a pasta, boyo," meddai'r ymwelydd, mewn acen ddeheuol wael. Ei ddwylo'n crynu, slopiodd Cai bentwr o fwyd ar blât, yn diawlio'r ffaith bod Un wedi dweud wrtho am beidio ymateb. Wrth i weddill y criw giglo'n blentynnaidd, dechreuodd ceg Cai agor yn erbyn ei ewyllys, yn barod i ildio i'w ddyheadau, pan wthiodd Colin heibio o nunlle a rhoi twb o saws *bolognese* yn ei le ar y cownter. Cododd Colin ei lygaid ac ystyried Will yn ofalus.

"You know 'pasta' isn't an English word," meddai. Edrychodd Will yn ôl ato'n ddryslyd.

"Sorry?"

"Italian. It's an Italian word. Enjoy your meal, anyway. In the restaurant. Which is a French word, by the way."

Heb air arall, gwnaeth Colin ei ffordd yn ôl i'r gegin, ac edrychodd Cai yn syn i'w gyfeiriad wrth i'r drws siglo yn ôl ac ymlaen. Gyda gwên lydan yn torri ar draws ei wyneb, wynebodd Will, oedd yn edrych fel petai ei holl syniadau am y byd wedi eu tanseilio.

"Anything else?" gofynnodd Cai yn hapus.

* * * * * * * *

Chwarter awr yn ddiweddarach, a'r cymylau duon yn edrych yn fwy bythygiol bob eiliad, daeth Wendell heibio gyda phentwr o bamffledi yn ei ddwylo. Wedi gweld bod y rhes o gwsmeriaid wedi teneuo, mentrodd tuag at y cownter, ei lais yn llawn cydymdeimlad.

"Mae'n wir ddrwg gen i dorri ar draws, ond fi angen tynnu un ohonoch chi o'ch gwaith caled, os yw hynny'n olreit ... ac, ym ... oddi wrth eich gilydd."

Cochodd Llinos a mwmian esgus cyn mynd i chwilio am waith – *unrhyw* waith – yn y gegin.

"Chi felly, Cai. Mae gen i'r pamffledi hyn ... ym ... os chi wedi prynu pum pryd o fwyd yma'n y gorffennol, chi'n cael chweched un am ddim. Fi moyn troi'r lle 'ma yn un o'r bwytai gorau yng Ngwynedd, chi'n gweld. Syniad da?"

"Pob lwc efo hwnna," meddyliodd Cai, cyn ateb Wendell yn fwy cadarnhaol.

"Wrth gwrs, Mr Hughes."

"A fi moyn rhywun ddosbarthu'r pamffledi 'ma tu fas, er mwyn denu pobol i mewn. Fi'n gwybod nad yw'r cymyle'n edrych yn gyfeillgar iawn heddi, ond os fysech chi'n ... ?"

Fel fflach, cododd Cai ei ymbarél oddi ar y llawr a'i ddal yn llawen uwch ei ben. Rai munudau'n ddiweddarach, y dafnau cyntaf o law yn dechrau amlygu eu hunain, cymerodd gryn bleser yn wynebau sur y cerddwyr wrth iddo fo aros yn berffaith sych. A doedd yr un ohonyn nhw'n surach na'r myfyrwyr, yn codi eu huganau er mwyn amddiffyn eu hunain rhag y storm.

"Bugger it. Shall we just take the train?" gofynnodd un, wrth iddyn nhw gamu'n hunangyfiawn i lawr y mynydd.

"Yah," meddai Ollie. "Let's just get out of here."

Gwenodd Cai, cyn troi rownd wrth deimlo presenoldeb wrth ei ysgwydd. Roedd Colin yno'n gorffen sigarét. Nodiodd ei ben mewn cyfarchiad.

"How long have you been there?" gofynnodd Cai. Cododd Colin ei ysgwyddau cyn cymryd un gegiad olaf o fwg a stwmpio'r sigaret allan ar wal y ganolfan. "You don't say much, do you?"

"Only when something's worth saying," atebodd Colin, a throi ar ei sawdl.

Yn hapus ei fyd, daeth Cai i ddiwedd ei bentwr o bamffledi o fewn ychydig oriau. Dim ond llond llaw o gerddwyr oedd yn dal yn y ganolfan wedi iddo fo ddychwelyd, yn edrych yn druenus allan o'r ffenestri. Gwenodd Llinos wrth iddo agosáu ati, yn dal i fodio'i ffôn heb edrych.

"Ti isio mynd yn syth i'r Padarn Lake ar ôl gwaith?" gofynnodd hithau. "Nos Fawrth 'di'r nos Wenar newydd, medda nhw."

"Iawn gen i," atebodd Cai, cyn cofio nad Llinos oedd ei unig ddêt y noson honno, ac y byddai Un yn disgwyl amdano fo. "O … witshia funud. Fedra' i ddim. Ma' gen i … betha i'w gneud."

"Ti'n llawn cyfrinacha, Cai. Ond ddown ni i ddysgu popeth amdana chdi yn y man, 'sdi. Elli di'm cuddio'm byd oddi wrtha i."

Chwarddodd Cai'n anesmwyth. Gobeithiai'n arw na fyddai Llinos yn cadw at yr addewid yna.

"Iawn," aeth Llinos ymlaen. "*Wyth* o'r gloch?"

"Wyth o'r gloch."

Daeth Wendell draw atyn nhw, a thyfodd yr annifyrrwch yng nghrombil Cai. Doedd Un ddim wedi sôn rhywbeth am ddweud wrth Wendell am fynd i grafu? Ond doedd o ddim wedi dweud pryd yn union, chwaith, na be arweiniodd at hynny. Heb reswm i wneud, teimlodd Cai yr awydd i ddweud y geiriau hynny ar y foment yna, fel petai Duw, neu ffawd, neu *karma*, neu rhywbeth, yn mynnu ei fod yn gwneud. Edrychodd Wendell o'i gwmpas ar y cwsmeriaid olaf yn dal y trên i lawr y mynydd.

"Dim pwynt aros yma, blantos," meddai Wendell. "Gewch chi gasglu eich stwff os chi moyn … o, a rhoi ychydig o drefen ar y teganau meddal cyn yfory, falle?"

Nodiodd Cai, yn falch o gadw allan o ffordd y rheolwr am weddill y prynhawn. Gwnaeth yr un peth ar y trên, Llinos yn cadw cwmpeini iddo yng nghefn y cerbyd tra bod pawb arall yn clebran yn y blaen. Mwythodd hithau ei law wrth i'r ddau ddilyn cwrs y dafnau o law oedd yn rasio i lawr ffenest y trên. Ar ôl ei chusanu yn sydyn ar ei boch, a gwrthod lifft adre wrth furmur rhyw fath o ffug-esgus arall, llamodd Cai oddi ar y trên gan glapio Colin yn gyfeillgar ar ei gefn.

"Welwn ni chi fory, Mr Owen," meddai Wendell.

"A chitha, Mr Hughes," atebodd Cai. Roedd o'n bell i lawr y lôn cyn sylweddoli ei fod o wedi dianc heb insyltio'r rheolwr. Addawodd y byddai'n diolch i Un o waelod ei galon, ac anelodd gic at dun diod ar y llawr, ei yrru'n osgeiddig i'r awyr ac yn daclus i mewn i fin sbwriel.

Wrth i Cai droi'r allwedd yn y drws cefn, llifodd atgofion o'i dad y noson cynt i'w feddwl, ac anghofiodd yn syth am holl lwyddiannau'r dydd. Caeodd y drws yn dawel a syllodd ar ei dad drwy'r gegin wag. Roedd yn eistedd yn ei gadair arferol, yn codi llwyeidiau mawr o Super Noodles i'w geg tra'n cadw un llygad ar *The Chase*.

"Iawn, Dad?" gofynnodd Cai wrth basio'n gyflym drwy'r ystafell fyw. Chafodd o ddim ateb.

Ar y landing, roedd Danielle yn pentyrru tywelia glân i mewn i'r cwpwrdd cynhesu. Nesaodd at ei mab, a sibrwd yn gyfrinachol yn ei glust.

"Dydi o'm 'di deud gair drwy'r dydd."

Crychodd Cai ei geg mewn dealltwriaeth cyn cilio i'w ystafell a chau'r drws. Anwybyddodd y ffolder Eryrin, ac anelodd yn syth am y cwpwrdd dillad. Astudiodd ei bentwr gwyllt o jîns glas, gan wneud ei orau i ragweld pa un fyddai'n well gan Llinos. Rhedodd yn gyflym drwy ei gasgliad o grysau-T er mwyn darganfod yr un â'r slogan lleiaf eironig, a thyrchodd o dan y gwely am hen gan o Lynx er mwyn gwneud ei hun yn amhosib o ddeniadol i ferched, yn union fel yn yr hysbysebion. O'r diwedd, edrychodd yn y drych. Gwnaeth ymdrech fawr i ddod dros ei hunan-gasineb er mwyn cyrraedd y gwir: doedd o ddim yn edrych yn ffôl, wedi'r cwbwl.

Treuliodd weddill yr amser cyn ymddangosiad y ddisg yn troedio o amgylch ei ystafell, ac yn rhedeg drwy holl bosibiliadau'r noson o'i flaen. Erbyn i'r sain ddiflannu o'i gwmpas a'r cylch o drydan chwyddo i fodolaeth o'i flaen, roedd ei gynnwrf yn ferw gwyllt. Ond cafodd y gwynt ei dynnu o'i hwyliau'n syth pan welodd o Un yn camu drwy'r ddisg.

Roedd o'n edrych yn uffernol; ei freichiau'n hongian yn ddifywyd wrth ei ochr, ei gerddediad yn araf ac yn drwm, ei gefn wedi crebachu, ei geg yn hongian yn hanner-agored.

"Ches i ddim diwrnod da," meddai. "Wnes i sôn wrth Llinos am *Big Brother*, a ... nath hwnna ddim mynd yn dda iawn. Wedyn, wnes i golli'r plot yn llwyr efo ryw blydi llo cors o Yorkshire, a glywodd Wendell yr holl beth. Roddodd o un cyfle arall i fi."

Eisteddodd Dau ar y gwely, ei galon yn torri. Roedd ei weld ei hun yn diodde gymaint yn arteithiol. Ogleuodd Un yr awyr.

"Lynx? Ti byth yn gwisgo Lynx. Pam ti'n gwisgo ... ? O. O, ia. Anghofiais i. Gen ti ddêt."

"Oes ..."

Chwarddodd Un yn eironig.

"Ma' hi 'di bod yn bedwar diwrnod," meddai, "a sbia arnon ni. Yn barod, ma' dy fywyd di *gymaint* gwell na fy un i. 'Dan ni 'di dod yn bobol wahanol. Oes 'na bwynt i fi drio helpu chdi? Achos fydd dy fory di'n gwbwl wahanol i fy heddiw i. Debyg ddeffri di yng ngwely Llinos ..."

"Be amdana chdi? Ti 'di cymryd unrhyw sylw o be ddudis i ddoe? Sdim pwynt cwyno am bob dim. Ti 'di trio ..."

"Trio?" torrodd Un ar ei draws. "Be 'di'r pwynt *trio*? Lle ma' *trio* erioed 'di nghael i?"

Distawodd y ddau, Dau yn trio gwneud synnwyr o resymeg wallgo ei gyfatebydd, a methu. Penderfynodd y byddai'n gwneud ei orau i godi ei galon.

"Wel, dydi petha ddim yn fêl i gyd i fi, chwaith. Ddudis i 'piss off' wrth Dad neithiwr."

"Wir? Pam?"

"Achos oedd o'n trin Mam yn uffernol."

Cofiodd Un yn ôl at nos Lun.

"Oedd," meddai'n freuddwydiol, wrth i'r atgof lifo'n ôl. "Oedd, mi oedd o. Sut ath hwnna lawr?"

"Ddim yn dda. 'Di o'm yn siarad efo fi na Mam rŵan."

Rowliodd Un ei lygaid, a gwenu gyda chydymdeimlad.

"Felly fy nghyngor i fasa peidio gwneud hynna," meddai Dau. "Dydi o ddim werth o."

Eisteddodd Un ar y gwely.

"Felly mae gynnon ni'n dau ein problema," meddai'n dawel.

"Wrth gwrs. C'mon. 'Dan ni'm 'di dechra rhannu syniada am Eryrin eto, hyd yn oed. Dwi'm isio dy atgoffa di o Wendell na dim byd, ond … un cyfle arall?"

Caledodd wyneb Un.

"Un cyfle arall."

Ysgydwodd y ddau ddwylo, a chododd Un ar ei draed.

"Wel, gadwa' i o'n syml. Paid â sôn wrth Llinos am raglenni teledu ti'm yn gwbod dim byd amdanyn nhw, paid â boddran ymateb i'r boi o Yorkshire – dydi o'm yn annhebyg i Jeremy Clarkson, i chdi gael nabod o … ac, ym … dwi'm yn gwbod. Wedi i fi gyrraedd adra, oedd 'na rwbath i'w weld yn bod efo Mam. Fwy nag arfar, 'lly. Ella … ella bod hi angen ysgwydd i grio arni hi. Dw'n i'm."

Nodiodd Dau yn ddwys, a throdd Un am y ddisg.

"Un cyfle arall," meddai, cyn cerdded i mewn, y porthwll yn cau y tu ôl iddo.

"Bob lwc, mêt," atebodd Dau yn synfyfyriol.

* * * * * * * *

Wrth i Cai ysgwyd oerfel y gwanwyn oddi ar ei ysgwyddau a cherdded i mewn i far cynnes gwesty'r Padarn Lake, y peth cynta welodd o oedd bwrdd yn llawn gwydrau coctel gwag. Y tu ôl iddyn nhw roedd Llinos wedi suddo i gadair fawr, gwydr llawn hylif gwyrdd golau yn un llaw, ei ffôn yn y llaw arall. Gwelodd hi Cai yn agosáu, a gwthiodd y ffôn yn sigledig i'w wyneb. Roedd wedi ei gysylltu i YouTube, ac yn chwarae fideo o gi â thair coes yn syrthio ar ei ochr.

"Bechod," meddai Llinos dan biffian. "Sbia arno fo! Dio'm yn gallu sefyll fyny! Bechod!"

"Mm. Ti isio diod, 'ta ti'n iawn? Ti'n edrych fel bod gen ti … "

"Ia plis. Dwi'm yn gwbod be sy ynddo fo ond … yr un gwyrdd. Fydda nhw'n gwbod be ti'n feddwl."

Gan benderfynu peidio dadlau, a chan adael Llinos yn chwerthin am ben mwy o fideos o anifeiliaid yn diodde, archebodd Cai beint o gwrw chwerw a 'choctel gwyrdd' wrth y bar, cyn dychwelyd at y bwrdd ac astudio'r fwydlen yn ofalus.

"Dan ni am gael bwyd yma?"

"O … ges i panini'n gynharach. Do'n i'm yn gallu disgwl, sori. Ac o'n i'n edrach braidd yn pathetic yn yfad fa'ma ar ben fy hun heb unrhyw fwyd."

"Digon teg," meddai Cai'n ansicr. "Wel, os ti'm yn meindio, ella ga' i blatiad o basta neu rwb …"

"Ond câl di be ti isio," atebodd Llinos ar ei draws, yn llawer rhy uchel. "Fydda i'm yn meindio, 'de."

Syllodd Cai'n syn ar Llinos wrth iddi dywallt yr hylif llachar i lawr ei chorn gwddw, cyn codi a chychwyn am y bar unwaith eto i archebu bwyd. Gwenodd y dyn wrth y bar arno fo'n dosturiol.

"Mae hi 'di bod yma am sbel," meddai. "Ydi hi'n iawn?"

"Dwi'n dal i drio gweithio hwnna allan," atebodd Cai.

Yn ôl wrth y bwrdd, roedd Llinos yn siglo'n ansicr wrth fodio drwy'r we ar ei ffôn a giglo wrthi ei hun.

"Faint ti 'di bod 'ma?" gofynnodd Cai.

"Hmm? O, ddim yn hir … 'mond ryw chwartar awr cyn i chdi gyrradd, debyg. Gwranda ar y ci 'ma! Mae o'n gallu cyfarth anthem Ffrainc! Dydi'r we yn ymêsing?"

Taflodd Cai ei olwg dros y casgliad swmpus o wydrau ar y bwrdd.

Roedd Llinos wedi bod yno am lawer mwy na chwarter awr. Eisteddodd yntau a byseddu ei beint tra'n ffugio gwên wrth wylio'r llun aneglur ar y ffôn. Er holl ymdrechion Llinos i'w ddiddanu, roedd ei feddwl ymhell. Allai o ddim gadael llonydd i'r mater.

"Gest ti dy panini a'i fwyta fo mewn chwarter awr? *A* ma' nhw 'di mynd â dy blât di i ffwrdd. Heb sôn am yr holl wydra 'ma ..."

"Ocê, ocê. Ella 'mod i 'di bod yma dipyn hirach. Dwi'm yn gwbod, nadw? Dwi'm yn blydi ... watsh."

Crychodd Cai ei drwyn oherwydd y trosiad lletchwith yma, a phenderfynu mynd yn ôl at ei beint. Wrth iddo sipio'n dawel, rhoddodd Llinos ei ffôn yn ei bag. Chwaraeodd â choes ei gwydr, yn edrych i lawr ar y bwrdd.

"Well bod yma na bod adra, dydi? Well bod rwla efo chydig o fywyd."

Edrychodd Cai ar y dafarn wag o'i gwmpas. Meddyliodd am y ffordd yr oedd Llinos wedi ei glynu'n barhaol wrth ei ffôn, wastad yn disgwyl neges gan rywun arall. Cofiodd y noson yn yr Anglesey, a'r ffordd yr oedd hi wedi dod yn fyw wedi ei hamgylchynu gyda ffrindiau. Meddyliodd am yr wythnosau yr oedden nhw wedi treulio yng nghmwni ei gilydd ar ben yr Wyddfa, Llinos yn bell oddi wrth bawb arall, yn cilio i mewn i'w byd o raglenni realiti a phenawdau tabloid. Byd cwbwl wahanol i'r un ym mhen Cai, yn sicr, ond byd bach ei hun er hynny, yr un mor bwysig iddi hi â byd Eryrin iddo fo. Wrth iddi droi ei diod â gwelltyn, gwelodd Cai rywbeth newydd yn ei hwyneb: rhyw fregusrwydd cudd, rhyw sbarc o ddyniolaeth o dan ei masg arwynebol. Fel petai hi'n medru darllen meddwl Cai, fflicodd ei llygaid i fyny'n ddirybudd, a chaledodd ei hwyneb unwaith eto.

"Fysa 'na fwy o fywyd yma byth tysa chdi 'di dod yma'n gynharach, fel wnes i ofyn. Be o'dd mor bwysig 'lly?"

"S-sori?" atebodd Cai, gan drio ennill mwy o amser er mwyn dyfeisio celwydd newydd.

"Pam – ddest – ti – ddim – yma – ar – ôl – gwaith?" gofynnodd Llinos, gan or-bwysleisio pob gair yn ara deg. "Ti'n thic ne wbath?"

"Sori ... oedd rhaid i fi ..."

Aeth ceg Cai yn sych wrth iddo fethu meddwl am gelwydd. Syllodd

Llinos drwyddo gan ysgwyd ei phen yn feddw-ddramatig.

"Ti'n gwbod," meddai hi, "os ti isio i hyn weithio, rhaid i chdi rannu popeth efo fi, 'sdi. Ti 'rioed 'di bod mewn perthynas 'ta be?"

"Ydw," atebodd Cai'n amddiffynnol.

"Achos do'n i'm yn siŵr, ar ôl noson o'r blaen, 'de. Ffordd wnest ti gicio fi allan a phob dim. Mae o'n iawn bod yn nerfus, 'sdi. Bach yn rhyfadd, ar gyfer rywun dy oed di, ond iawn. Jyst abowt."

"Ydw, dwi *wedi* bod mewn perthynas," meddai Cai yn biwis. "Merch o'r enw Jodie. Roedd ganddi hi'r gwallt dua dwi 'rioed 'di weld, yn gweithio yn Costa Coffee Wolverhampton, ac yn ffan mawr o *Lord of the Rings*."

"Dipyn o nyrd, 'lly? Be uffar welist ti ynddi hi?"

Shifftiodd Cai yn ei sedd a byseddu ei wydr peint, ddim yn siŵr eto be i'w ddweud. Syllodd Llinos arno am rai eiliadau wrth sugno'r diferion olaf allan o waelodion ei gwydr. Daeth o hyd i'r gwir o'r diwedd.

"*Ti'n* licio *Lord of the Rings*? Yr holl stwff 'na am hobnobs …"

"Hobbits."

"… ac Orcs a Norcs, a – a … dreigia a ballu?"

Synnodd Cai wrth glywed un o hoff ymadroddion ei dad yn dod allan o enau Llinos, a chochodd wrth sylweddoli bod ei ddistawrwydd wedi datgelu ei gyfrinach dywyll. Dyna oedd cyngor cynta Un, wedi'r cwbwl. Roedd rhaid iddo fo gadw'r ochr yna ohono dan gaead.

Ond oedd geiriau ei gyfatebydd yn berthnasol bellach? Fel y dywedodd o ei hun, roedd bywydau'r ddau yn gwbwl wahanol erbyn hyn. Ella bod gan Llinos bwynt, beth bynnag. Doedd o ddim yn gallu cuddio'r gwir am byth.

"Ydw," meddai Cai, gan lyncu ei boer. "Dwi'n licio'r stwff yna i gyd."

"Ond dydi o'm yn … *wir*. Pam treulio dy holl amsar ar stwff fel'na pan ma' gen ti'r holl fyd i ganolbwyntio arno fo?"

"Deutha chdi be," atebodd Cai gan chwerthin, "ma' stwff fel'na'n lot mwy 'gwir' na rwbath fel *The Only Way Is Essex*. Alla' i ddeud hwnna wrtha chdi am ddim."

Daeth distawrwydd llethol dros y bwrdd. Roedd llinell bendant wedi ei chroesi. Heb air, cododd Llinos er mwyn nôl diod arall, a phan ddaeth hi'n ôl, roedd Cai'n pigo ei ffordd drwy bowlaid o basta wedi ei gynhesu'n ddidrugaredd yn y meicro-don. Aeth yr awr wedyn heibio'n ara deg. Roedd sylwadau'r ddau am chwaeth ddiwylliannol y naill a'r llall wedi brifo, a'r craciau yn y berthynas wedi tyfu'n dyllau anferth. Dechreuodd y ddau ddiawlio eu hunain yn eu meddyliau am ddewis rhywun mor wahanol i'w teip arferol, eu hunan-gasineb yn rhyfeddol o debyg, er yr holl wahaniaethau amlwg rhyngddyn nhw. Fyddai Llinos ddim yn dod o hyd i ddyn hyderus, cosmopolitan ar ben yr Wyddfa, siŵr iawn. A fyddai Cai ddim yn llwyddo i gynnal perthynas â rhywun oedd mor ddibynnol ar ddiwylliant gwag y byd modern.

Roedd rhaid iddo fo wynebu'r gwir: roedd Llinos wedi cyflawni ei hunig bwrpas iddo fo ar ddiwedd y noson yn yr Anglesey. Nid am y tro cynta, trodd ei feddwl tuag at Mabli, a'r posibilrwydd y gallai hi gynnig rhywbeth mwy cadarn.

Wedi i ddigon o amser basio, gwnaeth Cai ei esgusodion. Cynigiodd ymuno â Llinos ar ei thaith adre, ond gwrthododd hithau, gan benderfynu aros ar ôl er mwyn cael mwynhau "un diod arall". Doedd dim smaldodau gweigion, dim addewidion i gyfarfod am ddiod eto. Cododd Cai yn dawel a gwneud ei ffordd allan o'r bar. Wrth y drws, edrychodd yn ôl yn sydyn at Llinos er mwyn codi llaw. Roedd hi'n bodio ei ffôn eto, wedi anghofio amdano fo'n barod. Teimlodd ryw fath o dosturi rhyfedd drosti. Roedd hi angen rhywun i'w hachub, yn sicr. Ond nid fo.

Ar y daith fer adref, tro Cai oedd hi i chwarae â'i ffôn. Treuliodd yr holl siwrne yn poenydio dros un neges destun. Wedi cyrraedd drws y gegin, rholiodd i lawr at yr enw 'Mabli' yn ei restr o gysylltiadau, a gwthiodd y botwm 'Send'.

Camodd Cai drwy'r porthwll, aroglau porc yn dechrau llenwi'r tŷ. Edrychodd yn syn ar yr ystafell o'i gwmpas. Daeth abswrdiaeth yr holl sefyllfa i lifo drosto fel ton, a gwnaeth ei orau i gofio'r gobaith deimlodd o ar ôl cyfarfod Dau am y tro cynta. Gwnaeth ei orau i ddal gafael ar y wefr yna, ond doedd ysgwyd ymaith ei holl iselder ddim mor hawdd â hynny. Penderfynodd grwydro yn ôl i lawr i'r gegin er mwyn mwynhau absenoldeb prin ei dad, gan obeithio y byddai hynny'n codi ei galon rywfaint.

Ymhell cyn cyrraedd y gegin, clywodd sŵn Radio Cymru yn cymysgu â hisian uchel padell ffrio ei fam. Roedd y gerddoriaeth yn dod o'r radio'n swnio'n weddol gyfarwydd – Pazuzu, ella? Wedi i'r gân ddod i ben, dechreuodd dau gyflwynydd annifyr glebran, a trodd Danielle i astudio ei mab yn ofalus.

"Teimlo'n well?"

"Dipyn bach."

Estynnodd Cai ei fraich heibio ei fam er mwyn troi'r radio i ffwrdd. Anadlodd yn ddwfn ac yn falch.

"Dipyn bach gwell eto fyth rŵan bod hwnna ffwrdd."

"Dwi'm yn gwbod fydd dy dad yn câl rwbath yn Wetherspoon's Bangor 'ta be, ond dwi 'di gneud chops a tatws iddo fo. Jyst rhag ofn. Geith o sticio nhw'n y meicrowêf."

Oedodd Cai uwchben cownter y gegin cyn dod allan ag ateb.

"Ydi dad hyd yn oed yn gwbod sut i iwsio meicrowêf?"

Aeth Danielle ymlaen i droi'r porc drosodd yn y badell ffrio heb ddweud gair. Crwydrodd Cai i mewn i'r ystafell fyw ac eistedd ar y soffa, gan ddechrau bodio drwy'r copi diweddaraf o'r *Radio Times*. O fewn rhai munudau, daeth Danielle i mewn â dau blât o borc a thatws.

"Diolch," mwmiodd Cai wrth gymryd un o'r platiau. Eisteddodd ei fam wrth ei ymyl a throi'r teledu ymlaen, yn fflicio'n syth at *Eastenders*.

"Dwi'm 'di gwatshiad hwn ers wythnosa," meddai hi. "Sgen i'm syniad be sy'n mynd ymlaen."

Eisteddodd y ddau yn bwyta am ddeng munud, clebran trigolion

Walford yn atalnodi'r distawrwydd rhyngddyn nhw. Yn y man, cododd Cai a chychwyn yn ôl i'r gegin er mwyn rhoi dŵr dros ei blât. Pan gyrhaeddodd y drws, taflodd Danielle ei fforc ar y plât a phwyso'i thalcen yn erbyn cledr ei llaw.

"Mam?"

"Dwi'm yn gwbod pam priodis i o," meddai Danielle allan o nunlle. "Pan dwi'n edrach yn ôl … dwi ddim hyd yn oed yn cofio *meddwl* amdan y peth. Taswn i jyst yn gallu mynd yn ôl ac ysgwyd chydig o sens i fi fy hun …"

Rhoddodd Cai ei blât yn y sinc yn frysiog cyn rhuthro'n ôl at y soffa. Oedodd cyn rhoi llaw ar fraich ei fam, a'i thynnu'n ôl yn syth.

"Jyst cyn i fi gyfarfod o," meddai Danielle, mewn llais bregus oedd bron yn sibrydiad, "o'n i'n mynd allan efo boi arall."

Shyfflodd Cai ar y soffa mewn embaras.

"Sean. Ryw foi o'dd yn hyfforddi i fod yn ddarlithydd. 'Sa chdi'n disgwl i rywun fel'na fod yn gall, basat? Ond oedd ganddo fo 'i … broblema. Y boi mwya cenfigennus dwi 'rioed 'di gyfarfod. O'n i'n byw efo Iona ar y pryd. Ti'n nabod Iona. Ni'n dwy, a chriw o hogia, ar yr allt wrth y C & A ym Mangor. Neu Safeway rŵan."

"Morrison's."

"Wel, un noson, a'th petha'n flêr. Oedd Sean draw, a wnaeth pawb benderfynu mynd am beint. A fel ma' petha, drôdd un peint yn ddau, a dau yn dri, a … eniwe. Digwydd bod, es i i'r lle chwech 'run pryd â Huw, oedd yn byw efo fi. A ddaethon ni'n ôl at y bwrdd yr un pryd. Oedd Sean out of it yn llwyr, a ddechreuodd o gyhuddo ni'n dau o fynd efo'n gilydd tu ôl i'w gefn o, a gweiddi, ac ysgwyd ei freichia. Hyd yn oed efo'r holl ddiod 'di chwalu 'mhen i, dwi'n cofio hyn yn glir: gafodd Huw ei wthio i'r llawr gan Sean, wnes i redeg drosodd i neud yn siŵr bod o'n iawn, a mi daflodd Sean ei ddwrn allan a 'nharo i reit yn 'y nhrwyn."

Gwelwodd Cai.

"Gwaed dros y lle. Gawson ni gic owt, do? Sean yn sefyll ar ganol stryd yn simsanu rhwng gweiddi ar Huw a thrio deud sori wrtha fi. Ond o'dd hi'n rhy hwyr. O'dd o 'di gwneud petha fel'na lot gormod yn y gorffennol. Dim bod petha erioed 'di mynd mor bell cyn hynny, ond …"

ti'n gwbod. Dwi'n cofio treulio gweddill y noson yn taflu'i holl stwff o allan o'r tŷ, i'r lôn."

Gwenodd Danielle yn drist. Trodd y teledu i lawr, a chaledodd ei hwyneb wrth gofio gweddill y stori.

"Wnes i *addo* faswn i ddim yn dewis rhywun fel'na eto. Wnes i benderfynu tyfu fyny'r diwrnod yna. Dwi'm yn deud bod *pob un* ferch ifanc yn syrthio am y 'boi drwg', 'de, ond mi o'n i'n sicr. Drwy'r hangofyr y diwrnod wedyn, wnes i addo y byswn i'n ffeindio rhywun neis, a chlên, a chlyfar, a ffeind."

Distawrwydd. Fflapiodd Phil Mitchell ei geg yn fud ar y teledu.

"Ryw dair wythnos wedyn, wnes i gyfarfod dy dad. A doedd o ddim mor wahanol i sut mae o'n actio rŵan, hyd yn oed. Oedd o'n cadw sŵn yn y Glôb, yn clochdar achos ei fod o 'di ennill ryw dwrnament pŵl yn erbyn 'i ffrindia. Doedd o ddim i'w weld yn glyfar, nac yn arbennig o neis, ond ... dwi'm yn gwbod. Fedra' i ddim esbonio fo. Fel dwi'n deud, wnes i'm cwestiynu'r peth. Mae'r blynyddoedd nesa'n llifo'n un, rywsut."

Distawodd llais Danielle, a dechreuodd chwarae â'i dwylo. Roedd mwy i'r stori, yn amlwg. Synnodd Cai ei bod hi wedi datgelu unrhyw beth o gwbwl. Roedd fel petai'r llifddorau wedi agor, a'i fam wedi ysgwyd holl bryderon yr ugain mlynedd diwetha oddi ar ei hysgwyddau ar unwaith. Doedd gan Cai ddim syniad sut i ddelio â'r peth. Doedd o ddim yn un da am ddangos cydymdeimlad.

"Pam 'dach chi dal efo'ch gilydd?" gofynnodd o'r diwedd. Yn syth ar ôl i'r geiriau ddianc o'i geg, synnodd ei fod wedi eu dweud. Nid dyna'r math o gwestiwn mae rhywun fel arfer yn ei ofyn i un o'i rieni. Llusgodd Danielle ei hwyneb i fyny ac astudio'i mab yn ofalus.

"Alla i ddim crynhoi'r chwartar canrif dwytha dros swpar fel'ma. Ma' 'na lot o betha ti'm yn gwbod amdanyn nhw, Cai. Alla' i ddim 'i adael o ar ben ei hun. Dim ar ôl popeth sy 'di digwydd."

Oedodd Cai cyn ffurfio'r frawddeg nesa, yn petruso a ddylai wthio'r sgwrs ymhellach.

"Ti ... ti am ddeutha fi?"

"Na."

Nodiodd Cai ei ben. Gydag ymdrech oruwchddynol, cofleidiodd ei fam. Eisteddodd hithau'n llonydd, bron yn gatatonig, ei llith wedi mynd â'i hegni i gyd.

"Cym ofal, Mam."

Rhoddodd Cai ei blât o dan y tap yn gyflym a diflannu i fyny'r grisiau, yn hapus i ddianc rhag awyrgylch trymaidd yr ystafell fyw, ond ar dân isio clywed mwy o hanes ei rieni. Sylweddolodd nad oedd yn gwybod y nesa peth i ddim am eu hanes nhw. Roedd straeon ei fam wedi rhoi'r syniad iddo bod ei rieni wedi bod yn ifanc unwaith. Doedd o ddim yn medru dychmygu'r peth. Ers iddo allu cofio, doedd dim byd – ddim eu personoliaeth, ddim eu perthynas – wedi newid.

Yn ddiogel y tu mewn i furiau ei ystafell, edrychodd Cai drwy ei gylchgronau ffantasi'n ddifeddwl tra'n gwrando ar y radio, darnau o araith ei fam yn rhedeg drosodd a throsodd yn ei ben. A fyddai ei blant o, un dydd, yn methu'n glir â'i ddychmygu'n ifanc? Wrth gwrs, fe fyddai'n rhaid iddo fo gael plant gynta cyn dechrau poeni am hynny. A chyn hynny, hyd yn oed, cael hyd i rywun i'w rhoi iddo. Rhywun fel Llinos, er enghraifft …

Llinos. Pam roedd hi wedi penderfynu rhoi lifft iddo fo ar ddiwedd y dydd, ar ôl methu sylweddoli ei fod yn bodoli cyn heddiw? Yn enwedig ar ôl datgelu ar y trên nad oedd ganddo fo ddim syniad am *Big Brother*, holl helynt dyn y *Whitby Gazette*, dirywiad ei berthynas â Wendell …

Rhoddodd ei gylchgrawn i lawr. Cofiodd eiriau ei fam. Roedd hi wedi syrthio mewn cariad â'r 'hogyn drwg', er ei haddewid i beidio. Oedd Llinos bellach, ar ôl holl ddigwyddiadau'r dyddiau diwethaf, yn ystyried *Cai* yn 'hogyn drwg' y ganolfan? Cai, y nyrd, y ffanatig *Dungeons & Dragons*, y dyn oedd yn rhoi mwy o bwyslais ar fanylion pitw ei fyd ffantasi ei hun nag ar benderfyniadau mawr y byd go-iawn?

Bron yn erbyn ei ewyllys, teimlodd obaith yn cronni yn ei frest unwaith eto, a dechreuodd peirianwaith ei feddwl droi …

DYDD IAU: DYDD 8 *(UN)*

Ar y ffordd i'r gwaith y diwrnod wedyn, roedd rhaid i Cai gyfadde iddo'i hun nad oedd ganddo unrhyw syniad sut roedd 'hogia drwg' yn ymddwyn. Roedd o'n ddigon cyfarwydd â'u hymddygiad mewn ffilmiau a rhaglenni teledu, wrth gwrs: Biff o *Back to the Future*, Han Solo o *Star Wars*, Raphael o'r *Teenage Mutant Ninja Turtles*. Ond, gwaetha'r modd, doedd Cai ddim yn byw yn y pumdegau, nac yn y gofod, a doedd o ddim yn grwban oedd yn medru siarad. Lle i ddechrau? Bodlonodd ar brynu paced o gwm o'r siop bapur newydd a'i gnoi mewn ffordd fygythiol yng nghefn y cerbyd.

Yn anffodus, Wendell oedd y cynta ar y trên y diwrnod hwnnw.

"'Co fe'n ymddwyn fel James Dean nawr," mwmiodd wrtho'i hun, cyn eistedd i lawr yn y rhes flaen ac agor ei Nintendo, synau hwyliog Super Mario yn dianc ohono.

Yn y man, bownsiodd Llinos ar y trên ac anelu'n syth at y rhes gefn gan wenu o gornel ei cheg. Roedd y gerddoriaeth uchel o'i iPhone yn llifo allan heibio ei chlustiau a thros y cerbyd. Wedi eistedd, tynnodd ei chlustffonau allan heb drafferthu troi'r gerddoriaeth i ffwrdd, gan wthio'r synau metalaidd ar ei chydweithwyr.

"Bore da. Juicy Fruit?" gofynnodd Cai, gan bwyntio'i baced o wm cnoi yn ei chyfeiriad.

"Na, 'm diolch. Rhy felys i fi."

Wedi ei drechu, rhoddodd Cai'r paced i'w gadw yn ei boced. Ysgydwodd fethiant cynta'r bore oddi ar ei ysgwyddau, a pharatoi i drio eto.

"Ar be ti'n gwrando?"

"Ti'n gwbod be? Mae o'n stori ffyni. So, o'n i'n gwrando ar Nick Grimshaw ar Radio 1 bore 'ma, 'de, a dyma fo'n chwara'r gân newydd gan Justin Bieber. Es i ar iTunes yn syth, a dyna hi! Ffyni, 'de?"

Gwenodd Cai yn boenus, gan wneud ei orau i ddarganfod unrhyw hiwmor yn stori Llinos, a methu.

"A dyma fi'n downlodio hi, 'i rhoi hi ar y ffôn, a 'ma fi'n gwrando arni rŵan. Cŵl, 'de? Lot hawsach 'na mynd i brynu miwsic mewn siop, dydi?"

"Ydi …" meddai Cai'n ansicr, "os ti isio rhoi dy holl bres i un neu ddau o gwmnïa mawr fatha iTunes yn lle cefnogi busnesa bach, 'de …"

Edrychodd Llinos i fyny o'i ffôn.

"Sori? O'n i filltiroedd i ffwrdd."

Ysgydwodd Cai ei ben, yn ddiolchgar am y ddihangfa.

"Dim byd. Ga' i wrando?"

Rhoddodd Llinos un o'r clustffonau yn ei law, a gwnaeth Cai addewid iddo'i hun na fyddai'n dweud unrhyw beth mor ddwfn eto. Sticiodd y darn bach o rwber yn ddwfn yn ei glust, a gwnaeth ei orau i roi gwrandawiad teg i'r gerddoriaeth. Gwnaeth ei orau hefyd i ddarganfod unrhyw ystyr tu ôl i'r geiriau, unrhyw ddyfeisgarwch tu ôl i'r cyfuniad o guriadau ac offerynnau synthetig, unrhyw werth i'r peth heblaw dwyn pres o bocedi merched ifanc. Ddaeth dim i'w feddwl. Wrth i'r gân ddod i ddiweddglo fflat, llyncodd Cai yn galed, a rasiodd pob math o gelwyddau drwy ei feddwl. Aeth rhai eiliadau heibio, ac yntau heb setlo ar rywbeth call i'w ddweud. Yn y diwedd, Llinos dorrodd y distawrwydd.

"O mai God. Ti ddim yn licio fo."

"Na, na, na. Dwi'n licio fo'n iawn. Mae o'n … ym …"

"Dwi mor stiwpid. Wrth gwrs bod chdi ddim. Ti'n licio petha chydig mwy olternatif. Dwi'n iawn? Stwff chydig trymach."

"Ydw," meddai Cai'n ddiolchgar, yn synnu bod Llinos wedi taro ar y gwir.

"Fatha McFly."

Am eiliad, syrthiodd wyneb Cai unwaith eto, cyn iddo dynhau ei holl gyhyrau er mwyn plastro gwên ffug yn ôl ar ei ruddiau.

"Ia. Fatha … fatha McFly."

"Ti mewn lwc."

Bodiodd Llinos ei ffôn unwaith eto, a gwthiodd y belen fach rwber yn ôl i glust Cai. Gwingodd yntau wrth i synau gitâr a drymiau gor-berffaith ddechrau ymosod ar ei glustiau, ac yn groes i bob modfedd o'i gymeriad, cododd fawd llipa at Llinos. Setlodd hithau'n ôl a chau ei llygaid yn hapus.

* * * * * * * *

Camodd y ddau i mewn i'r ganolfan ar ôl pawb arall, Cai yn agos iawn at ruthro tuag at y toiledau er mwyn golchi'r sŵn drwg o'i glustiau. Roedd Llinos yn mynd ymlaen ac ymlaen am y tro y gwnaeth hi a chriw o ffrindiau ysgol feddwi'n dwll wrth weld McFly yn chwarae mewn rhyw wŷl blentynnaidd wedi ei threfnu gan Radio 1. Doedd gan Cai ddim profiadau tebyg i'w rhannu. Roedd yn siŵr na fyddai Llinos isio clywed ei hanesion am fynd i gynhadledd Comic-Con yn San Diego ddwy flynedd yn ôl, ac am y cyffro o gael tynnu ei lun yng nghwmni Scott Bakula o *Quantum Leap* a *Star Trek: Enterprise*. Cadwodd ei geg ar gau.

Wedi i Llinos fynd i gynorthwyo Colin yn y gegin, brasgamodd Wendell tuag at Cai a phwyntio tuag at y raciau o deganau meddal. Deallodd Cai yn syth, a gwneud ei ffordd tuag atyn nhw er mwyn cyflawni tasg ddi-bwynt gynta'r bore.

"A Mr Owen?" meddai Wendell ar ei ôl. Trodd Cai ar ei sawdl i weld Wendell yn codi un bys i'r awyr yn benderfynol. Un cyfle arall.

Treuliodd rai munudau gwag yn cadarnhau nad oedd unrhyw deganau meddal wedi eu prynu ers i'r ganolfan gau neithiwr, cyn ymlwybro'n ôl tuag at y cownter. Torrodd Wendell ar draws ei daith gan redeg allan o'i swyddfa, yn gweiddi â'i freichiau yn yr awyr.

"Stopiwch! Stopiwch bopeth! Stop everything!"

Gan nad oedd neb o'r staff yn gwneud llawer o bwys, cafodd gorchymyn Wendell ufudd-dod yn syth.

"Who's dead?" gofynnodd Colin yn sych wrth bwyso'n hamddenol ar y cownter.

"I'll have none of that tongue, thank you, Mr Mint."

Edrychodd Cai yn syn ar Llinos wrth glywed cyfenw Colin am y tro cynta. Gwnaeth y ddau eu gorau glas i beidio chwerthin.

"Some potentially unsettling news," aeth Wendell ymlaen. "Next Monday, the Welsh Tourist Board will be sending a delegate in order to fully assess the effectiveness of this facility."

Cuddiodd Cai chwerthiniad arall wrth sylweddoli bod Wendell yn swnio fel swyddog ar y Death Star yn siarad â Darth Vader.

"So we need to spend the next few days making sure this place looks as good as new. And hope the weekend crew don't bugger everything up for us. You do not want to get on the wrong side of the Tourism Council of Wales."

"I thought it was the Welsh Tourist Board," meddai Colin.

"Something like that," atebodd Wendell. "But I'd worry less about semantics, Mr Mint, and more about your cooking. Right? So today, just put any old rubbish out. I want you in that kitchen, perfecting and re-perfecting your chicken balti. When Monday comes around, I want it spot on. And, um, I'll be happy to try it throughout the day. Give you my professional opinion."

"For God's sake," meddai Colin wrth ddiflannu i mewn i'r gegin.

"As for the rest of you," aeth Wendell ymlaen, cyn sylweddoli bod pawb arall yn deall Cymraeg. "Ym … jest ewch 'mlân â'r gwaith da. A Mr Owen? Fi moyn i chi siapo lan. Reit?"

Ciliodd Wendell yn ôl i'w swyddfa gan adael Cai yn sefyll yn llawn embaras ar ganol y llawr. Daeth Llinos i ymuno ag o.

"Paid â gwrando arno fo, mêt. Ma'r boi yn idiot."

Teimlodd Cai fymryn yn well wrth sylweddoli ei fod yn cytuno â Llinos ar yr un pwnc yma, os nad ar unrhyw beth arall. Rowliodd ei lygaid mewn ffordd roedd o'n gobeithio ei bod yn cŵl, ac aeth ymlaen â'i waith.

Am weddill y diwrnod, rhwng cael Colin yn gweini powlaid ar ôl powlaid o gyri iddo yn ei swyddfa, roedd Wendell hyd yn oed yn fwy busneslyd nag arfer, yn rhuthro o gwmpas y ganolfan ac yn gwneud yn siŵr bod pob manylyn bach yn ei le. Bob ychydig funudau, gwelodd Cai y rheolwr yn sefyllian o gwmpas y tu ôl i'r rhes o gwsmeriaid oedd yn disgwyl am y brechdanau a'r salad roedd Colin wedi eu paratoi'n frysiog rhwng gweithio ar ei gyri. Ac yn wir, heblaw am ymyrraeth gyson Wendell, falle y byddai Cai wedi snapio. Roedd y cerddwyr yn arbennig o annifyr y diwrnod yna, wastad yn gweld bai ar Cai'n benodol am beidio darparu digon o fwyd poeth. Cymerodd gryn dipyn o bleser yn eu cyfeirio draw at Wendell, oedd yn gwneud ei orau i esbonio'n bwyllog gymaint o bwysau yr oedden nhw'n ei wynebu. Erbyn canol y prynhawn, roedd Wendell yn chwysu chwartiau, yn rhannol oherwydd y mynyddoedd o gyri yr oedd o wedi eu bwyta, yn rhannol oherwydd y pwysau o orfod delio efo degau o gwsmeriaid blin. Wedi i'r wasgfa leihau ychydig bach, pwysodd ar y cownter a rhoi ei ben i lawr ar y gwydr.

"Yffach, mae rhai o'r bobol 'ma'n anodd."

Torrodd Cai a Llinos fwy o frechdanau wrth edrych ar y rheolwr yn ddideimlad.

"Glywsoch chi'r enwe oedd rhai ohonyn nhw'n fy ngalw i? Ffiedd. Wnes i 'ngore i esbonio'r peth i ryw deulu o Japan ar un pwynt. Ddealles i ddim gair oedden nhw'n weud, ond fi'n siŵr mai rhegi oedd ei hanner e. Ych. Fi'n dechre deall pam eich bod chi wedi cael gymaint o drafferth, Mr Owen."

Stopiodd Cai dorri'r brechdanau ac astudiodd y rheolwr yn ofalus. Aeth pang o gydymdeimlad drwy ei galon wrth wylio Wendell yn sychu llond llaw o chwys oddi ar ei dalcen. Serch hynny, gwnaeth ei orau i edrych mor cŵl a haerllug â phosib, gan gofio bod Llinos yn sefyll wrth ei ymyl.

"Ond dyw hynny ddim yn golygu 'mod i'n rhoi pas am ddim i chi," aeth Wendell ymlaen. "Un cyfle arall. Cofio?"

Nodiodd Cai, a dechreuodd gnoi er mwyn edrych yn fwy gwrthryfelgar, cyn cofio nad oedd gwm yn ei geg.

"Pan chi'n edrych i lawr y ciw 'na, a gweld gwyneb blin ar ôl gwyneb blin … och! Mae'n gwneud i chi fod moyn …"

Estynnodd Wendell ei ddwylo allan a thagu'r awyr o'i flaen yn wyllt. Neidiodd mewn braw wrth sylweddoli bod hen wreigan wedi ymddangos wrth ei ymyl, a llithrodd i ffwrdd yn llawn embaras. Aeth Llinos i ddelio ag archeb yr hen ddynes, a bron yn erbyn ei ewyllys, camodd Cai ymlaen a galw ar ôl y rheolwr.

"Ewch chitha i ymlacio, Mr Hughes. Fydd y cwsmeriaid yn saff efo ni, 'chi."

Edrychodd Wendell yn ôl at Cai, ac esmwythodd yr olwg ar ei wyneb cyn cerdded yn araf i gyfeiriad ei swyddfa. Trodd Cai ei ben i weld Llinos yn syllu arno'n syn, ar ganol rhoi llond hambwrdd o fwyd i'r hen ddynes. Disgwyliodd Cai i'r hen ddynes shyfflo tuag at fwrdd yng nghornel yr ystafell cyn ei esbonio'i hun.

"Angan cadw'r hen ffydi-dydi i ffwrdd, does? Ac os 'dan ni'n lwcus, neith o fyrstio achos yr holl gyri 'na."

Dechreuodd Llinos biffian chwerthin wrth i ddrws y gegin gael ei daflu ar agor gan Colin, powlaid chwilboeth arall o gyri yn ei freichiau.

* * * * * * * *

Daeth diwedd y dydd yn ei dro, a gwnaeth holl staff y ganolfan eu ffordd at y trên yn flinedig, y rhan fwyaf yn diolch yn gyfrinachol bod dydd Gwener rownd y gornel. Ond roedd meddyliau Wendell wedi eu hoelio ar ddydd Llun. Roedd rhaid i bopeth fynd yn berffaith. Dim esgusodion.

Wedi iddo gamu ar y trên, rhoddodd law ar ysgwydd Cai, a'i rwystro rhag dianc i'r cefn at Llinos.

"Esgusodwch fi. Fi'n gwybod bod chi'ch dau yn … ffrindie …"

"O, God, Mr Hughes," meddai Llinos yn dawel.

"… ond gaf i air 'da chi, Mr Owen?"

Nodiodd Cai'n ansicr ac ymuno â Wendell yn y rhes flaen, gan adael Llinos i bwdu yn y cefn.

"Fi'n gwybod dyw pethe ddim wedi bod yn esmwyth iawn rhyngddon ni'n ddiweddar," dechreuodd Wendell. "Ond fi angen chi ddydd Llun, Mr Owen. *Cai*. Does gen i ddim syniad beth sy'n digwydd i chi gartre, nac yn eich bywyd personol, a fi ddim moyn gwybod … hynny yw, os nad oes awydd rhannu unrhyw beth arnoch chi?"

Syllodd Cai yn farwaidd yn ôl.

"Wel. 'Ta beth. Fi moyn i chi wybod 'mod i ddim yn rhywun y dyliech chi ymladd yn ei erbyn drwy'r amser."

Gydag arddeliad, agorodd Wendell ei fag, a thynnodd ei Nintendo allan.

"Chi'n hoffi gemau, dydych chi? Gemau cyfrifiadur, gemau bwrdd … dreigie, ac yn y blaen?"

Synnodd Cai wrth glywed y geiriau yma'n dod allan o geg ei reolwr.

"Sut 'dach chi'n gwbod hwnna?"

"Hm? O. Welais i eich tad chi tu fas i Wetherspoon's Bangor neithiwr.

Glywodd e fi'n siarad ar y ffôn, a rhoi dau a dau at ei gilydd. Doedd e ddim yn *gwbwl* sobr, cofiwch, ac y ... doedd ganddo fe ddim y pethe mwya cefnogol i ddweud am eich hobïe chi, ond ... ie. Ie, gŵr ... gŵr ffein."

Synhwyrodd Cai nad oedd Wendell wedi datgelu ei wir deimladau tuag at ei dad, ond penderfynodd gau ei geg.

"Ond rhaid dweud, fi ddim yn cytuno ag e. Drychwch."

Fflipiodd Wendell y ddyfais ar agor a'i throi ymlaen, i ddatgelu gêm o *The Legend of Zelda: A Link Between Worlds* ar ei hanner. Pwniodd Cai yn ei fraich yn chwareus.

"E? Plentyn mawr ŷ' fi, wedi'r cwbwl. Felly beth amdani? Fi wedi rhoi un cyfle arall i chi, ond ... chi'n fodlon rhoi un i fi? Chi'n fodlon sticio 'da fi? O leia tan ddiwedd dydd Llun?"

Gwenodd Cai yn wan, a chodi ar ei draed.

"Wela' i chi fory, Mr Hughes."

Wrth i Cai wneud ei ffordd tuag at Llinos, eisteddodd Wendell yn ôl, yn hyderus ei fod wedi bod yn fos da, a dechreuodd chwarae ei gêm. Yn y cefn, edrychodd Llinos i fyny oddi wrth ei ffôn wrth i Cai eistedd wrth ei hymyl.

"Be o'dd o isio?"

"O, jyst mwydro. Ti'n gwbod sut mae o."

"Ti'm 'di câl yr amsar hawsa ganddo fo'n ddiweddar, naddo? Be ddigwyddodd, Cai?"

"Hm. Pobol yn newid, 'sdi."

"Ydyn, diolch byth."

Dechreuodd Llinos fwytho Cai'n ysgafn ar ei fraich, cyn sylweddoli'n sydyn ei bod wedi croesi llinell anweledig, a thynnu ei llaw yn ôl yn frysiog. Gwenodd dan gochi.

"Ti ffansi mynd i'r Padarn Lake ar ôl gwaith?" gofynnodd. "Nos Iau 'di'r nos Wenar newydd, meddan nhw."

"Iawn gen i," atebodd Cai, cyn cofio nad Llinos oedd ei unig ddêt y noson honno, ac y byddai Dau yn disgwyl amdano fo. "O ... witshia funud. Fedra' i ddim. Ma' gen i ... betha i'w gneud."

"Ti'n llawn cyfrinacha, Cai. Ond ddown ni i ddysgu popeth amdana chdi yn y man, 'sdi. Elli di'm cuddio 'm byd oddi wrtha i."

Chwarddodd Cai'n anesmwyth. Gobeithiai'n arw na fyddai Llinos yn cadw at yr addewid yna.

"Iawn," aeth Llinos ymlaen. "*Wyth* o'r gloch?"

"Wyth o'r gloch."

Eisteddodd y ddau mewn distawrwydd dirdynnol am sbel, a threulio gweddill y siwrne'n torri drwy'r embaras wrth fân siarad o bryd i'w gilydd. Wedi cyrraedd yr orsaf, ffarweliodd y ddau'n gyflym cyn gwahanu, Cai yn rhuthro tuag adre a Llinos yn brasgamu tuag at y Padarn Lake. Wedi camu drwy ddrws y gegin, synnodd Cai ddim wrth weld yr un hen olygfa'n ei wynebu: Gareth yn gorweddian yn ei gadair, ei lygaid yn gwibio rhwng y *Racing Post* a'r teledu o'i flaen, Danielle yn eistedd wrth fwrdd y gegin gydag un o'i doliau yn ei llaw. Roedd hi'n syllu i mewn i lygaid y ddol, fel petai'n ei dal mewn rhyw fath o gyfaredd. Edrychodd i fyny'n syn wrth glywed y drws yn cau, a gollyngodd y ddol mewn braw. Bownsiodd honno oddi ar y bwrdd a thuag at draed Cai. Merch fach, ei gwallt golau'n blethi. Rhuthrodd Danielle i godi'r ddol oddi ar y llawr, a'i rhoi'n ofalus ymysg y pentwr o ddoliau eraill ar y bwrdd.

"Cai!" sibrydodd Danielle, cyn cymryd cip dros ei hysgwydd i wneud yn siŵr nad oedd Gareth yn gwrando. "Nei di'm deud dim byd wrtho fo, na? Am ein sgwrs fach ni neithiwr?"

"Dim os ti'm isio fi neud, Mam ..."

"Nag'dw. Dwi ddim." Roedd tôn frysiog, bron yn ymosodol yn ei llais, ond meddalodd yn syth wrth iddi fynd ymlaen at ei chwestiwn nesaf. "Be ti isio'n swpar?"

"Dwi'n mynd allan, deud gwir," meddai Cai'n ansicr, yn penderfynu faint o'r stori i'w ddatgelu i'w fam. Er ei fod yn oedolyn ers rhai blynyddoedd bellach (yn gyfreithlon, os nad yn feddyliol), doedd o erioed wedi magu'r hyder i drafod materion y galon yn ei chwmni. "Efo ... ffrind."

Wedi i'r geiriau ddianc o'i geg, teimlodd yn euog am beidio dweud yr holl wir wrthi, a hithau wedi dweud cymaint wrtho neithiwr.

"Wel, olreit, ond fydd 'na bizza oer ar ôl i chdi, ma'n debyg. Os na 'di dy dad di'n 'i ddwyn o i gyd."

"Be ti'n ddeud amdana i fanna, Danielle?"

"Dim byd, Gareth. Dos 'nôl at dy geffyla."

Cerddodd Cai drwy'r ystafell fyw, ei dad yn grwgnach yn flin. Cyn cael cyfle i ddringo'r grisiau, estynnodd Gareth fraich dew allan tuag ato fo.

"Ei! Be ddudodd hi amdana i rŵan?"

"Dim byd, Dad. Jyst deud fydd 'na bizza ar ôl i fi os dwi isio. Ond dwi'n mynd allan, felly ..."

"Ei, wnes i gyfarfod dy fos di neithiwr, 'fyd. Pwff bach, yndi?"

Er ei atgasedd llwyr tuag at ei dad, allai Cai ddim rhwystro gwên wrth gymharu disgrifiadau Wendell a Gareth o'i gilydd.

"Dyna un ffordd o'i ddisgrifio fo, Dad. Dwi'm yn deud 'mod i'n cytuno efo chdi, ond ..."

"Be ddudist ti o'dd i swpar?"

Diflannodd y wên oddi ar wyneb Cai wrth sylweddoli nad oedd ei dad yn talu sylw i unrhyw beth oedd yn dod allan o'i geg.

"Pizza. Ond dwi'm yn câl peth. Achos fel ddudis i, dwi'n mynd allan ..."

"O, blydi hel. Dreigia a ballu?"

"Naci," atebodd Cai, balchder yn dechrau cronni yn ei lais. "Nos Wener 'di hwnna. Heno dwi'n mynd ar ddêt. Efo merch. Rŵan sgiwsia fi."

Gan adael ei dad mewn perlewyg, a'i fam yn ei lygadu'n syn o'r gegin, y ddol yn ôl yn ei dwylo, ciliodd Cai y tu ôl i ddrws ei ystafell, gan ddisgwyl yn amyneddgar am y ddisg unwaith eto. Byddai ganddo bethau ychydig mwy calonogol i'w dweud wrth ei gyfatebydd y tro hwn. Wedi dewis ei ddillad am y noson, tynnodd y ffolder pinc o'r drôr am y tro cyntaf mewn dyddiau, a mynd ymlaen â'i waith ar Eryrin. Teimlodd chwa o bŵer wrth ddychwelyd i'w fyd bach ei hun, ac edrychodd ymlaen at rannu ei syniadau â Dau. Byddai'n rhaid diolch iddo fo am ei ddarbwyllo ddoe – roedd yr 'un cyfle arall' wedi gweithio, er ei holl sinigaeth. Dechreuodd ddychmygu sut hwyl gafodd Dau a Llinos ar eu dêt nhw.

Roedd pethau ar i fyny.

Aeth yr awr heibio'n gyflym. Roedd pen Cai'n dal i hofran uwchben ei bapurau pan ymddangosodd y ddisg yn dawel. Rhoddodd ei bensel i lawr yn frysiog a neidio i mewn.

Glaniodd Cai mewn ystafell wag. Edrychodd o'i gwmpas. Doedd dim golwg o Dau.

Yn ofalus, mor dawel â phosib, agorodd y drws. Gallai weld i mewn i'r ystafell molchi ar draws y coridor. Neb yno. Trodd i edrych i lawr y grisiau, tuag at yr ystafell fyw. Doedd dim sŵn yn dod o fanno, chwaith. Roedd ei dad – neu dad Dau, yn fwy manwl – yn y twrnament snwcer, mae'n debyg, felly dyna esbonio ei absenoldeb o. Ond lle roedd ei fam? Doedd hi ddim wedi ei phlannu ei hun o flaen y teledu ar yr adeg yma ddoe?

Ar ôl un olwg sydyn i wneud yn siŵr bod y porthwll yn dal yno, sleifiodd i lawr y grisiau. Roedd y tŷ'n wag.

Wrth ddringo pob un gris ar y ffordd yn ôl i fyny, daeth yn sicrach bod rhyw drasiedi wedi digwydd. Aeth pob math o bosibiliadau erchyll drwy ei feddwl mewn ysbaid o rai eiliadau. Yn yr ystafell wely unwaith eto, sylwodd nad oedd ei fag yn ei le arferol wrth y drws. Oedd Dau ddim wedi dod adre ar ôl y gwaith?

Gyda chalon drom, camodd drwy'r porthwll cyn iddo gau, gan adael y tŷ gwag ar ei ôl.

DYDD IAU: DYDD 8 (UN)

Yn ôl yn ei gartref ei hun, synau teledu'r ystafell fyw yn nofio'n aneglur drwy'r waliau a'r llawr, crebachodd y porthwll yn ddim. Edrychodd Cai'n syn ar ei adlewyrchiad yn y drych – ar y dillad roedd o wedi eu dewis i gyfarfod Llinos, mor wahanol i'w ddewis arferol o grysau-T eironig. Ella bod dêt Dau wedi mynd mor dda fel bod Llinos wedi mynnu mwy o'i amser y noson wedyn. Roedd hynna'n bosib. Doedd dim cytundeb rhwng y ddau fersiwn o Cai bod *rhaid* iddyn nhw gyfarfod bob nos, wedi'r cwbwl.

Ond os felly, lle roedd ei fam wedi mynd? Doedd popeth ddim yn adio i fyny, rywsut …

Penderfynodd anghofio'r peth am y tro. Fe fyddai'r atebion yn dod yfory. Gobeithio. Gydag un olwg arall yn y drych i wneud yn siŵr bod ei wallt yn gymharol dderbyniol, swagrodd allan o'i ystafell ac i lawr y grisiau. Llusgodd Gareth ei sylw oddi ar y teledu a syllu ar ei fab yn ofalus.

"Pwy ydi hi, 'ta?"

"Gen ti ddiddordeb yn fy mywyd i rŵan?" atebodd Cai yn haerllug wrth stopio yng nghanol yr ystafell fyw, heb droi i wynebu ei dad.

"Oes. Pan ti'n gneud y petha iawn. Pwy ydi hi?"

Ochneidiodd Cai.

"Llinos. Mae hi'n gweithio 'fo fi."

"O ia? Dipyn o bishyn?"

"Ydi …"

"Wna' i'm disgwl chdi adra, 'lly."

"Iesu Grist, Dad," meddai Cai gan basio i mewn i'r gegin.

"E? Be sy? Yr hira ti o 'ma, y gora, os ti'n gofyn i fi. Fydd o'n rhoi cyfla iddi hi gnocio chydig o sens i mewn i chdi. Pryd ti'n rhoi'r pizza 'mlaen, Danielle? Dwi'n starfio."

"Hwyl, cariad," meddai Danielle, gan anwybyddu Gareth yn llwyr a chusanu ei mab ar ei foch. "Y … cym ofal."

Cochodd wyneb ei fam, a gwenodd Cai, yn teimlo cymysgedd o embaras a thosturi. Agorodd y drws a chamu allan i'r noson, gan roi awyrgylch clos ei dŷ y tu ôl iddo.

Ym mar y Padarn Lake, doedd dim posib methu Llinos. Roedd hi wedi darganfod bwrdd yng nghanol yr ystafell, a hwnnw'n gwegian dan bwysau gwydrau coctel gwag. Wrth ymyl pen y bar, roedd teulu ifanc yn mwynhau pryd o fwyd, a hen ddyn yn nyrsio peint o fiter ger y drws. Ond Llinos oedd yn teyrnasu. Roedd hi'n dal gwydr llawn coctel gwyrdd golau mewn un llaw, a'r llall yn dal ffôn oedd wedi ei wasgu'n anghyfforddus o agos at ei hwyneb. O'r ffôn roedd synau cyfarth gwyllt i'w clywed yn glir. Dechreuodd yr hen ddyn wrth y drws ysgwyd ei ben wrth i Llinos giglo'n uchel, a phwyntiodd mab ieuengaf y teulu ifanc fys tuag ati.

"Mummy, what is she doing?"

Sibrydodd y fam yng nghlust ei mab, a gwthio'i wyneb tuag at ei blât â'i llaw.

"Llinos?"

"O, haia."

"Ti'n meddwl fasa chdi'n gallu troi hwnna i lawr? Mae o braidd yn swnllyd ..."

"Sbia," meddai Llinos wrth wthio'r ffôn yn llawer rhy agos at wyneb Cai. "Cŵn sy ddim 'di gweld 'u meistri am fisoedd. Sbia arnyn nhw! Ma' nhw'n mynd yn *mental!*"

Er gwaethaf ei embaras, allai Cai ddim cuddio gwên wrth wylio ci llusg anferth yn llyfu wyneb ei feistr yn wyllt wrth sefyll ar ei goesau ôl.

"Ia. Neis iawn. Ond ..."

"Ond *ti* yma rŵan," atebodd Llinos yn chwareus wrth roi ei ffôn ar y bwrdd. "Dyna ti'n feddwl, ia? Iawn. Waw. Ti'n gymaint o narsisist."

"Medda chdi. Dwi'n synnu bod chdi'n llwyddo i ddal y trên bob bora, a chysidro faint o fêc-yp sy ar dy wynab di."

"O, jyst pryna ddiod i fi, nei di?"

"Y ... sgen ti'm digon yn fanna? Ac o'n i'n meddwl faswn i'n cael rwbath i fyta gynta ..."

"O. Ges i panini'n gynharach. Do'n i'm yn gallu disgwl, sori. Ac o'n i'n edrach braidd yn pathetic yn yfad fa'ma ar ben fy hun heb unrhyw fwyd."

"Digon teg," meddai Cai'n ansicr. "Wel, os ti'm yn meindio, ella ga' i blatiad o basta neu rwb ..."

"Ond câl di be ti isio," atebodd Llinos, yn llawer rhy uchel. Cododd ei ffôn unwaith eto. "Fydda' i'm yn meindio, 'de. Ond cofia – coctel, plis. Yr un gwyrdd. Fyddan nhw'n gwbod be dwi'n feddwl."

Syllodd Cai'n syn ar Llinos wrth iddi dywallt yr hylif llachar i lawr ei chorn gwddw, cyn codi a chychwyn am y bar unwaith eto. Gwenodd y dyn wrth y bar arno fo'n dosturiol.

"Mae hi 'di bod yma am sbel," meddai. "Ydi hi'n iawn?"

"Dim byd ellith diod arall ddim 'i drwsio, sbo," atebodd Cai. Edrychodd y dyn tu ôl i'r bar yn ansicr wrth baratoi diodydd y ddau.

Yn ôl wrth y bwrdd, roedd Llinos yn siglo wrth fodio drwy'r we ar ei ffôn a giglo wrthi ei hun.

"Faint ti 'di bod 'ma?" gofynnodd Cai.

"Hmm? O, ddim yn hir ... 'mond ryw chwartar awr cyn i chdi gyrradd, debyg. Gwranda ar y ci 'ma! Mae o'n gallu siarad!"

Gwrandawodd Cai yn astud. Petasech chi mor feddw â Llinos, bron na allai rywun faddau i chi am feddwl bod cyfarth ac udo'r ci ar sgrîn ei ffôn yn swnio fel rhywun yn siarad. Bron.

"Ymêsing," meddai Cai'n dawel, cyn reslo'r ffôn o ddwylo Llinos. Cymerodd arno ei fod yn gwylio'r fideo'n astud am sbel, cyn ei roi'n ôl ar y bwrdd, rhwng y gwydrau gwag. Roedd o'n eitha sicr bod Llinos wedi bod yn y bar am lot mwy na chwarter awr, ond penderfynodd gadw'n ddistaw am y peth. Yr unig beth i'w wneud oedd dal i fyny. Cymerodd gegiad fawr o gwrw, a gwagio chwarter ei wydr peint yn y broses.

"Neis bod rwla efo chydig o fywyd, dydi?" meddai Llinos. Dechreuodd yr hen ddyn wrth y drws besychu'n wyllt. Edrychodd Cai o'i gwmpas yn hurt. Oedd hi'n jocian? "Fysa 'na fwy o fywyd yma byth tysa chdi 'di dod yn gynharach, fel wnes i ofyn. Be o'dd mor bwysig 'lly?"

"S-sori?" atebodd Cai, gan gymryd llymaid mawr arall o gwrw er mwyn gwneud amser i ddyfeisio celwydd newydd.

"Pam – ddest – ti – ddim – yma – ar – ôl – gwaith?" gofynnodd Llinos, gan or-bwysleisio pob gair yn ara deg. "Ti'n thic ne wbath?"

"Sori ... oedd rhaid i fi ..."

"Ti'n gwbod," aeth Llinos ymlaen, "os ti isio i hyn weithio, rhaid i chdi rannu popeth efo fi, 'sdi. Ti 'rioed 'di bod mewn perthynas 'ta be?"

"Ydw," atebodd Cai'n amddiffynnol. Doedd o ddim yn hoffi'r ffordd roedd y sgwrs yma'n mynd – cyn hir byddai'n arwain at ei ddiffyg profiad, a Jodie o'r coleg, a *Lord of the Rings*. Penderfynodd wneud jôc o'r peth. "Dyna pam dwi'n hwyr, deud gwir. O'n i'n canŵdlo efo'r merched lleol, do'n? Dyna be dwi'n neud ar nos Iau fel arfar, 'sdi."

Edrychodd Llinos yn ddrwgdybus ar Cai i ddechrau, ei gwefus isaf yn sownd yn ei gwydr coctel, oedd bron yn wag yn barod. O'r diwedd, lledodd gwên ar draws ei hwyneb, a dechreuodd biffian chwerthin.

"Ti'n gwneud hwyl ar 'y mhen i," meddai hi, a'i hwyneb yn cochi.

"Da iawn chdi am sylwi," atebodd Cai, a phwysodd yn ôl yn hamddenol yn ei gadair, yn teimlo fel Han Solo yn fflyrtio efo Princess Leia. Bu'n rhaid iddo frwydro yn erbyn disgyrchiant i rwystro'r gadair rhag troi drosodd yn y broses, ond roedd Llinos ymhell ar y ffordd i feddwdod, a sylwodd hi ddim.

"Ti isio drinc?" gofynnodd Llinos ar ôl gwagio'i gwydr diweddara. Edrychodd Cai ar y gweddillion cwrw yn ei wydr o, a'u llyncu'n gyflym.

"Ydw. Ydw mi ydw i. Unrhyw gwrw. Dwi ddim yn ffysi."

Rhedodd law drwy ei wallt mewn ystum ddi-hid. Wedi iddi gyrraedd y bar, cododd Llinos ei llais wrth bwyntio at wahanol wirodydd. Roedd hi yn y broses o ddyfeisio ei choctel ei hun, er mawr ddryswch i'r barman druan. Mewn rhai munudau, daeth hi'n ôl at y bwrdd yn gafael mewn gwydr enfawr yn llawn hylif o liw brown-lwyd mwdlyd.

"Llinos Sbeshal 'di enw hwn," meddai hi'n falch, wrth i lygaid Cai ledu.

"A ... fy mheint i?"

"O. Sori, dol. Ym ..."

"Paid â phoeni. A' i, Duw."

Pan ddaeth Cai yn ôl o'r bar, roedd powlaid o basta wedi ei chynhesu'n ddidrugaredd yn y meicrodon yn disgwyl amdano. Disgynnodd arni'n awchus, gan daflu'r bwyd i mewn i'w geg rhwng llowcian cwrw. Buan iawn yr oedd y bowlen – a'i wydr peint – wedi eu gwagio, a'r sgwrs rhwng Llinos ac yntau bron mor wag. Hi oedd yn arwain, yn cynnig sylwadau gwasgarog ar y siartiau ac ar garwriaethau diweddara byd y selebs, gyda Cai'n mwmian ei gytundeb yr holl ffordd. Er y byddai fel arfer yn gweld bai ar sgwrs o'r fath, roedd dau beth wedi mynd yn syth i'w ben a chynyddu ei fwynhad o'r noson. Un oedd y cwrw. Y llall oedd yr atgof o wyneb ei dad wedi i Cai ddweud ei fod yn mynd ar ddêt. Roedd o isio gwneud y gorau o'r noson, dim o reidrwydd er ei fwyn ei hun, ond er mwyn rhwbio'i lwyddiant yn wyneb Gareth. Yr uchelgais yma ar flaen ei feddwl, gwnaeth ei ffordd yn ôl at y bar er mwyn archebu diod arall.

* * * * * * * *

Rai oriau'n ddiweddarach, roedd y teulu ifanc wedi gadael, a'r hen ddyn wrth y drws yn hepian cysgu, sigarét wedi hanner ei rowlio yn ei ddwylo agored. Ar y llaw arall, roedd Cai a Llinos yn gwbwl effro, eu sgwrs feddw a swnllyd yn atseinio oddi ar y waliau, y dyn tu ôl i'r bar yn edrych arnyn nhw'n ansicr gydag un ael wedi ei chodi'n sinigaidd. Roedd Cai'n dod yn dipyn o arbenigwr ar syrffio ton o glebran dibwys tra'n ychwanegu dim byd o werth ei hun. Erbyn i'r dafarn gau, doedd o ddim yn y meddylfryd iawn i deimlo'r oerfel. Roedd ganddo siaced gwrw yn ei gadw'n gynnes – a braich Llinos wedi ei lapio o amgylch ei ysgwyddau. Yn ei feddwdod, sylwodd o ddim ar hyn nes bod y ddau ohonyn nhw wedi cerdded ymhell i lawr y stryd. Sylwodd o ddim chwaith eu bod wedi colli'r troead tuag at ei gartref o, ac yn anelu'n syth tuag at dŷ Llinos.

Hanner ffordd drwy'r daith, heb rybudd, ac ar ganol llith am wendidau'r cystadleuwyr ar gyfresi diweddar *The X-Factor*, gwthiodd Llinos Cai i ganol gwrych a'i gusanu'n wlyb ac yn flêr. Doedd o ddim mewn sefyllfa i ymladd yn ôl. Disgynnodd yn ddyfnach ac yn ddyfnach i mewn i'r llwyn, y brigau pigog yn torri drwy ei grys ac i mewn i'w groen.

Heb esbonio ei hun, stopiodd Llinos y gusan ar ei hanner a llusgo Cai ar ei draed. Cerddodd y ddau ar hyd gweddill y ffordd tuag at ei chartref mewn perlewyg mud. Y peth nesa, gyda'r alcohol mewn rheolaeth lwyr, canfu Cai ei hun yn ystafell Llinos. Syllodd yn syn ar yr hen bosteri pop wedi eu plastro ar draws y waliau. Trodd tuag at yr ystafell molchi *en suite* i weld Llinos yn prysur ddadwisgo. Disgynnodd ar y gwely'n ddiolchgar, wedi anghofio'n llwyr am ddiflaniad Dau.

DYDD MERCHER: DYDD 7 *(DAU)*

Roedd Mabli wedi ateb y neges yn syth. Yn dilyn y trip anffodus i'r Padarn Lake, treuliodd Cai weddill y noson yn mwydro'n ddibwrpas â hi dros gyfres o negeseuon testun, yn trafod y ffilmiau a'r gemau cyfrifiadur diweddaraf ac yn edrych ymlaen at y sesiwn *Dungeons & Dragons* ar nos Wener. Yn agos at ddiwedd y sgwrs, ychydig wedi hanner nos, fe ddatgelodd Mabli y byddai hi'n pasio drwy Lanberis ddiwedd y prynhawn. Penderfynodd Cai beidio ateb am ddeng munud er mwyn gwneud ei orau i ymddangos yn cŵl, cyn cytuno i'w chyfarfod ar ôl y gwaith.

Ystwyriodd y bore wedyn a throi'r radio i ffwrdd, yn diawlio pwy bynnag ar 6Music benderfynodd ei ddeffro â Kings of Leon. Llifodd holl atgofion y noson gynt yn ôl wrth godi o'r gwely. Llongyfarchodd ei hun ar allu llusgo ei hun oddi wrth Llinos, ac am fagu digon o blwc i yrru'r neges at Mabli. Profiad newydd oedd deffro â theimlad o falchder. Agorodd y llenni, a llifodd yr heulwen i mewn i'w ystafell.

Ond wrth baratoi brecwast, daeth teimlad cyfarwydd o anniddigrwydd i lenwi ei feddwl unwaith eto. Roedd rhywbeth roedd o'n ei anghofio. Rhywbeth pwysig.

Ac yna cofiodd am y porthwll. Rhegodd o dan ei wynt, a llosgodd ei dafod ar ei Pop Tarts cyn tynnu ei ffôn allan o'i boced a thecstio esgus hynod o amwys i Mabli. Atebodd hithau'n syth unwaith eto, gan edrych ymlaen yn gwrtais at y sesiwn ar Nos Wener. Gwnaeth Cai ei orau i'w argyhoeddi ei hun bod cyfarfod ei gyfatebydd o fwy o werth iddo fo na chyfarfod Mabli am goffi, ond doedd o ddim yn gwbwl sicr bod hynny'n wir bellach. Roedd yn dod yn amlycach ac yn amlycach mai Un oedd â gwir angen cyngor a chefnogaeth erbyn hyn – ond doedd o ddim yn mynd i'w adael ar ei ben ei hun. Dim nes bod bywydau'r ddau wedi eu sortio allan, unwaith ac am byth.

Wrth i Cai gychwyn allan, camodd ei fam ar y landing, yn dal i wisgo'i choban.

"Bore da, Cai," meddai'n gysglyd-gyfeillgar. "Gobeithio gei di ddiwrnod da."

"Bore da," atebodd Cai. "Diolch."

"Hei, lle oedda chdi neithiwr?"

Oedodd Cai cyn ateb, yn amharod i drafod pethau o'r fath â'i fam. Ond doedd ganddo ddim amser i feddwl am gelwydd.

"O'n i … o'n i ar ddêt."

"O? Wir yr? Duw. Sut ath hi?"

"Ddim yn grêt, os dwi'n onest. Ond …"

"O wel," atebodd Danielle yn dawel, masg o dristwch yn disgyn ar draws ei hwyneb. "Paid â phoeni. Mae 'na rywun i bawb yn y byd 'ma, 'sdi."

Craffodd Cai ar ei fam. Oedd hi wir yn credu hynny?

"Hwyl, Mam," meddai o'r diwedd, a gadael y tŷ.

Eisteddodd yn ei hoff sedd yng nghefn y trên, caeodd ei lygaid, a gorffwys ei ben yn erbyn y ffenest. Gwrandawodd ar y staff yn shyfflo ar y cerbyd, ac ar synau arferol y trên yn cychwyn. Erbyn hyn, gallai ragweld pob un wich, chwiban a sgrech cyn iddyn nhw ddigwydd. Hanner-agorodd un llygad i weld Wendell, ar flaen y trên, yn chwilota yn ei fag am ei beiriant Nintendo unwaith eto. Roedd yn craffu ei lygaid i geisio darganfod pa gêm roedd y rheolwr yn ei chwarae pan gerddodd Llinos ar y trên. Doedd hi ddim yn edrych ar ei gorau, a dweud y lleia – ei bochau'n llwyd, ei gwallt heb ei frwsio, crychau mawr o dan ei llygaid. Eisteddodd wrth ymyl Cai, estynnodd gopi o *Take a Break* allan o'i bag a'i roi ar ei glin.

"Iawn, Cai?"

"Y … iawn?"

Doedd o ddim yn hollol sicr sut i ymateb. Er gwaetha'i hymddangosiad, roedd tinc o gyfeillgarwch yn llais croch Llinos. Roedd o'n disgwyl iddi ymddwyn yn llawer mwy oeraidd tuag ato fo …

Cafodd ei sylw ei dynnu gan glawr ei chylchgrawn. Roedd un pennawd yn datgan yn falch "*Big Brother's* Brian Dowling Haunted By Ghost Of Jade Goody".

"Welist ti *Big Brother* neithiwr?" gofynnodd yn y man. Gwingodd yn syth wrth gofio bod Un wedi ei gynghori i beidio sôn am y rhaglen, a brysiodd i feddwl am ffordd allan o'r sgwrs. Roedd hi'n rhy hwyr, a neidiodd Llinos i mewn â'i barn.

"Naddo, o'n i ddim adra mewn pryd, 'sdi. A *paid* â deud wrtha i pwy sy'n gadael y tŷ, neu mi lladda' i di. A rwbath arall, 'de, os Richard Blackwood sy'n cael cic owt, dwi'n stopio gwatshiad. Ma'r boi mor *ffyni*, yndi?"

"Be ti'n feddwl doedda chdi ddim adra mewn pryd?" gofynnodd Cai eto, er mwyn llywio'r sgwrs oddi wrth Richard Blackwood.

"Wel, ath 'un diod arall' yn ddau, dau yn dri, tri yn fyrgyr budur ar y ffordd adra …"

"Dwi'n gweld …"

"… a wedyn wnes i ddownio fodca a leim ar ôl cyrradd adra, jyst er mwyn rhoi ffwl stop ar y noson. O'dd hi'n noson reit dda, doedd?"

"Y – sori?"

"Yn y Padarn Lake. Gest ti amser iawn?"

Roedd Cai'n gegrwth. Doedd y noson ddim wedi bod yn drychinebus? Roedd o'n disgwyl y byddai'r cloc wedi troi'n ôl ar eu perthynas, ac y byddai Llinos mor oeraidd ag erioed. Pam roedd hi mor sionc? Ac yna daeth yr ateb: roedd hi ym mar y gwesty ymhell cyn iddo fo gyrraedd, ac yno ymhell ar ôl iddo adael. Iddi hi, dim ond un rhan fach o'r noson oedd y dêt, a'r holl alcohol wedi chwalu ei meddwl. Oedd hi wedi anghofio cyn lleied o hwyl gawson nhw?

"Y … do," meddai o'r diwedd, ychydig yn daerach nag oedd angen. "Do, siŵr. Pam fyswn i ddim 'di câl amsar iawn?"

"Isio gneud o eto rywdro? Ddim heno. Dwi isio i'r hangofyr 'ma glirio. Nos Wenar? Fydd 'na chydig mwy o fywyd rownd y lle 'ma bryd hynny. Neu ella fysa ni'n gallu mynd i Dre? Neu i Fangor?"

"Dwi … ddim yn siŵr dwi ar gâl bryd hynny," atebodd Cai, gan gofio am y sesiwn *Dungeons & Dragons*. "Be am i ni gadw fo'n 'gorad am y tro?"

"Ocê 'ta," meddai Llinos, gan agor ei chylchgrawn. "Diwrnod braf, yndi?"

"Yndi. Gwranda, dwi ddim isio bod yn ddigwilydd, 'de, ond ti'n meindio os dwi'n trio dal chydig bach o gwsg cyn i ni gyrraedd? Ti'n gwbod, achos … achos bod holl gynnwrf neithiwr 'di gymryd o allan ohona i ..."

"Ocê 'ta," meddai Llinos eto, tinc o dristwch yn ei llais.

Caeodd Cai ei lygaid, a chymryd arno ei fod yn cysgu am weddill y daith.

* * * * * * * *

Wedi cyrraedd y copa, agorodd Cai ei lygaid i weld Llinos yn pacio'i chylchgrawn yn flêr i mewn i'w bag a gadael y trên yn araf, ar ôl pawb arall. Disgwyliodd nes bod yr holl staff wedi gadael cyn eu dilyn o bellter. Doedd o ddim isio cael ei dynnu i mewn i fwy o sgyrsiau anghyfforddus. Aeth yn syth i edrych dros y raciau o deganau meddal. Doedd Llinos ddim yn edrych fel petai am adael y cownter bwyd yn fuan, felly ar ôl brwsio'r holl lwch a fflwff oddi ar y teganau am y drydedd waith, llithrodd Cai drosodd tuag ati yn erbyn ei ewyllys, a chychwyn gweithio'n dawel â'i ben i lawr.

Wrth gynhesu platiau, sylwodd Cai ar Wendell yn mentro allan o'i swyddfa er mwyn cael cegiad o awyr iach. Rhedodd ar ei ôl.

"Mr Hughes? Oes 'na rwbath 'dach chi angan i fi neud rownd y lle 'ma?"

Wrth i Cai gyrraedd y rheolwr ger y prif ddrysau, taflodd Llinos olwg amheus tuag ato.

"Da iawn ti am ofyn," atebodd Wendell. "Dyna beth fi'n hoffi gweld. Bach o angerdd rownd ffordd hyn. Ewch chi'n bell 'da'r agwedd yna, Mr Owen. Wel, chi wedi gwneud yn siŵr bod digon o deganau meddal 'da ni?"

"Do," atebodd Cai, cyn llyncu ei boer a pharatoi i ofyn cwestiwn doedd o erioed wedi cysidro ei ofyn o'r blaen. "Ond ... ond fedra' i sbio eto os 'dach chi isio. Jyst i fod yn sicr ..."

"Na. Na, peidiwch â phoeni. Na, fydde hynny'n wirion, bydde fe? Wel – beth ddigwyddodd 'da'r pamffledi 'na ddoe? Oedden nhw'n dipyn o hit?"

Meddyliodd Cai am y tonnau o syrffedwch yn llifo o'r cerddwyr ddoe wrth iddo fo wthio cyfres o bamffledi di-bwynt yn eu hwynebau, y glaw yn pistyllio i lawr.

"Oeddan, dwi'n meddwl. Syniad reit dda, Mr Hughes."

"Diolch yn fawr i chi. Wnaf i brintio mwy os chi moyn."

"Wel, os neith o helpu'r achos …"

"Siŵr o wneud, fachgen. Siŵr o wneud."

Wedi cyffroi, trodd Wendell ar ei sawdl a brasgamu tuag at ei swyddfa. Edrychodd Cai dros y wlad o'i flaen, yr haul yn trochi Eryri mewn golau arallfydol o lachar. Roedd yn rhy gynnar i'r cerddwyr fod wedi cyrraedd y copa eto. Rhy gynnar iddyn nhw lygru'r mynydd â'u presenoldeb. Pwysodd Cai yn erbyn postyn y drws a rhoi ei ddwylo yn ei bocedi gan chwibanu'n dawel. Â'i lygaid ynghau, teimlodd bresenoldeb wrth ei ysgwydd. Trodd ei ben i weld Llinos yn syllu ato.

"Ti 'di cael job sbeshal neu rwbath?" gofynnodd hi.

"O, Wendell isio fi roi pamffledi allan eto. Gwastraff amsar, os ti'n gofyn i fi. Wnes i ofyn fyswn i'n cael syrfio bwyd efo chdi, ond does 'na ddim dadla efo'r bos, sbo. O leia bod hi'n dipyn brafiach heddiw nag oedd hi ddoe."

"Reit. Wel. Sori i glywad. Ond dwi'n siŵr fedra' i neud y job hebdda chdi."

"Medri siŵr."

"Hei, ti'n meddwl neith Colin roi help llaw os dwi'n gofyn yn neis?"

"Sgen i'm syniad am y boi yna. Ond gei di drio."

Gyda hynny, ymunodd Wendell â'r ddau, pentwr o bamffledi amaturaidd iawn yr olwg yn ei freichiau. Heb air arall, diflannodd Llinos yn ôl tuag at y cownter bwyd.

"Mae gen i ofn bod rhyw ffŵl wedi anghofio archebu inc lliw i brinter y swyddfa," esboniodd Wendell wrth roi'r pamffledi i Cai. "Ac, y … falle wir mai fi oedd y ffŵl hwnnw. Ond fi'n credu y bydden nhw yr un mor llwyddiannus. Chi'm yn meddwl?"

"Dwi'm yn ama hynny o gwbwl, Mr Hughes."

"Reit. Wel. Joiwch. Ac os chi angen mwy …"

"Wna' i adael i chi wbod. Ymlaciwch, Mr Hughes. Fydda' i'n iawn."

"Does dim ymlacio yn y job yma," meddai Wendell dan chwerthin. "Ond diolch. Wna' i fy ngore."

Ciliodd Wendell yn ôl i gysgodion y ganolfan a gadael Cai ar ei ben ei hun. Gan anadlu'r awyr iach yn ddwfn, eisteddodd ar y mynydd a gadawodd i'w feddyliau grwydro ar draws y tir, ac i ffwrdd i fyd arall. Roedd wedi ymlacio'n gyfangwbl erbyn i'r llif o gerddwyr ddechrau ymddangos. Doedd hyd yn oed eu gwgu a'u grwgnach diddiwedd ddim am suro ei ddiwrnod. Erbyn amser cinio roedd ei fol yn wag a'r pentwr o bamffledi'n llawer llai. Wrth i'r rhai ola ddiflannu o'i ddwylo, dechreuodd feddwl am baratoi cinio iddo'i hun. Cofiodd ei fod wedi gweld Colin yn paratoi brithyll ben bore, a hwnnw'n ogleuo ac edrych yn flasus ofnadwy …

"Cheers, pal."

Cafodd Cai ei ddychryn gan lais uchel â thinc Sir Efrog wrth ei ymyl, a chymerodd dyn canol-oed y pamffled ola o'i law. Roedd ei arogl yn taro rhywun yn syth, ei *aftershave* cryf yn cymysgu â sawr ei chwys, a'i drwyn yn gwingo'n barhaol mewn protest.

"What's this? Buy five meals get one free? Tell me, mate, who's going to climb this chuffing mountain five chuffing times just to get a free … what is it you serve around here?"

"We have trout," meddai Cai yn dawel, y gwynt wedi ei dynnu o'i hwyliau o'r diwedd.

"Trout. No garnish or anything?"

"Um …"

"Just 'trout'. You make it sound so appealing, son. You know, you should really work at the Ivy."

Gan ysgwyd ei ben, brasgamodd y dyn i mewn i'r ganolfan, a throdd Cai i'w astudio'n ofalus. Roedd Un wedi ei rybuddio ynghylch rhywun ag acen Sir Efrog, do? Yn dawel bach, camodd dros drothwy'r adeilad i sbecian ar y cownter bwyd, y dyn wedi cornelu Llinos wrth i Colin syllu arno fo'n ddideimlad.

"Now," meddai'r dyn, "I've been walking for three hours, right? I need something proper in me belly. Not a bit of cheese on toast, or whatever you call cuisine 'ere."

"All right, sir," meddai Llinos mewn llais crynedig, Colin yn tywallt cawl i bowlenni bach wrth ei hymyl. "Well, we have a range of sandwiches, both hot and cold, if you want ..."

"No, I don't want a chuffing sandwich ... aren't you listening to me? I didn't walk all the chuffing way up here to be chuffing offered a chuffing sandwich. This *is* Wales, isn't it? Don't you have a lamb shank or something?"

"There's some lamb in our stew, sir ..."

"*Stew?*"

"Or we have a ... um ... what do you call it? Brithyll."

"What?"

"A ... um," edrychodd Llinos ar y fwydlen er mwyn dod o hyd i'r gair coll, "trout."

"Ah, yes. The famous trout. Seems I can't move twenty yards without hearing about this trout of yours. Alright. I suppose I'll have the chuffing tr ..."

"Excuse me," meddai Colin, yn taflu lletwad i mewn i grochenaid o gawl gan dywallt cryn dipyn dros ei grys, "but I worked hard on that 'chuffing trout'. What do you do for a living?"

"I ... well, if you must know, I co-run a business solutions consultancy firm. In Whitby."

"OK. Well, how would you like it if I came to your place of work, all sweaty and smelling of aftershave, and told you how much I didn't like what you were doing? If I knew what that was, by the way – because I *literally* have no idea."

Edrychodd y dyn ar Colin yn wyllt.

"E ... excuse me?"

"No, no, no. None of your 'excuse mes'. I've worked too long and too hard for someone like you to come all the way up here and 'excuse me' to death. We've got a lovely bit of trout, sir. You can have some salad with it. Or new potatoes. Now, does that sound good?"

Ei wyneb yn goch llachar, nodiodd y dyn ei ben yn dawedog. Pentyrrodd Colin y bwyd ar ei blât a'i wthio i'w gyfeiriad. Ar ôl talu wrth y til, wedi ei guro'n llwyr, ciliodd y dyn i gornel yr ystafell.

Ger y drws, roedd Cai yn bictiwr o *zen*. Gwthiodd ei ffordd drwy'r llinell o gwsmeriaid a thapio Colin ar ei ysgwydd.

"You seem to have a talent for that," meddai'n gyfeillgar.

"You know what I have a bigger talent for?" gofynnodd Colin yn ôl wrth sychu chwys oddi ar ei dalcen â'i lewys. "Cooking. I don't know how you do this, mate. What were you doing out there anyway? Are you done?"

Nodiodd Cai a chymryd ei le wrth ymyl Llinos. Roedd gwefr yn rhedeg drwy'r ciw o'u blaenau, pawb yn chwerthin ac yn pwnio'i gilydd ac yn sgwrsio am ddewrder y cogydd tanllyd.

"Ges i'n achub fanna, chwara teg iddo fo," meddai Llinos. "Fysa chdi 'di neidio i fy amddiffyn i fel'na, Cai?"

"Dwi'n siŵr fyswn i 'di deud rwbath," atebodd Cai, gan drio dychmygu be yn union ddywedodd Un i'w landio fo mewn cymaint o drafferth. Trodd ei ben er mwyn edrych i wyneb Llinos am y tro cynta'r diwrnod hwnnw. Edrychodd hithau'n flinedig. Roedd hi wedi arfer bod ar ben y domen, yn gwneud hwyl am ben pawb oddi tani. Doedd hi ddim yn gwybod sut i ddelio ag ochr arall y geiniog. Dechreuodd Cai deimlo piti rhyfedd drosti. Cychwynnodd ar waith y prynhawn yn dawel, ei awydd bwyd wedi cilio am y tro.

Drwy gornel ei lygad, gwelodd Wendell yn crwydro'n ddibwrpas drwy'r ganolfan. Cododd fawd i gyfeiriad Cai, yn gofyn cwestiwn heb eiriau. Oedd popeth yn iawn?

Cododd Cai ei fawd yn ôl. Oedd.

* * * * * * * *

Ar y trên, edrychodd Cai dros y tir o'i gwmpas, gan lithro i mewn ac allan o fyd Eryrin. Roedd Llinos yn eistedd rai seddi i ffwrdd yn ailddarllen ei chopi o *Take a Break*, ac yn cynnig sylwadau pigog ar fywydau preifat yr enwogion rhwng ei gloriau o bryd i'w gilydd. Yn rhyfeddol, doedd Cai ddim yn meindio. Roedd yn hapus i beidio gorfod chwarae cymeriad a ffugio diddordeb yn y fath bethau, ac roedd Llinos yn hapus yn parablu wrthi ei hun, ei sgwrs unochrog yn cael ei hatalnodi gan ambell "Mm-hmm" neu "Ia, 'de?" o gyfeiriad Cai. Am y tro cynta erioed, roedd eu perthynas yn gweithio'n berffaith.

Ymlwybrodd y ddau oddi ar y trên wedi cyrraedd Llanberis, gan adael Wendell i ddiogelu ei gêm Nintendo'n frysiog. Cerddodd y ddau gyda'i gilydd tua'r maes parcio am sbel, cyn i Cai sylweddoli ei fod yn mynd i'r cyfeiriad anghywir. Doedd o ddim isio rhoi'r argraff anghywir i Llinos, wedi'r cwbwl.

"Well i fi gerddad adra, deud y gwir," meddai. "Dwi, y … ffansi ymarfer corff."

"Ti ddim 'di derbyn lifft gen i eto," atebodd Llinos, "a do'n i ddim yn disgwyl i chdi dderbyn un heddiw, 'da phoeni. Hen bryd i chdi weithio'r bol cwrw 'na i ffwrdd eniwe. Wela' i di fory, Cai."

Cododd Cai law a throi tuag adre, yn astudio ei fol yn ofalus. Oedd ganddo fo fol cwrw? 'Ta oedd Llinos yn tynnu ei goes, yn trio adennill ei hunan-barch yn dilyn ymosodiad y dyn o Swydd Efrog? Roedd o'n codi ei grys ac yn syllu'n ofalus ar ei fol pan wibiodd y Vauxhall Corsa gwyn heibio, bachgen pen moel yn ei arddegau hwyr yn hongian allan o'r ffenestr agored, can o Strongbow yn ei law. Gwaeddodd rywbeth annealladwy i gyfeiriad y ffigwr unig yn gwneud ei ffordd ar hyd y palmant, a syrthiodd Cai i mewn i'r llwyn mewn braw.

Cododd ar ei draed yn syth ac yn wyllt, yn rhwygo dail bach miniog allan o gefn ei law chwith. Dechreuodd weiddi ar dop ei lais …

"Oi! Bynsh o dosars!"

… a daeth y car i stop cyflym, y brêcs yn gwichian. Gyrrodd y Vauxhall am yn ôl, a neidiodd y bachgen pen moel allan cyn i'r car stopio am yr ail waith. Martsiodd yn ymosodol i gyfeiriad Cai a thaflu ei dun diod hanner-gwag i'r lôn.

"Be ddudist ti, mêt? Bynsh o be?"

Neidiodd y gyrrwr allan, ei gyhyrau'n bygwth byrstio drwy ei grys-T amhosib o dynn. Daeth un llanc arall allan o'r drws cefn, yn yfed gweddillion ei seidr yntau. Cerddodd Cai wysg ei gefn nes oedd o'n pwyso'n ôl yn erbyn y llwyn, bys y bachgen pen moel yn gwthio i mewn i'w frest.

"Bynsh o be, mêt? Bynsh o be?" gofynnodd y llanc eto, symudiadau pigog ei fys yn gyfeiliant i'w eiriau blin. "Be ddudist ti? Duda hwnna i 'ngwynab i, ia?"

"Bynsh o be ddudodd o?" meddai'r bachgen cyhyrog, gan wthio Cai ymhellach i mewn i'r llwyn.

"Dyna be dwi'n drio gâl gynno fo," atebodd y llanc cyntaf. "Bynsh o be, mêt, y?"

"S-sori," meddai Cai o'r diwedd, yn gwneud ei orau i godi ei lais uwchben rhochian y criw o'i gwmpas. "Ges i nychryn, dyna i gyd …"

"Ia, ond bynsh o be ddudist ti?"

"Bynsh o be, ia?"

"Bynsh o dosars ddudodd o?"

"Cau hi, Siôn, 'dan ni'n trio 'i gâl o i ddeud o. Os ti'n gallu 'i weiddi o ar ochr lôn, mêt, gei di ddeud o i'n gwyneba ni, cei? Bynsh o be?"

"Bunsh o dosars ddudodd o, ia?"

"Cau hi, Siôn."

"Pwy ti'n galw'n dosars, mêt?"

"Iesu Grist, Siôn."

Heb rybudd, daeth y llanc moel â'i ddwrn ymlaen yn gyflym a'i yrru'n ddidrugaredd i ddyfnderoedd bol Cai. Yn awyddus i beidio cael ei adael ar ôl, ymunodd y bachgen cyhyrog â'r hwyl wrth anelu swadan nerthol at ei ben, gan yrru Cai ar ei bengliniau, ei ddwylo'n gwneud eu gorau i ddal gafael ar y llwyn. Teimlodd ochr ei ben yn grynedig, ac edrychodd ar y gwaed ar ei fysedd. Fel un atalnod llawn ola, neidiodd y trydydd bachgen – Siôn – i mewn, a'i gicio hanner dwsin o weithiau yn ei asennau a'i gefn, gan ei fwrw i'r llawr o'r diwedd.

"Bynsh o be, mêt?" gofynnodd y bachgen moel eto, a pharatoi i ddryllio pen Cai gydag un gic ola. Ar yr eiliad honno, bu bron i Citroen llwyd yrru'n syth i mewn i'w ben-ôl a'i yrru'n hedfan i mewn i'r llwyn ei hun. Llwyddodd i neidio o'r ffordd mewn pryd, a sgramblodd yr holl griw i bob cyfeiriad wrth i ddrysau'r Citroen agor a merch flonegog yn neidio allan, ei ffôn yn erbyn ei chlust.

"Yes, I'm on the A4086, near the Snowdon Mountain Railway. I'm witnessing an assault right now – it's a three-on-one attack. They're driving a white Vauxhall Corsa …"

"Heglwch hi, hogia!" gwaeddodd Siôn, a llamodd y tri yn ôl i'r car cyn diflannu ar hyd glannau Llyn Padarn.

"... um, currently heading ... North West? Or something? I think? Registration number – Lima ... um, what's G? Gregory? Bugger, I can't read it any more ... alright. Yes, thank you. We'll wait here."

Wrth i'r ferch roi ei ffôn i lawr, rowliodd Cai ar ei gefn ac edrych i fyny'n druenus tuag ati.

"M ... Mabli?"

"Cai! *Chdi* sy 'na? O, Cai. Cai ... ti'n iawn? Na. Wrth gwrs bod chdi ddim. Cwestiwn stiwpid."

"O, paid â phoeni," grwgnachodd Cai'n ddewr gan wneud ei orau i bwyso ar ei benelin, cyn colli nerth a disgyn yn ôl ar ei ochr. Cwrcydodd Mabli wrth ei ymyl a'i godi ar ei draed yn araf. "Fydda' i'n iawn. Ma'r petha 'ma'n digwydd. Wel, ma' nhw'n digwydd mewn llefydd fel Bangor. Doedd gen i'm syniad bod nhw'n digwydd yn Llanberis, cofia."

"O, Cai ..."

"Siom bod bywyd ddim fel *D & D*, 'de? Fyswn i wrth 'y modd efo 'health surge' go dda, rŵan."

"Sdim rhaid i chdi jocian, 'sdi. Fedri di gyfadda bod rwbath uffernol newydd ddigwydd."

"Aw," sibrydodd Cai wrth bwyso yn erbyn y llwyn.

"Reit. Ma'r plismyn ar 'u ffordd, a gawn ni fynd i'r 'sbyty i wneud yn siŵr bod chdi'n iawn ..."

"O, paid â bod yn wirion ..."

"Ella bod gen ti concussion, Cai. Paid *ti* â bod yn wirion. Ac os ti'm yn gwrando arna i, wnei di wrando ar y plismyn, siŵr o fod. Neu dy rieni."

"O, paid â'u llusgo nhw i mewn i hyn. Dwi'n ama fysa Dad yn boddran codi allan o'i gadair, beth bynnag."

Sgrialodd car heddlu i stop y tu ôl i Citroen Mabli, a cherddodd plismones allan i gyfeiriad y ddau, gan adael ei phartner i yrru'n gyflym i gyfeiriad bras y Corsa gwyn.

"Dy fam, 'ta. Gei di ddeud yr hanes wrth hon, a wna' i fynd i'w nôl hi. Dwi'n gwbod lle ti'n byw – dwi 'di gollwng chdi tu allan i dy giatia digon o weithia rŵan."

"Mabli …"

"Dwi ddim am gymryd 'na' fatha atab, Cai."

"Cai, ia?" gofynnodd y blismones yn ffurfiol-garedig. "Elli di esbonio be ddigwyddodd, Cai?"

Gydag un edrychiad ola tuag at ei ffrind, neidiodd Mabli i mewn i'w char a chychwyn ar ei thaith. Treuliodd Cai amser poenus o hir yn adrodd yr hanes i'r blismones, ac roedd hi ar ganol esbonio safbwynt y gyfraith mewn iaith or-ffurfiol pan ailymddangosodd y Citroen llwyd, Danielle yn llamu allan o'r car gan anelu'n syth tuag at ei mab. Rhedodd ei dwylo crynedig ar draws ei dalcen gwaedlyd.

"O, babi. O babi Cai bach. Be ddigwyddodd?"

"Fel o'n i'n dweud, Mr Owen," aeth y blismones ymlaen, "mae'r hawl gynnoch chi i ddod â grym llawn y gyfraith yn erbyn yr unigolion wnaeth ymosod arnoch chi, ond os ydw i'n deall eich adroddiad yn glir, *chi* wnaeth eu herian nhw i ddechrau. Rwy'n cydymdeimlo, Mr Owen, ond fe all cymhlethdodau godi yn sgîl hynny petasech chi'n penderfynu mynd â'r mater i'r llys …"

"Be 'dach chi'n fwydro, ddynas? Fysa Cai ddim yn pryfocio neb …"

"Mrs Owen, ia? Mae'ch mab wedi bod yn barod iawn ei gymorth gyda ni, ond …"

"Ond dim byd. Gafodd yr hogyn ei ddyrnu. Ydi hwnna 'ta ydi hwnna ddim yn erbyn y gyfraith?"

"Mae'n siŵr y cewch chi ddigon o amser i drafod hyn efo'r awdurdodau cywir, Mrs Owen. Am y tro, rydw i'n cynnig bod eich mab yn mynd i'r ysbyty."

"Wel, dyna dipyn bach o sens gynnoch chi o'r diwadd. Reit. 'Dach chi am fynd â ni, 'ta?"

Edrychodd y blismones o'i chwmpas, golwg braidd yn ansicr ar ei hwyneb am y tro cynta, ei hystumiau ffurfiol wedi diflannu.

"Ymm … wel, dydi 'mhartner i'm yma efo'r car. Dwi'm yn gwbod be i ddeutha chi."

* * * * * * * *

Ar ôl gollwng y blismones ym maes parcio Ysbyty Gwynedd, hithau'n addo y byddai'r heddlu yn gwneud popeth yn eu gallu i ddod o hyd i'r bechgyn yn y Vauxhall Corsa, cerddodd Cai yn araf drwy ddrysau'r ysbyty gyda'i fam yn gafael yn un o'i freichiau a Mabli yn y llall. Wrth i Cai a Mabli wneud eu gorau i weld doctor, camodd Danielle allan er mwyn ceisio cyrraedd ei gŵr ar y ffôn. Awr yn ddiweddarach, roedd Cai yn eistedd ar wely ysbyty gyda meddyg canol-oed yn sgleinio golau llachar i'w lygaid, Mabli'n eistedd yn bryderus wrth ei ymyl, a Danielle yn y coridor ar ei phedwaredd alwad ffôn i beiriant ateb Gareth, yn ei ddiawlio am fod mewn twrnament snwcer yn hytrach na'r ysbyty.

Yn y man, daeth y meddyg i'r casgliad nad oedd unrhyw niwed difrifol wedi ei wneud i Cai, ei siarsio i ymlacio yn yr ysbyty nes ei fod yn teimlo'n well, a'i ddwrdio am fod mor wirion â chael ei frifo yn y lle cynta. Diflannodd o'r ystafell a daeth ei fam i mewn gan bwyso'r botwm coch ar ei ffôn yn flin.

"Gêm snwcar! Mae o'n gwrthod atab 'i ffôn achos gêm snwcar! A'i fab yn 'rhospitol! Ti'n iawn, Cai?"

Nodiodd Cai gan rwbio'i dalcen yn flinedig.

"Falch iawn o glywad. Dwi angan coffi."

Gwnaeth Danielle ei ffordd i gyfeiriad y ffreutur gan adael Cai a Mabli, hithau'n syllu'n ofalus ar y pwythau ar ochr ei ben. Wrth iddi wneud, cofiodd Cai yn sydyn am y porthwll a llamodd oddi ar erchwyn y gwely, Mabli'n gwneud ymdrech wan i'w rwystro gan bawennu ei fraich.

"Dwi'n gorfod mynd," meddai Cai'n ddryslyd. "Ma' gen i … betha i'w gneud."

"Rwbath pwysicach na gwella? Stedda lawr, wir Dduw."

"Na, ti'm yn dallt. Mae'n rhaid i fi … o diar."

Eisteddodd Cai yn ôl ar y gwely, pwl o bendro wedi ei daro o nunlle. Rhoddodd ei ben rhwng ei goesau ac anadlu'n ddwfn, a dechreuodd Mabli rwbio'i gefn yn dyner.

"Oedd rhaid i *fi* fynd i weld Anti Joyce yn Llanberis 'fyd. Ond rois i'r gora i'r plania yna pan welis i chdi'n cael dy ddyrnu. Neis dwi, 'de?"

"Mff," atebodd Cai'n boenus.

"Dwi'n siŵr fydd be bynnag 'sgen ti mewn golwg yn medru disgwl. Fedri di'm 'i neud o fory?"

"Fory?"

"Fydd gen ti ddigon o amsar. Ti'm yn meddwl mynd i'r gwaith, does bosib?"

"Gwaith?"

"Be wyt ti, parot? Esgus reit dda i aros adra, dduda i. Cym y cyfle tra bod o gen ti. A pan ti'n ffonio dy fos, rho ryw gryndod yn dy lais. Ti'n edrach ddigon drwg, ond rhaid i chdi swnio'n sâl hefyd, cofia."

"*Ydw* i'n edrach yn ddrwg?" gofynnodd Cai gan syllu at y llawr. Disgynnodd ddistawrwydd annaturiol dros yr ystafell wrth i Mabli weithio allan sut i ateb y cwestiwn.

"Na," dechreuodd hi'n ansicr. "O dan yr amgylchiada dwi'n 'i feddwl. Ti ddim yn edrach mor ddrwg fel arfar. Fel arfar ti'n edrach yn … yn iawn. Ond ar y funud, ti'n … ti'n … wel. Ti ddim yn edrach mor neis ag arfar, ond ti dal yn … o, God."

Daeth Danielle i mewn, cwpan *polystyrene* anferth o goffi yn ei dwylo.

"Wir yr," meddai hi. "Gêm o snwcar. Wel, geith o bryd o dafod gen i ar ôl dod 'nôl. Os ydi o'n ddigon sobor i gymryd sylw. O, sori. Wnes i'm gofyn oeddech chi'ch dau isio coffi. Cai? Medi?"

"Na, dim diolch, Mrs Owen," atebodd Mabli, gan benderfynu peidio cywiro Danielle, a chododd oddi ar y gwely. "Deud gwir, fysa'n well i fi fynd. Wnes i addo i Anti Joyce fyswn i'n mynd i'w gweld hi, a fysa chi'm yn credu pa mor flin ma' hi'n mynd pan dydi hi'm yn cael 'i ffordd ei hun."

"Digon teg. Wel, Medi, ti 'di bod yn help mawr. Tysa chdi ddim 'di troi fyny, Duw a ŵyr be fysa 'di digwydd."

"Dim problem, Mrs Owen. Wela' i chi'n fuan, ella?"

"Ella wir. Cai, pam nei di'm gwadd hi draw i swpar rywdro?"

"Mam!"

Er yr holl densiwn, gwenodd Mabli wrth sylweddoli bod Cai yn teimlo hyd yn oed yn fwy lletchwith na hi.

"Gawn ni drafod o nos Wener, ia mêt?"

Nodiodd y claf ar y gwely, gan ddychwelyd ei ben i'r guddfan saff rhwng ei goesau. Gydag un gair arall o ffarwel, gadawodd Mabli'r ystafell.

"Dwi angan mynd adra, Mam," meddai Cai'n druenus.

"I neud be?" atebodd Danielle, braidd yn biwis. "Be ti'n neud yn dy rŵm drwy'r dydd, beth bynnag? A be sy'n digwydd os 'di dy frêns di'n syrthio allan o dy drwyn di neu rwbath ar y ffordd adra? Be ti'n disgwyl i fi neud?"

"Mam, dwi'n eitha siŵr fydd hynna byth yn digw –"

"Gen ti ddoctoriaid a nyrsys ar dap fa'ma. Cym fantais ohonyn nhw, achos os ydi'r Toris yn dal i mewn, ella chei di'm cyfla am lot hirach. A dydi'r coffi ddim yn bad, chwaith. Ti'n siŵr ti'm isio peth?"

Ysgydwodd Cai ei ben, gan dderbyn na fyddai'n cyfarfod ei gyfatebydd heno. Gorweddodd yn ôl ar y gwely a syllu ar y to.

"Dyna ni, 'ta," meddai Danielle yn dawel wrth eistedd ar erchwyn y gwely. "Gen i betha i'w gneud, 'fyd. Fydd Mrs Gittins lawr lôn ddim yn hapus 'mod i ddim 'di gorffan trwsio'i dillad hi. Ond chdi sy'n dod gynta."

"Diolch, Mam."

"Teulu sy'n bwysig," meddai Danielle yn synfyfyriol, tinc breuddwydiol yn ei llais. Rhoddodd ei dwylo ar ei glin a dechrau chwarae â'i bysedd, cyn edrych yn dosturiol at anafiadau ei mab.

"Mam?" gofynnodd Cai, yr edrychiad pell, meddylgar yn ei llygaid yn newydd iawn iddo fo.

"Dwi'm yn gwbod pam priodis i o," meddai hi allan o nunlle. "Pan dwi'n edrach yn ôl … dwi ddim hyd yn oed yn cofio *meddwl* amdan y peth. Taswn i jyst yn gallu mynd yn ôl ac ysgwyd chydig o sens i fi fy hun …"

Pwysodd Cai i fyny yn y gwely, ei fam wedi ennill ei sylw am y tro cyntaf mewn blynyddoedd.

"Jyst cyn i fi gyfarfod o," meddai Danielle, mewn llais bregus oedd bron yn sibrydiad, "o'n i'n mynd allan efo boi arall."

Shyfflodd Cai yn y gwely mewn embaras.

"Sean. Ryw foi o'dd yn hyfforddi i fod yn ddarlithydd. 'Sa chdi'n

disgwl i rywun fel'na fod yn gall, basat? Ond oedd ganddo fo 'i …
broblema. Y boi mwya cenfigennus dwi 'rioed 'di gyfarfod. O'n i'n byw
efo Iona ar y pryd. Ti'n nabod Iona. Ni'n dwy, a chriw o hogia, ar yr allt
wrth y C & A ym Mangor. Neu Safeway rŵan."

"Morrison's."

"Wel, un noson, a'th petha'n flêr. Oedd Sean draw, a wnaeth pawb
benderfynu mynd am beint. A fel mae petha, drôdd un peint yn ddau,
a dau yn dri, a … eniwe. Digwydd bod, es i i'r lle chwech 'run pryd â
Huw, oedd yn byw efo fi. A ddaethon ni'n ôl at y bwrdd yr un pryd.
Oedd Sean out of it yn llwyr, a ddechreuodd o gyhuddo ni'n dau o fynd
efo'n gilydd tu ôl i'w gefn o, a gweiddi, ac ysgwyd ei freichia. Hyd yn oed
efo'r holl ddiod 'di chwalu mhen i, dwi'n cofio hyn yn glir: gafodd Huw
ei wthio i'r llawr gan Sean, wnes i redeg drosodd i neud yn siŵr bod
o'n iawn, a mi daflodd Sean ei fraich allan a 'nharo i reit yn 'y nhrwyn."

Gwelwodd Cai.

"Gwaed dros y lle. Gawson ni gic owt, do? Sean yn sefyll ar ganol
stryd yn simsanu rhwng gweiddi ar Huw a thrio deud sori wrtha fi.
Ond o'dd hi'n rhy hwyr. O'dd o 'di gwneud petha fel'na lot gormod yn y
gorffennol. Dim bod petha erioed 'di mynd mor bell cyn hynny, ond …
ti'n gwbod. Dwi'n cofio treulio gweddill y noson yn taflu'i holl stwff o
allan o'r tŷ, i'r lôn."

Daeth nyrs ddeniadol heibio'r ystafell a tharo'i phen i mewn drwy'r
drws.

"Popeth yn iawn fan hyn? 'Dach chi isio rwbath?"

Chwifiodd Cai gefn ei law tuag ati'n ddiamynedd, gan ei gyrru
i ffwrdd. Trodd hithau ar ei sawdl a'i ddiawlio o dan ei gwynt cyn
diflannu i lawr y coridor.

"Wnes i *addo* faswn i ddim yn dewis rhywun fel'na eto. Wnes i
benderfynu tyfu fyny'r diwrnod yna. Dwi'm yn deud bod *pob un* ferch
ifanc yn syrthio am y 'boi drwg', 'de, ond mi o'n i'n sicr. Drwy'r hangofyr
y diwrnod wedyn, wnes i addo y byswn i'n ffeindio rhywun neis, a
chlên, a chlyfar, a ffeind."

Distawrwydd yn yr ystafell. Yn y pellter, roedd sŵn bipian o ryw
beiriant neu'i gilydd yn atseinio drwy'r adeilad.

"Ryw dair wythnos wedyn, wnes i gyfarfod dy dad. A doedd o ddim mor wahanol i sut mae o'n actio rŵan, hyd yn oed. Oedd o'n cadw sŵn yn y Glôb, yn clochdar achos ei fod o 'di ennill ryw dwrnament pŵl yn erbyn 'i ffrindia. Doedd o ddim i'w weld yn glyfar, nac yn arbennig o neis, ond … dwi'm yn gwbod. Fedra' i ddim esbonio fo. Fel dwi'n deud, wnes i'm cwestiynu'r peth. Mae'r blynyddoedd nesa'n llifo'n un, rywsut."

Distawodd llais Danielle, a dechreuodd chwarae â'i dwylo. Roedd mwy i'r stori, yn amlwg. Synnodd Cai ei bod hi wedi datgelu unrhyw beth o gwbl. Roedd fel petai'r llifddorau wedi agor, a'i fam wedi ysgwyd holl bryderon yr ugain mlynedd diwetha oddi ar ei hysgwyddau ar unwaith. Doedd gan Cai ddim syniad sut i ddelio â'r peth. Doedd o ddim yn un da am ddangos cydymdeimlad.

"Pam 'dach chi dal efo'ch gilydd?" gofynnodd o'r diwedd. Yn syth ar ôl i'r geiriau ddianc o'i geg, synnodd ei fod wedi eu dweud. Nid dyna'r math o gwestiwn mae rhywun fel arfer yn ei ofyn i'w rieni. Llusgodd Danielle ei hwyneb i fyny ac astudio'i mab yn ofalus.

"Alla' i ddim crynhoi'r chwarter canrif dwytha mewn un sbîtsh fawr fel'ma. Ma' 'na lot o betha ti ddim yn gwbod amdanyn nhw, Cai. Alla' i ddim 'i adael o ar ben ei hun. Dim ar ôl popeth sy 'di digwydd."

Oedodd Cai cyn ffurfio'r frawddeg nesa, yn petruso a ddylai wthio'r sgwrs ymhellach.

"Ti … ti am ddeutha fi?"

Parhaodd Danielle i chwarae â'i dwylo.

"Ella rywdro eto."

Nodiodd Cai ei ben. Gydag ymdrech oruwchddynol, cododd oddi ar y gwely a chofleidiodd ei fam. Eisteddodd hithau'n llonydd, bron yn gatatonig, ei llith wedi mynd â'i hegni i gyd. O fewn tua hanner munud, ysgydwodd ei chorff fel petai'n deffro o drwmgwsg, a syllodd yn ddwfn i lygaid ei mab fel petai'n eu gweld am y tro cynta.

"Ti'n gwbod be? Yn sydyn reit, sgen i'm lot o awydd aros yma. Awyrgylch dipyn yn glos, ti'm yn meddwl? Isio mynd adra?"

Llamodd calon Cai yn ei frest, cyn iddo sbio ar ei watsh a gweld bod y porthwll, fwy na thebyg, newydd gau. Nodiodd ei ben yn flinedig.

"Gen i ddigonedd o pork chops, yn ffresh o siop bwtshiar," meddai

Danielle. "Fydd hi'n wledd, deud gwir, heb dy dad yna. Fedra' i ffrio chydig o datws … ?"

Mwmiodd Cai mewn cytundeb wrth i'r ddau gamu i mewn i'r coridor a gwneud eu ffordd tuag at allanfa'r ysbyty.

"Fydd dy dad 'di cael rwbath yn Wetherspoon's Bangor, mae'n siŵr gen i. Ac os ddim … geith o fynd i grafu."

* * * * * * * *

Aeth swper heibio heb lawer mwy o sgwrs rhwng y ddau. O ran Cai, doedd o ddim yn teimlo y dylai lusgo mwy o wybodaeth allan o'i fam. Ei busnes hi oedd ei bywyd personol, wedi'r cwbwl. O ran Danielle, roedd hi'n teimlo fel petai wedi chwydu gormod o wybodaeth at ei mab mewn cyfnod rhy fyr. Gwell ei gadw'n hapus gyda cheg yn llawn cig a thatws am y tro.

Gyda'r llestri wedi eu golchi, a'r nos wedi disgyn dros y pentre, rhoddodd Cai law gefnogol ar ysgwydd ei fam a rhoddodd hithau gofleidiad bach sydyn yn ôl. Wrth agor drws ei ystafell, roedd o bron yn disgwyl y byddai Un yno'n disgwyl. Ond roedd y stafell yn wag. Gyda'i ben yn dal i frifo, a phigiadau'r gwrych yn dal yn fyw yn ei feddwl, tynnodd ei ffôn allan a deialu rhif Wendell. O fewn rhai caniadau, atebodd y rheolwr mewn llais llawer rhy hapus.

"Mr Owen! Rhyfedd eich bod yn galw, fachgen. Newydd gyfarfod eich tad!"

"S-sori?"

"Y tu allan i'r Tarw Du, ym Mangor. Doedd e ddim yn *gwbwl* sobr, cofiwch, ond … ie. Ie, gŵr … gŵr ffein."

"Wel, os 'dach chi dal yna, allwch chi ddeutho fo ddod adra, plis, Mr Hughes? Ma' 'na rwbath 'di digwydd …"

"Hm? Beth? Dal yn y Tarw Du? Na, fi ddim yn yfed mewn lle felly! Sefwch funud … rhywbeth wedi digwydd? Odi popeth yn iawn?"

"Dim felly, Mr Hughes. Dyna pam dwi'n ffonio. Nath 'na griw o hogia ymosod arna i yn syth ar ôl gwaith. Ges i dipyn o gweir."

"O, na! Wel, mae hyn yn drychineb!"

"Newydd ddod yn ôl o'r 'sbyty, ond dwi'n meddwl bod hi'n syniad aros adra fory. Ydi … ydi hynna'n iawn?"

"Wel, ydi siŵr. Pan mae un o'n teulu bach ni'n diodde, mae'n rhaid i'r gweddill ohono ni sefyll y tu ôl iddo fe. Oes wir. Mae teulu'n bwysig, cofiwch, fachgen."

"Dwi'n dechra dallt hwnna, Mr Hughes."

"Beth bynnag, sa i'n credu bod unrhyw beth hollbwysig yn mynd i godi yfory. Ac fi'n credu bod Colin wedi bod yn llaesu dwylo am sbel nawr. Siawns y galle fe wneud ychydig mwy o waith i wneud lan."

Gwenodd Cai wrth ddychmygu anniddigrwydd anochel y cogydd bore fory.

"Diolch. Fydda' i'n teimlo'n well erbyn dydd Gwener."

"Cymerwch yr holl amser chi moyn. A byddwch yn fwy gofalus yn y dyfodol, Mr Owen."

"Siŵr o neud, Mr Hughes. Hwyl."

Rhoddodd Cai'r ffôn i lawr, a gorweddodd yn ôl yn y gwely. Dim gwaith yfory. Oedd cael cweir wedi bod yn werth yr holl boen wedi'r cwbwl?

Ond na. I Mabli roedd y diolch. Mae'n debyg na fyddai'r syniad o aros adre wedi taro'i feddwl petasai hi ddim wedi ei grybwyll yn y lle cyntaf. Wrth i'w lygaid gau yn erbyn ei ewyllys, rowliodd ei henw o gwmpas ac ar draws ei dafod a'i feddwl.

Mabli. Mabli. Mabli.

Ac er ei fod yn edrych ymlaen yn fawr at beidio gorfod mynd i'r gwaith ddydd Iau, y peth ola ddaeth i'w feddwl, yn union cyn iddo syrthio i gysgu, oedd ei fod yn edrych ymlaen hyd yn oed yn fwy at ei gweld nos Wener.

DYDD GWENER: DYDD 9 (UN)

Yn gysglyd, edrychodd Cai ar ei watsh. Ugain munud wedi naw. Agorodd ei lygaid led y pen mewn braw, a bu bron iddo gael ei ddallu gan y lliw pinc llachar o'i gwmpas ym mhobman. Sylweddolodd yn sydyn lle roedd o, a throdd er mwyn ysgwyd Llinos yn ffyrnig.

"Llinos! 'Dan ni'n hwyr! Llinos, deffra, wir Dduw!"

Dechreuodd Llinos rwgnach. Cododd ei gobennydd a'i wasgu yn erbyn cefn ei phen.

"Na 'dan ni ddim," meddai hi. "Fysa Radio 1 'di'n deffro ni tysa ni'n hwyr."

Cododd Cai ar ei benliniau er mwyn cael gweld y cloc larwm. Roedd y sgrîn yn ddu. Neidiodd allan o'r gwely yn frysiog yn ei ddillad isaf a chodi'r plwg oddi ar y llawr. Pwniodd Llinos yn ei chefn, a chododd hi'r gobennydd oddi ar ei phen yn flinedig, ei llygaid hithau'n lledu wrth weld y plwg yn llaw Cai.

"Ydi hi'n bosib," dechreuodd Cai ofyn, y pryder yn codi ei lais, "bod ni 'di cnocio'r plwg allan o'r socet neithiwr?"

"Do'n i'm yn cofio bod ni 'di bod mor … egnïol."

"Wyt ti'n cofio *rwbath* o neithiwr?"

Rhwbiodd Llinos ei llaw ar draws ei hwyneb ac eisteddodd ar erchwyn y gwely gydag ymdrech fawr. Arhosodd yn ddistaw am rai eiliadau, yn gwneud ei gorau i wneud synnwyr o'r noson gynt.

"O, na," meddai o'r diwedd.

"Ty'd," atebodd Cai, gan ddechrau gwisgo'n frysiog. "Rhaid i ni fynd. Rŵan."

Tynnodd ei ffôn o'i boced. Roedd pedair galwad wedi dod gan Wendell.

"Gad fi 'molchi gynta," meddai Llinos yn llawer rhy hamddenol, wrth astudio ei hun yn y drych.

"Ti'n nyts? Ma' pawb 'di cyrradd y ganolfan yn barod. Dwi'n synnu dydi Wendell ddim 'di dod i gnocio ar y drws ffrynt."

"Ia, ond be 'dan ni'n 'i neud cyn i'r cerddwyr ddechra dŵad? Bygyr-ôl. Gawn ni fynd i fyny efo'r cynta ohonyn nhw. Neith o ddim gwahaniaeth. Dwi *angan* cawod, Cai. Ti ... ti isio ymuno?"

Syllodd Cai yn fud ar y ferch hanner-noeth o'i flaen, ar un llaw isio gwneud fel yr oedd hi'n mynnu, ar y llall ar dân i ddal y trên i fyny'r mynydd.

"Siwtia dy hun, 'ta," meddai Llinos o'r diwedd, heb roi cyfle iddo ateb, a'i adael ar ei ben ei hun. Treuliodd Cai funud yn sbio ar y posteri pop ar ei waliau'n ofalus, yn gwneud ei orau i geisio deall pam y byddai oedolyn fel Llinos yn gweld gymaint o apêl mewn grwpiau oedd mor amlwg wedi eu creu i apelio at ferched yn eu harddegau cynnar. Dechreuodd amheuon am eu perthynas newydd ddod i'w feddwl, ond gwthiodd nhw oddi yno'n benderfynol a gwisgo'i grys. Doedd o ddim wedi trafferthu newid o'i ddillad gwaith neithiwr, a roedd y dilledyn glas tywyll bellach yn drewi o chwys ac alcohol a Duw a ŵyr beth arall.

Daeth Llinos allan o'r gawod. Dechreuodd wisgo, rhoi colur a thrin ei gwallt bron ar yr un pryd. Gwyliodd Cai'r sioe'n syn. Roedd fel petai gan Llinos ddeg o freichiau, yn gwneud nifer amhosib o dasgau ar unwaith. Roedd hi'n barod yn rhyfeddol o gyflym. Trodd at Cai yn falch.

"Barod?"

Nodiodd Cai a chychwynnodd am y drws. Yno, rhoddodd Llinos un llaw ar ei fraich a chododd y llall tuag at ei hwyneb, gan estyn un bys at ei gwefus. Yn gwneud ei orau i gadw'n dawel, dilynodd Cai ei gariad newydd i lawr y grisiau. Wedi i Llinos gyrraedd yr ystafell fyw, edrychodd o'i chwmpas yn wyliadwrus, ac ar ôl gwneud yn siŵr nad oedd neb yno, brasgamodd tuag at y drws ffrynt ac allan i'r byd. Wedi mynd o olwg y tŷ, gafaelodd yn nerthol yn llaw Cai a'i dal yn dynn nes cyrraedd yr orsaf drenau.

"Fysa Mam jyst 'di gofyn cwestiyna," meddai'n dawel.

Roedd llond llaw o deithwyr yn yr orsaf, y rhan fwyaf yn eu pumdegau a'u chwedegau, wedi heidio o gwmpas un o'r trenau. Gwthiodd Cai a Llinos drwyddyn nhw a gwneud eu ffordd i gefn y trên, y gyrrwr yn edrych yn amheus ar eu gwisgoedd, ac yn crychu ei drwyn oherwydd yr arogl chwys ac alcohol oddi ar gorff a dillad Cai. Wedi cyrraedd copa'r Wyddfa, gwnaeth y ddau eu ffordd yn wylaidd tuag at ddrysau'r ganolfan, gan guddio ymysg y teithwyr.

Colin oedd y cynta i'w gweld. Pwysodd ymlaen ar y cownter bwyd a chulhau ei lygaid yn flin.

"You'd better have a good excuse," meddai'r cogydd. "The boss might suffer fools gladly, but God knows I don't."

"I'm sorry, Colin," atebodd Cai, gan wneud ei orau i feddwl am esgus. "We …"

"I mean, it's not like anyone noticed," aeth Colin ymlaen, gan dorri ar draws. "It's not like I couldn't do everything by myself anyway. I even checked up on those soft toys like you normally do. Didn't need extra training or anything. Why, it's almost like your jobs are …"

Torrodd ei lith yn fyr wrth weld dwylo Cai a Llinos, oedd yn dal ymhleth. Ym mrys y bore, roedd y ddau wedi anghofio bod eu perthynas i fod yn gyfrinach oddi wrth bawb ond Wendell. Cochodd Cai a thynnu ei law yn rhydd. Nesaodd y cogydd tuag atyn nhw'n lled-fygythiol cyn plygu drosodd er mwyn sibrwd yng nghlust Cai.

"I know you should get some whenever you can, lad. But don't ever make me wait around for you like an idiot again. You hear me?"

Nodiodd Cai yn fud, a diflannodd Colin i mewn i'r gegin.

"Be ddudodd o?" gofynnodd Llinos yn llechwraidd. Daeth llais cyfarwydd o'r tu ôl iddi.

"Peidiwch â phoeni am beth wedodd Mr Mint, Miss Eleri. Beth wedith eich bos wrthoch chi nawr sy'n bwysig."

Trodd Llinos ar ei sawdl ac edrych ar y llawr mewn ystum o edifeirwch ffug. Dechreuodd Cai chwarae â'i ddwylo.

"A beth chi'n meddwl fydd hynny, Miss Eleri?"

"Y dylsa fi …" dechreuodd Llinos yn ansicr. "Y dylsa fi beidio bod yn hwyr heb ddeutha chi eto, Mr Hughes."

"Wel … wel, ie," atebodd Wendell, y gwynt wedi mynd o'i hwyliau ychydig bach. "Fydden i'n medru dweud mwy, Miss Eleri, coeliwch chi fi. Ond am y tro, fi moyn i chi ddechre ar eich gwaith. Wneith y chicken balti ddim syrfo'i hun."

Gan nodio'i phen yn araf, llithrodd Llinos draw at y cownter heb edrych ar y ddau arall. Rhoddodd Wendell law gadarn ar ysgwydd Cai, a chodi ei ên â'i law arall fel bod y ddau yn wynebu ei gilydd.

"Fy swyddfa, Mr Owen?"

Daeth teimlad cyfarwydd, annifyr, i grombil Cai. Doedd o ddim wedi profi'r fath wefr ers ei ddyddiau yn yr ysgol gynradd, ar yr adegau prin hynny pan gafodd ei alw i ystafell y prifathro.

Wedi camu dros drothwy'r swyddfa, caeodd Wendell y drws ar ei ôl. Toddodd yr olwg chwyrn oddi ar ei wyneb yn syth, a syrthiodd yn erbyn ei gwpwrdd ffeilio'n flinedig.

"Un cyfle arall wedes i," meddai'n gwynfanllyd. "Doeddwn i ddim yn medru ei wneud e'n llawer cliriach. A nawr fi'n edrych yn wan os nag fi'n eich cosbi chi. Rhowch eich hun yn fy sefyllfa i, Mr Owen. Beth fase chi'n wneud?"

Cyn cael cyfle i ateb, cafodd sylw Cai ei dynnu gan sŵn bach gwichlyd yn dod o gyfeiriad desg Wendell. Edrychodd draw i weld ei Nintendo yn canu wrtho'i hun. Doedd dim darn o bapur ar gyfyl y lle, a sgrîn ei gyfrifiadur yn dywyll. Trodd Cai yn ôl at y rheolwr mewn pryd i weld ei wyneb yn cochi, a brysiodd Wendell i gau caead y peiriant yn glep.

"*Dragon Quest 9*," esboniodd Wendell, gan sychu chwys oddi ar ei dalcen. "Erioed wedi ei gorffen hi. Ac roedd gen i bum munud yn rhydd rhwng gwneud yn siŵr bod popeth yn edrych yn deidi peth cynta'r bore 'ma, ac ... ym ..."

Doedd dim angen gradd mewn Astudiaethau Diwylliannol o Brifysgol Wolverhampton i weld bod Wendell yn dweud celwydd. Pwysodd Cai yn erbyn y drws, yn ymfalchïo yn y ffaith bod y bêl bellach yn ei gwrt o.

"Dwi 'di clywad petha da am y gêm yna," meddai Cai gyda chrechwen. "Anodd 'i rhoi hi lawr, medda nhw."

Eisteddodd Wendell y tu ôl i'w ddesg yn flinedig, yn gwybod yn iawn ei fod wedi ei drechu. Arhosodd yno am rai eiliadau, yn gwneud ei orau i feddwl am esgus arall, cyn anghofio am hynny a phenderfynu siarad â Cai fel ffrind yn hytrach nag fel un o'i weithwyr.

"Dwi *yn* gwneud fy ngore i redeg y lle hyn yn iawn," meddai'n dawel o'r diwedd. "Ond fyddwn i'n dweud celwydd petaswn i'n honni mai dyma oeddwn i wastad moyn gwneud 'da fy mywyd ..."

"Dwi'n dallt yn iawn," atebodd Cai. "Peidiwch â phoeni." Dechreuodd deimlo ychydig o dosturi dros Wendell. Er ei fod yn ei bedwardegau hwyr, roedd ei siwt rad yn ymddangos yn llawer rhy fawr. Edrychai fel llanc yn ei arddegau wedi gorfod prynu siwt ar gyfer priodas. Cododd Wendell ei aeliau a sbïodd yn amheus ar Cai.

"Ni'n debycach nag oeddech chi'n feddwl, Mr Owen."

Tynnodd Cai wyneb sur.

"Felly dewch mlân. Pam oeddech chi'n hwyr bore 'ma? Fi'n cofio shwt beth oedd bod yn ifanc."

"Cysgu'n hwyr, deud gwir ..."

"Hm. Cwsg. Fi'n cofio hynny hefyd. Duw a ŵyr, fi ddim yn debyg o gael llawer o hwnnw cyn i'r insbector 'ma droi lan ddydd Llun. Ond fyddech chi ddim wedi cysgu'n hwyr petasech chi ddim wedi bod yn ... *brysur* neithiwr, mae'n siŵr gen i ... ?"

Ysgydwodd Cai ei ben, yn teimlo braidd yn anghyfforddus yn cyfadde'r fath bethau.

"Chi a Miss Eleri'n dod mlân yn dda, felly?"

"Ydan ..." meddai Cai'n ansicr.

"Rhaid i mi weud, fyddwn i ddim wedi rhoi'r ddou ohonoch chi 'da'ch gilydd. Ond beth mae hen ddyn sengl fel fi'n ei wybod am y fath bethe? Fi'n siŵr eich bod chi'ch dou wrth eich bodde'n trafod ... *Warhammer*, neu *Skyrim*, neu *The Hobbit*, neu ... ?"

Distawodd Wendell heb orffen ei frawddeg, gan adael Cai yn pendroni sut i ateb. Doedd o ddim yn cofio llawer o'r noson gynt, ond roedd o'n weddol sicr nad oedd ei hoff gemau a ffilmiau ffantasi wedi dod i mewn i'r sgwrs. Roedd atgof y noson yn yr Anglesey'n dal yn fyw yn ei feddwl.

"Ddim felly, Mr Owen ..."

"O. Mae hi'n mynnu sôn am ei phethe hi? *X-Factor*, a ... a *Fifty Shades of Grey*? Neu beth bynnag?"

Gwnaeth Cai ei orau i gofio unrhyw fath o sgwrs neithiwr, ond ddaeth dim byd i'r meddwl ond un gybolfa fawr o gusanu gwlyb a ffymblo yn y tywyllwch. Penderfynodd wneud ei orau i wthio'r sgwrs yn ei blaen gan nodio'i ben yn dawel.

"Ma' fe'n anodd dod o hyd i bobol 'da'r un diddordebe â chi

mewn lle mor fach â hyn, ondywe? Fi'n cofio dod mas o'r ysgol yng Nghaerfyrddin, fy ffrindie i gyd yn mynd i'r coleg, a finne'n gwneud fy ngore i ddod o hyd i griw o bobol fydde'n fodlon chware *Advanced Dungeons & Dragons* 'da fi. Roedd hyn yn fuan ar ôl i'r ail argraffiad ddod mas, os fi'n cofio'n iawn ..."

Yn ddigon sydyn, anghofiodd Cai am ei awydd i gadw'n dawel.

"Oeddach *chi'n* chwara *D & D*?"

"Mm. Yn fy ieuenctid ffôl. Cyn i fi wybod bod y fath beth â chyfrifoldeb."

Gyda golwg bell yn ei lygaid, syrthiodd Wendell yn swp yn ei gadair a throi ei gyfrifiadur ymlaen o'r diwedd. Roedd o ar goll yn ei atgofion, bron wedi anghofio am bresenoldeb Cai. Teimlodd Cai awydd cynyddol i dorri'r distawrwydd anghynnes, ac agorodd ei geg unwaith eto.

"Deud y gwir, Mr Hughes, *mae* gen i grŵp *D & D*. Yma yn Llanberis ..."

Saethodd pen Wendell i fyny, hen ddyheadau a ffantasïau ei blentyndod yn brwydro â'i gyfrifoldebau newydd. Er ei fod yn dechrau pitïo dros ei reolwr, sylweddolodd Cai yn syth ei fod wedi mynd yn rhy bell.

"... ond, y ... does dim lle i chwaraewr arall ar y funud."

Caledodd wyneb Wendell, a nodiodd ei ben cyn dechrau clicio'n benderfynol ar wahanol eiconau ar ei sgrîn.

"Chi'n meddwl bod gen i amser i chware plant y dyddie hyn?" gofynnodd, tôn ei lais wedi newid yn llwyr. Gydag un chwerthiniad haerllug, pwysodd fotwm ei lygoden un tro ola, a dechreuodd yr argraffydd wasgu dalen ar ôl dalen o bamffledi du a gwyn allan. Dechreuodd Wendell wthio'r pamffledi i ddwylo Cai.

"Rwy'n siŵr fyddech chi ddim yn mindio handio rhein mas eto," meddai Wendell yn sych. "Fydd Llinos yn iawn y tu ôl i'r cownter ar ei phen ei hun. Mae hi'n ferch glyfar."

Petasai o ddim yn gwybod yn well, byddai Cai wedi medru taeru bod tinc o watwar yn llais Wendell. Daeth yr argraffydd i ddiwedd ei dasg, a chasglodd Cai'r pamffledi'n wylaidd cyn cychwyn allan o'r swyddfa.

"Cai?"

Trodd ar ei sawdl.

"Un cyfle arall. Fi'n meddwl e'r tro hyn."

Doedd Cai ddim yn amau hynny. Gadawodd y swyddfa a brasgamodd drwy'r ganolfan, yn chwifio'r pamffledi i gyfeiriad Llinos yn y broses. Edrychodd hithau arno'n dosturiol am eiliad cyn troi i bentyrru tatws stwnsh ar blât un o'i chwsmeriaid. Camodd Cai allan i'r awyr iach gydag ochenaid ddofn.

* * * * * * * *

Pum munud ar ôl i Cai gychwyn ar y gwaith, dechreuodd y glaw ddiferu'n gyson ar ei ben. Cymerodd gam yn ôl tuag at y ganolfan er mwyn nôl ei got law cyn cofio ei fod wedi dod yn syth o dŷ Llinos, ac mai'r crys drewllyd ar ei gefn oedd yr unig beth oedd yn ei amddiffyn rhag yr elfennau. Trodd yn ôl i wynebu'r olygfa niwlog yn anniddig. Ei ddannedd yn dechrau clecian, dechreuodd gynnig pamffledi i rai o gerddwyr cynta'r diwrnod, y rhan fwyaf yn ei wfftio cyn anelu'n syth am y cownter bwyd am bowlaid o gawl poeth.

Roedd canol y prynhawn wedi dod ac wedi mynd cyn i Cai redeg allan o bamffledi, a'r gwlybaniaeth wedi suddo'n ddwfn i mewn i'w groen. Mentrodd yn ôl i'r ganolfan ac ysgwyd ei ben fel ci i gael y dŵr allan. Roedd y lle bron yn wag, y rhan fwyaf o'r cerddwyr wedi cychwyn yn ôl i lawr y mynydd ar y trên. Wrth y cownter, edrychodd Llinos fel petai hi wedi cael pnawn hiraf ei bywyd, ei gwallt yn fodel o annibendod, amrywiaeth diddorol o staeniau ar ei dillad. Edrychodd Cai draw at gefn yr ystafell, lle oedd Wendell yn pigo baw oddi ar y ffenestri â'i ewinedd. Trodd ei ben i edrych ar y ffigwr gwlyb oedd newydd ddod i mewn drwy'r drws – ac ai dychymyg Cai oedd o, 'ta oedd gwên braidd yn gas wedi lledu ar draws wyneb Wendell am eiliad?

Anghofiodd Wendell am y ffenestri budr yn ddigon cyflym a diflannodd y tu ôl i waliau saff ei swyddfa. Ymlwybrodd Cai tuag at y cownter bwyd a pharatoi brechdan iddo'i hun yn ginio hwyr.

"Ella gawn ni adal yn gynnar heddiw," meddai Llinos. "Y tywydd yn mynd i waethygu meddan nhw. A dwi'm yn meddwl bod Wendell mor sadistic â'n gadal ni yma dros nos, na'di?"

"Fyswn i ddim mor siŵr am hynny bellach," atebodd Cai'n bruddglwyfus.

"A ti'n gwbod be fysa'n help i gynhesu ar ôl ni gyrradd adra?" aeth Llinos ymlaen, yn ei anwybyddu'n llwyr. "Peint."

Dechreuodd Cai bryderu am gyflwr iau Llinos. Doedd o erioed wedi cyfarfod neb oedd yn yfed gymaint. Yr ail beth yn ei boeni oedd ei gyfatebydd. A fyddai Dau'n disgwyl yn ei ystafell fel arfer? 'Ta oedd rhywbeth gwirioneddol ddrwg wedi digwydd iddo fo?

"Sori," meddai, ar ganol torri ei frechdan yn ddwy, yn gwneud ei orau i feddwl am esgus. "Dwi'n …"

Ochneidiodd Llinos yn ddwfn.

"Gen ti wastad ryw esgus, Cai. Ei di'm yn bell fel'na, 'sti. Be ddiawl ti'n neud amsar swpar bob dydd, 'ta?"

"Ddim *bob dydd*. Jyst yn ddiweddar …"

"Be? Dy amsar di o'r mis?" gofynnodd Llinos tra'n chwerthin, ond sobrodd yn ddigon sydyn wrth weld yr olwg ansicr ar wyneb Cai. "O, God. Di o'm byd siriys, nadi? 'Sdim byd yn bod efo rywun o dy deulu di na'm byd?"

"Fysa chdi'n gallu deud hynna … ," atebodd Cai'n chwareus.

"O, God," meddai Llinos, yn methu gweld y jôc yn llwyr. "Dy fam? Dy dad?"

"Wel," meddai Cai, yn gweld ffordd o'i gael ei hun allan o dwll, "*mae* 'na rwbath mawr yn bod efo *fo*, yn sicr …"

"O, God. Sori, Cai. Wel … be am hyn 'ta – awn ni ddim i pyb. Ond gei di ddod draw ata i unrhyw bryd ti isio. Os … os ti'n teimlo'n iawn, 'lly."

"Fysa hynna'n neis," atebodd Cai, cyn cofio am y sesiwn *Dungeons & Dragons*. "Ond, y … ella fydd hi dipyn yn hwyr. Dwi'm yn gwbod … dwi'm yn gwbod sut fydd o. Dad. 'Lly."

"Ti isio siarad am y peth?"

"Na. Na dwi ddim."

Wrth gnoi ei frechdan mewn distawrwydd, teimlodd Cai euogrwydd mawr yn dechrau gafael ynddo. Er holl ffaeleddau Llinos, merch ddigon diniwed oedd hi yn y bôn. Roedd o'n teimlo ei fod yn cymryd mantais arni braidd wrth fod mor anonest. Ac i lusgo ei dad i mewn i'r peth …

Na, doedd o ddim yn teimlo'n euog am hynny.

Daeth proffwydoliaeth Llinos yn wir yn y man, Colin yn llwyddo i ddarbwyllo Wendell mai gadael i bawb fynd adre'n gynnar oedd y peth gorau. Ar y trên i lawr, eisteddai'r staff a'r cwsmeriaid yn gymysg, pawb yn rhannu'r un teimladau chwerw am y tywydd digalon. Yn eu sedd arferol yn y cefn, roedd Cai a Llinos ar ganol sgwrs dawel, hithau'n cymryd llawer mwy o ddiddordeb ym mywyd ei chariad newydd nag arfer, yn tosturio wrtho oherwydd ei sefyllfa druenus. Yng nghanol y drafodaeth, safodd Wendell i fyny ar ochr arall y cerbyd a dechrau annerch pawb, staff a theithwyr ynghyd.

"Er … can I have your attention please? Um … my staff, that is. If … if you don't work for me, you can choose not to listen. If you want to. You are, of course, welcome to keep listening. It really is up to you."

Rhoddodd Cai ei ben yn ei ddwylo.

"Right. So I'll speak in English for the benefit of our non Welsh-speaking friends. OK. As you know, we'll be having a visit from an inspector on Monday, and most of you don't work the weekend shift. So I'll say this now: I need you all to be on your best behaviour. This won't be a problem for most of you, of course. But to those of you, who've … ah … been having some problems recently …"

Y tu ôl i'w ddwylo, cochodd wyneb Cai yn ddigymell.

"Well … you have the weekend. Rest, relax, have fun, but get ready to come back on Monday – on time, please – and ready to go. Yes?"

Meddyliodd Cai pa mor wirion oedd hi bod Wendell yn siarad yn Saesneg, gan ei bod hi mor gwbwl amlwg bod y sgwrs wedi ei anelu ato fo a Llinos yn unig.

"Yes. OK. Well …"

Heb orffen ei araith mewn unrhyw fath o ffordd foddhaol, eisteddodd Wendell unwaith eto. Edrychodd y teithwyr ar ei gilydd yn ansicr. Trodd Llinos i ffwrdd o'r ffenest a phwnio Cai yn ei ysgwydd. Tynnodd yntau ei ddwylo o'i wyneb.

"Do'n i'm yn gwrando," meddai Llinos. "Be ddudodd o?"

* * * * * * * *

Roedd Gareth a Danielle yn eu llefydd arferol wrth i Cai gyrraedd y gegin. Gwenodd yn anarferol o gynnes ar ei fam wrth basio, atgof ei chyfaddefiad mawr y noson o'r blaen yn fyw yn ei feddwl.

"Ddes di'm adra neithiwr," meddai ei fam, tinc bron yn chwareus yn ei llais am unwaith.

"Na. Arhosais i efo ... ffrind."

Gwenodd Danielle ar ei mab, cyn i'w llygaid wibio draw at ei gŵr, oedd yn gwneud ei orau i grafu ei gefn heb drafferthu codi ar ei draed.

"Bydd yn ofalus," meddai hi wrth edrych arno, yr hiwmor wedi gadael ei llais yn llwyr. Nodiodd Cai, a brysio drwy'r ystafell fyw.

"Teimlo'n iawn, Dad?" gofynnodd wrth basio.

"Be uffar 'di o i chdi?" atebodd Gareth, yn stopio crafu am eiliad cyn parhau â'i waith pwysig. Llamodd Cai i fyny'r grisiau heb ateb.

Yn ei ystafell, gwnaeth ei orau i ymlacio wrth chwarae gêm ddigon difeddwl ar ei Xbox. Roedd o'n anarferol o nerfus am ymddangosiad y porthwll. Be os oedd rhywbeth gwirioneddol ddrwg wedi digwydd i Dau? Be os oedd o wedi *marw*? Be petasai Cai yn cyrraedd y byd arall a Danielle yn sortio drwy stwff ei mab yn ddagreuol, neu'r heddlu'n tyrchu drwy ei ystafell? Fe fyddai rhaid iddo fo feddwl am esgus gwirioneddol dda yn yr achos yna.

Rhoddodd ei gêm ar saib er mwyn gwneud ymdrech i wthio'r fath feddyliau hurt o'i feddwl. Caeodd ei lygaid a rhwbiodd hanner uchaf ei drwyn â'i fysedd. Wedi iddo eu hagor eto, dyna lle roedd y ddisg yn troelli yn ei lle fel arfer. Gyda theimlad tynn yn cydio yn ei berfeddion, camodd i mewn i'r byd tu hwnt.

DYDD IAU: DYDD 8 *(DAU)*

Daeth y radio ymlaen i ddeffro Cai fel arfer, a phwysodd y botwm ar y cloc larwm yn gysglyd cyn ystwyrian a chicio'r dillad gwely oddi arno. Cododd o'r gwely heb feddwl, ond cafodd ei yrru yn ôl ar y fatres gan boen fud yng ngwaelod ei gefn. Llifodd holl atgofion y diwrnod cynt i'w feddwl, a sylweddolodd nad oedd angen mynd i'r gwaith. Er gwaetha'i anafiadau, estynnodd ei gorff i bob cyfeiriad yn hamddenol yn y gwely, fel cath yn torheulo ar sil ffenest. Caeodd ei lygaid, a llithrodd yn ôl i gysgu.

* * * * * * * *

Deffrodd, am eiliad, i gyfeiliant clincian llestri yn cael eu rhoi ar y bwrdd wrth ymyl ei wely. Gan rochian mewn dryswch blin, rowliodd drosodd a chuddio'i ben yn ei glustog.

* * * * * * * *

Erbyn diwedd y bore, allai Cai ddim anwybyddu'r golau yn gwingo ei ffordd drwy'r llenni. Agorodd ei lygaid eto, a throi drosodd i weld paned o de a dau ddarn o dôst gweddol soeglyd yr olwg yn syllu'n ôl ato. Eisteddodd i fyny yn y gwely a chymryd sip o'r te. Oer. Rhoddodd y baned i lawr ar yr hambwrdd gydag ystum sur, trodd y teledu ymlaen a gwnaeth ei ffordd yn araf drwy'r tôst gwlyb. Newidiodd y sianel i Newyddion y BBC a synnodd weld, ar y cloc bach yng nghornel y sgrîn, bod y bore bron â darfod. Wrth feddwl am yr holl gwsmeriaid yn dechrau ciwio ar gyfer cinio yn y ganolfan, daeth teimlad cyfforddus o *schadenfreude* i lenwi ei galon. Ar ôl gorffen ei frecwast, gwthiodd ei hun allan o'r gwely'n ofalus.

O dan hisian cyson y gawod, gallai glywed sylwebydd ar y teledu i lawr grisiau yn bloeddio'i frwdfrydedd dros ras geffylau. Sylweddolodd Cai am y tro cynta nad oedd wedi gweld ei dad ers yr ymosodiad gan y tri llanc ddoe. Doedd Gareth ddim wedi trafferthu codi o'i gadair i wneud yn siŵr bod ei fab yn iawn. Penderfynodd Cai anghofio'r peth a chilio i mewn i'w ystafell, gan flocio'r byd allan.

Yno, wrth estyn y ffolder pinc cyfarwydd o'r drôr, mentrodd i fyd arall. Diflannodd y Ddaear o'i gwmpas, a chododd fyd Eryrin yn ei lle, muriau dychmygol ei holl gestyll a'i ddinasoedd yn amddiffyn Cai rhag ei holl broblemau. Aeth yr amser heibio mewn fflach unwaith eto wrth iddo fo ymfalchïo yn y teimlad o reoli dros fyd cyfan, yn dylunio creaduriaid, yn dyfeisio arwyr a dihirod, yn codi gwareiddiad allan o ddim. Cafodd ei lusgo i ffwrdd gan ei ffôn symudol yn canu'n groch ac yn ysgwyd yn ddigywilydd ar y ddesg. Roedd enw Llinos ar y sgrîn mewn llythrennau breision.

"Wendell n mynd n mental. Rw insbector yn dod D Llun. OMG x"

Gwnaeth ei orau, am bymtheng eiliad cyfan, i geisio meddwl am y geiriau a'r dôn iawn i ateb, pan ddaeth cnoc ysgafn ar y drws. Rhoddodd ei ffôn i lawr wrth i'w fam fentro i mewn yn syllu arno fo'n betrus.

"Sut ti'n teimlo erbyn hyn?"

"Y … iawn, debyg. Dal chydig yn stiff. Ond wna' i fyw. Diolch … diolch am frecwast."

"Dyna'n job i, siŵr. Gobeithio bod y te 'di aros yn ddigon cynnas i chdi. Oedda chdi'n dal i gysgu pan ddes i mewn."

"Mm," meddai Cai, yn amharod i ddweud celwydd wrth rywun mor fregus yr olwg. Shyfflodd Danielle draw at y gwely a chodi'r hambwrdd oddi ar y bwrdd cyn shyfflo allan eto. Gydag un droed yn y coridor, trodd yn ôl at ei mab.

"Be fysat ti'n licio i ginio? Gen i freezer yn llawn cyris meicrowêf, os ti ffansi."

"Madras?" gofynnodd Cai ar ôl saib bach i feddwl.

"Rho chwe munud a hannar i fi," atebodd Danielle yn gyfeillgar, a gadael ei mab ar ei ben ei hun unwaith eto. Gyda sgrîn ei ffôn yn dywyll bellach, anghofiodd yn llwyr am neges Llinos. Prociodd o gwmpas ar y we, yn gwneud dim byd o bwys, cyn cychwyn i lawr at yr ystafell fyw.

Gwelodd ffurf fawr ei dad yn ymdrechu i droi rownd yn ei sedd. Yn pwyso ar fraich y gadair, astudiodd Gareth ei fab yn amheus.

"Ti'm yn edrach rhy bad," meddai o'r diwedd. "Dim lot gwaeth nag arfar, 'lly."

"Diolch, Dad," atebodd Cai'n ansicr, ac anelu'n syth am fwrdd y gegin. Roedd ateb Danielle i'w gŵr ychydig yn fwy pendant.

"Ti ddim 'di gweld Cai ers ddoe, a dyna i gyd sgen ti i ddeud?"

Dechreuodd y meicro-don fipian, yn atalnod swta i gerydd Danielle. Aeth hi drwy'r rigmarôl o dynnu'r gorchudd oddi ar y cyri a'i dywallt ar blât, Gareth yn syllu'n anghrediniol tuag ati, ei lygaid yn mudlosgi. Yn gwneud ei orau i anwybyddu ei dad, eisteddodd Cai yn y gegin, ei gefn tuag ato, a dechrau bwyta.

"Ddudis i wbath cas, do?" gofynnodd Gareth o'r diwedd, ei fysedd yn crafangu braich y gadair yn ffyrnig. "Dôdd be ddudis i … dôdd o ddim yn neis neu rwbath?"

"Dy *fab* 'di o, Gareth!" bloeddiodd Danielle, gan daflu'r paced cyri i'r bin a throelli yn ei hunfan i wynebu ei gŵr. "Fysa fo 'di gallu marw! Fysa chdi 'di gallu atab dy ffôn ddoe, o leia. Ti'm yn meddwl?"

Symudodd Gareth yn anghyfforddus yn y gadair, bron fel petai'n cysidro codi ar ei draed.

"Ti'n meddwl," meddai, "fod o'n syniad da cadw fy ffôn ymlaen pan dwi ar fin suddo pot er mwyn ennill cant a hannar o bunnoedd?"

"Dwi'm yn meddwl bod o'n syniad da gamblo'r pres 'na yn y lle cynta, Gareth."

"Wel, *dwi'n* meddwl bod angan i rywun yn y tŷ 'ma wneud rywfaint o bres."

"Ma' gan Cai job. Dwi'n gneud fy ngora i gadw'n penna ni uwchben y dŵr efo'r trwsio dillad. Ffordd dwi'n 'i gweld hi, *chdi* 'di'r unig un yma sy'm yn gweithio."

Gwthiodd Gareth ei hun o'r gadair o'r diwedd, a bu bron i bwysau aruthrol ei fol ei lusgo i lawr. Camodd yn ei flaen yn sigledig cyn ymestyn un bys tew a'i ddal yn grynedig o flaen wyneb ei wraig, yn gwneud ei orau i feddwl am rywbeth i'w ddweud. Safodd Cai ar ei draed yn reddfol er mwyn amddiffyn ei fam. Roedd o'n dalach na'i dad. Gydag un olwg sydyn at ei fab, cymerodd Gareth gam yn ôl.

"Stwffio chi," meddai gan anadlu'n ddwfn, a brysio allan drwy'r gegin gan fangio'r drws ar ei ôl. Daeth yn ôl bron yn syth, wedi sylweddoli nad oedd yn gwisgo esgidiau. Gwelodd bod pâr ohonyn nhw wedi eu gadael ger y teledu, a rhoddodd nhw am ei draed heb drafferthu clymu'r careiau. Gwnaeth ei orau i aros yn urddasol wrth adael y tŷ unwaith eto, yr esgidiau'n fflapio'n bathetig ar deils y gegin. Wedi i'r drws gau am yr eildro, daeth distawrwydd dros y tŷ.

Roedd Danielle yn rhyfeddol o ddigyffro. Twriodd o gwmpas yn y rhewgell a nôl twb o *korma*.

"Fydd o 'di mynd am sbel, siŵr o fod," meddai hi. "Waeth i fi fwynhau fy hun ddim."

"Sori, Mam."

"Sori? Duw, ga' i lonydd i watshiad *Family Fortunes* rŵan. Dwy awr ohono fo ar Challenge TV. Ti ffansi?"

"Ym … wel, dim am *ddwy* awr, ond …"

* * * * * * * *

Dwy awr yn ddiweddarach, cododd Cai oddi ar y soffa gan ddylyfu gên, a mynd â'i blât cyri at sinc y gegin i'w olchi o'r diwedd. Daeth ei fam ar ei ôl a sefyll wrth ei ymyl.

"Dwy awr o *Pointless* rŵan," meddai hi. "A wedyn gawn ni ordro Chinese?"

"Faswn i'n licio," atebodd Cai heb feddwl, "ond dwi'n meddwl bod angan i fi neud chydig o waith …"

"Gwaith? Pa waith? Ti ddim ar ben y Wyddfa rŵan, 'sti."

Aeth wyneb Cai yn goch. Sychodd y plât yn ddistaw am rai eiliadau. Yn y man, rhoddodd y plât yn y cwpwrdd uwchben y sinc, a siaradodd o dan ei wynt.

"Wel, dwi ddim isio bod yno am byth, nag'dw?"

"Y? Ti'n planio gneud rwbath arall?"

Gafaelodd Cai yn ochr y sinc, cyn cymryd plât ei fam ganddi a chychwyn ei olchi.

"Ti'n gwbod y peth dwi'n neud bob nos Wenar?"

"Ydw, siŵr. Dallt yn iawn. Rwbath i neud efo dreigia, ia?"

"Ia. Wel. Sgen ti'm syniad pa mor anodd ydi câl criw o bobol at 'i gilydd i'w chwarae o. Anoddach byth dod o hyd i rywun call."

"Ti'm yn deud?" gofynnodd Danielle, ei sylw yn dechrau drifftio.

"Pam ddim mynd â'r peth ar y we? Dyna be dwi'n drio'i neud: lle i chwara gema ffantasi ar-lein."

"Does na neb 'di gneud hynny'n barod?"

"Wel, do, rhei o'r cwmnïa mawr ... ond, y ... ella 'mod i'n dyfeisio fy system fy hun, 'fyd. Gêm gwbwl newydd. O'r enw Eryrin."

"Hm. Swnio fatha 'Eryri'."

"Ydi, Mam."

Wrth i Cai roi plât ei fam yn y cwpwrdd, edrychodd hithau arno'n ansicr.

"Gêm fatha *Snakes and Ladders* neu *Trivial Pursuit* neu rwbath, ia?" gofynnodd Danielle o'r diwedd.

"Chydig *bach* mwy cymhleth na hynna, Mam."

"O."

"A mae 'na fwy o ... ti'n gwbod. Dreigia a ballu."

Nodiodd Danielle ei phen yn araf, yn syllu'n ddwfn i lygaid ei mab, fel petai hi'n disgwyl dod i ddeall ei syniad wrth wneud.

"Ti'm yn licio'r syniad?" gofynnodd Cai'n dawel. Wrth gwrs ddim. Be ddaeth dros ei feddwl o? Fysa hi ddim yn deall apêl y peth mewn mil o flynyddoedd. "Ti'n meddwl 'mod i'n wastio fy amsar?"

"O, bach," atebodd ei fam yn dyner. Cymerodd gam ymlaen a chusanu Cai ar ei dalcen. Bu bron iddo faglu mewn sioc. "Ma' 'na lot o betha'n y byd 'ma dwi'm yn 'u dallt. Tysa nhw i gyd yn syniada drwg, fysa 'na le 'ma, bysa? Dos di i weithio, 'ta."

Gyda gwên fawr yn bygwth llyncu gweddill ei wyneb, sgipiodd Cai i'w ystafell, wedi anghofio bellach am ei anafiadau ac ymddygiad ei dad. Llithrodd i fyd Eryrin yn ddigon hawdd, ond buan y neidiodd ei feddwl yn ôl i'w fyd ei hun, a'r sgwrs yn y gegin â'i fam. Roedd o wedi disgrifio'r broses iddi fel 'gwaith'. Ond doedd yr ychydig oriau roedd o'n eu treulio ym myd Eryrin bob dydd ddim yn teimlo fel gwaith o gwbwl. Yn rhyfedd iawn, doedd llusgo ei hun allan o'r gwely a delio efo byddin o gwsmeriaid sur ar ben yr Wyddfa, ym mhob tywydd, ddim cymaint o hwyl ag eistedd yn ei ystafell gynnes o flaen ei gyfrifiadur. Dechreuodd feddwl o ddifri am grybwyll y syniad wrth Tom, Andreas, Taliesin a Mabli nos fory. A tasa Un yn ei helpu hefyd …

Edrychodd ar gloc ei gyfrifiadur, a chofiodd yn sydyn bod y porthwll ar fîn ymddangos. Diffoddodd ei gyfrifiadur. Mentrodd draw at y ffenest ac edrych dros strydoedd y pentre, y mynyddoedd yn y pellter yn codi draw dros adeiladau Llanberis. Am y tro cynta mewn oriau, roedd yn ymwybodol o deimlad stiff a phoenau mud mewn gwahanol rannau o'i gorff. Pwysodd yn erbyn sil y ffenest a chyffwrdd ei dalcen yn ofalus, fel petai'n dal i ddisgwyl teimlo gwaed yn diferu drwy'r pwythau. Yna, neidiodd mewn braw wrth deimlo llaw yn gafael yn gadarn yn ei ysgwydd.

Disgynnodd yn erbyn sil y ffenest wrth weld Un yn sefyll yno, y ddisg yn troelli y tu ôl iddo fel arfer.

"Wel, blydi hel," meddai Un. "Diolch byth bod chdi'n fyw."

"Ia," atebodd Dau. "Sori am beidio troi fyny ddoe. Ma' 'na lot i esbonio, debyg."

"A dim lot o amsar."

"Reit. Wel. Pryd welson ni'n gilydd tro dwytha? Nos Fawrth?"

"Oedda chdi ar fîn mynd allan efo Llinos."

"O. Waw. *Mae* hynna sbel yn ôl. Peth cynta, felly: 'dan ni ddim efo'n gilydd bellach."

Cododd Un ei aeliau mewn syndod.

"Unrhyw reswm pam?" gofynnodd.

"Dwi'm yn gwbod," dechreuodd Dau ateb, gan baratoi i restru llith o gwynion amdani. Torrodd Un ar ei draws cyn iddo gael cyfle i ddechrau.

"Achos *dwi'n* mynd allan efo hi rŵan."

"O …"

Chwaraeodd tafod Dau ar draws blaen ei geg, fel petai'n ceisio cipio'r geiriau iawn o'r awyr o'i flaen.

"Jyst … dwi'm yn gwbod. Ddim yn fatsh, debyg. Ond … ond ella eich bod *chi*."

"Am rŵan," meddai Un, "wna' i anwybyddu'r ffaith nad wyt ti'n gwneud unrhyw fath o sens. Be sy'n bod efo dy ben di?"

"Dim jyst fy mhen i," atebodd Dau yn dawel, nodyn o ddioddefaint yn ei lais. "Dros 'y nghorff. Ges i gweir gan ryw dri idiot ar y ffordd adra ddoe. Bach o gyngor, mêt: os ti'n cael dy ddychryn gan iahŵs yn gweiddi abiws allan o Vauxhall Corsa, *paid* ag ymateb."

"Vauxhall Corsa? Un gwyn? Efo un ohonyn nhw'n hongian allan o'r ffenast?"

"Dyna chdi."

"Dwi'n meddwl 'mod i'n cofio nhw. Ond o'n i yn y car efo Llinos ar y pryd."

"Ia wir? Un moel? Un uffernol o gyhyrog? Ac un arall … Siôn o'dd 'i enw o, dwi'n meddwl …"

"Iesu mawr, dwi'm yn gwbod eu henwau nhw, nag'dw?"

"O. Reit. Nag wyt, siŵr iawn. Ond 'di o'm yn ddrwg i gyd. Dwi *wedi* cael caniatâd gan Wendell i golli diwrnod o waith …"

"Hy. Wendell. Paid â nghychwyn i ar Wendell."

Eisteddodd Un i lawr ar y gwely'n flinedig, gan daflu golwg tuag at y porthwll i wneud yn siŵr ei fod yn dal yno.

"Mae o 'di mynd dipyn *bach* yn wyllt achos yr holl beth insbector 'ma."

"Ia, glywis i rwbath am hwnna," atebodd Dau.

"Rhaid i chdi fynd rownd ar flaena dy draed o'i gwmpas o fory. Wnes i droi fyny'n hwyr heddiw. Achos Llinos. Doedd o'm yn hapus. Ond dwi'n cymryd fydd hwnna ddim yn broblam i chdi."

Ysgydwodd Dau ei ben yn dawel.

"O, a gesia be arall dwi 'di ffeindio? Ma' Wendell yn licio *D & D*."

"Be!?"

"Fyswn i'm yn sôn am hynny wrtho fo tyswn i'n chdi. Os na ti isio fo'n 'sgota am wahoddiad i'r sesiwn nos Wenar. Ym … dyna'r cyngor gora sy gen i, deud gwir. Jyst bydd yn ofalus o'i gwmpas o."

Penderfynodd Dau beidio datgelu'r ffaith nad oedd o wedi cael unrhyw drafferth gan Wendell, ac nad oedd y cyngor yna'n arbennig o berthnasol. Nodiodd ei ben.

"Be am Mam a Dad?" gofynnodd.

"O, ia!" ebychodd Un. "Ges i sbîtsh gan Mam am ei hanes hi a Dad. Fedri di goelio hynna?"

"Ges i'r un peth 'fyd. A gafodd hi a Dad eiria'n gynharach. Mae o 'di stormio allan o'r tŷ."

"Wir?" Pwysodd Un yn ôl ar y gwely. "Ddigwyddodd hwnna ddim i fi …"

"Geith o aros allan 'fyd."

Astudiodd Un ei gyfatebydd yn ofalus. Diwrnod heb ei gyngor, ac roedd ganddo bwythau ar ei dalcen, golwg boenus ar ei wyneb, craciau'n dechrau dangos ym mherthynas ei rieni …

"Wel, rhyngtho chdi a fo ma' hwnna," meddai o'r diwedd. Cododd oddi ar y gwely a symud tuag at y ddisg.

"Ti'n mynd?" gofynnodd Dau. "O'n i'n meddwl fysa ni'n câl rhannu syniada am Eryrin …"

"Ty'd 'laen. Dwi'm isio bod yn styc yma eto. Ma' colli diwrnod o'r gwaith yn un peth, ond ma' colli sesiwn o *D & D* yn rwbath cwbwl wahanol. Ella fory? Jyst canolbwyntia ar Wendell."

Diflannodd Un i mewn i'r porthwll, ei eiriau ola'n hongian yn yr awyr. Ar ei ben ei hun unwaith eto, roedd cymysgedd o emosiynau yn brwydro am sylw ym meddwl Cai. Ar yr olwg gynta, roedd Un i'w weld mewn rheolaeth: doedd ei rieni ddim yn swnio fel petaen nhw yng ngyddfau ei gilydd, ac ar ôl camgychwyn sawl gwaith, roedd ei berthynas â Llinos wedi dechrau o'r diwedd. Ond er ei holl refru llencynnaidd, di-hid am Wendell, bron nad oedd Cai yn synhwyro ansicrwydd yn ei gyfatebydd ynghylch ei waith. Roedd o'n ei adnabod ei hun yn well na neb, wedi'r cwbwl. Dechreuodd obeithio y byddai Un yn cymryd ei gyngor ei hun, a throedio'n ofalus o gwmpas Wendell.

Ac er mor wahanol oedd bywydau'r ddau bellach, roedd Cai yn hollol sicr na fyddai byth yn hapus gyda rhywun fel Llinos yn gariad. Tybiodd bod Un yn ei dwyllo'i hun yn ei chylch hi hefyd …

A dyna ei rieni wedyn. Yn ôl confensiynau'r ddynol ryw, a chrefydd, a chymdeithas, roedd o'n well bod rhieni Un yn dal o dan yr un to, eu priodas yn dal i sefyll yn weddol gadarn. Ond doedd Cai erioed wedi gweld ei fam yn fwy *byw* nag yn ystod y ffrae â'i dad. Roedd fel petai ei gwir bersonoliaeth wedi bod yn cuddio mewn cocŵn cyn hyn, a bod y Danielle go-iawn, o'r diwedd, yn mentro allan i olau dydd.

Roedd *Pointless* ar ben bellach, siŵr o fod. Agorodd Cai ddrws ei ystafell ac aeth i weld be oedd hanes ei fam. Roedd hi'n ôl ar y soffa yn gwnïo mwy o'i doliau, ei llygaid yn gwibio rhyngddyn nhw a'r set deledu. Sylwodd yn sydyn ar ei mab yn sefyll ar droed y grisiau.

"Uganda," meddai hi. "Dyna o'dd yr atab. Yn y bennod ddwytha o *Pointless*. Yn y rownd ola, 'lly. O'n i bron â'i weiddi o ar y teli, 'fyd, ond y ... wnes i ddim."

"Be oedd y cwestiwn?"

"Ym. Rwbath efo ... fflags. Faint o fflagia'r byd sy efo mwy nag un ... na. Hang on ..."

Dechreuodd Cai biffian chwerthin.

"Be?"

"Dim byd, Mam. Gest ti'r Chinese 'na byth?"

"W, naddo. Ti'n gwbod be? Dwi'n starfio 'fyd." Cododd oddi ar y soffa a chipio'r ffôn oddi ar ei gryd yn y gegin. "Be ti isio?"

"Rwbath efo saws chilli. Bydd yn greadigol. A spare ribs, plîs. O, ac, y ... Mam?"

"Hmm?"

"Ti'n meindio os dwi'n dod â fy ffolder lawr 'ma?"

"Ffolder?"

"Ia, ti'n gwbod ... ar gyfer gwaith?"

"O. Gwaith." Nodiodd Danielle yn wybodus, a rhoi winc i gyfeiriad ei mab. "Dim problam. Oh, hello. Can I order for delivery, please? So, we'll have something in chilli sauce ... um ... you know what? Just put every meat in there."

Aeth Cai i nol y ffolder binc yn hapus.

* * * * * * * *

Erbyn iddo syrthio i mewn i'r gwely, ei geg yn dal i losgi oherwydd y saws chilli, roedd Cai'n barod am gwsg. Hanner ffordd drwy'r pryd bwyd, roedd ei fam wedi cofio bod ganddi botelaid hanner-llawn o wisgi wedi ei guddio ar ben y cwpwrdd ers tro, a'r ddau ohonyn nhw wedi yfed tipyn mwy ohono nag oedd wir yn addas ar nos Iau. Erbyn i

Newyddion Deg ddod i ben, roedd Cai, ei eiriau'n aneglur, ei feddwl yn gymylog, yn gwneud ymdrech wirion i ddysgu'r gwahaniaethau manwl rhwng Orc a Goblin i'w fam. Doedd hi ddim callach erbyn iddi syrthio i gysgu ar y soffa, y ddol weu wedi ei hen anghofio ar y llawr wrth ei thraed.

Er gwaetha holl ddigwyddiadau'r dyddiau diwetha, er gwaetha'r ffaith y byddai'n ôl yn y gwaith yfory, a Wendell yn gaddo bod ar bigau'r drain, aeth Cai i gysgu gyda gwên ar ei wyneb.

DYDD GWENER: DYDD 9 *(UN)*

Daeth Cai yn ôl i'w ystafell drwy'r porthwll yn teimlo'n well ynghylch ei fywyd ei hun a bywyd ei gyfatebydd. Roedd o'n hynod o falch nad oedd dim niwed parhaol wedi ei wneud i Dau, ond ar yr un pryd, roedd hi'n ddigon clir erbyn hyn pwy oedd wedi cael ochr orau'r fargen. Meddyliodd yn ôl at yr adeg pan oedd o'n cenfigennu at Dau, a dechreuodd chwerthin o dan ei wynt.

Bu bron iddo ymestyn i'r ddrôr am y ffolder pinc y foment honno. Roedd ei law chwith ar y nobyn, yn barod i'w hagor. Yn anffodus, roedd ei law dde wedi troi'r cyfrifiadur ymlaen, a chafodd ei hun yn gwylio clip ar ôl clip ar YouTube, wedi anghofio popeth am wneud unrhyw waith. Aeth awr heibio felly, ac o fewn dim, roedd hi'n amser mynd am dŷ Tom.

I lawr grisiau, roedd Danielle wrth fwrdd y gegin a Gareth yn ei hoff gadair fel arfer. Rhuthrodd Cai drwy'r ystafell fel corwynt.

"Gorfod mynd," meddai. "Dim amsar i sgwrsio."

Gwnaeth Gareth sŵn hanner ffordd rhwng tagu a chwerthin, rhywle yng ngwaelodion ei wddw. Roedd ei ystyr yn glir: pa sgwrs? Penderfynodd Cai ei anwybyddu.

"Isio bwyd?"

"Ga' i rwbath ar y ffordd, Mam. T'ra."

Am yr ail wythnos yn olynol, daeth Cai ag arogl sglodion i mewn gyda fo i gartre Tom. Roedd Tom, Andreas a Mabli'n eistedd o gwmpas y bwrdd yn barod, a Taliesin yn brysio o gwmpas yr ystafell yn gwneud fawr ddim o unrhyw werth. Unwaith eto, crychodd Tom ei drwyn yn ddrwgdybus.

"Dude. Ydi'r pizza ritual ddim yn meddwl dim byd i ti?"

"Be? O, damia. Sori. Wnes i anghofio. Wel … dwn i'm. Ella os oes 'na un bach wyth insh neu rwbath, gymra i un."

"Cwrw, Cai?"

"O, diolch, Taliesin. Rwbath sy gen ti."

"Hey! Might I remind you, dear brother, that it's *my* beer you're handing out willy-nilly?"

"Oh. Um …"

"Paid â phoeni 'ta, Taliesin. Fydda' i'n iawn."

"Na, ti'n OK, Cai. Jyst … little brothers should know their place is all."

"Sôn am frodyr, Tom," meddai Andreas o nunlle, ei drwyn yn dal ym mwydlen y tŷ pizza. "Super Mario Brothers."

"Ia?"

"Nintendo."

"Ym … ia?"

Cododd Andreas ei ysgwyddau.

"Be am siarad am hwnna?"

Wrth i Tom ac Andreas ddechrau trafodaeth hir am holl ffaeleddau diweddar Nintendo, pwysodd Mabli ymlaen ar y bwrdd.

"Welis i chdi ddoe, Cai."

"Do?"

"Yn y car. Ryw flondan efo chdi."

"O, ia. Llinos. Ma' hi'n … gweithio efo fi. Ia, o'n i'n meddwl 'mod i 'di dy weld di. Sori am beidio codi llaw na dim byd. Do'n i'm yn teimlo fel fi fy hun ddoe."

"Popeth yn iawn?"

"O, ydi. 'Da phoeni."

Nodiodd y ddau yn swil, a daeth y sgwrs i ben cyn iddi ddechrau. Gyda'r drafodaeth am Nintendo yn cynyddu mewn ffyrnigrwydd, dechreuodd llygaid Cai grwydro ar draws yr ystafell. Uwch ei ben, roedd poster enfawr o Martin Freeman o'r ffilm *The Hobbit* yn syllu i lawr arno. Yng nghornel yr ystafell, roedd delw gardbord o Master Chief o'r gemau *Halo* yn dal gwn enfawr yn fygythiol. O dan y teledu, roedd silff yn gwegian dan bwysau ffigyrau bach plastig: Sonic the Hedgehog, Obi-Wan Kenobi (fersiwn Alec Guinness), Judge Dredd, Albert Wesker o *Resident Evil*, Gandalf, Obi-Wan Kenobi (fersiwn Ewan McGregor), ac yn y blaen, ac yn y blaen, ac yn y blaen.

Dechreuodd ei galon suddo, a llifodd yr holl ewyllys da allan ohono. Doedd o erioed wedi sylweddoli pa mor … *drist* oedd y stafell 'ma. Wrth gwrs ddim. Wythnos yn ôl, roedd o'n ddigon hapus i fyw yn ei fyd bach ei hun. Bellach, roedd ganddo fo ferch yn disgwyl amdano. Merch *normal*, fel y rhai oedd wedi ei anwybyddu'n llwyr yn yr ysgol. Ac roedd llwyddiant yn curo ar ei ddrws o'r diwedd. Er na fyddai gan rywun fel Llinos ddiddordeb mewn rhywbeth fel Eryrin, nid dyna oedd y pwynt. Roedd y syniad, a chydweithrediad Dau, am ei wneud yn ddyn gweddol gyfoethog. Gobeithio.

A tasa fo'n ddigon lwcus i gael ceiniog neu ddwy oherwydd y syniad, roedd o'n gobeithio y byddai'n gwario'i bres yn ddoethach na Tom. Faint oedd o wedi wario ar ei holl ffigyrau? Miloedd? A doedden nhw ddim wedi eu cuddio o dan y gwely neu mewn cwpwrdd allan o'r ffordd. Dyma oedd y pethau yr oedd o'n hapus i'w harddangos ym mannau mwyaf cyhoeddus ei gartre.

Eisteddodd Taliesin wrth ei ymyl.

"Sbia, Cai," meddai, gan ddal darn o bapur o flaen ei wyneb. Arno roedd llun pensil amaturaidd o gorrach milain yr olwg yn dal bwyell enfawr. "Alfnord. Fy nghymeriad newydd i. Dwi'n gobeithio os dwi'n tynnu llun ohono fo, fydd o fwy … byw, rywsut. Ella fydd o ddim yn marw'n syth. Ym …"

Craffodd Cai ar y llun. Fe fyddai bachgen deg oed wedi gwneud yn well. Cododd ei olygon i weld Taliesin yn syllu'n ôl arno uwchben y papur. Llygaid plentyn.

Ella bod yr amser wedi dod iddo dyfu i fyny.

Craciodd ei gwrw ar agor.

"… a dyna pam bod Nintendo ar y ffordd allan," meddai Andreas gyda llawer gormod o angerdd, gan godi ei grys-T *Quantum Leap* er mwyn cael crafu ei fol swmpus. "Ma' nhw 'di colli'r plot."

"Fysa ti wedi medru dweud hynny mewn lot, lot llai o eiriau," meddai Tom yn flin. "Jesus Christ. OK then. Pawb wedi penderfynu ar pizzas?"

Gwnaeth pawb eu harchebion, gyda Taliesin yn nodi pob manylyn yn ofalus. Wedi i Cai ddewis, dechreuodd deimlo euogrwydd yn ei gnoi. Oedd o wir *angen* pizza ar ôl pryd o sglodion, heb sôn am sosej fawr mewn cytew? Ond roedd hi'n rhy hwyr bellach, gyda Taliesin yn codi'r ffôn ac yn deialu'r siop.

"OK," meddai Tom yn awdurdodol, heb ddisgwyl i'w frawd orffen.

"So, os 'dach chi'n cofio – tro diwetha, oeddech chi'n sefyll yn drws yr, y ... palace of the Orc King. Weapons drawn, ready for battle. Ia? Ym, Clovin? Dwi'n meddwl bod gen ti health potion. Paid anghofio amdano fo."

Nodiodd Cai, gan ddechrau teimlo ychydig o embaras. Oedd *rhaid* i Tom gyfeirio ato fo gan ddefnyddio enw ei gymeriad? Petasai Llinos yn gweld hyn ...

"So. Be ydach chi isio gwneud?"

"Charge!" gwaeddodd Taliesin, wrth daro'r bwrdd â'r ffôn yn llawer rhy galed, yr archeb wedi ei gwneud. Ochneidiodd ei frawd mawr.

"Roll a dice, then."

Rowliodd Taliesin y dîs 20-ochr yn nerthol. Bownsiodd oddi ar gan cwrw, gan dywallt peth o'r hylif ar hyd y bwrdd. Roedd Cai yn rhy brysur yn mopio'r cwrw â'i lawes i gymryd sylw o'r dîs.

"20!" bloeddiodd Taliesin mewn llawenydd. "Drychwch! Natural 20!"

Syllodd Tom mewn penbleth ar y dîs am foment cyn codi ei ysgwyddau, a bwrw i mewn i ddisgrifiad manwl a hirwyntog o'r ffordd yr oedd cymeriad Taliesin yn torri'r holl elynion o'i gwmpas i lawr yn waedlyd. Cymerodd Cai lwnc mawr o'r cwrw oedd ar ôl. Roedd hon yn mynd i fod yn noson hir.

* * * * * * * *

Aeth yr antur yn ei blaen yn boenus o ara deg, gyda'r pedwar anturiaethwr dewr yn gwneud eu ffordd drwy'r palas at orsedd Brenin yr Orcs ar y llawr uchaf. Drwy'r noson, roedd cymeriad Mabli – Zanna, yr Ellylles fach hud – wedi aros yn agos at Clovin y dewin, yn ei amddiffyn rhag ymosodiadau gan yr Orcs a'r bwystfilod oedd yn byw yn y palas. Prin y sylweddolodd Cai bod ei gymeriad wedi derbyn y fath gymorth. Rhwng rowlio'r dîs yn robotig, roedd o'n dal i gnoi ar ei ddirmyg newydd ac annisgwyl at yr hobi a'r bobol o'i gwmpas. Roedd Taliesin yn ddigon ifanc eto – doedd o ddim am weld bai arno am fwynhau *Dungeons & Dragons* ac yntau ddim allan o'i arddegau. Ond roedd y gweddill ohonyn nhw yn eu *hugeiniau*. Roedd Tom yn talu ei filiau ei hun, hyd yn oed. Tua hanner ffordd drwy'r sesiwn, roedd Cai ar bigau'r drain isio gadael, i gael bod yng nghwmni Llinos unwaith eto.

O gwmpas un ar ddeg o'r gloch, daeth y criw wyneb yn wyneb â Brenin yr Orcs. Neidiodd Alfnord y Corrach i mewn i'r frwydr yn syth, gyda Bolo y Barbariad – cymeriad Andreas – ddim yn bell y tu ôl iddo. Safodd Clovin a Zanna ochr-yn-ochr, hithau'n paratoi i daflu ei hud tuag at y gelyn, ac yntau'n sefyll yna ac yn gwneud … dim byd.

"Clovin!" gwaeddodd Tom ar ben y bwrdd. "Clovin! … Cai!"

"Hm?" atebodd Cai, gan ysgwyd ei ben yn gysglyd.

"Be ti am wneud? Dude, mae'r Orc King … mae o right there."

"O. Ym … ocê. Wel … be am redeg 'mlaen a wacio fo efo fy ffon?"

Edrychodd y pedwar arall yn syn arno.

"Wyt … wyt ti'n siŵr? Dydi dy staff di ddim yn pwerus iawn. Ti'n dewin. Ti ddim i fod i ymladd. Ti …"

"Dwi'n rhedeg 'mlaen a wacio fo efo fy ffon," meddai Cai eto, yn fwy swta. Symudodd y ffigwr bach yn cynrychioli ei gymeriad ymlaen ar y bwrdd, a rowliodd y dîs 20-ochr. Daeth y rhif pedwar i fyny.

"Weapon proficiency?" gofynnodd Tom.

"Pump."

"So, naw … OK. Ti ddim yn hitio fo. Quelle surprise. So, dwi'n meddwl bod ti wedi gwneud yr Orc King yn flin. Mae o'n swingio ei club fo atat ti, a …"

Rowliodd Tom y dîs. 19.

"OK. Wel, mae hwnna obviously yn hit. Roll for damage …"

20.

"Oh. Um. Faint o hit points sy gen ti ar ôl?"

Edrychodd Cai ar ei bapurau.

"Chwech."

Trodd pawb fel un i edrych arno. Tom oedd yr un i dorri'r newyddion drwg.

"Ti ddim angen fi i dweud wrthat ti bod ti'n … unconscious. At death's door, mate."

Nodiodd Cai yn dawel, a rhoi'r bensel yr oedd yn gafael ynddi i lawr ar y bwrdd yn dyner. Dechreuodd godi o'i sedd.

"Iawn. Sori, bois. Wnes i drio. Ella mai dyna fy nghiw i adal ..."

"Gadal?" gofynnodd Andreas yn syn. "Ond ... ma' Zanna'n gallu dy godi di eto efo'i hud. Yn dwyt ti, Mabli?"

Nodiodd Mabli'n daer.

"A hyd yn oed os ti yn ... marw," mentrodd hi, "fedri di wastad rowlio cymeriad newydd."

"Ia, Cai," cynigiodd Taliesin. "Dwi'n 'i neud o bob gêm, jyst."

"Gwrandwch," meddai Cai'n sicr, gan blannu ei ddwylo ar y bwrdd. "Dydi o'm byd yn ych erbyn chi. Ond dwi'm yn gwbod fedra' i neud hyn bellach."

Daeth distawrwydd dros y bwrdd. Estynnodd Andreas am ddarn o bizza oer.

"Gen i ddigon o broblema i ddelio efo nhw yn fy mywyd fy hun. Dwi'm yn gorfod poeni am gâl fy lladd gan Orc neu 'nhroi'n llyffant o ddydd i ddydd, diolch byth. Pam fyswn i'n mynd allan o fy ffordd i dreulio fy amsar sbâr yn byw mewn byd sy ... Iesu Grist, dydi'r un o'r petha 'ma'n *bodoli*, bois."

"Dwi'n meddwl bod ni'n gwbod hwnna," atebodd Tom yn ddigon piwis.

"Ydach chi? Drycha rownd dy stafall, Tom. Yr holl ffigyra, yr holl drugaredda. Ma' nhw'n edrych yn ddigon real i fi. Faint o bres ti 'di wario ar y rybish 'ma drwy'r blynyddoedd? Tra 'dw i wrthi, faint o bres 'dw *i* 'di wario ar yr un math o betha?"

"Ond dwi'n licio nhw," atebodd Tom yn swta.

"Ond be ma' nhw'n *neud*? Ydyn nhw'n helpu chdi yn dy fywyd o ddydd i ddydd? Yn dy waith? Ydyn nhw'n helpu chdi i gâl cariad?"

Ciliodd Tom i mewn i'w siwmper fawr drwchus, yn amlwg wedi ei frifo. Bron yn erbyn ei hewyllys, pwysodd Mabli ymlaen ac ymuno yn y ddadl.

"Dyna pam ti'n ymddwyn fel'ma? Y flondan 'na'n y car?"

Ysgydwodd Cai ei ben, yn amharod i ateb y cwestiwn. Dechreuodd gasglu ei bapurau at ei gilydd, ei wefusau wedi eu gludo ynghau. Cychwynnodd allan o'r ystafell, cyn troi rownd wrth y drws.

"Ella welwch chi fi wythnos nesa," meddai. "Ella ddim. Dwi jyst … dwi jyst angan amsar i feddwl."

Caeodd y drws ar ei ôl, gan adael yr ystafell mewn distawrwydd syfrdan. Disgynnodd Mabli i'w chadair gydag ochenaid ddofn. Daliodd Taliesin i syllu at y drws. Mudlosgodd Tom yn nyfnderoedd ei siwmper, ddim yn gwybod be i'w wneud. Gorffennodd Andreas y pizza, yn cnoi'n fud fel tarw'n pori, cyn codi'r dîs a'u dal o flaen pawb arall.

"Fy nhro i rŵan?"

* * * * * * * *

Ar ôl gyrru neges destun fer i Llinos yn rhoi gwybod iddi ei fod ar y ffordd, cerddodd Cai yn araf i gyfeiriad ei chartref hi, ei ddwylo yn ei bocedi. Roedd rhan ohono'n teimlo'n euog am sut y daeth y sesiwn i ben – yn teimlo fel petai'r holl lith wedi dod allan o nunlle, ei fod wedi bod yn rhy galed ar Tom druan, a'r cwbwl oherwydd ei awydd i ddal gafael ar Llinos. Ond roedd rhan arall yn teimlo fel petai ffrwydrad o'r fath wedi bod yn berwi am sbel. Chofiodd o ddim ei fod o wedi amddiffyn *Dungeons & Dragons* o flaen ei dad wythnos union yn ôl.

Wedi cyrraedd tŷ Llinos, curodd yn llawer rhy galed ar y drws, yr ychydig ganiau o gwrw yn ei system yn ei reoli. Atebodd Llinos y drws yn syth, yn gwisgo fest binc denau uwchben pâr o drowsus jogio llwyd. Tynnodd Cai i mewn i'r tŷ a'i wthio i fyny'r grisiau at ei hystafell cyn cau'r drws yn dawel ar ei ôl.

"Yrrais i negas yn deud wrtha chdi beidio cnocio'r drws," meddai hi'n flin. "Wnes di'm 'i gâl o?"

Pysgotodd Cai o gwmpas yn ei boced, cyn tynnu ei ffôn allan, golau gwyrdd yn wincian uwch y sgrîn.

"Sori. Rhaid 'mod i ddim 'di glywad o'n mynd. Oedd fy meddwl i'n bell, braidd."

"Be 'sgin *ti* i boeni amdano fo?" dechreuodd Llinos yn flin, cyn cofio am sgwrs y ddau yn gynharach yn y diwrnod. Meddalodd ei hwyneb a llithrodd yn nes at Cai, gan rwbio'i fraich yn gysurlon. "O … o mai God. Dy dad di. Wnes i anghofio. Ydi o'n … ydi o'n iawn?

Be sy'n digwydd, Cai?"

Llifodd yr holl waed o wyneb Cai wrth iddo wneud ei orau i raffu celwyddau. Nid dyna oedd ei brif gryfder beth bynnag, ond gyda'r holl gwrw yn cymylu ei feddyliau …

"O. Ym. Ia. Dad. Mae o'n … ti'n gwbod. Mae o'n stryglo. Ond …ti'n gwbod sut ma'r petha 'ma. Be sy, ti'n gweld, ydi … ym …"

"Dwi mor stiwpid," torrodd Llinos ar draws. "Ti'm isio siarad am y petha 'ma, nag wyt? Ti 'di dod yma i drio anghofio amdano fo, do?"

Rhoddodd ei braich am ei ysgwyddau, ac eisteddodd y ddau ar y gwely.

"Wel. Yn ddigon lwcus, 'de, dwi'n meddwl alla' i helpu."

Plannodd gusan hir a thyner ar ei wefusau cyn rhwygo ei hun yn rhydd a throi'r goleuadau i ffwrdd. Neidiodd ar Cai, yn ymbalfalu yn y tywyllwch er mwyn tynnu ei grys. Edrychodd yntau at y to, yn fodlon iddi gymryd rheolaeth. O fewn ychydig funudau, roedd unrhyw euogrwydd am adael ei ffrindiau wedi mynd yn llwyr.

DYDD SADWRN: DYDD 10 *(UN)*

Er bod haul y gwanwyn yn llenwi'r ystafell, allai Cai mo'i lusgo'i hun o fyd ei freuddwydion y bore hwnnw. Roedd yn sleifio drwy gyfres o ogofeydd tywyll, cleddyf mewn un llaw, llusern yn y llall, yn ei amddiffyn ei hun rhag llu o greaduriaid ffantastig, pob un ar ôl ei waed. Ar ôl dianc rhag bwystfil oedd yn edrych petai'n dod yn syth o straeon H. P. Lovecraft, tentaclau digyfri'n chwipio drwy'r awyr ac yn lapio rownd ei goesau, cafodd Cai ei hun yn sydyn mewn ystafell enfawr, gydag aur, arian a gemau wedi eu pentyrru blith-draphlith ar hyd y llawr. Dechreuodd lenwi ei bocedi, cyn i'w sylw gael ei dynnu gan sŵn ceiniogau yn sgrialu ar draws ei gilydd yn y pellter. Edrychodd i fyny a cherdded ar flaenau ei draed i fras gyfeiriad y sŵn, gan chwifio'r llusern o'i gwmpas yn wyllt. Ac yna byrstiodd pen draig enfawr allan o'r mynyddoedd o aur, gan eu chwalu i bob man. Syllodd i lygaid Cai am eiliad, a saethu ffrwd ddiddiwedd o dân i'w gyfeiriad.

Neidiodd Cai yn y gwely gan bwnio Llinos yn galed yn ei bol, hithau'n crafangu Cai â'i hewinedd yn ei braw.

"Be ti'n neud, yr idiot?" gofynnodd yn gysglyd.

"Hmm? Sori. Rwbath 'di dychryn fi yn 'y mreuddwyd. 'M yn cofio be rŵan. Rwbath am ddraig."

"Draig?"

"Mmm," mwmiodd Cai, gan rowlio ar ei fol a chladdu ei ben yn y gobennydd. "Achos y sesiwn *Dungeons & Dragons* neithiwr, debyg."

Suddodd Cai hyd yn oed ymhellach i mewn i'r gobennydd, gan ei foddi ei hun mewn tywyllwch. Prociodd Llinos ei ysgwydd yn galed.

"Hei. Be ti'n feddwl?"

"Mm?"

"Be ti'n feddwl? Sgen ti'm amsar i ddod yma efo dy dad yn sâl, ond gen ti amsar i chwara gema stiwpid efo dy ffrindia? Ac o'n i'n meddwl bod ni 'di bod drw hyn yn yr Anglesey, mêt – dydi cyfadda peth fel'na ddim yn gwneud chdi edrach yn dda, 'sdi."

Llifodd yr holl waed i ben Cai wrth droi tuag ati. Dechreuodd agor ei geg er mwyn rhaffu mwy o gelwyddau, ond ddaeth dim byd allan.

Gwthiodd Llinos ei hun i fyny yn y gwely.

"Cai. *Ma'* dy dad di'n sâl, yndi?"

Ddywedodd Cai ddim byd. Chafodd o ddim cyfle.

"O mai *God*, Cai. Ti 'di bod yn deud celwydd am dy … am dy *dad* di? Er mwyn be? Er mwyn peidio gorfod treulio amsar efo fi? 'Ta 'sgen ti rwbath *arall* ti'n cuddio oddi wrtha i … ?"

Cofiodd Cai am y porthwll, a gwasgodd ei wefusau at ei gilydd mewn ymgais i rwystro'r geiriau rhag dianc o'i enau.

"O. Mai. God. Pan dwi 'di bod isio cyfarfod chdi'n pyb, ti 'di bod yn chwara *Dragons & Wizards?*"

"*Dungeons & Dragons.*"

"Sdim otsh gen i! Dim dyma sut ti'n trin cariad, 'sdi. Dim dyma sut ti'n trin dy dad, chwaith. Dwi'm yn nabod y boi, ond dwi'n siŵr bod o'n gneud 'i ora drosta chdi …"

Er ei embaras mawr, sleifiodd chwerthiniad bach haerllug allan o geg Cai.

"Sori," meddai, wrth i lygaid Llinos gulhau. "Jyst … na. Ti *ddim* yn nabod y boi."

"Wel, o leia bod *gen* ti dad," atebodd Llinos yn sydyn, a rowliodd drosodd yn y gwely yn wynebu'r wal. Cododd Cai ei ben oddi ar y gobennydd.

"Be, mae o 'di … ?"

"Gadal," meddai Llinos yn dawel. "Ers deng mlynadd. Ddim isio dim byd i neud efo ni. A Mam 'di gorfod cadw'n penna ni uwchben y dŵr byth ers hynny. Dwi'm hyd yn oed yn gwbod lle mae o bellach. Sgen ti'm syniad sut ma'n teimlo gweld dy fam yn disgyn yn dipia …"

"Ond …"

"Ond dim byd. Cau hi, Cai."

"Ga' i atgoffa chdi," meddai Cai'n ôl wedi saib fer, ei lais yn codi'n raddol, "bod chdi'm yn nabod fi. Tan ryw wythnos yn ôl, doedda chdi erioed 'di cymryd unrhyw ddiddordab yndda i. A ti'n sicr ddim yn nabod 'y nheulu. A gyda llaw, yr unig reswm 'mod i 'di deud celwydd ydi'r ffordd nest ti fihafio y noson o'r blaen. Dwi'm yn gwbod os ti 'di sylwi, 'de, ond 'dan ni'n oedolion rŵan. 'Dan ni ddim yn ysgol ddim mwy. Ti'm i fod i ddewis mynd allan efo'r boi sy'n mynd i neud chdi edrych fwya cŵl o flaen dy ffrindia. Ti fod i ddewis y boi sy'n mynd i edrych ar dy ôl di. Dy drin di'n iawn."

Taflodd Cai'r dillad gwely oddi arno ac eistedd i fyny.

"Tyswn i 'di gwbod bod cariadon yn gallu bod gymaint o draffarth …"

Dechreuodd rhywun gnocio'n uchel ar ddrws yr ystafell, a throellodd Llinos yn wyllt i gyfeiriad y sŵn.

"Llinos, caea gega dy ffrindia ar fora Sadwrn, nei di? Ma' rhei ohona ni 'di bod yn gweithio drw'r nos!"

"Sori, Mam …"

"Fyddi di *yn* sori os dwi'm yn cysgu cyn shifft heno. Cliria allan o 'ma heddiw, nei di? A dos â *fo* efo chdi. Dwi'm isio ryw bry pric yn hofran tu allan i'n stafall i drw dydd."

Yn dal i fytheirio o dan ei gwynt, diflannodd mam Llinos i lawr y coridor gan fangio drws ei hystafell ar ei hôl. Gan daflu un olwg flin arall i gyfeiriad Cai, cododd Llinos o'r gwely a gwisgo heb ddweud gair. Gwnaeth Cai'r un peth. Dim rhyfedd bod Llinos fel yr oedd hi, gyda'r unig ffigwr o awdurdod yn ei bywyd yn ymddwyn felly.

Gwisgodd y ddau ac ymolchi'n dawel ac yn gyflym, cyn ffeindio eu hunain y tu allan i'r drws ffrynt heb lawer o syniad be i'w wneud. Edrychodd Cai'n ddryslyd ar y tai a'r mynyddoedd o'i amgylch.

"Be wnawn ni?" gofynnodd. Cychwynnodd Llinos allan drwy'r giât heb ei ateb a brasgamu i lawr y lôn tuag at ganol y pentre, Cai yn ei dilyn fel ci bach yn rhedeg ar ôl ei feistr.

"Ddylsa ni jyst mynd i Fangor?" meddai Llinos o'r diwedd.

"Mm," atebodd Cai, sawl cam ar ei hôl.

"Ddaliwn ni fws, ia?"

"Fydd hi'm yn haws i chdi ddreifio?"

"Dim efo'r hangofyr 'sgen i rŵan."

"Be? Ond doedda chdi'm allan neithiwr …"

"O'n i'n gorfod gneud rwbath i basio'r amsar cyn i chdi gyrradd, do'n? Ac os ti'm yn meindio fi'n deud, dwi'n meddwl i fi neud gwell defnydd o'r noson na chdi."

Caeodd Cai ei geg. Wrth iddyn nhw agosáu at yr orsaf fysus, ochneidiodd y ddau gyda'i gilydd wrth weld bws Bangor yn diflannu tua'r pellter. Eisteddodd Llinos ar y fainc yn ddisymwth wrth i Cai edrych dros yr amserlen.

"Chwartar awr," meddai'n ddideimlad. Roedd gan Llinos ei ffôn allan yn barod, ac yn sgrolio'n eithriadol o gyflym drwy wefan ar ôl gwefan yn llawn clecs o fyd y selébs, yn anwybyddu Cai'n llwyr. Wnaeth yr un gair basio rhyngddyn nhw cyn i'w bws gyrraedd.

Dringodd y ddau ar y cerbyd a thalu am y tocynnau'n fud. Yng nghefn y bws roedd criw o fechgyn ifainc yn chwarae cerddoriaeth o'u ffonau yn llawer rhy uchel. Ychydig seddi o'u blaenau roedd hen ddynes, yn edrych fel petai hi'n sugno ar lemwn yn barhaol, yn troi rownd ac yn tuchan yn uchel i gyfeiriad y bechgyn o bryd i'w gilydd, heb unrhyw effaith.

Aeth Llinos yn ôl at ei ffôn er mwyn blocio popeth o'i chwmpas allan. Dechreuodd Cai wneud yr un peth, cyn rhoi ei ffôn i lawr yn syfrdan ac edrych o'i gwmpas. Dyna lle'r oedd y ddau ohonyn nhw'n teithio ar drafnidiaeth gyhoeddus, wedi eu hamgylchynu gan griw o bobol annifyr, ar y ffordd i rywle doedd yr un ohonyn nhw wir isio mynd. Roedd ei drip bach i'r dre yng nghwmni ei gariad yn dechrau teimlo fel diwrnod o waith.

Camodd y ddau oddi ar y bws ym Mangor, y criw o fechgyn yn heidio o'u cwmpas, yr hen ddynes yn gwneud ei ffordd tua Marks & Spencer gan ddal i duchan. Gwnaeth Llinos ei ffordd tuag at Debenham's a dilynodd Cai yn anniddig, arogl Subway bron â'i lusgo oddi wrthi. Gwibiodd Llinos o gwmpas y siop enfawr, rhwng raciau o ddillad fel petai hi'n llythrennol yn medru ogleuo bargeinion. Arhosodd Cai ger y stondinau colur, lle roedd silffoedd yn gwegian o dan bwysau pob math o anrhegion nofelti. Roedd ei lygaid wedi eu tynnu at gasgliad pitw o gemau bwrdd yng nghornel y silffoedd: *Monopoly, Battleship, Trivial Pursuit, Cranium*. Edrychodd yn frysiog dros gefn copi o *Scattergories*, ac aeth ei feddwl yn ôl at y noson gynt.

Cofiodd am yr olwg dorcalonnus ar wyneb Taliesin, a theimlodd bang o euogrwydd am ei ymddygiad o flaen y grŵp *Dungeons &*

Dragons. Druan ohono. Ella bod ymddiheuriad yn ddyledus iddo fo a'i frawd, a dweud y gwir. Ac i Andreas …

… na. Na, fe fyddai Andreas yn iawn.

Ac yn ola, meddyliodd am Mabli, a'r olwg ar ei hwyneb hi neithiwr – golwg wahanol i'r un ar wyneb Taliesin, rywsut. Roedd rhywbeth dyfnach yno, fel petai geiriau Cai wedi ei brifo i'r byw, ac wedi tanseilio ei daliadau sylfaenol.

Rhoddodd Cai *Scattergories* yn ôl ar y silff cyn tynnu ei ffôn allan unwaith eto. Gwnaeth ei orau i feddwl am y geiriau cywir i decstio. Roedd ei fawd yn hofran uwchben enw Mabli pan ddaeth Llinos heibio, dau fag plastig mawr yn llawn ddillad yn ei dwylo.

"Ti'n siŵr ti'm isio dillad newydd?" gofynnodd hithau, tôn ei llais yn awgrymu'n gryf ar ba ochr i'r ddadl roedd hi'n disgyn. Edrychodd Cai i lawr, pigo darn o faw oddi ar ei grys, a chodi ei ysgwyddau mewn difaterwch.

Ochneidiodd Llinos a rhoi un llaw ar ei gwar, yn edrych fel oedolyn yn syrffedu ar orfod delio efo plentyn.

"Ti isio bwyd 'ta?"

Wrth gerdded allan o Debenham's, dechreuodd Cai esbonio i Llinos nad oedd dim llawer o ddewis o ran llefydd i fwyta ym Mangor, ac eithrio un neu ddau o lefydd bwyd sydyn. A doedd dim llawer o siâp ar rheini, oni bai am …

"Subway?" meddai Llinos, gan dorri ar draws Cai wrth iddo gyrraedd y pwynt o'r diwedd. Nodiodd ei phen i gyfeiriad y siop frechdanau ac aeth y ddau i mewn i ganol pair o gyrff ifainc, chwyslyd, swnllyd, oll yn disgwyl eu cinio yn ddiamynedd. Cymerodd y ddau eu lle yn y ciw, a sefyll mewn distawrwydd anghyfforddus y tu ôl i griw o ferched yn eu harddegau cynnar yn trafod pa fachgen yn eu dosbarth oedd fwya 'ffit'. Gwrandawodd Cai a Llinos arnyn nhw'n trafod rhinweddau Kyle, Callum, Jason a Jaden, mewn llawer, llawer gormod o fanylder, wrth i'r ciw symud ymlaen yn boenus o ara deg.

Cyn cyrraedd y cownter, sylwodd Llinos ar fwrdd yn gwacáu yng nghornel y bwyty, a neidiodd i'w fachu cyn i neb arall allu eistedd yno.

"Reit," meddai'n uchel, yn codi ei llais uwchben clebran pawb o'i chwmpas. "Dyma be dwi isio: meatball marinara ar Italian herbs & cheese, 'di tostio, nionod, gherkins, pupur gwyrdd, a wedyn saws chilli a barbecue hannar a hannar. Dim caws ddo. Dwi'n trio colli pwysa. Iawn?"

Nodiodd Cai, yn gwneud ei orau i wasgu'r holl wybodaeth i'w gof wrth droi at ddyn blinedig yr olwg mewn cap gwyrdd oedd yn disgwyl am ei archeb y tu ôl i'r cownter. Rhestrodd Cai gynhwysion diddiwedd ei archeb wrth i ddwylo'r dyn symud yn robotig ond yn rhyfeddol o gyflym drwy'r potiau niferus o lysiau a chig o'i flaen. Wrth i'r dyn roi'r brechdanau yn y tostiwr mawr, trodd Cai at Llinos, yn barod i ddweud rhywbeth ffraeth a miniog am y cwsmeriaid swnllyd o'i amgylch. Roedd hi wedi anghofio amdano'n barod, ei llygaid wedi eu hoelio ar ei ffôn. Gan gyfadde iddo'i hun nad oedd ganddo fo unrhyw beth ffraeth i'w ddweud beth bynnag, symudodd Cai draw at y til er mwyn talu'r dyn enfawr oedd yn disgwyl amdano, y chwys yn disgleirio ar ei wyneb. Yn y man, gwasgodd heibio'r rhes o bobol oedd yn dal i ddisgwyl am eu cinio a rhoddodd frechdan Llinos ar y bwrdd yn ofalus. Cymerodd hithau ychydig o eiliadau i sylweddoli bod Cai wedi cyrraedd cyn agor y papur o gwmpas y frechdan yn swta. Wrth i Cai gnoi'n fecanyddol, edrychodd Llinos yn amheus ar ei chinio. Cododd y bara gan ddatgelu haen o gaws rhad, toddedig.

"Ddudis i, do? Dim caws. Ti isio fi gâl hartan 'ta be?"

"Dwi'n meddwl ddylsa chdi boeni mwy am y meatballs fy hun," cynigiodd Cai. Edrychodd Llinos yn ôl yn blanc. "Sori. Ond *wnes* i ddeud wrth y boi. Rho frêc iddyn nhw. Ma' hi'n amsar cinio, ma' hi'n brysur, oedd y boi'n edrych yn hannar-marw ..."

"Iawn 'ta," meddai Llinos yn benderfynol, cyn gwthio heibio'r ciw a slapio'i brechdan i lawr ar y cownter gwydr o flaen y dyn blinedig. "Excuse me?"

"Ia?" meddai'r dyn rhwng grwgnach y cwsmeiriaid o amgylch Llinos.

"O. Ym ... ddudodd fy mêt i 'mod i'm isio caws. Ond ... wel, sbiwch."

"Sori," atebodd y dyn yn gysglyd. "Noson hwyr neithiwr. 'Dach chi'n gwbod sut ma' hi ..."

"Ydw. Gwbod yn iawn. Ond *dwi'n* cymryd balchder yn 'y ngwaith, 'swn i'n licio meddwl."

Am y tro cynta, gwibiodd arlliw o ddicter ar draws wyneb y dyn wrth iddo lithro brechdan arall i lawr y cownter tuag at y til. Mor fuan ag yr ymddangosodd, diflannodd yn syth.

"Sori. Eto. Wna' i'ch syrfio chi rŵan. Be oeddach chi isio?"

"It's alright," meddai'r dyn mawr, gan gamu i mewn a gwthio'r dyn cysglyd ymaith. "I'll take care of this."

Dechreuodd astudio cynhwysion y frechdan yn fanwl er mwyn ei hailgreu heb y caws, ac aeth Llinos yn ôl i eistedd.

"Ddylsa chdi'm bod mor galad efo nhw," meddai Cai. "Ti'm yn licio fo pan ma' cwsmeriaid yn annifyr efo ni, nag wyt?"

"*Chdi* sy'n landio dy hun mewn trwbwl efo nhw," atebodd Llinos yn bigog. "Cofio'r boi 'na o Yorkshire? A'r stiwdants posh? Eniwe. Mae o'n wahanol, dydi? 'Mond Subway 'di hwn, Cai. Dim y Ritz. God."

Doedd gan Cai ddim llawer o amynedd cael ei lusgo mewn i ddadl o'r fath. Daeth â'r sgwrs i ben drwy godi ei ysgwyddau ac aeth yn ôl at ei frechdan wrth i Llinos ddychwelyd at ei ffôn. Drwy gornel ei lygad, gallai weld y dyn enfawr yn rhoi brechdan Llinos yn y tostiwr, ond nid cyn codi'r bara a phoeri arno. Dechreuodd criw arall o enethod wrth y til giglo. Gwenodd y dyn mawr arnyn nhw'n gas, a rhwbio'i ddwylo ar ei ffedog yn falch.

Daeth â'r frechdan at fwrdd y ddau yn bersonol, a'i rhoi o flaen Llinos yn garedig gan foesymgrymu'n or-ffurfiol. Cymerodd Llinos frathiad enfawr, a dechreuodd y genethod chwerthin eto cyn diflannu drwy'r drws.

"Dyna welliant," meddai Llinos.

Ddywedodd Cai ddim byd.

* * * * * * * *

Wedi cinio, a Llinos yn dal i lyfu ei gwefusau'n hapus ar ôl pryd wrth ei bodd, llwyddodd Cai i'w llusgo i'r siop recordiau fach ger yr eglwys gadeiriol. Yn amlwg, doedd Llinos ddim eisiau bod yno. O'r eiliad y dechreuodd Cai bori drwy'r raciau o recordiau, dechreuodd Llinos wingo yn ei hesgidiau. Gwnaeth ymdrech braidd yn bathetig i edrych drwy'r silffoedd ei hun cyn troi at Cai a tharo ei throed yn erbyn y llawr yn blentynnaidd.

"Ti'n gwbod bod rhein i gyd ar gael ar lein? A ti'n gallu câl nhw'n syth, 'fyd. Ac yn rhatach."

"Ia, ond dim dyna'r holl stori, naci?" atebodd Cai yn ddiamynedd, ddim isio dechrau ar lith hir.

"Go on 'ta. Duda'r holl stori wrtha i."

"Os oes rhaid i chdi ofyn," meddai Cai, "fyddi di byth yn gwbod. Louis Armstrong ddudodd hynna."

Oedodd Llinos am foment, yn byseddu feinyl gyda golwg ansicr ar ei hwyneb.

"Ti'n siŵr ma' Louis Armstrong dudodd hynna?" gofynnodd o'r diwedd.

"Eitha siŵr. Ti'n ffan?"

"Wel, yr unig cwôt dwi'n wbod gynno fo ydi'r un 'one small step for mankind' 'na."

Y foment honno, ei law mewn pentwr o CDs Rick Springfield, penderfynodd Cai nad oedd dim dyfodol i'r ddau ohonyn nhw. Dechreuodd ddiawlio ei hun am feddwl bod unrhyw siawns y byddai perthynas rhyngddyn nhw'n llwyddo. Roedd y peth mor amlwg. A doedd o ddim yn flin efo Llinos, hyd yn oed. Nid ei bai hi oedd o. Doedd hi ddim wedi cael llawer o gyfle o'r cychwyn, gyda'i thad wedi diflannu a'i mam yn wallgo. Ond iddo fo ddyheu amdani am gymaint o amser …

Camodd yr hanner rhesymol o'i feddwl i'r ddadl. Doedd neb arall, nag oedd? Wrth reswm, roedd yn naturiol iddo fo gael ei ddenu tuag at ferch – unrhyw ferch – â chyn lleied o ddewis yn ei wynebu, ac ar ôl bod ar ei ben ei hun mor hir.

Ac yn ola, roedd un rhan arall o'i feddwl – rhan anghysbell, yn llechu tua'r cefn – yn gwingo ac yn codi ei llaw er mwyn cael sylw. Mabli. Roedd Mabli wastad wedi bod yno.

Gwasgodd y cas CD yn ei law yn galed, gan ddod yn agos at gracio'r plastig clir dros wyneb Rick Springfield druan.

"Ti'n iawn?"

"Dwi'n meddwl 'mod i 'di gorffan fa'ma," atebodd Cai, yn cychwyn allan o'r siop heb drafferthu disgwyl wrth Llinos. Brysiodd hithau ar ei ôl.

"Steady on," meddai. "Ti ar dân isio mynd i rwla 'ta be?"

"Sdim byd arall yma i fi."

"O ... ocê. Wel ... ti'n meindio os dwi'n câl lwc o gwmpas? Marks, River Island ... ?"

Bu bron i Cai droi ar ei sawdl yn y fan a'r lle a chychwyn am yr orsaf fysus, ond bodlonodd ar roi ochenaid ddiamynedd cyn dilyn Llinos i lawr y stryd fawr.

Wrth i Llinos bori drwy'r raciau yn River Island, tybiodd Cai na fyddai hi isio aros yn ei gwmni'n hir, ac y byddai'r diwrnod yn dod i ben yn fuan. Ond roedd wedi prisio ei hobsesiwn hi â dillad yn rhy isel. O River Island, aethant i Marks & Spencer, ac o fanno i Topshop, ac yn y blaen, ac yn y blaen. Wrth i'w gorff symud rhwng dwsinau o raciau dillad, roedd meddwl Cai yn bell, bell i ffwrdd – yn ei ystafell, yn rhodio'r Wyddfa ... ac yn ôl yn nhŷ Tom gyda'i ffrindiau. Wrth i'r prynhawn ddechrau dirwyn i ben, daeth yn fwy ac yn fwy sicr ei fod wedi gwneud camgymeriad mawr.

Yr un oedd yr hanes ar y daith yn ôl: er bod y bws o'i gwmpas yn llawn, teimlodd Cai yn unig iawn. Wrth i adeiladau Bangor ddiflannu a mynyddoedd Eryri'n codi o'i amgylch, dechreuodd gyffroi am y rheswm syml ei fod yn cael dianc oddi wrth Llinos. Wrth i'r bws agosáu at orsaf Llanberis, roedd rhaid iddo ymladd yn erbyn yr awydd i wthio'r drysau ar agor a rhedeg adre nerth ei draed.

Camodd y ddau oddi ar y bws.

"So ..." meddai Llinos.

"Ia," meddai Cai.

Doedd dim angen dweud llawer mwy. Am unwaith, roedd y ddau ohonyn nhw'n deall ei gilydd yn iawn.

"Wela' i di ddydd Llun, 'ta?" cynigiodd Llinos.

"Dwi'n meddwl mai hynna fysa ora," atebodd Cai. A heb gofleidio, heb gusanu, heb air arall, aeth y ddau ohonyn nhw eu ffyrdd eu hunain.

Wedi dychwelyd adre, synnodd Cai weld nad oedd neb yno. Gwelodd ddarn o bapur ar fwrdd y gegin:

"Wedi mynd am fwyd efo Iona. Dy dad yn rwla hefyd.
  – Mam x"

Glaniodd ar y soffa a throi'r teledu ymlaen. Newidiodd y sianel i BBC News 24. Ychydig wedi pedwar o'r gloch. Ychydig o oriau tan i'r porthwll ymddangos. Digon o amser i wneud tipyn o waith. I achub y prynhawn.

Rai oriau'n ddiweddarach, yr un straeon newyddion wedi chwarae drosodd a throsodd, rhifau'r loteri wedi eu cyhoeddi, a hen bennod o *Dad's Army* ar ei hanner, cododd Cai oddi ar y soffa.

Roedd y porthwll yn disgwyl wrth iddo gyrraedd ei ystafell. Camodd i mewn yn ddifater.

DYDD GWENER: DYDD 9 *(DAU)*

I gyfeiliant 'Gloria' gan Patti Smith, agorodd Cai ei lygaid a rowlio allan o'r gwely. Fel petai ei gnawd yn deffro ychydig o eiliadau ar ôl ei feddwl, dechreuodd sawl rhan o'i gorff frifo ar unwaith wedi i'w draed noeth daro'r llawr. Rhoddodd un llaw ar ei war a'r llall ar gefn ei ben, yn eu mwytho mewn ymdrech i gael gwared o'r boen. Ond wedi iddo ddelio ag un anaf, daeth un arall i gymryd ei le – ac un arall, ac un arall, ac un arall. Rhoddodd ei ŵn nos amdano'n boenus, tynnodd dywel o'r cwpwrdd yn y landing, a chychwynodd am yr ystafell ymolchi. Pan oedd ei law ar ddwrn y drws, daeth ei fam allan o'i hystafell, bagiau mawr o dan ei llygaid.

"Ddoth o ddim yn ôl neithiwr," meddai'n dawel. "Ches i ddim winc o gwsg. Wel … ar ôl i fi gysgu'r alcohol i ffwrdd. Gymrodd hynny tan bedwar o'r gloch. Ond wedi hynny … wedi hynny, ches i ddim cwsg."

Edrychodd Cai'n betrus ar ei fam am ennyd, cyn gwneud ymdrech i dynnu'r olwg yna oddi ar ei wyneb.

"Dydi o ddim fatha fo i ddod 'nôl efo'i gynffon rhwng 'i goesa," meddai'n gysurlon. "'Di aros efo ffrind mae o, siŵr o fod. Efo pwy fysa fo'n aros, dŵad?"

"Dwi'm yn gwbod. Dwi'm yn gwbod enwa'r un o'i ffrindia fo."

"Fysa fo'n gallu bod yn aros efo unrhyw un yn y byd felly, bysa? Digon o ddewis. Fydd o'n ôl yn ddigon buan, 'sdi. Erbyn iddo fo gael cyfle i anghofio am y peth."

Wrth feddwl am ei gŵr yn dychwelyd, tyfodd yr olwg ar wyneb Danielle hyd yn oed yn fwy poenus.

"Ti am fynd i'r gwaith heddiw?" gofynnodd.

"Ydw. Neith y bwyd ddim syrfio'i hun, sbo."

"Bydd yn ofalus. Ac, y … wna' i decstio chdi os 'di rwbath yn datblygu."

Gyda nod fach wan, diflannodd Danielle yn ôl i'w hystafell. Wrth ymolchi a gwisgo'n gyflym, roedd meddwl Cai'n chwyrlïo. Er be ddywedodd o wrth ei fam, roedd o'n amau a oedd gan ei dad unrhyw ffrindiau digon agos i aros efo nhw. Dim ond llond llaw o lefydd allai o fod wedi mynd neithiwr: y siop fetio, y clwb snwcer, neu'r dafarn.

Doedd dim pwynt meddwl am y peth. Dim tan diwedd y diwrnod gwaith, beth bynnag. Os nad oedd ei dad am drafferthu ateb neges ei fam yn yr ysbyty nos Fercher, roedd Cai'n amau a oedd am ateb unrhyw neges gan yr un ohonyn nhw rŵan. Gan chwarae'r gerddoriaeth ar ei iPod yn wirion o uchel er mwyn boddi popeth arall allan, gwnaeth ei ffordd tuag at y trên.

Fo oedd y cynta i gyrraedd. Anelodd yn syth am gefn y cerbyd, a gorweddian ar draws tair o'r seti er mwyn esmwytho'r boen yn ei gefn. Caeodd ei lygaid am eiliad …

… a'u hagor, rai munudau wedyn, i weld Wendell yn syllu i lawr arno fo. Tynnodd Cai ei glustffonau allan.

"Mr Owen. Neis iawn eich gweld chi yma. Neis iawn wir."

"Mr Hughes," meddai Cai, gan wthio ei hun i fyny yn ei sedd. "Wnes i'm ych clywad chi …"

"Na phoener, fachgen," meddai Wendell wrth eistedd i lawr. "Na phoener. Mae cerddoriaeth yn … yn falm i'r enaid. Yn tydi? Medden nhw. Fi ddim yn gwrando ar lawer o gerddoriaeth fy hun, ond … ym. Gaf i eistedd lawr?"

Nodiodd Cai. Dechreuodd y staff wneud eu ffordd ar hyd y cerbyd. Cododd Colin ei fawd arno, ac edrychodd Megan y lanhawraig yn weddol ddeallgar i'w gyfeiriad.

"Fi'n falch bod chi'n ôl," aeth Wendell ymlaen. "Hynny yw, fyddwn i ddim yn gwarafun diwrnod arall off i chi. Ond gafon ni dipyn o bombshell ddoe."

"O. Yr insbector …"

"Dyna ti. Llinos wedi gweud wrthot ti?"

"Do …" meddai Cai'n ansicr. *Roedd* Llinos wedi ei decstio gyda rhyw fath o neges i'r perwyl. Ond roedd o wedi anghofio tecstio'n ôl.

Sôn am Llinos … lle oedd hi?

"Felly. Ie. Ni angen cael y lle'n rhedeg yn iawn, neu'n penne ni fydd hi. Diwrnod da o waith heddi. Chi'n … chi'n debol? Chi'n iawn?"

"Wna' i fyw, Mr Hughes. Sioc oedd o'n fwy na dim."

"Da," meddai Wendell wrth godi a chychwyn yn ôl i'w sedd arferol ym mlaen y trên. "Da fachgen. Paid gadael i'r bastards dy wasgu di lawr."

Syllodd Cai yn syn ar ôl ei reolwr. Doedd o erioed wedi ei glywed yn rhegi o'r blaen, nac yn dweud llawer o ddim byd oni bai am gyfres o ystrydebau diflas. Gwnaeth Wendell signal i'r gyrrwr gychwyn i fyny'r mynydd. Yn fuan wedyn, dechreuodd gyfri pennau pawb ar y trên unwaith … ac yna eto.

"Mae rhywun ar goll …"

Rhythodd i gyfeiriad Cai.

"Ble mae Miss Eleri?"

Cododd Cai ei ysgwyddau.

"Oeddwn i'n meddwl bod chi'ch dau yn … agos."

Trodd pawb arall o gwmpas yn eu seddi er mwyn syllu at Cai, yn synhwyro ei fod am ddatgelu darn o wybodaeth flasus am ei fywyd personol.

"Ma' petha'n newid, Mr Hughes. Yn ddigon cyflym, 'fyd."

Ochneidiodd Megan y lanhawraig yn fwriadol uchel wedi iddi ddod yn glir nad oedd Cai am ddweud unrhyw beth arall, a throdd yn ôl at ei chylchgrawn.

"Ro' i alwad iddi," meddai Wendell, a rhoi'r ffôn wrth ei glust. Hanner munud yn ddiweddarach, rhoddodd y ffôn i lawr. "Dim ateb. Hym. Beth i'w wneud … ? Ffonia i hi eto."

Rhoddodd y ffôn yn ôl yn erbyn ei glust. Er nad oedd yn siarad Cymraeg, deallodd Colin yn iawn be oedd yn mynd ymlaen. Trodd at Cai a rowlio'i lygaid.

Wedi i'r trên gyrraedd y copa, ac yntau ddim wedi cael unrhyw lwc yn cysylltu â Llinos, dechreuodd Wendell ordro pawb o gwmpas fel cadfridog yn y fyddin. Arhosodd Cai ar ôl yn gwylio'r gweithwyr eraill yn cael eu gyrru i bob cyfeiriad. Gobeithiodd ar ei waetha y byddai Wendell rywsut yn anghofio amdano fo. Ond na. Yr eiliad y camodd o oddi ar y trên, rhoddodd Wendell law o gwmpas ei ysgwydd a'i arwain tuag at y ganolfan.

"Iawn. Fi'n parchu'r ffaith nad ŷch chi ar eich gore. Ond gan nad yw Miss Eleri 'ma, fi angen chi wneud digon o waith i ddau. Mae gen i jobyn pwysig iawn i rywun. Rhywun alla' i drystio. Chi'n meddwl y gallech chi wneud e?"

"Y teganau meddal?"

Stopiodd Wendell yn ei unfan.

"Ie. Ie, 'na chi. Sut oeddech chi'n … ? Aha. Meddwl tactegol, fel finne."

"Rwbath fel'na. Felly gwneud yn siŵr bod digon yna …"

"… a bod y prisie cywir ar bob un. Bod pob un yn ei le priodol. A gwneud yn siŵr eu bod nhw mewn cyflwr da, wrth gwrs. Fi'n credu bod 'na beth tynnu fflwff yn un o'r drorie yn fy swyddfa i. Fi'n iwsio fe ar gyfer siwtie. Os wnewch chi rowlio hwnna dros bob un ohonyn nhw …"

"Job done. Iawn. Diolch, bos."

Wedi cyrraedd swyddfa Wendell, edrychodd Cai drwy'r drôr uchaf yn gynta. Doedd dim byd yno ond pentwr o bapurau digon diflas yr olwg. Roedd yr ail ddrôr yn fwy anhrefnus, yn llawn casgliad o beli rwber. Rhai o'r pethau nofelti lladd straen 'na, fwy na thebyg. Y tu ôl iddyn nhw, roedd mwy o bapurach, tri styffylwr, tyllwr, a sawl Pritt-Stick. A'r tu ôl i'r rheini – y peth tynnu fflwff enwog. Caeodd Cai'r drôr, y teclyn od yn ei law. Ond roedd un drôr arall. Fel plentyn yn mentro i ddyfnderoedd cwpwrdd yn ystafell ei rieni, agorodd Cai'r drôr ola.

Y tu fewn roedd pentwr o hen gylchgronau. Dim byd rhy barchus: dim byd am fusnes, na chyllid, nac unrhyw beth felly. Yno, mewn pentwr twt, roedd casgliad reit swmpus o hen gylchgronau lliwgar, eu tudalennau wedi eu byseddu gannoedd o weithiau, gydag enwau fel *Super Play*, a *Gamesmaster*, ac *Official Nintendo Magazine*. Wrth ymyl rheini roedd dau bentwr o gemau Nintendo. *Alleyway. Donkey Kong Land. Yoshi's Island 2. Animal Crossing.*

Ai dyma be oedd Wendell yn ei wneud â'i ddyddiau? Roedd Cai wastad wedi trio dychmygu be oedd yn ei gadw yn y swyddfa drwy'r dydd tra roedd pawb arall yn y ganolfan yn delio â chwsmeriaid annifyr ac yn cyflawni pob math o dasgau dibwys. Dim bod Cai yn ei feio fo. Petasai ganddo fo'r fraint o weithio mewn swyddfa gyda drws oedd yn cloi, ella y byddai yntau'n gwneud yr un peth. Ond ar ôl be ddywedodd Un am hoffter Wendell o *Dungeons & Dragons* … roedd yn amlwg bellach bod ei reolwr, fel Cai ei hun, yn byw mewn byd ffantasi.

Caeodd y drôr yn union cyn i Wendell gamu i mewn drwy'r drws, bag lledr mewn un llaw, Nintendo 3DS yn y llall.

"Gawsoch chi fe?" gofynnodd Wendell, cyn i'w olwg droi at y drôr waelod, ei lygaid yn lledu mewn braw. Roedd o wedi anghofio am gynhwysion y drôr honno.

"Yn syth," atebodd Cai gyda chrechwen yn lledu ar draws ei wyneb. "Dwi'm yn chwara gema, 'chi."

Swagrodd allan o'r swyddfa, yn llawer rhy hyderus a chysidro ei fod am dreulio'r oriau nesa'n cyflawni tasgau hollol, hollol ddibwys. Llithrodd i ffwrdd i fyd Eryrin unwaith eto wrth dynnu darnau bron yn anweledig o ffwff oddi ar y teganau meddal, ac oddi yno teithiodd i fyd y grŵp *Dungeons & Dragons*. Edrychodd ymlaen at y sesiwn i ddod y noson honno – at antur y criw, at gael darganfod ym mha ffordd ddychrynllyd y byddai cymeriad Taliesin yn marw … at gael gweld Mabli eto. Roedd o angen diolch iddi'n iawn am ei achub nos Fercher. Tusw o flodau, ella? 'Ta fyddai Andreas yn debyg o wneud hwyl am ei ben am ddangos ochr mor sensitif o'i bersonoliaeth? Na. Os diolch i Mabli, diolch iddi'n breifat.

Snapiodd allan o'i fyfyrdodau, holl staff y ganolfan yn brysio ac yn chwysu o'i gwmpas, Colin yn gwneud cant a mil o bethau ar unwaith wrth y cownter bwyd. Amser dechrau paratoi cinio erbyn hyn, siŵr o fod? Edrychodd ar ei watsh.

Braidd yn gynnar eto. Ond roedd sefyllian y tu ôl i'r cownter yn gwneud dim yn well na gorfod delio efo'r teganau meddal eto. Trodd at Colin er mwyn gofyn oedd o isio help, ond y cogydd oedd yr un i siarad gynta.

"You'd better have a bloody good excuse. The boss might suffer fools gladly, but God knows I don't."

Ysgydwodd Cai ei ben mewn penbleth.

"I'm … I'm sorry, Colin?" gofynnodd yn dawel. "I …"

"I mean, it's not like anyone noticed," aeth Colin ymlaen, gan dorri ar draws. "It's not like I couldn't do everything by myself anyway. I even put all the dishes and cutlery out like you normally do. Didn't need extra training or anything. Why, it's almost like your job is completely bloody pointless."

Roedd Cai wedi drysu'n llwyr erbyn hyn. Cododd ar ei draed i weld Llinos yn sefyll yn y drws. Er bod pob blewyn yn ei le a'i cholur yn berffaith, doedd hi ddim yn edrych yn dda, ei gwefus isa'n crynu, ei dwylo'n gwingo, ei chorff wedi hanner-troi tua'r drws, bron fel petai am ddianc oddi yno. Agorodd Cai ei geg er mwyn ei chyfarch hi, ond doedd Colin ddim wedi gorffen eto.

"I mean, it's not like you didn't complain enough yesterday that Toy Boy over there," meddai, gan bwyntio at Cai, "wasn't here. And yet you've dropped me in it today. What was it, then? Entangled in the eiderdown? Or did you have to talk to all of your friends for so long that you didn't have time to perm your ears?"

"What?" meddai Llinos yn ddryslyd. "That ... that doesn't make any ..."

"*Fawlty Towers*, girl. Come *on*."

"Colin ... you're being really *mean*."

Er mor anghyfforddus oedd yr olygfa o'i flaen, bu bron i Cai chwerthin yn uchel ar ragrith Llinos – ond tynnwyd ei sylw gan Wendell, yn brasgamu tuag at y cownter.

"Peidiwch â phoeni am beth wedodd Mr Mint, Miss Eleri. Beth wedith eich bos wrthoch chi nawr sy'n bwysig."

Trodd Llinos ar ei sawdl ac edrych ar y llawr mewn ystum o edifeirwch ffug. Dechreuodd Cai chwarae â'i ddwylo.

"A beth chi'n meddwl fydd hynny, Miss Eleri?"

"Y dylsa fi ..." dechreuodd Llinos yn ansicr. "Y dylsa fi beidio bod yn hwyr heb ddeutha chi eto, Mr Hughes."

"Wel ... wel, ie," atebodd Wendell, y gwynt wedi mynd o'i hwyliau ychydig bach. "Fydden i'n medru dweud mwy, Miss Eleri, coeliwch chi fi. Ond am y tro, fi moyn i chi ddechre ar eich gwaith. Wneith y chicken balti ddim syrfo'i hun."

Cychwynnodd Llinos am y cownter, ond yna edrychodd Wendell at y to, fel petai syniad chwyldroadol newydd ei daro.

"Change of plan," meddai. "Dewch 'da fi, Miss Eleri. Mr Owen, mae'r chicken balti yn eich dwylo chi. Y … ddim yn llythrennol, wrth gwrs."

Wrth ddilyn Wendell i'w swyddfa, saethodd Llinos olwg hallt tuag at Cai. Dechreuodd yntau baratoi cinio wrth ymyl Colin, yn teimlo'n rhyfeddol o euog, er nad oedd o wedi gwneud llawer o ddim byd o'i le.

"She's an idiot," meddai Colin yn blaen, cyn diflannu i mewn i'r gegin.

Wrth i'r cerddwyr cynta ddechrau ymddangos, daeth Llinos allan o'r swyddfa, pentwr o bamffledi du a gwyn yn ei breichiau. Edrychodd hi ddim ar Cai'r tro hwn – dim ond ysgwyd ei phen mewn anobaith wrth wneud ei ffordd y tu allan.

* * * * * * * *

Pum munud ar ôl i Llinos gychwyn ar y gwaith, dechreuodd y glaw ddiferu'n gyson am ei phen. Ymlwybrodd o flaen y drws o bryd i'w gilydd yn rhwbio'i breichiau i gadw'n gynnes ac yn cicio'r llawr mwdlyd yn ei thymer. Roedd canol y prynhawn wedi dod ac wedi mynd cyn iddi redeg allan o bamffledi, a'r gwlybaniaeth wedi suddo'n ddwfn i mewn i'w chroen. Mentrodd yn ôl i'r ganolfan ac ysgwyd ei phen fel ci i gael y dŵr allan. Wrth iddi wneud, edrychodd Cai draw at gefn yr ystafell, lle oedd Wendell yn pigo baw oddi ar y ffenestri â'i ewinedd. Trodd ei ben i edrych ar y ffigwr gwlyb oedd newydd ddod i mewn drwy'r drws – ac ai dychymyg Cai oedd o, 'ta oedd gwên braidd yn gas wedi lledu ar draws wyneb Wendell am eiliad?

Anelodd Llinos yn syth tua'r cownter bwyd a pharatoi brechdan iddi ei hun yn ginio hwyr. Sbeciodd i mewn i'r gegin i wneud yn siŵr bod Colin yn brysur cyn troi at Cai.

"Nest ti uffar o ddim byd i f'amddiffyn i'n gynharach," meddai hi, yn torri bara'n hynod o ymosodol.

"Wnes i drio, do? Ond ma' hi'n anodd iawn cau ceg Colin. Unwaith mae o'n dechra."

Aeth Llinos i nôl ham allan o'r rhewgell o dan y cownter a'i daflu i lawr ar y bara.

"Wel, nest ti'm atab fy negas i ddoe. 'Mond deg ceiniog fysa fo 'di costio, Cai. Neu am ddim os ti ar gontract. Iesu Grist. Jyst dipyn o gwrteisi dwi isio. 'Na'r oll."

"Sori. Wnes i jyst …"

"Dwi'n dallt bod chdi 'di câl ryw ddamwain neu rwbath. Ond come on. 'Dan ni fod efo'n gilydd."

Rhuthrodd y gwaed i gyd i wyneb Cai ac arafodd yr holl fyd o'i gwmpas. Oedd hi'n dal i feddwl bod ganddo fo awydd bod efo hi? Ar ôl yr holl ddistawrwydd lletchwith yn eu sgyrsiau? Ar ôl iddi ddod yn gwbwl amlwg bod y ddau ohonyn nhw'n bobol hollol wahanol? Ond, wedi meddwl, doedden nhw erioed wedi gwahanu'n swyddogol. Ac roedd Llinos mor feddw mor aml, ella nad oedd hi'n cofio rhan helaeth o'r trafferthion rhyngddyn nhw beth bynnag.

Wel. Roedd angen dod â'r peth i ben rywbryd.

"Gwranda, Llinos …"

Byrstiodd Colin allan o'r gegin a chychwyn tua swyddfa Wendell, gan edrych dros ei ysgwydd ar Cai.

"Weather report on the radio says it's gonna get very bad, very fast. Better tell the boss. I'm not staying here a moment longer than I have to."

Fel disgyblion yn dilyn proffwyd, aeth holl staff y ganolfan y tu ôl i Colin wedi iddyn nhw ddeall be oedd ar y gweill. Arhosodd Cai wrth y cownter, yn cadw llygad ar y glaw tu allan rhag ofn i deithiwr truan ymlwybro i mewn yn gofyn am fwyd. Cyn i neb gyrraedd, daeth bloedd hapus o gyferiaid y swyddfa wrth i Wendell benderfynu bod pawb am gael mynd adre'n gynnar. Brysiodd pawb i gasglu eu stwff a chychwyn am y trên. Doedd dim amser i Cai gael gair â Llinos.

Anelodd am y sedd gefn, gan wybod y byddai hi'n dilyn. Roedd teithwyr ola'r diwrnod yno hefyd, pawb yn rhannu ystrydebau am y tywydd fel petaent yn straeon rhyfel. Yn y man, daeth Llinos ar y trên, gyda Wendell yn union y tu ôl iddi.

"Er … can I have your attention please?" meddai'r rheolwr, cyn iddi gael cyfle i eistedd. Safodd hithau yng nghanol y cerbyd yn edrych yn anghyfforddus. "Um … the staff, that is. If … if you don't work for me, you can choose not to listen. If you want to. You are, of course, welcome to keep listening. It really is up to you."

Rhoddodd Cai ei ben yn ei ddwylo.

"Right. So I'll speak in English for the benefit of our non Welsh-speaking friends. OK. As you know, we'll be having a visit from an inspector on Monday, and most of you don't work the weekend shift. So I'll say this now: I need you all to be on your best behaviour. This won't be a problem for most of you, of course. But to those of you, who've … ah … been having some problems recently …"

Trodd Llinos i ffwrdd, ei hwyneb yn cochi.

"Well … you have the weekend. Rest, relax, have fun, but get ready to come back on Monday – on time, please – and ready to go. Yes?"

Meddyliodd Cai pa mor wirion oedd hi bod Wendell yn siarad yn Saesneg, gan ei bod hi mor gwbwl amlwg bod y sgwrs wedi ei hanelu at Llinos yn unig.

"Yes. OK. Well …"

Heb orffen ei araith mewn unrhyw fath o ffordd foddhaol, eisteddodd Wendell unwaith eto. Edrychodd y teithwyr ar ei gilydd yn ansicr. Cychwynnodd Llinos am y cefn eto, ond cyn iddi allu cyrraedd ei sedd wrth ymyl Cai, cododd Wendell ar ei draed.

"Miss Eleri? Gair, plis?"

Ymunodd Llinos â'r rheolwr yn y blaen gan rowlio'i llygaid, gan adael Cai ar ei ben ei hun. Gwyddai'n iawn y gallai un o sgyrsiau Wendell bara'r holl daith i lawr y mynydd. Anghofiodd am Llinos am y tro. Roedd ganddo ddigon o bethau eraill i'w cysidro.

Edrychodd ar ei ffôn. Dim gair gan ei fam. Dim gair gan ei dad, felly. Lle oedd yr hen ffŵl yn cuddio?

Dim pwynt poeni am y peth. Doedd poeni ddim yn mynd i helpu'r sefyllfa. Gyda'r copa yn diflannu y tu ôl i'r trên, meddyliodd Cai yn ôl am y diwrnod o 'waith' yr oedd o newydd ei gyflawni. Ar wahân i weini ar lond llaw o gwsmeriaid gwlyb, a gwneud ychydig o waith ysbïo ysgafn yn swyddfa Wendell, doedd o ddim wedi gwneud unrhyw beth o werth. Nid am y tro cynta, ystyriodd bod angen newid cwrs ei fywyd, a hynny ar frys. A chyda swyddi'n brin, daeth yn amlwg unwaith eto mai Eryrin oedd ei unig diced allan. Ond allai o ddim gwneud i'r peth lwyddo ar ei ben ei hun. Roedd *rhaid* i Un helpu. Dyna'r unig ffordd ymlaen.

Wrth feddwl am Eryrin, wrth gwrs, toddodd y byd o'i gwmpas i ffwrdd unwaith eto, a threuliodd Cai weddill y siwrne i lawr ymysg ei greaduriaid a'i arwyr dychmygol. Wedi cyrraedd yr orsaf yn Llanberis, roedd rhaid iddo fo'i atgoffa'i hun bod ganddo bethau i'w gwneud: gwahanu'n swyddogol â Llinos, i ddechra. Ond wrth gamu ar hyd y cerbyd tuag ati, roedd yn amlwg bod ffawd am sefyll yn ei ffordd unwaith eto. Roedd Wendell yn dal â'i grafangau ynddi, a dim golwg ei fod am ddod i ddiwedd ei lith yn fuan.

"… a pheth arall – roeddwn i fel tithe unweth. Fi'n gwybod ei bod hi'n anodd credu hynny nawr, ond … ond wir i ti. Wel, fi'n cofio un tro, y bos cynta gefais i erioed – Mr Gregory. Fuddy-duddy os buodd un eriôd. A dyma fi a'r bechgyn yn penderfynu gludo'i law e i ddwrn y drws pan ddâth e mewn i'w swyddfa …"

Camodd Cai oddi ar y trên yn euog gan daflu un olwg dosturiol yn ôl at Llinos. Doedd hi ddim yn edrych yn hapus.

"Wela' i di ddydd Llun, Llinos," mwmiodd Cai o dan ei wynt, a chychwyn am adre. Ar y daith, dechreuodd absenoldeb ei dad lenwi ei feddwl unwaith eto. Tynnodd ei ffôn o'i boced ac edrych eto am negeseuon gan ei fam. Dim byd. Wrth agosáu at y tŷ, ceisiodd gofio am faint roedd rhaid i rywun fod ar goll cyn i chi gael eu riportio nhw i'r heddlu. Roedd yn siŵr bod ei fam wedi edrych i mewn i'r peth yn barod …

Agorodd y drws cefn. Roedd Danielle yn eistedd wrth fwrdd y gegin, ei phen yn ei dwylo. Caeodd Cai'r drws ar ei ôl yn dawel.

"Mam," meddai. "Ydi dad … ?"

"Mae o'n ôl," atebodd Danielle. "I fyny grisia mae o. 'Di bod yn câl cachiad mawr am ryw ugain munud. Efo ryw ffrind ym Mangor oedd o neithiwr. Rywun o'r enw 'John Sosej Rôl'. Ti 'di clywad amdano fo'r blaen?"

"Na. Swnio fatha rêl boi. Mam … pam ddudist ti ddim wrtha i fod o'n ôl? O'n i'n dechra poeni."

Cododd Danielle ei phen ac edrych i gyfeiriad yr ystafell fyw.

"A bod yn onast," meddai, "do'n i'm yn gweld pwynt. Ddôth o mewn tua dau o'r gloch – yn edrach yn uffernol o sori drosto 'i hun, rhaid i fi ddeud, er bod o ddim 'di sôn dim byd am be ddigwyddodd neithiwr – staens cyri dros 'i grys i gyd, yn dal i stincio o gwrw. Ddôth o mewn, newid 'i ddillad, a … jyst ista i lawr. Sticio'r teli 'mlaen, a … dyna ni. Wnes i'm cysylltu efo chdi achos bod uffar o ddim byd 'di newid."

Dechreuodd Cai symud tuag at ei fam er mwyn ei chysuro pan glywodd y ddau sŵn lle chwech yn cael ei wagio ar y llawr cynta, ac yna traed trymion yn dod i lawr y grisiau. Daeth Gareth i'r golwg, copi o'r *Sun* wedi ei rowlio yn ei law chwith. Sylwodd ar ei fab yn sefyllian yn y gegin, a thaflodd y papur newydd ar ei hoff gadair cyn agosáu ato fo. Pwysodd yn erbyn ffrâm y drws. Agorodd ei geg unwaith neu ddwy, fel petai'n gwneud ei orau i ffurfio rhyw fath o ymddiheuriad neu esboniad. Ond yn y diwedd, yr unig beth ddaeth allan oedd …

"Iawn?"

Oedodd Cai cyn ateb. Ar un llaw, roedd o isio rhoi pryd o dafod i'w dad. Ond ar y llaw arall, nid lle ei fam oedd gwneud hynny? Os nad oedd hi'n hapus, roedd rhaid iddi wneud hynny'n glir. Doedd Cai ddim am siarad ar ei rhan.

Roedd rhywbeth arall hefyd: roedd yr edrychiad yn llygaid ei dad wedi newid ers ddoe, fel petai rhywbeth ynddo fo wedi meddalu … ei fod wedi sylweddoli, falle, fod arno angen ei deulu. Falle y byddai hyd yn oed yn gwneud rhyw fath o ymdrech i newid … ryw ben. Doedd Cai ddim am ddal ei wynt, serch hynny.

Roedd dwsinau o bethau y gallai Cai fod wedi eu dweud. Ond yn y man, yr oll a ddywedodd o wrth ei dad oedd …

"Iawn?"

Nodiodd Gareth, ac aeth yn ôl i eistedd o flaen y teledu. Gwenodd Cai ar ei fam, a chododd hithau ei hysgwyddau mewn ateb.

"Neith ffa ar dôst i de?" gofynnodd, cyn i Cai ddiflannu i'w ystafell.

"Iawn siŵr. Ydi o'n ocê os 'dan ni'n 'i gâl o'n weddol fuan? Dwi am fynd i dŷ Tom eto heno. A cyn hynny ma' gen i … betha i'w gneud."

Cododd Danielle a dechrau paratoi bwyd. Ar ganol ei pharatoadau, edrychodd ar ei gŵr yn ei gadair, oedd yn syllu yn ôl ati hi.

"A titha?"

Nodiodd Gareth yn ddigon tawedog. Aeth Cai i'w ystafell er mwyn dympio'i fag a newid, braidd yn nerfus ynghylch y pryd teuluol cynta mewn sbel. Mentrodd yn ôl i lawr grisiau yn y man, ei fam yn llwytho ffa ar ddarnau o dôst yn barod. Eisteddodd Cai wrth fwrdd y gegin a dechrau bwyta'n dawel. Roedd pentwr arall o ffa yn gorwedd wrth ei ymyl am sbel, cyn i'w dad ddod i'w ddymchwel yn ddiseremoni. Roedd hanner ei bryd wedi diflannu cyn iddo fo droi at ei fab.

"Gest ti ddiwrnod iawn yn gwaith?"

Rhoddodd Cai ei fforc i lawr mewn sioc. Doedd ei dad erioed wedi gofyn y cwestiwn yna iddo fo.

"Ddim yn bad," meddai'n ansicr. "Ges i ddod adra'n gynnar achos y tywydd. Ond oedd Wendell yn ffrîcio allan achos yr insbector 'ma ..."

"Hmm," meddai Gareth, yn torri ar draws. "Insbector. Ia. Hmm."

Roedd yn amlwg nad oedd o wedi gwrando ar air, a'i fod wedi gofyn y cwestiwn er mwyn torri'r distawrwydd yn hytrach nag am unrhyw reswm arall. Aeth Cai ymlaen â'i fwyd a rinsio'i blât ar ôl gorffen. Cododd ei dad gan dorri gwynt a chychwyn yn ôl am yr ystafell fyw, gan adael ei blât ar y bwrdd. A chyda hynny, roedd amser swper ar ben.

Wrth y bwrdd, edrychodd Danielle ar blât ei gŵr, gwythïen fawr yn pylsio o dan ei thalcen. Heb feddwl, cododd un o'r doliau gweu oedd heb ei gorffen a chychwyn arni.

Treuliodd Cai yr oriau nesa'n gweithio ar Eryrin. Ar ôl rhoi oriau maith i mewn i'r prosiect dros yr wythnos diwetha, dechreuodd gyffroi am y peth unwaith eto. Byddai'n rhaid cael Un ar ei ochr yn fuan. Gyda dau ohonyn nhw'n gweithio arno fo, fe fydden nhw'n medru mynd â'r peth yn gyhoeddus mewn ... mater o wythnosau, ella. Ond doedd dim sicrwydd y byddai'r porthwll yn dal i ymddangos bryd hynny, hyd yn oed. Roedd angen iddyn nhw ddechrau cydweithio'n fuan.

Pan ddaeth yr amser, eisteddodd Cai yn wynebu'r drws, yn disgwyl ymddangosiad dyddiol y porthwll. Daeth i'r golwg allan o nunlle yn y man, yn herciog ac yn stiff, fel un o'r creaduriaid yn ffilmiau cynnar Ray Harryhausen.

Ond wnaeth Un ddim ymddangos. Ddim am bron i funud. Cododd

Cai oddi ar y gadair a mentro tua'r porthwll. Meddyliodd am sticio'i ben i'r byd arall er mwyn dod o hyd iddo fo. Pwysodd ymlaen a rhoddodd ei law allan yn barod i gyffwrdd â'r ddisg, trydan distaw yn dawnsio o gwmpas ei fysedd, pan gamodd Un allan a'i daro i'r llawr.

Cododd Dau ar ei draed yn ddryslyd gydag Un yn pawennu ei fraich mewn ymdrech braidd yn wan i'w gynorthwyo.

"Ti'n hwyr," meddai Dau.

"Sori. O'n i'n … brysur."

"O, ia? Ar ddydd Sadwrn a bob dim? Hold on … Llinos?"

"Dim cweit. 'Dan ni … wel, ma' un diwrnod yng nghwmni ein gilydd 'di malu'n perthynas ni'n racs."

Eisteddodd Dau i lawr yn fyfyriol.

"O'n i'n ama ma' fel'na fysa hi. Sori clywad. Ti'n iawn?"

"Wel, ella gymrith hi dipyn o amsar i fi ddod dros y peth …"

"Sôn am amsar – sgynnon ni ddim lot ohono fo heddiw, efo chdi'n hwyr a bob dim. Gwranda. Dwi'm yn meddwl bod ni'n gwneud digon o ddefnydd o … hwn."

Chwifiodd Dau ei law i fras gyfeiriad y porthwll, cyn codi'r ffolder pinc oddi ar y ddesg a'i gynnig i Un.

"Felly. Eryrin. Dwi 'di bod yn gneud lot o waith ar hwn yn ddiweddar. Os ti isio cael golwg, gawn ni drafod syniada wedyn … dwi'm yn gwbod amdana chdi, ond dwi 'di câl llond bol o'r ganolfan erbyn hyn."

"Wna' i'm dadla efo hwnna," atebodd Un, gan gadw ei ddwylo yn ei bocedi. "Ond … ti'n meindio os 'dan ni'n aros dipyn bach? Tan fory, o leia. Ti'n gwbod, jyst achos y peth 'ma efo Llinos … dwi'm mewn llawer o mŵd i weithio."

Rhoddodd Dau y ffolder yn ôl ar y ddesg yn ofalus.

"Ocê …"

"Ond ti'n iawn. 'Dan ni *yn* brin o amsar. 'Sgen i'm lot i ddeud am y diwrnod, deud gwir. Âth Llinos a fi i Fangor a châl amsar uffernol. Dwi'n siŵr fydd dy ddiwrnod di ddim byd tebyg, felly be 'di'r pwynt deud unrhyw beth arall amdano fo? Be amdana chdi?"

"O, ti'n gwbod … 'run peth ag arfar, sbo. O – ma' Dad yn ôl."

"Ydi? A … ti'n hapus am hwnna?"

"Dwi'm yn siŵr," meddai Dau yn ansicr. "Paid â chamddallt – ma'r boi yn idiot. 'Dan ni'n dau'n gwbod hwnna. Ond ... dwi'm yn gwbod. Oedd 'na rwbath newydd yn 'i lygada fo heno. Duda be bynnag ti isio amdano fo, ond mae o'n dibynnu ar Mam a fi. Ella fydd o'n dechra dod i ddallt hwnna reit fuan."

"Deud mawr," meddai Un, ar ôl syllu ar ei gyfatebydd yn feddylgar am eiliad. "Ond ti'n iawn am un peth – *ma'r* boi yn idiot."

"Wel," meddai Dau, "well i chdi fynd, rhag ofn i chdi fynd yn styc yma eto. Ac ma' gen i lefydd i fynd, 'fyd. Ma'r sesiwn heno, fel ti'n gwbod ..."

"O, ia," torrodd Un ar draws, un goes drwy'r porthwll yn barod, "dyna'r peth arall. Wnes i ... wnes i stormio allan o'r sesiwn neithiwr."

Disgynnodd wyneb Dau.

"Pam?"

Agorodd Un ei geg yn fud, ei ymddygiad neithiwr a'i euogrwydd heddiw yn brwydro am sylw yn ei feddwl.

"Ti'n meddwl," dechreuodd yn ansicr, "bod o ... wel, dipyn bach yn blentynnaidd? Yn wast o amsar?"

Blinciodd Dau mewn syndod.

"Ond," meddai o'r diwedd, "ma' *bywyd* yn wâst o amsar. Dyna be sy mor cŵl amdano fo."

Gwenodd Un, golwg braidd yn nawddoglyd ar ei wyneb.

"Wel, *dwi'n* dal i edrych 'mlaen at heno" aeth Dau ymlaen, a chroesi ei freichiau'n benderfynol. "At weld Andreas, Tom, Taliesin ... a Mabli."

Fflachiodd golwg ansicr ar draws wyneb Un wrth glywed enw Mabli.

"Siwtia dy hun," atebodd o'r diwedd, a chamu drwy'r porthwll. Caeodd ar ei ôl yn syth.

Arhosodd Cai yn ei gadair am sbel, yn troi geiriau Un drosodd yn ei feddwl. Ar hyd ei fywyd – ar hyd eu *bywydau* – roedd y ddau ohonyn nhw wedi brwydro yn erbyn pob un stereoteip am bobol fel nhw, oedd yn hoff o gemau ffantasi, a ffuglen wyddonol, a chomics. A rŵan roedd Un yn dod allan efo'r un hen feirniadaeth. Fe ddywedodd o'n ddiweddar bod bywydau'r ddau yn gwahanu. Doedd o erioed wedi bod yn fwy cywir.

Dechreuodd gasglu'r holl drugareddau roedd o'u hangen ar gyfer y sesiwn. Taflodd bentwr o bapurau i'w fag, yn ogystal â chasgliad o ddisiau o siapiau gwahanol. Ar ganol cau *zip* y bag, cafodd ei hun yn edrych ar y ffolder pinc. Roedd o wedi disgwyl rhoi ei fenthyg i Un. Fe fyddai'n siom petasai neb arall yn cael cyfle i'w weld heno …

Heb feddwl mwy am y peth, stwffiodd y ffolder yn ei fag a chychwyn i lawr y grisiau. Roedd Danielle yn eistedd wrth fwrdd y gegin, a Gareth yn ei hoff gadair fel arfer. Mentrodd Cai heibio ei dad, yn cadw llygad arno er mwyn trio darganfod pa fath o dymer oedd arno fo erbyn hyn. Doedd o ddim yn edrych yn wahanol iawn i'r arfer.

"Dwi am fynd i weld y criw rŵan," meddai Cai wrth ei fam wrth gamu i mewn i'r gegin. Synhwyrodd ben ei dad yn troi tuag ato, ond – am y tro cynta erioed – wnaeth o ddim cynnig unrhyw fath o sylw ar y 'dreigia a ballu'. Ffliciodd llygaid Danielle i'w gyfeiriad hefyd, fel petai hi'n disgwyl yr un peth. Wedi drysu, mwmiodd hithau ei ffarwel, a chychwynnodd Cai ar ei daith arferol tuag at dŷ Tom, yn ymlwybro'n hamddenol ar hyd cyrion y pentre er mwyn gwastio amser. Roedd y ffolder pinc yn ei fag yn teimlo'n eithriadol o drwm. Teimlodd fel y llofrudd yn stori Poe, *The Tell-Tale Heart*, yn clywed calon yr hen ddyn yn curo o dan estyll y llawr. Doedd ganddo ddim rheswm i fod yn nerfus – doedd ffans *Dungeons & Dragons*, ar y cyfan, ddim y teip i feirniadu pobol am gael hobïau rhyfedd. Ond doedd rhywun byth yn siŵr …

Cerddodd Cai i mewn i ystafell fyw Tom, arogl chwys Andreas yn ei daro'n syth. Eisteddodd, gan ofalu osgoi taro i mewn i Taliesin, oedd yn brysio o gwmpas yr ystafell yn gwneud ei orau i edrych yn brysur ond yn gwneud fawr ddim o unrhyw werth.

"Ti'n iawn, Cai?" gofynnodd Mabli'n garedig. Edrychodd Cai ar weddill y grŵp. Roedd pawb yn paratoi ar gyfer y sesiwn gyda'u papurau a'u hystadegau, neb yn cymryd llawer o sylw ohono fo. Doedd Mabli ddim wedi dweud wrthyn nhw am ei drip i'r ysbyty, felly. Eitha reit. Roedd hi'n ymwybodol, mae'n debyg, na fyddai Cai wedi gwerthfawrogi gormod o sylw ganddyn nhw.

"Ydw," meddai Cai'n ysgafn. "Diolch."

"Cwrw, Cai?"

"O, diolch, Taliesin. Rwbath sy gen ti."

"Hey! Might I remind you, dear brother, that it's *my* beer you're handing out willy-nilly?"

"Oh. Um …"

"Paid â phoeni 'ta, Taliesin. Fydda' i'n iawn."

"Na, ti'n OK, Cai. Jyst … little brothers should know their place is all."

"Sôn am frodyr, Tom," meddai Andreas o nunlle, ei drwyn ym mwydlen y tŷ pizza. "Super Mario Brothers."

"Ia?"

"Nintendo."

"Ym … ia?"

Cododd Andreas ei ysgwyddau.

"Be am siarad am hwnna?"

Wrth i Tom ac Andreas ddechrau trafodaeth hir am holl ffaeleddau diweddar Nintendo, tynnodd Cai yr holl bapurach allan o'i fag, a thaflodd y ffolder pinc ar y bwrdd. Syllodd arno'n syn, ddim yn siŵr be i'w wneud nesa. Agorodd y ffolder yn betrusgar a hanner-tynnu darn o bapur allan. Arno roedd map manwl o deyrnas ddychmygol Eryrin.

"Be 'di hwnna?" gofynnodd Mabli. Daeth sgwrs Tom ac Andreas i ben, ac edrychodd y ddau i gyfeiriad y ffolder.

"Jyst ryw syniad bach sy gen i," atebodd Cai yn swil. Rhoddodd ei ben i lawr, a ffidlodd â chornel y papur.

"Spit it out," meddai Tom. "Dan ni gyd yn ffrindiau."

Rhoddodd Taliesin botelaid o gwrw ar y bwrdd o flaen Cai yn swnllyd.

"Wel," cywirodd Tom ei hun, "ffrindiau a teulu. Unfortunately."

Pwysodd Cai ei wefusau at ei gilydd cyn siarad.

"Dach chi, weithia, isio chwara *D & D* rywbryd heblaw nos Wenar?"

"Ti'n jocian?" gofynnodd Andreas. "Tysa fo fyny i fi, fyswn i'n gneud hwn 24 awr y dydd. Lot mwy cyffrous na'r byd go-iawn, dydi?"

Gwenodd Cai.

"Digon teg. Ond 'dan ni gyd yn brysur yn gneud … y, be bynnag 'dan

ni'n gneud. Wel … be tysa fo'n bosib chwara rwbath fel 'ma dros y we
… unrhywbryd ti isio … efo pobol o bob cwr o'r byd. Dwi isio datblygu
system fel 'na. Ac, y … dwi 'di bod yn gweithio arno fo. Am … am sbel."

Tapiodd Tom feiro yn erbyn y pad o bapur o'i flaen.

"Mae o'n syniad OK," meddai'n bwyllog, "ond mae petha fel 'na'n
ecsistio'n barod. Plus fyddan ni ddim yn gallu iwsio'r *Dungeons &
Dragons* trademark. Fydd rywun isio cut o'r profits …"

"Felly 'dan ni'n creu ein byd ein hunain," meddai Cai â thinc o
falchder yn ei lais. Gwagiodd gynhwysion y ffolder ar hyd y bwrdd,
gan ddatgelu ei holl gyfrinachau i bawb o'r diwedd. "Ein rheolau ein
hunain. Croeso i Eryrin."

Treuliodd y munudau nesaf yn mynd i fwy o ddyfnder am y syniad.
Daeth yn fwyfwy hyderus wrth fynd ymlaen, a daeth diddordeb y criw
o'i amgylch yn fwyfwy amlwg. Wedi gorffen, eisteddodd pawb yn dawel
am ennyd, cyn i Tom agor ei geg.

"Cŵl," meddai.

"Cŵl," ategodd Taliesin.

Nodiodd Andreas ei ben yn ara deg.

Gwenodd Mabli, a dechreuodd bori drwy gynhwysion y ffolder.

"Ond ti'n anghofio rhywbeth super-pwysig," aeth Tom ymlaen.
"This is my session. Dim amser i hyn rŵan. Christ, 'dan ni ddim even
wedi ordro pizza eto. Be am drafod hwn rhywdro eto?"

"Ocê," meddai Cai. "Wel, os na 'di'r un ohonon ni'n rhy brysur efo'r
capal, be am ddydd Sul?"

"Dydd Sul?" gofynnodd Tom, gan edrych ar bawb o'i amgylch.

"Dydd Sul," atebodd y grŵp yn llon. Taflodd Andreas y fwydlen ar
y bwrdd.

"C'mon, Cai," meddai. "Neith y pizza ddim ordro 'i hun."

Edrychodd Cai dros y fwydlen, yn barod am fwy o fwyd ar ôl y ffa
pôb ynghynt.

"Sbia, Cai," meddai Taliesin, gan ddal darn o bapur i fyny o flaen ei
wyneb. Arno roedd llun pensil amaturaidd o gorrach milain yr olwg yn
dal bwyell enfawr. "Alfnord. Fy nghymeriad newydd i. Dwi'n gobeithio
os dwi'n tynnu llun ohono fo, fydd o fwy … byw, rywsut. Ella fydd o

ddim yn marw'n syth. Ym ..."

Craffodd Cai ar y llun. Fe fyddai bachgen deg oed wedi gwneud yn well. Doedd dim llawer o ddim byd cadarnhaol roedd o'n medru ei gynnig am y llun ... ond doedd o chwaith ddim yn medru magu digon o blwc i insyltio rhywun mor ddiniwed.

"Dan ni'n llawn syniada heno, dydan?" meddai, cyn troi'n ôl at y fwydlen. Welodd o ddim wyneb Taliesin yn goleuo.

"OK then," meddai Tom. "Pawb wedi penderfynu ar pizzas?"

Gwnaeth pawb eu harchebion, gyda Taliesin yn nodi pob manylyn yn ofalus.

"OK," meddai Tom yn awdurdodol, heb ddisgwyl i'w frawd ddod oddi ar y ffôn. "So, os 'dach chi'n cofio – tro diwetha, oeddech chi'n sefyll yn drws yr, y ... palace of the Orc King. Weapons drawn, ready for battle. Ia? Ym, Clovin? Dwi'n meddwl bod gen ti health potion. Paid anghofio amdano fo."

Nodiodd Cai'n daer.

"So. Be ydach chi isio gwneud?"

"Charge!" gwaeddodd Taliesin gan orffen ei alwad, a tharo'r bwrdd â'r ffôn yn llawer rhy galed.

* * * * * * * *

Roedd cymeriad Taliesin yn farw o fewn hanner awr. Yn hytrach na rowlio cymeriad newydd, penderfynodd dalu mwy o sylw i bapurau Erryin, gan gynnig sylwadau a chanmoliaeth o bryd i'w gilydd yn ystod seibiau yn yr antur. Erbyn diwedd y noson, gyda'r tri anturiaethwr oedd ar ôl yn sefyll uwchben corff Brenin yr Orcs, roedd Taliesin yn dal ar goll yn y byd arall.

"Leave it there, ia?" gofynnodd Tom, cyn dechrau twtio'r bwrdd o'i flaen heb ddisgwyl am ateb. "Nice one, pawb. Yr un amser wythnos nesa. Actually – na. Dydd Sul. Cai? Tŷ chdi?"

"Dim probs," meddai Cai, cyn dyfaru dweud hynny'n syth. Dechreuodd obeithio bod rhywbeth fel gêm bêl-droed ymlaen er mwyn denu ei dad i ffwrdd.

"Iawn," meddai Tom. "Pnawn?"

Nodiodd Cai, a dechrau reslo ei bapurau yn ôl oddi ar Taliesin. Ei hwyl ar ben, dechreuodd Taliesin dwtio ar ôl pawb wrth i'r criw gychwyn adre.

"Lifft?" gofynnodd Mabli.

Nodiodd Cai eto, rhoddodd ei fag ar un ysgwydd, a gwnaeth ei ffordd tuag at y car. Neidiodd i'r sedd flaen, yn dal ei fag yn feddiannol yn erbyn ei liniau. Mabli oedd y nesa i mewn i'r car – ac yna Andreas, yn gwthio'i ffordd i mewn i'r sedd gefn heb i neb ei wadd. Trodd Mabli i edrych yn ddirmygus dros ei hysgwydd.

"Lifft, Andreas?"

"Mm? Ia, plis," atebodd Andreas, yn pysgota darn oer o bizza allan o un o bocedi ochr ei fag. Gan droi tuag at Cai a chwerthin yn hallt, taniodd Mabli'r car a gwibiodd y tri ohonyn nhw i ffwrdd. Canolbwyntiodd Andreas ar ei ffôn, ac ar wneud ambell sylw pigog am newyddion diweddara'r byd ffilm. Canolbwyntiodd Mabli ar y gyrru, gan daflu ambell sŵn cadarnhaol i'w gyfeiriad. Cadwodd Cai'n dawel.

Gwthiodd Andreas ei hun allan o'r car y tu allan i'w dŷ, heb ddiolch i Mabli. Rowliodd Cai ei lygaid. Wrth i'r car gychwyn eto, daliodd Mabli'n gwenu arno fo.

"Ddim yn meddwl lot o Andreas?"

Gwingodd Cai yn ei sedd.

"Mae o'n ddigon diniwad, sbo. Dwi'm yn meddwl neith o ddim byd gwirioneddol ddrwg. Fysa hwnna'n cymryd gormod o egni. Ac, y ... wel, 'dan ni'n dau yn gwbod bod 'na bobol lot gwaeth rownd y lle 'ma."

"Gawson nhw 'u dal eto?"

"Dwi ddim 'di clywad dim byd."

Tuchanodd Mabli. Chwaraeodd Cai â'i ddwylo.

"Diolch eto am hynna," meddai o'r diwedd. "Heblaw amdana chdi ..."

"Shwsh, shwsh, shwsh," meddai Mabli, gan chwifio cefn ei llaw i'w gyfeiriad. "Be oedda chdi'n disgwl i fi neud, wir Dduw?"

"Ond fysa *chdi* 'di gallu câl dy frifo hefyd ..."

"Be, gan griw o ffyliaid fel'na? C'mon. Sbia be wnes i i Frenin yr Orcs heno."

Chwarddodd Cai'n galonnog cyn distewi'n sydyn wrth weld ei dŷ'n ymddangos yn y pellter.

"Ond dwi dal yn meddwl 'mod i angan gneud rwbath i ddiolch i ti."

"Pff," meddai Mabli. "Jyst dôs a fi i'r sinema rywdro. Neith hynna'n iawn."

"Ia, ella …"

Daeth y car i stop. Roedd Cai yn dal i chwarae â'i ddwylo.

"Ond dwi'n siŵr bod 'na rwbath gwell alla' i neud …"

Edrychodd i'w llygaid. Edrychodd hithau'n ôl. Brathodd ei gwefus isaf. Er bod Mabli angen mynd adre, trodd injan y car i ffwrdd. Yn y distawrwydd, gwthiodd Cai ei law ymlaen a byseddu ei choes yn swil ac yn ansicr. Yn anadlu'n ddwfn, cymerodd hithau ei fysedd crynedig yn ei llaw, pwysodd ymlaen, a'i gusanu'n dyner ar ei wefusau. Rhoddodd Cai ei law arall ar gefn ei gwddw a'i fwytho'n ysgafn. Tynnodd y ddau eu gwefusau ar wahân, a dechreuodd Mabli chwerthin yn gynnes.

"Diolch," meddai Cai. Rhoddodd Mabli ei breichiau o amgylch ei ysgwyddau a'i dynnu tuag ati unwaith eto.

DYDD SADWRN: DYDD 10 *(UN)*

Yr unig beth ym meddwl Cai, wrth iddo gamu'n ôl drwy'r porthwll, oedd Mabli. Roedd clywed ei henw hi'n dod o wefusau Dau wedi dod ag atgofion annifyr i'w feddwl. Doedd o ddim yn malio botwm corn am y tri arall. Ond Mabli …

Tynnodd ei ffôn o'i boced, hwnnw'n gwneud ei orau i ddod o hyd i signal ar ôl y trip drwy'r porthwll. Daeth o hyd i enw Mabli yn ei restr o gysylltiadau, a dechrau ysgrifennu neges yn betrus.

"Sori am neithiwr. Ti'n gwbod sut ma hi. Ffansi sinema fory? C x"

Doedd o ddim yn mynd i fanylder mawr, yn wir, ond er mwyn esbonio *popeth*, fe fyddai angen ychydig mwy nag un neges destun. Gyrrodd y neges ac aeth i baratoi swper iddo'i hun tra'n disgwyl am ateb.

Twriodd drwy gypyrddau'r gegin, heb lawer o lwyddiant. Ei fam ddim wedi mynd i siopa'n ddiweddar, yn amlwg. Roedd hanner paced o Kettle Chips yn cuddio yng nghefn un o'r cypyrddau. Fe fyddai hwnna'n gwneud yn iawn fel pwdin. Fel arall, setlodd ar bowlaid o basta mewn saws barbeciw.

Tra'n berwi ei basta'n anniddig, edrychodd drwy'r cypyrddau eto, yn dal ei afael ar y gobaith bod mwy o fwyd yn llechu yno'n rhywle. Doedd o ddim yn llwyddiannus yn hynny o beth, ond daeth o hyd i hanner potelaid o Southern Comfort. Ystyriodd ychwanegu ychydig o hwnnw at ei basta, cyn callio a chymryd llwnc mawr o'r botel. Cafodd ei siomi ar yr ochr orau gan y blas, ac aeth â'r botel a'i bowlen o flaen y teledu.

Pan ddaeth yn bryd i Cai edrych yn ôl ar y noson honno, doedd o ddim yn cofio llawer o ddim byd oni bai am un gybolfa o feddwdod a phasta sbwngaidd a chyfres o raglenni difeddwl. Syrthiodd i gysgu ychydig wedi hanner nos, ei ffôn yn llithro o'i law ac yn disgyn i'r llawr.

DYDD SUL: DYDD 11 *(UN)*

Llenwodd ffroenau Cai ag arogl coffi, a neidiodd mewn braw ar y soffa wrth weld ei fam yn pwyso drosto. Roedd hi'n gafael mewn mwg anferth a'i chwifio o flaen ei wyneb.

"Iesu Grist! Mam!"

"Sori. Coffi?"

Cymerodd Cai'r mwg yn ei ddwylo, ac eisteddodd ei fam yng nghadair arferol Gareth. Gwnaeth Cai ei orau i ddymuno bore da iddi, ond tagodd ar y sychder yn ei geg. Allan o nunlle, daeth cur pen anferth i ymosod arno, a griddfanodd wrth weld y botel wag o *bourbon* ar y llawr. Estynnodd law i wthio'r botel o dan y soffa cyn i'w fam ei gweld, a thywalltodd goffi poeth arno'i hun yn y broses.

"Noson dda?" gofynnodd ei fam, gydag awgrym o wên.

"Hmm," meddai Cai cyn cymryd llwnc o goffi.

"Fi 'fyd. Dipyn gormod o frandi. Iona 'di darfod efo cariad arall. Ti'n gwbod sut ma' hi."

Prin roedd Cai yn nabod Iona, ond nodiodd ei ben beth bynnag.

"Ond ma' angan rhywun i sortio brecwast, sbo. Sgen ti blania heddiw?"

Cofiodd Cai am y neges i Mabli ar ganol llwnc arall o goffi, a gwingodd ar y soffa er mwyn estyn ei ffôn oddi ar y llawr. Daeth o hyd i'r neges, ond suddodd ei galon wrth weld nad oedd dim ateb wedi dod.

"Nagoes."

Yn ei diniweidrwydd, ymdrechodd Danielle i wneud rhyw fath o sŵn cadarnhaol, ond ddaeth dim allan o'i cheg ond gwich ddisynnwyr. Aeth i'r gegin gan adael Cai i ddod at ei hun.

Edrychodd ar ei ffôn unwaith eto. Gwnaeth ei orau i'w berswadio'i hun bod Mabli wedi bod yn brysur neithiwr, ac un ai heb sylwi ar y neges neu heb gael cyfle i'w hateb. Ond roedd rhywbeth ynghylch yr esboniad yna heb fod yn dal dŵr. Roedd Cai'n ymwybodol nad oedd gan Mabli'r bywyd cymdeithasol bywiocaf yn y byd. Yr unig bosibilrwydd arall oedd ei bod wedi gwrthod ateb yn fwriadol …

Doedd o ddim am gredu hynny chwaith. Penderfynodd yrru

neges arall.

"Gest ti fy neges i ddoe? Sori am nos Wener. Be ti'n neud heddiw? C x"

Wedi gyrru'r neges, cododd oddi ar y soffa, ogleuodd ei gesail, a chrychodd ei drwyn mewn protest. Cododd y botel Southern Comfort o'r llawr a'i rhoi'n llechwraidd ym min sbwriel yr ystafell fyw.

"Brecwast?"

Trodd ei ben i weld ei fam yn syllu. Anghofiodd am y syniad o gadw yfed neithiwr yn gyfrinach.

"Dim diolch, Mam. Dim yn y stâd yma. Ella ga'i ginio mawr."

Nodiodd Danielle yn flinedig a throi ei chefn. Dringodd Cai'r grisiau. Roedd drws ei ystafell ar agor, a cherddoriaeth Coldplay yn dianc allan i'r coridor. Rhyfedd. Doedd o ddim yn berchen ar unrhyw beth gan Coldplay. Fyddai o byth yn dod â record ganddyn nhw i mewn i'r tŷ.

Camodd Gareth i'r coridor yn ei ddillad isaf.

"Ma'r rybish 'na 'di bod yn cadw fi'n effro," meddai mewn llais croch. "Os ti'm yn troi o ffwrdd y funud 'ma ..."

"Ia, ia, iawn. Dwi'm hyd yn oed yn gwbod o lle mae o'n dod. *God.*"

"Dwi ddim angan hyn heddiw, Cai. Gen i gur pen, wnes i golli ryw twenti cwid ar y quizzer neithiwr, a gen i ddiwrnod prysur o 'mlaen i."

Stopiodd Cai ar y ffordd i mewn i'w ystafell a syllu ar ei dad. Diwrnod prysur? Doedd Gareth ddim wedi cael 'diwrnod prysur' ers iddo fo roi'r gorau i weithio. Synhwyrodd Gareth ddrwgdybiaeth ei fab ac edrychodd tua'r llawr, ychydig o wrid yn ei fochau.

"*Super Sunday* ar Sky."

Doedd gan Cai ddim syniad be oedd hynny'n feddwl. Cododd Gareth ei ben.

"Pnawn o ffwtbol," meddai'n bigog. "Iesu mawr, wyt ti'n fab i fi, 'ta be? Meddwl rhoi bet."

"Wel, mwynha hwnna," atebodd Cai yn yr un dôn. "Hei, fysa fo'n siom tysa chdi'n colli mwy o bres, bysa? Ond hei, dwi'n siŵr neith hynna ddim digwydd. 'Di o ddim fatha bod chdi'n colli pres bob un blydi tro."

Caeodd ddrws ei ystafell yn glep. Yn fuan iawn wedyn, clywodd ei dad yn cau drws ei ystafell yntau yn yr un ffordd. Diffoddodd Cai ei radio – ffynhonnell y gerddoriaeth ddiflas, y larwm, ymlaen fel arfer – a synnu wrth weld yr amser mewn llythrennau digidol gwyrdd. Ddim yn bell o hanner dydd.

Crynodd ei ffôn yn ei boced. Edrychodd Cai arno fo'n nerfus.

"Haia. Prysur heddiw."

Gan Mabli. Dim esboniad pam nad atebodd hi neithiwr. O diar. Roedd o wedi rhoi ei droed ynddi'r tro yma.

Aeth i'r gawod a gwisgodd, rhywbeth yng nghefn ei feddwl yn mudlosgi'n flin drwy'r amser. Syllodd allan o'r ffenest ar doeau Llanberis, haul y gwanwyn yn tywynnu, a dechreuodd deimlo'r gynddaredd fwya ffyrnig at bopeth o'i gwmpas – at yr adar yn trydar yn wirion yn y pellter, at gwpwl ifanc yn cerdded heibio ei ffenest, law-yn-llaw … ond yn bennaf ato fo ei hun. Rhedodd ei lygaid dros gynnwys yr holl silffoedd yn ei ystafell, yn gwegian dan gomics, a chylchgronau, a gemau cyfrifiadur, a DVDs. Pa ddaioni oedden nhw wedi ei wneud iddo fo erioed? Roedd o wedi gwastio ei fywyd. Wedi gwneud yr holl ddewisiadau anghywir. Doedd hyd yn oed Mabli isio dim i'w wneud efo fo bellach. Dechreuodd deimlo'r waliau yn closio o'i amgylch a thymheredd yr ystafell yn codi. Roedd rhaid iddo fo adael. Dihangodd o'r ystafell gan gau'r drws yn glep ar ei ôl, a chododd ei esgidiau o waelod y grisiau. Yn y landing, clywodd ddrws ystafell ei rieni'n agor a'i dad yn camu i'r coridor.

"Olreit. Olreit. Dwi fyny. Blydi drysa'n slamio yn fy ngwynab i lle bynnag dwi'n mynd."

Dechreuodd Gareth glirio'i wddw'n swnllyd a phoeri i mewn i'r sinc. Gan rwgnach, gwnaeth Cai ei ffordd tua drws y gegin.

"Dwi'n mynd allan, Mam."

"O, ia? Efo pwy?"

"Neb."

"Lle?"

Oedodd Cai, un llaw ar y dwrn.

"Dwi'm yn gwbod."

"Ocê. Cym ofal. Pryd fyddi di'n ôl?"

Chafodd Danielle ddim ateb. Roedd Cai wedi mynd.

* * * * * * * *

Ugain munud yn ddiweddarach, roedd Cai ar fws unwaith eto. Ar ôl cyrraedd yr orsaf fysus, gwelodd bod un yn mynd i gyfeiriad Capel Curig, a neidiodd arno heb feddwl. I ddechrau, roedd yn mwynhau'r teimlad o fod ar drafnidiaeth gyhoeddus heb orfod gwasgu sgwrs hanner-call allan o Llinos, neu Wendell, neu Colin, neu pwy bynnag. Daeth y teimlad yna o ryddhad i ben tua Phen y Pas, wrth i ddynes ganol-oed Americanaidd gamu ar y bws mewn côt fawr binc ac eistedd wrth ei ymyl. Dechreuodd ei fwydro'n ddidrugaredd am y tirwedd *awesome* o'u cwmpas, a pha mor *awesome* oedd yr holl bobol yr oedd hi wedi eu cyfarfod ar ei thaith, a bod yr iaith Gymraeg yn *super cool, so weird,* ond yn fwy na dim yn *so, so awesome.* Wrth i'r bws stopio yng Nghapel Curig, a phob awydd sgwrsio wedi ei adael ddeng milltir yn ôl, bron nad oedd Cai yn gobeithio am gwmni un o'i gydweithwyr eto.

Camodd y ddau oddi ar y bws ar yr un pryd.

"Hey," meddai'r ddynes yn gyfeillgar, "are you headed towards the lake up north? What's it called? Cow Lake? Maybe we could go together, huh?"

"No," atebodd Cai, a chychwynodd tuag at y caffi yng nghanol y pentre, gan adael y ddynes wedi drysu braidd. Wrth i Cai gamu drwy ddrws y caffi, cychwynnodd hithau ar ei thaith unig.

Doedd o ddim yn teimlo llawer o awydd bwyd hyd yn oed, ei fol yn dal yn fregus ar ôl neithiwr. Archebodd fwgiaid o de a brecwast enfawr beth bynnag, a phigodd ei ffordd drwy'r mynydd o saim ar ei blât dros gyfnod o ddeugain munud. Yn ystod y pryd, edrychodd ar y cerddwyr brwd o'i gwmpas. Yr un teip o bobol â'r rhai oedd yn dringo'r Wyddfa bob dydd. Yr un bobol yn union, o bosib. Pob un yn gwisgo dillad *gore-tex* amryliw, drud yr olwg, yn gafael mewn amrywiaeth o ffyn cerdded sgleiniog, bagiau wedi'u stwffio â brechdanau ar y llawr o'u cwmpas. Edrychodd Cai i lawr arno fo ei hun – dillad neithiwr, nifer o staeniau ffa pôb bellach wedi lledu dros ei grys, y pâr o esgidiau ymarfer drewllyd ar ei draed, y tyllau yn ei jîns.

Doedd o ddim i fod yma. Doedd o ddim i fod yng Nghapel Curig, yn y caffi, ymysg y bobol yma. Roedd rhywbeth mawr wedi mynd o'i le. Ar ôl yr holl flynyddoedd, yr holl freuddwydion, ar ôl mynd yr holl ffordd i Wolverhampton i'r coleg, ar ôl dod yn ôl, ei gynffon rhwng ei goesau, ar ôl codi ei hun ar ei draed eto, ar ôl ymddangosiad y porthwll, a'r wythnos wallgo ddiwetha, roedd cwrs ei fywyd wedi ei lusgo … i fan hyn. Ar ei ben ei hun. Ar goll.

Mopiodd saws y ffa pôb oddi ar ei blât gyda chrystyn ei dôst, taflodd bapur decpunt ar y bwrdd a chychwynnodd tua Llyn Cowlyd.

Fel arfer, fe fyddai wedi osgoi mynd am dro at y llyn, a chofio bod y ddynes Americanaidd yn anelu am yr un lle – os dyna lle oedd hi'n feddwl wrth 'Cow Lake'. Ond roedd rhywbeth yn ei dynnu yno … rhywbeth nad oedd o cweit yn ei ddeall. Ryw dri chwarter awr yn ddiweddarach, ac yntau'n agosáu at y llyn, sylweddolodd pam ei fod mor benderfynol o fynd yno.

Ar lannau Llyn Cowlyd y cafodd Eryrin ei eni.

Roedd yn cofio'r diwrnod yn iawn. Saith neu wyth oedd o, a'i rieni wedi mynd â fo am brynhawn ger y llyn – mae'n debyg oherwydd ei fod o wedi bod yn bownsio oddi ar waliau'r tŷ. Roedd o wedi bod am dro yn Eryri sawl gwaith cyn hynny, wrth gwrs, ond roedd rhywbeth arbennig ynghylch y diwrnod yna. Codai'r clogwyni'n fygythiol ar un ochr o'r llyn, y dŵr yn frawychus o dywyll. Cofiodd Cai afael yn llaw ei fam, ei dad yn dilyn o bellter. Roedd Danielle yn adrodd be oedd hi'n ei gofio o hanes Culhwch ac Olwen, gyda'r hen dylluan yn teyrnasu'n wyliadwrus dros y cwm. Er nad oedd pob un manylyn yn ei le, a'r stori'n un gybolfa fawr o sawl chwedl wahanol, roedd wedi bod yn agoriad llygad i Cai. Wrth i'w rieni eistedd ar y glannau, rhedodd ar hyd y llyn yn chwifio cleddyf dychmygol o gwmpas, wedi gwthio Culhwch o'r neilltu ac yn serennu yn ei chwedl ei hun.

Ar ganol ei antur fawr, tynnwyd ei sylw gan siâp bach du yn hedfan yn hamddenol yng nghysgod y clogwyni mawr oedd yn codi'n uchel dros lannau dwyreiniol y llyn. Wrth ddianc o'u cysgod a hedfan tua'r gogledd, trodd y creadur ei ben. Er ei fod yn bell i ffwrdd, roedd Cai'n siŵr ei fod yn syllu arno fo. *I mewn* iddo fo, rywsut. Tylluan.

Dyna gyd-ddigwyddiad. Roedd ei fam newydd fod yn sôn am y dylluan yn y chwedl.

Cofiodd Cai bach nad oedd tylluanod fel arfer yn ymddangos yn ystod y dydd. Gwyliodd y siâp yn diflannu dros y gorwel. Hyd heddiw, roedd o'n cofio'r ias aeth i lawr ei gefn ar y foment honno.

Ac yna, allan o nunlle, dychmygodd – *gwelodd* – ddwsinau o dentaclau yn saethu allan o'r dŵr a lapio o'i amgylch. Haciodd y tentaclau'n wyllt, ond bob tro y llwyddai i dorri un yn ei hanner, daeth dau arall allan o'r dyfnderoedd. Yn y pen draw, ag yntau bron â chael ei lusgo i mewn i'r dŵr, gwelodd ben yn codi'n araf uwchben canol y llyn, y llygaid yn felyn, y croen yn gennog, y ffroenau'n hir, mwg yn ffrydio allan ohonyn nhw …

"Be ti'n neud, y cena bach?"

Rhoddodd ei dad law gadarn ar ei ysgwydd, a diflannodd y ddrychiolaeth. Roedd y Cai ifanc i fyny at ei war mewn llyn gwag, yn blincian mewn dryswch. Cododd ei dad o gerfydd ei ganol a martshio'n flin yn ôl at ei fam cyn ei ddympio'n ddiseremoni wrth ei hymyl, Cai'n dechrau snwffian crio mewn protest.

"Fy nhraed i'n socian rŵan," cyfarthodd Gareth wrth eistedd i lawr. "Be ddiawl oedda chdi'n neud allan fanna? Sgen ti unrhyw syniad pa mor ddwfn 'di'r llyn 'na? Ti'n gweld, Dani? Dyma pam dwi'm isio plentyn arall. Traffarth y diawl efo jyst un ohonyn nhw."

Cofiodd Cai droi at ei fam ar y foment honno, yn gwneud ei orau i ennyn ei chydymdeimlad. Ond roedd ei hwyneb yn bictiwr o dristwch, dagrau yn cronni yn nghorneli ei llygaid.

Rai wythnosau'n ddiweddarach, roedd Cai wedi bod yn pori drwy silffoedd siop lyfrau gyda'i fam pan neidiodd clawr un llyfr allan. Arno roedd creadur milain a chennog yn cysgu ar bentwr o aur mewn ogof. Edrychai'r peth yn debyg iawn i'r pen welodd o'n codi uwchben y llyn, ac er bod y profiad yna wedi bod yn un dychrynllyd, teimlodd Cai yr awydd cryfa i ddarganfod mwy am stori'r bwystfil. Roedd yn bwysig am ryw reswm. Enw'r llyfr oedd *The Hobbit*. Wedi llwyddo i berswadio'i fam i'w brynu, darllenodd drwyddo'n araf dros y wythnosau nesa, yn sawru pob un gair. Doedd ei dad ddim yn hapus am hynny chwaith.

"Pam prynist ti hwnna iddo fo, wir Dduw? Llenwi 'i ben o efo ryw nonsans? Ryw ddreigia a ballu."

Yn rhannol er mwyn sbeitio'i dad, aeth Cai ymlaen i ddarllen *The Lord of the Rings*, a gwaith Terry Brooks, a Robert Jordan, a Mervyn Peake, a Robert E. Howard. Ac yn raddol, fesul darn, yn ara bach, cododd seiliau Eryrin yn ei feddwl, ei fyd ei hun yn sefyll ochr-yn-ochr â bydoedd cewri'r byd ffantasi.

Ar goll yn ei atgofion, cafodd Cai ei hun yn sefyll ar lannau'r llyn unwaith eto. Am rai eiliadau, roedd yn blentyn ifanc eto, ei gleddyf yn ei law, yn barod i orchfygu'r bwystfil oedd yn llechu o dan y dŵr. Yna syllodd tuag at ben pella'r llyn, lle roedd smotyn pinc yn crwydro'r glannau'n bwyllog – y ddynes oddi ar y bws. Cafodd ei rwygo allan o'i atgofion yn syth.

Ddim yn bell i ffwrdd, gwelodd wrych o fieri yn tyfu ymysg pentwr o gerrig a rwbel. Nid y llecyn prydfertha, ond roedd hynny'n golygu na fyddai'r ddynes yn debyg o dreulio ei hamser yno. Gorweddodd Cai ar lawr wrth ymyl y mieri, ei ddwylo y tu ôl i'w ben, pelydrau'r haul yn mwytho'i wyneb. Caeodd ei lygaid, blinder yn pwyso'n drwm arno. Syrthiodd yn araf i gysgu ...

"Hi there! So you decided to come after all, huh? Isn't it gorgeous over here?"

Tynhaodd pob un o gyhyrau Cai wrth glywed y llais croch uwch ei ben. Ond llwyddodd i beidio neidio mewn sioc. Arhosodd yn llonydd, ei lygaid wedi eu gludo ynghau, ei geg yn hongian ar agor. Penderfynodd gymryd arno ei fod yn cysgu.

"So why is this called Cow Lake? Because, you know, I don't see any cows. Just a buncha sheep. Why isn't it called Sheep Lake? Like, wouldn't that be ... oh."

Ar ôl saib annifyr o hir, clywodd Cai sŵn traed yn pellhau. Wedi iddo deimlo'n weddol sicr ei fod ar ei ben ei hun unwaith eto, lledodd gwên enfawr ar draws ei wyneb, ac aeth i gysgu go-iawn.

* * * * * * * *

Rai oriau'n ddiweddarach, i gyfeiliant brân yn crawcian yn groch ar y clogwyni uwch ei ben, deffrodd Cai gan rwbio'i wyneb yn gysglyd. Yn disgwyl gweld to ei ystafell uwch ei ben, dychrynodd wrth weld awyr las Eryri yn ei le. Pysgotodd ei ffôn o'i boced er mwyn sbio ar y cloc. Roedd hi wedi pump.

"O, crap."

Cododd gan frwsio'r mwd oddi ar ei ddillad a chychwyn am Gapel Curig, yn araf-gysglyd i ddechrau, ac yna'n magu cyflymder yn raddol wrth adael y llyn. Tua saith roedd y porthwll yn ymddangos. Tri chwarter awr o daith i'r pentre, tua'r un faint yn y bws i Lanberis, ond Duw a ŵyr faint fyddai'n gorfod aros am y bws yn y lle cynta. Fe fyddai pethau'n dynn, yn sicr.

Wedi cyrraedd yr orsaf fysus, roedd ei dymer yn ei reoli unwaith eto, wrth iddo gofio am ei fywyd a'i waith a'i broblemau. Ac i wneud pethau'n waeth, roedd chwarter awr i ddisgwyl, gyda chymylau llwyd yn dechrau cronni uwch ei ben.

Fo oedd y cynta ar y bws wedi iddo gyrraedd. Gwyliodd griw o hen wragedd yn pysgota am eu tocynnau yn eu bagiau mawr, yn jocian gyda'r gyrrwr a chyda'i gilydd wrth wneud. Be oedd yn *bod* efo nhw'n wastio ei amser? Doedden nhw ddim yn *gwybod* bod ganddo fo lefydd i fynd? Yn y man, cychwynnodd y bws ar ei daith yn boenus o araf. Ar gyrion Llanberis, dechreuodd dafnau o law mân daro'n erbyn y ffenestri, gan waethygu tymer Cai ymhellach fyth.

Brasgamodd yn ôl adre a byrstio i mewn, yr un hen olygfa yn ei wynebu: ei fam wrth fwrdd y gegin, ei dad yn eistedd o flaen gêm bêl-droed ar y teledu, caniaid o gwrw'n sefyll yn ddestlus ar ei fol.

"Dyma fo," meddai Gareth yn uchel. "Mr. Killjoy."

"Be ma' hwn yn fwydro rŵan?" gofynnodd Cai gan edrych ar ei fam. Ysgydwodd hithau ei phen mewn anobaith.

"Paid â betio, medda fo. Ar Super Sunday, o bob diwrnod. A dyna fi'n gwrando arna chdi, achos y peth ola dwi isio neud ydi gneud chdi'n anhapus. A be sy'n digwydd? Chelsea'n ennill. Man City'n ennill. Man U yn ennill. West Brom yn colli. Dead certs, bob un ohonyn nhw. Tyswn i 'di trio accumulator, a jyst rhoi ryw twenti neu thyrti cwid arno fo … blydi hel! Be ti'n gwcio heno, Danielle?"

Edrychodd Danielle yn ansicr, a stopiodd ei gweu am eiliad.

"Dwi'm yn gwbod. Fysa chydig o sŵp yn neis?"

"Sŵp!" tuchanodd Gareth yn gas. "Fysa ni'n byta lobstyr heno tyswn i 'di câl fy ffordd. Paid â betio, wir. Stiwpid. Wel, nei di'm stopio fi fory. Does 'na ddim ffordd dwi'n mynd i watshiad gêm rybish 'tha Stoke vs Crystal Palace *heb* roi bet."

"Ti'm yn blentyn," atebodd Cai, gan gychwyn i fyny'r grisiau. "Gei di neud be bynnag ti isio. Wrth gwrs, dydi hynna ddim yn meddwl *ddylsa* chdi neud o. Iesu mawr. Traffarth y diawl efo chdi."

Gan adael ei dad yn rhegi ar ei ôl, brysiodd Cai i'w ystafell. Am yr ail ddiwrnod yn olynol, roedd y porthwll yno'n disgwyl. Doedd dim modd dweud am faint y byddai ar agor eto. Llamodd Cai drwyddo'n ddramatig …

* * * * * * * *

… cyn camu'n ôl i'w fyd ei hun yn syth. Am yr ail waith, doedd Dau ddim yno.

Y peth cynta ddaeth i'w feddwl oedd bod rhyw drychineb arall wedi digwydd. Suddodd ei galon wrth ddychmygu'r holl bethau uffernol allai fod wedi digwydd. Oedd o wedi cyfarfod yr hogiau yn y Corsa gwyn eto, a hwythau wedi gorffen be ddechreuson nhw? Neu ella bod Dau wedi dweud rhywbeth yn erbyn *Babylon 5*, ac Andreas wedi gorymateb, a'i landio yn yr ysbyty?

O nunlle, cofiodd Cai am ei weledigaeth yn blentyn ar lannau Llyn Cowlyd. Gwelodd ei gyfatebydd yn cael ei lusgo i ddyfnderoedd y llyn gan y bwystfil, yn cicio ac yn sgrechian. Teimlodd ias yn mynd drwyddo.

Gobeithiai nad oedd dim byd drwg wedi digwydd. Ond ar yr un pryd, os oedd Dau yn holliach … os oedd o wedi colli'r porthwll achos diogi, neu achos nad oedd wedi rheoli ei amser yn gywir, neu ei fod wedi anghofio amdano, ac yntau wedi gorfod dod yn ôl o'r llyn am ddim rheswm …

Fe fyddai popeth yn glir yfory, sbo.

Heb y cyfle i ddadlwytho'i holl broblemau ar ysgwyddau Dau, teimlodd yn rhyfeddol o unig. Edrychodd o gwmpas ei ystafell am rywbeth i'w wneud, ond roedd rhyw wacter bellach yn y pentyrrau o gemau a chomics a ffilmiau. Roedd ganddo'r awydd i dreulio gweddill y noson yng nghwmni aelodau o'r ddynol ryw.

Yn anffodus, yr unig rai ar gael oedd ei rieni. Gwnaeth ymdrech wrol i dreulio ychydig o amser yn eu cwmni i lawr grisiau. Arhosodd yno tan i'r diferyn olaf o gawl ei fam fynd dros ei wefusau, ond erbyn hynny roedd cwyno cyson ei dad am helynt y betio wedi mynd yn ormod. Dychwelodd i'w ystafell o fewn tri chwarter awr.

Camodd Cai o amgylch ei ystafell am sbel. Tynnodd ei ffôn allan yn y man a bodio at enw Mabli. Oedd 'na unrhyw werth mewn gyrru neges destun arall? Un hirach, ella, yn esbonio ei sefyllfa? Yn gofyn iddi ddod am ddiod sydyn yn y Padarn Lake?

Na. Doedd o ddim yn barod i gael ei siomi eto. Dim heno. Rhoddodd y ffôn yn ei boced, a threuliodd weddill y noson yn syrffio o fideo i fideo ar YouTube, yr oriau'n llithro heibio'n ddigon cyflym, rhyw deimlad gwag yng nghefn ei feddwl. Aeth i'r gwely toc wedi hanner nos, y wybodaeth y byddai'n rhaid iddo ddelio ag arolygydd yn y gwaith yfory, gyda Wendell ar bigau'r drain drwy'r dydd, yn ei gadw'n effro am sbel. Llithrodd i gwsg ysbeidiol yn y man, pwysau'r dyfodol yn gorwedd yn drwm arno.

DYDD SADWRN: DYDD 10 *(DAU)*

Roedd Mabli'n dal i gysgu'n drwm yng ngwely Cai, ei gwallt cringoch yn syrthio'n donnau dros ei llygaid caeedig. Ar ei gruddiau roedd ychydig o wrid, a haul y gwanwyn yn trochi ei hwyneb a'i hysgwyddau noeth â golau arallfydol o brydferth. Snwfflodd yn ei chwsg, a mwmian rhywbeth annealladwy o dan ei gwynt. Lledodd gwên anferth ar draws wyneb Cai. Roedd o'n ffŵl am fod wedi ymladd yn erbyn hyn am gymaint o amser.

Aeth oriau heibio, gyda Cai'n hapus ei fyd yn gwneud dim.

Agorodd Mabli ei llygaid yn gysglyd tua deg o'r gloch, gan ddychryn wrth weld Cai'n syllu arni. Edrychodd i lawr ar ei chorff noeth, a thynnodd y dillad gwely amdani'n reddfol. Wrth i holl atgofion y noson gynt ruthro i'w meddwl ar unwaith, brathodd ei gwefus a gafael yn galetach yn ei chynfas.

"Cai? Be … ? O …"

Roedd hi'n cofio popeth bellach. Edrychodd ar Cai unwaith eto, ac ymlaciodd ei hwyneb. Brwsiodd y gwallt o'i llygaid.

"O."

Pwysodd Cai ymlaen a'i chusanu'n dyner. Rhoddodd hithau ei breichiau amdano, ac aeth mwy o'r bore heibio.

* * * * * * * *

Rhoddodd Cai ei ben allan o ddrws ei ystafell tuag amser cinio. Doedd neb ar y landing, a dim sŵn yn dod o'r ystafell fyw. Gwnaeth arwydd i Mabli ei bod yn saff mentro allan. Sleifiodd y ddau i lawr y grisiau, ond daeth Cai i stop sydyn wrth weld ei dad yn yr ystafell fyw.

Roedd yn cysgu yn ei gadair arferol, rhai o dudalennau'r *Racing Post* ar draws ei fol a'r gweddill dros y llawr o'i amgylch, ei geg yn llydan agored, diferion o lafoer yn rhedeg i lawr ei ên. Gafaelodd Cai ym mraich Mabli a'i harwain yn ddistaw heibio ei dad. Dechreuodd hithau giglo'n chwareus.

"Shhh!" meddai Cai, yn llawer rhy uchel. Agorodd Gareth ei lygaid yn gysglyd a neidio mewn braw wrth weld Mabli'n syllu i lawr arno.

"What are you doing here!?" gofynnodd wrth rowlio'i bapur newydd i siâp silindr. "Get out of my house!"

"Dad!"

Camodd Cai o flaen Mabli, a meddalodd wyneb ei dad fymryn bach wrth ei weld.

"Cai ..." meddai'n ansicr, cyn sibrwd yn gynllwyngar, "... ti'n nabod hon?"

Ochneidiodd Cai'n ddwfn cyn gwthio Mabli ymlaen yn erbyn ei ewyllys.

"Dad, Mabli. Mabli, Dad."

"Ocê," atebodd Gareth yn ofalus. "Be ma' hi'n neud yma?"

"Dad ... oes *rhaid* i fi esbonio?"

"O," meddai Gareth, pob arlliw o gwsg yn diflannu o'i lygaid wrth iddo ddod i ddeall y sefyllfa. "*O.*"

"Neis cyfarfod chi, Mr Owen."

"Ocê 'ta, Dad. Wel, 'dan ni'n meddwl mynd i Fangor rŵan, felly ..."

"Bangor?"

Edrychodd Gareth ar ei watsh a thrio neidio o'i gadair, gan dywallt be oedd ar ôl o'r papur ar y llawr o'i gwmpas.

"Damia. Dwi fod ym Mangor hefyd. Reit, ro' i lifft i chi."

"O, Dad, na ..."

"Be ti'n feddwl, 'na'? Dwi'n dad i chdi, dydw? Dyna be dwi fod i neud, 'de?"

Allai Cai ddim dadlau â hynny. Â theimlad annifyr yng ngwaelod ei stumog, gwyliodd ei dad yn tyrchu am ei oriadau o dan glustogau ei gadair, yn taflu dŵr o sinc y gegin dros ei wyneb, ac yn craffu ar nodyn gan Danielle ar fwrdd y gegin.

"Efo Iona ma' hi," meddai Gareth, yn crynhoi cynnwys y nodyn. "Wna' i byth ddallt be ma' hi'n weld ynddi hi, wir."

Gyda'r eironi yn sylw ei dad yn bownsio'n wyllt o amgylch ei feddwl, gwnaeth Cai ei ffordd i hen gar budr Gareth ac eistedd yn y sedd gefn wrth ymyl Mabli, gan adael y sedd flaen yn wag. Gyda chryn dipyn o regi a thuchan a phesychu, cychwynnodd Gareth y car a gyrru'n herciog i gyfeiriad Bangor. Chwarddodd Mabli'n dawel wrth ei wylio'n ogleuo ei geseiliau tra'n gyrru, ac edrychodd Gareth i gyfeiriad y drych tros-ysgwydd er mwyn ei hastudio'n ofalus.

"Felly be 'dach chi'n neud ym Mangor heddiw?" gofynnodd Mabli, rhythu tawel Gareth yn ei gwneud yn anghyfforddus.

"Mm? O, ti'n gwbod. Pyb. Ffwtbol. Digon o ffwtbol wîcend yma, so …"

"Ti'n mynd i fod yn yfad?" gofynnodd Cai. "Ti'm yn meddwl dreifio'n ôl, gobeithio?"

"O, ty'd 'laen. Dwi'm yn idiot, 'sdi. Na, wna' i bigo'r car fyny fory. Neu'r diwrnod wedyn. Neu ddy' Mawrth. Pryd bynnag dwi'n câl chydig o lonydd i neud."

Gwelodd Gareth ei fab yn rowlio'i lygaid yn y drych. Caledodd ei lais wrth annerch Mabli dros ei ysgwydd.

"Be 'di dy hanes di 'ta, Mali?"

"Mabli," meddai Cai.

"Achos – ma'n rhaid i fi fod yn onast," aeth Gareth ymlaen, yn anwybyddu ei fab, "o'n i'n dechra meddwl fysa hwn byth yn ffeindio neb, yn malu cachu efo ryw *Demons & Dragons* neu rwbath bob nos Wenar. Dwi'n cymryd bod chdi 'di sacio hwnna off neithiwr, Cai, a 'di cyfarfod hon yn y pyb? Da hogyn."

"Deud y gwir, Mr Owen," atebodd Mabli'n bwyllog, "dyna lle 'dach chi'n rong. Dwi'n chwara *Dungeons & Dragons* hefyd."

Disgynnodd ceg Gareth yn lled agored a gyrrodd dros boncyn arafu yn rhy gyflym yn ei ddryswch, gan yrru Cai a Mabli'n hedfan. Chymerodd Gareth ddim sylw o'i gamgymeriad.

"Y?"

"Dyna lle 'nathon ni ddod i nabod ein gilydd," aeth Mabli ymlaen gan afael yn dynn yn y drws. "Fysa chi'n synnu sut ma' petha 'di newid yn ddiweddar, 'chi. Ma' 'na lot mwy o genod yn licio'r petha 'ma bellach."

Rhoddodd Mabli ei llaw yn dyner o gwmpas dwrn Cai. Edrychodd yntau arni'n garedig, cyhyrau ei law'n ymlacio.

"O'm rhan i, fysa'n lot gwell gen i Cai na chwaraewr rygbi neu ffwtbol, 'de."

Aeth ennyd o ddistawrwydd heibio, gyda Gareth yn dal i syllu mewn penbleth ar y ddau yn y cefn.

"Y?" meddai o'r diwedd. Gwnaeth Cai ei law yn ddwrn eto.

Aeth gweddill y siwrne heibio heb i Gareth ddweud llawer o ddim byd wedyn, ei ffydd yn y ddynol ryw wedi ei hysgwyd. Parciodd oddi ar Ffordd Siliwen ym Mangor Ucha cyn ffarwelio â'r ddau arall a chychwyn i gyfeiriad tafarn y Belle Vue. Aeth Cai a Mabli i'r dre heibio'r pier er mwyn osgoi Gareth. Am ran gynta'r daith, brwydrodd Mabli i'w rhwystro ei hun rhag chwerthin am ben embaras Cai, ond byrstiodd y llifddorau yn y man. Disgynnodd yn erbyn braich Cai, ei phen yn erbyn ei ysgwydd.

"Olreit, olreit. Digri iawn."

"Sori," meddai Mabli rhwng piffian chwerthin. "Dwi'm yn gwneud hwyl am dy ben di. Mae o jyst yn ffyni …"

"Dyna un gair i ddisgrifio fo …"

"Ti 'di sôn amdano fo ddigon o weithia'n y sesiwn. Ond do'n i jyst ddim yn disgwyl iddo fo fod mor …"

"Ia, ia, iawn. Gawn ni stopio siarad am 'y nhad rŵan, plis? Dwi isio trio mwynhau'r diwrnod yma."

"Ond mae o'n trio, dydi?"

"Sori?"

"Wel, doedd dim *rhaid* iddo fo roi lifft i ni heddiw. A fedri di ddim beio fo am beidio dallt *D & D* a stwff fel'na. Dydi'r rhan fwya o bobol ein hoed *ni* ddim yn dallt. Gafodd o'i fagu mewn amser gwahanol, do? Ond o'n i'n meddwl bod o 'di *trio* dallt yn y car 'na. Am eiliad, o leia. O'n i bron yn gallu gweld y gêrs yn 'i feddwl o'n troi."

Dechreuodd Mabli chwerthin eto, ond gadawodd Cai lonydd iddi y tro hwn. Roedd ganddi bwynt. Roedd newid wedi dod dros ei dad, yn bendant, ers iddo fo ddychwelyd o'i ddiwrnod coll. Doedd o ddim wedi newid ei bersonoliaeth dros nos, ond ella bod Mabli'n iawn. Ella ei *fod* o'n trio, yn ei ffordd letchwith ei hun.

Gwnaethant eu ffordd yn hamddenol, law-yn-llaw, i ganol y ddinas, tra'n gwirioni ar y mynyddoedd yn y pellter. Wedi cyrraedd y stryd fawr, anelodd y ddau am y siop recordiau yn syth, heb drafod y peth.

Hanner awr yn ddiweddarach, bag plastig gan bob un yn gwegian dan bwysau feinyl drud, camodd y ddau allan o'r siop, grwpiau o blant yn clebran ac yn gweiddi ac yn rhedeg o'u cwmpas.

"Be wnawn ni am fwyd?" gofynnodd Cai. Trodd ei ben i gyfeiriad Subway, breuddwydion am frechdan borc enfawr yn llenwi ei feddwl.

"Dilyna fi," atebodd Mabli, a'i arwain ar hyd y stryd fawr, heibio'r cloc, heibio nifer o siopau gwag, ac i lawr stryd gefn, Cai'n brasgamu ar ei hôl. Dilynodd hi drwy ddrws digon di-nod yr olwg i mewn i gaffi bywiog, arogl cawl a bara ffres ac olew olewydd a garlleg yn llenwi ei ffroenau. Eisteddodd wrth fwrdd gan edrych o'i gwmpas mewn perlewyg.

"Do'n i'm yn gwbod bod 'na rwla fel'ma'n bod ym Mangor," meddai. "O'n i'n meddwl ma' jyst ryw fwyd jync oedd ar gâl 'ma."

Gwenodd Mabli gan eistedd wrth ei ymyl.

"Nei di'm sylwi ar ddim byd os ti'n cerddad rownd y lle efo dy lygada ar gau, 'sdi."

Gwenodd Cai yn ôl arni cyn ymladd yn chwareus dros y fwydlen.

* * * * * * * *

Aeth rhan helaeth o'r prynhawn heibio yn y caffi, cinio o gawl a brechdanau yn troi'n bwdin yn troi'n goffi yn troi'n bwdin eto. Eu boliau'n llawn, teimlad cynnes o foddhad yn llifo trwy eu gwythiennau, camodd y ddau allan i awyr ffres y prynhawn.

"Adra?" gofynnodd Cai'n ffug-hamddenol, yn cofio'n sydyn am y porthwll. Fe fyddai'n rhaid cael gwared ar Mabli rywsut …

"Dwi'n gwbod dôs 'na'm lot i neud yma," atebodd hithau, "ond ty'd 'laen. Dydi'r diwrnod ddim ar ben eto, nadi? Hei, ti'm 'di mynd â fi i'r sinema eto."

"Does 'na'm sinema ym Mangor …"

"Ond ma' 'na un yng Nghyffordd Llandudno. Gawn ni fynd ar y trên."

Teimlodd Cai'r cwlwm yn ei stumog oedd yn dod bob tro roedd rhaid iddo ddweud celwydd. Agorodd ei geg, a llifodd rhes o eiriau gwag allan.

"Wel, ti'n gwbod … ella fydd Mam isio help rownd tŷ, a … ma'n siŵr bod gen i betha i'w gneud …"

"Ma' dy fam allan. Dyna ddudodd dy dad. A be sgen ti i neud ar ddydd Sadwrn braf fel'ma?"

Agorodd Cai ei geg unwaith eto cyn ei chau'n glep. Roedd rhywbeth yng nghefn ei feddwl yn mynnu ei sylw. Cofiodd am ei sgwrs ag Un ddoe, a chyn lleied o ddiddordeb oedd gan ei gyfatebydd mewn cydweithio ar Eryrin a gwneud defnydd o'r porthwll yn gyffredinol … gymaint yr oedd o wedi cilio i'w gragen, yn amharod i ddelio â'r byd o'i gwmpas. Wel, os oedd o isio chwarae'r gêm yna …

"Y sinema, 'ta," atebodd Cai'n benderfynol.

Sgwrsiodd y ddau yn ddi-baid ar y ffordd i'r orsaf, ac ar y platfform, ac ar y trên ei hun. Doedd dim llawer o ddewis o ran ffilmiau – llond llaw o gomedïau rhamantaidd, cartŵn am aderyn trofannol hy yn mynd ar antur, ac un ffilm am arwr â phwerau goruwchnaturiol yn mynd ar sbri o drais a llofruddiaeth. Buan iawn y penderfynodd Cai a Mabli ar y dewis amlwg o ffilm, a chychwynnodd hynny drafodaeth hir ac eang am lwyddiannau a ffaeleddau'r ffilmiau *Iron Man*, sut yr oedd *Man of Steel* yn wahanol i'r comics *Superman* gwreiddiol, y trafferthion cynhenid mewn addasu llyfrau *The Punisher* ar gyfer y sgrîn, ac yn y blaen. Roedden nhw'n dal i glebran pan gerddon nhw drwy ddrysau'r sinema yng Nghyffordd Llandudno. Chlywodd Cai ddim llais ag acen ogleddol gref yn dod o gyfeiriad y stondin melysion.

"Pwy 'di hwnna draw fanna, Llin? Dim fo 'di'r boi 'na o'r Anglesey?"

Rhwygodd Llinos ei hun oddi wrth y dewis o bethau da o'i blaen, a gwelwi wrth weld Cai yn sefyll wrth y cownter, law-yn-llaw â … pwy oedd hi? Doedd Llinos erioed wedi ei gweld hi o'r blaen, oedd yn dweud lot. Roedd hi'n adnabod pawb o unrhyw werth yn yr ardal, wedi'r cyfan. Yn rhyfedd iawn, roedd y rhan fwya ohonyn nhw yn y coleg yn Aberystwyth gyda hi.

Be oedd yr hogan yma'n ei gynnig i Cai nad oedd hi? Be oedd o'n wneud efo hi? Digon teg, roedd pethau wedi bod yn anoddach rhyngddyn nhw'n ddiweddar, a Llinos fyddai'r gynta i gyfadde nad oedd hi wedi bod ar ei gorau, rhwng cysgu'n hwyr, a chael ei dwrdio gan Wendell … ond doedden nhw ddim wedi gwahanu, naddo? Ddim yn ffurfiol, beth bynnag. Ac os oedden nhw am wneud, pa hawl oedd gan Cai i wneud y symudiad cynta? *Hi* oedd i fod i ddympio rhywun fel *fo*. Dyna sut roedd y byd yn gweithio. Fel arall … anhrefn llwyr.

"Llinos?"

Rhwygodd Llinos ei golwg i ffwrdd, a chanolbwyntio'n llawer rhy galed ar y *bon bons* pinc o'i blaen.

"Hmm? Naci. Dim fo ydi o. Fedra' i weld o lle ti'n dod, Ceri, ond oedd y boi o'r Anglesey lot mwy ffit."

Gwthiodd y bag pethau da i freichiau Ceri.

"Dewis di weddill rhein, nei di? Angan mynd i bowdro 'nhrwyn. Cofia, Sgrîn Dau. Wela' i di yna."

Rhuthrodd Llinos tua'r lle chwech gan orchuddio ei hwyneb â'i llaw er mwyn sicrhau na fyddai Cai yn ei gweld. Pum munud, a fydda fo wedi mynd – roedd hi'n amau'n gryf nad oedd Cai, fel hi, am weld ffilm ddiweddara Jennifer Aniston.

Wedi cyrraedd, pwysodd yn erbyn y sinc ac anadlu'n ddwfn. Doedd pethau fel hyn ddim i fod i ddigwydd iddi hi. Doedd dim yn ei bywyd wedi ei pharatoi ar gyfer hyn. Yn erbyn ei hewyllys, dechreuodd ei chorff ysgwyd gan sioc a chynddaredd.

Wedi i'r ysgwyd basio, cerddodd yn bwyllog allan i'r lobi unwaith eto. Doedd Ceri ddim i'w gweld – na Cai, yn bwysicach fyth. Yn gwthio ei theimladau i gyd i lawr, gwnaeth ei ffordd i gyfeiriad Sgrîn Dau. Doedd Cai ddim wedi clywed diwedd hyn.

Tua chefn Sgrîn Chwech, roedd Cai a Mabli'n eistedd yn ddedwydd yn y tywyllwch. Wrth i'r trelyrs ddechrau chwarae, pwysodd Cai a Mabli ymlaen yn eu seddi, yn brwydro'n erbyn ei gilydd i adnabod y ffilm cyn i'w theitl ymddangos ar y sgrîn, ac yn cymryd rhan mewn trafodaeth fer ond rhyfeddol o ddwys rhwng pob un.

Pan ddechreuodd y ffilm o'r diwedd, gwnaeth y ddau eu gorau i gael eu swyno gan y stori, ond roedd yn dilyn yr un trywydd â bron bob un ffilm debyg erioed: rhywun di-nod yn datblygu pwerau oherwydd dôs helaeth o ymbelydredd neu wybodaeth dechnegol anarferol neu arbrawf gan y llywodraeth wedi mynd o'i le; gelyn afrealistig o ddrwg yn ymddangos o nunlle; yr arwr yn colli'r frwydr gynta; yntau wedyn yn bygwth rhoi'r gorau i'w ddoniau arbennig, er bod dyfodol y blaned neu'r bydysawd neu realiti ei hun yn dibynnu arno fo; yr arwr yn derbyn ei gyfrifoldeb ac yn curo'r gelyn mewn un frwydr hir arall.

Wedi treulio'r holl ffilm mewn un cofleidiad hir, swagrodd y ddau allan o'r sinema, yr haul wedi machlud ers meityn.

"Be oedda chdi'n feddwl?" gofynnodd Cai wrth fyseddu cledr llaw Mabli'n dyner, y ddau'n gwneud eu ffordd at yr orsaf drenau.

"Grêt, doedd?" atebodd hithau gan wenu'n bryfoclyd, a phlannu ei phen yn erbyn ysgwydd ei chariad newydd.

Estynnodd Cai ei ffôn o'i boced a chraffu ar y sgrîn yn betrus gan grychu ei dalcen.

"Rwbath yn bod?"

"Ryw rif dwi'm yn nabod 'di ffonio fi yn ystod y ffilm. Ddwywaith."

Ffoniodd Cai y rhif yn ôl a chodi'r ffôn at ei glust. Daeth llais benywaidd i'w gyfarch ar yr ochr arall.

"Helo? Mr Owen?"

"Y … ia. Pwy sy'n siarad?"

"PC Mandy Llywelyn, Mr Owen – fi helpodd chi yn Llanberis ar ôl y ddamwain nos Fercher, yr … y … sori. Mae gen i'r dyddiad yn fan hyn yn rhywle …"

"Peidiwch â phoeni am y dyddiad," atebodd Cai'n biwis. "Dwi'n gofio fo'n iawn. A fyswn i ddim yn ei alw fo'n 'ddamwain' fy hun chwaith."

"Na. Efallai ddim."

"Be 'dach chi isio?"

"Wel, Mr Owen, dwi yma'n gweithio'n hwyr yn yr orsaf ym Mangor, ac eisiau rhoi rywfaint o ddiweddariad i chi ar ein hymdrechion ni i ddod o hyd i'r criw o fechgyn wnaeth …"

"Dod o hyd iddyn nhw? 'Dach chi dal ddim 'di gneud?"

"A. Ia. Dyna'r rheswm dwi'n eich ffonio chi heno, Mr Owen. Ym … naddo."

"O. Briliant."

"Ac mae'n anodd gweld lle allen ni fynd o fan hyn, yn anffodus.

Chawson ni ddim rhif eu car nhw yn llawn, fel y gwyddoch chi, a doedd fy mhartner i ddim yn llwyddiannus yn ei ymdrech i'w dal. Ym … dydi o'm 'di bod yn gweithio yma'n hir …"

"Cerwch at y pwynt."

"O. Ym. Wel, meddwl oedden ni, efallai – os ydych chi'n fodlon – ei bod hi'n bryd cau'r achos. Dros dro. Nes i fwy o wybodaeth ddod ein ffordd ni, neu nes i chi ddigwydd gweld y bechgyn eto, neu …"

"Be!?"

"Rydyn ni yn Heddlu Gogledd Cymru yn deall eich rhwystredigaeth chi, Mr Owen, ond … wel … ma' 'na *lot* o Gorsas gwyn o gwmpas y lle 'ma."

Erbyn hyn, gallai Cai deimlo'r gwaed yn llifo i'w ruddiau, tôn ffals a ffurfiol y blismones yn codi ei dymer yn gyflym. Dechreuodd wasgu llaw Mabli heb sylweddoli ei fod yn gwneud. Gwichiodd Mabli mewn sioc. Trodd Cai ei ben i rythu arni, a cafodd ei dorri i'r byw gan yr olwg reddfol o boen ar ei hwyneb.

Daeth syniad o nunlle: heb i'r bechgyn yn y Corsa ymosod arno fo, a heb i Mabli basio yn ei char hi ar y foment dyngedfennol yna, mae'n debyg na fyddai'r ddau ohonyn nhw yma rŵan. Falle y byddai wedi ymddwyn fel Un, yn mynnu bod dyfodol rhyngddo a Llinos, yn ddall i'r gwirionedd. Rhoddodd ei fraich am Mabli i ymddiheuro, a chusanodd hi'n ysgafn ar ei boch.

"Mr Owen? Ydych chi yna?"

"Ydw. Ydw … gwrandwch. Anghofiwch o."

"Ym … rili? Y … dwi'n meddwl … ocê. Wel, fel dywedais i, os ydych chi'n digwydd eu gweld nhw …"

"Ia, glywais i. Wna' i eich job drostoch chi 'ta, ia?"

"Dyna ni. Diolch am … na. Hold on. Dim dyna o'n i'n …"

"Grêt. Hwyl 'ŵan."

Gyda chwa sydyn o falchder, pwysodd Cai y botwm mawr coch ar ei ffôn er mwyn dod â'r alwad i ben.

"Pwy oedd hwnna?" gofynnodd Mabli wrth i'r ddau gerdded drwy faes parcio'r orsaf.

"Neb pwysig," atebodd Cai.

Dychwelodd y ddau, ar drên ac ar fws, i Lanberis, yn pigo dros y manylion yr oedden nhw'n eu cofio o'r ffilm ar hyd y daith. Gwnaethant eu ffordd i dŷ Cai'n awtomatig, car Mabli'n dal wedi parcio y tu allan.

"Reit," mwmiodd hithau'n flinedig, "well i fi fynd adra, sbo."

Cododd Cai ael, wedi gweld drwyddi'n syth.

"Ty'd 'laen. Ti 'di anghofio bod y criw'n dod yma fory i weithio ar y syniad 'na sy gen i? Fysa fo'm yn gwneud lot o sens i chdi ddreifio adra rŵan ac yn ôl yma'r peth cynta fory, na fysa? A beth bynnag, os dwi'n nabod Dad, fydd o dal yn y pyb tan yr oria mân. A fydd Mam ddim yn busnesu, os ydi hi mewn o gwbwl …"

Cymerodd Mabli wyneb Cai yn ei dwylo a'i gusanu'n galed, gan ei wthio'n erbyn y gwrych yn y broses. Doedd dim angen mwy o berswâd arni na hynny.

DYDD LLUN: DYDD 12 *(UN)*

Diffoddodd Cai ei radio ychydig funudau cyn i'r larwm ei ddeffro, wedi bod ar ddihun am sbel. Gwthiodd ei hun allan o'r gwely, yn rhwbio'r cwsg o'i lygaid, yn diawlio'r adar yn canu tu allan i'w ffenest. Wrth iddo ymolchi a gwisgo, roedd y bore o'i flaen yn pwyso'n drwm ar ei feddwl. Roedd o'n siŵr mai dim ond ticio bocsys y byddai'r arolygydd yn ei wneud – ymddwyn yn bwysig er mwyn rhoi'r argraff bod ei swydd o ryw bwys. Ond roedd Wendell yn fater arall. Gwyddai'n iawn y byddai nerfau Wendell yn racs erbyn hyn, ac yn siŵr o waethygu wrth i'r diwrnod fynd yn ei flaen. Roedd o'n gorfod dawnsio ar flaenau ei draed fel yr oedd hi.

Yn teimlo fel plentyn ysgol ar ei ffordd i arholiad, cychwynnodd Cai o'r tŷ, cymylau llwydion yn flanced dros y mynyddoedd. Wrth agosáu at yr orsaf, gwelodd griw o'r staff yn gwneud eu ffordd yn araf at y trên mewn ciw trefnus. Wrth ymuno â chefn y ciw, sylwodd ar Wendell yn sefyll ym mlaen y cerbyd, clipfwrdd yn ei law, yn nodi enwau pob un o'r staff.

"Mae o 'di dechra'n gynnar," sibrydodd Cai wrth y ddynes o'i flaen. Trodd Megan y lanhawraig i'w astudio'n araf ac yn ofalus, cyn troi'n ôl i wynebu'r cerbyd heb air arall. Crychodd Cai ei dalcen ac ysgwyd ei ben mewn anobaith wrth gamu ar y trên.

"Megan," meddai Wendell wrth sgriblo. "Da iawn, da iawn. Fydde'r ganolfan yn disgyn yn ddarne oni bai amdanoch chi. A Mr Owen. Fi'n siŵr eich bod chi'n pendroni pam fy mod i wedi penderfynu cymryd cofrestr … ?"

Cododd Cai ei ysgwyddau. Doedd o ddim yn meddwl ei fod o am glywed yr ateb.

"Wel," aeth Wendell ymlaen, "ni wedi cael epidemic o staff yn troi lan i'r gwaith yn hwyr yn ddiweddar."

Agorodd Cai ei geg, yn barod i ddadlau nad oedd un digwyddiad yn 'epidemic', ond penderfynodd gadw'n dawel.

"A heddiw, fel y gallech chi ddeall, doeddwn i ddim am gymryd unrhyw siawns. Dim un."

Nodiodd Cai, braidd yn anniddig.

"Chi 'da fi?"

Nodiodd Cai eto cyn plannu ei hun yng nghefn y trên fel arfer. Suddodd i lesmair o iselder, y diwrnod yn ymestyn yn ddiddiwedd o'i flaen. Snapiodd allan o'i synfyfyrdod wrth glywed llais Wendell eto, yn rhoi'r un llith i Llinos. Edrychodd i fyny i'w gweld hi ar flaen y cerbyd yn nodio'i phen yn dawedog, yn union fel fo. Gan edrych hyd yn oed yn fwy blinedig na Cai, os oedd hynny'n bosib, eisteddodd Llinos ychydig seddi oddi wrtho. Estynnodd gylchgrawn o'i bag gan daflu golwg chwim i'w gyfeiriad.

"Cai."

"Llinos."

Aeth hi ymlaen i ddarllen, ac eisteddodd Cai yn ôl, yn gybolfa o feddyliau gwahanol. Dyna ddiwedd ar y berthynas rhyngddyn nhw, felly – doedd dim modd camddeall y dôn yn ei llais. Doedd ganddi ddim diddordeb ynddo fo bellach. Ar un llaw roedd y peth yn drist. Ar un pwynt, roedd Cai wedi meddwl bod potensial meithrin rhywbeth arbennig rhwng y ddau. Ond wrth gwrs, roedd tipyn wedi newid ers hynny ...

A chyda diwedd y berthynas, dyna ddiwedd unrhyw gyfeillgarwch rhyngddo fo ac unrhyw un o'r ganolfan. At bwy y byddai'n troi am gefnogaeth rŵan? Megan? Colin? Wendell? Dim ffiars o beryg.

Serch hynny, roedd hyn i gyd yn agor byd o bosibiliadau. Er nad oedd y berthynas wedi bod yn fêl i gyd, a dweud y lleia, ac wedi para ychydig llai na'r disgwyl, roedd o wedi dysgu un neu ddau o bethau amdano'i hun. Unwaith, sbel yn ôl, doedd o ddim wedi ei ystyried ei hun yn haeddiannol o rywun fel Llinos. Ond roedd hi wedi syrthio i'w freichiau yn y diwedd, doedd? Ddim yn syth, ac mewn ffordd braidd yn annisgwyl, ond ...

Doedd dim yn ei rwystro rhag cael gafael ar rywun arall felly. Tynnodd ei ffôn o'i boced a mynd yn syth at negeseuon Mabli.

"Haia. Prysur heddiw. Paid â gofyn."

Bron nad oedd Cai wedi gobeithio y byddai'r neges wedi diflannu erbyn hyn. Ond na. Roedd hi'n dal yna, yn ei wawdio. Neges mor syml, ond eto, roedd rhywbeth mor finiog yn y geiriau. Dim cusan ar y diwedd chwaith.

Roedd rhaid bod 'na ffordd o amgylch y peth. Hofranodd ei fawd dros y llythrennau ar-sgrîn, yn barod i drio eto.

"Right, your attention please."

Llais Wendell. Roedd yn sefyll ar flaen y cerbyd, yn gwneud ei orau i edrych yn awdurdodol – effaith wedi ei thanseilio gan y trên yn cychwyn i fyny'r llethrau, a Wendell yn cael ei daflu i'r sedd o'i flaen gan y momentwm.

"So, this is the big day," meddai gan godi ei hun ar ei draed eto. "I'm sure you don't need me to tell you that you all need to be on your best behaviour. You all have your little jobs to do. Concentrate on those. Whether you're a food service agent, a member of the cleanliness management department, a customer liaison officer, or a respected member of our refreshment preparation bureau – um … that's you, Mr Mint …"

O'i flaen, roedd Colin yn hepian, cerddoriaeth uchel yn gollwng o'i glustffonau.

"Mr Mint?"

Dechreuodd Colin chwarae â'i iPod, yn gwbwl anymwybodol o bopeth oedd yn digwydd o'i amgylch.

"Colin!"

Anelodd Wendell gic i gyfeiriad y cogydd, gan ennill ei sylw o'r diwedd, ei lygaid yn fflachio ar agor. Tynnodd un o'r clustffonau o'i glust.

"What is it now?"

"I was just saying … I need you to be on top form. No excuses. I take it you've perfected that chicken balti recipe? After all, it won't cook itself …"

"The chicken balti. Every day with the chicken balti. Yes, Mr Hughes, I've perfected it. Did that about a month ago, *sir*."

"Very good," aeth Wendell ymlaen, y coegni yn llais Colin wedi hwylio'n ddidrafferth dros ei ben. "I'll deal with the big stuff. Don't you worry about that. But as small and futile and pointless as your jobs may seem, just remember that the centre is relying on you. The North Wales tourist industry is relying on you. Some might think it overly grandiose to claim that the country itself is relying on you ... but it is. So don't let it down. Right? OK. Well, then ..."

Tawodd Wendell, gan ddod â'i araith i ben. Roedd Cai'n llosgi gan yr ysfa i wneud hwyl am ei ben, ond doedd neb o'i gwmpas oedd yn rhannu ei synnwyr digrifwch. Rhwystredigaeth yn pwyso'n drwm arno, agorodd negeseuon Mabli eto, yn gobeithio y byddai hi'n ddigon agored i'w jôcs erbyn hyn – ond na. Roedd y groes fawr goch yng nghornel ei sgrîn yn gwneud yn glir nad oedd dim signal. Ystyriodd wneud ymdrech i siarad â Llinos, ond yna daliodd gip ar un o'r penawdau yn ei chylchgrawn – "Les Dennis's Cat Possessed By Ghost Of Heath Ledger Shock!!!" – a newidiodd ei feddwl. Bodlonodd ei hun ar ddrymio ar gefn y sedd o'i flaen â'i fysedd am weddill y daith, wrth i'r trên gael ei lyncu gan y cymylau.

* * * * * * * *

Heblaw am ffurf Wendell yn hofran uwchben pawb fel pry, roedd y bore hwnnw'n rhyfeddol o debyg i bob un bore arall yn y ganolfan, yr holl dasgau di-bwynt yn cael eu cyflawni yn y drefn iawn, fel cloc. Ond roedd rhywbeth yng nghrombil Cai yn troi a throsi'n ffyrnicach nag erioed o'r blaen. Roedd o wedi perffeithio hyn i gyd: twtio a dad-fflwffio'r teganau meddal, paratoi'r ardal fwyd, gwneud yn siŵr bod popeth yn ei le ... roedd meddwl am fisoedd – *blynyddoedd* – o'r un gwaith o'i flaen yn gwneud iddo deimlo'n sâl.

Erbyn amser cinio, a'r arolygydd ddim wedi ymddangos, roedd Wendell yn neidio o un droed i'r llall, yn mwmian wrtho'i hun ac yn syllu allan drwy'r drws fel ci yn disgwyl am ei feistr.

"Ma' fe'n hwyr, ma' fe'n hwyr, ma' fe'n hwyr ..."

Dechreuodd y cerddwyr giwio wrth y cownter bwyd fel arfer, yn trio anwybyddu ymddygiad rhyfedd y rheolwr, wynebau pawb yn llwydaidd ac yn brudd. Pawb ond un.

"Oh, hi! It's you from the bus! So do you work here or what? How cool is that? Isn't it beautiful today?"

Pwysodd y ddynes yn y gôt binc ymlaen ar y cownter, y cwsmeriaid sur o'i chwmpas yn troi eu pennau i syllu ati wrth i'w llais Americanaidd uchel atseinio o amgylch y ganolfan.

"I actually saw you by the lake. You were sleeping. I did think of joining you, but I didn't fly all the way over here to sleep the day away, now did I? Plenty of Wales left to see!"

Taenodd y ddynes fap enfawr ar hyd y cownter, yn blocio golwg pawb o'r bwyd.

"Maybe you can help me. Now, I've done the village with the long name, I've done the castle …"

"Which castle, exactly?" sibrydodd Cai, heb iddi glywed.

"… and now I've done Snow-*don*," aeth y ddynes ymlaen, yn rhoi'r pwyslais ar y sill anghywir. "What else is there? Oo! Ban-*gor*. We have a Ban-*gor*. It's in Maine. It's a neat place. Is your Ban-*gor* similar or what?"

"I … I doubt it," meddai Cai, yn gwneud ymdrech wan i wthio'r map i ffwrdd o'r cownter, a hanner-troi at y cwsmer nesaf – dynes fach fursennaidd, â phen o wallt gwrychog.

"What kinda stuff can I see there?"

Oedodd Cai cyn troi at Llinos yn reddfol. Edrychodd hithau i ffwrdd, ddim isio cydnabod bod diwrnod y ddau ym Mangor wedi digwydd o gwbwl.

"They have a River Island," atebodd Cai'n dawel.

"Oh, and while I'm here, can I get a hoagie? Tuna, pickle, some arugula?"

Rhoddodd Cai ei ddwylo ar y cownter gan grychu corneli'r map â'i fysedd yn y broses. Dyna ddigon.

"*Have*."

"I'm sorry?"

"Can I *have* a hoagie. And while I'm at it, I don't have any idea what a 'hoagie' is. I don't know if you've noticed …"

Cipiodd Cai'r map allan o'i dwylo a'i daflu i'r llawr, gan ddatgelu'r wledd o dan y cownter.

"… but we don't have one here. Same goes for 'arugula'. And as for Bangor, don't bother. There's nothing there. There's not much anywhere around here, to be honest. You know what? I *wasn't* sleeping at the lake yesterday. I was avoiding you. If you ask me, things would go much more smoothly around here if we were left *alone*. God knows it'd give us much more time to look after ourselves if we didn't have to babysit people like you all the time. So. Again. What'll you have? Tuna sandwich alright?"

Nodiodd y ddynes yn ansicr, cynddaredd yn bygwth cymryd rheolaeth arni.

Trodd Wendell ei ben wrth y drws, y stŵr wrth y cownter wedi tynnu ei sylw oddi ar absenoldeb yr arolygydd am y tro.

"I must say," meddai'r ddynes, wrth bysgota ei map oddi ar y llawr, "I'm not seeing much evidence of good old-fashioned British politeness around here."

"This is Wales," atebodd Cai'n haerllug gan slapio'r frechdan i lawr ar y cownter. "Those rules don't apply here. Now can I get you anything else?"

Safodd y ddynes yn llonydd am ennyd, ei brest yn symud i fyny ac i lawr yn ara deg, ei llygaid yn culhau, ei dwylo'n gafael yn or-galed yn ei brechdan.

"Yes," meddai o'r diwedd. "You can get me the manager."

Er bod y math yma o beth wedi digwydd droeon yn ddiweddar, suddodd calon Cai wrth droi at Wendell, oedd yn camu'n bwrpasol tuag ato'n barod. Ond stopiodd Wendell, un droed wedi rhewi o flaen y llall, wrth weld braich y ddynes fursennaidd yn y ciw yn lapio o amgylch yr Americanes yn amddiffynnol.

"I can go one better than that," meddai. Ysgydwodd ei phac oddi ar ei chefn ac estynnodd glipfwrdd allan.

"Stafall y rheolwr?" gofynnodd yn oeraidd i Cai, a nodiodd yntau'n farwaidd i gyfeiriad swyddfa Wendell. "Iawn 'ta. A paratowch ginio i fi tra dwi wrthi, wnewch chi?"

"Chicken balti?" gofynnodd Cai, gyda'r olaf o'i egni.

"Na, dim diolch," atebodd yr arolygydd wrth fartsio i ffwrdd. "Dwi'n vegetarian."

Diflannodd y ddwy i'r swyddfa gan gau'r drws yn glep ar eu holau. Fel dyn yn cael ei ryddhau o swyn, camodd Wendell ymlaen at y cownter, pob un wythïen yn ei ben yn bygwth byrstio allan. Rhoddodd un llaw ar y cownter a chodi'r llall yn ddwrn, yn ei ysgwyd i gyfeiriad Cai yn aneffeithiol. Brysiodd Wendell tuag at y swyddfa cyn arafu wrth y drws, curo arno'n ysgafn, a'i gau ar ei ôl.

Daeth Colin i ymuno â'r ddau wrth y cownter, y cwsmeriaid yn y ciw yn rhy brysur yn siarad ymysg ei gilydd i drafferthu archebu bwyd.

"You've done it now, mate."

"Oh, come on," atebodd Cai yn amhendant, "it's not like it hasn't happened a million times before. He won't do anything."

Cododd Colin ei aeliau, mewn ystum oedd yn golygu'r un peth mewn unrhyw iaith: *wyt ti wir yn coelio hynny?*

"Want me to take over?"

Nodiodd Cai, a phwyso yn erbyn y drws yn gwylio'r cerddwyr yn brwydro'u ffordd drwy'r niwl. Roedd gan y cogydd bwynt. Er mor fitriolig oedd ei ymosodiadau ar y dyn o Whitby, a'r myfyrwyr annymunol, a sawl cwsmer arall, doedd yr un o'r digwyddiadau yna wedi teimlo fel hyn, rhywsut. Roedd rhywbeth ffeinal yn hyn, fel petai dim ffordd yn ôl. Roedd yr arolygydd am fynnu bod Wendell yn gwneud rhywbeth ynghylch y peth, yn sicr.

Roedd rhywbeth arall yn ei boeni hefyd – roedd y ddynes Americanaidd wedi bod yn ddiniwed. Gwirion ac anwybodus, ia, ond diniwed, dim fel y parêd o ffyliaid sarhaus oedd fel arfer yn glanio wrth y cownter bwyd. Roedd llinell bendant wedi ei chroesi.

Agorodd y cymylau ryw fymryn i lawr y mynydd, gyda smotyn o olau'r haul yn ymdrechu i gyrraedd y copa. Er ei holl broblemau, dechreuodd Cai feddwl am Eryrin. Dyna ffŵl oedd o wedi bod. Roedd ffawd – neu wyddoniaeth, neu ragluniaeth, neu Dduw, hyd yn oed – wedi rhoi'r porthwll iddo, ac yntau fwy neu lai wedi ei anwybyddu. Y siawns berffaith i newid pethau er gwell, a hyd yn hyn, dim ond gwaethygu wnaethon nhw. Fe fyddai'n rhaid gwneud ymdrech i weithio law-yn-llaw â Dau ar Eryrin o hyn ymlaen. Doedd o ddim am adael i bethau fynd ymlaen fel hyn am byth.

O fewn tipyn, fflachiodd siâp pinc heibio iddo. Trodd y ddynes Americanaidd ei phen ac edrych arno gyda chymysgedd rhyfedd o atgasedd a thosturi, yn dal i afael yn ei brechdan.

"I, uh … I think they want to see you in there."

Cychwynnodd Cai tua'r swyddfa, y ddynes yn syllu ar ei ôl yn ddiymadferth. Yr un olwg oedd ar wynebau pawb yn y ganolfan wrth iddo fo gerdded yn araf drwy'r adeilad. Teimlodd fel dieithryn yn cyrraedd tre am y tro cynta mewn ffilm gowboi, pawb o'i gwmpas yn edrych arno'n ddrwgdybus.

Mentrodd i mewn i'r swyddfa gan gau'r drws ar ei ôl. Roedd yr arolygydd yn turio drwy ddroriau'r ddesg. Gwelodd Cai ei bod wedi sbotio cynnwys y drôr gwaelod yn barod, pob math o drugareddau Nintendo wedi eu gwasgaru ar draws y ddesg. Doedd dim golwg o Wendell.

"A," meddai'r arolygydd yn haerllug tra'n astudio copi o *Advance Wars: Dual Strike* (yn gyflawn, yn y bocs, gyda chyfarwyddiadau) yn ofalus. "Cai, ia? Fyswn i yn deutha chi ddod mewn, ond 'da chi 'di nghuro i. Sdeddwch lawr, 'ta."

Gwnaeth Cai fel y mynnodd hi wrth i'r arolygydd daro'i llygad dros gynnwys y drôr gwaelod. Roedd hi'n astudio'r gemau a'r cylchgronau o bob ongl, fel creadur o blaned arall oedd yn gweld pethau o'r fath am y tro cynta. Cadwodd Cai i aros am bron i funud cyn codi ei phen o'r diwedd, yn edrych i lawr ei thrwyn arno.

"Pan wnaethon ni ariannu'r ganolfan," meddai, "fe roddon ni restr o ddeuddeg o nodau ac amcanion i Mr Wendell Hughes, eich bos chi. Warion ni dros wyth miliwn ar y lle 'ma, a doedden ni ddim isio iddo fo'n droi'n embaras cenedlaethol. Ella ddylsa ni fod wedi manylu nad oedden ni *ddim* yn disgwyl i'r rheolwr dreulio 'i holl amsar yn diogi ac yn chwara Playstations …"

"Nintendo," meddai Cai. Stopiodd yr arolygydd yng nghanol ei brawddeg, ei cheg ar agor. Cliriodd Cai ei wddw er mwyn llenwi'r distawrwydd annifyr, ac aeth yr arolygydd ymlaen.

"… oherwydd dydi Mr Hughes ddim wedi cyflawni *un* o'r amcanion. Ond yn benodol, Cai, dwi'n poeni am rif chwech ar y rhestr. Rhwng rhif pump – 'Dylai'r ganolfan adlewyrchu ehangder cymdeithasol yr ardal', a rhif saith – 'Bydd gallu'r staff i gyfathrebu'n effeithiol yn y Gymraeg yn ddelfrydol, ond nid yn hanfodol', mae o'n deud, yn glir iawn, 'Dylai'r staff drin defnyddwyr craidd y ganolfan gyda chwrteisi a pharch bob amser'. Welais i ddim lot o gwrteisi a pharch amsar cinio 'ma, Cai."

Dechreuodd Cai ffidlan â'i fysedd.

"Rŵan 'ta. Dwi'm yn cael 'y nhalu wyth deg mil y flwyddyn, allan o bwrs y wlad, i adael i lefydd fel'ma fynd ymlaen, heb newid, yn union fel maen nhw. Fysa hwnna'n embaras cenedlaethol. Ac mae gen i ofn, Cai, mai chi fydd y newid cynta."

Syrthiodd galon Cai i'w esgidiau. Camodd Wendell i mewn, cylchoedd cochion o gwmpas ei lygaid.

"O," meddai'r arolygydd yn ddideimlad. "Yr *ail* newid. Sori. Anghofiais i am Mr Hughes."

"Os …" meddai Wendell yn ddagreuol, wrth gasglu ei gemau a'i gylchgronau ynghyd a'u dympio yn ei fag, "… os gaf i jest …"

"Ia, ia. Cymrwch chi'r hanfodion rŵan, a gewch chi ddod 'nôl rywdro eto i wagio gweddill ych desg, ia?"

Nodiodd Wendell yn drist wrth gau ei fag, ac ar ôl taflu golwg flinedig i gyfeiriad Cai, gadawodd yr ystafell gan gau'r drws yn ysgafn ar ei ôl.

"Unrhyw gwestiynau?" gofynnodd yr arolygydd gan symud tuag at y drws a'i agor led y pen. Mewn perlewyg, ysgydwodd Cai ei ben a gadael y swyddfa, pawb yn y ganolfan yn syllu'n feirniadol, yn staff ac yn gwsmeriaid.

"Your attention please," meddai'r arolygydd, ei llais croch yn ffrwydro'n annaturiol o'i chorff bach. "Following my frank assessment of this place, I can announce that there will be some changes here, effective immediately. We'll be hiring a new manager and various support staff. Of course, we'll be using all the proper channels, but if any of the existing staff consider themselves worthy of applying for the managerial position, now's the time to tell me."

Daeth distawrwydd dros yr ystafell fawr, rhai o'r cwsmeriaid wedi tynnu eu ffonau allan er mwyn recordio fideo o'r digwyddiad.

"Aye," daeth llais o gyfeiriad y cownter bwyd. "I reckon I'm bloody worthy."

Camodd Colin ymlaen, ac estynnodd yr arolygydd ei braich i gyfeiriad drws agored y swyddfa. Caeodd y drws ar eu holau, gan adael Cai yn sefyll yn unig ar ganol y llawr. Yn araf, cerddodd allan o'r ganolfan am y tro ola, gan daflu golwg sydyn i gyfeiriad Llinos ar y ffordd. O nunlle, daeth dyfyniad gan Han Solo o *Return of the Jedi* i'w feddwl – "I just got a funny feeling ... like I'm not gonna see her again."

Roedd trên yn disgwyl yn yr orsaf yn barod. Rhedodd Cai i'w ddal, ddim isio treulio mwy o amser nag oedd rhaid ar y copa. Bu bron iddo gamu'n syth oddi ar y cerbyd wrth weld Wendell yn eistedd yno – ei Nintendo 3DS yn sownd yn un llaw, a'r llaw arall yn sychu deigryn o'i lygad – ond roedd ei gyn-reolwr wedi ei weld yn barod, ei lygaid wedi saethu i fyny tuag ato ac i lawr yn syth wedyn. Eisteddodd Cai ddwy res y tu ôl iddo, mor bell i ffwrdd ag y gallai, yn union o flaen criw o deithwyr swnllyd oedd yn llenwi cefn y trên. Aeth ymlaen i anwybyddu Wendell yn hunanymwybodol.

Ar hyd y daith, o dan glebran y teithwyr, gallai glywed y gerddoriaeth wichlyd o gêm Wendell yn tanlinellu pob dim. Roedd o'n chwarae *The Legend of Zelda*. Wrth i'r trên dorri drwy waelodion y cymylau, dechreuodd Wendell regi dan ei wynt, gan ysgwyd y Nintendo i ddangos ei rwystredigaeth. Cododd Cai ar ei draed ac edrych dros ysgwydd Wendell i weld ei gymeriad yn y gêm yn stryffaglu i guro draig enfawr, yn hacio'i chynffon yn aneffeithiol â chleddyf pren. Wedi pasio Capel Hebron, roedd rhegi Wendell wedi cyrraedd berw gwyllt, a rhai o'r teithwyr yn hebrwng eu plant i ran arall o'r cerbyd ac yn twt-twtian yn uchel.

Camodd Cai i'r adwy.

"Ti fod i daflu bom i geg y ddraig," meddai'n dawel.

Heb edrych i gyfeiriad Cai, estynnodd Wendell fom o'i becyn a'i thaflu tuag at y ddraig, ei chorff yn chwyddo gyda'r ffrwydrad, cymylau cartwnaidd o fwg yn pistyllu o'i ffroenau. Rhoddodd Wendell y gêm ar saib ac anadlu'n ddwfn, yn magu digon o egni i barhau â'r frwydr.

"Diolch," meddai, bron o dan ei wynt, ac aeth Cai yn ôl i eistedd.

* * * * * * * *

Yn ôl yn y tŷ, roedd Gareth yn gorwedd yn ddisymwth yn ei gadair o flaen y set deledu, dyn mewn siwt rad ar y sgrîn yn trafod pêl-droed yn or-ddwys. Troediodd Cai ymlaen yn ofalus.

"Iawn, Dad? Lle ma' Mam?"

"Mm?" mwmiodd Gareth, yn estyn tun o Strongbow oddi ar y llawr. "Siop. Ti adra'n gynnar."

"O. Ydw. Tywydd yn ddrwg fyny fanna eto."

"Ydi o?"

Gwingodd Gareth yn ei gadair, yn gwneud ei orau i ddod o hyd i ffenest.

"Edrach yn iawn o fa'ma."

"Ti'n gallu gweld copa'r Wyddfa o fanna, Dad? Llygada da gen ti."

"Watshia dy dafod. Paid ag anghofio fi 'di dy dad di. Ac eniwe, dwi isio i chdi gau dy geg am chydig o oria. Stoke – Palace yn dechra cyn hir. A cyn i chdi hefru 'mlaen am fetio eto, ti'n rhy hwyr. Ffiffti cwid ar Stoke i ennill 1 – 0. Dyna ddudodd Mark Lawrenson ar website y BBC."

"Bob lwc efo hwnna, Dad."

Dringodd Cai'r grisiau yn flinedig. Wedi cau drws ei ystafell, llifodd y gwirionedd drosto fel ton oer. Roedd o wedi cael y sac. Edrychodd ar ei ystafell, oedd yn llwyd iawn yng ngolau gwan y prynhawn hwyr. Dyma'i fyd rŵan. Roedd o'n styc yma.

Dim ond un dewis oedd ar ôl. Estynnodd y ffolder pinc allan o'r ddrôr gyda theimlad rhyfedd o nerfusrwydd a bodiodd drwy'r cynnwys. Pryd oedd y tro diwetha iddo fo weithio ar Eryrin? Wythnos? Mwy? Teimlai fel y mab afradlon, yn dychwelyd i bentre ei blentyndod ar ôl cyfnod hir i ffwrdd. Bron nad oedd y lluniau o'r arwyr cyhyrog yn y ffolder yn edrych yn wahanol bellach, gyda golwg o chwerwder cyhuddgar yn eu llygaid.

"Sori, hogia," mwmiodd Cai yn dawel, a dechreuodd ar ei waith.

Gweithiodd am dros awr, heb droi ei gyfrifiadur ymlaen hyd yn oed. Ymfalchïodd yn y teimlad o deithio tiroedd Eryrin unwaith eto, yn rhodio dros y bryniau ac yn gwthio'i ffordd drwy'r coedwigoedd tywyll, fel yn yr hen ddyddiau. Roedd y syniadau'n llifo. Edrychodd ymlaen at gael eu brolio wedi i'r porthwll ymddangos.

Ac yna dechreuodd y sŵn o'r ystafell fyw.

"Damia chdi!"

Cododd Cai ei ben.

"Ia, da iawn, y twat! Jyst disgynna drosodd a watshia di'r bêl yn mynd mewn i'r net! Ia, well done! Iesu Grist, faint ti'n câl dy dalu bob wsnos?"

"Nefoedd, Gareth, oes rhaid i chdi weiddi?"

"Gen i ffifftі cwid ar hwn, ddynas! Os dwi'm i fod i weiddi rŵan, pryd yn union ti'n cynnig 'mod i'n gneud?"

Martsiodd Cai i lawr y grisiau er mwyn rhoi ei big i mewn. Edrychodd Danielle yn syn o'r gegin.

"Cai! Ti adra! Gareth, oedda chdi'n gwbod hyn?"

"Mm. O. O'n. Tywydd drwg neu rwbath, ia?"

"Neu rwbath," atebodd Cai yn amddiffynnol.

"Be ti isio'n swpar?"

"Be ti'n fwydro am swpar, Dani, a ninna ffifftі cwid i lawr?"

"O, bai pwy 'di hwnna, Gareth?"

Daeth distawrwydd dros yr ystafell, y ddau sylwebydd pêl-droed yn rwdlan yn y cefndir, ac aeth Danielle ymlaen i weu.

"Ym … dwi'n iawn ar y funud, Mam. Wna' i adael chdi wbod os dwi angen rwbath, ocê?"

Nodiodd Danielle.

"Ddim yn mynd yn dda 'ta, Dad?"

"O, be ti'n feddwl? O … o, na! Tacla fo, damia chdi! Hacia 'i goesa fo! N … na! Mae o 'di disgyn drosodd eto! Gei di'm ffri cic fel'na, mêt! Neb yn agos! O … o, jyst … jyst … NA!"

Ar ôl gwylio'r bêl yn hwylio'n hamddenol i gefn y rhwyd eto, gadawodd Cai'r ystafell fyw am yr ail waith, corws o regi yn ei ddilyn i fyny'r grisiau. Erbyn iddi ddod yn amser i'r porthwll ymddangos, roedd

Cai wedi casglu oddi wrth weiddi ei dad bod Stoke wedi colli o bedair gôl i ddim, amddifynnwr o'r enw McCarthy – "Sut uffar ma' 'na deffendar yn sgorio hat-tric, ddynas?" – wedi sgorio tri. Gyda chymaint i dynnu ei sylw, ychydig o waith gyflawnodd Cai am weddill y prynhawn. Serch hynny, roedd o wedi cymryd y cam cynta. Rhoddodd y ffolder o dan ei gesail ac aros yn amyneddgar yng nghanol ei ystafell.

Byrstiodd y porthwll i fodolaeth, hyd yn oed llais ei dad yn cael ei sugno i'w grombil am foment. Gydag anadl ddofn, camodd Cai i mewn, yn barod i adeiladu dyfodol newydd.

Neidiodd Cai mewn braw yn y gwely, y gerddoriaeth o'r radio – 'Immigrant Song' gan Led Zeppelin bore 'ma – yn llawer uwch nag arfer. Slapiodd y botwm i droi'r radio i ffwrdd, a sylwodd drwy lygaid cysglyd bod y nobyn sain wedi ei droi'r holl ffordd i fyny. Rhaid ei fod wedi ei daro mewn camgymeriad neithiwr, yn ystod yr holl … 'brysurdeb' … gyda Mabli.

Mabli. Trodd drosodd yn wyllt yn y gwely. Doedd hi ddim yno. Byseddodd y flanced gynnes lle bu ei chorff. Lle roedd hi? Wedi cael digon ohono fo'n barod? Neu – yn waeth byth – yn siarad â'i rieni?

"Cai?"

Neidiodd mewn braw am yr ail waith a rhythu i gyfeiriad ei ddesg. Yno roedd Mabli, ei gwallt yn wlyb, un o grysau-T Cai yn cydio'n dynn am ei chorff. Yn ei dwylo roedd y ffolder pinc.

"O'n i isio cawod, a oedda chdi'n edrach yn ddigon dedwydd fanna. Ddim isio distyrbio. Gobeithio ti'm yn meindio."

"Hmm? Na," atebodd Cai yn gysglyd, gan ddringo allan o'r gwely. "Gwna be bynnag ti isio."

"O, a ges i gyfarfod dy fam o'r diwadd."

"Gest ti *be?*"

"Be? Oedd hi'n neis. Nefi wen, Cai, wnes i gyfarfod dy dad ddoe a dwi dal yn fyw. Fedra' i handlo unrhyw beth rŵan."

"Wel … os ti'n deud. A be s'gen ti fanna?"

"Be, Eryrin? Mae o'n … dda. Da *iawn*. Dŵd. Fysa hwn yn gallu bod yn *fawr.*"

"O," atebodd Cai'n wylaidd, "sdim rhaid i chdi ddeud hynny …"

"Na, dwi'n gwbod bod dim *rhaid* i fi. Ond mae o'n wir. Fedra' i'm disgwl i'r lleill weld hwn. Dwi'm yn meddwl fydd hyd yn oed Andreas yn gallu gweld bai arno fo."

"Deud mawr."

Chwarddodd y ddau, a gwnaeth Cai ymdrech fawr i wisgo wrth wneud ei ffordd draw at Mabli. Sylwodd hi ddim mai dillad ddoe roedd o'n eu codi oddi ar y llawr. Wedi rhoi'r ail hosan am ei droed, rhoddodd

Cai fraich am Mabli er mwyn tynnu ei sylw oddi ar y ffolder. Roedd digon o amser i astudio hwnnw yn ystod y diwrnod. Pwysodd i lawr a'i chusanu. Rhoddodd hithau ei breichiau o'i amgylch a'i dynnu i lawr ar y gadair.

Ar y foment honno, wrth reswm, penderfynodd Danielle ddod i mewn i'r ystafell heb gnocio, hambwrdd o goffi yn ei dwylo.

"Mam!"

"Bore da," atebodd Danielle yn sionc, cyn gwrido o glust i glust. Rhannodd olwg gynllwyngar gyda Mabli wrth roi'r hambwrdd i lawr ar y ddesg cyn tywallt coffi chwilboeth i'r ddau. "Mabli oedd yn deud ella fysa chdi angan rwbath i helpu deffro. Ma' hi'n nabod chdi'n dda, Cai."

"Y? Mabli … ?"

"O, cwyd dy galon," atebodd Mabli gan gymryd mwg o goffi du i gynhesu ei dwylo. "Sdim rhaid i chdi fod ofn dy fam. 'Di hi'm yn dod o blaned arall."

Eisteddodd Cai i lawr ar y gwely'n sarrug ar ôl estyn ei goffi. Cymerodd Danielle fwg ei hun, a gwelwodd Cai wrth sylweddoli ei bod hi'n bwriadu aros.

"Noson dda?" gofynnodd Danielle gydag awgrym o wên.

"Hmm," meddai Cai eto cyn cymryd ei lwnc cynta o goffi.

"Fi 'fyd. Dipyn gormod o frandi. Iona 'di darfod efo cariad arall. Ti'n gwbod sut ma' hi."

Prin roedd Cai yn nabod Iona, ond nodiodd ei ben beth bynnag.

"Ond ma' angan rhywun i sortio brecwast, sbo. Sgynnoch chi'ch dau blania heddiw?"

"Ma'r criw *Dungeons & Dragons* yn dod draw, Mrs Owen," meddai Mabli'n gyfeillgar. "Os ydi hwnna'n iawn gynnoch chi, 'lly. A 'dan ni am drafod y syniad ma' Cai 'di bod yn gweithio arno fo'n slei bach."

"O ia," atebodd Danielle gan wincio i gyfeiriad ei mab, er mawr embaras iddo fo. "*Gwaith*. Wel, da iawn. Fydda' i'n falch o'u cyfarfod nhw. Fyddwch chi isio cinio? Fedra' i neud powliad o ffa pôb yn ddigon handi, platiad o waffls, sosej, cig moch?"

"O, Mrs Owen, fysa hynna'n …"

"Ormod," torrodd Cai ar draws. "Lot gormod. Fydda nhw'm yma

tan y pnawn, beth bynnag. Ond awn ni'n dau allan am ginio, ia?"

Cododd ei aeliau'n wyllt i gyfeiriad Mabli, yn mynnu'n dawel ei bod yn cytuno. Nodiodd hithau gan rowlio'i llygaid.

"O, wel," atebodd Danielle. "O'r chydig ddudodd dy dad bora 'ma, wnes i gasglu bod o'n bwriadu aros mewn drwy'r dydd i watshiad ffwtbol heddiw eniwe. Wedi meddwl, ella fysa'n well i chi gadw allan o'i wallt o … wel, hynny o wallt sy gynno fo ar ôl."

Roedd Cai wedi anghofio am ei dad. Sut llwyddodd o i wneud hynny doedd o ddim yn gwybod.

"Arhoswn ni fyny fa'ma, sbo," meddai'n flinedig. Symudodd Mabli draw at y gwely a rhoi ei braich amdano mewn cydymdeimlad. Gwenodd Danielle.

"Wel. Ella ddyliwn i adal llonydd i chi."

Cychwynnodd allan o'r ystafell cyn rhoi ei llaw ar bostyn y drws a throi rownd unwaith eto.

"Ydach chi isio brecwast 'ta? Fel dwi'n deud, ma' gen i waffls, sosej, cig moch …"

"Iesu mawr, Danielle, gad lonydd iddyn nhw. Ti'm yn gweld bod nhw isio bod ar ben 'u hunan?" Ymddangosodd Gareth yn ffrâm y drws, yn codi ei fest ac yn cosi ei fol. "A tra dwi wrthi, stopia glebran efo'r drysa ar agor. Dwi'n gallu clywad bob dim, 'sdi. Dwi'm yn fyddar. Dim eto. Dwi'm angan hyn heddiw, Danielle. Gen i gur pen, wnes i golli ryw twenti cwid ar y quizzer neithiwr, a gen i ddiwrnod prysur o 'mlaen i."

"Christ's sakes, Gareth," meddai Danielle yn bowld wrth ddiflannu i lawr y grisiau, "os 'di hwn yn ddiwrnod prysur, sut uffar ma' diwrnod tawal yn edrach?"

Safodd Gareth yn y coridor am sbel, yn dal i gosi ei fol ac yn cnoi cil ar eiriau pigog ei wraig. Sylweddolodd yn sydyn bod drws ystafell Cai yn dal ar agor, a chododd ei law gan adael i'w fol mawr ollwng dros elastig ei ddillad isaf.

"S'mai, Mali?"

"Bore da, Mr Owen. Sut 'dach chi heddiw?"

Gan rwgnach rhywbeth aneglur, ciliodd Gareth yn ôl i ddiogelwch ei ystafell.

"Rŵan," meddai Mabli, "lle oeddan ni?"

Caeodd Cai'r drws cyn ateb.

* * * * * * * *

Aeth brecwast heibio'n ddigon didrafferth i ddechrau, Cai a Mabli'n gwneud eu gorau i wagio caffi Pete's Eats o'i holl stoc. Roedd y lle'n llawn cerddwyr, wynebau pob un yn bictiwr o hapusrwydd wrth iddyn nhw syllu allan ar yr heulwen oedd yn trochi strydoedd Llanberis. Cofiodd Cai am ei hen arfer o ddod yma mewn tywydd drwg er mwyn ymfalchïo yn nhristwch y twristiaid o'i gwmpas. Roedd y peth yn teimlo braidd yn blentynnaidd erbyn hyn.

Erbyn diwedd y pryd, gyda'r ddau ohonyn nhw'n sipian coffi oeraidd ac yn pigo ar eu platiau, yn mopio gweddillion saws y ffa pôb â thôst soeglyd, dechreuodd Mabli chwarae â'i ffôn, a fflachiodd atgof annifyr arall i feddwl Cai – arfer Llinos o wneud yr un peth pan oedd hi i fod yn siarad â rhywun.

"Ti'n gwbod 'mod i dal yma?" gofynnodd, yn benderfynol na fyddai Mabli'n cael gwneud yr un peth.

"Hmm?"

"Y ffôn."

"O."

Ar ôl pwyso'r sgrîn yn bendant unwaith eto, rhoddodd Mabli'r ffôn i lawr a throi at Cai gyda gwên chwareus.

"Be?" gofynnodd Cai, yn sychu ei ên â napcyn rhag ofn bod ei wyneb wedi ei orchuddio â saws tomato. Saethodd llygaid Mabli draw at y ffenest, a nodiodd ei phen i gyfeiriad y stryd tu allan. Gwelodd Cai wrth weld Tom, Taliesin ac Andreas yn hyrddio eu hunain i mewn i'r caffi ac eistedd o amgylch y bwrdd heb ofyn caniatâd.

"Dach chi 'di gorffan," meddai Andreas wrth godi bwydlen oddi ar y bwrdd. "Fydd rhaid i chi ddisgwl amdanon ni felly, bydd?"

"Oedden nhw ar 'u ffordd," esboniodd Mabli, "a meddwl o'n i fysa'n well iddyn nhw ddod fa'ma na haslo dy dad. Dwi'm yn gwbod sut fysa fo'n handlo'r criw yma'n landio ar stepan y drws heb esboniad."

"Wyt ti wedi cyfarfod tad fo then?" gofynnodd Tom, yn cipio bwydlen o ddwylo ei frawd heb ofyn. "O'n i'n meddwl bod Cai yn ashamed o nhw ac yn cadw nhw wedi cloi fyny yn tŷ fo. Pryd oedd hyn?"

"Do, dwi 'di gyfarfod o," atebodd Mabli'n ansicr gan droi ei golwg at Cai a chodi ei haeliau. "Sbel yn ôl … pryd o'dd o eto?"

"Sbel yn ôl," ategodd Cai. Doedd y criw ddim yn gwrando, wedi dechrau dadlau am y ffilmiau Spider-Man yn barod. Archebodd Cai a Mabli rownd arall o goffi.

Aeth awr a hanner heibio. Yn amharod i fynd yn ôl adre, bu bron i Cai gynnig eu bod yn aros yn y caffi drwy'r prynhawn, ond sylweddolodd bod y ffolder pinc yn dal yn ei ystafell. Paratôdd ei hun i weld dwy ran o'i fywyd yn taro ynghyd yn ffyrnig.

Chafodd o mo'i siomi. Mentrodd i mewn i'r gegin, ei dad yn ei le arferol, ei fam yn bodio drwy nofel ramant, ei gwaith gweu wedi ei wthio i'r ochr am y tro. Roedd Mabli wrth ei ymyl, gydag Andreas, Taliesin a Tom yn dilyn yn eu tro, bob un yn edrych o'u cwmpas yn chwilfrydig.

"Mam, Dad," dechreuodd Cai, "dyma Andreas, Taliesin, Tom … y … 'dach chi'n nabod Mabli'n barod …"

Cyn i Cai ddechrau rhaffu celwyddau am natur ei berthynas â Mabli, rhag ofn i'w rieni ollwng y gath o'r cwd, camodd Andreas i ganol yr ystafell fyw ac astudio'r set deledu'n ofalus, gan flocio golwg Gareth o'r sgrîn.

"Ei! Be ti'n feddwl ti'n neud? Alla' i'm gweld Mark Lawrenson efo dy ben mawr di yn y ffordd!"

Pwyntiodd Andreas yn glinigol at y set deledu.

"Sut 'dach chi'n ffeindio hwn? Dwi'n clywad petha gwahanol am rhein – rhei pobol yn deud bod yr ansawdd yn rybish, bod chi'n câl be 'dach chi'n dalu amdano fo, rhei erill yn deud bod y fidelity bron mor dda â dy Panasonics neu dy Sonys di, a bod 'na ddim gymaint o backlight bleed chwaith. Be 'dach chi'n feddwl?"

Pwysodd Gareth ymlaen yn ei gadair, hoelio wyneb Andreas â'i lygaid, a llafarganu'n bwyllog:

"Does gen i ddim cliw – dim *cliw* – be ti newydd ddeud. Rŵan 'ta. Os ti'm yn symud – yr *eiliad* 'ma – a shifftio'r corff mawr 'na fyny grisia i neud be bynnag uffar 'dach chi'n bwriadu 'i neud ar bnawn Sul heulog …"

Roedd Cai'n barod i gamu mewn a gwahanu Andreas a'i dad yn gorfforol, ond yna digwyddodd rhywbeth rhyfeddol. Doedd dim rhaid i Gareth orffen ei frawddeg, hyd yn oed, cyn i Andreas gau ei geg yn glep a diflannu i fyny'r grisiau. Rhedodd Taliesin ar ei ôl. Cododd Tom gan saliwtio Danielle a dilyn ei frawd bach. Yng nghefn y ciw roedd Cai a Mabli, hithau'n rhwbio ei fraich yn gefnogol tra bod neb yn gwylio.

"Ath hwnna tua mor dda ag o'n i'n ddisgwl," sibrydodd Cai cyn camu i'w ystafell. Roedd y tri arall yn tynnu'r lle'n racs yn barod, yn tynnu comics a gemau oddi ar y silffoedd heb falio botwm corn bod Cai wedi rhoi popeth yn ei le, yn ofalus, yn nhrefn yr wyddor. Er ei fod o'n teimlo'r awydd i sgrechian a chwifio'i ddwylo uwch ei ben er mwyn eu stopio, teimlodd bod ganddo ddyletswydd i gael gair ag Andreas. Roedd o'n eistedd yn dawel ar y gwely, yn fflicio'n hamddenol drwy gopi o gomic *Preacher*.

"Sori amdano fo," meddai Cai. "Rŵan ti'n gwbod pam dwi'm yn tueddu gwadd pobol draw …"

Cododd Andreas ei ben o'r comic, yr olwg oeraidd, ddiflas arferol ar ei wyneb – ond am eiliad yn unig, roedd Cai yn siŵr ei fod wedi gweld golwg arall: golwg drist, ar goll, fel hogyn bach yn disgwyl am ei rieni wrth giât yr ysgol wedi i bawb arall adael.

"No worries," meddai'n dawel. "Da 'di *Preacher*."

Teimlodd Cai fel petai wedi cael cip ar wir bersonoliaeth Andreas. Dechreuodd feddwl am ei gefndir – sut fachgen oedd o yn yr ysgol, tybed? Oedd o wedi cael ei fwlio? Ai gwneud hwyl am ben pawb oedd yr unig amddiffynfa ar ôl ganddo fo? Oedd pawb arall yn ei fywyd wedi ei wthio i'r ochr?

Edrychodd ar y ddau frawd, Taliesin yn neidio ar flaenau ei draed er mwyn darllen copi o *Batman: The Killing Joke* dros ysgwydd ei frawd mawr. Criw o ffyliaid yn sicr … ond ei ffyliaid *o*. Yr unig bobol yn y byd oedd ddim yn ei farnu. Caeodd ddrws yr ystafell a nôl y ffolder pinc o'r ddesg.

"Reit," meddai, gan wneud ei orau i swnio'n awdurdodol. "Ma' 'na waith i'w neud, bois."

* * * * * * * *

Erbyn diwedd y prynhawn, roedd y pump ohonyn nhw wedi cyflawni mwy ar Eryrin nag yr oedd Cai wedi llwyddo i wneud erioed. Gwirfoddolodd Andreas i ddylunio gwefan swyddogol y prosiect yn ei amser sbâr, gan wahodd chwaraewyr ffantasi ar draws y byd i gymryd rhan a chynnig syniadau. Penderfynodd Tom y byddai casglu arian ar y we yn syniad da, gan nad oedd gan yr un ohonyn nhw ddigon i ddechrau busnes. Erbyn pedwar o'r gloch, roedd tudalen Kickstarter yn ei lle, ac yn fuan wedi hynny roedd llond llaw o ddilynwyr gemau fel *Dungeons & Dragons* wedi ffeindio eu ffordd yno ac wedi taflu ychydig o bunnoedd i mewn i'r cadw-mi-gei digidol. Roedd Taliesin wedi treulio ei brynhawn yn fflicio drwy'r ffolder pinc ac yn gweiddi sylwadau a chwestiynau i gyfeiriad Cai, y rhan fwyaf yn nonsens, ond cnewyllyn o bwynt yn llechu'n rhywle ymysg y gweddill. Ac yn wir, erbyn diwedd y prynhawn, drwy broses o brofi a methu, roedd y rheolau wedi eu miniogi eitha dipyn.

Wnaeth Mabli ddim llawer ond cadw rheolaeth ar bawb arall – dweud wrth Taliesin am dewi pan oedd o'n gweiddi gormod, esmwytho rhai o sylwadau mwy miniog Andreas, camu i mewn a gwneud gwaith Tom ar ei ran pan oedd o'n cymryd brêc i weiddi ar ei frawd bach. Ond i Cai, ei chyfraniad hi oedd y pwysicaf o bell ffordd. Roedd hi'n diferu cyfeillgarwch a chynhesrwydd, ac yn aros yn cŵl er y gwallgofrwydd o'i chwmpas. Teimlodd Cai'r awydd i'w chofleidio a'i chusanu o flaen pawb. Doedd o ddim yn gweld pam na ddylai wneud, a dweud y gwir, oni bai am y ffaith y byddai'n gyrru ton ysgytwol drwy'r ystafell gan ddod â'r holl waith da i ben.

Ond *roedd* rhaid i waith y prynhawn ddirwyn i ben yn fuan. Yn un peth, roedd Andreas wedi bod yn cwyno ei fod yn llwglyd bron ers cyrraedd y tŷ, a dechreuodd grybwyll y byddai wrth ei fodd â phryd o fwyd yn y Padarn Lake. Roedd Cai hefyd angen rhoi trefn ar ei ystafell ar ôl ymweliad pawb. A'r trydydd rheswm, wrth gwrs, oedd y porthwll. Doedd o ddim yn syniad da gadael ei gyfatebydd ar ei ben ei hun am yr ail ddiwrnod yn olynol. Er nad oedd Un wedi cyfrannu llawer i'w fywyd yn ddiweddar, gwyddai y byddai ar goll heb rywun i wrando ar ei holl gwynion. Ac, ar nodyn mwy hunanol, roedd ganddo fo ddiddordeb mewn clywed sut yr aeth ymweliad yr arolygydd bondigrybwyll.

"Be am y Padarn Lake 'ta?" gofynnodd yn betrusgar. Neidiodd Andreas ar ei draed.

"O'n i'n meddwl fysa chdi byth yn gofyn," atebodd, gan gymryd rheolaeth o'r llygoden oddi ar Tom a chau'r cyfrifiadur ar ei ran. Rhedodd Taliesin i lawr at gar ei frawd, gan ollwng cynnwys y ffolder pinc dros y llawr lle roedd o wedi bod yn sefyll rai eiliadau ynghynt.

"Fydda i efo chi nes 'mlaen," meddai Cai, gan wthio Andreas allan o'r ystafell. "Gen i betha i'w gneud. Llond llaw o syniada dwi dal ddim 'di nodi lawr. Ddim isio wastio'ch amsar chi, felly cymrwch chi beint i longyfarch ych hun. Fydda i'm yn hir."

"Ti'n siŵr?" gofynnodd Mabli'n dawel, a nodiodd Cai ei ben wrth ei dilyn i lawr y grisiau. Brwydrodd Gareth i droi yn ei gadair i'w hwynebu, corneli ei geg yn troi i lawr wrth weld Andreas yn glanio yn yr ystafell fyw.

"Dyma fo," meddai Gareth yn uchel. "Mr. Killjoy."

"Be ma' hwn yn fwydro rŵan?" gofynnodd Cai gan edrych ar ei fam. Ysgydwodd hithau ei phen mewn anobaith.

"Dyna fi'n trio gwatshiad *Football Focus* er mwyn cael yr holl inffo o'n i angan ar gyfer betio'r diwrnod. Ond do'n i'm yn gallu, nag o'n, efo Big Boy fa'ma'n blocio'r sgrîn 'tha lob. A be sy'n digwydd? Chelsea'n ennill. Man City'n ennill. Man U yn ennill. West Brom yn colli. Finna'n meddwl 'mod i'n glyfar ac yn betio'n erbyn. Tyswn i 'di gwrando ar Lawro, fysa petha'n wahanol. Blydi hel. Be ti'n gwcio heno, Danielle?"

Stopiodd Danielle ei gweu am eiliad ac edrych yn ddryslyd at Gareth, yna at Andreas, yna at Cai, ac yn ôl at Gareth eto.

"Dwi'm yn gwbod. Fysa chydig o sŵp yn neis?"

"Sŵp!" tuchanodd Gareth yn gas. "Tysa fo ddim amdana chdi, mêt, fysa ni'n byta lobstyr heno. Wel, ti'm yma fory, nag wyt? Does bosib wna' i golli fory. Dim efo'r holl wybodaeth ar flaena 'mysedd i."

Brwydrodd Gareth i godi gliniadur bach o'r llawr yn ymyl ei gadair, a'i ddal i fyny o flaen wyneb Andreas yn falch.

"Internet. Aparyntli ti'n gallu câl tips ffwtbol ar hwn rŵan."

"Ocê 'ta," mwmiodd Andreas wrth adael y tŷ, Tom yn ei ddilyn yn glos, cyn ychwanegu'n chwareus: "Os 'dach chi'n deud."

Gyda gweddill y criw wedi gadael, plannodd Mabli gusan fach ar wefusau Cai, Gareth yn ysgwyd ei ben mewn dryswch wrth iddi wneud.

"Ti'n siŵr nei di'm dŵad rŵan?"

"Jyst un neu ddau o betha i'w sortio allan."

Gyda gwên gyfeillgar, gadawodd Mabli'r tŷ gan gau'r drws cefn ar ei hôl. Ar ôl edrych ar ei watsh yn gyflym, cychwynnodd Cai am ei ystafell, ond nid cyn anelu sylw crafog at ei dad.

"Ti newydd gyfarfod Andreas. Ti'n gwbod ti ddim i fod i drin rywun fel'na yn syth bin?"

"Sdim angan i fi wbod 'i star sign o i ddallt bod y boi yn idiot, nagoes?"

"Ia, wel … weithia ma' pobol yn dy synnu di."

Dechreuodd Cai dwtio ar ôl ei ffrindiau yn ei ystafell, ond doedd hi ddim yn hir cyn i'r ddisg gyfarwydd ymddangos. Camodd Un drwodd, ffolder binc o dan ei fraich, ac edrych ar y llanast o'i gwmpas mewn braw. Aeth Dau ymlaen â'r gwaith clirio heb edrych, gan godi ei law'n gyfeillgar.

"Oes 'na gorwynt 'di hitio'r lle 'ma?" gofynnodd Un. "O'n i'n poeni ella bod rwbath uffernol 'di digwydd i chdi eto. Be sy'n mynd 'mlaen?"

"Hmm? O. Dim byd. Y criw *D & D* 'di bod draw, dyna'r oll."

Camodd Un yn ôl mewn sioc, a bu bron iddo syrthio'n ôl drwy'r porthwll yn y broses.

"Y criw *D & D*? Fa'ma? Efo *Dad*? Sut weithiodd hwnna allan?"

"Ddim yn grêt, os dwi'n onast …"

"Ond … pam? Pam bod nhw yma?"

"Wel, o'n i'n meddwl bod angan cicio Eryrin i mewn i'r gêr nesa, felly wnes i wadd nhw draw."

"E … Eryrin?"

Heb feddwl am y peth, taflodd Un y ffolder drwy'r porthwll, yn ôl i'w fyd ei hun. Doedd o ddim yn meddwl bod Dau wedi ei weld.

"Ia. Sori. Ond o'n i isio dechra gweithio arno fo'n reit handi, a do'n i'm yn meddwl bod 'na lot o fynadd gen ti, felly …"

"Na, na," meddai Un, yn gwthio'i holl siom o'r neilltu. Yn sydyn, sylweddolodd nad oedd Dau, mae'n rhaid, wedi syrthio'n ddarnau o flaen y grŵp *Dungeons & Dragons* yn yr un ffordd. "Paid â phoeni. Ath y sesiwn yn iawn, 'lly?"

Cododd Dau ei ben.

"O ia … anghofiais i bod chdi 'di câl traffarth. Rhaid i fi ddeud, mêt, dwi'm yn gweld *D & D* yn blentynnaidd o gwbwl. Jyst dipyn o hwyl ydi o, 'de? Ond pawb at y peth y bo. Oedd hi'n sesiwn reit dda, 'fyd. Cymeriad Taliesin 'di marw, wrth gwrs."

"Be, a nest ti ddim … ?"

"Ddim be?"

Cofiodd Un am farwolaeth sydyn ei gymeriad, Clovin. Aeth ias drwyddo wrth feddwl bod fersiwn ei gyfatebydd o'r cymeriad yn dal yn fyw. Roedd rhywbeth yn annifyr yn y peth. Rhywbeth annaturiol …

"Dim ots," meddai o'r diwedd, cyn rhoi ei ddwylo yn ei bocedi yn ffug-hamddenol. "A … a Mabli?"

"Be am Mabli? O. Ia. Wel, ar ôl y sesiwn, wnaethon ni … y … ti'n gwbod …"

Cochodd Dau, ac aeth ymlaen â'i glirio.

"Pam dwi'n teimlo embaras yn sôn am hyn? 'Di o ddim fatha ti'n dad i fi na dim byd."

"Na, paid â phoeni am y peth," meddai Un eto, ei lais yn rhyfeddol o fflat yn sydyn. Dechreuodd chwech o eiriau bach syml rowlio drwy ei ben fel curiad hypnotig – neges destun Mabli. *Haia. Prysur heddiw. Paid â gofyn. Haia. Prysur heddiw. Paid â gofyn. Haia. Prysur heddiw. Paid â gofyn.*

"Ti'n iawn?"

Ysgydwodd Un ei ben mewn ymdrech i wthio'r geiriau allan o'i feddwl.

"Ydw. Ydw siŵr."

"Ocê. O, ia. Cyn i fi anghofio: dyna pam wnes i golli chdi ddoe. O'n i 'di treulio'r diwrnod efo Mabli. Sori am beidio gadal chdi wbod, ond … wel, doedd 'na'm ffordd i fi neud, deud gwir, nagoedd? Jyst 'i bod hi isio mynd i'r sinema, a … wel, pwy ydw i i wrthod cynnig fel'na, 'de? Deud gwir, ddylsa chdi gysidro mynd hefyd."

Aeth Dau ymlaen i ddisgrifio'r ffilm mewn peth manylder. Gwnaeth Un yr holl ystumiau iawn, yn nodio ac yn tuchan ac yn chwerthin yn y llefydd cywir, ond roedd ei feddwl yn bell, bell i ffwrdd. Doedd o ddim wedi gwneud addewid iddo'i hun ddoe y byddai'n dial ar Dau os nad oedd ganddo fo esgus da am beidio'i gyfarfod? Arhosodd ei wyneb yn gwbwl niwtral wrth i'w gyfatebydd siarad.

"… a wedyn gerddodd Andreas i mewn i'r stafell fyw a blocio'r teli efo 'i 'ben mawr' fel dudodd Dad. Elli di goelio bod yr hen ffŵl 'di beio Andreas nes mlaen achos 'i fod o 'di colli ar ryw fet?"

Bet … cofiodd Un am fytheirio ei dad yn gynharach yn y diwrnod …

"Beth bynnag. Ti 'di bod yn amyneddgar iawn yn gwrando arna i'n hefru mlaen. Well i chdi fynd cyn i chdi orfod aros yma, debyg. Hei, sut ath ymweliad yr insbector?"

"Hmm? O. O, iawn …"

Llyncodd Un ei boer. Doedd dim byd gwaeth na dweud celwydd wrthych chi'ch hun …

"Gwranda. Dwi 'di bod yn meddwl am y stwff ti 'di bod yn ddeud am hwn," meddai, gan bwyntio at y ddisg y tu ôl iddo, "a ti'n iawn. 'Dan ni ddim 'di gneud digon o ddefnydd ohono fo. A ti 'di nghael i i feddwl rŵan. Ella fedrwn ni 'i iwsio fo ar gyfer mwy na jyst gweithio ar Eryrin."

"Be ti'n feddwl?"

"Nath Dad roi bet mlaen heddiw 'fyd. Fory i chdi."

"Ia, oedd o'n sôn rwbath am hwnna."

"Wel, dwi'n gwbod be fydd y sgôr, dydw? Amhosib peidio, efo fo'n rhegi dros y tŷ."

Eisteddodd Dau ar y gwely, golwg ansicr ar ei wyneb.

"Dwi'm yn gwbod. Cofia am *Back to the Future 2* …"

"Paid â phoeni am *Back to the Future*. Ffilm o'dd *Back to the Future*. Meddylia: os ti'n câl Dad i ennill ar y gêm, fydd pawb yn hapusach, bydd? Ti byth yn gwbod – ella fydd o hyd yn oed yn rhannu'r pres efo chdi."

"Hmm," mwmiodd Dau, y porthwll yn dechrau crebachu ac yna'n tyfu eto, fel petai bron â chau. "Dydi pres ddim yn gwneud chdi'n hapus, cofia."

"Ond mae o, dydi? Mae o. Yn amlwg."

Rhoddodd Un goes drwy'r porthwll.

"Meddwl am y peth?"

"Ocê …"

Dechreuodd Un gilio'n ôl i'w fyd ei hun.

"Hei!" gwaeddodd Dau ar ei ôl. "Ti ddim am ddeud y sgôr wrtha i?"

"O ia," meddai Un, dim ond ei ben yn sticio allan o'r cylch o drydan gwyllt. "Bron i fi anghofio. Y …"

Roedd fel petai amser wedi arafu. O'i gwmpas, gallai Un weld fflachiadau bach o drydan tawel, fel mellt, yn llifo heibio i'w lygaid yn ara deg.

"Chwalfa. Pedair gôl i ddim. I Stoke."

Caeodd y porthwll heb fwy o rybudd, gan fynd ag Un efo fo. Dechreuodd Dau droi cyngor ei gyfatebydd drosodd a throsodd yn ei feddwl. Ella bod ganddo fo bwynt. Pan oeddech chi'n berwi popeth i lawr i'w elfennau symlaf, nid prinder arian oedd wrth wraidd tymer ddrwg barhaol ei dad? Roedd hi'n werth trio, yn sicr. Ond sut i gael ei dad i dalu unrhyw sylw iddo fo pan oedd pêl-droed yn y cwestiwn?

Gwnaeth ei ffordd i'r ystafell fyw. Roedd Gareth yn pwyso ymlaen yn ei gadair yn astudio mynyddoedd o ffigyrau ar y we, yn trio dod o hyd i ryw fath o batrwm.

"Swp, Cai?"

"Na, dim diolch, Mam. Am fynd allan efo'r hogia a Mabli."

Tuchanodd Gareth.

"Ti'n gwbod be? Yr holl amsar ti 'di wastio efo rheini, o'n i wastad yn meddwl bod nhw'n ffrîcs. Ond Iesu Grist, tyswn i 'di sylweddoli pa mor ddrwg oeddan nhw … yn enwedig y boi mawr 'na. Be ti'n weld ynddyn nhw?"

Meddyliodd Cai, wrth wylio'i dad yn sgrolio drwy'r we, ei wyneb yn annaturiol o agos at y sgrîn, nad oedd o'n gwbwl annhebyg i Andreas – yn ei obsesiynau, yn ei ddrwgdybiaeth o unrhywun oedd yn wahanol … ac o'r epiffani yna daeth y syniad.

"Ti'n gwbod be 'di gwaith Andreas, Dad?"

"Gâd i fi gesio – rwbath i neud efo compiwtars?"

"Ym … ia."

Eisteddodd Gareth yn ôl yn hunangyfiawn.

"Mae o'n delio efo ryw gôds a ballu drwy'r dydd. Stwff lot rhy gymhleth i fi – yn union fel y stwff ti'n sbio arno fo rŵan. Trio dod â phatryma allan o anhrefn. Dyna be mae o'n neud. A ti'n gwbod be mae o'n gweithio arno fo rŵan? Ryw fformiwla i ragweld sgôrs pêl-droed."

"Be uffar ti'n fwydro?"

"O'dd o'n sôn amdano fo gynna. Dydi o'm isio i'r llywodraeth wbod amdano fo, wrth gwrs, a dydi o ddim yn berffaith eto, ond …"

Erbyn hyn roedd Gareth a Danielle ill dau yn syllu ar eu mab gyda chwilfrydedd. Sylweddolodd Gareth yn sydyn ei fod yn cymryd mwy o ddiddordeb ym mywyd ei fab nag oedd o'n gyfforddus yn gwneud, a chaeodd ei geg yn glep.

"Swnio fatha llwyth o rybish i fi."

Roedd rhaid i Cai gyfadde bod gan ei dad bwynt. Wedi mynd yn rhy bell, ella. Gwell cau pen y mwdwl a mynd ar ei ffordd.

"Wel, fysa chdi'm yn coelio be fedrith pobol neud efo compiwtars dyddia yma." Agorodd y drws cefn a throi'n bwrpasol-ddramatig tuag at ei dad. "Dwi jyst yn deud. 4 – 0 i Stoke."

Gadawodd y tŷ gyda sbonc yn ei gam. Stori braidd yn afrealistig, ond roedd o wedi llwyddo i ennyn diddordeb ei dad, doedd? A hyd yn oed os nad oedd o'n ei goelio eto, fe fyddai'n siŵr o wneud wedi i Stoke roi cweir i Crystal Palace yfory.

Erbyn cyrraedd y Padarn Lake, roedd ar ben ei ddigon, wedi anghofio'n llwyr mai dyma lle chwalodd ei berthynas â Llinos yn ddarnau mân. Roedd y criw ym mhen arall yr ystafell, Tom wedi cael gafael ar y gêm gardiau *Magic: The Gathering* o rywle, ac yn chwysu wrth golli rownd yn erbyn ei frawd bach. Lledodd gwên ar draws wyneb Cai wrth eistedd, a phlannodd gusan ar wefusau Mabli heb feddwl. Rhewodd y ddau ar ganol y gusan, eu gwefusau'n cyffwrdd am lawer gormod o amser. Roedd llaw Taliesin yn hofran uwch y bwrdd, cerdyn yn ei law, yntau wedi anghofio'n llwyr am y gêm. Crychodd Tom ei aeliau, yn trio gwneud synnwyr o be oedd o'i flaen. Gadawodd Andreas ei geg yn hongian yn agored, darnau gwlyb o greision yn syrthio allan. Fo siaradodd gynta.

"Be uffar 'di hyn?"

Tynnodd Cai ei wefusau'n rhydd.

"Ym … dwi … jyst yn hapus i'ch gweld chi … ?"

I osgoi embaras i Cai, rhwbiodd Mabli gefn ei law yn gariadus.

"Dan ni … 'dan ni efo'n gilydd. Oddan ni am gadw fo'n gyfrinach. Am dipyn bach. Digon o stwff ar ein plât ni heddiw, wedi'r cwbwl. Ond dwi'n meddwl bod *rhywun* 'di anghofio."

"Sori," meddai Cai. Eisteddodd pawb mewn distawrwydd am sbel. Rhoddodd Taliesin ei gerdyn i lawr. Sylwodd Tom ddim ei fod o newydd golli'r gêm.

"Does 'na ddim point i chi gadw secrets. 'Dan ni efo'n gilydd rŵan. 'Dan ni'n tîm. Yn dechra website. Ella bod ni'n dechra business. Does 'na ddim secrets rhwng business partners, nag oes?"

Eisteddodd Tom yn ôl ac anadlu'n ddwfn.

"Dwi, er enghraifft, byth 'di gweld pennod llawn o *Star Trek: The Next Generation*."

Disgynnodd mwy o greision o geg Andreas.

"Ti be?"

"Mae'r Borg yn dychryn fi," atebodd Tom yn swil. "Robots. Edrych fatha zombies. Ych."

"Ond dydi'r Borg ddim yn *bob un pennod*. Y penoda gora, ia, fatha 'Best Of Both Worlds', rhan un a dau … a *First Contact*, wrth gwrs. Ond gei di ddechra efo rhei o'r penoda erill, fatha 'Yesterday's Enterprise', neu 'The Inner Light', neu …"

"Ma'n well gen i *Flash Gordon* na *Star Wars*," torrodd Taliesin ar draws. Slapiodd Andreas ei law ar y bwrdd yn flin.

"O, ma' hwnna jyst yn *rong!*"

"Pam? Be sy'n bod efo fo? Be ti'n licio am *Star Wars*?"

"Y Jedi? Darth Vader? Yoda? Boba Fett? Luke yn chwythu'r Death Star fyny, Han yn cael ei rewi mewn carbonite, Leia'n tagu Jabba the Hutt ..."

"Ocê, digon teg. Ond does gan yr un o'r ffilmia *Star Wars* Brian Blessed 'di gwisgo fatha eryr, nagoes?"

Chwarddodd Cai yn uchel, a disgynnodd i freichiau Mabli.

"Na, ond mi *oedd* ganddo fo rôl bach yn *Episode I* ..."

"Ia, ond 'dan ni ddim yn sôn am y ffilm yna," meddai Taliesin. "Ac eniwe, paid â newid y pwnc, Andreas. 'Dan ni gyd yn cyfadda stwff fa'ma. Ty'd 'laen."

Edrychodd Andreas o'i gwmpas yn wyllt.

"Be 'di hwn, yr Almaen o dan y Nazis? 'Dach chi'm yn gallu fforsio fi i ddeud dim byd."

"Ty'd 'laen," meddai Mabli'n gyfeillgar. "Ma' pawb arall 'di gneud."

Taflodd Andreas lond llaw o greision i mewn i'w geg. Dechreuodd gnoi'n araf ac yn feddylgar, yn edrych yn ddrwgdybus ar bawb o gwmpas y bwrdd yn eu tro. Dechreuodd Taliesin fangio'r bwrdd yn rhythmig â'i ddwrn.

"An-dre-as! An-dre-as!"

Buan yr ymunodd pawb, wyneb Andreas yn cochi wrth iddo sylweddoli bod rhaid dweud rhywbeth.

"Olreit," meddai gan godi ei ddwylo uwch ei ben er mwyn tawelu pawb. "Olreit!"

Cliriodd ei wddw a rhoi ei dalcen yn erbyn cledrau ei ddwylo.

"O, God, dwi'm yn credu 'mod i'n mynd i ddeud hyn."

"C'mon," meddai Mabli. "Pa mor ddrwg alla fo fod?"

Estynnodd Andreas law ar draws y bwrdd a gafael ym mhotel gwrw Taliesin cyn cymryd dracht mawr i dawelu ei nerfau.

"Ella," cychwynnodd, "ella, ella, ella ... ella bod gen i gasgliad – dim un mawr, casgliad bychan bach – o, ym ... *My Little Pony*."

Ar ôl moment fer o dawelwch llethol, ffrwydrodd pawb o amgylch y bwrdd mewn un chwerthiniad mawr. Dechreuodd Andreas edrych yn wirioneddol sâl wrth weld pawb yn pwyntio bysedd ac yn gwneud hwyl am ei ben yn chwareus.

"Oes gynnoch chi unrhyw syniad am faint ma'r stwff 'na'n gwerthu ar eBay?" gofynnodd yn dawel. Chlywodd neb ei gwestiwn. Gyda gwên yn dechrau chwarae ar ei wefusau, estynnodd am y fwydlen.

* * * * * * * *

Aeth gweddill y noson heibio'n bleserus o ara deg, rhywun yn crybwyll *My Little Pony* o bryd i'w gilydd, a'r chwerthin yn dechrau eto, mor gryf ag erioed. Erbyn i'r amser ddod i fynd adre, roedd Cai'n chwil ar chwerthin, yn simsanu o ochr i ochr ar y daith wrth gofio am ddarnau digri o'r sgwrs. Cyrhaeddodd Mabli ei char, wedi ei barcio yn yr un lle y tu allan i gartre Cai, a chofleidio Cai'n gynnes cyn gadael. Er bod Un wedi dweud bod ymweliad yr arolygydd wedi mynd yn iawn, roedd Cai yn teimlo bod angen noson dda o gwsg arno fo cyn mynd i'r gwaith. Doedd o ddim yn gwybod yn iawn be i'w ddisgwyl.

Baglodd drwy'r drws. Roedd y gegin yn wag, ond un o lampau'r ystafell fyw yn dal ymlaen, gan oleuo ffurf lonydd ei dad yn ei gadair fawr, gliniadur yn dal i bwyso'n simsan ar ei fol. Oddi wrth chwyrnu ysgafn Gareth, gallai Cai ddweud yn syth ei fod yn cysgu'n drwm. Cymerodd gip ar y cyfrifiadur. Roedd yn dangos cyfri e-bost, gydag un neges gan Ladbrokes yn llenwi'r sgrîn:

"Thank you, **Mr OWEN**

You have successfully placed **£100** on **STOKE** to beat **CRYSTAL PALACE** by **4** goals to **0**. We wish you the best of luck!

The Ladbrokes team"

Gwenodd Cai wrth ddringo'r grisiau i'w wely.

Wrth i Cai dynnu ei ben yn ôl drwy'r porthwll, hwnnw'n cau y tu ôl iddo'r eiliad honno, roedd fel petai gwe pry cop wedi ei thynnu oddi ar ei lygaid. Rhythodd ar yr ystafell o'i gwmpas yn wirion. Y canlyniad anghywir. Roedd o wedi rhoi'r canlyniad anghywir.

Yn fwriadol?

Doedd o ddim yn siŵr.

Cofiodd droi drosodd yn ei feddwl y syniad o ddial, ond brith gof oedd o, fel petai'r syniad wedi ei daro rai blynyddoedd yn hytrach na rhai eiliadau yn ôl.

Ond eto, wrth gysidro'r peth, cofiodd eto am yr holl resymau am wneud, bron fel petai'n taro arnyn nhw am y tro cynta. Cafodd ei adael ar ei ben ei hun heb atebion, yn credu bod rhywbeth gwirioneddol ddrwg wedi digwydd i'w gyfatebydd, a hynny i gyd er mwyn i Dau gael treulio amser yng nghwmni Mabli. Oni bai amdano fo, fyddai Dau ddim wedi cael treulio ei brynhawniau yn y sinema efo hi, nac wedi gwahodd y criw *Dungeons & Dragons* draw, nac yn cerdded o gwmpas fel petai'n berchen ar y lle. Fyddai ganddo fo ddim byd.

Roedd yn hen bryd cymryd rhywbeth yn ôl.

Ar ôl codi ei bapurau Eryrin oddi ar y llawr wedi eu taflu drwy'r porthwll, a'u dympio'n ddi-drefn ar y ddesg, mentrodd i lawr y grisiau er mwyn dod o hyd i fwyd. Roedd Gareth yn dal i eistedd yn ddisymud yn y gadair, yn rhegi wrtho'i hun o bryd i'w gilydd oherwydd y gêm bêl-droed.

"Isio rwbath i fyta?" gofynnodd Danielle wrth weu. Edrychodd Cai ar y ddol oedd ar ei hanner, cortyn hir o wlân yn ymestyn o'i bol. Faint o'r doliau yna oedd yn llenwi ystafell ei rieni? Dychrynllyd, braidd.

"Paid â chodi. Wna' i rwbath. Sgen ti chydig o besto?"

"Wrth gwrs."

Tra'n berwi pasta, allai Cai ddim tynnu ei olwg oddi ar y ddol. Roedd bron fel petai'r hogan fach yn fyw, ei llygaid blanc yn treiddio i waelodion ei enaid, yn busnesu ymysg ei holl gyfrinachau. Penderfynodd fwyta'i swper ar y soffa. Sylwodd o ddim ar ei dad yn ei lygadu'n ddrwgdybus wrth iddo eistedd. Canolbwyntiodd ar ei basta. Roedd y bowlen yn wag cyn i Gareth benderfynu siarad.

"Be ti'n neud?"

"Hmm? Swpar."

"Ond … ?"

Bu bron i Gareth ofyn i'w fab pam y penderfynodd o ddod ato yn yr ystafell fyw, ond cafodd ei daro gan bang o gydwybod o nunlle. Estynnodd gwrw oddi ar y llawr a'i gynnig iddo. Oedodd Cai cyn ymestyn am y ddiod a'i hagor yn ara deg. Cymerodd sip bach i ddechrau, bron fel petai'n disgwyl gwenwyn yn y cwrw.

"Diolch," meddai o'r diwedd, ac eisteddodd y ddau mewn distawrwydd am sbel, Danielle yn eu gwylio'n chwilfrydig o'r gegin. Buan y dechreuodd Cai yfed y cwrw'n gyflymach, yr alcohol yn taro'i system yn syth, ei gorff a'i feddwl yn ddiolchgar am ychydig o ryddhad.

"Slofa lawr," meddai Gareth. "Ti'm isio hangofyr yn gwaith fory."

"Dwi ddim yn mynd i'r gwaith fory," atebodd ei fab, cyn rhaffu celwyddau at ei gilydd yn feistrolgar. "Dwi am gymryd chydig o amsar i ffwrdd dwi'n meddwl."

"Ydi dy fos di'n gwbod?"

"O, ydi."

"Hm. Wel, fedra' i'm deud 'mod i'n dy feio di. Dwi'n gwbod dwi'm yn nabod y boi'n dda iawn na dim byd – jyst 'di cyfarfod o tu allan i Wetherspoon's Bangor am funud, deud gwir – ond dwi'n feirniad reit dda o bobol. A fedra' i ddeud yn reit saff bod y boi yna'n idiot."

"Mae'r boi yn idiot," cytunodd Cai, gan godi ei dun cwrw mewn llwncdestun.

"Ma'r rhan fwya' o bobol yn y byd 'ma'n idiots, os ti'n gofyn i fi. Ti'm yn gallu dibynnu ar neb. Os ti isio llwyddiant yn y bywyd 'ma, paid â disgwyl i rywun arall sortio chdi allan. Paid â dibynnu ar bobol fatha fo i dynnu chdi fyny at 'u lefel nhw. Mae o i fyny i chdi i dynnu dy hun i fyny. Reit? Cofia di hynny."

Hwyliodd y rhagrith yn llith ei dad – oedd wedi bod yn ddibynnol ar fudd-daliadau am flynyddoedd – dros ben Cai yn llwyr. Synnodd pa mor berthnasol oedd ei gyngor. Roedd wedi rhoi cymaint o bwyslais ar gyfeillgarwch a chymorth Dau, ac wedi ei losgi yn y broses. Roedd ei gyfatebydd wedi hen anghofio amdano fo, yn amlwg, ac wedi bod yn edrych ar ei ôl ei hun drwy'r adeg. Hen bryd iddo yntau wneud yr un peth.

"Wna' i gofio," meddai Cai, gan godi'r tun diod unwaith eto a'i wagio ag un llwnc ola. "Wel, gwaith neu beidio, ti'n iawn. Dwi'm isio treulio fory i gyd efo ryw gwmwl o hangofyr yn hongian drosta i."

"Call iawn," atebodd Gareth, gan estyn am dun arall.

"Nos dawch, Dad. A … a Mam. Chdi 'fyd."

"Nos dawch," atebodd Gareth. Ddywedodd Danielle ddim byd. Syllodd ar ei dol a'i byseddu'n gariadus.

Aeth Cai i'r gwely gyda theimlad rhyfedd o obaith am y diwrnod i ddod. Roedd cymaint o wirionedd yng ngeiriau ei dad. O hyn ymlaen, fe fyddai'n cymryd llawer mwy o gyfrifoldeb dros ei fywyd ei hun, ac yn dibynnu llai ar garedigrwydd pobol eraill. Roedd yr arbrawf mawr ar ben. Doedd o ddim wedi gweithio. Amser symud ymlaen.

DYDD MAWRTH: DYDD 13 *(UN)*

Gwawriodd y bore'n llachar ac yn oeraidd, awel yn chwythu drwy ffenest agored Cai. Roedd o'n effro ymhell cyn i'w radio droi ymlaen, ond arhosodd yn y gwely am sbel, yn gadael i'r gerddoriaeth a pharablu'r DJ olchi drosto, yn troi'r diwrnod i ddod drosodd yn ei feddwl. Dechrau newydd. Llechen lân.

Penderfynodd y byddai'n gwneud ei ffordd i Fangor cyn gynted â phosib. Rhaid bod rhywle fanno'n cynnig swydd. Rhaid bod 'na ddigon o waith mewn dinas goleg fawr, os oedd gynnoch chi ddigon o blwc i ddod o hyd iddo fo. Dim byd rhy uchelgeisiol. Swydd mewn siop, neu mewn caffi. Ac wrth gwrs, roedd hi'n berffaith bosib dal i weithio ar Eryrin yn ei amser sbâr. Roedd o wedi gwneud hynny heb gymorth Dau am fisoedd. Doedd arno ddim angen Dau. Doedd o erioed wedi bod ei angen o. Ella mai dyna pam yr ymddangosodd y porthwll yn y lle cynta: iddo fo gael dysgu'r wers yna.

Cododd o'r gwely er mwyn ymolchi a gwisgo, chwyrnu ei dad yn nofio drwy waliau'r tŷ'n gyfeiliant parhaol. Mewn ymgais fwriadol i ddechrau'r bennod newydd yma o'i fywyd yn iach, twriodd yn nyfnderoedd y cypyrddau er mwyn dod o hyd i frecwast iach, a dod allan gydag uwd a charton o sudd grawnffrwyth. Gwnaeth ymdrech ddewr i fwynhau ei frecwast, ond ildiodd i demtasiwn yn y pen draw a thywallt llawer gormod o fêl i'r uwd, a thaflu gweddillion ei sudd i lawr y sinc. Roedd ganddo weddill ei fywyd i fwyta'n iach. Gadawodd y tŷ'n bwyta darn mawr o salami, gan wneud addewid iddo'i hun y byddai'n gwneud yn well yfory.

Roedd y bws i Fangor yn gymharol wag. Pwysodd yn ôl ar hyd y sedd gefn, yn hapus i wylio'r byd yn mynd heibio. Dychmygodd bawb ar y trên yn gwneud ei ffordd yn boenus i fyny'r Wyddfa. Er y byddai'n wacach o ddau bore 'ma, roedd yr awyrgylch yn siŵr o fod yr un mor fyglyd a llethol ag erioed, y diwrnod yn ymestyn yn ddiddiwedd o flaen yr holl staff, pob un peswch, sniff a thuchan gan unrhyw un arall yn mynd ar eu nerfau. Falle nad oedd pethau ddim wedi mynd mor ddrwg wedi'r cwbwl.

Roedd o yng nghanol y ddinas wrth i'r siopau agor. Camodd oddi ar y bws i weld y dyn mawr o Subway yn smocio y tu allan i'w fusnes. Gan gymryd anadl ddofn, camodd i'w gyfeiriad gan wneud ei orau i wenu'n gyfeillgar. Syllodd y dyn arno'n amheus a thaflodd ei sigarét ar y llawr, gan ei diffodd o dan ei sawdl.

"Esgusodwch fi," meddai Cai'n or-barchus. "Chwilio am job ydw i. Sgynnoch chi rwbath yn mynd? Ffurflen i lenwi neu rwbath?"

Rhoddodd y dyn ei ben ar un ochr, fel ci yn ymateb i chwiban. Doedd Cai ddim yn mynd i gael unrhyw lwc fan hyn, yn amlwg. Heb air arall, gwnaeth ei ffordd tuag at y stryd fawr.

* * * * * * * *

Diflannodd gobeithion Cai wrth i bob un drws gau yn ei wyneb. Roedd wedi cael gafael ar lond llaw o ffurflenni cais, ond yr un ohonyn nhw mewn lle yr oedd o'n torri ei fol isio gweithio ynddo. Ac os oedd o'n onest, roedd o'n teimlo nad oedd gan y ferch ifanc y tu ôl i'r cownter yn siop Claire's Accessories lawer o ddiddordeb ei gyflogi chwaith.

Dros ginio uffernol yn KFC, tra'n gwneud ei orau i beidio rhoi ei benelin yn y pwll o saws coch ar y bwrdd ac i anwybyddu clebran swnllyd y plant ysgol o'i gwmpas, dechreuodd ailfeddwl ei gynlluniau. Roedd o mewn peryg o fynd o un swydd ddi-bwynt i un arall. Hedfanodd ei feddwl i lawr y stryd fawr tuag at gragen yr hen Recordiau'r Cob … a chofiodd am y Ganolfan Waith ddau ddrws i ffwrdd. Falle mai dyna'r dewis gora. Am y tro, beth bynnag. Nes iddo gael gwell syniad be i'w wneud â'i fywyd, neu nes i'w waith ar Eryrin ddechrau dwyn ffrwyth …

Gorffennodd y diferion olaf o'i gwpan enfawr o Pepsi a phigodd y cig oer oddi ar yr esgyrn ar ei hambwrdd plastig. Gwingodd oherwydd y blas a dympiodd weddillion ei ginio i mewn i'r bin bwyd llawn wrth y drws, gan dywallt sglodion a phacedi o saws barbeciw a thybiau grefi ar hyd y llawr. Ymlwybrodd draw at y Ganolfan Waith, ffenestri gweigion y siopau caeëdig o'i amgylch yn syllu'n fygythiol ac yn feirniadol. Dywedodd wrtho'i hun drosodd a throsodd nad methiant oedd hyn. Doedd o ddim yn rhoi'r ffidil yn y to'n barod. Dim ond dros dro oedd hi.

Dim ond dros dro.

Doedd o erioed wedi bod yn y Ganolfan Waith o'r blaen, ac er y carpedi glân a'r posteri lliwgar a'r desgiau taclus a'r cyfrifiaduron newydd o'i gwmpas, doedd yr awyrgylch ddim yn gwneud llawer i gael gwared ag enw drwg y lle. Oni bai am y ffaith bod y staff yn eistedd ar un ochr i'r desgiau a'r trueiniaid oedd yn chwilio am waith yn eistedd ar y llall, prin roedd o'n medru dweud y gwahaniaeth rhyngddyn nhw, yr un olwg sur wedi ei phlastro ar wynebau pawb. Sylwodd Cai ddim bod yr un edrychiad wedi ffeindio ei ffordd ar ei wyneb ei hun wrth iddo gymryd ei le yn y ciw agosaf.

Roedd pedwar yn y llinell o'i flaen, ond waeth iddo fod yn ciwio ar gyfer mynd i mewn i Glastonbury ddim, mor ara deg roedd y rhes yn symud. Doedd o ddim hyd yn oed yn gwybod pa ddogfennau roedd o eu hangen. Roedd rhyw fath o gôd neu gyfeirnod yn siŵr o fod ar goll ganddo, a'r holl fenter yn wast o amser ... ond o leia ei fod yn gwneud rhyw fath o ymdrech. Fe fyddai'n rhaid dweud y gwir wrth ei rieni ar ôl cyrraedd yn ôl hefyd, sbo. Doedd dim modd dweud celwydd am ei sefyllfa ac yntau byth yn mynd i'r gwaith.

Ar faterion annifyr a digalon fel hyn yr oedd meddwl Cai pan wthiodd y tri bachgen heibio ac ymuno â'r ciw yn union o'i flaen. Fe ddechreuon nhw glebran yn uchel am bêl-droed gan ysgwyd Cai allan o'i fyfyrdodau. Wedi iddo rythu arnyn nhw am sbel, yn gobeithio y byddai un ohonyn nhw'n cymryd sylw ohono, tapiodd Cai yr un nesaf ato ar ei ysgwydd. Trodd pen moel i syllu i lawr yn fygythiol, ei ffroenau'n chwythu allan fel tarw.

"Esgusodwch fi," meddai Cai, yn anwybyddu'r arwyddion i gyd. "Sori. Ddim isio trafferthu chi na dim byd, ond 'dach chi newydd gymryd fy lle i yn y ciw. Ella nathoch chi ddim sylwi ..."

Syllodd y dyn moel ar Cai fel petai'n siarad Bwlgareg.

"Ti'n iawn mêt. Wnes i'm sylwi. A ti'n gwbod be? Dwi'm yn malio chwaith."

Ar ôl dal ei edrychiad bygythiol am eiliad arall er mwyn gwneud ei bwynt yn glir, dychwelodd y dyn at glebran gyda'i ffrindiau. Edrychodd Cai ar y ddynes o flaen y tri yn y ciw, oedd yn eu hastudio gyda chryn dipyn o ddirmyg ar ei hwyneb. Cododd Cai ei ysgwyddau.

"Bynsh o dosars," meddai o dan ei wynt. Daeth sgwrs y tri llanc i ben, a throdd pob un ohonyn nhw ar yr un pryd.

"Bynsh o be ddudodd o?" gofynnodd yr un yn y canol, cyhyrau'n byrstio allan o'i grys.

"Bynsh o dosars, dwi'n meddwl," cynigiodd yr un ar y dde.

"Siôn!" gwaeddodd y dyn moel. "Cwestiwn … be ti'n galw fo? Cwestiwn rhechregol o'dd o."

Edrychodd Cai o un i'r llall gydag ofn gwyllt yn dechrau chwyrlïo yn ei frest. Roedd un yn foel … un yn gyhyrog … ac enw'r llall oedd Siôn. Doedd Dau ddim wedi disgrifio'r tri a ymosodd arno fo ar ochr y stryd yn union yr un ffordd?

Chafodd o ddim mwy o amser i feddwl am y peth. Plannodd y dyn moel ei ddwrn yn erbyn talcen Cai, gan ei yrru'n ôl yn erbyn arddangosfa o bamffledi. Neidiodd yr holl staff o'u desgiau mewn braw, cyn brysio i wneud dim byd arall i helpu. Neidiodd y ddau lanc arall i mewn, y dyn cyhyrog yn dal Cai i lawr a Siôn yn ei gicio drosodd a throsodd yng ngwaelod ei gefn. A'i dwylo'n crynu, galwodd y ddynes ar flaen y ciw yr heddlu. Cododd y dyn moel y ddau arall gerfydd eu breichiau a'u gwthio allan o'r ganolfan, gan adael distawrwydd ar eu holau. Penliniodd y ddynes wrth ymyl Cai a rhoi llaw ar ei ben gwaedlyd yn ofalus.

"Ocê," meddai'n bwyllog, "mae'r plismyn ar 'u ffordd. Dwi'n siŵr ân nhw â chdi i'r 'sbyty wedi iddyn nhw gael riport gen ti. Nyts o beth, 'de? Stedda di fanna. Gân nhw afael ar y tri 'na, 'sdi. Fyddi di'n iawn. Be 'di d'enw di?"

Roedd Cai wedi dechrau crynu. Gwthiodd ei hun i fyny'n boenus ar ei benliniau a syllu'n farwaidd ar y ddynes o'i flaen.

"Na fyddaf," meddai drwy ei ddannedd.

"Sori?"

"Fydda' i ddim yn iawn. 'Sdim ots be dwi'n neud, na sut dwi'n trio newid petha … does 'na ddim byd yn newid. Fedra' i ddim dengid."

Syllodd y ddynes arno â pheth dryswch wrth i rai aelodau dewr o'r staff agosáu o'r diwedd.

"Ella bod gen ti ryw fath o concussion, cariad ..."

"Gadewch lonydd i fi!" gwaeddodd Cai wrth wthio'r ddynes i ffwrdd. Cododd ar ei draed a rhedeg yn wyllt allan o'r adeilad. Edrychodd yr ychydig bobol yn y rhan dawel yna o'r ddinas yn wirion wrth iddo redeg heibio, diferion o waed yn poeri o'r briw ar ei ben o bryd i'w gilydd. Yn y man, heb wybod yn iawn sut y cyrhaeddodd yno, cafodd ei hun wrth y pier. Doedd neb yn y cwt bach yn ymyl y giatiau, felly mentrodd ymlaen heb dalu'r pum ceiniog ar hugain arferol.

Tynnodd ei law oddi ar ei ben i weld gwaed ar flaenau ei fysedd. Dabiodd y briw yn ofalus sawl gwaith ac edrych ar ei fysedd eto. Dim mwy o waed. Roedd o'n dechrau mendio. Ond roedd gwaelod ei gefn yn dal i frifo, ac yntau'n hercian i lawr y pier fel hen ddyn. Pwysodd yn erbyn y rheiliau i ddal ei wynt ac i wneud synnwyr o hyn i gyd.

Be oedd yn digwydd? Oedd ffawd yn gwneud hwyl am ei ben? Dim ond un fuddugoliaeth oedd o wedi ei hennill dros ei gyfatebydd – llwyddo i beidio cael ei guro nos Fercher ddiwethaf. A dyma'r hogia o'r Corsa gwyn yn ailymddangos yn ei fywyd, heb rybudd, ac yn cywiro'r camgymeriad yna ... a hyn oll heb i Cai wneud *unrhyw beth* i'w haeddu. Doedd hi ddim yn *deg*.

Be fyddai wedi digwydd pe na bai'r porthwll erioed wedi ymddangos? Lle byddai o erbyn hyn? Nid fan hyn. Roedd hynny'n sicr. Fyddai pethau byth wedi mynd mor ddrwg â hyn heb orfod cario Dau ar ei ysgwyddau drwy'r amser. A be fyddai *o'n* ei wneud? Mynd allan efo Mabli? Rhannu ei syniadau efo'i ffrindiau bach, yn hapus braf? Go brin.

Ond doedd dim pwynt meddwl am y pethau yna erbyn hyn. Roedd y porthwll wedi ymddangos, a doedd dim modd newid hynny. Dim modd troi'r cloc yn ôl.

Ac ar yr eiliad yna, wrth edrych dros y Fenai, daeth syniad newydd i feddwl Cai. Gwthiodd ei wefusau at ei gilydd yn galed a chychwynnodd tuag at Fangor Uchaf mor gyflym ag yr oedd gwaelod ei gefn yn caniatáu, ei ben yn y cymylau. Ella bod 'na ffordd o newid pethau wedi'r cwbwl ...

Wrth iddo gyrraedd y lôn goediog wrth y Fenai, dechreuodd gwynt oer chwipio drwy'r brigau, gan yrru dail marw'n chwyrlïo o gwmpas

Cai. Roedd fel petai ei benderfyniad wedi deffro rhywbeth hynafol, anghofiedig, oedd tan rŵan wedi ei guddio ymhell o dan y tir.

Daliodd y bws i Lanberis wrth ymyl archfarchnad Morrisons. Am unwaith, doedd y criwiau o blant bach swnllyd ar y bws ddim yn mynd ar ei nerfau. Roedd rhywbeth pwysicach ar ei feddwl.

Neidiodd Cai oddi ar y bws, ei gefn yn crebachu mewn protest wrth iddo lanio'n galed ar y palmant. Anelodd am ei gartref a byrstio drwy ddrws y gegin, ei fam ddim i'w gweld, ei dad yn syllu'n ddifater ar Sky Sports News.

"Iawn dad?" gofynnodd Cai wrth basio drwy'r ystafell fyw, heb ddisgwyl am ateb. "Lle ma' Mam?"

"Siopio. Neu … o, dwn i'm. Ddim yma, eniwe. Eitha reit, 'fyd. Dwi'm isio 'i mwydro hi'n torri ar draws y newyddion. Sôn bod Wes Hoolahan isio gadal Norwich. Newyddion mawr."

Trodd o gwmpas yn ei gadair. Roedd Cai wedi diflannu.

"Helo?"

Pan na ddaeth dim ateb, trodd Gareth yn ôl at y teledu gan rwgnach o dan ei wynt. Doedd o ddim wedi sylwi ar yr un o anafiadau ei fab.

Am weddill y prynhawn, camodd Cai o amgylch ei ystafell yn ddiamcan, yn troi ei syniad drosodd a throsodd yn ei feddwl. Roedd elfen o risg yn gysylltiedig â'r peth, yn sicr, ond heb risg, doedd dim gwobr. Dywedodd wrtho'i hun dro ar ôl tro nad oedd dim dewis arall – ei fod wedi archwilio'r holl bosibiliadau, a phob un wedi gorffen mewn siomedigaeth, neu fethiant, neu drasiedi. Doedd dim dewis arall. Doedd dim dewis arall. Doedd dim dewis arall.

Tuag amser swper, herciodd y porthwll i fodolaeth unwaith eto, a safodd Cai o'i flaen yn ei astudio'n ofalus. Dychmygodd bod y ddisg yn un llygad mawr, ac yntau'n syllu i'w ddyfnderoedd fel petai'n ceisio darogan ei wir bwrpas. Ddaeth dim atebion yn ôl.

Felly penderfynodd ddisgwyl.

Safodd yno, ei goesau ar led, ei freichiau ymhleth, fel arwr mewn comic yn herio hen elyn.

Am unwaith, Dau fyddai'n gwneud y symudiad cynta.

DYDD LLUN: DYDD 12 *(DAU)*

Neidiodd Cai o'r gwely, yr adar y tu allan i'r ffenest yn trydar yn gyfeillgar. Cofiodd yn sydyn am ymweliad yr arolygydd yn nes ymlaen, ond gwthiodd ei bryderon o'i feddwl cyn mynd i ymolchi. Doedd Un ddim wedi dweud bod yr ymweliad wedi mynd yn iawn? Dim byd i boeni amdano felly … oni bai, ella, am orfod delio â Wendell. Gwyddai'n iawn y byddai nerfau'r rheolwr yn racs erbyn hyn, ac yn siŵr o waethygu wrth i'r diwrnod fynd yn ei flaen. Dim ond i Cai gadw'i ben i lawr a mynd ymlaen â'i waith …

Gan wgu ar y cymylau llwydion uwch ei ben, cychwynnodd Cai o'r tŷ. Fel arfer, byddai'n gwaredu ar fore Llun fel hyn, yn gweld yr wythnos yn ymestyn yn ddiddiwedd o'i flaen. Roedd heddiw'n wahanol. Roedd y gwaith ar Eryrin wedi rhoi pwrpas newydd iddo. Peth dros dro oedd ei swydd yn y ganolfan. Roedd goleuni ar ddiwedd y twnel am unwaith.

Wrth agosáu at yr orsaf, gwelodd griw o'r staff yn gwneud eu ffordd yn araf at y trên mewn ciw trefnus. Wrth ymuno â chefn y ciw, sylwodd ar Wendell yn sefyll ar flaen y cerbyd, clipfwrdd yn ei law, yn nodi enwau pob un o'r staff.

"Mae o 'di dechra'n gynnar," sibrydodd Cai wrth y ddynes o'i flaen. Trodd Megan y lanhawraig i'w astudio'n araf ac yn ofalus, cyn troi'n ôl i wynebu'r cerbyd heb air arall. Chwarddodd Cai wrtho'i hun wrth gamu ar y trên.

"Megan," meddai Wendell wrth sgriblo. "Da iawn, da iawn. Fydde'r ganolfan yn disgyn yn ddarne oni bai amdanoch chi. A Mr Owen. Braf eich gweld chi. Esgusodwch y cofrestr. Fi angen gwneud yn siŵr bod yr aelode llai cyfrifol o'r staff yn troi lan ar amser. Dim byd i wneud 'da chi."

"Falch o glywad, Mr Hughes. Ond 'dach chi'm yn meddwl bod chi'n mynd dipyn *bach* dros ben ll …"

"Miss Eleri," torrodd Wendell ar draws. Trodd Cai ei ben i weld Llinos yn sefyll y tu ôl iddo. Syllodd hi'n ôl yn oeraidd. Penderfynodd Cai fynd i eistedd yn y cefn.

"Fi'n siŵr eich bod chi'n pendroni pam fy mod i wedi penderfynu cymryd cofrestr … ?" aeth Wendell ymlaen. "Wel, ni wedi cael epidemig o aelodau o'r staff yn troi lan i'r gwaith yn hwyr yn ddiweddar. A heddiw, fel y gallech chi ddeall, doeddwn i ddim am gymryd unrhyw siawns. Dim un. Chi 'da fi?"

Nodiodd Llinos yn anniddig. Trodd i ffwrdd gan chwipio'i gwallt i wyneb Wendell, a phlannodd ei hun ychydig seddi oddi wrth Cai. Tra'n syllu arno heb air, tynnodd gylchgrawn o'i bag a'i rowlio'n silindr tynn yn ei dwylo.

"Gest ti wîc-end iawn, Cai?"

Aeth ias drwy asgwrn cefn Cai oherwydd y nodyn maleisus yn ei llais. Roedd rhywbeth yn wahanol iawn yn ei chylch hi heddiw …

"Ddim yn bad, Llinos. A titha?"

"Gofyn ydw i," aeth Llinos ymlaen gan anwybyddu cwestiwn Cai, "achos wnes i'm clywad gair gen ti. Ffordd ryfadd o drin dy gariad, dydi?"

"C – cariad?"

"Be nest ti, 'lly? Rwbath diddorol?"

"Ym … na. Na, dim byd. A … a titha?"

Gan rowlio'i llygaid, anwybyddodd Llinos y cwestiwn am yr ail waith a dechrau darllen ei chylchgrawn. Agorodd Cai ei geg, yn bwriadu gwneud ymdrech i ddechrau sgwrs gyfeillgar – neu hyd yn oed i wneud yn glir bod perthynas y ddau ar ben. Ddaeth dim geiriau i'w feddwl. Daliodd gip ar un o'r penawdau yn ei chylchgrawn – "Les Dennis's Cat Possessed By Ghost Of Heath Ledger Shock!!!" – a caeodd ei geg yn glep. Doedd ganddyn nhw ddim byd yn gyffredin.

"Right, your attention please."

Llais Wendell. Roedd yn sefyll ar flaen y cerbyd, yn gwneud ei orau i edrych yn awdurdodol – effaith wedi ei thanseilio gan y trên yn cychwyn i fyny'r llethrau, a Wendell yn cael ei daflu i'r sedd o'i flaen gan y momentwm.

"So, this is the big day," meddai gan godi ei hun ar ei draed eto. "I'm sure you don't need me to tell you that you all need to be on your best behaviour. You all have your little jobs to do. Concentrate on those. Whether you're a food service agent, a member of the cleanliness management department, a customer liaison officer, or a respected member of our refreshment preparation bureau – um … that's you, Mr Mint …"

O'i flaen, roedd Colin yn hepian, cerddoriaeth uchel yn gollwng o'i glustffonau.

"Mr Mint?"

Dechreuodd Colin chwarae â'i iPod, yn gwbwl anymwybodol o bopeth oedd yn digwydd o'i amgylch.

"Colin!"

Anelodd Wendell gic i gyfeiriad y cogydd, gan ennill ei sylw o'r diwedd, ei lygaid yn fflachio ar agor. Tynnodd un o'r clustffonau o'i glust.

"What is it now?"

"I was just saying … I need you to be on top form. No excuses. I take it you've perfected that chicken balti recipe? After all, it won't cook itself …"

"The chicken balti. Every day with the chicken balti. Yes, Mr Hughes, I've perfected it. Did that about a month ago, *sir*."

"Very good," aeth Wendell ymlaen, y coegni yn llais Colin wedi hwylio'n ddidrafferth dros ei ben. "I'll deal with the big stuff. Don't you worry about that. But as small and futile and pointless as your little jobs may seem, just remember that the centre is relying on you. The North Wales tourist industry is relying on you. Some might think it overly grandiose to claim that the country itself is relying on you … but it is. So don't let it down. Right? OK. Well, then …"

Tawodd Wendell, gan ddod â'i araith i ben. Dechreuodd Cai dosturio wrtho. Doedd Wendell ddim yn sylweddoli nad oedd ei swydd yn ymylu ar fod yn bwysig. Roedd o wirioneddol yn coelio bod y byd yn dibynnu arno i wneud gwaith da, ac roedd rhywbeth cymeradwy yn hynny. Ond wrth edrych o amgylch y cerbyd ar y staff blinedig, pigog, roedd yn amlwg nad oedden nhw'n rhannu ei deimladau – yn enwedig Llinos, oedd yn dal i fflachio golwg flin i'w gyfeiriad o bryd i'w gilydd, uwchben ei chylchgrawn. Gwnaeth Cai'r gorau i'w hanwybyddu. Bodlonodd ei hun ar ddrymio ar gefn y sedd o'i flaen â'i fysedd am weddill y daith, wrth i'r trên gael ei lyncu gan y cymylau.

* * * * * * * *

Heblaw am ffurf Wendell yn hofran uwchben pawb fel pry, roedd y bore hwnnw'n rhyfeddol o debyg i bob un bore arall yn y ganolfan, yr holl dasgau di-bwynt yn cael eu cyflawni yn y drefn iawn, fel cloc. Aeth Cai drwy'r mosiwns fel arfer – yn sythu a dad-fflwffio'r teganau meddal, yn paratoi'r ardal fwyd, yn gwneud yn siŵr bod popeth yn ei le – syniadau am Eryrin yn ei gadw i fynd. Yr unig beth annifyr oedd Llinos, yn sefyll y tu ôl i'r cownter drwy'r amser yn syllu'n flin at gefn ei ben. Roedd gwir angen i'r ddau sgwrsio unwaith y dôi eiliad sbâr o rhywle.

Doedd dim lawer o siawns o hynny'r bore hwnnw, gyda Wendell yn camu'n ôl a 'mlaen o flaen y drws yn cadw llygad am y gwestai arbennig, yn neidio o un droed i'r llall, yn mwmian wrtho'i hun ac yn syllu allan drwy'r drws fel ci yn disgwyl am ei feistr.

"Ma' fe'n hwyr, ma' fe'n hwyr, ma' fe'n hwyr …"

Dechreuodd y cerddwyr giwio wrth y cownter bwyd fel arfer, yn trio anwybyddu ymddygiad rhyfedd y rheolwr. Wedi gwneud yn siŵr bod pob un o'r swfenîrs yn ei le am y ganfed waith, ymunodd Cai â Llinos wrth y cownter, lle oedd hi'n chwysu chwartiau wrth ddelio gyda phawb ar unwaith.

"Nest ti gymryd dy amsar."

"Ti'n meddwl fyswn i 'di gallu dengid o fanna? Efo Wendell reit uwch fy mhen i? Ti'n gwbod gymaint o ffetish sy gynno fo am y teganau fflyffi 'na."

Gan benderfynu anwybyddu Cai am y tro, trodd Llinos oddi wrtho i weld pâr o ddwylo o'i blaen yn dal map enfawr i fyny.

"Um … can I … can I help you?" gofynnodd hithau, gan wthio cornel o'r map i lawr i gael golwg ar bwy bynnag oedd yn ei ddal. Rhoddodd dynes ganol-oed y map i lawr ar y cownter yn gyflym a gwenu'n or-theatrig. Roedd ganddi gôt binc a lliw haul dwfn, brown. Camodd Llinos yn ôl mewn braw.

"Oh, hi!" bloeddiodd y ddynes mewn acen Americanaidd. "Isn't it beautiful today? But then I guess it's always beautiful here, huh?"

Dechreuodd y cwsmeriaid o'i chwmpas droi eu pennau i syllu arni wrth i'w llais uchel atseinio o amgylch y ganolfan. Syllodd dynes fursennaidd gyda gwallt cyrliog, yn sefyll yn union y tu ôl iddi, tuag ati gyda pheth diddordeb.

"Not really," dechreuodd Llinos.

"Maybe you can help me," aeth ymlaen. "Now, I've done the village with the long name, I've done the castle, and now I've done Snow-*don*. What else is there? Oo! Ban-*gor*. We have a Ban-*gor*. It's in Maine. It's a neat place. Is your Ban-*gor* similar or what?"

"What's Maine?" gofynnodd Llinos, cyn troi at Cai yn reddfol. Trodd i ffwrdd eto wedi iddi gofio ei bod hi i fod yn pwdu efo fo.

"What kinda stuff can I see there? Oh, and while I'm here, can I get a hoagie? Tuna, pickle, some arugula?"

Dechreuodd wyneb Llinos gochi wrth i air ar ôl gair nad oedd hi'n eu deall ei slapio'n ei hwyneb. Pam nad oedd Cai yn neidio i mewn i'w helpu? Drwy gornel ei llygad, gallai ei weld yn sefyll yno'n dweud dim byd, yn gwneud dim byd, yn hapus i syllu arni'n gwneud ffŵl ohoni ei hun. Be oedd yn *bod* efo fo? Gwnaeth addewid iddi ei hun eto y byddai hi'n dial arno ryw ddiwrnod …

"Maybe I can help," meddai'r ddynes fursennaidd yn y ciw gan afael yn ysgwydd y wraig yn y gôt binc. "Madam, I'm afraid this is a case of two countries separated by a common language. We don't really know what hoagies are over here. Or grinders, or heroes, or sloppy joes. You're better off just asking for a sandwich."

"Got it," meddai'r Americanes gan chwerthin.

"And I think that if you want arugula, you'd better ask for 'rocket'. Do we have any?"

Trodd y ddynes fach at Llinos gan finiogi'r olwg yn ei llygaid. Ysgydwodd Llinos ei phen mewn dryswch ac embaras.

"Any pickle?"

Daliodd Llinos i ysgwyd ei phen. Brathodd y ddynes fach ei gwefus yn galed a throi'n ôl at ei ffrind newydd Americanaidd, gwên annaturiol yn lledu ar draws ei hwyneb. Yn y pellter, camodd Wendell ymlaen, wedi ei hudo gan y drafodaeth wrth y cownter.

"Just a tuna sandwich then," meddai'r ddynes fach. "I'm sorry about that. As for the fact that this one didn't know what Maine even *was*, never mind about where it is ... now *that* I can't explain. I have to apologize about our education system, Madam. Just take a seat and someone will bring your lunch over. This one's on the house."

Gan ddiolch yn helaeth, cymerodd yr Americanes fwrdd yng nghanol yr ystafell. Nodiodd y ddynes fach i gyfeiriad Cai, yn ei orchymyn i baratoi ei chinio heb orfod dweud dim byd. Roedd o'n gwybod yn iawn erbyn hyn pwy oedd hi, hyd yn oed cyn iddi estyn clipfwrdd allan o'i phac.

"Chicken balti?"

"Na, dim diolch. Dwi'n vegetarian."

Dechreuodd Wendell lusgo'i draed, bron yn moesymgrymu y tu ôl iddi.

"Y ... chi yw ... ? Ma' fe'n ... ma' fe'n ddrwg gen i. Roeddwn i'n disgwyl ... ym ... wel. Dim ots am 'ny. Fi yw Wendell Hughes. Ym ... pleser cwrdd â chi. Gobeithio bod popeth yn ..."

"Dwi'n gwbod pwy ydach chi, Mr Hughes," torrodd yr arolygydd ar draws yn oeraidd. Nodiodd i gyfeiriad cornel y ganolfan. "Eich swyddfa?"

Cychwynnodd hithau i gyfeiriad y swyddfa, Wendell yn ei dilyn gan gau'r drws yn ysgafn ar ei ôl. Aeth Cai â'r frechdan i'r Americanes, a neidiodd hi arni'n awchus.

"Thank you," meddai, ei cheg yn llawn. "Wow. People are so nice here."

Gan wenu, cychwynnodd Cai yn ôl at y cownter. Diflannodd ei wên wrth weld Llinos yn syllu arno'n wag. Saethodd y ddelwedd o'r genethod bach yng nghoridor y gwesty yn *The Shining* i'w feddwl yn syth. Gyda ias yn mynd drwyddo, aeth yn ôl i weithio, ei gyn-gariad wrth ei ymyl drwy'r adeg.

O fewn tua deng munud, tynnwyd sylw pawb gan Wendell yn byrstio allan o'i swyddfa ac yn rhedeg yn syth i'r toiledau. Doedd o ddim yn llwyddiannus iawn yn ei ymdrech i guddio ei igian crïo swnllyd, ac edrychodd pob un o'r cwsmeriaid i lawr ar eu prydau bwyd mewn embaras. Camodd Colin allan o'r gegin.

"What the bloody hell was that?"

Cyn i Cai gael cyfle i'w ateb, camodd yr arolygydd allan o'r swyddfa ac edrych dros y ganolfan fel brenhines yn bwrw golwg ar ei theyrnas.

"Your attention please," meddai'r arolygydd, ei llais croch yn ffrwydro'n annaturiol o'i chorff bach. "Following my frank assessment of this place, I can announce that there will be some changes here, effective immediately. We'll be hiring a new manager for one thing."

Rheolwr newydd? Rhedodd pob math o gwestiynau ar wib drwy feddwl Cai. Be oedd wedi digwydd yn y swyddfa dros y deng munud diwetha? Oedd Wendell yn iawn? Ac a oedd hyn wedi digwydd ym mydysawd Un? Os felly, pam na wnaeth o drafferthu sôn am y peth?

"Of course, we'll be using all the proper channels, but if any of the existing staff consider themselves worthy of applying for the managerial position, now's the time to tell me."

Daeth distawrwydd dros yr ystafell fawr, rhai o'r cwsmeriaid wedi tynnu eu ffonau allan er mwyn recordio fideo o'r digwyddiad.

"Aye," meddai Colin. "I reckon I'm bloody worthy."

Nodiodd yr arolygydd ym gymeradwyol. Bu bron iddi alw Colin i mewn i'r swyddfa pan syfrdanodd Cai ei hun wrth ymateb.

"Fi 'fyd."

Waeth iddo fo ddod i ddysgu chydig bach am y swydd, o leia, cyn penderfynu treulio gweddill ei fywyd ym myd Eryrin. Pwyntiodd yr arolygydd i'w gyfeiriad cyn diflannu yn ôl i'r swyddfa. Gan godi ei ysgwyddau'n ymddiheurol i gyfeiriad Colin, aeth Cai i mewn ar ei hôl.

Yn y swyddfa, roedd yr arolygydd yn turio drwy ddroriau Wendell. Agorodd Cai ei lygaid led y pen wrth weld nifer fawr o gemau cyfrifiadur a chylchgronau wedi pentyrru ar y ddesg. Roedd Un wedi sôn bod gan Wendell ei ochr nyrdaidd, ond roedd hyn yn syfrdanol. *Dyma* oedd o wedi bod yn wneud â'i amser? Eisteddodd i lawr gan gadw'i lygad ar y pentwr o stwff, fel petai'n credu y byddai'n diflannu petasai'n edrych i ffwrdd.

"Enw?" gofynnodd yr arolygydd, yn astudio'r gemau a'r cylchgronau o bob ongl, fel creadur o blaned arall oedd yn gweld pethau o'r fath am y tro cyntaf.

"Owen. C – Cai Owen."

Aeth yr arolygydd ymlaen i astudio cynnwys y ddesg yn ddistaw am bron i funud cyn troi ato o'r diwedd, yn edrych i lawr ei thrwyn arno.

"Pan wnaethon ni ariannu'r ganolfan," meddai, "fe roddon ni restr o ddeuddeg o nodau ac amcanion i Mr Wendell Hughes, eich bos chi. Warion ni dros wyth miliwn ar y lle 'ma, a doedden ni ddim isio iddo fo'n droi'n embaras cenedlaethol. Ella ddylsa ni fod wedi manylu nad oedden ni *ddim* yn disgwyl i'r rheolwr dreulio 'i holl amsar yn diogi ac yn chwara Playstations …"

"Nintendo," meddai Cai. Stopiodd yr arolygydd yng nghanol ei brawddeg, ei cheg ar agor. Cliriodd Cai ei wddw er mwyn llenwi'r distawrwydd annifyr, ac aeth yr arolygydd ymlaen.

"… oherwydd dydi Mr Hughes ddim wedi cyflawni *un* o'r amcanion. Rŵan 'ta. Dwi'm yn cael 'y nhalu wyth deg mil y flwyddyn, allan o bwrs y wlad, i adael i lefydd fel'ma fynd ymlaen, heb newid, yn union fel maen nhw. Fysa hwnna'n embaras cenedlaethol. Y cwestiwn ydi, Cai, fedrwch *chi* neud yn well?"

Gwyddai Cai yn iawn be oedd hi'n disgwyl iddo fo wneud – be oedd o i fod i'w wneud, fel yr oedd o wedi gweld dro ar ôl tro ar *The Apprentice*. Roedd o i fod i neidio at y cyfle, brolio'i hun mewn termau mawreddog a chelwyddog, honni bod ffawd wedi ei gymell i redeg y ganolfan ar hyd ei oes. Wnaeth o yr un o'r pethau yna. Yn hytrach, cododd ei ysgwyddau.

"Dwi'm yn gwbod. Be fyswn i'n neud yn y job? Wnes i 'rioed ddallt gan Mr Hughes be oedd o fod i neud yma drwy'r dydd."

"Dwi ddim yn meddwl iddo fo erioed ddallt hynny chwaith, rhyngoch chi a fi. Wel, fel dwi'n deud, mae 'na ddeuddeg o nodau ac amcanion …"

Rhedodd yr arolygydd drwy'r rhestr o amcanion fel robot, gan fynd ymlaen ac ymlaen am y gallu i gyfathrebu a'r gallu i weithio'n effeithiol mewn tîm a'r gallu i hunan-asesu a'r gallu i strwythuro (a hyd yn oed i ail-strwythuro) pan oedd angen, a theimlodd Cai ei amrannau'n mynd yn drymach cyn iddi orffen â'r chwe amcan cynta. Cafodd ei achub rhag syrthio i gysgu gan Wendell yn mentro i mewn i'r swyddfa, cylchoedd cochion o gwmpas ei lygaid. Edrychodd Cai arno'n druenus.

"Os …" meddai Wendell yn ddagreuol, wrth gasglu ei gemau a'i gylchgronau ynghyd a'u dympio yn ei fag, "… os gaf i jest …"

"Ia, ia. Cymrwch chi'r hanfodion rŵan, a gewch chi ddod 'nôl rywdro eto i wagio gweddill ych desg, ia?"

Nodiodd Wendell yn drist wrth gau ei fag, ac ar ôl taflu golwg flinedig i gyfeiriad Cai, aeth ar ei ffordd. Syllodd Cai ar ei ôl am rai eiliadau wedi iddo adael y swyddfa.

"Rŵan 'ta. Lle o'n i?"

"Peidiwch â thrafferthu. Dwi'm yn meddwl 'mod i'n iawn ar gyfer y swydd 'ma."

Roedd y geiriau wedi gadael ceg Cai heb iddo sylweddoli. Serch hynny, doedden nhw ddim yn ei synnu. Sythodd ei gefn a daliodd ei ben yn uchel.

"Dim byd yn erbyn chi, na'r lle 'ma. Os 'dach chi isio rhoi gwasanaeth da i bobol ar ben yr Wyddfa, bob lwc i chi. Ond yr holl reola 'ma … a'r ticio bocsys, a'r siarad gwag … tysa 'na owns o greadigrwydd yn mynd i mewn i redeg y ganolfan, ella fysa gen i ddiddordeb. Ond fel ma' petha …"

Syllodd yr arolygydd ar Cai yn dawel ac yn oddefol. Pwyntiodd Cai at ddrws caeëdig y swyddfa.

"Dwi jyst ddim isio dŵad i ben fatha Wendell."

Ar ôl gwneud ymdrech i ddeall be oedd hi newydd ei glywed, cododd yr arolygydd o'i chadair.

"Diolch am eich gonestrwydd. Ond os byddwch chi'n digwydd newid eich meddwl …"

"Wna' i ddim," atebodd Cai, a derbyniodd wahoddiad yr arolygydd i adael y swyddfa. Cerddodd tuag at y cownter i ymuno â Colin a Llinos, oedd yn dal i sefyll yno.

"That was short," meddai'r cogydd, cyn ychwanegu'n goeglyd: "Got the job, then?"

"It's not for me," atebodd Cai'n syml. Dechreuodd weini ar un o'r cerddwyr yn y ciw yn syth. Cododd Colin ei aeliau at Llinos cyn cychwyn am y swyddfa ei hun, yr arolygydd yn disgwyl yn y drws. Edrychodd Llinos yn ddideimlad tuag at Cai am sbel.

"Meddwl bod chdi'n rhy dda i'r job 'ta be?" gofynnodd o'r diwedd. Trodd Cai i edrych arni'n syn wrth bentyrru balti cyw iâr ar blât ei gwsmer.

"Be sy'n gneud i chdi ddeud hynna?"

Rowliodd Llinos ei llygaid ac aeth i edrych dros yr arddangosfa o swfenîrs heb ateb cwestiwn Cai. Daliodd yntau i bentyrru'r cyri heb feddwl, gan beri i'r cwsmer gipio'r plât oddi arno. Oedd o wir yn rhoi'r argraff yna? Wedi'r cwbwl, roedd o wedi bod yn gweithio yma, heb ofyn am ddiolch, am fwy o amser nag oedd o isio cofio.

Be oedd wedi brathu Llinos yn ei thin?

Aeth Cai ymlaen i weithio'n dawel, gan adael Llinos i wneud ei phethau ei hun. Yn y man, daeth Colin allan o'r swyddfa yn edrych yn wag ar bawb o'i gwmpas, fel nad oedd o cweit yn medru coelio be oedd o newydd ei wneud.

"How'd it go?" gofynnodd Cai cyn i Colin gamu i mewn i'r gegin unwaith eto.

"Oh, you know," atebodd Colin, un llaw ar y drws. "Nothing's impossible."

Chwarddodd Cai.

"You can say that again," meddai gyda gwên gam ar ei wyneb. Trodd o gwmpas i weld bod Colin wedi diflannu i'r gegin yn barod, heb glywed ei sylw.

* * * * * * * *

Heb neb i rannu sgwrs, aeth gweddill y prynhawn heibio'n ddigon araf. Daeth Llinos o hyd i bethau i'w gwneud ym mhob man ond am y cownter bwyd. Arhosodd yr arolygydd yn ei swyddfa. Roedd diwedd y diwrnod bron â chyrraedd cyn i Cai sylweddoli nad oedd o'n gwybod ei henw.

Am ran helaeth o'r prynhawn, trodd ddigwyddiadau'r diwrnod

drosodd yn ei feddwl. Doedd bosib bod Un wedi *anghofio* sôn am Wendell yn cael ei sacio? Mae'n rhaid bod diwrnodau'r ddau ohonyn nhw wedi dilyn cwrs cwbl wahanol felly ... a doedd Cai ddim yn deall sut. Oedd yr arolygydd wedi osgoi edrych drwy ei ddesg yn y bydysawd arall? Holl ffaeleddau Wendell wedi eu cadw dan glo? Doedd hynny ddim yn swnio'n gredadwy, rywsut.

Fe fyddai'n cael atebion i'w holl gwestiynau heno, sbo.

Ymhell ar ôl i'r holl gwsmeriaid adael, brasgamodd yr arolygydd allan o'r swyddfa a gwneud ei ffordd tuag at yr orsaf. Edrychodd Cai o'i gwmpas mewn dryswch, a phenderfynodd ei dilyn wedi gweld bod Megan y lanhawraig a Colin ar eu ffordd allan hefyd.

Ar y trên, roedd yr arolygydd yn eistedd yn hen sedd Wendell, ffeil agored ar draws ei gliniau. Bu bron i Cai ofyn ei henw mewn ymdrech i fod yn gyfeillgar, ond doedd dim golwg bod awydd cael ei distyrbio arni. Aeth Cai i eistedd yn y cefn, fel arfer.

Yr ola i gamu ar y cerbyd oedd Llinos. Cwrcydodd wrth ymyl yr arolygydd er mwyn ei hannerch yn dawel.

"Fyddwch chi yma fory, Mrs ... ?"

Cododd yr arolygydd ei phen a blincio'n araf sawl gwaith, fel petai'n deffro o drwmgwsg.

"Mae'n rhaid i rywun fod yma, does? Miss ... ?"

"E – Eleri. Llinos Eleri."

"Wrth gwrs, Llinos, mae'n rhaid i ni roi rhybudd o bythefnos cyn cael gwared o rywun yn derfynol. Mae gan Mr Hughes yr hawl i weithio yma am sbel eto... ond ar ôl y pryd o dafod gafodd o heddiw, dwi'm yn meddwl y bydd o'n penderfynu dod 'nôl, rywsut. Ac os ydi o, dwi'n fwy na pharod i roi pryd o dafod iddo fo eto. Well gen i dalu cyflog llawn iddo fo ac yntau'n aros ar 'i ben-ôl am bythefnos na'i gael o'n rhedeg y ganolfan 'ma am eiliad arall. Ydi hwnna'n atab ych cwestiwn chi?"

Nodiodd Llinos. Cychwynnodd tuag at gefn y trên cyn sbotio Cai, newid ei meddwl yn sydyn, ac eistedd i lawr wrth ymyl Megan. Trodd Colin rownd yn ei sedd.

"What'd she say?"

"You don't want to know," atebodd Cai yn ddramatig.

Canolbwyntiodd ar yr olygfa am weddill y daith, pob math o syniadau yn gwibio o amgylch ei feddwl. Gwnaeth ei orau i ddianc i Eryrin, ond roedd rhyw fath o gortyn anweledig yn ei lusgo'n ôl i'r byd go-iawn. Doedd o ddim yn medru ysgwyd pwysau'r diwrnod oddi ar ei ysgwyddau. Er holl ffaeleddau Wendell – er ei obsesiynau gyda phethau bach fel y teganau meddal a'r *chicken balti* a'i bamffledi bondigrybwyll, er ei fod o'n amlwg ddim yn siwtio'r swydd … roedd rhywbeth *byw* ynddo. Rhywbeth *dynol*. Doedd o ddim yn beiriant dideimlad, wedi ei adeiladu i dicio bocsys ac i gyrraedd targedau. Astudiodd Cai'r arolygydd ar flaen y trên, ei llygaid yn dal wedi eu gludo i'w ffeil. Er nad oedd o'n ei hadnabod yn dda ar ôl diwrnod yn unig, doedd o ddim yn teimlo y gallech chi ddweud yr un peth amdani hi.

Erbyn i'r trên gyrraedd yr orsaf yn Llanberis, roedd o wedi gwneud penderfyniad. Yr arolygydd oedd y cynta i adael y cerbyd, a hynny heb ffarwelio â neb. Brwydrodd Cai i adael y trên cyn pawb arall, gan bwnio Llinos yn ei phen mewn camgymeriad heb sylwi.

Daliodd yr arolygydd yn y maes parcio.

"Miss … ? Mrs … ? Ym …"

Wyneb difynegiant yn syllu'n ôl, rhoddodd Cai'r gorau i geisio gwybod ei henw.

"Sori i'ch distyrbio chi a phopeth, ond o'n i'n meddwl … os ydi o'n iawn gynnoch chi … ella cymryd diwrnod off fory … ?"

"Hm. Wel … does gen i ddim ffordd o'ch stopio chi, debyg. Ond ga'i ddeud, Cai, nad ydi hyn yn dangos esiampl dda. Pan fydda' i – a'r rheolwr newydd, pwy bynnag fydd hwnnw neu honno – yn ailstrwythuro'r ganolfan, fyddwn ni'n chwilio am y gweithwyr gora. Y rhai mwya cydwybodol. Y rhai sy'n troi fyny i'r gwaith a ddim yn rhedeg i ffwrdd o bob cyfla. Dyna'r ail waith i chi neud hynna heddiw."

Roedd Cai isio egluro wrthi nad rhedeg i ffwrdd roedd o wrth aros adre i weithio ar Eryrin, ond creu cyfle newydd iddo'i hun. Roedd o isio gofyn iddi stopio ymddwyn fel athrawes biwis ysgol gynradd, trin pawb o'i chwmpas fel oedolion, peidio rhoi cymaint o bwys ar ryw amcanion dibwys, dychmygol. Yn fwy na dim, roedd o'n teimlo'r awydd cryf i ddweud wrthi'n union lle i sticio ei swydd. Gydag ymdrech oruwchddynol, rhwystrodd ei hun rhag gwneud.

Dim eto.

Yn hytrach, cododd ei ysgwyddau a throdd ar ei sawdl.

Ar y ffordd adre, tynnodd Cai ei ffôn allan a gyrru neges i'w ffrindiau, yn gofyn a oedd unrhyw un ohonyn nhw'n rhydd ar gyfer sesiwn o hel syniadau yn ystod y dydd yfory. Roedd Taliesin wedi dod yn ôl yn syth gan gadarnhau yn frwdfrydig ei fod yn rhydd i wneud unrhyw beth, a Mabli wedi rhoi gwybod nad oedd hi ar gael yn anffodus, ond yn gofyn a fyddai o'n hapus i gyfarfod yn ystod y nos? Cytunodd Cai i wneud hynny wrth gyrraedd drws y tŷ.

Roedd ei fam yn dadlwytho cynnwys sawl bag neges yn y gegin, a'i dad o flaen y teledu yn gwneud ei orau glas i anwybyddu stryffaglu ei wraig.

"Isio help, Mam?" meddai Cai gan roi ei fag ei hun i lawr a helpu Danielle heb ddisgwyl am ateb.

"O, helo cariad. Diwrnod da?"

"O, ym … diddorol. Gafodd Wendell 'i sacio."

"Pwy, y cadi-ffan 'na tu allan i'r Black Bull?" gofynnodd Gareth. "Hen bryd 'fyd, os ti'n gofyn i fi."

"Doeddach chdi'm yn 'i nabod o, Dad," atebodd Cai yn siort.

"Dwi'm yn gorfod, nadw? Dwi'n feirniad reit dda o gymeriad, 'sdi. Rhei pobol, ti jyst yn gwbod bod nhw'n wast o awyr yr eiliad ti'n cyfarfod nhw."

Ar hynny, trodd Danielle i wynebu ei gŵr a syllu ato gyda chasineb oedd yn dychryn ei mab. Penderfynodd Cai newid y pwnc.

"Gweld bod chdi 'di cymryd fy nghyngor i am y bet, Dad."

"Hmm? O, ia. Stoke – Palace. Well bod y nionyn tew 'na'n gwbod be mae o'n neud."

"Ti'm yn gorfod poeni am hwnna," torrodd Cai ar draws. "Rêl boi 'di Andreas, 'sdi."

"Dwi'n synnu ata' chdi," sibrydodd Danielle, "yn helpu dy dad i fetio fel'na. Ti'm yn gwbod faint o'n pres ni mae o 'di colli dros y blynyddoedd?"

Wrth roi'r tun ffa pôb ola yn y cwpwrdd, rhoddodd Cai winc i

269

gyfeiriad ei fam.

"Trystia fi," meddai, a chychwyn i fyny'r grisiau. Taflodd ei fag gwaith i gornel yr ystafell, lle byddai'n aros am ddiwrnod arall o leia. Edrychodd yn gyflym ar ei ffôn cyn ei roi ar y ddesg wedi gwneud yn siŵr nad oedd dim negeseuon newydd. Estynnodd am y ffolder pinc, i baratoi am ei gyfarfod efo Taliesin yfory. Gweithiodd yn hapus am sbel. Ac yna dechreuodd y synau o'r ystafell fyw.

"*Damia chdi!*"

Cododd Cai ei ben.

"*Ia, da iawn, y twat! Jyst disgynna drosodd a watshia di'r bêl yn mynd mewn i'r net! Ia, well done! Iesu Grist, faint ti'n câl dy dalu bob wsnos?*"

"*Nefoedd, Gareth, oes rhaid i chdi weiddi?*"

"*Gen i ganpunt ar hwn, ddynas, diolch i'r idiot tew 'na o'dd yma ddoe! Os dwi'm i fod i weiddi rŵan, pryd yn union ti'n cynnig 'mod i'n gneud?*"

Gwnaeth Cai ei orau i ddeall be oedd o'n ei glywed. Rhedodd drwy ddigwyddiadau ddoe yn ofalus. Rowliodd ei atgofion yn ôl fel tâp fideo, yn gwneud yn hollol sicr ei fod wedi rhoi'r wybodaeth iawn i'w dad. Stoke 4, Crystal Palace 0. Dyna ddywedodd Un. Dyna be oedd ar gyfrifiadur ei dad neithiwr. Unwaith eto, cafodd ei hun yn pendroni yn union pa mor wahanol oedd ei fyd o a byd ei gyfatebydd. Oedd Stoke wedi ennill mewn un a Crystal Palace yn y llall? Go brin.

Mentrodd i'r ystafell fyw er mwyn dod i ddeall be oedd yn digwydd. Roedd pen ei dad yn ei ddwylo, a'i fam yn eistedd yn ddigalon wrth fwrdd y gegin.

"Be ti isio'n swpar?" gofynnodd yn flinedig, gan edrych i gyfeiriad ei mab.

"Be ti'n fwydro am swpar, Dani, a ninna ganpunt i lawr?"

"Siarad efo dy fab o'n i, Gareth."

"Fy mab?" gofynnodd Gareth, a throi'n boenus o gwmpas yn ei gadair. Syllodd yn gandryll at Cai. Er mwyn dianc rhag gorfod edrych ar ei dad, trodd Cai ei sylw at y teledu. Roedd Crystal Palace ar y blaen o un gôl i ddim. "A, ia. Fy annwyl fab. Yn deutha fi drystio fo. Yn deutha fi drystio 'i ffrindia o. 'Ma nhw'n gwbod be ma' nhw'n neud', medda fo. Be ti'n galw hyn?"

Pwyntiodd Gareth yn wyllt at y teledu. Agorodd Cai ei geg mewn ymdrech i ateb ond ddaeth dim byd allan.

"Gad lonydd iddo fo, Gareth. Fysa chdi ddim 'di betio ar y gêm beth bynnag?"

"Byswn. Ar y tîm iawn, ella. A go brin fyswn i 'di rhoi hyndryd blydi cwid ar ffôr blydi nil."

"Wel, gawn ni adio fo at y tali o'n pres ni ti 'di colli dros y blynyddoedd, ia? 'Dan ni'n delio efo symia mawr iawn fa'ma, Gareth. Peth bach ydi adio can punt at ddiwedd y rhestr."

Roedd Gareth ar fin ateb cyn i'r teledu fynnu ei sylw unwaith eto. Trodd at y set, ei law dde'n crafangu braich y gadair yn wyllt.

"O ... o, na! Tacla fo, damia chdi! Hacia 'i goesa fo! N ... na! *Mae o 'di disgyn drosodd eto! Gei di'm ffri cic fel'na, mêt!* Neb yn agos! O ... o, jyst ... jyst ... *NA!*"

Ar ôl gwylio'r bêl yn hwylio'n hamddenol i gefn y rhwyd eto, baciodd Cai allan o'r ystafell, corws o regi yn ei ddilyn i fyny'r grisiau. Gwnaeth ei orau i fynd yn ôl i weithio, ond roedd corwynt o ddryswch yn ei feddwl, a gweiddi cyson yn dod o'r stafell fyw. Awr yn ddiweddarach, roedd Cai wedi casglu oddi wrth weiddi ei dad bod Stoke wedi colli – nid ennill – o bedair gôl i ddim, rhywun o'r enw McCarthy – amddiffynnwr, yn ôl y sôn (*"Sut uffar ma' 'na deffendar yn sgorio hat-tric, ddynas?"*) – wedi sgorio deirgwaith. Wedi mynd drwy'r holl ddewisiadau, dim ond dau bosibilrwydd oedd yn dal ar ôl. Un ohonyn nhw oedd bod Un wedi camddeall sgôr y gêm, ac wedi rhoi'r canlyniad anghywir iddo fo ... ond doedd Cai ddim yn meddwl bod hynny'n debygol iawn, a chofio faint roedd ei dad wedi bod yn rhegi ac yn bytheirio am y peth. Y posibilrwydd arall, llawer mwy dychrynllyd, oedd bod Un wedi dweud celwydd.

Cyn iddo fo allu delio'n iawn â'r syniad newydd yma, clywodd sŵn traed ei dad yn rhedeg i fyny'r grisiau. Taflodd Gareth ddrws ystafell ei fab ar agor, ei lygaid yn wyllt. Roedd Danielle y tu ôl iddo.

"Gareth, paid ..."

"Canpunt. Dwi 'di colli *canpunt* achos chdi a dy ffrindia stiwpid. Ar ôl i fi fod mor glên a'u gadal nhw mewn i'r tŷ 'ma. Dyna'r diolch dwi'n gâl. Wel, byth eto. Os fydda' i'n gweld y bastard tew 'na eto, wna' i sticio 'i system fetio i fyny 'i ..."

"Gareth!"

"O, be ŵan?"

"Os ti'm isio colli pres, *paid â betio*. Faint o weithia?"

"Ond ti'n gwbod faint fyswn i 'di ennill? Miloedd. Miloedd a miloedd. Gwylia yn Acapulco ... gwersi dreifio i'r diawl bach yma ... cegin newydd i chdi ... dyna be fysa ni 'di gâl. Ond be sgynnon ni? Dim byd! Uffar o ddim *byd!*"

Gyda hynny, daeth Gareth â'i ddwrn i lawr ar ddesg Cai gan yrru cynnwys y ffolder pinc i bob cyfeiriad a tharo'i ffôn i'r llawr.

"Ond fysa ni'm di cael yr un o'r petha 'na, na fysan?" gofynnodd Danielle yn bwyllog. Blinciodd Gareth yn araf cyn troi i edrych ar ei wraig yn ofalus.

"Y?"

"*Chdi* fysa 'di gwario'r pres i gyd. Ar dy gamblo. Ar dy gwrw. Achos ers i fi nabod chdi, ti 'mond 'di malio am chdi dy hun."

"Sut fedri di ddeud hynna? Ar ôl popeth 'dan ni 'di bod drwyddo fo efo'n gilydd ..."

Camodd Gareth i mewn i'r coridor gan hanner-cau'r drws y tu ôl iddo mewn ymdrech wan i dorri Cai allan o'r sgwrs. Ond doedd gan ei fab unman i fynd. Daliodd i wrando.

"Sori," meddai ei fam ar ôl sbel. "O'n i bach yn fyrbwyll yn deud hynna, do'n?"

Sythodd Gareth yn y drws, yn synhwyro buddugoliaeth arall. Wedi saib arall, tôn ei llais wedi miniogi, aeth Danielle ymlaen.

"Mi o'dd 'na ran ohona chdi o'n i'n licio. Unwaith. O'n i'n gorfod brwydro i ddod o hyd i'r rhan yna, cofia. O'dd hi'n ddi-bwynt i fi drio pan oeddan ni allan efo'n ffrindia ni, neu efo dy rieni, neu fy rhei inna. Ond pan oeddan ni efo'n gilydd ... weithia ... jyst weithia ... oedda chdi'n gallu bod yn iawn. Ac o'n i'n meddwl 'mod i'n dy garu di. Ma' 'na ormod o amser 'di pasio ers hynny i fi allu gwbod o'n i'n deud celwydd wrtha' fy hun 'ta be. A wedyn gyrhaeddodd Cai, ac oedda chdi'n ... iawn. Dim byd sbesial. Jyst iawn. Wna' i byth ddallt pam doedda chdi'm yn medru troi fyny i weld o'n câl 'i eni chwaith."

"Liverpool – Sunderland. Yr FA cup. A doedd 'na ddim ffôns symudol bryd hynny, cofia. Sut o'n i fod i wbod?"

Doedd Cai erioed wedi clywed y stori yna o'r blaen. Bu bron iddo ymuno yn y ffrae ei hun, ond roedd ei fam yn barod â'i hateb.

"Ond ar ôl Gwen …"

Gafaelodd Gareth yn nwrn y drws er mwyn sadio ei hun.

"Danielle … nathon ni'm cytuno fysa ni'n cadw'n dawal am hynny o'i flaen *o*?"

"Do. Ond ma' petha'n newid, Gareth."

Taflodd Danielle ddrws yr ystafell ar agor. Gwelodd Cai bod dagrau yn dechrau cronni yng nghorneli ei llygaid.

"Cai, mi oedd gen ti chwaer fach unwaith. Gwen. Gafodd hi 'i geni pan oedda chdi'n un. Nath hi ddim para mwy na thri diwrnod. Merch fach ddel iawn, bron yn berffaith … gafodd hi 'i geni dipyn rhy gynnar. Dyna i gyd. Ddim cweit yn barod am y byd."

Y peth cynta ddaeth i feddwl Cai oedd doliau ei fam: mam, tad, mab a merch. Ers iddo allu cofio, roedd hi wedi rhoi ei holl egni i mewn i'r doliau 'na. Roedd hi'n gwbwl amlwg pam erbyn hyn.

Ac ar ôl y ddamwain, doedd hi ddim wedi dweud bod 'na lot ynghylch ei pherthynas â Gareth doedd o ddim yn ei wybod?

"Sbia arno fo," meddai Danielle, dan deimlad, a phwyntio at ei mab. Yn crynu, trodd Gareth i edrych arno. Roedd Cai yn eistedd yn ei gadair, ei bapurau'n llanast o'i amgylch, ei ben yn ei ddwylo, yn brwydro i gadw ei feddyliau dan reolaeth. "Mae o 'di dangos mwy o emosiwn ynghylch Gwen yn yr eiliadau diwetha na ti 'di gneud mewn ugian mlynadd. Ar ôl iddi hi adal ni … nest ti jyst diflannu, Gareth. Nest ti ngadal i ar ben fy hun."

"O, ty'd 'laen, Dani. 'Di hynna ddim yn ddeg …"

"*Ti'n* trio rhoi darlith i *fi* am degwch? Fysa chdi'n hollol styc heb i fi glirio fyny ar dy ôl di, llnau dy ddillad, cwcio dy fwyd … ac ma' Cai'n cyfrannu mwy at filia'r tŷ 'ma nag wyt ti. Hei, 'dan ni'n câl mwy gan Mrs Gittins lawr lôn am drwsio'i dillad na 'dan ni'n 'i gâl gen ti."

"Dani …"

"Ac os ti'n meddwl 'mod i'n mynd i sefyll tu 'nôl i chdi wrth i chdi fygwth Cai, ti'n rong. Ti'n gwbwl rong."

"Do'n … do'n i'm yn …"

"Cliria o 'ma," meddai Danielle. Roedd dagrau'n llifo i lawr ei gruddiau erbyn hyn, ond roedd ei llais yn gryfach nag erioed. Pwyntiodd i lawr y grisiau, i gyfeiriad y drws cefn. "Ti'n ddigon hapus i aros efo dy ffrindia pan ti 'di meddwi gormod i ddod adra. Gei di neud eto."

Symudodd brest Gareth i fyny ac i lawr, ei ddwylo'n ddyrnau. Roedd yn edrych wedi crebachu. Safodd yn y coridor am sbel, fel petai'n bwriadu dweud rhywbeth arall, ond yn y man, gwnaeth ei ffordd i lawr y grisiau. Pwysodd Danielle yn erbyn y wal, wedi ymlâdd.

Clywodd Cai ei dad yn clincian goriadau.

"Fyddi di 'di newid dy feddwl yn ddigon buan," gwaeddodd o'r gegin, wedi magu digon o blwc i ateb yn ôl heb ei wraig o'i flaen. Caeodd y drws yn galed ar ei ôl.

"Dwi'm yn gwbod wir," atebodd Danielle yn drist wrthi ei hun. Edrychodd Cai arni'n wan. Roedd o isio ei chysuro – ei chymryd yn ei freichiau a'i chofleidio'n dyner – ond doedd o erioed wedi gwneud o'r blaen, a ddim yn gwybod lle i ddechra. Ar ben hynny, fe fyddai'r porthwll yn ymddangos yn fuan. Roedd o'n beth uffernol i'w gyfadde, ond roedd o angen cael gwared arni.

"Mam …"

"Sori, Cai. Ar ôl dy ddamwain di, o'n i 'di gaddo i fi fy hun fyswn i'n deutha chdi am hyn i gyd ryw ddiwrnod. Do'n i jyst ddim isio iddi fod heddiw. Ac yn sicr ddim fel hyn."

"Iesu, Mam, 'sdim rhaid i chdi ymddiheuro …"

Eisteddodd Danielle ar lawr y landing. Roedd cymaint o gwestiynau i'w gofyn, a chymaint o atebion i'w rhoi, ond arhosodd hithau a'i mab yn dawel am ychydig. Hi dorrodd y distawrwydd.

"Dwi'm yn teimlo fel gneud swpar heno."

Edrychodd Cai i fyny. Roedd o'n teimlo'n euog iawn am y peth, ond dyma ei gyfle. Dim ots pa mor ddrwg oedd pethau rŵan, fe fydden nhw'n llawer gwaeth petasai'r porthwll yn ymddangos o flaen ei fam.

"Dwi'm yn dy feio di, Mam. Gwranda … ma'r pnawn 'ma 'di cymryd lot allan ohona chdi. Be am i chdi gael brêc bach? Mynd am ddrinc efo Iona neu rwbath?"

"Iona?" gofynnodd Danielle yn dawel, fel petai'n clywed yr enw am y tro cynta. Cododd oddi ar y llawr yn ara deg. "Ia … ia, ella bod hwnna'n syniad da. No offence, Cai, ond dwi'm yn teimlo'n hollol gyfforddus yn trafod 'y mherthynas efo dy dad efo chdi."

"Dwi'm yn beio chdi. Cym ddiod, dos i hel clecs, tria ymlacio, ia? Fydd petha'n iawn. Gei di weld."

Doedd Cai ddim wirioneddol yn coelio hynny, ac roedd ei fam wedi casglu hynny oddi wrth y dinc sigledig yn ei lais, ond gan fwmian ei chytundeb, aeth i sychu'r dagrau oddi ar ei hwyneb a gwneud yn siŵr bod ei gwallt yn dderbyniol. Ei bag dros ei hysgwydd, cerddodd heibio drws agored ei mab ar ei ffordd allan o'r tŷ.

"Dwi'm isio swnio fatha dy dad," meddai, "ond dwi'm yn gwbod pryd fydda i'n ôl. Heno. Neu fory. Dwn i'm. Ma' 'na bizzas 'di rhewi yma os ti isio."

"Fedra' i gymryd gofal o fi fy hun," atebodd Cai, "yn wahanol i rei pobol. Tria fwynhau dy hun."

Gwenodd Danielle yn drist.

"Ti'n drysor," meddai, ac i ffwrdd â hi. Eisteddodd Cai yn ôl yn ei gadair. Ar ôl clywed y drws yn cau, gollyngodd ei anadl allan fel petai wedi bod yn dal ei wynt ers diwedd y gêm bêl-droed. Roedd o angen amser i feddwl. Ond *doedd* dim amser. Edrychodd ar ei watsh a chododd ar ei draed. Roedd y porthwll bron yma.

Yn yr eiliadau ola cyn i'r sain gael ei sugno allan o'r ystafell, trodd ei feddwl unwaith eto at ganlyniad y pêl-droed. Camgymeriad gan Un, 'ta ymdrech fwriadol i'w danseilio? Os mai camgymeriad oedd o … wel, roedd digon o ddrwg wedi dod o'r peth, ond go brin y byddai'n para'n flin efo fo'i hun yn hir. Mae'n debyg y byddai'r ddau'n dod dros y peth yn ddigon buan.

Ond os oedd y peth yn fwriadol … be wedyn?

Cafodd sŵn calon Cai'n curo ei lyncu gan ddistawrwydd annaturiol y porthwll. Arhosodd i'w gyfatebydd gamu drwy'r ddisg o'i flaen fel arfer.

Doedd dim golwg ohono fo. Oedd o'n brysur, tybed?

Roedd rhaid iddo fo wybod am y bet. Gan anadlu'n ddwfn, paratôdd Cai i gamu i fyd arall am y tro cynta. Rhoddodd ei ben drwy'r porthwll.

DYDD MAWRTH: DYDD 13 *(UN)*

Wedi i'r trydan glirio o'i olwg, gwelodd Cai ei wyneb ei hun yn syllu'n ôl arno. Rhewodd mewn sioc. Yn ara bach, trodd yr wyneb o'i flaen yn fasg o gasineb, y talcen wedi crychu, y dannedd yn dangos, y llygaid yn fflachio'n wyllt. Heb i Cai allu gwneud unrhyw beth i'w amddiffyn ei hun, cododd ei gyfatebydd ei ddwylo, eu cau'n dynn am ei wddw, a'i wthio yn ôl i'w fyd ei hun.

Gyda nerth annisgwyl a dychrynllyd, gwthiodd Un ei gyfatebydd tuag at y ddesg, ei afael yn ei wddw'n tynhau gyda phob eiliad. Gwelodd wyneb Dau yn troi'n biws, ei lygaid yn popio allan o'i ben, ei dafod yn dechrau lolian, ond roedd fel petai'r peth yn digwydd mewn breuddwyd. Doedd o ddim yn gallu ei atal ei hun. Roedd popeth wedi arwain at hyn. Os oedd ffawd isio chwarae â fo, fe fyddai'n chwarae'n ôl. Ac roedd o'n barod i chwarae'n fudur.

Gyda'i owns ola o egni, gwnaeth Dau ymdrech i ddweud rhywbeth, sŵn gwlyb a phathetig yn dianc o waelod ei wddw. Roedd hyd yn oed hynny'n ormod i Un – yn weithred llawer rhy ddigywilydd. Gyda sgrech, tynnodd Dau i fyny am eiliad cyn taro'i ben yn erbyn y ddesg.

Llaciodd ei afael. Disgynnodd Dau i'r llawr, y gwaed yn dechrau llifo o'i ben. Ei lygaid yn lledu mewn braw, baglodd Un yn ôl yn erbyn y gwely. Dyma oedd y cynllun wedi bod erioed, wrth gwrs, ond doedd o ddim wedi sylweddoli goblygiadau'r peth – ddim wedi deall yn iawn y byddai'n ei weld ei hun yn gorwedd mewn pwll o waed, yn hollol lonydd. Teimlodd fel petai amser yn arafu. Caeodd y porthwll, ac estynnodd Cai law allan mewn ymgais braidd yn bathetig i'w rwystro. Roedd yn styc yma eto am ddiwrnod arall. Dechreuodd chwibanu drwy ei ddannedd i'w rwystro'i hun rhag sgrechian.

Cofiodd am ddadl ei rieni wedi i'w dad golli'r bet. Doedd o ddim ar ei ben ei hun yn y tŷ. Roedden nhw'n dal i lawr grisiau, yn stiwio mewn anniddigrwydd, ac yntau yma, yng nghwmni … be? Corff marw?

Cropiodd ymlaen ar ei ddwylo a gwneud ei orau i gofio gwersi cymorth cynta blwyddyn naw. Roedd Dau yn dal i anadlu.

Doedd o ddim yn llofrudd.

Ddim eto.

Gyda'i holl nerth, llusgodd gorff Dau o dan y gwely, cyn gwneud ymdrech i arafu ei anadlu a churiad ei galon, a mentro allan o'i ystafell. Roedd rhaid cael gwared o rieni Dau, ond hyd yn oed wrth gerdded yn araf ac yn ofalus i lawr y grisiau, doedd ganddo ddim syniad sut i wneud hynny. Doedden nhw byth yn mynd allan yng nghwmni ei gilydd. Ond fe fyddai'n siŵr o feddwl am rywbeth. Roedd ei ddyfodol yn dibynnu ar y peth.

"Iawn, Dad?" dechreuodd, yn disgwyl gweld Gareth yn gorweddian yn ei gadair fel arfer. Doedd o ddim yno. Chwipiodd ei ben draw i syllu at y gegin, yn siŵr y byddai ei fam yno, pentwr o ddoliau gweu o'i hamgylch. Dim byd. Gyda golau gobaith yn dechrau ymddangos, o bell, ar ddiwedd y twnel afreal yma, rhuthrodd yn ôl i fyny'r grisiau ac i ystafell ei rieni, yn eitha sicr o flaen llaw na fydden nhw yno. Roedd o'n iawn. Doedden nhw ddim adre. Dyma ei gyfle.

Aeth i sefyll yn nrws ei ystafell. Roedd ffôn ei gyfatebydd yn gorwedd ar y llawr o dan y ddesg. Rhyfedd. Roedd o wastad wedi bod yn un twt iawn. Oedd o wedi ei daro oddi ar y ddesg yn ystod y frwydr rhyngddyn nhw? Roedd golau gwyrdd yn wincian i ddangos bod negeseuon yn ei ddisgwyl. Anwybyddodd nhw am y tro. Roedd amser yn fyr. Wrth ddiawlio ei hun am beidio trafferthu i ddysgu gyrru, bodiodd at enw'r unig un yn ei restr o gysylltiadau oedd bob amser wedi ei drin gydag ychydig o garedigrwydd.

Canodd y ffôn am sbel.

"Well bod hwn yn dda," meddai Llinos ar yr ochr arall o'r diwedd, ei llais yn flinedig. Cadwodd Cai yn dawel am eiliad. Doedd o ddim wedi meddwl am hyn. Be oedd rhywun i fod i'w ddweud yn y sefyllfa yma?

"Llinos," meddai o'r diwedd, ei lais yn dechrau torri. "Llinos … dwi angan …"

"Cai. Ti 'di meddwi? Achos dyna'r *unig* reswm pam fysa chdi'n ffonio fi. Gobeithio ti'm yn meddwl wna' i jyst neidio 'nôl i dy freichia di ar ôl i chdi fy anwybyddu i am gymaint …"

"Llinos. Fedra' i ddim esbonio popeth ar y ffôn. Jyst … fedri di ddod draw? Dwi angan chdi."

Dechreuodd Llinos ar lith arall. Chlywodd Cai ddim ohono fo. Neidiodd ei lygaid draw at droed y gwely, lle roedd braich ei gyfatebydd yn sticio allan. Yn erbyn ei ewyllys, dechreuodd wylo'n ysgafn. Tawodd Llinos yng nghanol ei darlith. Roedd distawrwydd llethol ar ben arall y ffôn.

"Plis," mewiodd Cai rhwng ei ddagrau. Anadlodd Llinos yn drwm.

"Fydda' i draw rŵan."

Gadawodd Llinos y sgwrs a thaflodd Cai'r ffôn ar y bwrdd. Rhoddodd ei ben yn ei ddwylo am sbel, ond rhwng ei fysedd, gallai weld y golau gwyrdd ar y ffôn yn ei wawdio'n ddistaw.

Roedd dwy neges yn ei ddisgwyl. Un gan Tom …

"Sori, pal. Rhai o ni'n gorfod gweithio."

… a'r llall gan Andreas.

"Iawn. Tŷ fi? Sgen i ddim tad annifyr. Duda di pryd."

Sgroliodd Cai yn ôl drwy'r negeseuon i ddod o hyd i ystyr hyn i gyd. Dysgodd yn ddigon cyflym bod sesiwn wedi ei threfnu i drafod Eryrin â'r criw yfory, gydag Andreas a Thaliesin wedi penderfynu dod. Ar ben hynny, roedd o i fod i gyfarfod Mabli nos yfory. Llamodd ei galon, a brwydrodd cymysgedd o emosiynau am ei sylw. Roedd y cyfarfod diwetha â Mabli wedi bod yn drychinebus, a hithau ddim wedi dangos llawer o awydd i'w weld eto. Ond roedd hynna wedi digwydd mewn byd arall. Doedd o ddim wedi newid ei feddwl am natur bathetig y criw *Dungeons & Dragons*, ond ail gyfle oedd ail gyfle.

Rhedodd am y ffenest wrth glywed sŵn car yn crensian ei ffordd ar hyd y dreif. Llamodd ei galon unwaith eto wrth weld Llinos yn dringo allan o'i char, a rhuthrodd i agor y drws. Roedd hi'n sefyll yno, un bys yn ymestyn at y gloch, Cai wedi cyrraedd y drws cyn iddi gael cyfle i'w chanu.

"Iesu, ti'n cîn. Be sy 'di dod drosta chdi?"

Disgynnodd ceg Cai ar agor, yr amhosibilrwydd o esbonio'r sefyllfa yn ei daro allan o nunlle. I gyfeiliant cwyno diddiwedd gan Llinos, gafaelodd yn ei harddwrn a'i llusgo i'w ystafell. Erbyn diwedd y daith, roedd hi'n brwydro'n reit galed yn ei erbyn, yn dechrau amau bod gan Cai amcanion ychydig llai na diniwed. Gan roi sêl ar ei hamheuon, caeodd Cai'r drws yn glep ar ei hôl a phwyntio'n sigledig tuag at y gwely. Yn dechrau crynu, trodd Llinos yn ara deg tuag at lle'r oedd o'n estyn ei fys. Gwelodd y fraich o dan y gwely, a chyda sgrech uchel, araf, syrthiodd yn erbyn y ffenest gan frwydro i agor y clo. Gan ysgwyd ei ben, llamodd Cai tuag ati a gafael yn ei harddwrn unwaith eto, yn galetach y tro hwn.

"Dim fi ydi o," meddai'n ddryslyd. "Dim fi ydi o."

"Dim chdi *nath* o, ti'n feddwl?" gofynnodd Llinos rhwng ei dannedd, yn gwrthod edrych yn ei lygaid.

"Na ... dim fi *ydi* o."

Wedi i grynu Llinos dawelu ychydig, a'i llaw arall lithro oddi wrth y ffenest, aeth Cai i lusgo'r corff o'i guddfan o dan y gwely. Agorodd Llinos ei llygaid led y pen. Caeodd ei cheg yn glep, a dechreuodd ymbalfalu am y clo eto.

"Be ..." meddai yn ei chynddaredd, "be sy'n ... ? Cai! Ond ... ond sut? Sut uffar ... ?"

"Dydi o ddim 'di marw," atebodd Cai'n grynedig. "A ti ddim mewn unrhyw beryg, Llinos ..."

"Sut uffar, Cai?"

Daeth distawrwydd annaturiol dros yr ystafell, yn atgoffa Cai o'r distawrwydd a ddaeth yn sgîl y porthwll. Dim ond un dewis oedd ganddo, yn amlwg. Eisteddodd ar y gwely a dechreuodd esbonio'r holl beth.

* * * * * * * *

Aeth rhan helaeth o'r noson heibio wrth i Cai fynd drwy gwrs rhyfedd yr wythnosau diwetha. Gwnaeth ei orau i fod yn onest, hyd eithaf ei allu, ac eithrio un elfen o'r stori: ei berthynas â'r Llinos arall. Roedd yn ddigon anodd esbonio am deithio drwy amser a rhwng bydoedd i ferch fel Llinos, ond roedd cyfadde bod perthynas y ddau wedi chwalu'n ddarnau yn anoddach byth. Penderfynodd gadw'r ochr yna o'r stori'n dawel, gan awgrymu bod y ddau'n dal yn hapus yng nghwmni ei gilydd yn y byd arall, ac wedi bod byth ers y noson yn yr Anglesey.

Ar ddiwedd y stori, er ei bod hi wedi blino'n lân, roedd llygaid Llinos fel soseri, ei byd wedi troi â'i ben i lawr. Doedd hi erioed wedi dychmygu bod y fath beth yn bosib. Dechreuodd feddwl y dylai hi fod wedi talu mwy o sylw yn y dosbarth gwyddoniaeth.

"Felly mae'n rhaid i ni neud rwbath," meddai Cai ar ddiwedd yr holl esboniad, gan bwyntio at y corff. "Dwi'm yn dreifio, fel ti'n gwbod. Fedrwn ni ddim jyst 'i adal o fa'ma. Sgen i'm syniad lle ma' ei rieni o 'di mynd, na pryd fyddan nhw'n ôl. Ti'm yn digwydd gwbod, nag wyt?"

"Sut fyswn i'n gwbod, Cai? Ti'm 'di siarad yn iawn efo fi mewn dyddia. Hynny ydi ... dim *chdi* dwi'n feddwl. *Fo.* Ym ..."

"Dwi'n gwbod. Mae'n anodd cael dy frên rownd y petha 'ma weithia, dydi?"

Am y tro cynta'r noson honno, dechreuodd y niwl ym meddwl Llinos glirio. Nid ei Chai hi oedd yr un o'i blaen. Roedd hi'n gwybod hynny ers oriau, wrth gwrs, ond ddim wedi deall be oedd hynny wir yn ei feddwl tan rŵan. Roedd ei Chai hi'n gorwedd o dan y gwely, y pwll o waed o amgylch ei ben, a'r pwll arall o dan y ddesg, bellach wedi caledu. A doedd hi ddim wedi addo iddi hi ei hun y byddai'n dial arno fo ar ôl ei weld yn y sinema yng nghwmni'r ferch fawr 'na? Dyma ei chyfle. Ac roedd rhywbeth ynghylch y Cai arall 'ma oedd yn wahanol. Yn gyffrous.

"Lle ti'n planio mynd â fo?" gofynnodd Llinos.

"Dwi'm yn gwbod. Oes 'na rwla saff allwn ni gadw fo?"

"Ei gadw fo? Os ti'n bwriadu cymryd 'i fywyd o drosodd, ti'm yn meddwl bydd gynno fo rwbath i ddeud am y peth unwaith mae o'n deffro?"

Eisteddodd Cai mewn distawrwydd am eiliad, ei ddwylo ymhleth.

"Fedra' i'm gneud y penderfyniad yna, Llinos. Dim rŵan. Ella bod chdi'n iawn, ond ... fedrwn ni ddim jyst 'i roi o rwla am y tro? Jyst tan i fi allu delio â'r peth yn fy meddwl fy hun?"

Ochneidiodd Llinos.

"Wel, ti mewn lwc. Ma' Mam 'di mynd i Magaluf am bythefnos. Tŷ gwag gen i. Fedrwn ni glymu o fyny'n rwla. Ond fydd rhaid i rywun edrach ar 'i ôl o, bydd? A dwi ddim am aros adra bob dydd o'r gwaith. Dwi'm isio câl y sac gan y bitsh insbector 'na."

Nodiodd Cai'n sarrug.

"Ond welis i chdi'n siarad efo hi ar ôl i chdi gamu oddi ar y trên," aeth Llinos ymlaen. "Deud rwbath am sgipio gwaith fory oedda chdi, ia? Fedri di edrach ar 'i ôl o, siŵr."

Edrychodd Cai i fyw ei llygaid, wedi drysu'n llwyr.

"Be?"

"O, sori … ddudist ti rwbath bod chdi 'di cael y sac yn y byd arall, do? Anghofis i. Wel, dim y Cai arall. Dim ond Wendell ath heddiw."

Lledodd gwên ar draws wyneb Cai.

"Diddorol," meddai, y gair yn dianc o'i geg yn araf, cyn cofio am ei gyfarfod gydag Andreas a Thaliesin. "Ond fedra' i ddim mynd i'r gwaith fory. Ma' gen i gynllunia."

"Be, yn barod?"

"Fo nath nhw."

"Wel, *dwi'm* yn aros adra. Dwi isio cadw fy job, diolch yn fawr."

Edrychodd Cai i lawr ar wyneb llonydd ei gyfatebydd am y tro cynta mewn oriau. Roedd sioc y frwydr rhyngddyn nhw wedi cilio i gefn ei feddwl, a'i wyneb yn edrych llai fel un yn perthyn i ddyn byw, a mwy fel wyneb delw mewn arddangosfa gŵyr. Rhoddodd ei fysedd ar hyd ei wddw eto er mwyn gwneud yn berffaith siŵr ei fod yn dal yn fyw. Wedi ei blesio yn hynny o beth, trodd yn ôl at Llinos.

"Fydd o'n iawn am fory. Jyst gâd chydig o fwyd a diod o fewn gafal. Fydd gynno fo ddim digon o nerth i ddianc, ma'n siŵr gen i, os 'dan ni'n 'i glymu o'n ddigon cry."

Nodiodd Llinos yn feddylgar cyn codi braich Dau ag un llaw, a rhoi'r llaw arall, yn ofalus, o dan ei gefn.

"Reit," meddai. "Ti'n barod 'ta? Diolch byth bod hi'n dywyll dduda i, neu fysa hyn yn edrach yn amheus iawn."

Ar ôl stryffaglu i stwffio Dau i fŵt y car, mentrodd Cai i ddyfnderoedd sied ei dad yng nghefn y tŷ. Doedd o ddim yn cofio neb yn treulio unrhyw amser yn y lle ers blynyddoedd, ac roedd rhaid iddo frwydro heibio jyngl o we pry cop er mwyn dod o hyd i ddarn o gortyn cryf. Gan rwygo'r gwe pry cop oddi ar ei wyneb a'i ddillad, neidiodd i mewn i'r car, a gwnaeth y ddau eu ffordd tuag at gartre Llinos. Wedi cyrraedd ei hystafell hi, clymodd y ddau ohonyn nhw un o freichiau Dau y tu ôl i'w gefn, ei gorff yn dynn yn erbyn un o goesau'r gwely, gan adael un fraich yn rhydd er mwyn iddo allu bwydo ei hun wedi deffro. Aeth Llinos i nôl mymryn o fwyd a dŵr o'i chegin a'i roi mewn powlenni ar y llawr o'i flaen. Er mwyn ei gadw'n fyw, tywalltodd Llinos ychydig o ddŵr i lawr ei gorn gwddw tra bod Cai yn gwneud rhwymyn syml a'i glymu'n dynn yn erbyn yr anaf ar gefn ei ben.

Wrth i'r ddau benlinio uwchben Dau, edrychodd Llinos arno, ac yna ar y Cai o'i blaen – y Cai rhyfedd, newydd, egsotig, o fyd arall. Ysgydwodd ei phen yn flinedig.

"Hwn 'di'r diwrnod rhyfedda erioed," meddai o'r diwedd. Chwarddodd Cai er gwaetha'r sefyllfa.

"Ti'n arfar efo'r peth," atebodd yn sych.

"Pam?" gofynnodd Llinos. Stopiodd Cai rwymo Dau a syllu arni'n ddryslyd.

"Pam be?"

"Pam bod hyn i gyd yn digwydd? Rhaid bod 'na ryw esboniad. Dydi petha fel'ma ddim jyst yn digwydd am ddim rheswm. Fysa ni 'di clywad am rwbath tebyg yn digwydd o'r blaen, ma'n siŵr gen i."

"There are more things in Heaven and Earth, Horatio," atebodd Cai'n freuddwydiol, "than are dreamt of in your philosophy."

"Be ti'n fwydro rŵan?"

Penderfynodd Cai beidio esbonio'r dyfyniad. Roedd Llinos y ddau fyd yn debyg iawn i'w gilydd. Roedd hynny'n berffaith glir.

"Dim ots. Dwi'm yn gwbod, Llinos. Ma' hwnna'n un peth sy'n dal yn ddirgelwch i fi."

"Ti'n coelio mewn Duw, Cai?"

Nag oedd.

"Dwi'm yn gwbod. Pam?"

"Wel, meddwl o'n i, ella bod O – neu Hi, neu be bynnag – 'di gneud i hyn ddigwydd am reswm. Er mwyn gwella rwbath ath o'i le yn dy fyd di. Neu'r byd yma. Neu … o, dwi'm yn gwbod."

"Fatha *Quantum Leap*."

"Quentin pwy?"

Sgyrnygodd Cai ei ddannedd. Be oedd yr hogan 'ma wedi bod yn wneud â'i bywyd?

"Ia," meddai gyda pheth trafferth. "Ella bod chdi'n iawn."

"Nest ti ddeud bod chdi'n hapus yn y byd arall. Efo fi. Wel, ella mai fel'na ma' petha i fod. Ella bod hyn i gyd 'di digwydd er mwyn dod â ni'n dau at ein gilydd. Achos … i fod yn onast … dwi *ddim* 'di bod yn hapus."

Ac yna anghofiodd Cai bod ei gyfatebydd wedi trefnu cyfarfod Mabli nos yfory. Anghofiodd am gorff Dau wedi ei glymu i'r postyn wrth ei ymyl. Anghofiodd am bopeth ond wyneb Llinos, yn ei wadd i gywiro ei holl gamgymeriadau. Pwysodd ymlaen a'i chusanu'n dyner. Roedd ei hymateb hi ychydig yn fwy gwyllt, yn ei daflu ar y gwely, a neidio dros gorff Dau ar ei ôl.

Awr yn ddiweddarach, gwnaeth Cai ei ffordd yn ôl adre, ei ddwylo'n ei bocedi, y sêr wedi eu gwasgaru blithdraphlith ar draws yr awyr uwch ei ben. Awyr newydd. Byd newydd. Am y tro cynta ers llamu drwy'r porthwll y prynhawn hwnnw, ei law am wddw Dau, cyfaddefodd iddo'i hun pa mor lwcus oedd o. Nid pawb oedd yn cael cyfle fel hyn.

Wedi sleifio o gwmpas ei gartref yn dawel rhag ofn bod ei rieni wedi dychwelyd – doedden nhw ddim – a gwneud ymdrech i lanhau'r gwaed sych oedd yn staenio ei garped mewn sawl lle, disgynnodd i mewn i'r gwely, ei feddwl yn llawn posibiliadau.

DYDD MAWRTH: DYDD 13 *(DAU)*

Gan droi'r radio i ffwrdd y bore wedyn, dechreuodd Cai anobeithio wrth feddwl am ddiwrnod arall o chwilio am waith. Yna rhuthrodd holl ddigwyddiadau'r diwrnod cynt i'w feddwl ar unwaith, a chofiodd ei fod mewn byd arall. Doedd dim rhaid chwilio am waith. Doedd dim rhaid gwneud llawer o ddim byd, a dweud y gwir, cyn cyfarfod ag Andreas a Thaliesin. Roedd ganddo ei gyfatebydd i ddiolch iddo am hynny. Llithrodd yn ôl i gysgu.

Rai oriau'n ddiweddarach, ymbalfalodd am ei ffôn ar y bwrdd wrth ochr y gwely. Yn flinedig, gwelodd bod tair neges yn disgwyl amdano. Gan Llinos roedd y gynta.

"Bron ar y ffordd i gwaith. Nath o drio siarad bora ma. x"

Tecstiodd Cai smaldodau gwag yn ôl cyn troi at y negeseuon eraill gan Andreas a Thaliesin, ill dau yn swnian am y cyfarfod. Mwy o smaldodau. Trefnodd i'w cyfarfod ar ôl cinio, yn nhŷ Andreas. Cododd o'r gwely a mentrodd allan i'r coridor yn gysglyd.

Edrychodd i fyny ac i lawr y landing. Roedd drws ystafell ei rieni yn dal yn gilagored, a neb i'w gweld wedi cysgu'n y gwely. O'r ystafell fyw a'r gegin, doedd dim sŵn i'w glywed. Be oedd wedi digwydd, tybed? Gan godi ei ysgwyddau, gadawodd i'w drôns ddisgyn o amgylch ei draed a chamu i mewn i'r gawod.

Hanner ffordd drwy'r broses o ymolchi, clywodd ddrws yn cau.

"Helo?" gwaeddodd uwch sŵn y dŵr o'i amgylch.

"Helo Cai," daeth llais ei fam yn ôl o'r gegin. Prin roedd o'n medru ei chlywed o gwbl. Roedd hi'n swnio hyd yn oed yn wannach ac yn fwy crynedig nag arfer.

Gwisgodd yn ei ystafell ac astudio'r carped i wneud yn sicr bod yr holl waed wedi mynd. Astudiodd ei hun yn y drych, yn paratoi i gyfarfod ei fam newydd, ei frest yn symud i mewn ac allan yn ara deg.

Wrth lanio yn yr ystafell fyw, synnodd weld ei fam ar y soffa, yn bodio'n ddiog drwy gopi o'r *Daily Post*.

"Iawn? Lle ma' Dad?"

Edrychodd Danielle i fyny. Roedd ei dillad wedi crychu, ei gwallt yn llanast llwyr. Ond roedd rhywbeth craff a miniog yn ei llygaid. Roedd hi'n edrych yn fwy *byw*, rywsut.

"Be ti'n feddwl? Sut dwi fod i wbod? Dwi'n gesio bod o'n hyngofar, 'di blino, ac yn dechra meddwl bod o 'di gwneud camgymeriad mwya 'i fywyd. Ond *lle* mae o? Sgen i'm syniad."

Am y tro cynta'r bore hwnnw, cofiodd Cai am y cyngor bwriadol anghywir roddodd o i'w gyfatebydd y tro diwetha iddyn nhw sgwrsio. Heb reswm i'w amau, mae'n debyg bod Dau wedi cynghori ei dad i roi bet enfawr ar y canlyniad anghywir. Ac yn sgîl hynny ... be oedd wedi digwydd? Roedd y posibiliadau'n ddiddiwedd. Dechreuodd Cai ddiawlio ei hun. Roedd o wedi rhoi'r cyngor yna heb syniad mai fo ei hun fyddai'n gorfod delio â'r canlyniadau.

Ei fam yn dechrau edrych arno fo'n rhyfedd, gwnaeth Cai ei orau i ddod o hyd i gwestiwn a fyddai'n taflu ychydig o oleuni ar y sefyllfa. Yr unig beth ddaeth allan o'i geg oedd:

"Ti'n iawn?"

Rhoddodd Danielle ei phen i lawr a meddwl yn ddwys.

"Wst-ti be," meddai o'r diwedd, "dwi'n meddwl 'y mod i. Fy mhen i'n brifo, wrth gwrs. Sgen i'm syniad faint o jin nath Iona a fi yfad neithiwr. Ond oni bai am hynny ... mae o fel deffro, ti'n gwbod? Fel taswn i'n dod allan o gwsg hir. Ma'n bryd i fi gymryd rheolaeth o 'mywyd fy hun. Dyna pam prynais i hwn."

Chwifiodd Danielle y papur newydd o'i blaen.

"Os nad ydi dy dad yn dod yn ôl – a dwi wir, wir ddim isio fo ddod yn ôl – ma'n hen bryd i fi ddod o hyd i rwbath mwy sefydlog na jyst trwsio dillad Mrs Gittins."

Eisteddodd Cai'n gyflym ar y gris isaf.

"Cai?"

"Dydi Dad ... ddim yn dod yn ôl?"

"Oedda chdi'n cymryd sylw neithiwr 'ta be? Eitha anodd peidio, dduda i, ag ynta'n mynd yn wallgo yn dy stafall di fel'na. Be am fod yn onest efo'n hunan – ma' hi'n hen bryd. Ddudodd Iona neithiwr 'i bod hi'n synnu bod ni 'di para wythnos."

Lledodd gwên drist ar draws wyneb Danielle. Syllodd Cai arni, ei geg ar agor. Doedd o ddim wedi disgwyl hyn. Doedd o ddim yn gwybod be *oedd* o wedi'i ddisgwyl … ond nid hyn.

"Ond," meddai'n dawel ac yn wan, "fedri di ddim …"

Cociodd Danielle ei phen i un ochr ac edrych ar Cai yn ofalus, yr olwg felancolaidd ar ei hwyneb yn caledu.

"Dwi 'di mynd drwy 'mywyd yn clywad 'fedri di ddim'. Dwi 'di câl digon. Ac i fod yn onast, Cai, dwi angan chdi i 'nghefnogi i. Dwi angan gwbod bod chdi'n iawn efo hyn. A ddylsa chdi fod. Rhwng y ddamwain a phopeth, dwi'n meddwl bod ni 'di dod yn agosach yn ddiweddar, do?"

Nodiodd Cai ei ben, yn penderfynu chwarae pethau'n saff.

"Yr un peth sy 'di bod yn stopio ni rhag dod yn agosach byth ydi *fo*. Dwi'n meddwl gallwn ni gymryd gofal o'n gilydd yn reit dda heb rywun fel'na'n dal ni lawr rownd y rîl. A ma'n ddrwg gen i – dwi'n gwbod ddylsa fi siarad amdano fo efo chydig o barch o dy flaen di. Fo 'di dy dad di. Fedra' i'm gneud dim byd i newid hynna, gwaetha'r modd. Ond dwi'n meddwl 'mod i 'di stopio meddwl amdano fo fel 'y ngŵr i bellach."

Rhedodd y papur newydd rhwng ei bysedd, wedi hen anghofio am yr hysbysebion swyddi. Hoeliodd ei mab â golwg bwerus, dreiddgar, bron yn ddychrynllyd.

"Ti efo fi, Cai?"

Edrychodd Cai i ffwrdd, teimlad o ofn yn golchi drosto. Roedd o wedi neidio i mewn i'r pwll dwfn, a ddim yn siŵr iawn sut i gyrraedd y lan.

"Sori," meddai'n grynedig. "Dwi'm yn siŵr sut i ymatab, deud gwir. Ma' hwn jyst 'di dod allan o nunlla …"

"Allan o nunlla? Twenty years in the making, dduda i. Ty'd 'laen, Cai. Sut alli di ddeud hynna, ar ôl popeth ddudis i wrtha chdi neithiwr? Am Gwen, a phob dim …"

"Gwen?" gofynnodd Cai'n ansicr.

"Gwen," atebodd Danielle yn bendant.

"Gwen," meddai Cai yn ôl ati gyda thinc ffug o gydnabyddiaeth yn ei lais. "Gwen. Ia. Dwi'n cofio Gwen. Wrth gwrs."

Crychodd Danielle ei hwyneb yn sur. Cododd oddi ar y soffa a thaenodd y papur newydd ar draws bwrdd y gegin.

"Ella bod 'na fwy o dy dad yndda chdi nag o'n i'n feddwl," meddai o dan ei gwynt, ond yn ddigon uchel i Cai allu ei glywed. Cychwynnodd Danielle i'r gegin. Teimlodd Cai fel estyn ei law allan tuag ati. Doedd o ddim isio ei gorfodi allan o'r ystafell fyw fel roedd ei dad wedi gwneud ar hyd y blynyddoedd. Ac yn fwy na dim, roedd o angen dod i ddeall be oedd wedi digwydd neithiwr, er mwyn dechrau ei fywyd newydd yn iawn. Pam roedd ei dad wedi gadael? Lle roedd o rŵan? Pwy oedd Gwen? Doedd dim modd gwybod y pethau 'ma heb iddo fo ddweud y gwir wrth ei fam.

Cododd oddi ar y gris isaf.

"Dwi'n mynd i weld fy ffrindia ar ôl cinio."

"Iawn," atebodd Danielle yn bell. "Dwi'm yn gwbod be sy'n y cwpwrdd chwaith. Ella bod o'n well i chdi gâl cinio ar y ffordd. Hang on … dy ffrindia? Ti'n mynd i weld yr un mawr 'na? Be o'dd 'i enw fo? Andy?"

"Andreas."

"Dyna fo."

Safodd Danielle uwchben y bwrdd, yn meddwl yn ofalus. Yn y man, trodd at Cai gyda chaledwch newydd yn ei hwyneb.

"Duda wrtho fo 'mod i'n deud diolch."

"Y … reit," meddai Cai'n ddryslyd cyn cychwyn i fyny'r grisiau. Bai *Andreas* oedd hyn i gyd?

Treuliodd weddill y bore'n ateb amryw o negeseuon gan Mabli mewn ffordd ffug-gyfeillgar, ac yn sortio drwy'r ffolder binc, yn synnu faint yr oedd y syniad wedi datblygu. Teimlai fel plentyn ysgol yn gwneud ei orau i wthio gormod o wybodaeth yn ei ben ar unwaith wrth baratoi ar gyfer arholiad. Roedd 'na gymaint o enwau a syniadau newydd. Roedd o ar goll.

Gan ysgwyd ei ben mewn anobaith, rhoddodd y ffolder o dan ei gesail a chychwyn allan am ginio. Roedd ei fam wedi gwneud ei ffordd yn ôl i'r ystafell fyw, ac yn pori drwy'r we ar liniadur Gareth. Edrychodd i fyny'n gyflym, ei drwgdybiaeth o'i mab ddim wedi ei gadael yn llwyr.

"Dwi'm yn dallt be ma' hannar y swyddi 'ma'n feddwl," meddai'n sych, gan droi'n ôl at y sgrîn. "Pwy sy'n deffro'n y bora ac yn penderfynu bod nhw isio bod yn 'Gydlynydd Galwedigaethol'? Be uffar ma' hwnna'n feddwl?"

"Sgen i'm syniad, Mam."

"Dwi'm yn dy feio di, wir, am ddilyn dy freuddwydion," aeth Danielle ymlaen, gan bwyntio at y ffolder binc. "Dodd gen i'm syniad mai jobsys fel'ma oedd y dewis arall."

Synnodd Cai glywed ei fam yn sôn am Eryrin mor agored. Doedd o erioed wedi sôn am y peth wrthi.

"Ella ddylsa chdi neud yr un peth," meddai, gan gymryd bod Dau wedi esbonio'r peth wrthi mewn moment o wallgofrwydd. "Be fysa chdi'n licio neud efo dy fywyd?"

Edrychodd Danielle i fyny o'r cyfrifiadur unwaith eto, golwg bell ar ei hwyneb.

"Sgen i'm syniad," meddai o'r diwedd. Daeth distawrwydd dros yr ystafell wrth i ystyr a thristwch y geiriau yna daro'r ddau. Yn y man, cychwynnodd Cai allan o'r tŷ.

"Dwi'n siŵr nei di weithio fo allan," meddai'n ansicr. "Ti jyst 'di cymryd mwy o amsar na'r rhan fwya o bobol. Dyna i gyd. Fyddi di'n iawn am ginio?"

"Dwi'n meddwl alla' i gymryd gofal o fy hun," atebodd Danielle.

Gan agosáu at ddrws ei ffrind, wrth gnoi ei ffordd drwy sosej rôl enfawr, daeth holl deimladau chwerw'r sesiwn *Dungeons & Dragons* ddiwethaf yn ôl. Ar stepan y drws, edrychodd Cai ar ei watsh. Roedd o'n gynnar. Heb unman arall i fynd, canodd y gloch.

Atebodd Andreas y drws yn ddigon prydlon, hanner donyt yn ei geg, siwgwr dros ei grys-T *Vampire: The Masquerade*. Trodd Cai gornel ei geg i fyny mewn atgasedd.

"Dwi'n gynnar," meddai heb ymddiheuro.

"Wyt ti?"

Bowndiodd Taliesin at y drws fel Tigger.

"Iawn Cai? Syniada newydd gen ti? Dwi 'di bod yn câl traffarth cysgu ers nos Wener, 'de. Ma'r holl beth 'ma mor ecseiting!"

Caeodd Cai'r drws ar ei ôl. Rhedodd Taliesin o'i gwmpas a brasgamu i mewn i'r ystafell gynta ar y dde. Dilynodd Cai yn ufudd a chymryd cam yn ôl mewn sioc wrth gerdded dros drothwy'r ystafell. Doedd o erioed wedi bod yn nhŷ Andreas o'r blaen, ac wedi dychmygu y byddai'n edrych ychydig fel ei ystafell o, ond gyda'r deial wedi ei droi i fyny at unarddeg. Ond doedd o erioed wedi disgwyl unrhyw beth fel hyn.

Prin roedd o'n medru gweld y llawr dan fynydd o grysau-T budron, hen focsys nwdls, cynhwyswyr polysteirin, bocsys pizza, a photeli cwrw. Wrth ymyl y drws oedd hen soffa a nunlle arni i eistedd, pentwr o gylchgronau am gyfrifiaduron yn ei gorchuddio. Uwchben y soffa roedd tua hanner dwsin o silffoedd, bob un yn gwegian dan bwysau amrywiaeth o wifrau a darnau electronig, yn ogystal â dwsinau o ffigyrau bach. Gallai Cai weld Mr. Spock yn syth, yn sefyll ochr-yn-ochr â Jango Fett. Y tu ôl iddyn nhw roedd Daenerys Targaryen, Samwise Gamgee, ALF, Catwoman, a'r creadur o *Alien*. Uwch eu pennau nhw roedd Lex Luthor, Spider-Man, Gordon Freeman, Stone Cold Steve Austin, a Charlie Brown. Yn teyrnasu dros bob dim ar y silff uchaf roedd ffigwr enfawr o Galactus o gomics Marvel.

O flaen y llenni caëedig ym mhen yr ystafell roedd desg enfawr, banc o fonitorau cyfrifiadur arni, bob un yn dangos rhywbeth gwahanol. Roedd mwy o ddarnau cymysg electronig ar draws y ddesg, a mwy o gartonau bwyd hanner-gwag. O flaen y ddesg roedd atgynhyrchiad perffaith o sedd Captain Kirk, yn eistedd yn ansicr ar ben mynydd arall o lanast.

Safodd Taliesin wrth ymyl y drws, ei ddwylo y tu ôl i'w gefn, yn edrych yn rhyfeddol o falch.

"Be ti'n feddwl?" gofynnodd yn sionc. Edrychodd Cai o'i gwmpas yn wyllt.

"Lle ma'r gwely?"

"O. Ma'r stafall wely drws nesa. Rhaid i fi ddeud, dydi fanna ddim mor dwt."

"Sori?"

Torrodd Andreas ar eu traws gan ddod i mewn yn gafael yn ofalus mewn hambwrdd ac arno dri mwgiaid o de chwilboeth. Rhoddodd un i bob un cyn eistedd yn ei gadair, un ochr ohono'n suddo i bentwr o sbwriel.

"Yr apêl Kickstarter yn mynd yn iawn, yndi?"

Syllodd Cai mewn dryswch tuag at gefn y gadair fawr wrth i Andreas glicio eiconau gwahanol o amgylch ei sgriniau yn eithriadol o gyflym.

"Oes … oes gynnon ni apêl Kickstarter?"

Gwnaeth Andreas ei orau i droi rownd yn ei gadair er mwyn hoelio Cai â golwg ddeifiol, gan ddod yn agos at syrthio ar ei wyneb yn y broses.

"Syniad Tom oedd o," meddai'n flinedig, "ond oedda chdi'n ddigon ecseited am y peth 'fyd. Does bosib ti'm yn cofio?"

"Wrth gwrs 'mod i'n cofio," atebodd Cai'n amddiffynnol. "Ti 'rioed 'di clywad am jôc, Andreas?"

"Wrth gwrs 'y mod i," meddai Andreas, yn gwneud ei orau i gadw cydbwysedd yn y gadair. "Ond rhaid i fi ddeud, doedd honna ddim yn jôc dda iawn, Cai. 'Sa chdi'm yn gweld Eric Idle yn trio câl getawê efo jôc fel'na."

Erbyn hyn, roedd Taliesin yn syllu'n ddrwgdybus ar Cai drwy gornel ei lygad. Cymerodd gegiad llawer rhy fawr o'r te poeth a'i boeri allan rhwng ei ddannedd. Symudodd Cai i ochr arall yr ystafell er mwyn dianc oddi wrtho.

"O, gyda llaw," cofiodd yn sydyn, "ma' Mam yn deud diolch, Andreas."

Trodd Andreas yn ei gadair unwaith eto, yn llawer mwy gofalus y tro hwn.

"Dy fam yn deud diolch? I fi?"

"Ia."

"Am be?"

"O'n i'n gobeithio fysa chdi'n gallu deutha i."

"Sut dwi fod i wbod pa syniada gwirion sy'n mynd drwy ben dy fam di, Cai? Unwaith dwi 'di chyfarfod hi. Os ti'n gofyn i fi, oedd gen i lot mwy o *rapport* efo dy dad."

Dechreuodd Taliesin biffian chwerthin.

"Ti'n gweld?" gofynnodd Andreas yn falch. "Dyna chdi jôc. Rŵan, cyn i ni droi at unrhyw beth arall, gadewch i fi ddangos i chi be dwi 'di neud efo'r wefan. Dwi'n ymddiheuro o flaen llaw 'mod i ddim 'di câl lot o amsar. Digon o bobol eraill isio iwsio fy nhalenta i. Allwch chi gredu bod 'na rai pobol yn y wlad 'ma ddim yn dallt y petha symla am sut i raglennu mewn PHP?"

"Alla' i ddim dychmygu," atebodd Cai yn syth.

"Mm. Yn union. Felly sori. Dydi o ddim yn berffaith. Ond gewch chi weld be 'dach chi'n feddwl."

Ar hynny, cliciodd Andreas y llygoden yn awdurdodol, a llanwodd pob un sgrîn o'i flaen â gwefan newydd sbon. O flaen cefndir du roedd y gair "ERYRIN" yn sefyll yn falch, wedi ei ysgrifennu mewn sgript osgeiddig, hen-ffasiwn. O dan y gair yna, roedd map o dir ffantasi yn gwadd y ddarllenydd i astudio pob manylyn ohono, i edrych dros enwau'r afonydd a'r mynyddoedd, i ddilyn cwrs dychmygol dros y byd.

"Sori am y map," meddai Andreas. "Gan bod y wefan ddim 'di mynd yn gyhoeddus eto, a gan bod chdi ddim 'di rhoi copi o fap i fi, wnes i jyst gymryd un o lyfra Daniel Abraham am y tro. Jyst er mwyn llenwi bwlch. Ti 'di darllan *The Long Price*?"

Ysgydwodd Cai ei ben yn araf, wedi ei hudo gan y wefan newydd.

"O, be ti 'di *neud* efo dy fywyd?" gofynnodd Andreas yn flin gan droi rownd yn gyflym unwaith eto, a disgyn yn swp ar y llawr. Trawodd ei law yn erbyn y llygoden yn y broses, gan sgrolio'r sgrîn i lawr. Gwelodd Cai gip o fwy: lluniau proffesiynol yr olwg o gorachod yn gafael yn awdurdodol mewn bwyelli, o ellyllon yn saethu coblynod, o ddewiniaid yn paratoi i fwrw eu hud ar y gelyn. Gwelodd wahoddiad i'r darllenydd chwilfrydig gymryd rhan yn y prosiect, a thablau a siartiau hirfaith yn dechrau esbonio'r holl reolau diddiwedd. Gan bwffian yn ddwfn, llwyddodd Andreas i'w sythu ei hun a dychwelyd y cyrchwr tua thop y sgrîn.

"Eniwe," meddai'n llawn embaras, "dyna chi 'di gweld dipyn o hwnna. Fel dwi'n deud, dydi o ddim 'di gorffan na dim byd. Ond ma' 'na rwbath yna, beth bynnag. Thoughts?"

"Mae o'n …" cychwynnodd Cai. Chafodd o ddim cyfle i ateb.

"Dyna 'di'r peth gora dwi 'rioed 'di weld!" meddai Taliesin yn gynhyrfus. Dechreuodd neidio i fyny ac i lawr, ond penderfynodd beidio wedi llithro ar ddarn oer o bitsa.

"Olreit," meddai Andreas. "Callia. Gynnon ni lot i fynd eto. A dim dyna pam 'dan ni yma. Oedda chdi isio trafod rwbath arall, bos?"

Trodd y ddau at Cai yn ddisgwylgar. Gan glirio'i wddw, tynnodd y ffolder pinc o'i gesail a chychwyn tynnu papurau allan yn ofalus. Oedodd uwch y ddesg, y papurau o flaen ei drwyn, yn trio gwneud synnwyr o'r rheolau a'r manylion cymhleth. Doedd Dau ddim wedi mynd allan o'i ffordd i wneud y nodiadau newydd yn ddealladwy i unrhyw un arall. Pam gwneud? Yn y man, fe fyddai wedi eu teipio mewn ffurf gliriach ei hun. Wrth iddo graffu ei lygaid a brwydro i wthio geiriau allan, cipiodd Andreas y papurau o'i law a'u taenu brithdraphlith ar hyd y ddesg, twb chwarter-llawn o saws cyri'n syrthio dros gornel un ohonyn nhw.

"Reit," meddai ar ôl cymryd sip o de, yn rhedeg ei olwg drostyn nhw, "dwi 'di gweld hwn o'r blaen … a hwn … a hwn. Y stwff 'ma am ddod i fyny efo anturiaetha newydd ar hap, ar y trot? 'Di gweld nhw o'r blaen 'fyd, ond ges i'm cyfle i longyfarch chdi o'r blaen. Well done, old bean."

"D-diolch," atebodd Cai'n ansicr.

"A!" aeth Andreas ymlaen, ei fys tew'n procio'r papurau. "Ma' hwn yn newydd. Rheola am ymladd ar gefn ceffyl. Dwi ddim 'di gweld rhein o'r blaen. Ti isio esbonio nhw i ni 'ta?"

"Ym …"

"Ma'n broblem sy gen i efo *D & D*, ti'n gweld. Ma'r rheola *yna*, ond fysa nhw'n gallu bod lot gwell, dwi'n meddwl. Felly sut ma' dy reola di'n wahanol?"

Craffodd Cai ar y papurau. Teimlodd y gwaed yn llifo i'w ben wrth i'w embaras godi. Ac yna daeth casineb i'w lenwi – yr un casineb ag a deimlodd o nos Wener ddiwetha. Ond y tro yma, yn hytrach nag adeiladu dros gyfnod o rai oriau, daeth yr holl gasineb ar unwaith, yn golchi drosto fel ton.

Ei syniad *o* oedd Eryrin wedi bod. Doedd o ddim wedi ei rannu â neb, yn bennaf oherwydd ei fod yn gwybod y byddai hyn – neu rywbeth gweddol debyg, o leia – yn siŵr o ddigwydd. Fe fyddai rhywun yn siŵr o wneud hwyl am ei ben, neu'n waeth byth, dwyn y syniad a rhedeg â'r bêl eu hunain. A dyna'n union oedd wedi digwydd. Yr un peth allai o byth fod wedi ei ragweld oedd mai *fo ei hun* fyddai wedi gwneud hynny. Y *copi* uffar 'na oedd yn ddigon digywilydd i'w alw ei hun yn Cai.

Roedd o wedi bod yn hapus unwaith, yn rhedeg i ffwrdd i Eryrin pryd bynnag roedd y byd yn rhy fawr neu'n rhy frawychus iddo. Ond bellach, roedd hyd yn oed y pleser syml yna wedi ei rwygo oddi wrtho.

Trodd ei ben i syllu ar y wefan unwaith eto, yn llenwi pob un o'r monitorau o'i flaen. Lle'r oedd o wedi gweld potensial a phrydferthwch funud yn ôl, bellach doedd o ddim yn medru gweld dim ond addewidion wedi eu torri.

"Cai?"

Roedd Andreas yn sbio'n hurt arno yn ei gadair, a Taliesin yn syllu dros ymyl ei fwg o de gydag un ael wedi codi.

"Ti'n gwbod be?" atebodd Cai, gan wneud ei orau i wthio ei holl gasineb mor bell i lawr ag y gallai. "Gwnewch chi ... gwnewch chi bob dim."

"Sori?" gofynnodd Taliesin.

"Fi sy 'di gneud y gwaith calad i gyd, boi. Tra bod chi i gyd yn ddigon hapus i ista ar ych tina'n chwara gêms, o'n i'n trio 'ngora i'n codi ni gyd o'r twll lle 'ma. Ac ma' gan rai ohonon ni betha gwell i'w gneud na hyn. Amsar i chi'ch dau godi chydig o'r slac, hmm? 'Dach chi'm yn meddwl?"

"Ond," meddai Andreas, tôn ei lais yn dechrau caledu, "*chdi* nath gynnig bod ni'n cyfarfod ..."

"Ia, wel, ma' pobol yn newid, Andreas."

"Mewn *un diwrnod*?"

"Sgen ti'm syniad pa mor iawn wyt ti, mêt. Gwnewch chi be 'dach chi isio, reit, a riportiwch yn ôl i fi. Cadwch y nodiada. Mae o'n edrach fel bod chdi 'di gadal dy farc arnyn nhw'n barod, Andreas."

Gan bwyntio at y staen cyri, martsiodd Cai allan o'r ystafell mor gyflym â phosib, ac yntau'n gorfod rhodio drwy fôr o sbwriel wrth wneud. Wrth y drws, trodd rownd eto ac anelu un ergyd arall tuag at y ddau ffigwr truenus oedd yn syllu'n hurt arno.

"A twtia dy dŷ, Andreas. Ti'n embaras."

Caeodd Cai'r drws ffrynt yn glep y tu ôl iddo. Dechreuodd sylweddoli rhywbeth pwysig iawn: ella ei fod yn medru camu i mewn i fywyd ei gyfatebydd, ond roedd etifeddu ei bersonoliaeth yn amhosib. Doedd dim ffordd yn ôl. Dim ffordd o gael gwared o'i chwerwder a dechrau eto, yn ffres ac yn ddiniwed. Meddyliodd am ddychwelyd i'w fyd ei hun, anghofio am Eryrin, dod o hyd i swydd newydd, a setlo i lawr mewn bywyd cyffredin, tawel, normal.

Yna cafodd ei hun ar y troead i gartref Llinos. Gallai weld ffenest ei hystafell yn y pellter. Yno – gobeithio – yn dal wedi ei glymu wrth y gwely, roedd Dau, ei wallt wedi sticio i'r patsh mawr o waed sych ar ei ben, yn llwglyd, yn sychedig, ella wedi magu ychydig o eglurder meddwl erbyn hyn.

Roedd o wedi gwneud gormod i droi'n ôl bellach.

A beth bynnag, roedd y cyfarfod efo Mabli o'i flaen – cyfle arall i'w llusgo hi draw at ei ochr o. Ond roedd Dau a hithau'n eitem, doedden nhw? Yr oll oedd angen iddo fo wneud oedd cadw'r siarad gwag i fynd a gwneud ei orau i beidio ei gwthio i ffwrdd. Syml.

Ond fe ddylsai'r sesiwn yn nhŷ Andreas fod wedi bod yn syml. Dechreuodd Cai deimlo glöynnod byw yn fflapian o gwmpas yng ngwaelod ei stumog.

Ac am Llinos … wel, roedd hi'n iawn am un peth, beth bynnag. Fe fyddai'n rhaid cael gwared ar Dau yn y man. Roedd y syniad o'r ddau ohonyn nhw'n cyd-fyw yn yr un byd yn un cwbl wirion. Fe fyddai'n rhaid cael gwared ar Llinos hefyd, wrth gwrs – mewn ffordd ychydig llai gwaedlyd, os yn bosib. Doedd 'na ddim dyfodol i'r ddau, mewn unrhyw fyd. Tipyn o hwyl oedd neithiwr. Ffordd o ollwng stêm.

Ond am y tro, roedd ei hangen hi. Heb unman arall i fynd, gwnaeth ei ffordd tua'r orsaf drenau, yn disgwyl iddi ddychwelyd o'r gwaith. Wedi munud o ddisgwyl, cofiodd nad oedd yn syniad da aros yno'n bowld, a'i gyfatebydd wedi gofyn am ddiwrnod rhydd gan yr arolygydd. Aeth i guddio ar fainc rownd y gornel, rhwng yr orsaf a chartref Llinos, allan o olwg pawb arall.

Aeth y prynhawn heibio, Cai'n suddo i hunangasineb wrth i'r oriau basio. Trodd yn aml tuag at gopa'r Wyddfa, wedi ei guddio mewn cwmwl trwchus. Fe fyddai'n rhaid iddo dychwelyd i'r ganolfan yfory, mae'n debyg, os oedd o isio ailafael yn ei swydd. Llanwodd ei feddwl â delweddau o'i hen fywyd: y raciau o deganau meddal, Colin a'i sylwadau pigog, y diflastod mud a ddaeth yn sgîl gweini ar ddwsinau a dwsinau o gwsmeriaid twp, gwlyb, blin …

Cafodd ei ysgwyd allan o'i freuddwyd gan sŵn y trên yn pwffian ei ffordd yn boenus tua'r orsaf. Cododd o'r fainc a sefyll ar fin y palmant. Yn y man, daeth car Llinos i'r golwg rownd y gornel. Daeth i stop sydyn wrth iddi ei weld, a chlywodd Cai glo'r drws ffrynt yn agor. Neidiodd i mewn.

"Diwrnod iawn yn y gwaith?" gofynnodd, yn gwneud ei orau i roi tinc o gyfeillgarwch ffug yn ei lais.

"O, ti'n gwbod sut ma' hi. Isio gweld y carcharor wyt ti?"

"Dim yn union. Wna' i adael i chdi neud hynna, os ti'n meddwl fedri di handlo fo. Ma' gen i … betha i'w gneud."

"Hmm. Ma'r Cai arall yn llithrig iawn, 'fyd, pan mae o'n dod at esbonio 'i blania. Dwi'm yn licio hynna ynddo fo. Be sy'n digwydd, Cai?"

Eisteddodd Cai mewn tawelwch am sbel.

"Ti'm yn nabod merch o'r enw Mabli yn y byd yma, dwi'n cymryd?"

Gwasgodd Llinos ei gwefusau ynghyd.

"Ydi hi'n dew?"

"Wel … ddim yn dena, sbo …"

"Welis i chdi – *fo* – efo hi yn y sinema noson o'r blaen. Dwi'm ofn deutha chdi bod hynna 'di brifo, Cai. Lot fawr."

"O," atebodd Cai'n wylaidd. "Debyg fyddi di ddim rhy hapus i glywad 'mod i'n mynd i'w chyfarfod hi heno, 'lly?"

"Be?"

"Dim fi nath benderfynu gneud, naci? Fo nath. A does dim rhaid i chdi boeni. Dwi am drio 'i gadael hi lawr yn ysgafn. Do'n i ddim mewn perthynas efo hi yn y byd arall, a dwi'n sicr ddim am ddechra un fa'ma. Be nath neithiwr brofi, Llinos? 'Dan ni i fod efo'n gilydd, dydan?"

Arhosodd y ddau mewn tawelwch wrth i Llinos gyrraedd ei stryd hi. Roedd rhywbeth yng nghefn meddwl Cai oedd yn mynnu ei fod yn teimlo'n euog am ddweud celwydd mor gyfangwbl noeth, ond buan y caeodd y gweddill ohono'r rhan yna i lawr. Os oedd am ddod allan o hyn â'i ben uwchben y dŵr, roedd rhaid bod mor oeraidd a chŵl â phosib.

"Iawn," meddai Llinos yn dawel o'r diwedd. "Be am gwaith fory 'ta? Gair i gall, 'de – dwi'm yn meddwl fydd yr insbector yn hapus iawn os ti'n colli diwrnod arall. Wnaeth hi un neu ddau o sylwada reit bigog heddiw."

"Wna' i fynd i'r gwaith 'ta," atebodd Cai, gan ochneidio'n drwm. "Sgen ti unrhyw syniad be 'di ei henw hi, gyda llaw?"

"Dim clem. Dydi hi byth wedi'i chyflwyno 'i hun. Dwi'n hapus i aros adra ac edrych ar ei ôl *o*, os alli di roi esgus da iddi hi pam 'mod i ddim yn gwaith."

"Champion. Diolch."

Gyrrodd Llinos yn araf i mewn i'w dreif, a throi'r injan i ffwrdd.

"Ond fedrwn ni ddim edrych ar 'i ôl o am byth, Cai."

"Dwi'n gwbod, dwi'n gwbod. Does dim rhaid i chdi hefru 'mlaen am y peth. Ti'n gwbod pa mor anodd ydi penderfynu gneud rwbath fel'na?"

Nodiodd Llinos yn ddwys.

"Ti isio 'i weld o'n sydyn?"

"Ddim felly. A fysa'n well i fi fynd, beth bynnag. Elli di'm cadw hogan yn disgwl, na fedri?"

Crychodd Llinos ei cheg yn sur a gadael y car, Cai ar ei hôl.

"Bob lwc 'ta. Ddoi di draw wedyn?"

"Efo *fo'n* dal yna? Na. Sori. Ti'n iawn ... fydd rhaid i ni gâl gwarad arno fo'n fuan."

"Iawn. Fory. Ar ôl iddi dywyllu?"

Rhoddodd Cai ei ben i lawr, cau ei lygaid, a phlethu ei ddwylo fel petai'n gweddïo.

"Fory," meddai o'r diwedd. "Diolch eto, Llinos."

Camodd Cai'n araf i lawr y lôn. Cyn troi'r gornel, trodd yn ôl at Llinos a chodi llaw. Gwnaeth hi'r un peth yn ôl, a pharatoi am noson annifyr iawn yng nghwmni'r dyn yr oedd hi unwaith wedi ei alw'n gariad.

* * * * * * * *

Caeodd Llinos ddrws y tŷ'n ysgafn yn ôl ei harfer. Os oedd hi'n gwneud gormod o sŵn yn dod i mewn, roedd ei mam fel arfer yn ei gyrru allan i'r siop i nôl paced o sigaréts, neu botelaid o fodca, neu gylchgrawn *Heat*. Cofiodd Llinos yn sydyn nad oedd angen iddi boeni am ei mam – ond bod angen iddi fod yn ymwybodol o westai gwahanol iawn. Taflodd ei bag ar fwrdd y gegin a llenwi gwydr mawr â dŵr o'r tap. Yna, aeth i nôl paced enfawr o greision halen a finag o gefn y cwpwrdd yng nghornel yr ystafell, lle roedd ei mam yn cadw'i holl ddanteithion. Y creision mewn un llaw a'r dŵr yn y llall, mentrodd yn araf i fyny'r grisiau.

Roedd ei meddwl yn gybolfa o syniadau gwahanol. Be tysa anafiadau Cai wedi mynd yn ormod iddo fo, ac yntau wedi marw yn ystod y dydd? Be wedyn? Ffonio'r Cai arall, siŵr o fod. Dim ots am ei ddêt, neu be bynnag oedd o. Doedd 'na ddim modd yn y byd ei bod hi am rannu ystafell wely â chorff marw.

Doedd hi ddim yn amhosib chwaith bod Cai bellach wedi dianc o'i garchar ac wedi torri allan o'r tŷ. Roedden nhw wedi gwneud eu gorau i wneud dianc yn amhosib, ond doedd yr un ohonyn nhw wedi gwneud unrhyw beth tebyg o'r blaen. Be os gwnaethon nhw ryw gamgymeriad sylfaenol? Be os oedd Cai wedi dianc a chyrraedd swyddfa'r heddlu'n barod? Neu'n waeth byth, yn aros amdani i fyny'r grisiau, dial yn ei feddwl? Roedd hi'n rhedeg drwy restr o'r holl bethau yn ei hystafell y gallai Cai eu defnyddio fel arf pan agorodd hi'r drws.

Doedd o ddim wedi dianc. Roedd o'n dal yna, y bowlaid o ddŵr wrth ei ymyl wedi hen wagio, coesau grawnwin a briwsion creision wedi eu gwasgaru ar hyd y llawr. Wrth iddi ddod i mewn i'r ystafell, cododd ei ben yn araf ac yn wan ac edrychodd arni'n farw. Ciliodd Llinos yn ôl yn erbyn y drws, yn dal ddim yn hollol sicr na fyddai'n torri'n rhydd o'r rhaffau ac yn ffrwydro tuag ati, bwyell neu gyllell yn ei law.

Doedd y peth ddim wedi teimlo'n real neithiwr, rywsut. Roedd yn teimlo fel breuddwyd rhyfedd, hithau wedi gorfod derbyn holl fanylion gwallgo'r stori ar unwaith. Ond bellach, gyda Cai – ei Chai *hi* – yn gwneud ei orau i gadw ei ben i fyny … bellach roedd y peth yn teimlo'n llawer rhy real.

"Ll …" mentrodd Cai, cyn hoelio'i sylw ar y dŵr a'r creision yn ei dwylo. Estynnodd ei law rydd allan a griddfan yn newynog. Caeodd Llinos ei llygaid er mwyn cau'r olygfa allan a chamu ymlaen yn gyflym, gadael y dŵr a'r creision o fewn ei afael, a rhuthro allan o'r ystafell gan gau'r drws y tu ôl iddi.

Tua'r amser yma bob diwrnod, roedd hi fel arfer yn cymryd cawod cyn ymlwybro draw i un o dafarndai'r pentref am ddiod bach ar ei phen ei hun. Gyda'r holl syniadau brawychus am Cai'n dianc yn dal i chwyrlïo o gwmpas ei phen, sylweddolodd yn drist na fyddai hi'n mynd i'r Heights na'r Prince of Wales heno, ond teimlodd yr awydd i ymolchi yn gryfach nag erioed. Teimlodd bod modd iddi olchi'r atgof o Cai'n syllu'n boenus ac yn farwaidd o'i meddwl. Heb oedi eiliad ymhellach, neidiodd allan o'i dillad ac i'r gawod.

Weithiodd o ddim. Doedd dim modd anghofio amdano fo, ac yntau mor agos. Ac i wneud pethau'n waeth, roedd rhywbeth yn bod efo'r peipiau heddiw – rhyw sŵn isel yn dod ohonyn nhw ac yn amharu ar dawelwch yr ystafell ymolchi. Trodd y gawod i ffwrdd i weld a fyddai hynny'n cael unrhyw effaith ar y sŵn. Ond os rhywbeth roedd hynny'n gwaethygu'r peth. Rhyfedd. Bu bron i Llinos droi'r gawod yn ôl ymlaen pan sylweddolodd hi nad oedd y sŵn yn dod o'r peipiau o gwbwl. Er mawr fraw iddi hi, roedd yn dod o'i hystafell. Roedd Cai yn galw ei henw.

Am un foment wallgo, meddyliodd am droi'r gawod ymlaen eto a'i anwybyddu. Fe allai hi ei oroesi – aros yn y gawod a disgwyl iddo fo dawelu. Tawelu am byth, os dôi hi i hynny.

Ond buan y penderfynodd bod hynny'n syniad gwirion. Peth ei mam oedd rhedeg i ffwrdd oddi wrth ei phroblemau. Fe fyddai hi'n gwneud ei gorau i'w hwynebu … o hyn ymlaen, o leia. Gyda'r sŵn hunllefus yn ymestyn ar draws y coridor, rhoddodd ei dillad yn ôl amdani a byrstio drwy'r ddau ddrws. I'r diawl â'i hofnau.

Roedd Cai yn dal i udo wedi iddi gamu i mewn i'w hystafell, ei lygaid ar gau.

"Be ti isio?" torrodd Llinos ar ei draws, yn araf, yn flin, fel rhiant yn cael ei haflonyddu gan blentyn. Daeth cri Cai i ben ar ganol ei henw. Tawodd, ei geg ar agor, ac agor ei lygaid. Dechreuodd wneud sŵn tagu, y weithred o weiddi ei henw drosodd a throsodd wedi defnyddio'r holl leithder oedd ar ôl yn ei wddw. Pwyntiodd yn wyllt at y gwydr gwag ar y llawr wrth ei ymyl. Rowliodd Llinos ei llygaid ac aeth i'w lenwi o dap yr ystafell molchi. Aeth yr hylif i lawr gwddw Cai mewn un llwnc, yntau'n anadlu'n ddwfn ar ei ôl. Arhosodd felly am sbel, Llinos yn ei lygadu'n ofalus. Yn y diwedd, edrychodd Cai arni eto, ychydig yn fwy byw y tro hwn.

"Llinos," meddai o'r diwedd. "Be sy'n digwydd? Y peth ola dwi'n gofio, rois i 'mhen i drwy'r ddisg, a wedyn ..."

Clapiodd Cai ei law rydd dros ei geg. Roedd o wedi dweud gormod.

"Paid â bod mor ddramatic," atebodd Llinos. "Dwi'n gwbod bob dim. Nathon ni'n ddau ddod â chdi yma neithiwr. Fi a'r chdi arall, 'lly."

"Ond pam?" gofynnodd Cai, yn rhoi ei law ar ei ben yn boenus. "A lle ydw i?"

"Tŷ fi. Dyna'r peth, Cai. Dwi'n siŵr fysa chdi 'di gweld fy stafall i erbyn hyn tysa chdi 'di talu'r mymryn lleia o sylw i fi."

"Dyna ... dyna pam ti'n gneud hyn? I *ddial*? O, Llinos. Dwi'n gwbod 'di petha rhyngddon ni ddim 'di bod yn fêl i gyd, ond do'n i byth yn disgwl ... *hyn*. A do'n i'm dy anwybyddu di. Oeddan ni jyst ... jyst 'di drifftio i ffwrdd yn naturiol, do ddim?"

"Does 'na ddim byd naturiol yn y peth, Cai. Dim pan mae'r chdi arall a'r fi arall yn dal i fynd allan yn 'i fyd o. Fel'na ma' petha i *fod*."

Aeth Cai'n dawel. Rhoddodd ei ben i lawr. Am funud, meddyliodd Llinos ei fod wedi colli ymwybyddiaeth eto, ond agorodd ei geg yn y man, ei lais yn gliriach ac yn gryfach nag erioed.

"Dwi'm yn meddwl bod chdi'n gwbod bob dim wedi'r cwbwl, Llinos."

Ac yna, yn bwyllog, mewn llais oedd yn ymylu ar fod yn garedig, esboniodd Cai'r stori o'i ochr o: sut yr oedd wedi llwyddo efo Mabli lle methodd Un, a sut roedd dwy berthynas y ddau ohonyn nhw â Llinos wedi chwalu. Dywedodd wrthi sut roedd Un wedi esbonio bod diwrnod yng nghwmni'r Llinos arall wedi chwalu eu perthynas yn racs. Ac wrth i'w stori fynd yn ei blaen, daeth Cai i ddeall yn union pa mor ddwfn roedd ei gyfatebydd wedi suddo. Doedd dim angen Llinos i esbonio at be roedd hyn i gyd yn arwain. Dychmygodd ddau gowboi yn wynebu ei gilydd ar stryd lychlyd yn y gorllewin gwyllt, bysedd y ddau yn cosi eu gynnau. *This town ain't big enough for both of us.*

Erbyn diwedd y stori, cafodd Llinos ei hun yn eistedd ar erchwyn ei gwely, yn syllu'n bell dros doeau'r tai yn y pellter. Roedd cymaint ohoni'n gwneud synnwyr, wrth gwrs. Pam roedd y Cai arall wedi teimlo ysfa mor gryf i newid bydoedd, i hanner-lladd y creadur truenus wedi ei glymu wrth ei gwely hi, os oedd popeth yn ei fyd o mor berffaith? Roedd rhywbeth yn drewi yn y peth, a dechreuodd ddiawlio ei hun yn breifat am beidio ei ogleuo'n gynharach.

Ar y llaw arall, ella bod y Cai *yma'n* dweud celwydd. Doedd o erioed wedi bod yn gwbwl onest. Cofiodd y bore cynt, pan ddywedodd Cai nad oedd wedi gwneud "dim byd" dros y Sul, a hithau wedi ei weld yn y sinema yng nghwmni'r jadan dew 'na.

Roedd rhaid iddi ddod o hyd i'r gwir. Roedd gormod yn dibynnu ar y peth. Ac os oedd y Cai arall wedi bod yn dweud celwydd wedi'r cwbwl, ac yntau wedi ei ddefnyddio yn y ffasiwn ffordd neithiwr, gwae fo.

Gwae fo.

Roedd Cai bellach yn edrych i fyny ati'n ymbilgar, ei stori wedi dod i ben. Cododd Llinos oddi ar y gwely'n bwrpasol, codi'r gwydr dŵr oddi ar y llawr, a'i lenwi o dap yr ystafell ymolchi unwaith eto. Cyn iddi gael cyfle i'w roi i Cai, newidiodd ei meddwl. Trodd ar ei sawdl a chychwyn am y gegin, lle lenwodd hi jwg llawer iawn mwy gyda dŵr o'r rhewgell. Estynnodd bob math o ddanteithion o gwpwrdd cudd ei mam yn ogystal – mwy o greision, siocled, ffrwythau, a bara o'r seidbord. Er mawr lawenydd i Cai, dympiodd bopeth ar y llawr o'i flaen a disgynnodd yntau arno'n awchus.

"Fyswn i'm yn mynd drwy hwnna mor ffast tyswn i'n chdi," meddai Llinos yn awdurdodol uwch ei ben. "Fydda i ffwrdd am sbel."

"I ffwrdd?" gofynnodd Cai, ofn yn dechrau llithro yn ôl i'w lais, ei geg yn llawn bara. "Lle ti'n mynd?"

"Wel, ma'n amlwg bod un ohonoch chi'n deud celwydd. Ma' angan i fi ddod i wbod pa un ydi o, does? Rŵan, dwi'n gwbod 'mod i ddim 'di darllan gymaint o lyfra â chdi Cai, a ches i ddim gradda cystal yn yr ysgol. Felly cywira fi os dwi'n rong, 'de, ond … dwi'n meddwl mai dim ond un ffordd fedra' i ddod o hyd i'r atab."

Rhoddodd Cai ei dorth o fara i lawr ac ochneidio. Nodiodd ei ben yn ara deg.

"Tua pryd ma'r peth 'ma'n ymddangos, 'ta?"

"Mae o'n amrywio. Ond tua saith o'r gloch. Chydig cynt, ella."

Edrychodd Llinos ar ei ffôn.

"Sgen i'm lot o amsar."

Dechreuodd hel ychydig o bethau ymolchi i'w bag wrth i Cai stryffaglu i ddal golwg arni o droed y gwely.

"Be ti'n mynd i neud?"

"Dod i hyd i'r fersiwn arall ohona i a cha'l y gwir allan. Be arall?"

"Na! Paid!"

"Pam ddim?"

"Sbia arna i mewn difri, Llinos. Ma' hyn i gyd 'di digwydd ar ôl i fi gyfarfod fy hun, ar ôl i fi feddwl 'mod i'n gallu curo'r system. Be fydd yn dy stopio di rhag syrthio i mewn i'r un trap? Paid, er mwyn chdi dy hun."

"O, be wna' i 'ta?"

Brathodd Cai ei wefus isa'n galed cyn ateb.

"Ei henw hi ydi Mabli Lewis. Ma' hi'n byw yng Nghwm y Glo. Ddylsa hi fod reit hawdd dod o hyd i'w chyfeiriad hi yn y llyfr ffôn. Ma' hi'n trio bod yn awdures ar y funud, felly dwi'n cymryd fydd hi'n y tŷ drwy'r dydd. Fydd hi'n gallu deud popeth wrtha chdi."

Nodiodd Llinos yn ddwys.

"Ond plis paid â'i thynnu hi i mewn i hyn chwaith. Os oes 'na ryw ffordd o guddio pwy wyt ti …"

"Wna' i feddwl am rwbath," atebodd Llinos, a chychwyn allan.

"Hold on! Be dwi'n neud os ydi Un yn dod i chwilio amdana i?"

"Un?"

"Y Cai arall."

"Mae o'n mynd i'r gwaith fory, medda fo. Wna' i roi larwm y tŷ mlaen eniwe."

Diflannodd allan o'r golwg.

"Llinos!"

Rhoddodd Llinos ei phen yn ôl heibio'r drws ac astudio'r carcharor yn ei hystafell yn flin. Roedd gwên ddireidus rywsut wedi ffeindio ei ffordd ar draws wyneb Cai bellach.

"Be rŵan?"

"Fedri di'm ordro cyri i fi? Dechra diflasu ar grisps, braidd."

Dechreuodd Llinos chwerthin yn erbyn ei hewyllys cyn ei chywiro'i hun ar frys.

"Os ti'n deud celwydd am hyn … dwi'n gaddo, Cai Owen … dwi'n blydi gaddo … wna' i …"

"Bob lwc, Llinos," torrodd Cai ar draws, a thaflu grawnwinen i'w geg.

* * * * * * * *

Safodd Llinos y tu allan i dŷ Cai. Roedd goleuadau ymlaen i lawr grisiau, ond roedd y llawr cynta'n dywyll. Cofiodd am y bore 'na ar ôl y gig yn yr Anglesey, pan oedd Cai wedi ei gwthio allan o'r ystafell, a hithau wedi gorfod dringo drwy'r ffenest ac i lawr y beipan. Teimlai'n siŵr erbyn hyn bod a wnelo'r porthwll rywbeth â'i ymddygiad y bore hwnnw, ond doedd ganddi ddim amser i bendroni sut yn union.

"Os o'n i'n gallu dringo i lawr," sibrydodd yn dawel wrthi ei hun, "fedra' i ddringo fyny."

Dechreuodd glambro i fyny'r beipen, sodlau ei hesgidiau yn gwneud y dasg yn llawer caletach nag y dylai fod. Yn y man, cyrhaeddodd y ffenest. Yn lwcus, roedd rhywun wedi gadael y gwaelod ar agor. Ar ôl ychydig mwy o stryffaglu, plymiodd i mewn i'r tŷ.

Wedi gwneud yn siŵr bod holl gynnwys ei bag wedi goroesi'r trip i fyny, edrychodd o gwmpas yr ystafell dywyll. Doedd hi ddim yn meiddio troi'r golau ymlaen, ond hyd yn oed yn y gwyll, roedd yn amlwg nad oedd y porthwll yma. Ddim wedi cyrraedd eto, gobeithio. Ond os oedd o wedi bod ac wedi mynd … be wedyn?

Eisteddodd ar wely Cai, ei llygaid yn dechrau addasu i'r tywyllwch. Trodd at y drws. Roedd popeth yn rhyfeddol o dawel.

Ac yna, fe ddechreuodd y tawelwch *ddwysáu* rywsut. Teimlodd Llinos fel petai'n cael ei sugno i ganol pwll du, yr holl fydysawd y tu allan yn cael ei wthio i ffwrdd. Gwelodd y porthwll yn troi'n gwbwl ddistaw yng nghanol yr ystafell.

Doedd ganddi ddim amser i'w wastio. Oedd Cai – un ohonyn nhw – wedi dweud am faint roedd y peth yn aros ar agor? Na. Gan afael yn dynn yn ei bag, â'i chalon yn curo'n gyflymach nag erioed o'r blaen, camodd i mewn.

DYDD MERCHER: DYDD 14 *(UN)*

Baglodd Llinos drwy'r porthwll, yn dod â hi ei hun i stop drwy afael yn y ddesg o'i blaen. Chwyrlïodd o'i chwmpas er mwyn cael edmygu'r ddisg yn iawn. Roedd yn ogoneddus, ond yn frawychus ar yr un pryd. Edrychai fel llygad mawr yn syllu'n ddideimlad arni, y mellt fel gwythiennau yn rhedeg o gwmpas yr ochr. Cociodd ei phen yn ddisgwylgar, bron fel petai'r porthwll am gychwyn sgwrs â hi – am ofyn rhyw gwestiwn newydd, cyffrous, a fyddai'n chwalu ei holl ddelwedd o'r byd yn deilchion. Ond na. Daliai i droi yn amhosib o dawel cyn crebachu'n ddim.

A'i chalon yn ei gwddw, cofiodd Llinos am ei ffôn. A fyddai'r porthwll wedi chwalu hwnnw? Doedd hi ddim yn medru byw hebddo fo. Gan anadlu'n ddwfn mewn rhyddhad, gwelodd ei fod yn dal yn un darn. Ond go brin y byddai unrhyw un o'i ffrindiau'n medru ei chyrraedd fan hyn.

Llifodd yr holl sŵn yn ôl i'r byd. Roedd un peth yn sicr – doedd y tŷ ddim yn ddistaw bellach. Gallai glywed darnau o ddadl yn dod o'r llawr gwaelod. Rhieni Cai, yn amlwg. Sleifiodd at y drws er mwyn dod i ddeall be oedd yn digwydd. Llais benywaidd oedd y cyntaf iddi ei glywed.

"… ond ti wastad yn dod 'nôl o dy drips bach i'r Black Bull, Gareth, dy gynffon rhwng dy goesa, isio fi neud rwbath i chdi fyta. Mae o'n digwydd mor aml dwi'n trio dysgu fy hun i stopio poeni. Ond ma' Cai'n ôl o'r gwaith bob dydd, fatha cloc. Dydi hyn ddim fel fo o gwbwl."

"Be ti isio fi neud, ddynas?"

"Fysa codi oddi ar dy din yn ddechra, bysa? Mynd i chwilio amdano fo ella? Neu os ti ddim am neud, dwi'n ddigon parod i ffonio'r polîs …"

"O, blydi hel, ddynas, dydi'r moch ddim yn codi o'u desgia am ddim rheswm, 'sdi. Am faint mae o 'di bod ar goll rŵan? Diwrnod? Dydyn nhw ddim am … o, be *dwi'n* fwydro rŵan? Ar goll? Dydi o ddim ar goll, siŵr Dduw! Jyst 'di magu dipyn bach o annibyniaeth mae o. Yn gneud 'i betha 'i hun. Hen bryd, os ti'n gofyn i fi. 'Thgwrs, ma'n debyg mai efo 'i ffrindia stiwpid mae o, ond …"

Tynnodd Llinos ei chlust oddi wrth y drws. Roedd pethau gwell ganddi i'w gwneud. Trodd ei sylw yn ôl at y ffenest, a llyncodd ei phoer yn galed wrth sylweddoli bod angen iddi ddringo i lawr y beipen, a hynny mor fuan ar ôl dringo i fyny. Gan wthio gwallgofrwydd y sefyllfa i waelodion ei meddwl, agorodd y ffenest mor dawel â phosib a gafael yn y beipen yn gadarn, cyn camu dros y sil uchel a lapio'i choesau o'i hamgylch. Llithrodd i lawr yn araf a glaniodd yn ysgafn er mwyn peidio denu sylw rhieni Cai. Gwnaeth ei ffordd ymhell o'r tŷ cyn gynted â phosib, yn edrych dros ei hysgwydd bob hyn a hyn. Ar un llaw, roedd hi'n ofni y byddai'n taro yn erbyn y fersiwn arall ohoni hi ei hun … ond roedd hi hefyd yn eitha sicr y byddai honno'n nyrsio coctel yn un o dafarndai'r pentre erbyn hyn.

Er hynny, penderfynodd gadw at y cysgodion. Anelodd am lety gwely a brecwast ar gyrion y pentre, gan benderfynu y byddai'n well petasai ei gwaith yn y byd yma'n disgwyl am ddiwrnod arall. Roedd hi wastad wedi sylwi ar y lle ar ei ffordd i Gaernarfon neu Fangor, ei waliau pinc llachar yn addo llety ychydig allan o'r arfer y tu mewn.

Cerddodd drwy'r drysau a chafodd ei disgwyliadau eu chwalu'n deilchion yn syth. Roedd bron bopeth yn y lobi'n llwyd, dim ond tusw neu ddau o flodau digon truenus yr olwg yn gwneud eu gorau i ychwanegu tipyn o liw i'r lle. Caeodd Llinos y drws ar ei hôl gan ganu cloch fach uwch ei ben. Mentrodd hen, hen ddynes allan o ystafell ar ben y coridor, yn syllu ar Llinos yn ddrwgdybus dros ei sbectol.

"Can I help you?"

"A – a room for the night?" gofynnodd Llinos yn betrus. Rowliodd y ddynes fach ei llygaid cyn dechrau bodio drwy lyfr mawr ar fwrdd wrth ymyl y drws.

"I'm sorry," aeth Llinos ymlaen. "If you're full, I can just …"

"No, no, no. There's plenty of room. It's just that *Masterchef*'s about to start, and …"

"Oh. I'm – I'm sor …"

"Name?"

"I'm … I'm sorry?"

"Your name, love. Your name. Come on. They're making quiche

tonight."

"Oh. Um. Llinos."

"Oh, God," griddfanodd yr hen ddynes cyn gwneud marc annealladwy ar y llyfr. "I can't spell that. I'll just call you Linda and save us both a lot of bother. It's forty pounds a night. Just the one night, is it?"

Nodiodd Llinos yn fud.

"Cash?"

"Card," meddai Llinos yn ansicr. "If that's alright."

"Oh, God," meddai'r ddynes eto, ac estyn peiriant cerdyn o ddrôr o dan y bwrdd. Cipiodd y cerdyn a'i sticio'n swrth yn y peiriant, a'i ddal o flaen wyneb Llinos er mwyn iddi roi ei rhif PIN i mewn. Wedi i Llinos bwyso'r botwm "Enter", cydiodd ofn mawr yn ei chrombil. A fyddai'r cerdyn hyd yn oed yn gweithio yma? Oedd unrhyw un erioed wedi trio rywbeth fel'ma o'r blaen? A fyddai neges yn fflachio i fyny ar sgrîn y peiriant – "Card not valid in this dimension"?

Rhoddodd yr hen ddynes y cerdyn yn ôl iddi yn y man yn ddigon diseremoni, ac anadlodd Llinos allan mewn rhyddhad.

Wedi dal y goriadau a gafodd eu taflu tuag ati a gwylio gwraig y llety yn sgrialu tua'r ystafell gyffredin, gwnaeth Llinos ei ffordd i fyny'r grisiau a dod o hyd i'w hystafell. Er bod gweddill yr adeilad yn berffaith lwyd, roedd ei hystafell hi'n berffaith wyn, y dillad gwely'n edrych yn lanach ac yn fwy stiff nag unrhyw beth roedd hi erioed wedi ei weld o'r blaen. Ar ben silff uchel uwchben y teledu bach, hen-ffasiwn, roedd rhes o ddoliau tseina, oll mewn dillad o Oes Fictoria, yn edrych dros yr ystafell.

Agorodd y ffenest ac edrych allan dros y pentre. Doedd hi erioed wedi aros mewn gwesty mor agos i'w chartref o'r blaen. Roedd rhywbeth eithriadol o unig yn y peth – ac roedd yr un peth yn wir am fod yn y byd yma yn y lle cynta. Yn y pentre o'i chwmpas roedd pawb yr oedd hi erioed wedi eu hadnabod, bron iawn, ond ar yr un pryd, doedd yr un ohonyn nhw wedi siarad efo hi, erioed wedi rhannu gwydraid o win â hi ... dim ond y fersiwn arall ohoni. Y fersiwn arall ohoni oedd allan yna yn rhywle, heb syniad be oedd yn digwydd o'i chwmpas.

Roedd hi'n hir iawn cyn i Llinos fynd i gysgu'r noson honno.

DYDD IAU: DYDD 15 *(UN)*

"I forgot to say," daeth llais gwraig y llety o'r tu allan i'r drws wedi iddi guro arno'n galed, yn deffro Llinos ar ôl tair awr solet o gwsg, "breakfast is from seven until nine."

Mwmiodd Llinos gwestiwn i mewn i'w gobennydd oedd bron yn swnio fel:

"What time is it now?"

"A quarter to seven," atebodd yr hen ddynes, a brysiodd i lawr y grisiau er mwyn trio tynnu llwch oddi ar ornaments oedd yn berffaith lân beth bynnag. Gwthiodd Llinos ei hun i fyny ar ei dwylo. Roedd y doliau'n dal i syllu arni, yn dal i amddiffyn yr ystafell rhag unrhyw un a fyddai mor wirion â tharfu arni. Gan wneud ei gorau i'w hanwybyddu, edrychodd o'i chwmpas am dywel. Unwaith iddi ddod yn berffaith glir nad oedd un yna, taflodd ei dillad amdani ac agor y drws yn betrus.

"Excuse me?" galwodd yn grynedig i lawr y grisiau. "You wouldn't have a spare towel, would you?"

"Oh, God," daeth y llais cyfarwydd yn ôl.

Edrychodd Llinos yn ôl at ei bag bach. Roedd un peth arall doedd hi ddim wedi cofio ei bacio.

"A – and ... and some shampoo?"

Doedd Llinos erioed wedi dychmygu y byddai gwraig yn ei hoed a'i hamser wedi gallu rhegi cymaint.

* * * * * * * *

Aeth brecwast heibio'n araf. Ar un llaw, roedd Llinos isio dianc o olwg gwraig y llety cyn gynted â phosib, ond ar y llaw arall, doedd ganddi unlle arall i fynd, ac roedd yn well iddi gadw allan o sylw pawb. Sipiodd ei the'n hamddenol wrth drio gwneud synnwyr o newyddion y bore ar y teledu gyda'r sain wedi ei droi i lawr. Roedd bom wedi ffrwydro ym Mhalesteina gan ladd dwsinau o bobol ddiniwed. Wrth iddi dywallt paned newydd iddi hi ei hun, daeth y syniad gwallgo i feddwl Llinos y gallai hi rwystro'r trychineb yna rywsut ... ond na. Byddai'n rhaid iddi anghofio am ei gorchwyl presennol, dal awyren dros y môr, darbwyllo arweinwyr y byd ei bod yn dod o ddimensiwn arall …

Os oedd 'na bwrpas i'r porthwll wedi'r cwbwl, nid dyna oedd o. Llyncodd baned lawn o de cyn codi o'i chadair a gadael yr adeilad, heb i wraig y llety ei gweld.

Sylweddolodd yn sydyn nad oedd hi'n gwybod eto lle yn union roedd Mabli'n byw. Doedd hi ddim wedi gweld llyfr ffôn ar y bwrdd wrth y drws ffrynt? Ond roedd mynd yn ôl i mewn i'r adeilad yn golygu canu'r gloch bach uwch y drws a gorfod delio efo'r hen ddynes eto. Penderfynodd ddod o hyd i un yn rhywle arall.

Yn teimlo'n ddigon isel, gwnaeth ei ffordd yn ofalus i gaffi Pete's Eats, gan edrych o'i chwmpas ar hyd y daith rhag ofn ei bod hi'n gweld rhywun oedd hi'n nabod. Martsiodd i fyny at gownter y bwyty, yn gwingo ei ffordd rhwng y cerddwyr wrth eu byrddau.

"Esgusodwch fi," meddai, "sgynnoch chi lyfr ffôn yma o gwbwl?"

Gan rwgnach, estynnodd y dyn byr mewn ffedog fudr lyfr ffôn o rywle y tu ôl i'r cownter a'i ddympio'n ddiseremoni o flaen Llinos. Ciliodd hi i gornel o'r bwyty er mwyn edrych drwyddo.

"Ti'n mynd i ordro rwbath, 'mechan i?" meddai'r dyn bach o'r diwedd, Llinos yn rhedeg ei bys drwy'r rhestr hirfaith o bobol o'r enw Lewis yng Ngwynedd. Edrychodd i fyny a bu bron iddi deimlo'n sâl wrth weld mynyddoedd o wyau a sosej yn diflannu o blatiau pawb o'i chwmpas, gan adael llynnoedd o saws brown ar eu holau.

"Diet Coke," meddai hi, "neu Pepsi Max. Rwbath heb siwgwr, ocê?"

Wrth i'r gwydr o ddiod lanio ar ei bwrdd, daeth o hyd i'r enw roedd hi ar ei ôl. Yr unig Lewis yng Nghwm y Glo.

Wrth iddi orffen ei diod, trodd pawb yn y caffi i rythu fel un ar y ffenestri wrth iddyn nhw glywed sŵn taran yn y pellter. Ac yna daeth y glaw i lawr, yn ddistaw ac yn ysgafn i ddechrau, yn wyllt ac yn llifeiriol ychydig eiliadau wedyn. Llanwodd y caffi â siarad mân y cerddwyr, yn diawlio'r tywydd ac yn ordro rownd arall o ddiod ac yn gwneud ymdrechion digon di-ffrwt i newid eu cynlluniau. Roedd yn bictiwr o dristwch ac o obeithion wedi eu chwalu. Dechreuodd Llinos deimlo piti drostyn nhw.

Ac yna trodd ei meddyliau at Cai – y Cai newydd a ymddangosodd allan o nunlle neithiwr. Dychmygodd sut roedd ei obeithion o wedi eu chwalu, fesul un, ers ymddangosiad y porthwll rai wythnosau'n ôl. Edrychodd ar wynebau'r teithwyr o'i chwmpas a dychmygu'r un olwg ar ei wyneb o, ddiwrnod ar ôl diwrnod.

Roedd ochr ei Chai hi o'r stori yn gwneud mwy a mwy o synnwyr. Ond cyn iddi adael, roedd rhaid bod yn gwbwl sicr mai fo oedd yn dweud y gwir.

Ar ôl taflu dwy bunt ar gownter y caffi, camodd allan i'r dilyw a rhedeg nerth ei thraed tuag at faes parcio'r orsaf drenau. Daeth o hyd i'w char yn ddigon cyflym, a diolch i'w chyfatebydd am barcio yn y lle arferol. Tyrchodd o gwmpas am oriadau'r car, y glaw'n llwyddo i socian popeth y tu mewn i'w bag cyn iddi ddod o hyd iddyn nhw. Sticiodd y goriad yn y clo. Roedd y cerdyn banc wedi gweithio yn y lletty neithiwr … doedd dim rheswm pam na fyddai hyn yn gweithio hefyd.

Cliciodd y clo ar agor gyda sŵn boddhaol a neidiodd Llinos i mewn. Edrychodd i fyny at gopa'r Wyddfa unwaith eto.

"Sori," meddai wrthi ei hun, "gei di o'n ôl cyn diwadd y dydd."

Cychwynnodd y car a gyrru drwy'r glaw i gyfeiriad Cwm y Glo. Daeth o hyd i'r tŷ'n ddigon hawdd. Wrth eistedd yn y car, edrychodd gydag anobaith ar y glaw yn pistyllio i lawr ar y ffenest flaen. Roedd yn esgus i aros yn ei sedd am y tro. Gyda drws y tŷ o'i blaen, daeth realiti'r peth i'w tharo yn ei hwyneb. Roedd hi allan o'i dyfnder.

Camodd allan o'r cerbyd gydag ochenaid a dal ei bag uwch ei phen er mwyn ei chysgodi ei hun rhag y glaw. Canodd gloch y tŷ cyn curo'n galed ar y drws er mwyn bod yn siŵr.

Cafodd y drws ei ateb yn ddigon buan gan ferch flonegog mewn trowsus cotwm a chrys-T mawr, llwyd, helmed ddu'r boi drwg o *Star Wars* yn gorchuddio'r blaen.

Aeth holl syniadau Llinos am y cam nesaf allan o'i phen wrth weld y ferch o'i blaen. Yr un o'r sinema. Doedd dim dwywaith.

"I'm not interested, sorry," meddai Mabli, gan ddechrau cau'r drws. Rhoddodd Llinos ei llaw allan er mwyn ei rhwystro.

"Na … stop. Witshiwch funud …"

"Gwrandwch, dwi'n rhy dlawd i roi pres i elusen, does 'na neb 'di gwerthu PPI i fi, a dwi'm yn debyg o dderbyn Iesu Grist rŵan hyn. Oes 'na rywun *erioed* 'di cael tröedigaeth ar stepan drws, gyda llaw?"

"Dwi ddim yn trio gneud dim byd fel'na ..."

Caeodd Mabli'r drws, a thynnodd Llinos ei llaw oddi yno ar yr eiliad ola, gan lwyddo i osgoi dal ei bysedd. Daliodd y glaw i daro i lawr ar ei bag, yn ei gwawdio'n gyson am ei methiant. Heb wybod be arall i'w wneud, disgynnodd ar ei phengliniau a gwaeddodd drwy'r fflap cathod.

"Dwi yma achos Cai!"

Arhosodd yn y safle anghyfforddus honno am rai eiliadau cyn i'r drws agor am yr ail waith. Safodd Mabli'n ddrwgdybus uwch ei phen.

"Pwy wyt ti?"

Brwsiodd Llinos gerrig mân y dreif oddi ar ei theits wrth godi ar ei thraed.

"Dwi'n ... dwi'n gweithio efo fo. Llinos dwi. Llinos Eleri."

Estynnodd Llinos ei llaw, ond daliodd Mabli i syllu arni.

"Ym ... dwi jyst isio deutha chdi ..."

Be? Ei bod hi wedi teithio ar draws y bwlch rhwng dimensiynau er mwyn dod i wybod am fersiwn y byd yma o Cai? Na. Roedd angen dawnsio rownd y peth. Angen bod yn fwy gofalus.

"... dwi jyst isio deutha chdi bod Cai 'di trio fo ar efo fi'n gwaith ddoe. Ond ... ond wnes i droi o lawr. Achos dwi'n gwbod faint wyt ti'n feddwl iddo fo. A dwi'n gwbod mai dim fy lle i ydi gneud hyn, a dwi'm yn siŵr iawn sut siâp sy ar ych perthynas chi erbyn hyn, ond o'n i'n meddwl ddylsa chdi wbod."

Doedd Llinos ddim yn un dda am ddweud celwydd, ond roedd rhywbeth yn ei geiriau wedi dal sylw Mabli. Diflannodd yr olwg wyliadwrus, sinigaidd oddi ar ei hwyneb, ac agorodd y drws er mwyn gollwng Llinos i mewn i'r tŷ. Derbyniodd hithau'r gwahoddiad yn falch. Sbeciodd ar hyd y coridor. Gallai weld ystafell yn y pen gyda desg gyfrifiadur yn y drws, silffoedd uwch ei phen yn gwegian dan bwysau dwsinau o lyfrau.

"Pa berthynas?" gofynnodd Mabli o'r diwedd. "Fuodd 'na ddim perthynas rhyngddon ni erioed."

Syrthiodd y bag o law Llinos a thywalltodd ei holl gynnwys ar y llawr. Plygodd Mabli i godi'r trugareddau cyn i Llinos sylweddoli ei bod wedi gollwng y bag. Aeth Llinos ar ei gliniau eto i ymuno yn y gwaith, ei chalon yn ei gwddw. Dim perthynas rhyngddyn nhw? Oedd ei Chai hi wedi bod yn dweud celwydd wedi'r cwbwl felly? Oedd y Cai arall yn hapus efo Llinos y byd yma? Ac os felly … oedd angen iddi hi gymryd rhan yn y cynllun gwreiddiol, a "chael gwared" ar ei Chai hi?

"Os dwi'n onest," aeth Mabli ymlaen, yn taflu tiwb o lipstic i fag Llinos, "dwi'm yn gwbod pam fysa unrhyw un yn penderfynu arteithio'u hunan drwy fod mewn perthynas efo fo bellach."

Edrychodd Llinos i fyny. Llygedyn o obaith.

"Be ti'n feddwl?"

"Oedd o'n arfar bod yn wahanol, ti'n gwbod? A ddim rhy bell yn ôl, chwaith. Dwi 'rioed 'di gweld personoliaeth rhywun yn newid mor gyflym. Nos Wener o'dd y tro diwetha i fi weld o. Doedd o ddim byd tebyg i'r Cai o'n i'n arfar nabod. Ac ers hynny mae o 'di bod yn trio denu fy sylw i efo negeseuon tecst. Ma' bywyd rhy fyr i ddelio efo pobol fel'na."

Gwelwodd wyneb Mabli ychydig bach wrth ofni ei bod wedi rhoi ei throed ynddi.

"Sori … sgen *ti* ddim diddordeb ynddo fo, nag oes?"

"Mi o'dd gen i unwaith," atebodd Llinos yn synfyfyriol.

Gwenodd Mabli a chodi ar ei thraed gan dynnu Llinos i fyny efo hi.

"Swnio fel tasa ni'n dwy yn yr un cwch, 'lly. Diolch i ti am ddeud. Rhaid bod hi 'di bod yn anodd i chdi ddod drosodd fel hyn …"

"Sgen ti'm syniad."

"… ond dwi'n gwerthfawrogi'r peth."

Gwnaeth Llinos ei ffordd yn ôl at y drws, amryw o syniadau yn chwyrlïo o amgylch ei phen. Felly roedd y Cai newydd wedi gwneud rhyw fath o ymdrech i ddenu sylw'r ferch yma'n ddiweddar. Doedd o ddim wedi bod yn gwbwl onest efo hi felly, ond doedd dim tystiolaeth ei fod wedi rhaffu celwyddau chwaith. Ond be allai hi ei wneud? Doedd hi ddim fel petai gan Mabli'r holl ffeithiau ar flaenau ei bysedd chwaith.

"O'n i jyst isio deud wrth rywun," meddai Llinos yn dawel wrth sefyll yn y drws yn gwylio'r glaw. "Ac os *dwi'n* onest, dwi dal ddim yn gwbod be i feddwl o'r boi. Dwi'n cofio'r noson cynta i fi gymryd unrhyw fath o sylw ohono fo. Yn yr Anglesey yn G'narfon. Dwi'n cofio meddwl bod 'na rwbath yn … *rong* efo fo bryd hynny. Fel tasa fo ddim yn bod yn hollol onast efo fi …"

"Aros di funud," meddai Mabli'n freuddwydiol y tu ôl iddi. "Yr Anglesey?"

Trodd Llinos yn ôl i syllu ar Mabli, y dinc ryfedd yn ei llais wedi dal ei sylw.

"Ryw bythefnos yn ôl?"

"Rwbath fel'na."

"Dwi'n cofio tecstio fo i ofyn sut ath hi. 'Paid â gofyn' – dyna decstiodd o'n ôl. Wnes i decstio'r un peth iddo fo nes mlaen 'fyd. Allan o sbeit. Dwi'm yn meddwl bod o 'di dallt. Oedd o ar dy ôl di bryd hynny, oedd? Ath petha ddim yn dda?"

Roedd Llinos o dan yr argraff bod pethau wedi mynd yn dda iawn yn y byd yma, fel yn ei byd hi. Roedd o wedi dweud hynny wrthi. Yn ei ystafell. Roedd o wedi mynd allan o'i ffordd i wneud y pwynt yna'n glir.

Celwydd.

Dyna'r dystiolaeth roedd hi ar ei hôl.

Oedd hi erioed wedi bod yn fwy na chorff iddo fo? Erioed wedi bod yn fwy na marc ar bostyn ei wely? Roedd hi wedi bod dan yr argraff ei fod wedi teimlo rhywbeth tuag ati unwaith. Yn amlwg ddim.

Ond os nad hi …

Trodd yn ôl unwaith eto i astudio Mabli'n ofalus.

"Oedd o'n dy garu di unwaith," meddai Llinos. "Dwi'n gwbod dydi o ddim yn teimlo felly, yn enwedig rŵan … ond trystia fi. Oedd o'n dy garu di."

Syllodd Mabli'n ôl yn ddistaw. Heb wybod be arall i'w wneud, nodiodd ei phen yn araf. Gan wthio'i gwefusau at ei gilydd, camodd Llinos i mewn i'r glaw a chodi ei bag uwch ei phen unwaith eto. Rhuthrodd at y car.

Eisteddodd yn y sedd flaen ymhell ar ôl i Mabli gau'r drws, y glaw yn taro i lawr yn Feiblaidd yn erbyn y ffenestri. Roedd hi wedi cael ei defnyddio. Roedd y Cai arall wedi ffrwydro i mewn i'w bywyd, mewn storm o waed a thrais, a dweud celwydd wrthi. Doedd hi ddim yn golygu dim iddo fo, yn y byd hwn na'r byd arall. Roedd o wedi ei defnyddio … er mwyn …

Roedd rhaid iddi ddychwelyd i'w byd ei hun. Roedd Cai – ei Chai hi, a'r unig un oedd yn bwysig iddi bellach – mewn peryg mawr. Pryd roedd y ddisg yn ymddangos? Tua saith? Be petasai'r Cai arall yn cyrraedd yn ôl o'r gwaith, gweld nad oedd hi ddim adra, torri i mewn i'w thŷ …

Doedd dim byd allai hi wneud tra'i bod hi'n styc yn y byd yma. Cychwynnodd y car yn fecanyddol, a gyrru'n ôl tuag at Lanberis.

Treuliodd y prynhawn yn nyrsio paned o de yn ôl yn Pete's Eats, ei dillad yn gwrthod sychu ar ôl y daith fer o'r car at y caffi. Doedd hi ddim yn gallu penderfynu ar gynllun. Roedd angen dychwelyd y car, wrth gwrs, a sleifio yn ôl i mewn i dŷ Cai er mwyn neidio drwy'r porthwll … ond wedi hynny? Rhyddhau Cai, ia, os nad oedd dim wedi digwydd iddo fo yn y cyfamser. A wedyn? Dianc? Rhedeg i ffwrdd, a gobeithio y byddai popeth yn disgyn i'w le? 'Ta magu ychydig o ddewrder a wynebu'r gelyn?

A pha mor bell roedd rhaid mynd er mwyn atal y Cai arall? Ei daflu drwy'r porthwll yn ôl i'w fyd ei hun? Ond fe fyddai'n ddigon hawdd iddo ddod yn ôl y diwrnod wedyn, yn flin, gyda sgôr i'w setlo.

Pa ddewis arall oedd 'na?

"Ti am orffen dy goffi?" meddai'r dyn y tu ôl i'r cownter. "Dwi'n synnu ti ddim yn bownsio oddi ar y walia erbyn hyn. A dwi isio cau, beth bynnag."

Ysgydwodd Llinos ei hun allan o'i myfyrdodau ac edrych ar ei watsh. "Damia!"

Taflodd arian ar y cownter – lot mwy na'r gofyn – a diflannodd allan o ddrws y caffi. Roedd hi wedi cyrraedd y car cyn iddi sylweddoli nad oedd hi'n bwrw bellach. Gwibiodd drwy strydoedd Llanberis, pobol yn dechrau gwagio o fusnesau'r pentref ac yn crwydro o flaen y car heb edrych. Cyrhaeddodd yr orsaf o'r diwedd a pharcio'r car yn frysiog yn y lle arferol, cyn neidio allan a chloi'r drws. Trodd ei phen yn sydyn i weld y trên yn pwffian ei ffordd i lawr y mynydd.

Rhewodd yn ei lle. Y peth gorau i'w wneud, wrth gwrs, oedd rhedeg i ffwrdd … ond pryd y byddai hi'n cael cyfle i fod yma eto? Edrychodd o'i chwmpas yn wyllt a neidiodd y tu ôl i wrych cyfagos, gan sbecian ar y trên rhwng y dail. Gydag un pwff ola o fwg, daeth i stop yn llawer rhy agos ati. Doedd hi ddim wedi meddwl digon am hyn. Ond doedd dim troi'n ôl bellach.

Yr arolygydd oedd y cynta i adael, ei thrwyn bach pigog yn yr awyr. Roedd hi'n canolbwyntio gormod ar ei bywyd bach ei hun i gymryd unrhyw sylw o unrhyw beth nac unrhyw un o'i hamgylch. Nesa oedd Colin, Megan a'r holl staff eraill, pob un yn syllu at y llawr, yn drwm dan bwysau diwrnod caled arall o waith. Hi ei hun oedd yr ola allan o'r cerbyd, ei ffôn symudol yn cymryd ei holl sylw. Dyciodd Llinos yn reddfol, ond ymlaciodd wrth sylweddoli nad oedd ei chyfatebydd yn debyg o edrych i unrhyw gyfeiriad arall.

Roedd rhywbeth ysgytwol mewn gweld ei hun yn mynd o amgylch ei busnes, er na roddodd hi unrhyw bwys ar y cwestiynau mawr, athronyddol oedd ynghlwm â'r fath beth. Y pethau bach aeth â'i sylw hi: ei hosgo, ei cherddediad, symudiadau bach ei bawd ar hyd sgrîn y ffôn. Roedd pob symudiad yn robotig braidd, a'r olwg farwaidd ar ei hwyneb yn bradychu'r ffaith ei bod yn gwneud yr un peth yn union bob diwrnod. Martsiodd tuag at y car, yn pysgota ei goriadau allan o'i bag tra'n dal i astudio beth bynnag oedd ar y ffôn. Camodd i mewn a gyrru i ffwrdd tuag at noson arall o yfed a diogi.

Wedi gwneud yn siŵr bod pawb wedi gadael, cododd Llinos yn araf o'i chuddfan. Roedd hi wedi gwybod ers tro, wrth gwrs, nad oedd hi ddim yn gwneud y gorau o'i bywyd. Wedi teimlo'r peth, rhywle'n bell, bell y tu mewn iddi. Ond roedd gweld ei hun yn mynd drwy'r mosiwns fel'na wedi llusgo'r holl deimladau yna allan, a hynny'n ffyrnig ac yn boenus. Roedd rhaid i bethau newid. Roedd hi'n well na hyn.

Un peth ar y tro.

Sleifiodd drwy'r strydoedd cefn, gan gymryd taith hirach nac arfer i dŷ Cai rhag ofn i rywun ei gweld. Parciodd ei hun ar fainc nid nepell o'r tŷ a gwylio'r haul yn llithro'n anochel tuag at y gorwel. Estynnodd am ei ffôn heb feddwl, cyn cofio nad oedd modd cysylltu â'i ffrindiau.

Gyda'i bysedd yn gwingo wedi iddi wrthod eu hoff degan iddyn nhw, canolbwyntiodd ar ddisgwyl.

Doedd bron neb o gwmpas. Yr unig ffigwr gymerodd unrhyw sylw ohoni oedd hen ddynes fusgrell yr olwg, yn shyfflo tuag at ddrws tŷ Cai ac yn shyfflo'n ôl eto, ei breichiau'n gwegian o dan fynydd o ddillad ar yr ail siwrne. Syllodd yn flin i gyfeiriad Llinos y ddwy ffordd, fel petai'n gwybod nad oedd hi i fod yno. Roedd 'na wybodaeth oesol yn llechu y tu ôl i'w llygaid tywyll.

Daeth yr amser iddi sleifio'n ôl i mewn i'r tŷ. Cerddodd mor ysgafn â phosib ar hyd y cerrig mân yn y dreif cyn gwthio ei hun i fyny'r beipen, pob un twll bach yn y wal yn hen ffrind iddi erbyn hyn. Ysgydwodd y ffenest ar agor yn swnllyd a llithro i mewn cyn ei chau'n ofalus ar ei hôl. Agorodd ei llygaid led y pen wrth weld plismones yn ymlwybro i lawr y dreif, yn fflicio'n bwyllog drwy nodlyfr wrth wneud. Canodd honno gloch y tŷ. Oedd hi wedi ei gweld? Go brin. Doedd yr heddlu ddim i fod i arestio lladron yn syth, nid aros yn bwyllog iddyn nhw ateb y drws?

"Mrs Owen, rwy'n cymryd? Fi ydi PC ..."

"Diolch byth bod chi 'di dod. Dwi'm yn gwbod lle ma' fy mab 'di mynd. Ma' Gareth yn deutha fi beidio poeni, ond allech chi 'meio i? Pa fam fysa ddim yn poeni am 'i mab? Os 'dach chi'n gofyn i fi, *fo* ydi'r un efo'r broblam. Pa fath o dad ti'n galw dy hun, Gareth, yn ista fanna o flaen y ceffyla tra bod Cai ar goll?"

"Uffar, ddynas, gawn ni drafod hyn wedyn? Ma' hwn yn bwysig."

"Gawn ni drafod o *rŵan*, Gareth."

"Y – a dweud y gwir, Mrs Owen, efallai y byddai'n well i chi'ch dau setlo hyn yn nes ymlaen. Ar y funud, yr unig beth sy'n bwysig i mi ydi edrych o gwmpas y tŷ ... ei ystafell, efallai? Er mwyn i mi ddod i well ddealltwriaeth o amgylchiadau ei fywyd ar y funud ... unrhyw beth all bwyntio'r ffordd at gliw o ryw fath ... ?"

"Ia. Ia, wrth gwrs. Fyny'r grisia. Dowch efo fi."

Suddodd calon Llinos. Neidiodd yn ôl at y ffenest a'i thaflu ar agor, rhan fach wallgo o'i meddwl yn barod i neidio allan. Meddyliodd pa mor rhyfedd oedd hi nad oedd y ffenest wedi gwneud unrhyw sŵn wrth agor y tro yma, ac yna cofiodd am dueddy ddisg o sugno unrhyw sŵn o'r ystafell. Trodd o'i chwmpas yn wyllt i'w gweld yn troelli yno, bron fel petai'n chwarae efo hi, yn disgwyl tan y foment ola cyn ymddangos. Llamodd drwyddi, a chaeodd y porthwll ar ei hôl yn syth.

DYDD MERCHER: DYDD 14 *(DAU)*

Roedd Llinos allan drwy'r ffenest ac i lawr y beipen bron cyn i'r porthwll gau. Edrychodd hi ddim o'i chwmpas i wneud yn siŵr nad oedd neb yno i'w gweld. Yn lwcus, roedd y strydoedd yn wag wrth iddi rasio drwyddyn nhw ar y ffordd adre. Gwnaeth ei gorau i wthio'r penderfyniadau anodd roedd hi'n eu hwynebu allan o'i meddwl. Un cam ar y tro.

Sgrialodd i stop dros y ffordd i'w thŷ wrth weld Cai yn syllu i fyny at y llawr cynta. Sylwodd ar ei ddillad trwsiadus, ei osgo ddiamynedd, ei wallt twt. Doedd dim gwaed sych i'w weld ar ei gyfyl. Y Cai newydd, felly. Y gelyn.

Trodd i syllu arni, ac aeth ias i lawr ei hasgwrn cefn. Gan blastro gwên ar ei hwyneb, croesodd y stryd i'w gyfarch.

"Be ti'n da allan?"

"Meddwl bod angen i fi nôl chydig o negas o'n i," atebodd Llinos. "Ella bod angen chydig o fwyd gwell arno fo na jyst crisps. Ma' angen help i ddod dros ergyd fel'na, a be bynnag 'dan ni am 'i neud efo fo, tra bod o dan fy nho i …"

"Mae o'n dal yn fyw, felly," torrodd Cai ar draws. "Ond 'sgen ti ddim unrhyw fagia siopa …"

"Ti 'di bod yma'n hir?" gofynnodd Llinos er mwyn newid y pwnc.

"Dwi newydd decsio chdi. Gest ti ddim y negas? 'Di bod adra am dipyn bach ar ôl gwaith. Isio i Mam feddwl bod popeth yn iawn, does?"

Am y tro cynta ers dod yn ôl i'r byd yma, edrychodd Llinos ar ei ffôn. Roedd pentwr o negeseuon yn disgwyl amdani, y rhan fwyaf gan ei ffrind Ceri, ond un ar ben y rhestr gan Cai.

"Do 'fyd," meddai gan edrych i fyny'n gyflym. "Dyna pam ddes i'n ôl, 'de? Ti 'di penderfynu be ti isio neud efo fo eto?"

"Ty'd 'laen," atebodd Cai'n dawel. "Ti'n gwbod be 'dan ni angen gneud."

Nodiodd Llinos yn feddylgar, a throdd i wynebu'r drws er mwyn cuddio'r gwaed yn rhuthro i'w hwyneb. Tynnodd ei goriadau o'r bag a'u sticio yn nhwll y clo. Dyma ni. Roedd rhaid iddi ddewis ochr.

Ysgydwodd y goriadau yn y clo yn or-theatrig.

"Damia. Wastad yn câl problema efo'r drws 'ma. Ma' Mam yn gwbod sut i drwsio fo, ond ma' hi ar lan môr yn sipio sangria. Awn ni rownd y cefn. Sut o'dd gwaith heddiw, eniwe?"

"O, ti'n gwbod," meddai Cai wrth ei dilyn o gwmpas ochr y tŷ, i mewn i'r ardd gefn lawn chwyn. "Yr un peth ag arfar. Ond mae o'n rhoi bwyd ar y bwrdd."

"Mm-hm. A'r cyfarfod efo ... be 'di henw hi? Mabli?"

"O. Ia. Dduda i hyn amdani hi – hyd yn oed mewn dimensiwn gwahanol, dydi hi'm yn newid ..."

Cyn i Cai allu gorffen ei frawddeg, gollyngodd Llinos ei bag a chododd raw oedd yn pwyso yn erbyn y wal. Roedd ei mam wastad yn mynnu ei bod am roi trefn ar yr ardd un dydd, ond presenoldeb y rhaw oedd yr unig dystiolaeth o hynny. Daeth â'r rhaw yn nerthol i lawr yn erbyn penglog Cai a'i fwrw i'r llawr, ei lygaid yn cau'n syth wrth i gefn ei ben daro'n erbyn y llwybr. Taflodd Llinos ei harf newydd i lawr mewn braw. Cododd ei bag ac agorodd y drws cefn yn frysiog. Baglodd i fyny'r grisiau a byrstio drwy ddrws ei hystafell. Roedd y Cai arall yn dal i eistedd ar y llawr, y bwyd a'r ddiod o'i gwmpas wedi hen fynd.

"Iesu, Llinos, ma' fy mol i'n rymblan," meddai Cai, gwên wan ar ei wyneb. "Ella ddylsa chdi 'di ordro'r cyri 'na wedi'r cwbwl. A rhwng chdi a fi ... wel, ma' hi'n hen bryd i fi fynd i'r toilet. Ma' hi wedi bod ers sbel. Os ti'n fy nallt i. Sut ath hi?"

"Rhaid i ni fynd," atebodd Llinos, yn brwydro i ryddhau Cai o'i garchar. "Rhaid i ni fynd rŵan."

"Lle?"

"Dwi'm yn gwbod. Dwi'm yn gwbod. Ond rhaid i ni fynd."

Derbyniodd Cai'r awgrym, a chaeodd ei geg am y tro. Cododd ar ei draed wedi i'w gylymau gael eu datod, ei ben-glin chwith yn bygwth dymchwel o dan ei bwysau. Rhedodd y ddau, mor gyflym â phosib, drwy'r tŷ ac allan o'r drws ffrynt, cyn syrthio'n flinedig i mewn i gar Llinos. Eisteddodd hi yn y sedd flaen am funud, yn syllu'n ddideimlad i'r pellter.

"Llinos? Be sy'n digwydd?"

"Dim rŵan."

Taniodd Llinos y car a gyrru'n wyllt tuag at gyrion y pentre. Daeth i stop tu allan i adeilad pinc llachar.

"Dwi 'di clywad bod y ddynas sy'n rhedeg y lle 'ma'n rêl poen," meddai Cai.

"Rŵan ti'n deutha fi," atebodd Llinos yn sych. Gadawodd y car a phwyso yn erbyn y to. "Dyma'r unig le dwi'n teimlo'n saff. Mae o'n gwbod lle dwi'n byw, mae o'n gwbod lle ti'n byw, mae o'n gwbod lle ma' dy ffrindia di'n byw. Dydi o ddim yn gwbod 'mod i 'di treulio noson yn fa'ma neithiwr."

Aeth Llinos yn dawel am funud.

"Chdi o'dd yn iawn, Cai. A ma'n rhaid i ni neud rwbath efo *fo*. Dwi'm yn gwbod be, chwaith, ond … Iesu Grist, dyma sefyllfa nyts!"

"Sôn am fy ffrindia, ella fysa'n well i ni nôl nhw. Ella bod o'n hen bryd iddyn nhw wbod am hyn i gyd. Wedi'r cwbwl, ma' 'na fwy o siawns i chwech o bobol lwyddo yn … be bynnag 'dan ni'n neud … na dau."

"Iawn. Ti am ffonio nhw?"

"Mae o 'di dwyn fy ffôn i …"

"Reit. Ia. Be am i fi fynd i nôl Mabli, 'ta? A geith hi drio câl gafal ar bawb? Dwi'n gwbod yn iawn lle ma' hi'n byw erbyn hyn."

"Dos di. Wna' i fwcio stafelloedd i chwech fan hyn. Ydi o'n ddrud?"

"Fysa fo'n ddrud am hannar y pris."

"Wel … does dim helpu hwnna, ma'n debyg. Dos rŵan."

"A jyst gobeithio neith o ddim deffro yn y cyfamsar," meddai Llinos, bron wrthi ei hun. Yn syth ar ôl i'r geiriau ddianc o'i cheg, roedd hi'n dyfaru eu dweud.

"Gobeithio neith o ddim deffro? Be ti'n … ?"

"Sori, Cai. O'n i am ddeutha chdi nes 'mlaen, pan oeddan ni i gyd yn saff. Wnes i redag mewn i'r fersiwn arall ohona chdi tu allan i'r tŷ. A wnes i … fatha … wacio fo ar 'i ben efo rhaw."

"Be!?"

"Dim rhy galad. Dwi'm yn meddwl. Dwi 'rioed 'di wacio neb ar 'i ben efo rhaw o blaen …"

"Fysa chdi 'di gallu llusgo fo mewn i'r tŷ, Llinos! Fysa chdi 'di gallu 'i glymu o yn erbyn y gwely, fel oedda chdi'n fwy na hapus i neud efo fi!"

Pwysodd Llinos ei gwefusau at ei gilydd.

"Sori. Wnes i'm meddwl …"

"Fedrwn ni'm gadal corff tu allan i dy dŷ di!"

"Mae o yn y cefn. Allan o'r ffordd …"

"Dydi o'm ots! Ma' rywun yn bownd o'i sbotio fo ar ryw bwynt. A be os ydi o'n deffro? Mae o'n ddigon blin fel ma' hi. A rŵan ma' gynno fo uffar o gur pen."

"Wna' i fynd yn ôl 'na. Wna' i …"

"Na. Dim chdi. Fydd o'n dy ddisgwl di."

Daeth distawrwydd dros y stryd.

"Sori, Cai."

"Deuda wrth Mabli am yrru Taliesin. Mae o'n fach, mae o'n sydyn, fydd Un ddim yn 'i ddisgwl o. Ac os ydi o'n 'i weld o – os ydi o'n fy ngweld *i* – deuda wrtha fo am 'i glymu o yn erbyn y sied efo peipan ddŵr neu rwbath. Jyst i'w gadw fo allan o'r ffordd. No questions asked. Iawn?"

Nodiodd Llinos ei phen a diflannu i mewn i'r car. Gwyliodd Cai hi'n gwibio i lawr y lôn i gyfeiriad Cwm y Glo. Fe ddiflannodd ei rwystredigaeth yn ddigon cyflym, a daeth teimlad o ddiolchgarwch i gymryd ei lle. Er cymaint roedd hi wedi helpu Un, roedd hi wedi gwneud mwy bellach i wneud yn iawn am ei chamgymeriad. Wedi teithio i fydysawd arall er ei fwyn o. Nid pob ffrind fyddai'n gwneud peth felly. Falle bod mwy i Llinos Eleri wedi'r cyfan.

Roedd bron bopeth yn lobi'r Gwely a Brecwast yn llwyd, dim ond tusw neu ddau o flodau digon truenus yr olwg yn gwneud eu gorau i ychwanegu tipyn o liw i'r lle. Caeodd y drws ar ôl Cai gan ganu cloch fach uwch ei ben. Daeth hen ddynes allan o ystafell ochr, yn edrych ar Cai yn ddrwgdybus dros ei sbectol.

"Can I help you? My God! You look awful!"

Anwybyddodd Cai'r sarhad.

"There are six of us looking for a room tonight. If that's …"

"*Six* of you?" gofynnodd yr hen ddynes, yn cychwyn fflicio drwy lyfr mawr ar fwrdd wrth ymyl y drws. "This isn't a youth hostel, you know.

Plenty of those around."

"If it's any trouble …" dechreuodd Cai, cyn stopio ar ganol ei frawddeg. Doedd ganddyn nhw unman arall i fynd, ac yntau heb ffordd o gysylltu â Llinos. Yr hen bigyn clust yma oedd yr unig obaith.

"No, no, no. There's plenty of room. It's just that *Junior Apprentice* is about to start. I can't do everything at once. Name?"

"Cai. Cai Owen."

Dyfarodd Cai yn syth ei fod wedi rhoi ei enw go-iawn iddi. Roedden nhw i fod yn cuddio, wedi'r cwbwl.

"What was that? Dai?"

Nodiodd Cai, yn ddiolchgar am gael ei achub.

"Just the one night, is it?"

"I hope so."

"Don't we all? Cash?"

Doedd dim rhaid i Cai redeg ei ddwylo drwy ei bocedi gwag i wybod nad oedd dim pres ganddo, a bod ei waled gan Un.

"I'm sorry, but I don't seem to have any on me at the moment. One of the others will have something. I hope. A card, at least."

"I'd prefer cash. And what are you going to do in the meantime?"

"Go upstairs … I mean, if that's alright."

Ysgydwodd yr hen ddynes ei phen cyn estyn goriad oddi ar fachyn yn y gornel.

"I have seven very precious dolls on a shelf in that room," meddai. "They're Belgian."

Cododd Cai ei aeliau i awgrymu bod y wybodaeth yma wedi creu tipyn o argraff.

"It's a complete set. I had to send off to *Antique Doll Collector* magazine for them. If just *one* of them goes missing, young man …"

"I'll take good care of them," atebodd Cai, cyn cymryd y goriad ganddi.

Wrth fentro i'r ystafell, disgynnodd yn ôl yn erbyn y drws wrth weld rhes o ddoliau ar silff uchel uwchben y teledu'n syllu i lawr. Rhuthrodd i'r lle chwech er mwyn dianc o'u golwg.

* * * * * * *

Andreas a Llinos oedd y rhai cynta i gyrraedd. Doedd yr un ohonyn nhw'n edrych yn hapus iawn, Andreas yn pwdu am gael ei lusgo oddi wrth ei gemau cyfrifiadur, Llinos yn amlwg wedi ei heffeithio gan y profiad dirdynnol o orfod treulio amser yn ei gwmni. Edrychodd o gwmpas yr ystafell wely, ei thrwyn yn yr awyr.

"Fa'ma o'n i neithiwr," meddai'n boenus.

"Ddylsa bod 'na o leia un stafall arall i ni," atebodd Cai. "Dwi'm yn meddwl bod 'na neb arall yn y lle 'ma. Andreas, elli di fynd i lawr i nôl goriada?"

"Dwi'm yn mynd yn ôl i lawr fanna," meddai Andreas, gan eistedd a dechrau tynnu pecyn o gardiau *Magic: The Gathering* o'i boced. "Ma' hi 'di ngalw i'n 'Blubberguts' yn barod. Am ddim rheswm. A dwi jyst yma achos 'mod i'n foi neis, Cai. Isio gwbod be sy'n mynd 'mlaen. Ar ôl y ffordd nest ti drin fi a Taliesin ddoe, sgen i'm lot o fynadd efo chdi, os dwi'n onast."

Cochodd Cai. Be oedd Un wedi ei wneud rŵan?

"Sori, mêt. Well i fi aros tan i bawb gyrraedd cyn esbonio bob dim. Am y tro, ga' i jyst ymddiheuro i chdi am bopeth. A ga' i ddeud, am rŵan, 'mod i ddim 'di bod yn actio ... fel fi fy hun."

Syllodd Andreas yn ôl at ei ffrind yn ddigon drwgdybus, cyn codi ei ysgwyddau'n hamddenol.

"Isio gêm o *Magic*?"

Rowliodd Cai ei lygaid cyn gadael yr ystafell. Gwthiodd Andreas y pecyn o gardiau'n awgrymog i gyfeiriad Llinos.

Dilynodd Cai sŵn llais Alan Sugar yn rhaffu ystrydebau, i ddod o hyd i wraig y llety yn eistedd ar ei phen ei hun yn ei lolfa, dim ond y teledu yn goleuo'r ystafell.

"Excuse me," meddai Cai'n dawel. "My friends are here. Can I grab some keys?"

"Pick any room," atebodd yr hen ddynes gan chwifio'i llaw i'w gyfeiriad. "Quiet tonight. Can't imagine why. Tell Blubberguts not to eat all of the complimentary biscuits."

Wrth iddo estyn dau oriad arall o'r gornel, canodd y gloch uwchben y drws, a cherddodd Tom i mewn. Synnodd weld Cai'n llechu yno.

"Cai," meddai. "Correct me if I'm wrong, 'de, ond mae 'na dynes dwi ddim yn nabod wedi dweud wrth Mabli i dod i ryw random B & B. Ac o, by the way, ar y ffordd, mae brawd bach fi i fod i checio gardd y dynes i weld wyt ti yna. A troi allan, ti ddim yna ..."

Bu bron i Cai ollwng y goriadau. Felly roedd Un wedi deffro, codi, a dianc. Ond i ble?

"... achos ti yn yr aforementioned B & B, after all. Os ga' i quotio Father Dougal McGuire: 'I'm hugely confused, Ted.' I mean ..."

"Dwi'n gwbod. Dwi'n gwbod. Jyst dos i fyny grisia. Rŵm gynta ar y chwith. Ma' Andreas yna'n barod. Wna' i esbonio popeth yn fuan iawn."

"OK. A, hei, dwi'n gwybod bod y boi yn annoying, ond fyddwn i ddim yn brawd mawr da tyswn i ddim yn deud wrthat ti i roi apology i Taliesin. Wnest ti really brifo fo'r diwrnod o'r blaen."

"Dwi'n gwbod," meddai Cai eto. "Ac mae'n ddrwg gen i. Wir yr. Dwi'n siŵr o neud pan gyrhaeddith o."

"Mae o yma'n barod," atebodd Tom yn hamddenol. "A Mabli. Hi wnaeth dreifio ni."

Gwnaeth Tom ei ffordd i fyny'r grisiau, a phopiodd Cai ei ben heibio'r drws i weld Mabli a Taliesin yn sefyll yno. Edrychodd Taliesin arno'n sydyn cyn edrych i lawr yn syth a shyfflo'i draed. Doedd Mabli ddim yn teimlo'r un embaras. Syllodd ar Cai, rhywbeth yn agos at gasineb yn ei llygaid.

"D-diolch am ddod," meddai Cai'n nerfus. "Ydach chi am ddod i mewn?"

Cychwynnodd Taliesin am y drws, cyn edrych yn sydyn i gyfeiriad Mabli. Doedd hi ddim yn symud. Newidiodd ei feddwl, a chymerodd naid fach yn ôl tuag ati.

"Olreit," meddai Cai. "Wel. Ym ... i ddechra, Taliesin, ma'n ddrwg gen i. Be alla' i ddeud? Do'n i ddim ... do'n i ddim mewn rheolaeth. Dwi'n meddwl fyddi di'n madda i fi unwaith i chdi glywad be sgen i i ddeud. Os ti jyst yn dod i mewn ..."

Ar ôl un shyffl fach arall, dilynodd Taliesin ei frawd i fyny'r grisiau, gan osgoi edrych ar Cai yr holl ffordd. Arhosodd Mabli yn y drws. Penderfynodd Cai, yn ei hollwybodaeth, wneud jôc o'r sefyllfa.

"Dwi'n cymryd doedd neithiwr ddim yn hollol llwyddiannus, 'ta?"

"Be ti'n feddwl?" gofynnodd Mabli'n uchel ac yn bigog. "Oedda chdi yna 'ta be?"

"Wel, deud y gwir, dyna be …"

"Ti'n troi fyny'n hwyr, ti'n treulio'r holl gwrs cynta'n insyltio Andreas a Taliesin, ti'n bihafio'n hollol bôrd pan dwi'n deutha chdi am sut ma' fy holl waith sgwennu'n mynd, ti'n deud bod hi'n ddi-bwynt hyd yn oed trio gwneud bywoliaeth allan o rwbath fel'na, ti'n deutha fi beidio câl pwdin achos 'mod i'n rhy dew …"

"O, na …"

"Ti'n trio mynd nôl adra efo fi beth bynnag, a pan dwi'n gwrthod, a deutha chdi'n blwmp ac yn blaen bod chdi'n actio fatha rêl twat, ti'n deutha fi bod gen ti rywun arall ar y go beth bynnag. Ryw hogan o'r enw Llinos. A pwy ti'n meddwl nath droi fyny ar stepan fy nrws i heddiw, allan o nunlla, yn mynnu 'mod i'n dod i dy weld di? Deutha chdi be, Cai, dwi bron â marw isio gwbod pa mor ddwfn alli di balu'r twll 'ma i chdi dy hun. Dyna'r unig reswm dwi yma."

Erbyn hyn, roedd Cai wedi rhedeg allan o esgusodion. Dim ond hyn a hyn o weithiau roedd hi'n bosib iddo fo ddweud ei fod o "ddim mewn rheolaeth" neu ddim yn "ymddwyn fel ei hun".

"Ga' i esbonio i bawb ar unwaith, Mabli? Fydd o'n lot cyflymach fel'na."

"Well bod hwn yn dda," atebodd Mabli, cyn troedio'n swnllyd i fyny'r grisiau.

* * * * * * * *

Chafodd Mabli ddim ei siomi. Dros yr oriau nesa, gwnaeth Cai a Llinos eu gorau i esbonio'r sefyllfa wallgo i weddill y criw. Doedd Cai ddim yn siŵr iawn ohono'i hun ar adegau, ond yn lwcus, roedd Llinos wedi bod drwy hyn o'r blaen, ac yn hapus i neidio i mewn pan anghofiodd o ran o'r stori, ac i ddweud ei rhan hi ohoni. Roedd yn bleser ganddi glywed yr holl hanes cywir, heb y Cai arall yn gorliwio'r peth neu'n gadael rhannau allan neu'n dweud celwydd noeth.

Andreas oedd yr un ofynnodd fwyaf o gwestiynau, rhwng dwrdio Cai am beidio gwneud ei ffortiwn o'r peth, a chynnig (cyn i Cai gyrraedd y rhan yna o'r stori) ei fod yn defnyddio'r porthwll i ennill pres drwy fetio. Taliesin oedd y mwyaf siaradus ar ei ôl o, wastad yn dadlau ag Andreas ac yn taflu ei syniadau ei hun i mewn, wedi hen anghofio am sarhad y diwrnod cynt. Ddywedodd Tom ddim byd drwy gydol y stori, dim ond culhau ei lygaid yn ddrwgdybus a dal ei frawd bach yn ôl pan oedd o'n bygwth cynhyrfu gormod am y peth. Arhosodd Mabli yn weddol dawel hefyd, ei thawelwch yn cael ei dorri o bryd i'w gilydd gan ambell ebychiad ac ochenaid dawel.

Ac ar ddiwedd yr hanes, tra roedd pawb arall yn clebran yn gynhyrfus am y peth neu'n eistedd mewn distawrwydd syfrdan, rhoddodd hi ei phen yn ei dwylo ac anadlu'n ddwfn. Gan adael Llinos i ddelio â'r gweddill, symudodd Cai drosodd ati a rhoi braich am ei hysgwyddau.

"Dwi'n teimlo 'mod i 'di câl fy iwsio," meddai hi, teimlad amlwg yn ei llais.

"Be ti'n feddwl?"

"Wel, yn y byd arall … waw, tan rŵan do'n i'm yn gwbod *bod* 'na fyd arall hyd yn oed … ond yn y byd arall, 'dan ni ddim efo'n gilydd. Tysa hyn ddim 'di digwydd, ma'n debyg fysan ni ddim efo'n gilydd yn y byd yma. Tysa chdi heb ddysgu o gamgymeriada'r boi arall …"

"Ond tysa unrhyw nifer o betha heb ddigwydd, fysan ni ddim yma rŵan," atebodd Cai yn bwyllog. "Tysa dy rieni di ddim 'di cyfarfod, neu fy rhieni inna … a does gynnon ni ddim rheolaeth dros unrhyw beth fel'na. Ond roedd gen i reolaeth dros hyn. Ac o'r holl bosibiliadau – o'r holl berthnasa sy 'di dechra a gorffan, yn y ddau fyd, dros yr wythnosa diwetha – dyma'r unig un sy 'di para. Yr unig un sy 'di iwsio chdi ydi'r boi 'na nest ti gyfarfod neithiwr."

"Dwi'm yn gwbod. Mae o dal yn lot i'w gymryd i mewn."

Erbyn hyn, roedd yr holl siarad mân yn yr ystafell wedi tewi, pawb yn syllu ar Cai a Mabli, a hwythau'n fwy nag ymwybodol o hynny. Tynnodd Cai ddwylo Mabli yn dyner oddi ar ei hwyneb.

"Dwi'n meddwl 'mod i'n dy garu di," meddai. "A dwi'n cicio fy hun am beidio 'i weld o'n gynharach. I feddwl, yn ystod yr holl sesiyna 'na, bod chdi 'di bod yn ista wrth fy ymyl i yr holl amsar ..."

Gwnaeth Mabli sŵn yng nghefn ei gwddw fel petai hi'n meddwl dweud rhywbeth. Yna, cusanodd Cai yn feddal ac yn araf. Gwnaeth yntau'r un peth yn ôl, er cymaint yr oedd chwibanu Taliesin a grwgnach Andreas yn bygwth tynnu ei sylw.

"Be wnawn ni, 'ta?" gofynnodd Llinos, gan wthio unrhyw atgof o'i pherthynas fer â Cai i gefn ei meddwl. Edrychodd Cai ar ei watsh.

"Ma' hi'n hwyr. Ella ddylsan ni i gyd drio cysgu, a gawn ni feddwl amdano fo fory? Dydi o'm yn mynd i nunlla. Dim cyn tua saith, beth bynnag."

"Gwell cael rhyw fath o plan rŵan," mynnodd Tom. "Cofio'r sesiwn chydig o misoedd yn ôl, pan oeddech chi i gyd yn y Forbidden Cave, yn gorfod ffeitio'r Dread Kraken? Doedd gynnoch chi ddim plan pryd hynny. A 'dach chi'n cofio be ddigwyddodd?"

"Wipeout," meddai Taliesin.

"Yeah," aeth ei frawd ymlaen, yn codi ael feirniadol i gyfeiriad Taliesin, "and we all know who died first."

"Be uffar 'dach chi'n fwydro?" gofynnodd Llinos.

"Sgen i'm plan ar y funud," meddai Cai, yn ei hanwybyddu. "Ond dduda i hyn: rhaid i fi gredu 'mod i'n gallu 'i gael o i fynd yn ôl i'w fyd ei hun a 'ngadael i lonydd."

"Be?" gofynnodd Taliesin yn syn. "Ond mae o isio dy ladd di ..."

"Dydan ni ddim yn sôn am Hannibal Lecter fa'ma," aeth Cai ymlaen. "Fi 'dan ni'n sôn amdano fo. 'Dach chi gyd yn fy nabod i. Dwi'n gwbod bod gen i fy mhroblema, ond ... dwi'n foi iawn yn y bôn. Dwi'n gobeithio. Ma'r boi arall 'na ... mae o jyst 'di câl cwpwl o wythnosa drwg. Dyna i gyd. Rhaid i fi goelio ellith o ddod yn ôl."

Daeth distawrwydd dros yr ystafell. Am eiliad.

"*Lord of the Rings*," meddai Andreas. "Frodo'n sôn am Gollum. Ti newydd ddyfynnu o. Wel, yn Gymraeg, 'de, ond ..."

"Damia hi, Andreas, dwi o ddifri fa'ma," atebodd Cai'n flin, cyn i'w lais feddalu. "Ond ti'n iawn, wrth gwrs."

"Wel," aeth Andreas ymlaen, "os ydi petha'n mynd bach yn pear-shaped, ma' gen i gasgliad o gleddyfa Samurai. Os 'dan ni angen nhw."

"Pam yn y byd ma' gen ti gasgliad o gleddyfa Samurai?" gofynnodd Llinos yn biwis.

"Pam fysa gen i *ddim* casgliad o glefydda Samurai?" gofynnodd Andreas yn ôl. Doedd gan Llinos ddim llawer o ateb i hynny. Ar ôl meddwl am y peth, nodiodd Cai i'w gyfeiriad.

"Os ydi hi'n dod i hynny. Cofiwch, y fantais bwysica sy gynnon ni ydi'n gilydd. Mae *o* ar ben 'i hun yn y byd yma. Mae o 'di trio'ch câl chi ar 'i ochr o, ond nath o ddim gweithio. Ella mai hwnna fydd y gwahaniaeth mwya rhyngddon ni yn y pen draw."

Aeth pawb yn dawel unwaith eto, yn dod i ddeall am y tro cynta pa mor bwysig oedd pob un ohonyn nhw i'r fenter wallgo oedd yn eu hwynebu.

"Felly diolch," meddai Cai'n dawel o'r diwedd. Cododd Tom ar ei draed, yn cymryd hynny fel arwydd i adael.

"Come on," meddai wrth ei frawd, gan gymryd goriad o'r bwrdd. "I'm used to sleeping in the same room as you. Unfortunately."

"Ac, y ... Mabli," meddai Cai'n ansicr, "ti isio ... aros fa'ma efo fi?"

Wrth i Mabli nodio, edrychodd Cai draw at Andreas a Llinos. Sylweddolodd y ddau ar unwaith bod rhaid iddyn nhw rannu ystafell. Baciodd Andreas oddi wrth Llinos yn araf wrth iddi hi ei lygadu'n nerfus.

"Ti'm yn chwyrnu, nag wyt?" gofynnodd Llinos i Andreas.

"Dwi 'rioed 'di clywad mod i," atebodd y dyn mawr, tinc o ansicrwydd yn ei lais, ei dôn ffyddiog, hunanbwysig wedi diflannu'n llwyr.

"Reit. Ydi hwnna achos bod chdi ddim yn chwyrnu, 'ta achos bod chdi wastad yn cysgu ar ben dy hun?"

Cadwodd Andreas yn dawel.

"God's sakes," mwmiodd Llinos, cyn cymryd goriad arall oddi ar y bwrdd a gadael yr ystafell. Aeth Andreas ar ei ôl wedi i ddigon o amser basio, gan adael Mabli a Cai ar eu pennau eu hunain. Gwenodd Mabli'n swil.

"Sori, Cai. Ddylswn i ddim 'di deud bod chdi 'di fy iwsio i gynna. Ti ddim. A ddylswn i 'di gwbod ..."

"Sut fysa chdi 'di gallu gwbod be oedd yn digwydd?" gofynnodd

Cai, yn gafael yn ei breichiau'n gadarn. "*Dwi'm* yn dallt be sy'n mynd ymlaen yn fwy amal na pheidio. Ond dwi'n falch bod chdi yma efo fi rŵan. Yn falch iawn."

Cusanodd y ddau unwaith eto, a disgynnodd Mabli i freichiau ei chymar. Cafodd eu moment ramantaidd ei thorri'n fyr gan ben cyfarwydd yn sbecian rownd ochr y drws.

"Goodnight," meddai'r landlordes yn gyhuddgar, a chau'r drws yn glep ar ei hôl.

DYDD IAU: DYDD 15 *(DAU)*

Chysgodd Cai ddim y noson honno. Erbyn i Mabli ddeffro tua hanner awr wedi saith, roedd o'n eistedd ar erchwyn y gwely, yn syllu allan at y cymylau llwydion oedd yn cronni uwchben y pentre.

"Ti'n iawn?" gofynnodd hi, yn estyn ei braich er mwyn cael brwsio cefn ei law'n gefnogol.

"Be wnawn ni?" atebodd Cai'n dawel.

"Ella neith o jyst … mynd," cynigiodd Mabli. "Jyst gadal ni lonydd. Fel ti'n deud, does gynno fo neb yma i'w helpu o. Mae o 'di trio a methu'n barod. A rŵan bod chdi 'di deud popeth wrthon ni gyd, does 'na ddim ffordd ellith o'n iwsio ni bellach. Mae o'n gneud synnwyr iddo fo roi'r gora i bopeth a mynd yn ôl i'w fyd 'i hun."

"Ella. Ond be sy'n stopio fo rhag gneud ffrindia newydd yn y byd yna, a dod yn ôl i ddial? Ein gwerthu ni gyd allan? Rhaid i fi wbod be mae o'n 'i fwriadu. Ac er mwyn gwneud hynna, rhaid i fi siarad efo fo."

"Jyst siarad?"

"Jyst siarad," atebodd Cai ar ôl saib ychydig yn rhy hir. "Ond well i Andreas nôl 'i gleddyfa rhag ofn."

Daliodd Mabli i rwbio cefn ei law, yn ôl ac ymlaen, ei meddwl hithau bellach yn dawnsio.

"Ty'd 'nôl i'r gwely," meddai o'r diwedd. Ac am awr a hanner, gorweddodd y ddau ym mreichiau ei gilydd, ddim yn dweud llawer o bwys, ill dau yn syllu i fyny at y to ac yn gwneud eu gorau i anwybyddu'r doliau ar y silff uchel. Toc wedi naw o'r gloch, daeth cnoc ysgafn ar y drws, ac edrychodd Llinos yn betrus i mewn. Taflodd ei golwg at y carped yn syth wrth weld bod y ddau'n dal i orwedd yn y gwely, heb lawer o ddillad amdanyn nhw. Gwisgodd Cai ei grys yn sydyn, a thynnodd Mabli'r cwilt yn dynnach amdani.

"Llinos," meddai Cai. "Iawn?"

"Ga' i ista fa'ma am chydig?" gofynnodd Llinos, a thynnu cadair fach o dan y ddesg. "Sori distyrbio, 'de. Jyst bod Andreas yn siarad yn 'i gwsg. Wel … *gweiddi* yn 'i gwsg, deud gwir. Mae o'n rantio ac yn rhegi achos bod rywun yn 'i freuddwydion o 'di castio Ben Affleck fatha Batman."

Dechreuodd Mabli biffian chwerthin tu ôl i'w llaw.

"Y ... Llinos?" meddai Cai, yntau'n ei chael yn anodd ei atal ei hun rhag chwerthin. "Nath hwnna ddigwydd yn y byd go-iawn."

"Be? Wel. Eniwe. Ddylswn i 'di ddeffro fo, ond do'n i'm yn siŵr be fysa'n digwydd. Well i ni fynd lawr grisia. Os 'dan ni'n hwyr ar gyfar brecwast, dwi'm yn meddwl gawn ni lot o sympathi gynni *hi*."

Cytunodd y ddau yn y gwely, ac aeth Llinos i'r coridor er mwyn rhoi amser iddyn nhw wisgo. Bangiodd ar ddrws Tom a Thaliesin, a chael ei hateb gan synau'r ddau'n cecru'n gysglyd. Yn y man, daeth hyd yn oed Andreas allan o'i ystafell, crys-T *The Incredible Hulk* yn gorchuddio'i fol mawr. Jest.

"Be sy'n digwydd?" gofynnodd yn araf. "Amser brecwast? Hei, gysgist ti'n iawn, Llinos?"

Fe fyddai'r hen Llinos wedi ateb y cwestiwn yna'n bigog. Ond doedd hi ddim yn teimlo fel gwneud heddiw. Heddiw, roedd ganddyn nhw waith i'w wneud, ac roedd angen gweithio fel tîm.

"Fydd brecwast 'di mynd os na ti'n brysio. Well i chdi wisgo dy drowsus os ti am fynd lawr grisia."

Edrychodd Andreas i lawr ar ei focsyrs, a chaeodd y drws mewn embaras. Yn hapus bod pawb yn gwybod lle i fynd, mentrodd Llinos i gyfeiriad yr ystafell fwyta. Roedd gwraig y llety ar ganol clirio'r pethau brecwast oddi ar y bwrdd.

"You're too late," meddai. "Breakfast is from seven to nine. And it's five to nine now. I'm not going to start everything at this hour. You should have read the house rules. They're printed very clearly on the back of the door. I'm not in the business of reminding every Tom, Dick and Harry when breakfast is."

Cofiodd Llinos am ei ymweliad diwethaf â'r lle yma, pan gafodd hi ei deffro am chwarter i saith.

"But you ... ," cychwynnodd, cyn sylweddoli na fyddai'r ddynes o'i blaen yn cofio hynny. "Never mind."

"And you still haven't paid me. And you'll have to pay for an extra day if you leave after ten, remember. All printed very clearly on the back of the door. Two A4 sheets of paper. Laminated. You can't miss them."

"All right, all right. I'll pay now, and we'll be gone."

"Cash?"

"Card," meddai Llinos yn bigog. "If that's all right."

"Oh, God," meddai'r ddynes, cyn taflu'r lliain bwrdd i lawr yn flin a mynd i estyn y peiriant cardiau oddi ar y bwrdd bach wrth y drws. Rhoddodd Llinos ei cherdyn yn y peiriant a mynd drwy'r un rigmarôl. Wedi i'r broses orffen, tynnodd gwraig y llety y cerdyn allan yn nerthol a'i daflu i gyfeiriad Llinos. Brwydrodd hithau i'w ddal cyn edrych ar yr hen ddynes yn diflannu i lawr y coridor.

Doedd hi byth am ddod yma eto.

Pam lai?

"You know," meddai Llinos, "you could try to be a bit nicer to people. It's no wonder I never see anyone coming in or out of this place. I know we landed out of the blue, and I know most of us are a bunch of nerds, and I know the big one smells quite badly, but they deserve no less respect than anyone else, you know. Oh, and by the way – your fried bread is awful."

"Why, you obstinate little ..."

Gan adael yr hen ddynes i stiwio dros y wybodaeth yna, trodd Llinos am y drws – a sylwi bod pawb ond Andreas yn sefyll ar ben y grisiau'n edrych yn edmygus ati. Yn teimlo ar ben ei digon, agorodd y drws, a chamodd allan i'r stryd.

"Rhy hwyr am frecwast 'ta?" gofynnodd Taliesin yn ddiniwed. Rhoddodd Cai law ar ysgwydd Llinos.

"Diolch i chdi," meddai. "Dwi'n gwbod ma' jyst criw o nyrds ydan ni, ond 'dan ni'n digwydd meddwl bod chdi werth y byd."

Cochodd Llinos. Cyn i neb arall allu ychwanegu unrhyw sylwadau, camodd Andreas allan.

"Be sy'n digwydd?" gofynnodd yn araf, y gorchwyl o ruthro i lawr y grisiau wedi mynd â'i egni i gyd. "O'n i'n edrach 'mlaen at Full English."

"Rhy hwyr," atebodd Tom. "Apparently."

"Rhaid i ni gâl rwbath," meddai Cai gan edrych i fyny at y cymylau llwydion. "Be bynnag arall eith o'i le heddiw, dwi'm isio treulio'r diwrnod i gyd yn llwglyd. A dwi'm isio mynd i Pete's Eats chwaith. Ella fydd *o* yna. Pan 'dan ni'n 'i gyfarfod o, dwi'm isio gneud hwnna mewn lle cyhoeddus, os fedrwn ni osgoi'r peth."

"Dwi'n gwbod yn union lle i fynd," meddai Andreas ar ôl saib.

* * * * * * * *

Dyna sut y cafodd y chwech ohonyn nhw eu hunain, hanner awr yn ddiweddarach, yn gwneud eu ffordd drwy frecwast yn McDonald's Caernarfon, wedi mynd i nôl car Mabli ar y ffordd, y bŵt yn llawn cleddyfau Samurai. Fe gymerodd hi bum munud i Cai allu stwffio ei Egg McMuffin i'w geg, yr 'ŵy' yn edrych fel un o greadigaethau llai llwyddianus Dr. Frankenstein, y myffin wedi ei lapio'n annaturiol o dynn o'i amgylch. Ond ei awydd bwyd enillodd yn y diwedd. Gwthiodd y peth i lawr ei wddw, a disgyn ar ei gwpan enfawr o gola'n awchus er mwyn cael gwared ar y blas.

Andreas oedd yr ola i gyrraedd y bwrdd, ei hambwrdd yn gwegian dan bwysau pob math o ddanteithion. Taflodd y bwyd i mewn i'w geg, Llinos yn gwthio ei chadair yn ôl er mwyn creu ychydig mwy o le rhwng y ddau.

"Do'n i'm yn meddwl bod chdi'n gallu câl y stwff yna cyn 10.30," meddai Taliesin. "Be sgen ti? Chicken Legend? Nuggets? BBQ Ridge Cuts?"

"Ia, ia, ac ia," atebodd Andreas rhwng brathiadau enfawr. "Ti 'mond yn gallu câl brecwast rŵan fel arfer. Ond ma' gen i a Maccy D's Caernarfon … ma' gynnon ni ddealltwriaeth. Dwi'n dod yma lot."

"Fyswn i byth yn meddwl," dywedodd Llinos o dan ei hanadl. Trodd Andreas i syllu arni'n flin, brechdan gyw iâr hanner ffordd i'w geg. Penderfynodd Cai neidio i mewn cyn i bethau waethygu.

"Unrhyw syniada sut allwn ni ddod o hyd i'r boi 'ma?"

"Ti fydda'n gwybod lle wyt ti, na?" gofynnodd Tom. Rhoddodd Andreas ei frechdan yn ei geg, bron yn ffitio'n cyfan i mewn ar unwaith. "Dwyt ti ddim isio help ni on that count, surely?"

"Ti ddim 'di gyfarfod o," atebodd Cai yn dawedog. "Mae o 'di newid gymaint yn y pythefnos diwetha, sgen i'm syniad be neith o nesa."

"Ellith o'm mynd yn bell," meddai Mabli. "A beth bynnag, 'dan ni'n gwbod lle fydd o tua saith o'r gloch, dydan? Os 'di o isio mynd adra, fydd o yn dy stafall di, bydd?"

"Well gen i sortio popeth allan cyn hynny," dadleuodd Cai. "A fydd o'n disgwyl i ni fod yna hefyd, cofia. Fydd o ar biga'r drain, yn flin, ella 'di cymryd mesura i'w amddiffyn ei hun ..."

"Neith o'm gneud yn well na 'nghleddyfa i," meddai Andreas rhwng brathiadau.

"Na," meddai Cai'n bendant, yn ei anwybyddu. "Rhaid i ni drio ffeindio allan lle mae o cyn hynny."

"Fedrwn ni drio ffonio'r tŷ," cynigiodd Taliesin.

"Ti'm yn meddwl fydd o 'di mynd yn ôl i nhŷ i?"

"Dydi o ddim yn meddwl yn strêt, nadi? Ddudist ti hwnna dy hun, Cai. A tyswn i 'di câl fy smacio ar 'y 'mhen efo rhaw, fyswn i'n fwy nyts byth."

Daeth distawrwydd dros y bwrdd. Roedd Taliesin yn siarad synnwyr, ond doedd neb isio gwneud yr alwad. Pigodd Llinos at weddillion ei chrempogau rwberaidd yn euog. Gydag ochenaid, tynnodd ei ffôn o'i phoced.

"Ffonia i'r tŷ," meddai.

Cyn i unrhyw un arall gynnig gwneud, roedd hi'n pwyso yn erbyn y wal y tu allan, ei ffôn wrth ei chlust. Doedd hi ddim yn hir cyn i lais benywaidd ei hateb.

"Helo?"

"Haia," meddai Llinos, yn gwneud ei gorau i ymddwyn yn naturiol. "Ydi Cai yna, plis?"

"Pwy alla' i ddeud sy'n ffonio?"

"Y ..."

Ystyriodd Llinos roi'r ffôn i lawr yn syth. Felly roedd Cai adra wedi'r cwbwl. Ac ar ôl ddoe, mae'n bur debyg na fyddai'n rhy hapus i glywed ei llais.

"O, witshia funud," daeth y llais eto. "Bron i fi anghofio. Ath o allan ddim yn hir yn ôl. Driodd o ddengid heb i fi weld o, ond ddes i lawr grisia jyst wrth iddo fo ddiflannu allan o'r drws."

"O, reit," atebodd Llinos, ychydig yn siriolach.

"Dydi o'm 'di bod yn actio 'i hun yn ddiweddar," aeth Danielle ymlaen, heb i Llinos ofyn iddi. "Ddaeth o mewn neithiwr a'i gloi 'i hun yn 'i stafall yn syth. A minna ar y toilet. Wnes i'm 'i weld o, hyd yn oed. A finna'n meddwl bod ni'n dau'n dod yn agosach yn ddiweddar. Ac efo'r holl helynt 'ma efo Gareth, fyswn i 'di licio chydig bach o gefnogaeth, 'de ..."

"Ia. Sori am dorri ar draws, Mrs Owen, ond sgynnoch chi unrhyw syniad lle mae o 'di mynd?"

"Dim o gwbwl. Sori. Y ... pwy ddudoch chi oeddach chi eto?"

Oherwydd nad oedd ganddi unrhyw fath o ateb clyfar, daeth Llinos â'r alwad i ben. Cyrhaeddodd y bwrdd, pawb yn edrych i fyny ati'n obeithiol.

"Newyddion da a newyddion drwg," meddai Llinos. "Y newyddion da ydi 'mod i'n gwbod bod o 'di mynd am dro. Y newyddion drwg ydi bod gen i ddim syniad lle. Sori, bois."

Syllodd pawb yn farwaidd at y briwsion o fwyd ar y bwrdd, pawb yn gwneud eu gorau i feddwl am y cam nesa, a dim ysbrydoliaeth yn dod. Yn sydyn, cododd Cai ei ben.

"Dwi'n gwbod lle," meddai'n hyderus. "Pan o'n i'n blentyn, es i am dro i Lyn Cowlyd efo fy rhieni. Ges i ryw brofiad reit ryfadd yno. Breuddwyd, ella ... ond yn fwy real nag unrhyw freuddwyd arall ges i 'rioed. Doedd o ddim yn un neis iawn chwaith. Wna' i ddim ych diflasu chi efo'r manylion. Ond byth ers hynny, dwi 'di teimlo rhyw ... *gysylltiad* efo'r lle. Dwi'n mynd yna i drio anghofio am fy mhroblema'n reit amal. Os nad ydi o 'di trio dianc yn llwyr, fanna fydd o."

"Un problem," meddai Tom, yn pwyso ymlaen. "Os ydi o'n lle mor pwysig i ti, bydd o'n gwybod hyn hefyd. Dwyt ti ddim yn meddwl bysa fo'n dewis lle llai ... obvious?"

"Fel ddudodd Taliesin, dydi o ddim yn meddwl yn strêt. Ac ella bod 'na ran ohono fo *isio* cyfarfod efo fi. Dwi'm yn gwbod ydi o isio trio brwsio hyn i gyd o dan y carpad, 'ta isio dechra Rownd Dau rhyngddon ni, ond ... fanna fydd o."

Nodiodd Tom yn ddifrifol a dechrau codi.

"Ydan ni am hitio'r ffordd, then?"

"Hold on," meddai Andreas. "Ti'n nyts? 'Dan ni ddim 'di câl pwdin eto."

Ar ôl taflu'r darn ola o gyw iâr i'w geg, cododd Andreas yn araf ac yn chwyslyd o'i gadair a gwneud ei ffordd yn boenus at y cownter bwyd unwaith eto.

* * * * * * * *

Wedi i'r criw adael McDonald's, roedd y glaw yn dyrnu'r strydoedd yn ddidrugaredd. Rhedodd pawb at y ceir a neidio i mewn, Mabli, Tom a Taliesin mewn un, Cai, Llinos ac Andreas yn y llall. Doedd Llinos ddim yn hapus iawn bod Andreas yn glynu wrthi hi fel cragen llong bellach. Edrychodd ar y glaw yn ddigalon wrth gychwyn y car.

"Ddylswn i 'di rhybuddio pawb am y tywydd. Sori."

"Y glaw ydi'r lleia o'n problema ni," atebodd Cai. "Ocê. Ma' 'na gwt bach ddim yn bell o Capel Curig, a lle reit handi i barcio wrth 'i ymyl o. Mae 'na lôn goncrit, a thŷ ffarm ar y top. Awn ni i fanna gynta, a gweithio'r gweddill allan wedyn."

"Swnio fel uffar o blan," meddai Andreas yn sinigaidd o'r sedd gefn.

Wedi hynny, arhosodd pawb yn weddol dawel yn ystod gweddill y daith. Dechreuodd calon Cai guro'n gyflymach ac yn gyflymach wrth iddyn nhw adael Caernarfon ar eu holau a mentro i'r wlad. Edrychodd o'i gwmpas yn wyllt, yn hanner disgwyl gweld Un yn sefyll ar bob cornel, yn gwenu'n faleisus. Ond na. Ar lannau Llyn Cowlyd roedd o. Am ryw reswm, doedd o erioed wedi bod yn sicrach am unrhyw beth yn ei fywyd.

Daeth Llinos o hyd i'r cwt yn y man, gyda char Mabli'n dynn ar ei hôl. Trodd yr injan i ffwrdd, a daeth teimlad cyfarwydd i'w llenwi. Cafodd ei hun yn eistedd yn ei char mewn glaw trwm, tasg anodd yn ei hwynebu, yn union fel y trip i dŷ Mabli yn y byd arall. Y tro yma, serch hynny, roedd tipyn mwy na sgwrs annifyr o'i blaen. Y tro yma, roedd hi'n wynebu ... Duw a ŵyr be.

Pwysodd Andreas ei benelin yn erbyn y drws yn anniddig.

"Dwi 'rioed 'di licio'r wlad. Does 'na ddim byd i neud yma."

"Dyna 'di'r pwynt," meddai Cai gan droi rownd yn ei sedd. "Mae o'n rhoi cyfle i chdi drio anghofio am bopeth. A beth bynnag, ti'n un i siarad. Ti'n cofio pan nest ti wahodd fi draw pan ddaeth *Skyrim* allan? Nest ti anwybyddu prif stori'r gêm a jyst wandro rownd y byd yn hel bloda. Peth mwya diflas dwi 'rioed 'di weld."

"Ia, ond oedd hynna'n wahanol," mynnodd Andreas heb unrhyw esboniad arall. Er yr holl densiwn yn y car, llwyddodd Cai i gracio gwên.

"Mae o mor fawr," meddai Llinos wrth edrych ar Tryfan yn codi'n fygythiol yn y pellter. "Y wlad. Eryri. 'Sgen ti rwla arbennig wrth y llyn ti'n licio mynd?"

"Dim felly, na ..."

"Sut ddown ni o hyd i'r boi, 'ta? 'Dan ni'm isio 'i golli o, nag oes?"

Rhwbiodd Cai ei ên yn feddylgar. Roedd ganddi bwynt. Roedd y llwybr at y llyn yn ddigon agored ac anial, ond roedd y glaw yn drwm, a doedd hi ddim yn hawdd gweld ymhell. Be petasai Un rywsut yn llwyddo i'w harwain ar gyfeiliorn, a dianc yn ôl drwy'r porthwll ar ddiwedd y dydd er mwyn adennill ei nerth? Annhebyg, ella, ond pwy allai ddweud i ba gyfeiriadau roedd ei feddwl yn mynd bellach?

"Fydd rhaid i ni wahanu," penderfynodd o'r diwedd. "Dwi'n cymryd bod chi'ch dau isio dŵad efo fi?"

"Wrth gwrs," atebodd Llinos. "Dwi isio rhoi pryd o dafod iddo fo."

"A dwi'n gorfod bod yna," ychwanegodd Andreas. "Fydd angan rhywun i ddangos i chi sut ma' iwsio'r cleddyfa'n iawn. Os ydi hi'n dŵad i hynny."

Neidiodd Cai allan o'r car ac anelu'n syth am y cerbyd arall, y glaw yn ei socian at y croen o fewn rhai eiliadau. Wedi iddo fo stryffaglu efo'r drws caeëdig, tynnodd Mabli'r clo ar agor, a glaniodd Cai ar y sedd gefn.

"Diolch. Fydd gen i ddigon o gyfla i wlychu nes 'mlaen. Gwrandwch – jyst rhag ofn iddo fo drio dengid, dwi'n meddwl fysa fo'n syniad i rywun aros fa'ma. Os nad ydi o isio cerdded am oria, dyma'r unig ffordd iddo fo ddŵad."

"Dim fi," meddai Mabli. "Gen i un neu ddau o betha dwi isio ddeud wrtha fo."

"Ia, ma' honna'n farn reit boblogaidd …"

"Dwi'n hapus i gwneud," meddai Tom. "Dwi efo famously poor sinuses. Ddim yn licio look o'r glaw 'ma. Fydda i'n sneezio am wythnosau os dwi'n mynd allan."

"Diolch, Tom. Cofia bod 'na gleddyf i chdi. Gan bod nhw yma, waeth i ni 'u hiwsio nhw."

Nodiodd Tom yn ddifrifol, cyn troi at Taliesin.

"Remember this isn't *D & D*. If something happens to you, you can't just roll a new character. You understand?"

Rhoddodd Taliesin ei ben i lawr, ddim yn gallu edrych yn llygaid ei frawd mawr.

"Dwi ddim yn idiot, 'sdi," mwmiodd o dan ei wynt.

Anadlodd Tom yn ddwfn.

"Dwi'n gwybod. Jyst bydd yn gofalus. Fydda' i ar ochr arall y ffôn os ydach chi angen fi."

Gan nodio tuag at Tom, ei galon yn curo'n wyllt, camodd Cai allan unwaith eto, Mabli a Thaliesin yn union y tu ôl iddo. Agorodd fŵt y car a taflodd gleddyf i'r ddau ohonyn nhw, a llithro un i'r sedd gefn rhag ofn y byddai angen un ar Tom. Erbyn hynny, roedd Llinos ac Andreas wedi cyrraedd hefyd, yn barod i dderbyn eu harfau. Syllodd Llinos ar y cleddyf, yn ei ddal ymhell o'i hwyneb.

"Ti'n nyts," meddai wrth Andreas. Chlywodd o ddim o'i chondemniad uwchben sŵn y glaw. Doedd gan neb arall lawer o awydd siarad. Doedd dim mwy i'w ddweud. Ar ôl i Llinos gloi ei char, dechreuodd y pump ohonyn nhw rodio tuag at y llyn.

Martsiodd Cai, Mabli ac Andreas ochr-yn-ochr, mor gyflym ag y gallen nhw. Roedd y llwybr wastad yn fwdlyd. Hyd yn oed mewn tywydd sych, roedd y mwd yn bygwth sugno eich esgidiau oddi ar eich traed. Yn y glaw, roedd cyflwr y tir yn annioddefol. Bowndiodd Taliesin o'u cwmpas fel ci oddi ar ei dennyn, ddim yn malio botwm corn am y mwd. Dilynodd Llinos o bellter, ei meddwl hi'n llawn breuddwydion o ddial.

Cyn hir, daeth y llyn i'r golwg. Dechreuodd pob un ohonyn nhw astudio'r glannau, yn trio dod o hyd i ffurf gyfarwydd yn sefyll ar fin y dyfroedd. Roedd y glaw'n rhy gryf – y math o law sy'n llosgi'r llygaid ac yn tynnu dagrau. Er bod rhai ohonyn nhw wedi bod yn breuddwydio am diroedd mawreddog Middle-Earth ac Eryrin ar ddechrau'r siwrne, erbyn cyrraedd y llyn, roedd y byd lliwgar hwnnw ymhell o feddyliau'r criw, yr holl wlad o'u blaenau'n edrych fel un gybolfa lwyd, niwlog. Safai'r argae uwchben y llyn ar y pen arall, yn stribed du, bygythiol.

"Be 'dan ni fod i neud rŵan?" gwaeddodd Taliesin, yn brwydro'n galed i godi ei lais uwchlaw'r glaw.

"Mae o yma," atebodd Cai. "Dwi'n gwbod yn iawn bod o yma."

"Ti'n teimlo 'i bresenoldeb o?" gofynnodd Taliesin eto. "Fel Luke Skywalker a Darth Vader?"

"Rwbath fel'na. Dwi'm yn gwbod. Symudwch."

Brwydrodd y pump ymlaen drwy'r glaw. Hanner ffordd heibio'r llyn, pwysodd Cai ar graig ac astudio'r wlad o'i gwmpas. Am eiliad, roedd hi bron fel petai'r glaw yn ysgafnhau, y gwynt yn gostegu, a'r haul yn torri'n aneffeithiol drwy'r cymylau. Ac yn yr eiliad honno, roedd Cai'n meddwl ei fod wedi gweld ffigwr unig, tywyll, yn pwyso yn erbyn ochr yr argae. Cyn gynted ag y diflannodd, daeth y glaw i lenwi ei fyd unwaith eto, a diflannodd y ffigwr o'i olwg.

"Fanna," meddai gan bwyntio at yr argae, a brasgamu ymlaen gan adael pawb yn pwffian y tu ôl iddo. Bellach, roedd Taliesin yn ei ddilyn yn agos, a Llinos y tu ôl iddo yntau. Er bod blinder yn dechrau ei threchu, roedd Mabli'n ymladd yn galed i ddal i fyny. Cafodd Andreas ei adael ar ôl heb i neb sylwi.

Yn fuan ar ôl gweld y ffigwr, clywodd Cai sŵn bipian y tu ôl iddo, a throdd ei ben yn sydyn i weld bod Taliesin ar ganol ateb ei ffôn. Gwnaeth ei orau i'w anwybyddu.

"Lle ydach chi?" gofynnodd Tom ar ben arall y lein.

"Wrth y llyn," atebodd Taliesin. "Ar y ffordd i'r pen draw. Dwi'n meddwl bod Cai reit siŵr bod o 'di weld o. Ti dal yn y car?"

"Na. Ar fy ffordd. Geith Cai bod yn blin efo fi tan mae o'n blue in the face, ond dwi ddim am gadael i ti rhoi dy hun mewn danger."

"Tom, mae 'na bump ohonon ni, ac un ohono fo …"

"Un madman. Ti'n gwybod bod pobol mad yn beryglus."

"Fatha Deadpool."

"Yn union. Dwi'n dod. No questions asked."

"Tom …"

Roedd ei frawd wedi rhoi'r ffôn i lawr. Gwnaeth Taliesin ei orau i ddal sylw Cai, ond roedd y glaw wedi dwysáu eto, a'i feddwl wedi ei hoelio ar yr argae.

Wedi cyrraedd, doedd Cai ddim yn siŵr be oedd fwya swnllyd: y glaw o'i gwmpas, 'ta sŵn ei galon yn pwmpio'n ddidrugaredd yn ei glustiau. Gyda Taliesin a Mabli'n ei ddilyn, camodd ar yr argae ac astudio'r llwybr o'i flaen. Roedd i'w weld yn glir, heblaw am ychydig o ddefaid yn gwneud ymdrech braidd yn bathetig i gysgodi mewn pant cyfagos. Ond roedd Cai'n sicrach nag erioed bellach. Roedd wedi gweld rhywun ar yr argae – a dim ond un dyn fyddai'n ddigon gwirion i fod yno yn y tywydd yma.

Cafodd ei ysgwyd allan o'i fyfyrdodau eto gan ffôn Taliesin yn canu am yr ail waith. Gan regi, daliodd Cai i gamu ymlaen wrth i Taliesin ei ateb unwaith eto. Y tro yma, llanwodd wyneb Tom ei sgrîn, ei frawd wedi penderfynu trio Skype, symudiadau ei geg yn herciog ac yn annaturiol oherwydd y signal gwael.

"Lle wyt ti rŵan?" gofynnodd Tom, darnau o'i lais yn diflannu i mewn i'r ether. "Fedra' i ddim gweld bugger-all."

"Ar ben y llyn," atebodd Taliesin, yn chwifio ei ffôn er mwyn i'w frawd gael golwg well o'r byd o'i gwmpas. "Lle wyt ti?"

"Pen arall y llyn."

"Iesu Grist, Tom, fyddwn ni'n iawn."

Roedd y pedwar ohonyn nhw bron i chwarter ffordd ar draws yr argae pan ddisgynnodd ffigwr tywyll yn flinedig ar y llwybr, wedi dal gafael ar yr ochr byth ers gweld y criw'n baglu i lawr tuag ato drwy'r glaw. Cododd ar ei draed yn ara deg a chamu'n ysgafn tuag atyn nhw, y boen ddiddiwedd yng nghefn ei ben yn dechrau cilio am y tro cynta. Rhythodd ar y pedwar o'i flaen, yn trio penderfynu ar bwy y byddai'n dial gynta. Y dewis amlwg oedd Llinos, y bitsh ddauwynebog oedd wedi ymosod mor ffyrnig arno fo ddoe. Neu Cai, wrth gwrs, yr un ddechreuodd hyn i gyd, a throi meddyliau pawb yn ei erbyn. Ond ella na fyddai o'n medru eu cyrraedd mewn pryd. Taliesin oedd yr un agosa, a'i sylw yn amlwg wedi hoelio ar ei ffôn.

"Fydda' i yna'n fuan," aeth Tom ymlaen. "Jyst … eto, be careful. Be very …"

Er gwaetha'r signal, gwelodd Tom ffigwr Cai yn sgyrnygu'n filain dros ysgwydd Taliesin, carreg fawr yn ei law.

"Look out!"

Trodd Taliesin ei ben, a daeth Cai â'r garreg i lawr. Camodd Taliesin i'r ochr, a phlannodd Cai'r garreg yn erbyn ei glust yn hytrach nag yng nghanol ei dalcen. Gan ollwng ei ffôn, a hwnnw'n chwalu'n deilchion yn erbyn y llawr, disgynnodd Taliesin ar ei liniau. Anelodd Cai gic nerthol at ei asennau, a chipiodd y cleddyf yn ddigon hawdd oddi arno. Cyn i'r tri arall sylweddoli bod rhywbeth yn digwydd y tu ôl iddyn nhw, roedd Taliesin ar ei draed eto, ei fraich chwith wedi ei phinio y tu ôl i'w gefn, y cleddyf yn pigo ei wddw.

Camodd Cai rhwng Mabli a Llinos, y ddwy ohonyn nhw'n dal eu cleddyfau'n grynedig o'u blaenau, wedi eu hanelu'n syth at y ffigwr tu ôl i Taliesin. Llusgodd Cai ei gleddyf yntau yn erbyn y llwybr y tu ôl iddo, a stopio ychydig o gamau o flaen y merched.

"Cai," meddai.

"Cai," atebodd ei gyfatebydd rhwng ei ddannedd.

"Gad i Taliesin fynd. Rhwng fi a chdi ma' hwn."

"Ac eto, ti 'di dod â rhein efo chdi. Dy Fantastic Four bach dy hun. Ma' hwnna jyst fel chdi. Isio fo'r ddwy ffordd. Oeddach chdi'n ddigon hapus i dderbyn fy holl help i, ond nest ti erioed gynnig rhoi rwbath yn ôl i fi? Naddo. Jyst fy arwain i rownd y lle 'di gwisgo fatha Chewbacca. Gwneud i fi deimlo fatha idiot. Nest ti sbwylio fy mywyd i!"

"Am be ti'n sôn?" gofynnodd Dau, ei dymer yn codi er gwaetha'r amgylchiadau, ac er gwaetha'r pris petai rhywbeth yn mynd o'i le. "Faint o weithia wnes i gynnig bod ni'n rhannu syniada am Eryrin? A faint o weithia ddudist ti bod chdi'n rhy brysur, neu bod gen ti ddim diddordab, neu …"

"Eryrin? Deffra, Cai! Dydi Eryrin ddim yn bodoli! Os ti isio gneud rwbath efo dy fywyd, rhaid i chdi fyw yn y byd *yma*. Dim rhyw fyd arall."

"Fyswn i'n gallu deud yr un peth amdana chdi. Gad i Taliesin fynd, Cai. Dos 'nôl i dy fyd dy hun. Paid byth â dod 'nôl. Gad fi lonydd, a wna' i dy adael di lonydd. Gawn ni anghofio popeth. Sbia o gwmpas. Wnei di'm ennill."

"O, ia. Chdi a'r Powerpuff Girls fa'ma. Wnân nhw'm byd tra bod gen i Taliesin, na wnân?"

Er mwyn profi ei bwynt, pwysodd Cai'r cleddyf yn galetach yn erbyn gwddw Taliesin, perl bach o waed yn ymddangos uwchben y llafn. Gwichiodd Taliesin yn bathetig.

"Sut wyt ti, Llinos?"

"Piss off, Cai."

"Ow. Sut ffordd 'di honna i drin y boi nath roi amsar mor dda i chdi noson o'r blaen? Amsar lot gwell, gyda llaw, na ddangosodd hwn i chdi chydig wythnosa'n ôl. Ma' hwnna'n glir. O'r hyn glywais i o'r cwpwrdd, beth bynnag."

"Be? Oedda *chdi* yn y cwpwrdd?"

"Sori," meddai Dau o dan ei anadl. "Anghofiais i ddeutha chdi am y darn yna."

"A Mabli. Ddylswn i 'di gwbod bod chdi am ddod yn ôl at hwn. Hyd yn oed ar ôl i fi drio gneud yn siŵr bod chdi'n 'i gasáu o'r noson o blaen. Ddylswn i 'di gwbod."

"C'mon. Ti'n trio gneud o swnio fel bod gen ti blan mawr? *Fi* nath benderfynu dy gasáu di nos Fawrth. Oeddach chdi'n trio ffeindio dy ffordd mewn i 'mhants i. Ti fatha'r Joker yn *The Dark Knight*, mêt. Ti ddim yn edrach fatha dyn efo plan."

"Un fel'na oeddach chdi erioed," aeth Cai yn ei flaen, yr olwg bell yn ei lygaid yn dangos nad oedd wedi gwrando ar air gan Mabli. "Pathetic. Yn clingio i'r bobol cynta sy'n dangos y mymryn lleia o garedigrwydd ata chdi. Deud y gwir, 'dach chi'ch dau'n haeddu'ch gilydd. 'Dach chi'ch dau angan tyfu fyny."

Allan o'r niwl y tu ôl iddo fo, daeth ffigwr mawr drwy'r glaw. Roedd ei frest yn pwmpio i mewn ac allan yn wyllt, ond roedd ei draed yn symud yn rhyfeddol o ysgafn, yn gwneud eu gorau i beidio aflonyddu ar y cerrig mân o'u cwmpas. Fel un, gwelodd Cai, Llinos a Mabli gorff blinedig Andreas yn agosáu at eu gelyn, a chronnodd fflam fach o obaith yn eu calonnau.

"Ia, ti'n iawn," meddai Dau, yn dal i gadw llygad ar Andreas. "Chdi sy'n iawn am bob dim. Jyst … bydd yn ofalus efo'r cleddyf 'na. Be ti am neud? Lle 'dan ni'n mynd o fa'ma?"

"Be, ti'n meddwl 'mod i am ddeutha chdi'r cynllun i gyd? Ti 'di gwatshiad gormod o ffilmia, Cai. *Dwi* 'di gwatshiad gormod o ffilmia. Dim chdi 'di James Bond, a dim fi 'di Blofeld. Ond ella wna' i roi hint bach i chdi. Os ydi popeth yn mynd yn iawn, fyddi di, a gweddill dy ffrindia, yn treulio'r noson heno ar waelod Llyn Cowlyd. Dyna'r unig ffordd. Dyna'r unig opsiwn ti 'di gadal i fi. A dwi'n gwbod ddylswn i ddim teimlo fel'ma, ond ma' 'na ran ohona i sy'n …"

Teimlodd Un lafn o haearn yn erbyn ei wddw, ac oerfel rhyfedd wrth i'w waed gronni o'i amgylch.

"Sori i dorri ar draws," meddai Andreas.

"Andreas!" gwaeddodd Dau. "Bydd yn ofalus!"

"Ddudis i bod 'na reswm da am brynu'r cleddyfa," meddai Andreas wrth Llinos.

"Oeddach chdi'n iawn fyd," atebodd hithau, chwerthiniad gwallgo yn llithro o'i gwefusau.

"Cai?" meddai Dau'n ysgafn. "Gad i Taliesin fynd. Dwi'm isio dy frifo di, ond fedra' i ddim rheoli Andreas. Ti'n gwbod pa mor styfnig ydi o."

"Hei!"

"Sori, mêt."

Gan anadlu'n ddwfn, caeodd Un ei lygaid. Am foment anghyfforddus iawn, roedd Dau'n siŵr ei fod am dorri gwddw Taliesin – bod ei gyfatebydd ar ben ei dennyn, heb unrhyw beth i'w golli. Ond ar ôl tua phum eiliad, oedd yn teimlo i bawb fel pum mlynedd, cododd Un ei ddwylo yn yr awyr a gollyngodd y cleddyf. Tra roedd Taliesin yn rhedeg at Dau, codod Andreas y cleddyf oddi ar y llawr yn ofalus. Syllodd Un arno drwy gornel ei lygad, yn disgwyl am eiliad o wendid er mwyn medru dianc – ond roedd Mabli yno gynta, yn gafael yn ei fraich dde fel feis. Gwnaeth Llinos yr un peth i'r fraich chwith, a baciodd Andreas i ffwrdd fymryn, yn ffyddiog bod ganddyn nhw'r sefyllfa dan reolaeth.

Dechreuodd Llinos a Mabli lusgo Un ar hyd yr argae, yn anelu am y llwybr a fyddai, yn y man, yn eu harwain yn ôl at y car.

"Dyma be sy'n mynd i ddigwydd rŵan," meddai Dau. "Ti'n mynd i ddod yn ôl i'r tŷ efo ni. I mewn drwy'r ffenast, os ydi Mam adra. Ti'n mynd i gau dy geg. A ti'n mynd i fynd adra."

"A be os dwi'n penderfynu peidio?"

"Dyna ddigwyddith, Cai. Ac ar y ffordd, gawn ni drafod sut allwn ni fod yn siŵr nei di aros yn dy fyd dy hun, a'n gadael ni lonydd i fyw'n bywyda. Dwi'n meddwl mai hwnna fysa'r peth gora i *chdi*, 'fyd. Fysa fo'n lot gwell i chdi ganolbwyntio ar dy fywyd dy hun yn lle chwalu dy ben wrth obsesiynu dros fy un i. A cofia ..."

Aeth Dau ymlaen felly am sbel, Un prin yn gwrando. Doedd o ddim yn medru teimlo'r glaw bellach, na gafael Llinos a Mabli. Roedd ei ddychymyg yn bell, bell i ffwrdd. Gwnaeth ei orau i gofio be oedd ei fwriad gwreiddiol yn dod i Lyn Cowlyd. Cael y Cai arall i'w ddilyn, ia – doedd o ddim yn cofio bellach sut roedd o mor sicr y byddai hynny'n digwydd – a chael gwared arno fo, os yn bosib. Ond petai o'n methu? Be wedyn? Oedd y posibilrwydd o fethu hyd yn oed wedi ei daro ar unrhyw bwynt ers deffro yng ngardd Llinos ddoe?

Gyda Dau yn dal i barablu, pasiodd y criw bwynt canolog yr argae – rhodfa uchel yn arwain at dŵr haearn yn codi allan o'r llyn. Roedd cadwyni wedi eu gosod ar hyd y fynedfa i'r rhodfa. Doedd dim gobaith dianc y ffordd yna.

"Y cwestiwn arall," aeth Dau ymlaen, ddim yn sylweddoli bod Un wedi peidio gwrando, "ydi be 'dan ni am neud efo'r peth 'na yn fy stafall i. Am rŵan, rhaid i ni obeithio fydd o jyst yn diflannu. Wedi'r cwbwl, nath o ymddangos am ddim rheswm. Ma' rhesymeg yn deud fydd o'n mynd yr un ffordd. Heb reswm. Heb rybudd."

Edrychodd Un i fyny. Na. Roedd 'na wastad obaith. Doedd o ddim wedi ei guro'n gyfangwbwl. Ddim eto. Pwy oedd rhein i sefyll yn ei erbyn o? Casgliad o nyrds. Criw o bobol fyddai byth yn gwneud unrhyw beth â'u bywydau, yn fodlon byw mewn byd ffantasi, yn gweld y blynyddoedd yn llithro heibio. Roedd o'n well na'r bobol yma erbyn hyn. Dyna pam roedd y porthwll wedi ymddangos yn y lle cynta. I'w *wella* o. I'w *berffeithio*.

Dechreuodd chwerthin. Yn ddistaw i ddechrau, ac yna'n wyllt ac yn swnllyd. Peidiodd Dau ei barablu yng nghanol brawddeg. Arafodd Llinos a Mabli ac edrych ar Un yn rhyfedd. Yn ei dryswch, llaciodd Llinos ei gafael, a wastraffodd Un ddim eiliad arall. Stryffaglodd ei hun yn rhydd a chicio Mabli'n galed yn ei ffêr. Rhwygodd ei fraich oddi arni, ac mewn un symudiad llyfn, cymerodd ei chleddyf. Llamodd ymlaen, yn bwriadu ei blannu'n ddwfn rhwng ei hasennau, ond roedd Llinos yno gynta, yn dod â'i chleddyf i lawr yn ffyrnig. Sgrechiodd Un wrth weld ei gleddyf yn hedfan ychydig droedfeddi i lawr yr argae, tuag at draed Andreas. Cyn i Llinos gael cyfle i ddod â'i chleddyf at ei wddw, rhedodd i'r cyfeiriad arall.

Am foment, daeth gobaith i'w lenwi unwaith eto. Roedd ganddo fo ychydig o eiliadau o fantais arnyn nhw. Ar ben popeth, roedd pawb arall wedi bod yn rhodio'r mynyddoedd cyn ei gyfarfod, ac yn bownd o fod yn fwy blinedig. Roedd hyn yn gyfle gwych i ddianc. Falle nid yn ôl i'w fyd ei hun. Roedd yr holl fyd yma ar gael iddo fo. Symudodd ei draed yn ddiymdrech dros y cerrig mân, ei feddwl yn llawn syniadau.

Ac yna daeth ffigwr arall drwy'r glaw. Tom, yn rhedeg heb reolaeth, ei ddannedd yn sgyrnygu, ei lygaid bron â byrstio allan o'i ben. Wedi iddo fo sbotio Cai o'i flaen, ei ffrindiau fel pac o fleiddiaid ar ei ôl, sgrialodd Tom i stop a phwyntio'i gleddyf at ei elyn newydd. Llyncodd Cai ei boer. Roedd o wedi ei gornelu.

Oni bai am y rhodfa dros y llyn. Doedd dim dewis arall. Llamodd dros y cadwyni a sbrintio tua'r pen, a chyrraedd y tŵr haearn yn y man, ei freichiau wedi lapio'n amddiffynnol o'i gwmpas.

Trodd ei ben i weld pawb arall yn stryffaglu dros y cadwyni ac yn hoblan i lawr y rhodfa. Roedd o'n iawn. Roedden nhw wedi blino. Gwenodd Cai wrth weld ei gyfatebydd yn gweiddi rhywbeth arno fo. Rhwng y gwynt a'r glaw, doedd dim modd ei glywed. Doedd dim rhaid ei glywed i ddeall ystyr ei eiriau. Roedd Dau wedi colli, ac yntau wedi ennill. Y gwreiddiol. Y gorau. Roedd Dau wastad un cam ar ei ôl. Dyna natur eu perthynas, wedi'r cwbwl.

Y gwynt yn chwipio'i wallt, dringodd o amgylch ochrau'r tŵr tuag at y pen draw, y llyn yn diflannu mewn niwl o law. Caeodd ei lygaid. Gwnaeth ei orau i'w argyhoeddi ei hun bod hyn yn fuddugoliaeth. Eto ac eto ac eto. Cyn iddo gael cyfle i ddadlau yn ei erbyn ei hun a dod at ei synhwyrau, llithrodd ei droed ar yr haearn slic. Glaniodd yn swp yn y dŵr rhewllyd a brwydro ei ffordd at yr wyneb. Dechreuodd badlo tuag at y lan. Diflannodd o dan yr wyneb eto am eiliad a'i wthio'i hun ymlaen, yn torri drwy'r dŵr fel pysgodyn. Cododd ei ben unwaith eto. Fe ddylai fod wedi agosáu at y lan … ond roedd o rywsut wedi pellhau oddi wrthi. Stopiodd gicio ei draed. Heb y gwaed yn cwrso drwy ei wythiennau, sylwodd am y tro cynta pa mor syfrdanol o oer oedd y dŵr.

A sylwodd ar beth arall. Roedd o'n symud. Hyd yn oed heb wneud ymdrech i nofio, roedd o'n symud. Doedd dim cerrynt i fod yma. Be oedd yn digwydd? Gwnaeth ymdrech arall i frwydro tua'r lan. Drwy'r glaw, drwy'r dŵr roedd o'n ei daflu i fyny, ei freichiau a'i goesau'n gweithio mor galed ag oedd yr oerfel yn ei ganiatáu, gwelodd y lan yn mynd ymhellach. Trodd yn sydyn at y tŵr ar ben y rhodfa. Roedd hwnnw hefyd yn llawer pellach erbyn hyn. Roedd rhywbeth – rhyw rym brawychus, anweledig – yn ei lusgo tuag at ganol y llyn. Cymerodd yr oerfel reolaeth ohono. Dechreuodd suddo o dan y dyfroedd eto.

Y peth ola i Cai ei synhwyro oedd y teimlad rhyfedd bod rhywbeth hyd yn oed yn oerach wedi lapio o amgylch ei goes, yn ei dynnu i lawr …

Aeth ei fyd yn ddu.

* * * * * * * *

Ar y rhodfa, Cai oedd yr unig un i sgrechian. Safodd pawb arall mewn distawrwydd hunllefus wrth weld y corff yn plymio i waelod y llyn, yn codi ac yn suddo sawl gwaith, cyn diflannu am y tro ola. Ar ôl iddi ddod yn erchyll o glir nad oedd o ddim am godi uwchben y dŵr eto, dilynodd Cai esiampl ei ffrindiau a chadw'n dawel. Daliodd y glaw i ddisgyn wrth i'r criw sefyll yno'n syllu, y llyn yn syllu'n ddideimlad yn ôl atyn nhw. Eisteddodd Cai ar ochr yr argae am sbel, yn hanner-gobeithio y byddai'r corff yn nofio'n ôl at y lan er mwyn iddo fo gael ffarwelio â'i gyfatebydd yn iawn. Doedd y llyn ddim am gydweithredu. Yn y man, gyda Tom yn dechrau tisian yn ffyrnig, cododd Cai a llusgo'i draed yn araf yn ôl at y llwybr, pawb arall yn ei ddilyn.

Prin y siaradodd neb ar y daith yn ôl i'r ceir, nac ar y siwrne yn ôl i Lanberis. Wrth iddyn nhw agosáu at gyrion y pentre, estynnodd Cai am ffôn Andreas heb ofyn, a sgrolio at enw Mabli.

"Helo?"

"Ydi pawb isio dod draw i'r tŷ? Dwi'n meddwl bod 'na un neu ddau o betha ddylan ni drafod …"

"Wrth gwrs. Wela' i di yna."

Taflodd Cai'r ffôn yn ôl i'r sedd gefn. Arhosodd Andreas am bron i hanner munud cyn ymateb.

"Fydd dy dad ddim yna, na fydd?"

"Dwi'n ama hynny'n fawr, mêt."

Parciodd Llinos a Mabli'r ceir yn y lôn, a gwnaeth pawb eu ffordd i mewn i'r tŷ. Roedd un o ddoliau Danielle ar fwrdd y gegin wedi hanner ei gorffen, cortyn hir o wlân yn ymestyn o'i gwddw. Roedd Danielle ei hun yn eistedd yn yr ystafell fyw, mynydd o ddillad ar y soffa wrth ei hymyl.

"Cai, ti'n socian! Dwi jyst am daflu llwyth o ddillad Mrs Gittins i mewn i'r tymbl-drei. Tafla di dy rei di mewn hefyd, ac … o. Ma' pawb yma efo chdi."

"Ydyn. 'Da phoeni, Mam. Neith dillad gwlyb ddim fy lladd i, debyg."

Aeth ei wyneb yn wyn wrth iddo sylwi ar ei ddefnydd anffodus o eiriau. Rhwbiodd Mabli ei gefn yn gefnogol.

"Awn ni fyny, os ydi hi'n iawn, Mam. Stwff i drafod."

"Wna' i rwbath i chi. Gen i bacad reit fawr o byrgyrs yn rwla …"

"Mam! 'Dan ni'n iawn!"

Syllodd Danielle yn syn ar ei mab, atgofion am dymer ei gŵr yn rhuthro i'w meddwl, cyn nodio'i phen yn drist a mynd yn ôl at ei gwaith.

Arweiniodd Cai ei ffrindiau i fyny'r grisiau. Wedi i bawb ddiflannu i'w ystafell, mentrodd Cai yn ôl i lawr y landing a chyrcydu ar y grisiau.

"Sori. Dwi jyst o dan dipyn o straen ar y funud."

Meddalodd wyneb Danielle a rhoddodd ei dillad ar y soffa.

"Rwbath fedra' i neud i helpu?"

"Ma'n neis dy weld di eto, Mam," atebodd Cai gan wenu. Aeth i fyny i'w ystafell, gan adael Danielle mewn dryswch.

Er bod gweddill y prynhawn wedi ei dreulio yn siarad yn ddiddiwedd, ychydig iawn gafodd ei benderfynu. Y cwestiwn cynta oedd be fyddai'n digwydd i'r corff yn y llyn. Yn ôl Andreas (oedd yn gwybod llawer mwy am y pwnc nag oedd yn iach), roedd corff marw'n suddo i ddechrau, ond yn debyg o godi i'r wyneb unwaith i nwyon gwahanol gael eu rhyddhau dros amser. Roedd rhesymeg yn dweud y byddai'r corff yn ailymddangos felly ... ond doedd neb yn fodlon trafod symudiadau rhyfedd olaf Un. Roedd yn amlwg wedi anelu at y lan, ond roedd pawb wedi ei weld yn llithro tua chanol y llyn yn annaturiol. Cyn i neb grybwyll y peth, daeth Cai â'r rhan yna o'r sgwrs i ben, y syniad ohono'i hun yn gorwedd yn llonydd ac yn unig ar waelod Llyn Cowlyd yn ormod iddo. Wrth i bawb symud ymlaen, gwnaeth addewid iddo'i hun i ddal i ymweld â'r llyn, rhag ofn i syrpreis annymunol godi o'r dyfroedd.

Roedd hefyd angen penderfynu be i wneud ynghylch rhieni Cai yn y byd arall: y Gareth a'r Danielle 'gwreiddiol', eu mab wedi diflannu am byth, heb esboniad. Cafodd pob math o syniadau gwallgo eu crybwyll – o ysgrifennu nodyn ffarwel gan Cai ar ran ei gyfatebydd, i lusgo corff Un o waelodion y llyn fin nos rywsut a'i ddychwelyd i'w fyd ei hun. Ond yn y pen draw, Cai gafodd y gair ola unwaith eto. Doedd o ddim isio ymyrryd yn y byd arall o gwbwl, gyda chymaint o ddrwg wedi dod o groesi'r ffin rhwng dimensiynau. A beth bynnag, oedd 'na rywbeth i'w ddweud dros eu gadael efo ychydig o obaith? Gadael iddyn nhw gredu y gallai eu plentyn ddychwelyd ryw ddydd, yn hytrach na'u condemnio nhw i dreulio'r holl flynyddoedd o'u blaenau yn eu beio'u hunain? Doedd o ddim isio trin ei rieni fel'na.

Wel ... nid ei fam, beth bynnag.

Doedd 'na ddim ateb hawdd, taclus. Ond doedd bywyd ddim yn hawdd a thaclus, ac roedd jyglo problemau *dau* fywyd yn anoddach fyth. Falle y byddai ateb gwell yn taro un o'r criw yn y dyfodol.

Ond roedd y cwestiynau mwyaf yn seiliedig ar y porthwll ei hun. A fyddai'n diflannu, 'ta'n dal i droelli'n dawel hyd ebargofiant? A fyddai'n rhaid i rywun gadw llygad arno tua saith o'r gloch bob diwrnod, rhag ofn i'r llywodraeth (y "Men in Black", yng ngeiriau Andreas) ddod o hyd iddo, a dilyn y llwybr o friwsion bara oedd yn arwain atyn nhw?

A'r cwestiwn mwyaf oll, a'r cwestiwn y dychwelodd Cai ato droeon y prynhawn hwnnw – pam roedd o wedi ymddangos yn y lle cynta?

"Dydi o ddim fel tasa fo 'di gneud unrhyw ddaioni," meddai eto tua diwedd y pnawn. Roedd y glaw wedi stopio ers rhyw dri chwarter awr, a Mrs Gittins wedi ymweld â'r tŷ cyn diflannu i lawr y lôn, ei breichiau'n gwegian dan bwysau llwyth o ddillad. "Mae 'na rywun 'di marw. *Dwi* 'di marw. Ma' bywyd fy rhieni yn y byd arall 'di chwalu. Os mai Duw neu pwy bynnag nath yrru fo, ma' nhw'n cymryd y piss."

"Ella bod o jyst 'di … digwydd," cynigiodd Andreas. "Ti 'rioed 'di clywad am chaos theory?"

"For God's sake," meddai Tom, "ti ddim yn gallu cael world view chdi o *Jurassic Park*."

"Wel," meddai Cai, "sgynnon ni ddim esboniad lot gwell ar y funud. A dwi'm yn meddwl gawn ni un, chwaith."

Eisteddodd pawb mewn distawrwydd, pob un ohonyn nhw'n gwneud eu gorau i brofi Cai'n anghywir a dod o hyd i esboniad awdurdodol ar ymddangosiad y porthwll.

Cododd Tom ar ei draed wedi i neb fedru cynnig unrhyw ateb.

"Wel, os dyna ydi popeth …"

"Witshia," meddai ei frawd bach. "Cyn i ni fynd … ma' Llinos 'di gweld hi. Y … y ddisg. Ond does neb arall 'di gneud. Cai, jyst i dynnu llinell o dan yr holl beth 'ma, gawn ni … gawn ni weld y ddisg?"

Edrychodd y tri dyn yn yr ystafell at Cai yn ddisgwylgar, fel plant ysgol yn gwrando ar stori. Daliodd Mabli ei law. Syllodd Llinos at y llawr.

Nodiodd Cai'n araf, ac eisteddodd Tom eto. Ciliodd pawb i un ochr o'r ystafell. Dechreuodd Cai deimlo'n annifyr. Doedd ymddangosiad y porthwll ddim yn rhywbeth i edrych ymlaen ato. Doedd o ddim wedi dod ag unrhyw beth ond poen i'w fywyd. Roedd o'n beryglus o agos at eu gyrru allan o'r tŷ, a rhwystro pawb rhag gweld y porthwll byth eto.

Ond yna daeth y ddisg i fodolaeth o'u blaenau, mor ddistaw ag erioed, yn troelli yn ei hunfan, gwreichion yn toddi'n ddiniwed ar draws y carped a'r dodrefn. Oni bai am Llinos yn y gornel, a Cai'n pwyso yn erbyn pen y gwely, agorodd cegau pawb led y pen, eu hwynebau wedi goleuo gan y golau annaturiol o'u blaenau.

I ddechrau, trodd Cai ei wyneb i ffwrdd, yn pwdu efo'r porthwll am greu cymaint o hafoc yn ei fywyd a bywydau'r rhai roedd o'n eu caru. Ond yna, yn erbyn ei ewyllys, cafodd ei hun yn syllu at y ddisg yn chwilfrydig, bron fel petai'n ei gweld am y tro cynta. Ai ei ddychymyg oedd o, 'ta oedd 'na rywbeth gwahanol ynghylch y porthwll heno? Oedd y lliwiau'n fwy llachar? Oedd y dafnau bach o drydan yn plymio drwy'r awyr yn urddasol yn hytrach na bod yn poeri'n wallgo dros y lle? Bron na chafodd ei fesmereiddio gan y peth – ei hudo i dawelwch dirdynnol gan lais bach yn sibrwd yn ei glust.

"Mi fydd popeth yn iawn."

Edrychodd Cai o'i gwmpas. Roedd meddyliau pawb ymhell i ffwrdd, a neb wedi siarad.

Pan grebachodd y porthwll yn ddim, roedd o'n crio.

DYDD SADWRN: DYDD 66 *(DAU)*

Curodd Tom ar ddrws yr ystafell a bowndiodd Taliesin i mewn heb ddisgwyl am ateb. Roedd y lle'n llanast, bocsys cardboard ar draws y llawr a thros y gwely, Cai a Mabli'n taflu cylchgronau a ffigyrau plastig i mewn iddyn nhw'n wyllt.

"O'n i'n meddwl fysa chi'n barod," meddai Taliesin, mewn tôn plentyn bach oedd wedi methu cael ei ffordd.

"Fedrwn ni ddim mynd lot cyflymach," atebodd Cai. "Ac oeddan ni'n meddwl bod *rhywun* am fod yma i'n helpu ni."

"Oedden ni'n gweithio," meddai Tom. "Ateb e-mails gan cwsmeriaid. Piles o nhw."

"Peidiwch â phoeni," meddai Mabli. "Dim chi ydi'r unig rei sy'n hwyr. A ma' Cai isio aros yma tan saith o'r gloch beth bynnag, 'dwyt?"

"Mm."

Nodiodd Tom yn ddwys, a daeth distawrwydd dros yr ystafell wrth i Cai roi'r gorau i bacio, a syllu i nunlle.

"C'mon," meddai o'r diwedd. "Ddechreuwn ni fynd â'r bocsys lawr at dy gar di, ia Tom?"

"O, God," atebodd Tom yn chwareus. "Mae o'n rhoi job i fi a wedyn troi i mewn i slave driver."

"Wyt ti *isio* mynd yn ôl i weithio yn Costcutter?"

"Na."

"Dyna ni 'ta. Sym, cyn i fi gâl y chwip allan."

Wrth i'r pedwar ohonyn nhw fartsio mewn llinell tuag at y gegin, bob un yn gafael mewn casgliad o focsys wedi pentyrru'n simsan ar ben ei gilydd, daeth Danielle i mewn, hithau'n gafael mewn sawl bag enfawr yn llawn dillad.

"O," meddai, awgrym o emosiwn yn ei llais, "ti'n mynd yn barod?"

"Dim cweit, Mam. Un neu ddau o betha i'w pacio eto."

"Dwi'n gwbod 'mod i 'di deud hyn wrtha chdi droeon, Mabli, ond cym ofal ohono fo. Paid â gadal iddo fo wario 'i holl bres. Dydi o'm yn gwneud gymaint ag oedd o ar y Wyddfa."

"Ond dwi'n hapusach, Mam. Ma' 'na lot i ddeud dros fod yn

hapus, 'sdi."

"Dwi'n gwbod, dwi'n gwbod ..."

"Peidiwch â phoeni, Mrs Owen. Fydda' i wastad yna'n edrach dros 'i ysgwydd o pan mae o ar eBay."

"A sut ma'r nofel yn mynd?"

"O, ddim yn bad. Hir fydd hi, debyg. Ond cyffrous, 'de. Y nofel gynta ym myd Eryrin. Ac ella fydda' i'n gwerthu copi neu ddau, 'fyd, os ydi'r diddordeb 'dan ni 'di gael ar y we'n unrhyw fesur o lwyddiant ..."

"Wedi bod yn treulio awriau'n ateb e-mails, Mrs Owen," meddai Tom. "Things can only get better, fel dywedodd Simply Red."

"D:ream," meddai Cai o dan ei wynt.

"Whatever," atebodd Tom, cyn arwain ei frawd bach at y car.

"Sgynnoch chi amsar am banad cyn mynd?" gofynnodd Danielle cyn i Cai a Mabli eu dilyn.

"Wrth gwrs," atebodd ei mab. "Ymlacia, Mam. Fydda' i yma drwy'r amsar. Lawr y lôn dwi'n symud, dim Seland Newydd."

"Dwi'n gwbod. Jyst ... dwi ddim 'di byw ar ben fy hun ers ... wel, erioed."

Gwenodd Mabli'n dyner ar Cai cyn cerdded drwy'r drws, yn gadael y fam a'i mab ar eu pennau eu hunain.

"Nath Dad gynnig helpu," meddai Cai'n dawel, "ond ddoth 'na rwbath fyny ar y funud ola, medda fo."

"Typical."

Pwysodd Cai ei wefusau at ei gilydd cyn ateb. Er cymaint roedd o'n dal dig yn erbyn ei dad am ei flynyddoedd o ddifaterwch, roedd rhaid cydnabod ei fod o wedi gwneud *un* peth yn iawn, o leia ...

"Ma' gynno fo gyfweliad swydd."

Bu bron i Danielle ollwng ei bagiau mewn sioc.

"Ffoniodd o gynna. Jyst ryw swydd dreifio loris. Dim byd mawr. Ond mae o'n ddechra, dydi?"

Anadlodd Danielle yn ddwfn, a dympio'r bagiau o dan fwrdd y gegin.

"Dwi'n poeni amdano fo," meddai. "Dwi'n gwbod ddyliwn i ddim. A cyn i chdi ddeud unrhyw beth – na, dwi ddim am fynd yn ôl ato fo.

Dim ffiars o beryg. Ond dydi hwnna ddim yn meddwl 'mod i isio fo ddiodda."

"Ella fydd o'n iawn, 'sdi. Mae o'n swnio'n beth uffernol i ddeud, ond ella ma' chi'ch dau'n gwahanu oedd y peth gora i ddigwydd iddo fo. Mae o'n gorfod edrach ar ôl 'i hun rŵan. Ella geith o dipyn bach o falchder yn ôl."

Gwenodd Danielle yn drist, a churodd Mabli'n ysgafn ar y drws. Daeth hi a Tom a Taliesin i mewn yn wyliadwrus, pawb yn edrych ar Cai er mwyn gwneud yn siŵr bod y sgwrs rhyngddo a'i fam ar ben.

"Reit," meddai Danielle. "Panad i bawb, ia?"

Gwthiodd Andreas y drws ar agor yn galed.

"Ia plis, Mrs Owen," meddai.

"Ti'n hwyr," meddai Cai.

"Odyn, odyn, ni'n hwyr," daeth llais cyfarwydd o'r tu ôl i Andreas. "Ond dydi o ddim byd i wneud 'da fi, deallwch."

Daeth Wendell i'r golwg yn y drws, ei ruddiau'n goch, yn anadlu'n ddwfn.

"Wedes i y bydden ni'n hwyr, ond roedd *rhywun* yn mynnu gorffen gêm o *Dark Souls 2*. Preioritis, Andreas. Wneith bocsys Mr Owen ddim symud eu hunen."

Rai wythnosau ar ôl y trip bythgofiadwy i Lyn Cowlyd, roedd Cai wedi taro ar Wendell yng Nghaernarfon, Cai'n delio â'r banc er mwyn rhoi ychydig mwy o sail ariannol i gwmni Eryrin Cyf., a Wendell yn crwydro'r strydoedd yn chwilio am swydd. Cofiodd Cai'n ddigon sydyn bod ei hen reolwr wedi cadw ei hoffter o *Dungeons & Dragons* yn gyfrinach yn ystod ei amser yn y ganolfan, a bod ganddo fo brofiad ym myd busnes, ac felly cynigiodd swydd iddo yn y fan a'r lle. Ers hynny, roedd Wendell wedi bod yn gwneud ychydig o bres poced yn delio gydag agweddau mwy sych a thechnegol y cwmni newydd.

"Helo Wendell," meddai Danielle yn garedig. Gwenodd Wendell yn swil a shyfflo'i draed, fel plentyn yn derbyn compliment gan ei fam.

"Mrs Owen."

"Pawb yma rŵan? Jyst i fi gâl gwbod faint o ddŵr i roi'n y tecall."

"Ma' Llinos i fod i droi fyny rywdro, dydi?" gofynnodd Andreas yn ddiniwed.

"Y … ella," atebodd Cai'n llechwraidd. "Ella ddim. Dwi'm yn gwbod."

"Sut mae Miss Eleri bellach?" gofynnodd Wendell, gan gymryd ei le wrth fwrdd y gegin. "Dal yn gweithio'n y twll canolfan 'ny?"

"Am y tro," meddai Cai gan eistedd, pawb arall yn dilyn ei esiampl. "Dydi o ddim rhy bad rŵan bod Colin 'di cymryd rheolaeth o'r lle oddi wrth Mrs Hitler, neu be bynnag oedd enw'n insbector 'na. Ond ma' hi isio gneud mwy efo'i bywyd, 'de. Ma' hi am adal y ganolfan yn reit fuan, dwi'n meddwl, a mynd i neud cwrs addysg ym Mangor."

Cododd Wendell ei aeliau mewn sioc.

"Miss Eleri? Yn … yn mynd i fyd addysg?"

Nodiodd Cai, gwên yn chwarae ar draws corneli ei geg.

"Dwi'n meddwl bod hi jyst isio pobol o'i chwmpas hi. Pobol ellith hi gael dipyn o hwyl efo nhw. Geith hi fwy o sens allan o'r plant na ma' hi'n gael gan 'i ffrindia, gan 'i mam, gan weithwyr y ganolfan … y, no offence, 'lly, Mr Hughes."

Doedd Cai ddim eto'n teimlo'n gyfforddus yn galw Wendell wrth ei enw cynta.

"Wel. Ym. Pob lwc iddi. Ie wir. Merch ffein."

"Dwi'n meddwl fysa Andreas yn cytuno efo chi," meddai Taliesin gan chwerthin. Edrychodd Wendell yn hurt at Andreas, oedd yn ysgwyd ei ben mewn anobaith.

"Faint o weithia? Dim ond un noson dreulion ni efo'n gilydd. Ma' tequila'n câl yr effaith ryfedda ar bobol."

"Hwnna," meddai Taliesin, "a chditha'n brolio dy gasgliad My Little Pony. Nest ti ddangos dy ochor sensitif fanna, do?"

Gwgodd Andreas. Roedd pobol yn gwneud y pethau rhyfedda yn eu diod.

"Dim dyfodol i chi'ch dou felly?"

"Dwi'm yn meddwl, Wendell," meddai Andreas yn bendant, cyn ateb eto, yn fwy breuddwydiol. "Na, dwi'm yn meddwl."

Dechreuodd chwarae â'i fysedd. Edrychodd pawb arall ar ei gilydd a dechrau piffian chwerthin. Cyn i Andreas gael cyfle i ymateb, torrodd Danielle ar draws gan roi tebot enfawr ar ganol y bwrdd.

"Reit 'ta. Gadewch iddo fo fwrw'i ffrwyth am dipyn, ia?"

Fe aeth amser te ymlaen am sbel, pawb yn parablu ac yn chwerthin ac yn dweud jôcs sâl, Taliesin yn mynd ar nerfau ei frawd, Andreas yn gwneud ei orau i fynd ar nerfau pawb arall, Wendell yn ymdrechu'n galed i ddal sylw Danielle, Cai a Mabli'n clebran am eu dewis i rannu tŷ, a Tom yn taro llygad cyfrifol dros bob dim yn dawel ac yn llonydd. Yn y man, edrychodd Cai ar ei watsh a dychryn.

"Well i ni frysio, neu fydd hi'n fory cyn i ni droi rownd. Wendell, ti'n meindio os 'dan ni'n taflu chydig o focsys yn dy gar di, a chditha'n mynd â nhw draw at y tŷ? Ella fysa'n well i'r gweddill helpu efo'r pacio sy ar ôl i neud fa'ma. Ma' gan bawb arall, y ... syniad gwell o lle ma' popeth."

"Ie, ie, jest gwedwch wrtha i beth i'w wneud, a wna' i fe'n hapus."

"Fyswn i yn helpu," meddai Danielle, "ond ma' gen i bentwr o waith i neud. Ma' Mrs Gittins lawr lôn yn gneuan reit anodd i'w chracio, ond ma' gynni hi galon reit fawr, chwara teg iddi. 'Di deud wrth 'i holl ffrindia amdana i, Wendell."

"O?"

"Ar y rêt yma, ella ma' dim chdi fydd yr unig un yn y teulu i ddechra busnas, Cai."

"Grêt, Mam."

"A ma' gynnyn nhw i gyd wyrion a wyresa. Ella wnawn nhw gymryd yr hen ddolia gweu 'na oddi ar fy nwylo i 'fyd."

Gwenodd Cai yn drist cyn codi ac arwain pawb yn ôl i'w ystafell. Gyda Danielle yn sefyll yn y drws, rhoddodd pawb y bocsys yn ofalus yng nghar Wendell, a neidiodd yntau i mewn i'r sedd flaen.

"Be wnewch chi am swper?" gofynnodd. "Does bosib fyddech chi'n teimlo fel coginio ar ôl hyn i gyd."

"Disgwyliwch amdanon ni'n y tŷ," atebodd Cai. "Ella wnawn ni ordro bwyd. Indian yn iawn gynnoch chi?"

"Odi, siŵr. Rhowch fi lawr am chicken balti, 'chan. Ac, y ... Mrs Owen?"

"*Miss* Owen. Danielle."

"Y ... os chi moyn help, y ... rownd y tŷ, neu ... neu beth bynnag. 'Da'ch gwaith, neu, ym ... o. O diar."

Gwenodd Danielle a chodi ei llaw at Wendell cyn dychwelyd i'r tŷ.

"Ma' gan Cai ych rhif chi," meddai.

Gyda hynny, gyrrodd Wendell tuag at y tŷ newydd, ei wyneb yn goch, gan adael y pump arall ar eu pennau eu hunain ar y dreif. Pwyntiodd Cai ei fawd tuag at ffenest ei ystafell yn benderfynol. Aeth pawb drwy'r tŷ yn un orymdaith cyn glanio yn yr ystafell wely a chau'r drws yn dawel ar eu hôl. Symudodd Tom at y ffenest ac edrych allan ar fynyddoedd Eryri, gyda Llyn Cowlyd yn gorwedd rhywle yn eu canol.

"Pryd oedd y tro dwytha i ti fynd yno?"

Roedd Cai'n gwybod yn union lle oedd Tom yn feddwl.

"Nos Iau," meddai. "Saith wythnos 'di mynd. Dim golwg ohono fo."

"Wedi 'i gladdu dan rwbal?" gofynnodd Taliesin.

"Pa rwbal?" atebodd Cai. "Na. Dwi reit sicr bellach bod rhywun – neu rwbath – ddim isio iddo fo godi i'r wynab. 'Dan ni'm callach pam bod hyn i gyd 'di digwydd eto. Dwi'n ama fyddwn ni byth. Ond welsoch chi gyd y ffordd symudodd o ar y diwadd. Doedd 'na ddim byd naturiol yn y peth."

Aeth pawb yn dawel, gydag atgof brwydr ola Un mor ffres ag erioed yn eu meddyliau. Andreas dorrodd y distawrwydd.

"Ti'm yn poeni fydd dy fam yn ffeindio'r ddisg ar ôl i chdi fynd? Neu'n waeth byth, y Men in Black?"

"Ydw. Ond fedra' i ddim treulio gweddill 'y mywyd i'n poeni am y peth. Os ydi o'n digwydd, mae o'n digwydd. Does 'na ddim tystiolaeth bod unrhywun fa'ma 'di gwbod amdano fo cyn hyn. Ac os ydi'r gwaetha'n digwydd, a'r llywodraeth neu pwy bynnag yn cael gafael arno fo … wel. Gawn ni groesi'r bont yna pan 'dan ni'n 'i chyrradd hi, ia? Dwi ddim am gâl fy nghlymu wrtho fo dim mwy. Os dwi'n dal i ofni rhoi cam o le achos y ddisg, fydd Un … *Cai* … fydd o 'di marw am ddim rheswm. Fydd o jyst fel bod o dal yn fyw, yn fy arwain i i'r holl gyfeiriada anghywir. Hen bryd i fi adael o fynd."

"I figured," meddai Andreas, "what the hell."

"Doc Brown," meddai Taliesin. "*Back to the Future 2*."

"*Back to the Future 1*," meddai Andreas eto, gwythïen yn bygwth byrstio o'i ben. "Ti'n gwbod *rwbath*?"

Er yr amgylchiadau, roedd Cai ar fîn chwerthin pan welodd o Llinos yn sefyll yng nghanol yr ystafell, y porthwll yn troelli'n dawel y tu ôl iddi. Caeodd Cai ei geg yn glep, a throdd pawb tuag ati.

"Iawn bawb?" gofynnodd Llinos yn gyfeillgar ond yn flinedig. "Iawn Andreas?"

"Llinos," meddai'r dyn mawr yn dawel, cyn cilio i ochr arall yr ystafell ac eistedd ar y gwely.

"Wel?" gofynnodd Mabli.

"Ma' nhw'n … iawn," meddai Llinos, tinc cryf o syrpreis yn ei llais. "Wel, mor iawn â elli di ddisgwyl, a chysidro bod eu mab nhw 'di diflannu. A cofiwch, dwi jyst yn câl hyn i gyd gan Mrs Gittins. A rhaid i fi fod yn ofalus, 'fyd, rhag ofn iddi ddechra gofyn pam bod y ferch ryfadd sy 'di ymddangos allan o nunlla i'w helpu hi efo'i siopa isio gwbod gymaint am y bobol lawr lôn."

"Diolch, Llinos," meddai Cai. "Ti'n gwneud job dda. Be ti'n wbod?"

"Wel, ma' nhw 'di gwahanu, jyst fel ma' nhw fa'ma. Hebdda chdi … hebddo *fo* … dwi'n cymryd bod 'na ddim byd i'w cadw nhw efo'i gilydd bellach. Ond o be dwi'n glywad, ma' dy dad … y … 'i dad *o* … sori. Dwi dal ddim yn gwbod sut i sôn am y stwff ma'n iawn."

"Na fi."

"Mae o i'w weld yn sortio'i hun allan yn ara bach. Yn chwilio am waith, medda Mrs Gittins. A dy fam …"

Gwasgodd Llinos ei gwefusau at ei gilydd, yn meddwl yn galed am y geiriau cywir.

"Welis i hi ddoe. O bellter, pan âth Mrs Gittins draw i nôl 'i golch. Dwi'n gwbod bod hi ddim yn iawn. Pwy fysa'n gallu actio'n normal ar ôl i'r fath beth ddigwydd? Ond oedd hi'n ymddwyn yn berffaith naturiol, hyd yn oed yn jocian efo Mrs Gittins cwpwl o weithia. O'dd 'na bentwr o ddillad tu ôl iddi 'fyd. Dwi'm yn meddwl bod hi'n brin o gwsmeriaid, rywsut. Dwi'n meddwl bod hi jyst yn … mynd ymlaen efo petha. A be arall fedri di ofyn, 'de?"

Nodiodd Cai'n ara deg. Roedd hynny'n ddatblygiad mawr. Ers iddo allu cofio, doedd ei fam erioed wedi 'mynd ymlaen efo petha' – roedd fel petai ei dad wedi torri ar draws ei bywyd, a hithau'n gorfod rhoi popeth ar saib wrth dendio arno fo am chwarter canrif. Bellach, yn rhydd o ymrwymiad i unrhyw un arall, falle y byddai hi'n medru ailgydio yn ei bywyd a chychwyn eto, heb orfod poeni am neb ond hi ei hun.

Culhaodd llygaid Cai wrth i syniad newydd ei daro. Os oedd y porthwll wedi ymddangos am reswm – a doedd dim sicrwydd o hynny – falle doedd hynny ddim er ei les o'n unig. Edrychodd o gwmpas ei ystafell wely. Roedd y dyfodol yn ansicr, ond heddiw – rŵan – roedd bywydau pob un o'u ffrindiau wedi gwella mewn rhyw ffordd. A hyd yn oed yn y byd arall, er bod aberth mawr wedi ei wneud, roedd o'n swnio fel petai ei rieni wedi llwyddo i godi uwchben y peth, ac …

Aberth.

Atseiniodd y gair yn ei feddwl, yn swnio'n newydd ac yn frawychus.

Roedd o ar fîn agor ei geg pan sylwodd ar y ddisg y tu ôl i Llinos yn dechrau crebachu. Ond heddiw, roedd hi'n gwneud hynny'n arafach nag arfer, yn lleihau ac yna'n tyfu eto, bron fel petai'n mynnu ei sylw. Trodd pawb i syllu arni, ei golau llachar yn goleuo eu hwynebau'n afreal.

Caeodd y porthwll gyda sŵn byddarol.

DALEN NEWYDD